國家出版基金項目
NATIONAL PUBLICATION FOUNDATION

國家『十二五』重點圖書出版規劃項目

新編元稹集 十一

[唐] 元稹 原著

吳偉斌 輯佚 編年 箋注

陝西新華出版傳媒集團

三秦出版社

新編元稹集第十一册目録

◎ 李光顔加階并賜一子官制^{(一)①}

門下:朕聞有天下者,道德仁義以爲理,城郭溝池以爲固②。故曰不教人戰,是謂棄之;有備無患,可以應卒。此先王驅攘戎狄^(二),保障黎元之大略也③。

五原居有夏靈慶之中^(三),當蛇豕豺狼之窟^(四),將搤咽喉之要,爰命腹心之臣,厥有成功,宜加茂典^{(五)④}。

邠寧慶等州節度觀察處置等使、金紫光祿大夫、撿校司空、兼邠州刺史^(六)、上柱國、武威郡開國公李光顔,氣敵三軍,心師百行⑤。有卞莊之勇,守之以仁;有日磾之誠,濟之以武⑥。叱咤則風雲迴合,開宴則罇俎周旋^(七)。蓋文武之令才^(八),真古今之良將⑦。是以淮蔡之役,百勝功高;青齊之師^(九),一面居最⑧。

朕以蕭關尚警,馬嶺猶虞,五餌之詐可羞,百雉之城爰度^{(一〇)⑨}。先是屬役,每難其人,惟爾良能,果諧予願。程功而不愆于素,記事而不勞于人。比命有司,褒乃實效^{(一一)⑩}。

僉曰:"古諸侯勛德優盛,則就加特進以寵之。"⑪我國家封植崇重,有朝請一子以異之^(一二)。予嘉乃勤,兼用兩者。茲謂上賞,爾惟欽哉! 可特進,仍與一子正員四品常參官^(一三),餘如故。主者施行^{(一四)⑫}。

録自《元氏長慶集》卷四九

[校記]

（一）李光顏加階并賜一子官制：原本作“李光顏加階制”，《全文》同，楊本、叢刊本、盧校作“李光顏加階”，《淵鑑類函》作“授李光顏加階特進并賜一子官制”，據《英華》改。

（二）此先王驅攘戎狄：《英華》同，《全文》作“此先王毆攘戎狄”，“毆”是“驅”的古字。楊本、叢刊本作“此先王歐攘戎狄”，《淵鑑類函》無此句以及以上八句、以下一句，錄以備考，不改。

（三）五原居有夏靈慶之中：《全文》同，楊本、叢刊本、《英華》、《淵鑑類函》作“五原居宥夏靈慶之中”，各備一説，不改。

（四）當蛇豕豺狼之窟：原本作“當蛇豕豺狼之突”，楊本、叢刊本、《全文》同，據《英華》、《淵鑑類函》改。

（五）宜加茂典：原本作“宜膺茂典”，楊本、叢刊本、《全文》同，據盧校、《英華》、《淵鑑類函》改。

（六）兼邠州刺史：楊本、叢刊本、《全文》同，《淵鑑類函》無此句，《英華》下有“御史大夫”四字，《舊唐書·穆宗紀》：“（元和十五年九月）以邠寧節度使、檢校司空、邠州刺史、上柱國、武威郡開國公、食邑二千户李光顏並同中書門下平章事。”無“御史大夫”四字，但據《舊唐書·李光顏傳》、《新唐書·李光顏傳》，李光顏元和中已挂“御史大夫”之職銜。各備一説，不改。

（七）開宴則罇俎周旋：原本作“閑宴則罇俎周旋”，《全文》同，楊本、叢刊本作“間宴則罇俎周旋”，疑“間”即是“閑”，據《英華》、《淵鑑類函》改。

（八）蓋文武之令才：楊本、叢刊本、《全文》同，《英華》、《淵鑑類函》作“蓋文武之全才”，各備一説，不改。

（九）青齊之師：叢刊本、《英華》、《淵鑑類函》、《全文》同，楊本作“貴齊之師”，語義不通，刊刻之誤，不從不改。

（一〇）百雉之城爰度：楊本、叢刊本、《全文》同，《英華》、《淵鑑類函》作"百姓之防爱度",各備一説,不改。

（一一）褒乃實效:原本作"褒乃實力",楊本、叢刊本、《全文》同,據《英華》、《淵鑑類函》改。

（一二）有朝請一子以異之:原本作"有朝請一字以異之",楊本、叢刊本、《全文》同,據《英華》、《淵鑑類函》改。

（一三）仍與一子正員四品常參官:原本、楊本、叢刊本、《全文》無,據《英華》、《淵鑑類函》補。

（一四）主者施行:原本無,楊本、叢刊本、《淵鑑類函》、《全文》同,據《英華》補。

[箋注]

① 李光顔:李唐名將,在平定青齊、淮西叛亂中屢立戰功,備受朝廷重視。《舊唐書·李光顔傳》:"(元和)十四年,西蕃入寇,移授邠寧節度使……是歲,吐蕃侵涇原。自田縉鎮夏州,以貪猥侵撓党項羌,乃引吐蕃入寇。及蕃軍攻涇州,邊將郝玭血戰始退。初,光顔聞賊攻涇州,料兵赴救,邠師喧然曰:'人給五十千而不識戰陣,彼何人也! 常額衣資不得而前蹈白刃,此何人也!'憤聲恟恟不可遏。光顔素得士心,曲爲陳説大義,言發涕流,三軍感之,亦泣下,乃忻然即路,擊賊退之。"

② 朕:蔡邕《獨斷》卷上:"朕,我也,古代尊卑共之,貴賤不嫌,則可同號之義也。"《書·堯典》:"帝曰:'咨,四岳,朕在位七十載,汝能庸命,巽朕位。'"秦始皇二十六年起定爲帝王自稱之詞,沿用至清。《史記·秦始皇本紀》:"臣等昧死上尊號,王爲'泰皇',命爲'制',令爲'詔',天子自稱曰'朕'。"　道德:社會意識形態之一,是人們共同生活及其行爲的準則和規範,不同的時代具有不同的道德觀念。《韓非子·五蠹》:"上古競於道德,中世逐於智謀,當今争於氣力。"韓愈《原道》:"凡吾所謂道德云者,合仁與義言之也,天下之公言也。"　仁

義:仁愛和正義,寬惠正直。《禮記·曲禮》:"道德仁義,非禮不成。"孔穎達疏:"仁是施恩及物,義是裁斷合宜。"《孟子·梁惠王》:"王何必曰利,亦有仁義而已矣!" 城郭:城墙,城指内城的墙,郭指外城的墙。《禮記·禮運》:"大人世及以爲禮,城郭溝池以爲固。"孔穎達疏:"城,内城;郭,外城也;溝池,城之壍。"杜甫《越王樓歌》:"孤城西北起高樓,碧瓦朱甍照城郭。" 溝池:護城河。王中《頭陀寺碑文》:"溝池湘漢,堆阜衡霍。"雍陶《河陰新城》:"五里似雲根不動,一重如月暈長圓。河流暗與溝池合,山色遙將坤埌連。"

③ 棄:抛棄。《書·大誥》:"厥考翼,其肯曰:'予有後,弗棄基。'"孔傳:"其肯言我有後不棄我基業乎?"韓愈《秋懷十一首》一〇:"敗虞千金棄,得比寸草榮。" 卒:突然,後多作"猝"。《史記·李將軍列傳》:"李廣軍極簡易,然虜卒犯之,無以禁也。"《周書·文帝紀》:"竇泰卒聞軍至,惶懼,依山爲陣,未及成列,太祖縱兵擊破之。" 驅攘:驅除。元稹《杜載監察御史制》:"念驅攘之略,誠在將軍;獎飛馳之勞,宜加憲秩。"王禹偁《賀聖駕還京表》:"必當邊民奮梃以毆攘,亭長持繩而繫縛,豈勞車駕遠涉山川!" 戎狄:古民族名,西方曰戎,北方曰狄。《詩·魯頌·閟宮》:"戎狄是膺,荆舒是懲。"《漢書·匈奴傳》:"蕭望之曰:'戎狄荒服,言其來服荒忽無常,時至時去。'" 黎元:即黎民。潘岳《關中詩》:"哀此黎元,無罪無辜。"杜甫《自京赴奉先縣詠懷五百字》:"窮年憂黎元,嘆息腸内熱。" 大略:大概,大要。《孟子·滕文公》:"此其大略也,若夫潤澤之,則在君與子矣!"趙岐注:"略,要也。"遠大的謀略。《史記·酈生陸賈列傳》:"酈生曰:'吾聞沛公慢而易人,多大略。'"《晉書·宣帝紀》:"少有奇節,聰朗多大略。"

④ 五原:關塞名,即漢五原郡之榆柳塞,在今内蒙古自治區五原縣。《漢書·匈奴傳》:"呼韓邪單于款五原塞,願朝三年正月。"賈至《出塞曲》:"傳道五原烽火急,單于昨夜寇新秦。" 夏州:州郡名,府

治今內蒙古自治區白城子。《元和郡縣志·夏州》：“隋大業元年以爲朔方郡，隋末爲賊帥梁師都所據，貞觀二年討平之，改爲夏州，置都督府。天寶元年改爲朔方郡，乾元元年復爲夏州也……管縣四：朔方、德靜、寧朔、長澤。”楊凝《送客往夏州》：“憐君此去過居延，古塞黃雲共渺然。沙闊獨行尋馬迹，路迷遙指戍樓煙。”姚合《送李侍御過夏州》：“酬恩不顧名，走馬覺身輕。迢遞河邊路，蒼茫塞上城。”　靈州：州郡名，府治今寧夏自治區靈武市。《元和郡縣志·靈州》：“隋大業元年罷府爲靈州，三年又改爲靈武郡，武德元年又改爲靈州，仍置總管，七年改爲都督府，開元二十一年於邊境置節度使，以遏四夷，靈州常爲朔方節度理所……天寶元年又改爲靈武郡，至德元年肅宗幸靈武即位，陞爲大都督府。乾元元年復爲靈州……管縣六：迴樂、靈武、保靜、懷遠、鳴沙、溫池。”杜甫《送靈州李判官》：“犬戎腥四海，回首一茫茫。血戰乾坤赤，氛迷日月黃。”吕温《奉送范司空赴朔方得游字》：“坐見黃雲暮，行看白草秋。山橫舊秦塞，河繞古靈州。”　慶州：州郡名，府治今甘肅省慶陽市。《元和郡縣志·慶州》：“天寶元年改爲安化郡，至德元年改爲順化郡，乾元元年復爲慶州……管縣十：順化、樂蟠、馬領、合水、華池、同川、洛源、延慶、方渠、懷安。”梁肅《著作郎贈秘書少監權公夫人李氏墓誌》：“夫人，司空之後也。曾祖允義，皇朝慶州刺史。大父仲進，宣州司士參軍。考備，冀州司倉。”杜牧《聞慶州趙縱使君與党項戰中箭身死輒書長句》：“青史文章爭點筆，朱門歌舞笑捐軀。誰知我亦輕生者？不得君王丈二殳。”　蛇豕：長蛇封豕，比喻貪殘害人者，語出《左傳·定公四年》：“吳爲封豕長蛇，以薦食上國。”杜預注：“言吳貪害如蛇豕。”李咸用《題陳正字林亭》：“家林蛇豕方群起，宮沼龜龍未有期。”　豺狼：豺與狼，皆凶獸。《楚辭·招魂》：“豺狼從目，往來侁侁些。”比喻凶殘的惡人。李白《古風》一九：“俯視洛陽川，茫茫走胡兵。流血塗野草，豺狼盡冠纓。”　搤：捉住，掐住。《陳書·始興王叔陵傳》：“長沙王叔堅手搤叔陵，奪去其刀。”楊乘《甲

5375

子歲書事》:"賊臂既已斷,賊喉既已搤。" 咽喉:咽與喉的並稱。《後漢書·霍諝傳》:"譬猶療飢於附子,止渴於酖毒,未入腸胃,已絕咽喉,豈可爲哉!"喻指扼要之處或關鍵部門。《戰國策·秦策》:"韓,天下之咽喉;魏,天下之胸腹。"《史記·滑稽列傳》:"洛陽有武庫、敖倉,當關口,天下咽喉。" 爰:連詞,於是,就。《書·無逸》:"作其即位,爰知小人之依,能保惠于庶民。"孔傳:"於是知小人之所依。"劉禹錫《謝放先貸斛斗表》:"聖恩周洽,洞見物情,爰命有司,使之條奏。"腹心:肚腹與心臟,皆人體重要器官,亦比喻賢智策謀之臣。《孟子·離婁》:"君之視臣如手足,則臣視君如腹心。"陳子昂《上軍國利害事·牧宰》:"宰相,陛下之腹心;刺史、縣令,陛下之手足,未有無腹心手足而能獨理者也。" 茂典:盛美的典章、法則。《文選·顏延之〈三月三日曲水詩序〉》:"選賢建戚,則擇之於茂典;施命發號,必酌之於故實。"張銑注:"茂,美;典,則也。"《舊唐書·肅宗紀》:"至於漢武,飾以浮華,非前王之茂典,豈永代而作則!"

⑤ 邠寧慶等州節度觀察處置等使:吳廷燮《唐方鎮年表》:"邠寧節度觀察處置等使,兼邠州刺史,領邠、寧、慶三州。"《舊唐書·憲宗紀》:"(元和十四年五月)丙戌……以忠武軍節度使李光顏爲邠寧慶節度使。"《舊唐書·穆宗紀》:"(長慶元年三月)癸丑……以邠寧節度使李光顏爲鳳翔尹,依前檢校司空、平章事,充鳳翔隴右節度使。"三軍:軍隊的通稱。《論語·子罕》:"三軍可奪帥也,匹夫不可奪志也。"章孝標《淮南李相公紳席上賦春雪》:"朱門到曉難盈尺,盡是三軍喜氣消。" 心師:佛教語,謂以己之真心爲師。皎然《酬李侍御萼題看心道場》:"我法從誰悟? 心師是貫花。"貫休《了仙謠》:"若師方術棄心師,浪似雪山何處討?" 百行:各種品行。《詩·衛風·氓》:"士之耽兮,猶可説也。"鄭玄箋:"士有百行,可以功過相除。"《舊唐書·劉君良傳》:"士有百行,孝敬爲先。"

⑥ 卞莊:即卞莊子,春秋魯大夫,著名勇士,食邑於卞,謚莊。

《史記・張儀列傳》：“亦嘗有以夫卞莊子刺虎聞於王者乎？莊子欲刺虎，館豎子止之，曰：‘兩虎方且食牛，食甘必爭，爭則必鬥，鬥則大者傷，小者死，從傷而刺之，一舉必有雙虎之名。’卞莊子以爲然……一舉果有雙虎之功。”這裏比喻李光顏像卞莊子那樣智勇雙全，並非一介武夫。《論語・憲問》：“卞莊子之勇，冉求之藝。”《漢書・淮陽憲王劉欽傳》：“子高素有顏冉之資……卞莊子之勇。”　日磾：即金日磾，《漢書・金日磾傳》：“金日磾，字翁叔，本匈奴休屠王太子也。”戰敗被俘，爲皇宮養馬，一心向漢，曾經因自己的長子不軌漢室而親手殺之，又挫敗謀殺武帝的陰謀，成爲忠孝兩全的典範。蘇轍《乞選用執政狀》：“昔漢武帝以車千秋爲丞相，至於受遺輔少主，則不以屬千秋，必得霍光、金日磾而後可。”陳長方《金日磾見馬》：“黼座天臨粉黛中，苑前過馬貌惟恭。那知漠北休屠子，前古由餘可比蹤。”本文讚揚李光顏雖然是外族，但能夠像金日磾一樣忠於李唐。

　　⑦ 叱吒：怒喝。《史記・淮陰侯列傳》：“項王暗噁叱吒，千人皆廢。”司馬貞索隱：“叱吒，發怒聲。”黃滔《靈山塑北方毗沙門天王碑》：“光灼灼而如將動搖，神雄雄而若欲叱吒。”　開宴：擺設酒宴。高嶠《晦日宴高氏林亭》：“飛觀寫春望，開宴坐汀沙。”白居易《琵琶引》：“移船相近邀相見，添酒迴燈重開宴。”　罇俎：古代盛酒食的器皿，罇以盛酒，俎以置肉。劉向《説苑・修文》：“若夫置罇俎，列籩豆，此有司之事也。”高適《酬秘書弟兼寄幕下諸公》：“誰謂萬里遙，在我罇俎中？”　令才：傑出的人才。沈詢《授韋慤鄂岳節度使制》：“前鄭滑觀察使韋慤，紳冕令才，人倫粹器。業光經濟，道茂温恭。”又作“全才”，指才能全面發展的人，多指兼備文才武略之人。權德輿《奉和郎州劉大夫麥秋出師遮虜有懷中朝親故》：“天子愛全才，故人雄外臺。綠油登上將，青綬亞中臺。”　良將：能征善戰的將領。《孫子・火攻》：“明主慎之，良將警之，此安國全軍之道也。”《史記・李斯列傳》：“離其君臣之計，秦王乃使其良將隨其後。”

⑧ "是以淮蔡之役"兩句：事見《舊唐書·李光顏傳》："（元和）九年，將討淮蔡……朝廷徵天下兵，環申蔡而討吳元濟，詔光顏以本軍獨當一面。光顏於是引兵臨溵水，抗洄曲。明年五月，破元濟之師於時曲。初賊衆晨壓光顏之壘而陣，光顏不得出，乃自毀其柵之左右，出騎以突之。光顏將數騎冒堅而衝之，出入者數四，賊衆盡識，矢集於身如蝟。其子攬光顏馬鞅，止其深入，光顏舉刃叱之，乃退。於是人爭奮躍，賊乃大潰，死者數千人。捷聲至京師，人人相賀……是歲十一月，光顏又與懷汝節度烏重胤同破元濟之衆於小溵河，平其柵……十一年，光顏連敗元濟之衆，拔賊凌雲柵。憲宗大悅，賜其告捷者奴婢銀錦，進位檢校尚書左僕射。十二年四月，光顏敗元濟之衆三萬于郾城，其將張伯良奔于蔡州，殺其賊什二三，獲馬千匹，器甲三萬聯……時韓弘爲汴帥，驕矜倔强，常倚賊勢索朝廷姑息，惡光顏力戰，陰圖撓屈，計無所施。遂舉大梁城求得一美婦人，教以歌舞弦管六博之藝，飾之以珠翠金玉衣服之具，計費數百萬，命使者送遺光顏，冀一見悅惑而怠於軍政也。使者即賫書先造光顏壘曰：'本使令公德公私愛，憂公暴露，欲進一妓以慰公征役之思，謹以候命！'光顏曰：'今日已暮，明旦納焉！'詰朝，光顏乃大宴軍士，三軍咸集，命使者進妓。妓至，則容止端麗，殆非人間所有，一座皆驚。光顏乃於座上謂來使曰：'令公憐光顏離家室久，捨美妓見贈，誠有以荷德也。然光顏受國家恩深，誓不與逆賊同生日月下。今戰卒數萬，皆背妻子，蹈白刃，光顏奈何以女色爲樂？'言訖，涕泣嗚咽，堂下兵士數萬皆感激流涕。乃厚以縑帛酬其來使，俾領其妓自席上而迴，謂使者曰：'爲光顏多謝令公！光顏事君許國之心，死無貳矣！'自此兵衆之心，彌加激勵。" 是以：連詞，因此，所以。《老子》："功成而弗居。夫唯弗居，是以不去。"蘇舜欽《火疏》："明君不諱過失而納忠，是以懷策者必吐上前，蓄冤者無至腹誹。" 淮蔡：地名，即淮西地區。元稹《上門下裴相公書》："昨者閣下方事淮蔡，獨當鑪錘，內蘊深謀，外排群議，始以追

韓信、拔呂蒙爲急務，固非叔孫通薦儒之日也。”白居易《題裴晉公女
几山刻石詩後并序》：“裴侍中晉公出討淮西時，過女几山下，刻石題
詩，末句云：‘待平賊壘報天子，莫指仙山示武夫。’果如所言，剋期平
賊，由是淮蔡迄今底寧，殆二十年。”　百勝：猶言戰無不勝。《尉繚
子·天官》：“黃帝刑德，可以百勝。”《三國志·劉廙傳》：“今以海內之
兵，百勝之威，而孫權負險於吳，劉備不賓於蜀。”　“青齊之師”兩句：
事見《新唐書·李光顏傳》：“帝討李師道，徙義成節度使，許以忠武兵
自隨。不三旬，再敗賊濮陽，拔斗門，斬數千級。”　青：指唐代方鎮
淄、青、平、盧節度。韓愈《元和聖德詩》：“魏幽恆青，東盡海浦，南至
徐蔡。”錢仲聯集釋：“魏本引孫汝聽曰‘……青謂淄青平盧節度。’”楊
巨源《薛司空自青州歸朝》：“天眷君陳久在東，歸朝人看大司空。黃
河岸畔長無事，滄海東邊獨有功。”　齊：古地名，今山東省泰山以北
黃河流域和膠東半島地區，爲戰國時齊地，漢以後仍沿稱爲齊。呂巖
《賜齊州李希遇詩》：“少飲欺心酒，休貪不義財。福因慈善得，禍向巧
奸來。”唐五代無名氏《周顯德中齊州謠》：“蹋陽春，人間二月雨和塵。
陽春蹋盡西風起，腸斷人間白髮人。”　一面：一個方面，有時指一方
的重任。《史記·留侯世家》：“漢王之將獨韓信可屬大事，當一面。”
綦崇禮《賜起復檢校少保定國軍節度使川陝宣撫副使吳玠獎諭詔》：
“奏卿智勇絕人，忠誠許國，獨當一面。”

　　⑨　蕭關：古關名，故址在今寧夏固原東南，爲自關中通向塞北的
交通要衝。《漢書·武帝紀》：“〔元封四年冬十月〕通回中道，遂北出
蕭關。”顏師古注引如淳曰：“《匈奴傳》：‘入朝郁蕭關。’蕭關在安定朝
郁縣也。”盧照鄰《上之回》：“回中道路險，蕭關烽候多。”　馬嶺：慶州
所屬縣名。《舊唐書·地理志》：“慶州中都督府：隋弘化郡，武德元年
改爲慶州，領合水、樂蟠、三泉、馬嶺、弘化五縣。”沈亞之《答殷堯藩贈
罷涇原記室》：“提筆從征虜，飛書始伏羌。河流辭馬嶺，節卧聽龍
驤。”　五餌：《漢書·賈誼傳贊》：“及欲試屬國，施五餌、三表以係單

于,其術因以疏矣!"顏師古注:"賜之盛服車乘以壞其目,賜之盛食珍味以壞其口,賜之音樂、婦人以壞其耳,賜之高堂、邃宇、府庫、奴婢以壞其腹,於來降者,上以召幸之,相娛樂,親酌而手食之,以壞其心:此五餌也。"原爲賈誼提出的懷柔、軟化匈奴的五種措施,後泛指籠絡外族的種種策略。李白《自廣平至邯鄲登城樓覽古書懷》:"方陳五餌策,一使胡塵清。" 百雉:指城牆的長度達三百丈,是春秋時國君的特權。雉,古代計算城牆面積的單位,長三丈高一丈爲一雉,借指城牆。劉禹錫《機汲記》:"予謫居之明年,主人授館於百雉之內。"韓翃《寄贈虢州張參軍》:"百雉歸雲過,千峰宿雨收。" 爰:代詞,哪里,何處。《詩·小雅·四月》:"亂離瘼矣! 爰其適歸?"《詩·鄘風·桑中》:"爰采唐矣? 沬之鄉矣!"鄭玄箋:"於何采唐?"

⑩ "先是屬役"八句:事見《舊唐書·李光顏傳》:"時鹽州爲吐蕃所毁,命李文悦爲刺史,令光顏充勾當修築鹽州城使,仍許以陳許六千人隨赴邠寧。"《新唐書·李光顏傳》:"吐蕃入寇,徙邠寧軍。時虜毁鹽州城,使光顏復城之,亦以忠武兵從。初田縉鎮夏州,以呬昝開邊隙,故党項引吐蕃圍涇州,郝玭力戰,破之。光顏聞賊至,料兵以赴,邠人慢言悒悒,騰謗不肯行。光顏爲陳説大義,感慨流涕,聞者亦泣下,遂即路,虜走出塞。" 屬役:聚集下役。《左傳·昭公三十二年》:"士彌牟營成周⋯⋯屬役賦丈,書以授帥,而效諸劉子。"孔穎達疏:"屬役,謂屬聚下役也。" 良能:賢能,指賢良而有才能之人。元稹《贈裴行立左散騎常侍制》:"累更事任,益見良能。"白居易《除裴向同州刺史制》:"久試吏治,頗著良能。" 程功:衡量功績,計算完成的工作量。《禮記·儒行》:"儒有内稱不辟親,外舉不辟怨,程功積事,推賢而進達之。"陳澔集説:"應氏曰:程算其功,積累其事。"《顏氏家訓·涉務》:"六則興造之臣,取其程功節費,開略有術。" 不愆:無過錯,無過失。《詩·大雅·假樂》:"不愆不忘,率由舊章。"謂不錯過時期。王融《永明九年策秀才文二首》二:"將使杏花菖葉,耕穫不愆。"

訖事；完事，竣工。《魏書·宣武靈皇后胡氏》："及改葬文昭高後，太后不欲令肅宗主事，乃自爲喪主，出至終寧陵，親奠遣事，還哭於太極殿，至於訖事，皆自主焉！"陸游《廬帥田侯生祠記》："然自興役至訖事，不三閱月。"　有司：官吏，古代設官分職，各有專司，故稱。杜甫《病橘》："汝病是天意，吾敢罪有司？"元結《舂陵行并序》："軍國多所需，切責在有司。有司臨郡縣，刑法競欲施。"　實效：實際的功效。《漢書·王吉傳》："聖王不以名譽加於實效。"《新五代史·王延傳》："貢舉選士，當求實效，無以虛名取人。"

⑪　僉：都，皆。蔡邕《郭有道碑文》："僉以爲先民既没，而德音猶存者，亦賴之於見述也。"《新唐書·辛秘傳》："僉謂秘材任將帥，會河東范希朝出討王承宗，召秘爲希朝司馬，主留務。"　勳德：功勳與德行。《晉書·劉弘傳》："以勳德兼茂，封宣城公。"白居易《古碑》："勳德既下衰，文章亦陵夷。但見山中石，立作路旁碑。"　特進：官名，始設於西漢末，授予列侯中有特殊地位的人，位在三公下。東漢至南北朝僅爲加官，無實職，隋唐及其後爲散官。徐彦伯《送特進李嶠入都祔廟》："特進三公下，台臣百揆先。孝圖開寢石，祠主薦牲筵。"劉長卿《送南特進赴歸行營》："聞道軍書至，揚鞭不問家。虜雲連白草，漢月到黃沙。"

⑫　"我國家封植崇重"八句：事見《舊唐書·李光顔傳》："穆宗即位，就加特進，仍與一子四品正員官。尋詔赴闕，賜開化里第，進加同中書門下平章事。穆宗以光顔功冠諸將，故召赴闕，讓賜優給，已而帶平章復鎮，所以報勳臣也。"　封植：亦作"封殖"，引申爲扶植勢力，培養人才。《國語·吳語》："今天王既封植越國，以明聞於天下，而又刘亡之，是天王之無成勞也。"韋昭注："封植，以草木自喻，壅本曰封，植，立也。"蔡邕《鼎銘》："貞良者封植，殘戾者芟夷。"　崇重：尊重，重視。桓溫《薦譙元彦表》："是故上代之君，莫不崇重斯軌，所以篤俗訓民，靜一流競。"韓愈《請復國子監生徒狀》："國家典章，崇重庠序，近

日趨競，未復本原。” 主者：主管人。《史記·陳丞相世家》：“上曰：‘主者謂誰？’平曰：‘陛下即問決獄，責廷尉；問錢穀，責治粟內史。’”沈約《南郊恩詔》：“主者詳爲條格，疾速施行。”

［編年］

《編年》編年：“此《制》係加邠寧慶等州節度使李光顔爲‘特進’。據《舊唐書·穆宗紀》，是元和十五年六月庚辰事。”《編年箋注》編年：“此《制》作於元和十五年（八二〇）六月。”理由是：“《舊唐書·穆宗紀》：‘庚辰，加邠寧慶節度使李光顔特進，以城鹽州之功也’。”《年譜新編》根據《舊唐書·穆宗紀》，編年本文“元和十五年六月撰”。

我們以爲，《舊唐書·穆宗紀》：“（元和十五年）六月辛未朔……庚辰，加邠寧慶節度使李光顔特進，以城鹽州之功也。”以干支推算，“庚辰”應該是六月十日，李光顔被授予“特進”即在是日。但元稹本文絕對不是“六月十日”當日“倚馬”之作，起草之後，還應該經由唐穆宗過目恩准，哪怕唐穆宗的審閲祇是走走過場，但這個形式是不能免除的。據此，我們以爲本文應該撰成於元和十五年六月十日之前一二日之內，地點在長安，元稹時任祠部郎中知制誥之職。《年譜》認爲本文作於“元和十五年六月庚辰”是不合適的，《編年箋注》、《年譜新編》認爲本篇作於“元和十五年六月”更是不合適的。

● 授杜叔良左領軍衞大將軍制①

敕：十二衞大將軍典掌禁旅，張皇六師，猶藩垣之捧宸極也，爲任不細②。是以出則授以弧矢，靖烽燧於邊庭〔一〕；入則委以爪牙，領貔貅於魏闕。中外遞用，僉謂恩榮③。

前朔方靈鹽定遠等城節度副大使、知節度事、觀察處置押蕃落等使、元從奉天定難功臣、開府儀同三司、檢校工部尚書兼靈州大都督府長史、大夫、上柱國、安定郡王、食邑三千戶杜叔良，將門之子，不墜弓裘。頗閱詩書，素明韜略④。

　　頃以五原近寇，禦侮才難，遂俾驅攘，實資毅勇⑤。星霜屢換，節制斯勤。雖不立奇功，而無忘慎固。尚多毗倚，迺命徼巡。勉服新恩，以彰前效。可驃騎大將軍、行左領軍衞大將軍，元從功臣、勳封如故⑥。

録自《元氏長慶集》補遺卷四

[校記]

　　(一)靖烽燧於邊庭：原本作"驅犬羊於虜庭"，楊本、《全文》同，據《英華》改。

[箋注]

　　① 授杜叔良左領軍衞大將軍制：本文不見於今存《元氏長慶集》，但馬本《元氏長慶集》補遺卷四、《英華》、《全文》收錄，歸名元稹，故據補入。　　杜叔良：史迹見《舊唐書·憲宗紀》："(元和十年)秋七月庚午朔……辛未，以神策軍長武城使杜叔良爲朔方靈鹽定遠城節度、觀察使。"又《舊唐書·穆宗紀》："(長慶元年)冬十月甲子朔，丙寅……以左領軍衞大將軍杜叔良充深冀諸道行營節度使……丙戌，以深冀行營節度使杜叔良爲滄州刺史、橫海軍節度使，以代烏重胤。授重胤檢校司徒、興元尹，充山南西道節度使。時上急於誅賊，杜叔良出征日面辭奏云：'臣必旦夕破賊！'重胤善將知兵，以賊勢未可卒平，用兵稍緩，故有是拜……十二月甲子朔……庚午，杜叔良之軍與賊戰於博野，爲賊所敗，七千人陷賊，叔良僅免。"本文即是杜叔良自朔方靈鹽定遠節度使拜職左領軍衞大將軍制，時在元和十五年。第

二年,杜叔良相繼拜職深冀諸道行營節度使、橫海軍節度使,最後全軍潰敗,僅以身免。　領軍:官名,東漢末曹操爲丞相時所設,爲相府屬官,後更名中領軍;魏晉時改稱領軍將軍,均統率禁軍。南朝沿設,北朝略同,與護軍將軍或中護軍同掌中央軍隊,爲重要軍事長官之一。隋代設左右領軍府,唐代左右領軍衛爲十六衛之一,設上將軍、大將軍及將軍,宿衛宮禁。《文選·潘岳〈楊荆州誄〉》:"或統驍騎,或據領軍。"李善注:"賈弼之《山公表注》曰:楊恪,字仲義,驍騎將軍。生暨,字休先,領軍將軍。"段成式《酉陽雜俎·肉攫部》:"高帝武平初,領軍將軍趙野叉獻白兔鷹一聯。"　大將軍:古代武官名,始於戰國,漢代沿置,爲將軍最高稱號,多由貴戚擔任,統兵征戰並掌握政權,職位極高。三國至南北朝,戰事頻繁,當朝大臣多兼大將軍官號。隋左右武衛、左右武侯等各置大將軍,爲禁軍高級武官。唐左右羽林、左右龍武軍、十六衛亦置大將軍,其職與隋略同。宋代十六衛大將軍已成空銜。李白《述德兼陳情上哥舒大夫》:"丈夫立身有如此,一呼三軍皆披靡。衛青謾作大將軍,白起真成一豎子。"張謂《餞田尚書還兗州》:"別路逢霜雨,行營對雪雲。明朝郭門外,長揖大將軍。"

②十二衛:軍隊組織之名。《新唐書·兵志》:"唐興,因之隋制,十二衛曰翊衛,曰驍騎衛,曰武衛,曰屯衛,曰禦衛,曰候衛,爲左右,皆有將軍以分統諸府之兵。"《舊唐書·職官志》:"(貞觀)十一年,改令置太師、太傅、太保爲三師,其三公已下,六省、一臺、九寺、三監、十二衛、東宮諸司,並從舊定。"　典掌:主管,掌管。虞溥《江表傳》:"權爲吳王,初置節度官,使典掌軍糧,非漢制也。"《新唐書·韋述傳》:"述典掌圖書,餘四十年,任史官二十年,澹榮利,爲人純厚長者,當世宗之。"　禁旅:猶禁軍。《南史·劉懷珍傳》:"懷珍年老,以禁旅辛勤,求爲閑職。"《舊唐書·憲宗二十子等傳論》:"自天寶以降,内官握禁旅,中闈篡繼,皆出其心。"　張皇:張大,壯大。《書·康王之誥》:"張皇六師,無壞我高祖寡命。"孔傳:"言當張大六師之衆。"陸贄《誥

賜尚結贊第三書》:"遣使來往,足得商量;張皇師徒,是何道理!"　六師:周天子所統六軍之師。《孟子·告子》:"一不朝,則貶其爵;再不朝,則削其地;三不朝,則六師移之。"後以爲天子軍隊之稱。《三國志·先主傳》:"盡力輸誠,獎厲六師……以寧社稷,以報萬分。"許敬宗《奉和入潼關》:"濟潼紆萬乘,臨河耀六師。"也指唐之禁軍六軍。《新唐書·百官志》:"左右龍武、左右神武、左右神策,號六軍。"按,《舊唐書·職官志三》說六軍,與此不同。王鳴盛《十七史商榷·新舊唐書》:"六軍,據《新志》以龍武、神武、神策各左右當之,而《舊志》說六軍則數左右羽林,而不數左右神策。《通典》說六軍與《舊志》同……要之,六軍之名乃取舊制書之,至中、晚唐神策軍權最重,故《新志》以後定者言之歟! 今未能詳考。"　藩垣:藩籬和垣牆,泛指屏障。語本《詩·大雅·板》:"價人維藩,大師維垣。"毛傳:"藩,屏也,垣,牆也。"比喻衞國的重臣。韓愈《與鳳翔邢尚書書》:"今閣下爲王爪牙,爲國藩垣。"元稹《授于季友右羽林將軍制》:"以爾季友,時予舊姻。念往興懷,度才思用。榮以服色,列於藩垣。爾其恭敬,無替朕命。"　宸極:借指帝王。徐陵《爲陳武帝作相時與北齊廣陵城主書》:"日月所鑒,天地所明,豈敢虛言欺妄宸極!"張世南《游宦紀聞》卷四:"風馬雲車,儷百順鈎陳之衞;金枝玉葉,拱萬齡宸極之尊。"比喻帝位。《文選·劉琨〈勸進表〉》:"宸極失御,登遐醜裔。"李善注:"宸極,喻帝位。"《舊唐書·蘇安恒傳》:"今太子孝敬是崇,春秋既壯,若使統臨宸極,何異陛下之身!"　細:微小,與大相對。《左傳·襄公四年》:"吾子舍其大而重拜其細,敢問何禮也?"張祜《塞上曲》:"莫道功勳細,將軍昔戍師。"

③ 弧矢:弓箭。《易·繫辭》:"弦木爲弧,剡木爲矢,弧矢之利,以威天下。"鄭棨《開天傳信記》:"上封泰山,進次滎陽旃然河上,見黑龍,命弧矢射之,矢發龍潛藏。"　靖:通"靜",清靜。《管子·白心》:"建當立有以靖爲宗,以時爲寶,以政爲儀,和則能久。"尹知章注:"静

則思慮審。"《北史·袁聿修傳》:"爲政清靖,不言而化。" **烽燧**:古代邊防報警的信號,白天放烟叫烽,夜間舉火叫燧。《墨子·號令》:"與城上烽燧相望。"桓寬《鹽鐵論·本議》:"修塞障,飭烽燧,屯戍以備之。" **邊庭**:猶邊地。《後漢書·銚期王霸傳贊》:"祭遵好禮,臨戎雅歌。肜抗遼左,邊廷懷和。"盧思道《從軍行》:"邊庭節物與華異,冬霰秋霜春不歇。" **爪牙**:比喻武臣。《漢書·陳湯傳》:"戰克之將,國之爪牙,不可不重也。"顔真卿《右武衛將軍臧公神道碑銘》:"公兄左羽林軍大將軍平盧副持節懷亮,以方虎之才,膺爪牙之任。" **貔貅**:古籍中的兩種猛獸。《史記·五帝本紀》:"〔軒轅〕教熊、羆、貔、貅、貙、虎,以與炎帝戰於阪泉之野。"司馬貞索隱:"此六者猛獸,可以教戰。"多連用以比喻勇猛的戰士。張説《王氏神道碑》:"赳赳將軍,貔貅絕群。" **魏闕**:古代宮門外兩邊高聳的樓觀,樓觀下常爲懸布法令之所,亦借指朝廷。《莊子·讓王》:"身在江海之上,心居乎魏闕之下。"元稹《酬友封話舊叙懷十二韵》:"魏闕何由到?荆州且共依。" **中外**:朝廷內外,中央和地方。《漢書·元帝紀》:"以用度不足,民多復除,無以給中外繇役。"劉義慶《世説新語·言語》:"孔融被收,中外惶怖。" **遞**:交替,輪流。《楚辭·九辯》:"四時遞來而卒歲兮!陰陽不可儷偕。"朱熹集注:"遞,更易也。"杜甫《宿青草湖》:"寒冰争倚薄,雲月遞微明。" **僉**:都,皆。蔡邕《郭有道碑文》:"僉以爲先民既没,而德音猶存者,亦賴之於見述也。"《新唐書·辛秘傳》:"僉謂秘材任將帥,會河東範希朝出討王承宗,召秘爲希朝司馬,主留務。" **恩榮**:謂受皇帝恩寵的榮耀。謝靈運《命學士講書》:"古人不可攀,何以報恩榮?"白居易《續古詩十首》五:"一曲稱君心,恩榮連九族。"

④ 朔方靈鹽定遠等城節度:原爲唐代十大節鎮之一。《舊唐書·地理志》:"朔方節度使,捍禦北狄,統經略、豐安、定遠、西受降城、東受降城、安北都護、振武等七軍府:朔方節度使治靈州,管兵六萬四千七百人,馬四千三百疋,衣賜二百萬疋段。經略軍,理靈州城

內,管兵二萬七百人,馬三千疋。豐安軍,在靈州西黃河外百八十里,管兵八千人,馬千三百疋。定遠城,在靈州東北二百里黃河外,管兵七千人,馬三千疋。西受降城,在豐州北黃河外八十里,管兵七千人,馬七千百疋。安北都護府治,在中受降城黃河北岸,管兵六千人,馬二千疋。東受降城,在勝州東北二百里,管兵七千人,馬千七百疋。振武軍,在單於東都護府城內,管兵九千人,馬千六百疋。"後經安史之亂,至德之後,地域有所改變:"朔方節度使,治靈州,管鹽、夏、綏、銀、宥、豐、會、麟、勝、單于府等州。"地當今天吳忠、定邊、靖遠等地。 **蕃落**:外族部落。劉知幾《史通·浮詞》:"述道武結婚蕃落,則曰:'招攜荒服,追慕漢高。'"劉言史《賦蕃子牧馬》:"蕃落多晴塵擾擾,天軍獵到鸊鷉泉。" **元從奉天定難功臣**:跟隨唐德宗逃難奉天的文武百官以及衆多軍將。《新唐書·兵志》:"自德宗幸梁還,以神策兵有勞,皆號'興元元從奉天定難功臣',恕死罪。"《資治通鑑·貞元七年》:"初,上還長安,以神策等軍有衛從之勞,皆賜名'興元元從奉天定難功臣',以官領之,撫恤優厚。禁軍恃恩驕橫,侵暴百姓,陵忽府縣,至詬辱官吏,毀裂案牘。府縣官有不勝忿而刑之者,朝笞一人,夕貶萬里。由是府縣雖有公嚴之官,莫得舉其職。市井富民,往往行賂寄名軍籍,則府縣不能制。" **將門**:將帥門下,將帥家門。《史記·田叔列傳》:"吾聞之,將門之下,必有將類。"王維《李陵詠》:"漢家李將軍,三代將門子。" **弓裘**:謂父子世代相傳的事業。高適《古樂府飛龍曲留上陳左相》:"相門連戶牖,卿族嗣弓裘。"又作"弓治",語本《禮記·學記》:"良冶之子,必學爲裘;良弓之子,必學爲箕。"《北史·魏收魏季景等傳論》:"季景父子,雅業相傳,抑弓冶之義。" **詩書**:《詩經》和《尚書》,也泛指一般的書籍。張說《奉和聖製途次陝州應》:"周召嘗分陝,詩書空復傳。何如萬乘睠,追賞二南篇。"劉長卿《送州人孫沅自本州却歸句章新營所居》:"故里歸成客,新家去未安。詩書滿蝸舍,征稅及漁竿。" **韜略**:古代兵書《六韜》、《三略》的並稱,泛指兵書。張説《河西節度副大使安公碑銘》:"幼聚童兒,必爲軍陣之戲;長交英俊,唯談韜略之書。"孫光憲《北夢瑣言》卷一四:"唐自大中已來,以兵爲戲者久矣! 廊廟之上,耻言韜略。"

⑤ 五原:關塞名,即漢五原郡之榆柳塞,在今内蒙古自治區與陝西交界處之五原縣、定邊縣。《元和郡縣志·鹽州》:"漢武帝元朔二年,置五原郡,地有原五所,故號五原。至晉地没赫連勃勃,後魏平之,改爲西安州。以其北有鹽池,又改爲鹽州。隋大業三年爲鹽川郡,貞觀二年討平梁師都,置鹽州。天寶元年改爲五原郡,乾元元年復爲鹽州。"張敬忠《邊詞》:"五原春色舊來遲,二月垂楊未挂絲。即今河畔冰開日,正是長安花落時。"賈至《出塞曲》:"傳道五原烽火急,單于昨夜寇新秦。" 禦侮:謂抵禦外侮。《周書·魏玄傳》:"灌瓜贈藥,雖有愧於昔賢;禦侮折衝,足方駕於前烈。"胡銓《上高宗封事》:"有如虜騎長驅,尚能折衝禦侮乎!" 驅攘:驅除。陸贄《請不與李萬榮汴州節度使狀》:"近者劉元佐驅攘巨猾,底復大梁,即鎮如兹,幾將十載。"元稹《杜載監察御史制》:"念驅攘之略,誠在將軍;獎飛馳之勞,宜加憲秩。" 毅勇:忠毅英勇。李華《衢州刺史廳壁記》:"凡爲州者,儒不毅勇則頓威,攻守所由敗也;勇不儒和則失人,邦國所由困也。"《舊五代史·安王友甯傳》:"及昭宗歸長安,朝廷議迎駕功,友甯授嶺南西道節度使,加特進、檢校司徒,賜號'迎鑾毅勇功臣'。"

⑥ 星霜:星辰一年一周轉,霜每年遇寒而降,因以星霜指年歲。白居易《歲晚旅望》:"朝來暮去星霜换,陰慘陽舒氣序牽。"梅堯臣《雷逸老以效石鼓文見遺因呈祭酒吳公》:"聚完辨舛經星霜,四百六十飛鳳皇。" 節制:指揮,管轄。《尉繚子·兵令》:"將能立威,卒能節制。號令明信,攻守皆得。"李復言《續玄怪録·盧僕射從史》:"盧公,元和初以左僕射節制澤潞。" 奇功:異常的功勞、功勳。《漢書·陳湯傳》:"湯爲人沈勇有大慮,多策謀,喜奇功。"劉長卿《觀校獵上淮西相公》:"笳隨晚吹吟邊草,箭没寒雲落塞鴻。三十擁旄誰不羨? 周郎少

小立奇功。”　慎固：使謹嚴堅固。《書·畢命》：“慎固封守，以康四海。”孔傳：“謹慎堅固封疆之守備，以安四海。”權德輿《淮西招討事宜狀》：“其次則嚴戒慎固，勿與爭鋒。來則遏其驅侵，去則保兹經界。使士勇皆賈，終不妄動。”　毗倚：親近倚重，多指皇帝對大臣的信賴。《晉書·王祥傳》：“詔曰：‘太保元老高行，朕所毗倚，以隆政道者也。’”元稹《姚文壽可冠軍大將軍右監門衛將軍知內侍省事制》：“憂服既除，庸功可獎。崇階厚秩，兼以命之。無忘慎修，用副毗倚。”徼巡：巡查。荀悦《漢紀·惠帝紀》：“中尉掌徼巡京師，位秩與卿同。”王禹偁《右衛上將軍贈侍中宋公神道碑》：“緹綺二百，尅静神州。金門九重，遂成高枕。徼巡無怠，儀位有光。”

［編年］

　　《年譜》編年：“《制》稱杜叔良爲‘前朔方靈鹽定遠等城節度副大使、知節度事、觀察處置押蕃落等使’，據《舊唐書·穆宗紀》云：‘（元和十五年六月戊寅）以（李）聽爲靈州大都督府長史，充朔方靈鹽節度使。’從李聽代杜叔良的時間，看出此《制》當撰於元和十五年六月戊寅前後。”《編年箋注》、《年譜新編》編年除引述《舊唐書·穆宗紀》之外，又云：“《新唐書·穆宗紀》云：元和十五年‘三月乙巳，杜叔良及吐蕃戰，敗之’。”結論是：“則授杜叔良驃騎大將軍、行左領軍衛大將軍，時在元和十五年三月至六月間，亦即此《制》成於元和十五年（八二〇）三月至六月間。”

　　我們以爲，一、三月癸卯朔，據干支推算，“三月乙巳”應該是“三月初三”。六月辛未朔，“戊寅”應該是六月初八。故《編年箋注》、《年譜新編》“三月至六月間”的表述是不準確的，有問題的。二、《年譜》認定的“元和十五年六月戊寅前後”也是值得商榷的：李聽朔方靈鹽節度使的任命元和十五年六月初八發佈，按照慣例，杜叔良朔方靈鹽節度使的任命至少應該同時解除，“前後”的説法比較含糊。三、本文稱杜叔良爲“前朔方靈鹽定遠等城節度副大使、知節度事、觀察處置押蕃落等使……”，一個“前”字透露出杜叔良解職朔方節度使之後，並非同時任命新職。當杜叔良再次拜命新銜之時，朔方節度使已經是李聽，所以加一“前”字以示區別。故任命“驃騎大將軍、行左領軍衛大將軍”的制誥應該不在“戊寅”同時，而在“戊寅”之後，《年譜》的“前後”之“前”字是誤判。當然，杜叔良的新任命也不會拖得太久，估計就在六月初八之後不久，地點自然是在長安，元稹時任祠部郎中、知制誥之職。

■ 酬樂天畫木蓮花圖見寄(一)①

據白居易《畫木蓮花圖寄元郎中》

[校記]

（一）酬樂天畫木蓮花圖見寄：元稹本佚失詩所依據的白居易《畫木蓮花圖寄元郎中》，見《白氏長慶集》、《白香山詩集》、《萬首唐人絕句》、《御選唐詩》、《佩文齋詠物詩選》、《佩文齋廣群芳譜》、《佩文齋書畫譜》、《蜀中廣記》、《全詩》，未見異文。

[箋注]

① 酬樂天畫木蓮花圖見寄：白居易《畫木蓮花圖寄元郎中》：“花房膩似紅蓮朵，艷色鮮如紫牡丹。唯有詩人能解愛，丹青寫出與君看。”白居易元和十四年三月二十八日赴任忠州，白居易《忠州刺史謝上表（元和十四年三月二十八日）》：“臣某言：臣以去年十二月二十日伏奉敕旨，授臣忠州刺史，以今月二十八日到本州，當日上訖。”據白居易《商山路有感序》和《吟元郎中白鬚詩兼飲雪水茶因題壁上》，其

歸朝在元和十五年夏天。木蓮花在四月開花，故白居易在忠州，能夠先後兩次看到木蓮花，亦即元和十四年與元和十五年。但元和十四年"四月初"，白居易剛剛到達忠州僅僅幾日，因木蓮花在"忠州西北十里"的"鳴玉谿"，雖然"生者穠茂"，但"惜其遐僻"，還不一定有時間有興趣欣賞木蓮花盛開的情景；元和十五年夏天，木蓮花再次花開，白居易才想到將豔麗的木蓮花請人圖畫下來珍藏起來，同時賦詩寄給剛剛升任祠部郎中、知制誥臣的元稹。有白居易《荔枝圖序》可證："荔枝生巴、峽間，樹形團團如帷蓋。葉如桂，冬青。華如橘，春榮。實如丹，夏熟。朵如蒲萄，核如枇杷，殼如紅繒，膜如紫綃，瓤肉瑩白如冰雪，漿液甘酸如醴酪。大略如彼，其實過之。若離本枝，一日而色變，二日而香變，三日而味變，四五日外，色香味盡去矣！元和十五年夏，南賓守樂天命工吏圖而書之，蓋爲不識者與識而不及一二三日者云。"這裏要説明一下：《舊唐書·白居易傳》引用白居易《荔枝圖序》之時，誤"元和十五年夏"爲"元和十四年夏"，請讀者注意辨別。元稹接到老朋友的寄詩，自然酬和，而現存元稹詩文未見酬篇，故據此補。"元郎中"，《白居易集箋校》認爲是元宗簡，我們以爲是當時正在祠部郎中、知制誥任的元稹。　　木蓮：常綠喬木，葉子長橢圓狀披針形，花如蓮，果穗球形，成熟時紫色。俗稱黃心樹。段成式《酉陽雜俎續集·支植》："木蓮花，味似辛夷，花類蓮花，色相傍，出忠州鳴玉溪，邛州亦有。"《舊唐書·白居易傳》："居易在郡，爲《木蓮荔枝圖》，寄朝中親友，各記其狀曰……'木蓮大者高四五丈，巴民呼爲黃心樹，經冬不凋。身如青楊，有白文。葉如桂，厚大無脊。花如蓮，香色豔膩皆同，獨房蕊有異。四月初始開，自開迨謝，僅二十日。'"陸游《老學庵筆記》卷四："白樂天有《忠州木蓮詩》。予遊臨邛白鶴山寺，佛殿前有兩株，其高數丈，葉堅厚如桂，以仲夏發花，狀如芙蕖，香亦酷似。"　　畫圖：繪圖。高適《塞下曲》："畫圖麒麟閣，入朝明光宮。"《舊唐書·蕭俶傳》："滑臨黃河，頻年水潦，河流泛溢，壞西北堤。俶奏移河四里,兩月畢功,畫圖以進。"

[編年]

　　未見《元稹集》採録,也未見《年譜》、《編年箋注》、《年譜新編》採録與編年,《白居易集箋校》編年白居易原詩於元和十四年。

　　白居易離開忠州刺史任在元和十五年夏,元稹晉職祠部郎中、知制誥任在元和十五年五月九日,而木蓮花開花或在四月,或"仲夏",結合以上條件,白居易圖畫木蓮花,應該在木蓮花盛開之四月或五月間,而其賦詩贈送元稹等親友應該在稍後不久,其時元稹初拜祠部郎中、知制誥之職。白居易寄詩元稹,既有續叙唱和之情,也有聯絡情感之意。元稹的酬和之篇,應該在白居易原唱之後,大約應該在元和十五年之仲夏,地點在長安,元稹時任祠部郎中、知制誥之職。

■ 喜烏見寄白樂天(一)①

　　　　　　　　　據白居易《答元郎中楊員外喜烏見寄》

[校記]

　　(一)喜烏見寄白樂天:元稹本佚失詩所據白居易《答元郎中楊員外喜烏見寄》,見《白香山詩集》、《全詩》,未見異文。

[箋注]

　　① 喜烏見寄白樂天:白居易《答元郎中楊員外喜烏見寄》:"南宫鴛鴦地,何忽烏來止? 故人錦帳郎,聞烏笑相視。疑烏報消息,望我歸鄉里。我歸應待烏頭白,慚愧元郎誤歡喜。"《白居易集箋校》認爲"元郎中"是元宗簡,誤,不取。詩題中的"楊員外"是楊巨源,據《唐才

子傳校箋》,楊巨源自太常博士拜虞部員外郎在元和十三年。而元積元和十五年十二月二十八日稍前一二日所作《內狀詩寄楊白二員外(時知制誥)》表明直到元和十五年年底,楊巨源尚在虞部員外郎任。元積職任"郎中"知制誥之職,起元和十五年五月九日,長慶元年二月十六日升任中書舍人、翰林承旨學士,前後九月有餘。白居易是酬和元積和楊巨源之作,據此,元積與楊巨源均應該有詩向白居易報見烏之喜,認爲白居易即將離開忠州刺史回京任職:"南宮鴛鸞地"六句所言,就是元、楊兩人望白居易回歸京城任職的祝福與期待。白居易接詩,雖然內心欣喜,但表面上仍然不敢過分高興,以"我歸應待烏頭白,慚愧元郎誤歡喜"回覆。但現在無論是元積,還是楊巨源,都不見寄給白居易的原唱,答案就是元積與楊巨源原唱的佚失,據此將元積原唱補出。　　烏:即烏鴉,古人常常認爲它是喜事即將到來的前兆。元積元和元年自左拾遺被貶職河南尉,中途遇赦,元積的妻子韋叢在事先得到烏鳥的暗示,元積《聽庾及之彈烏夜啼引》即述説了這個故事:"君彈烏夜啼,我傳樂府解古題。良人在獄妻在閨,官家欲赦烏報妻……四五年前作拾遺,諫書不密丞相知。謫官詔下吏驅遣,身作囚拘妻在遠。歸來相見淚如珠,唯説閑宵長拜烏。君來到舍是烏力,妝點烏盤邀女巫。"《容齋續筆·烏鵲鳴》涉及一段關於烏鴉與喜鵲的話語,讀來頗爲有趣,錄在下面與讀者分享:"北人以烏聲爲喜,鵲聲爲非;南人聞鵲噪則喜,聞烏聲則唾而逐之,至於弦弩挾彈擊,使遠去。《北齊書》:奚永洛與張子信對坐,有鵲正鳴於庭樹間,子信曰:'鵲言不善,當有口舌事。今夜有喚,必不得往!'子信去後,高儼使召之,且云敕喚,永洛詐稱墮馬,遂免於難。白樂天在江州,《答元郎中楊員外喜烏見寄》曰:'南宮鴛鸞地,何忽烏來止? 故人錦帳郎,聞烏笑相視。疑烏報消息,望我歸鄉里。我歸應待烏頭白,慚愧元郎誤歡喜。'然則鵲言固不善而烏亦能報喜也。又有和元微之《大觜烏》一篇云:'老巫生奸計,與烏意潛通。云此非凡鳥,遙見起敬恭。千歲乃一出,喜賀主人翁。此烏所止家，家產日夜豐。上以致壽考，下可宜田農。'按微之所賦云：'巫言此烏至，財產日豐宜。主人一心惑，誘引不知疲。轉見烏來集，自言家轉孳。專聽烏喜怒，信受若長離。'今之烏則然也。世有傳《陰陽局鴉經》，謂東方朔所著，大略言：凡占鳥之鳴，先數其聲，然後定其方位。假如甲日一聲即是甲聲，第二聲爲乙聲，以十千數之。乃辨其急緩，以定吉凶。蓋不專於一說也。"此則記載，又見宋祝穆所撰《古今事文類聚》，其中兩書"白樂天在江州"云云，顯然有誤，白居易在江州時，元稹出貶在通州，職任司馬，何來"元郎中"之說？又如何解釋白居易詩中的"南宮鴛鶴地，何忽烏來止？故人錦帳郎，聞烏笑相視"四句？祇有白居易在忠州刺史任，元稹在長安職任祠部郎中知制誥臣，元稹身在"南宮"，白居易才能稱呼元稹爲"錦帳郎"與"元郎"。所謂的"南宮"，亦即尚書省的別稱，原謂尚書省象列宿之南宮，故稱。《後漢書·鄭弘傳》："建初，爲尚書令……弘前後所陳有補益王政者，皆著之南宮，以爲故事。"丘仲孚著《南宮故事》百卷，亦以南宮稱尚書省。唐及以後，尚書省六部統稱南宮。韋應物《和張舍人夜直中書寄吏部劉員外》："西垣草詔罷，南宮憶上才。"韓愈《袁州刺史謝上表》："臣以愚陋無堪，累蒙朝廷獎用，掌誥西掖，司刑南宮。"

[編年]

　　未見《元稹集》採錄，也未見《年譜》、《編年箋注》、《年譜新編》採錄與編年，《白居易集箋校》編年白居易酬詩於元和十三年。

　　我們以爲，白居易詩中的"楊員外"是時任虞部員外郎的楊巨源，"元郎中"是時任祠部郎中、知制誥的元稹。當時白居易在忠州刺史任，在即將被奉調回京任職司門員外郎的前夕。元稹當時在禁中任職，可能已經得知白居易即將回京任職的消息，故以烏鳥報喜的方式暗示自己的朋友。作爲此說的一個旁證，元和十五年的年底，白居易即將從司門員外郎晉職主客郎中、知制誥臣，元稹在《內狀詩寄楊白二員外》：“南省郎官誰待詔？與君將向世間行。”幾天以後，白居易晉升的新職詔令果然下達。據此，白居易酬唱應該賦成於元和十五年夏天離開忠州刺史任的前夕，而元稹的原唱應該在白居易酬篇之前，亦即元和十五年五月九日元稹剛剛拜職祠部郎中、知制誥臣不久，地點在長安。

■ 酬樂天商山路驛桐樹前後題名處述情(一)①

據白居易《商山路驛桐樹昔與微之前後題名處》

[校記]

（一）酬樂天商山路驛桐樹前後題名處述情：元稹本佚失詩所據白居易《商山路驛桐樹昔與微之前後題名處》，見《白氏長慶集》、《白香山詩集》、《全詩》，未見異文。

[箋注]

① 酬樂天商山路驛桐樹前後題名處述情：白居易《商山路驛桐樹昔與微之前後題名處》：“與君前後多遷謫，五度經過此路隅。笑問中庭老桐樹，這迴歸去免來無？”今存元稹詩文未見酬篇，據補。　商山：山名，在今陝西商縣東，地形險阻，景色幽勝，秦末漢初四皓曾在此隱居。王維《輞川集·斤竹嶺》：“檀欒映空曲，青翠漾漣漪。暗入商山路，樵人不可知。”祖詠《長樂驛留別盧象裴總》：“朝來已握手，宿別更傷心。灞水行人渡，商山驛路深。”　驛：驛站。岑參《稠桑驛喜逢嚴河南中丞便別得時字》：“駟馬映花枝，人人夾路窺。離心且莫問，春草自應知。”王建《題江臺驛》：“水北金臺路，年年行客稀。近聞天子使，多取雁門歸。”　桐：木名，有梧桐、油桐、泡桐等多種，古代詩

文中多指梧桐。元稹《桐孫詩》:"去日桐花半桐葉,別來桐樹老桐孫。城中過盡無窮事,白髮滿頭歸故園。"白居易《桐樹館重題》:"階前下馬時,梁上題詩處……自嗟還自哂,又向杭州去。" 題名:古人爲紀念科場登録、旅遊行程等,在石碑或壁柱上題記姓名。張籍《送遠曲》:"青天漫漫覆長路,遠遊無家安得住? 願君到處自題名,他日知君從此去。"寶鞏《陝府賓堂覽房杜二公仁壽年中題紀手迹》:"仁壽元和二百年,濛籠水墨淡如烟。當時憔悴題名日,漢祖龍潜未上天。"述情:紀事抒情。孟郊《湖州取解述情》:"雪水徒清深,照影不照心。白鶴未輕舉,衆鳥争浮沉。"元稹《酬楊司業十二兄早秋述情見寄》:"知心豈忘鮑? 詠懷難和阮。壯志日蕭條,那能競朝懽?"

[編年]

《元稹集》没有採録,《年譜》、《編年箋注》、《年譜新編》既没有採録,更没有編年。

我們以爲,白居易詩是其元和十五年夏天從忠州奉詔回京途經商山時所作。隨即白居易回京,與自己的好朋友、祠部郎中知制誥臣元稹相逢,白居易此詩自然在元白相聚時談論的話題之一,元稹賦詩酬和白居易之詩,也正在情理之中,可惜元稹和篇已經佚失。

■ 題壁白鬚詩^{(一)①}

據白居易《吟元郎中白鬚詩兼飲雪水茶因題壁上》

[校記]

(一)題壁白鬚詩:元稹本佚失詩所據白居易《吟元郎中白鬚詩兼飲雪水茶因題壁上》,除《白氏長慶集》外,又見《白香山詩集》、《全詩》,未見異文。

[箋注]

① 題壁白鬚詩:白居易《吟元郎中白鬚詩兼飲雪水茶因題壁上》:"吟詠霜毛句,閑嘗雪水茶。城中展眉處,只是有元家。"據白居易詩中揭示,元稹應該有一首自歎白鬚的詩篇,但今存元稹詩文集中未見,應該是佚失,據補。朱金城先生《白居易集箋校》認爲詩題中的"元郎中"是元宗簡,并舉出白居易《答元郎中楊員外喜烏見寄》作爲旁證,我們已經在《■ 喜烏見寄白樂天》中辯明"楊員外"是楊巨源,而"元郎中"就是元稹。不過元稹《■ 喜烏見寄白樂天》作於白居易在忠州刺史任時,白居易《吟元郎中白鬚詩兼飲雪水茶因題壁上》作於白居易於元和十五年夏天從忠州回到長安之後,時届夏天,在元稹家中見到元稹也許是題在壁上的《白鬚詩》,大約是元稹感歎歲月如飛,自己雖然回到京城,但已經滿面白鬚。剛剛回到京城的白居易自然不無同感,因而有《吟元郎中白鬚詩兼飲雪水茶因題壁上》酬和元稹。但今天我們不見元稹所賦的《白鬚詩》,據補。　題壁:謂將詩文題寫於壁上。獨孤及《與韓侍御同尋李七舍人不遇題壁留贈》:"藥院雞犬靜,酒壚苔蘚斑。知君少機事,當待暮雲還。"指題寫在壁上的詩文。韋應物《因省風俗訪道士侄不見題壁》:"去年澗水今亦流,去年杏花今又拆。山人歸來問是誰?還是去年行春客。"杜甫《醉歌行贈公安顏少府請顧八題壁》:"神仙中人不易得,顏氏之子才孤標。天馬長鳴待駕馭,秋鷹整翮當雲霄。"　白鬚:亦作"白須",白色的鬍鬚,形容年老。元稹《西歸絶句十二首》一〇:"寒窗風雪擁深爐,彼此相傷指白鬚。"陸游《一年老一年》:"平生常笑愚公愚,欲栽墮齒染白須。"

[編年]

　　未見《元積集》採録，也未見《年譜》、《編年箋注》、《年譜新編》採録與編年。

　　朱金城先生《白居易集箋校》編年白居易詩《吟元郎中白鬚詩兼飲雪水茶因題壁上》於元和十五年；但白居易從忠州返回京城長安在十五年的夏天，返回京城之後，白居易心目中的頭等大事，就是去看望自己的摯友元積，因此才看到了元積《題壁白鬚詩》，白居易才有了《吟元郎中白鬚詩兼飲雪水茶因題壁上》。我們以爲，元積本佚失詩，應該賦成於元和十五年夏天之前，亦即賦成於《吟元郎中白鬚詩兼飲雪水茶因題壁上》之前，地點在長安，元積時任祠部郎中、知制誥臣，亦即白居易詩題中的"元郎中"。

■ 酬白員外題壁詩^{(一)①}

據白居易《吟元郎中白鬚詩兼飲雪水茶因題壁上》

[校記]

　　（一）酬白員外題壁詩：元積本佚失詩所依據的白居易《吟元郎中白鬚詩兼飲雪水茶因題壁上》，見《白氏長慶集》、《白香山詩集》、《全詩》，未見異文。

[箋注]

　　① 酬白員外題壁詩：白居易《吟元郎中白鬚詩兼飲雪水茶因題壁上》："吟詠霜毛句，閑嘗雪水茶。城中展眉處，只是有元家。"朱金城先生《白居易集箋校》認爲詩題中的"元郎中"是元宗簡，我們以爲"元郎中"是元積，理由是：一、首先我們應該搞清白居易究竟於何年

歸回長安？白居易《商山路有感序》："前年夏,予自忠州刺史除書歸
闕。時刑部李十一侍郎、户部崔二十員外亦自澧、果二郡守徵還,相
次入關,皆同此路。今年予自中書舍人授杭州刺史,又由此途出。二
君已逝,予獨南行,追歎興懷,慨然成詠。"白居易出守杭州在長慶二
年,其"前年"應該是元和十五年。二、"雪水茶"是用雪水泡的茶水,
雪水是雪融化成的水。孟浩然《疾愈過龍泉寺精舍呈易業二公》："石
渠流雪水,金子耀霜橘。"劉禹錫《松滋渡望峽中》："渡頭輕雨灑寒梅,
雲際溶溶雪水來。"這在當時,不是一般百姓人家在夏天能够享用的
奢侈品,常常是皇家或個别受到皇帝信任的官員才有資格享用夏令
用品。"雪水茶"進一步表明,具體時間應該在夏天。三、其次我們還
應該搞清白居易歸朝之後的任職。據《舊唐書·穆宗紀》："(元和十
五年)十二月己巳朔……丙申,以司門員外郎白居易爲主客郎中、知
制誥。"知白居易在"主客郎中、知制誥"臣之前的官職是司門員外郎。
四、元稹當時在不在長安？居何官職？據《資治通鑑》的記載,元和十
五年五月九日自膳部員外郎、試知制誥晉升爲祠部郎中、知制誥,直
至長慶元年二月十六日晉升中書舍人、翰林承旨學士,在長達九月之
多的時間裏,是成爲名符其實的"元郎中"。既然官居知制誥臣,元稹
在長安就更無需饒舌。五、白居易本詩"吟詠霜毛句"表明,這是元稹
白居易之間曾經發生過的故事,也就是他們互相以"二毛"爲題材唱
和的詩篇,在元稹白居易的詩文集中,尤其是白居易的《白氏長慶集》
中,感歎"二毛"的詩篇有好幾篇,《權攝昭應早秋書事寄元拾遺兼呈
李司録》："到官來十日,覽鏡生二毛。可憐趨走吏,塵土滿青袍。"《自
覺二首》一："四十未爲老,憂傷早衰惡。前歲二毛生,今年一齒落。"
《社日關路作》："愁立驛樓上,厭行官堠前。蕭條秋興苦,漸近二毛
年。"這些詩篇都是賦作於元和十五年之前。如白居易貞元十九年秋
詩《秋雨中贈元九》："不堪紅葉青苔地,又是涼風暮雨天。莫怪獨吟
秋思苦,比君校近二毛年。"又如元稹貞元十九年秋天酬詩《酬樂天秋

興見贈本句云莫怪獨吟秋興苦比君校近二毛年》："勸君休作悲秋賦，白髮如星也任垂。畢竟百年同是夢，長年何異少何爲？"所以十七年之後，元稹有"白鬚詩"感歎自己臉生白鬚非常正常。六、白居易本詩又云"城中展眉處，只是有元家。"元稹白居易相識相交于貞元十九年，至元和十五年，時歷十八年，友誼日深。當時出貶六年歸來，極有可能是出於元稹暗中的幫助，元白之間本來深厚的友誼就更加深厚，"城中展眉處，只是有元家"云云符合元稹白居易親密無間的真摯友誼，他人無可替代。據此，我們以爲白居易本詩中的"元郎中"應該是元稹，而不是元宗簡。既然白居易在元稹家中"題壁"，作爲主人，元稹自然不會熟視無睹，不予回酬。但現存元稹詩文未見回酬之篇，最可能的解釋衹有一個，那就是元稹酬和之篇的佚失，今據補。　白員外：即白居易，字樂天，元稹最親密的朋友。元和十五年夏天，白居易自忠州刺史奉調回京，任職司門員外。元和十五年十二月二十八日，白居易也許是元稹的暗中幫助，晉職主客郎中、知制誥臣。李商隱《刑部尚書致仕贈尚書右僕射太原白公墓碑銘》："移忠州刺史，穆宗用爲司門員外。"令狐楚《春思寄夢得樂天》："花滿中庭酒滿樽，平明獨坐到黃昏。春來詩思偏何處？飛過函關入鼎門。"李忱《吊白居易》："浮雲不繫名居易，造化無爲字樂天。童子解吟長恨曲，胡兒能唱琵琶篇。"　題壁詩：謂將詩文題寫於壁上。孟浩然《秋登張明府海亭》："染翰聊題壁，傾壺一解顏。"指題寫在壁上的詩文。沈括《夢溪筆談·藝文》："歐陽文忠嘗言曰：'觀人題壁，而可知其文章。'"楊萬里《題薦福寺》："曉起巡檐看題壁，雨聲一片隔林來。"

[編年]

　　未見《元稹集》採錄，也未見《年譜》、《編年箋注》、《年譜新編》採錄與編年，《白居易集箋校》編年白居易原詩於元和十五年。

　　根據我們在本詩"箋注"中對"元郎中"的考辨，我們以爲元稹已經佚失之詩應該賦成於元和十五年夏天，元稹時任祠部郎中、知制誥臣，地點在長安。先有元稹的《題壁白鬚詩》，然後是白居易回京拜訪元稹而有《吟元郎中白鬚詩兼飲雪水茶因題壁上》，本詩又是元稹對來訪白居易題壁詩的酬和。

● 一字至七字詩・茶(以題爲韵，同王起諸公送白居易分司東郡作)⁽⁻⁾①

茶。香葉，嫩芽。慕詩客，愛僧家②。碾雕白玉，羅織紅紗③。銚煎黃蕊色，碗轉麴塵花④。夜後邀陪明月，晨前命對朝霞⑤。洗盡古今人不倦，將知醉後豈堪誇⁽⁻⁾⁶！

録自《全詩》卷四二三

[校記]

（一）以題爲韵，同王起諸公送白居易分司東郡作：《唐詩紀事》作“樂天分司東洛，朝賢悉會興化亭送別，酒酣各請一字至七字詩，以題爲韵”，《白香山詩集》作“《唐詩紀事》‘樂天分司東洛，朝賢悉會興化池亭送別，酒酣各請一字至七字詩，以題爲韵’”，《淵鑑類函》無。

（二）將知醉後豈堪誇：《淵鑑類函》同，《唐詩紀事》、《白香山詩集》附録元稹本詩作“將知醉亂豈堪誇”，語義不同，各備一説，不改。

[箋注]

① 一字至七字詩：本詩不見於現存諸多《元氏長慶集》，但《全詩》卷四二三等收録，歸名元稹，故據補入。　一字至七字詩：流行於唐代的一種詩體，朋友聚會，拈字賦詩，以自己拈得的一個字開頭，然後依次以二、三、四、五、六、七字爲一聯，各聯以拈得的首字爲韵。在

大多數的情況下，遊戲的成份很重，後代也相延成風。張南史《雪（以下六首，俱一字至七字）》："雪，雪。花片，玉屑。結陰風，凝暮節。高嶺虛晶，平原廣潔。初從雲外飄，還向空中噎。千門萬户皆静，獸炭皮裘自熱。此時雙舞洛陽人，誰悟郢中歌斷絶？"明代陸深《儼山集·詩話》引用張南史之例："丙寅歲，與李員外夢陽夜坐，以芳樹爲題，作一字至七字詩，蓋唐已有此體矣！張南史《詠草》云：'草，草。折宜，看好。滿地生，催人老。金殿玉階，荒城古道。青青千里遥，悵悵三春早。每逢南北離别，乍逐東西傾倒。一身本是山中人，聊與王孫慰懷抱。'"　茶：山茶科，灌木或小喬木，葉呈橢圓形或披針形，經焙制加工後爲茶葉，可製造飲料。我國長江流域及南方各地盛行栽培，品種繁多。陸羽《茶經·源》："茶者，南方之嘉木也。一尺、二尺，迺至數十尺。"李賀《始爲奉禮憶昌谷山居》："土甑封茶葉，山杯鎖竹根。"以題爲韵，同王起諸公送白居易分司東郡作：這段題注，取自《唐詩紀事》，非本詩原有，録以僅作備考。

②香葉：芳香的樹葉。杜甫《古柏行》："苦心豈免容螻蟻，香葉終經宿鸞鳳。"劉才邵《古柏》："移根得地對幽軒，香葉蒼然已可憐。他日定爲梁棟具，耽耽大廈倚晴天。"　嫩芽：剛剛萌發的樹芽、花芽、草芽，這裏指茶樹的嫩芽。鄭愚《茶詩》："嫩芽香且靈，吾謂草中英。夜臼和烟搗。寒爐對雪烹。"張鎡《煎白雲茶二首》二："嫩芽初見緑蒙茸，已破人間睡思濃。玉食會當陪上苑，貴名高冠密雲籠。"　詩客：詩人。秦系《徐侍郎素未相識時携酒命饌兼命諸詩客同訪會稽山居》："忽道仙翁至，幽人學拜迎。華簪窺瓮牖，珍味代藜羹。"白居易《朝歸書寄元八》："禪僧與詩客，次第來相看。"　僧家：僧人，和尚。鄭常《送頭陀上人赴廬山寺》："僧家無住著，早晚出東林。得道非真相，頭陀是苦心。"崔峒《題崇福寺禪師院》："僧家競何事？掃地與焚香。"

③碾：滚壓，碾軋。白居易《潯陽春三首》三："金谷蹋花香騎入，

曲江碾草鈿車行。"陸游《湖上》:"獨轅碾破新堤路,雙耜犁殘古廟
軟。"　雕:治玉,後亦寫作"琱"。《書·顧命》:"雕玉仍幾。"孔傳:
"雕,刻鏤。"《文選·班固〈西都賦〉》:"雕玉瑱以居楹,裁金璧以飾
璫。"李善注:"言雕刻玉礩,以居楹柱也。"泛指雕刻、雕琢。《論語·
公冶長》:"朽木不可雕也。"何晏集解引包咸曰:"雕,雕琢刻畫。"《文
心雕龍·程器》:"雕而不器,貞幹誰則!"　白玉:白色的玉,亦指白
璧。《楚辭·九歌·湘夫人》:"白玉兮爲鎮,疏石蘭兮爲芳。"《晉書·
慕容德載記》:"障水得白玉,狀若璽。"　羅:稀疏而輕軟的絲織品。
《楚辭·招魂》:"翡阿拂壁,羅幬張些。"王逸注:"羅,綺屬也。"元稹
《寄吳士矩端公五十韵》:"可憐何郎面,二十纏冠飾。短髮予近梳,羅
衫紫蟬翼。"　織:製作布帛之總稱。《樂府詩集·木蘭詩》:"唧唧復
唧唧,木蘭當户織。"韓愈《平淮西碑》:"夫耕不食,婦織不裳。"　紗:
絹之輕細者,古作"沙"。王充《論衡·程材》:"白紗入緇,不染自黑。"
白居易《寄生衣與微之》:"淺色縠衫輕似霧,紡花紗袴薄於雲。"

　　④ 銚:一種帶柄有嘴的小鍋。曹操《上器物表》:"御物有純銀粉
銚一枚。"蘇軾《試院煎茶》:"且學公家作茗飲,磚爐石銚行相隨。"
煎:熬煮。韋應物《清明日憶諸弟》:"杏粥猶堪食,榆羹已稍煎。"蘇軾
《豆粥》:"又不見金谷敲冰草木春,帳下烹煎皆美人。"　黄蕊:黄色的
花蕊,這裏比喻剛剛萌發的茶芽。温庭筠《歸國遥》:"錦帳繡幃斜掩。
露珠清曉簞。粉心黄蕊花靨。黛眉山兩點。"晁以道《九日陪韓三十
六丈大夫集李德充家再蒙賦詩相似謹次韵扳和》:"菊憎紫蕊侵黄蕊,
萸憤南枝勝北枝。"　碗:盛食物或飲料的器皿。曹植《車渠碗賦》:
"惟新碗之所生,於凉風之浚湄。"謝朓《金谷聚》:"璵碗送佳人,玉杯
要上客。"　轉:搖動,飄蕩。《楚辭·招魂》:"光風轉蕙,氾崇蘭些。"
王逸注:"轉,搖也。"曹植《九華扇賦》:"隨皓腕以徐轉,發惠風之微
寒。"　麴塵:指茶。白居易《謝李六郎中寄新蜀茶》:"陽添勺水煎魚
眼,末下刀圭攪麴塵。"白居易《睡後茶興憶楊同州》:"白瓷甌甚潔,紅

爐炭方熾。沫下麴塵香，花浮魚眼沸。"

⑤ 明月：光明的月亮。徐安貞《送王判官》："明月開三峽，花源出五溪。城池青壁裏，烟火綠林西。"王維《山居秋暝》："空山新雨後，天氣晚來秋。明月松間照，清泉石上流。" 朝霞：初升太陽照映的雲彩。《楚辭·遠遊》："湌六氣而飲沆瀣兮，漱正陽而含朝霞。"王逸注："朝霞者，日始欲出赤黃氣也。"王樞《徐尚書座賦得阿憐》："紅蓮披早露，玉貌映朝霞。"

⑥ 古今：古代和現今。《史記·太史公自序》："故禮因人質爲之節文，略協古今之變。"杜甫《登樓》："錦江春色來天地，玉壘浮雲變古今。" 誇：誇獎，誇讚。杜甫《李潮八分小篆歌》："吳郡張顛誇草書，草書非古空雄壯。"蘇軾《寄題興州池》："百畝新池傍郭斜，居人行樂路人誇。"

[編年]

元稹本詩有一個聽起來極吸引人眼球的故事，而首作甬者爲宋代"南渡時人"計有功，其《唐詩紀事·韋式》："樂天分司東洛，朝賢悉會興化亭送別，酒酣各請一字至七字詩，以題爲韵。王起賦《花》詩云：'花。點綴，分葩。露初裛，月未斜。一枝曲水，千樹山家。戲蝶未成夢，嬌鶯語更誇。既見東園成徑，何殊西子同車！漸覺風飄輕似雪，能令醉者亂如麻。'李紳賦《月》詩云：'月。光輝，皎潔。耀乾坤，靜空闊。圓滿中秋，酝爭詩哲。玉兔鏑難穿，桂枝人共折。萬象照乃無私，瓊臺豈遮君謁！抱琴對彈別鶴聲，不得知音聲不切。'令狐楚賦《山》詩云：'山。聳峻，回環。滄海上，白雲間。商老深尋，謝公遠攀。古巖泉滴滴，幽谷鳥關關。樹島西連隴塞，猿聲南徹荊蠻。世人只向簪裾老，芳草空餘麋鹿閑。'元微之賦《茶》詩云：'……'魏扶賦《愁》詩云：'愁。迥野，深秋。生枕上，起眉頭。閨閣危坐，風塵遠遊。巴猿啼不住，谷水咽還流。送客泊舡入浦，思鄉望月登樓。烟波早晚長羈旅，絃管終年樂五侯。'韋式郎中賦《竹》詩云：'竹。臨池，似玉。裛露靜，和烟綠。抱節寧改，貞心自束。渭曲偏種多，王家看不足。仙仗正驚龍化，美實當隨鳳熟。唯愁吹作別離聲，回首駕驂舞陣速。'張籍司業賦《花》詩云：'花。落早，開賒。對酒客，興詩家。能迴游騎，每駐行車。宛宛清風起，茸茸麗日斜。且願相留歡洽，惟愁虛棄光華。明年攀折知不遠，對此誰能更嘆嗟？'范堯佐道士賦《書》字詩云：'書。憑雁，寄魚。出王屋，入匡廬。文生益智，道著清虛。葛洪一萬卷，惠子五車餘。銀鈎屈曲索靜，題橋司馬相如。別後莫暌千里信，數封緘送到閑居。'居易賦《詩》字詩云：'詩。綺美，瓌奇。明月夜，落花時。能助歡笑，亦傷別離。調清金石怨，吟苦鬼神悲。天下只應我愛，世間惟有君知。自從都尉別蘇句，便到司空送白辭。'"《全詩》根據《唐詩紀事》，將《一字至七字詩》分別錄入各人名下，其中自然包括元稹。

《年譜》引用《唐詩紀事·韋式》的有關記載之後在大和三年辨證，斷定本詩爲他人僞造的僞詩："爲了辨明王起、李紳、令狐楚、元稹等人的《一字至七字詩》出于僞造，先將諸作者之行蹤，列表如下。"列表表明：大和三年春官職：王起爲陝虢觀察使，李紳爲滁州刺史，令狐楚爲東都留守、東畿汝都防禦使，元稹爲浙東觀察使，從而得出結論："從上表看出，白居易離西京，赴東都時，王起、李紳、令狐楚、元稹等人，均不在西京，怎能'悉會興化亭'賦詩'送別'呢！"《編年箋注》將本詩歸入"未編年詩"欄內，詩後按："卞著《元稹年譜》排比王起、李紳、令狐楚、元稹等人行蹤，說明白居易離西京赴東都時，元稹及王起諸公均不在西京，更無《唐詩紀事》卷三九所記悉會興化亭賦詩之事，此詩出于僞造。錄備一說。"《年譜新編》編年本詩於"癸卯至己酉在越州所作其他詩"欄內，引錄《唐詩紀事》的有關記載後又發表自己的見解："據《舊唐書》卷一六四《王起傳》、清光緒熊祖詒等《滁州志》卷四之二《職官志》二《名宦·李紳》、《舊唐書》卷一七二《令狐楚傳》等，知白居易自西京赴東都時，王起、李紳、令狐楚、元稹等均不在長安，如何能'悉會興化亭'賦詩送別呢？詩疑爲僞作。"既然如此,但不知《年譜新編》爲何又將本詩編年"癸卯至己酉在越州所作"欄內?

我們以爲,《年譜》、《編年箋注》、《年譜新編》判定本詩爲"僞詩"、"疑爲僞作"或"録備一説"的根據不足,論證不嚴。白居易分司東都不是僅有一次而是先後有兩次:長慶四年五月,白居易以"太子左庶子"的身份分司東都,第二年,亦即寶曆元年的三月四日拜除蘇州刺史。當然,當時王起在洛陽,令狐楚在汴州,元稹在越州,他們不可能"悉會興化亭送別"白居易,自然也不能"賦詩"之事。第二次即大和三年三月末,白居易以"太子賓客"的身份再次分司東都,《年譜》已經考定當時王起、李紳、令狐楚、元稹都不在長安,自然他們亦不可能在西京"賦詩送別"白居易。從表面看來,本詩爲僞詩,似乎是板上釘釘的結論,不可更改。

但我們仍然不敢苟同其説,首先,因爲《年譜》、《編年箋注》、《年譜新編》的所有論證,都建立在《唐詩紀事》記述本詩是"樂天分司東洛,朝賢悉會興化亭送別"之時所作的基礎上,而"樂天分司東洛,朝賢悉會興化亭送別"祇是《唐詩紀事》的一家之言,史實是否如此,尚待論證。《唐詩紀事》固然記録了不少珍貴的資料,但也常常出於獵奇的目的,生拉硬拽,并湊故事,以成一代之"紀事",可信度大打折扣。《四庫全書總目·唐詩紀事》評云:"惟其中多委巷之談,如謂李白微時曾爲縣吏,併載其牽牛之譃、溺女之篇,俳諧猥瑣,依託顯然,則是榛楛之勿翦耳!"又如《唐詩紀事》根據《雲溪友議》的"花邊新聞",同時記述元稹與薛濤的種種風流韵事,繪聲繪色,令人信以爲真,但據我們《也談元稹與薛濤的"風流韵事"》等專文考定,元稹與薛濤的風流韵事根本不可能發生。第二,從上引白居易本人和王起、李紳、令狐楚、元稹的詩篇來看,均没有涉及"分司"、"送別"以及"悉會興化亭"的內容,這些詩篇是否與白居易分司東都有關,是否有"悉會興化亭"事實的存在,大可懷疑,尚待原始證據的佐證,但我們至今没有看到有人出示這樣令人信服的原始證據。第三,元稹、王起、李紳等人的詩篇是客觀存在,如果沒有足夠的有力證據,不容隨便否定。而南宋人計有功爲何造假? 動機何在? 也沒有人説得清楚。《年譜》、《編年箋注》、《年譜新編》僅僅以某些敘述不符來斷定本詩以及其他詩篇都是僞詩,肯定是不合適的。這種情況與本書稿斷定《自述》、《寄舊詩與薛濤因成長句》、《寄贈薛濤》對元稹來説是僞詩完全不同。《自述》敘述的"殿試風光"對元稹來説祇能出現在元和元年,而當年唐憲宗恰恰没有主持這次制科考試,而詩題又作"自述",因此可以斷定對元稹來説爲僞作。再如關於元稹與薛濤的唱和詩篇,筆者已經考定兩人從未見面,所以帶有"別後相思隔烟水"、"細膩風光我獨知"詩句的詩篇肯定是僞造之筆。而本詩既可以賦詠於所謂送別白居易分司東都之時,也可以賦詠於與朋友聚會的其他場合,時空非常廣闊,還存在著其他許多的可能,不容一筆抹殺。第四,"一字至七字詩"是流行於唐代的一種詩體,詩人祇要有朋友聚會,即可賦詠"一字至七字詩",並非僅僅是元稹、白居易他們的首創,更非是他們的絕唱,絕非僅僅祇出現在"興化亭"送別白居易分司東都的聚會上。如元稹白居易的前輩、貞元初年病故的張南史,他自己一個人就有《雪》、《月》、《泉》、《竹》、《花》、《草》等多篇"一字至七字詩"。《宋史·藝文志》也記載:"吳蜕:《一字至七字詩》二卷。"一種詩體而能够編集兩卷,可見數量不少。明代楊慎《升庵集》在《舟中閱唐詩紀事王起李紳張籍令狐楚於白樂天席上各賦一字至七字詩以題爲韵遂效其體爲花風月雪四首宋人名一七令》之事,説明宋代、明代都有這種詩體在流行。

　　根據以上論述,在斷定本詩對元稹來説是僞作的證據不足的情況下,我們以爲仍然應該認定本詩爲元稹的作品。元稹已經於元和十四年底回京,任職膳部員外郎。令狐楚當時在京,還在宰相的職位上,元和十五年八月才出爲衡州刺史。王起當時在京任職中書舍人,有史書爲證。李紳元和十五年五月剛剛回京,任職左拾遺。而白居易元和十五年夏回到西京任職尚書司門員外郎,有白居易自己的《初除尚書郎脱刺史緋》爲證。根據現存元稹、白居易、王起、李紳、令狐楚的詩篇以及他們的行蹤,本詩最可能賦詠的時間是元和十五年的夏天白居易剛剛回京之時,當時元稹、白居易、王起、李紳、令狐楚都在西京,職位又大致相當,平時交往甚密,本詩應該賦詠於其時,地點在西京長安。

張籍雖然當時也在西京,也有可能與會,但其分題却爲"花",與王起的詩題互爲重複,似乎不可能爲同時之作。而且,張籍元和十五年的官職是"秘書",大和初才拜職"司業"。韋式是韋應物的曾孫、韋莊的伯父,《全唐詩·韋式傳》:"韋式,太和中人,詩一首。"韋式"太和中"任職"郎中"之時,范堯佐"大和年間"成爲"道士"之時,元稹恐怕已經作古。三人之官職稱謂在時間上都難以與元稹等人的行蹤吻合。《唐詩紀事》所涉及的人員中,有人并無交往,甚至不是一個時期之人,明顯是一個東拼西凑的故事,難以相信。再如魏扶,《全唐詩·魏扶傳》:"魏扶,太和四年進士第,大中三年兵部侍郎、同平章事。詩三首。"三首詩篇,除所謂的《一字至七字詩·愁》外,另外一首是《和白敏中聖德和平致兹休運歲終功就合詠盛明呈上》,離開元稹白居易的時期已經有一段時間。我們疑《唐詩紀事》在編集元稹、白居易等人"一字至七字詩"時混編在一起,並且杜撰了"悉會興化亭送别賦詩"的故事。

◎ 范傳式可河南府壽安縣令制(一)①

敕:范傳式:御史府多以法律見徵,苟覆視之不明,於薄責而何逭②?

傳式在先朝時,嘗爲監察御史。會孫革以廄牧競田之獄來上,朝廷意其未具,復命傳式理之③。不能精求,盡以前却⁽二⁾,使岐人衆來告我④。

職爾之由,須示薄懲,用明失實。嗟乎! 長人之吏⁽三⁾,信在言前。當革非心,無因故態。過而不改,寧罔後艱! 可⁽四⁾⑤。

録自《元氏長慶集》卷四九

[校記]

(一)范傳式可河南府壽安縣令制:《全文》同,楊本、盧校、叢刊本作“范傳式河南府壽安縣令”,各備一説,不改。

(二)盡以前却:《全文》同,楊本作“盡□□□”,叢刊本作“盡以前□”,盧校作“盡改前奏”,各備一説,不改。

(三)長人之吏:叢刊本、《全文》同,楊本作“長□□吏”,僅備一説,不從不改。

(四)可:原本無,《全文》同,據楊本、叢刊本補。

[箋注]

① 范傳式:兩《唐書》無傳,但《舊唐書·張茂宗傳》有記載,且與本文有涉:“元和中,爲閑廄使。國家自貞觀中至於麟德,國馬四十萬匹在河、隴間。開元中尚有二十七萬,雜以牛羊雜畜,不啻百萬,置八使四十八監,占隴右、金城、平凉、天水四郡,幅員千里。自長安至隴右,置七馬坊,爲會計都領。岐、隴間善水草及良田,皆屬七馬坊。至德以後,西戎陷隴右,國馬盡散,監牧使與七馬坊名額盡廢,其地利因歸於閑廄使。寶應中,鳳翔節度使請以監牧賦給貧民爲業,土著相承,十數年矣! 又有別敕賜諸寺觀,凡千餘頃。及茂宗掌閑廄,與中

尉吐突承璀善,遂恃恩舉舊事,並以監牧地租歸閑廏司。茂宗又奏麟遊縣有岐陽馬坊,按舊圖,地方三百四十頃,制下閑廏司檢計。百姓紛紜論訴,節度使李惟簡具事上聞,詔監察御史孫革往按問之。革還奏曰:'天興縣東五里有隋故岐陽馬坊,地在其側,蓋因監爲名,與今岐陽所指百姓侵占處不相接,皆有明驗。'茂宗怒,恃有中助,誣革所奏不實。又令侍御史范傳式覆按,乃附茂宗,盡翻前奏,遂奪居人田業,皆屬閑廏,乃罷革官。長慶初,岐人論訴不已,詔御史按驗明白,乃復以其地還百姓,貶傳式官。"又《文獻通考·經籍考》:"《范氏寢堂時饗禮》一卷,陳氏曰:'唐涇縣尉南陽范傳式、殿中侍御史傅正修定。'"　壽安縣:河南府二十六屬縣之一,地當今河南宜陽。《元和郡縣志·河南府》:"管縣二十六:洛陽、河南、偃師、緱氏、鞏、伊闕、密、王屋、長水、伊陽、河陰、陽翟、潁陽、告成、登封、福昌、壽安、澠池、永寧、新安、陸渾、河陽、溫、濟源、河清、氾水。"獨孤及《唐故潁川郡長史贈秘書監獨孤公第六子萬墓誌》:"是歲七月壬午,奉遷神座,祔於壽安縣甘泉鄉之原。"杜牧《題壽安縣甘棠館御溝》:"一渠東注芳華苑,苑鏁池塘百歲空。水殿半傾蟾口澀,爲誰流下蓼花中?"

②　御史府:亦即"御史臺",官署名,專司彈劾之職,西漢時稱御史府,東漢初改稱御史臺,又名蘭臺寺,梁及後魏、北齊或謂之南臺,後周則稱司憲,隋及唐皆稱御史臺,惟唐一度改稱憲臺或肅政臺,不久又恢復舊稱。韓翃《送夏侯侍郎》:"元戎車右早飛聲,御史府中新正名。翰墨已齊鍾大理,風流好繼謝宣城。"張籍《傷歌行》:"黃門詔下促收捕,京兆尹繫御史府。出門無復部曲隨,親戚相逢不容語。"法律:古代多指刑法、律令等。《莊子·徐無鬼》:"法律之士廣治。"《晉書·賈充傳》:"今法律既成,始班天下,刑寬禁簡,足以克當先旨。"　徵:證明,證驗。《論語·八佾》:"夏禮,吾能言之,杞不足徵也;殷禮,吾能言之,宋不足徵也。文獻不足故也,足,則吾能徵之矣!"韓愈《賀慶雲表》:"既徵於古,又驗於今。"　覆視:查核,察看。

劉禹錫《謝上連州刺史表》："權臣奏用,蓋聞虚名,實非曲求,可以覆視。"白居易《祭微之文》："覆視前篇,詞意若此,得非魂兆先知之乎?"薄責:用低標準來要求。《論語·衞靈公》："躬自厚而薄責於人,則遠怨矣!"輕微的責備或責罰。蘇軾《上神宗皇帝書》："而自建隆以來,未嘗罪一言者,縱有薄責,旋即超升。"　逭:逃避。《書·太甲》："天作孽,猶可違;自作孽,不可逭。"孔傳:"孽,災;逭,逃也。言天災可避,自作灾不可逃。"李復言《續玄怪録·訂婚店》:"此繩一繫,終不可逭。"

③"傳式在先朝時"五句:事見上引《舊唐書·張茂宗傳》。　先朝:指先帝,本朝的前一代皇帝。《南史·袁粲傳》:"武帝詔曰:'袁粲、劉彦節並與先朝同獎宋室。'"蘇軾《縣榜》:"先朝值夷狄懷服,兵革寖息,而又體質恭儉,在位四十有二年。"　廄牧:官名,即閑廄使。《唐會要·閑廄使》:"萬歲通天元年五月,置仗内閑廄令。"《佩文韻府》:"閑廄使:《唐書·百官志》:聖曆中,置閑廄使,以殿中監承恩遇者爲之,分領殿中太僕之事,而專掌輿輦牛馬。《資治通鑑》:唐明皇即位,牧馬二十四萬匹,以王毛仲爲閑廄使,張景順副之。"

④ 却:止息,停止。《莊子·天道》:"昔者吾有刺於子,今吾心正却矣!何故也?"成玄英疏:"却,空也,息也。"《韓非子·外儲説》:"海上有賢者狂矞,太公望聞之往請焉!三却馬於門而狂矞不報見也,太公望誅之。"　岐:即"岐山",山名,在今陝西省岐山縣境,上古稱"岐"。《詩·大雅·緜》:"率西水滸,至於岐下。"《文選·張衡〈西京賦〉》:"岐、梁、汧、雍。"薛綜注引《説文》:"岐山在長安西美陽縣界,山有兩岐,因以名焉!"　失實:不合乎事實。王充《論衡·正説》:"《五經》皆多失實之説。"曾鞏《勸學詔》:"至於學官,其能明於教率而詳於考察,有得人之稱,則待以信賞;若訓授無方而取捨失實,亦將論其罰焉!"

⑤ 嗟乎:亦作"嗟虖",嘆詞,表示感嘆。《韓非子·内儲説》:"嗟

乎！臣有三罪，死而不自知乎？"《漢書·龔勝傳》："嗟虖！薰以香自燒，膏以明自銷。" 長：君長，領袖，首領。《孟子·梁惠王》："君行仁政，斯民親其上，死其長矣！"司馬相如《喻巴蜀檄》："南夷之君，西僰之長，常效貢職，不敢惰怠。" 信：誠實不欺。《論語·學而》："爲人謀而不忠乎？與朋友交而不信乎？"韓愈《論今年權停舉選狀》："以臣之愚，以爲宜求純信之士，骨鯁之臣，憂國如家、忘身奉上者。" 非心：邪心。《書·囧命》："繩愆糾謬，格其非心。俾克紹先烈。"孔傳："言侍左右之臣，彈正過誤，檢其非妄之心，使能繼先王之功業。"白居易《知足吟》："樽中不乏酒，籬下仍多菊。是物皆有餘，非心無所欲。" 故態：老脾氣，老毛病，舊日或平素的舉止神態。《後漢書·嚴光傳》："光不答，乃投札與之，口授曰：'君房足下：位至鼎足，甚善！懷仁輔義天下悦，阿諛順旨要領絶。'霸得書，封奏之。帝笑曰：'狂奴故態也！'"權德輿《董公神道碑銘》："其往也，薊門不出，關東多壘，習俗故態，且相附離。" 後艱：猶後患。楊炯《鄖國公墓誌銘》："卜其宅兆，俾無後艱。述其家風，謂之不朽。"韓愈《剥啄行》："今去不勇，其如後艱！"

[編年]

　　《年譜》編年"長慶元年初"，理由是：一、《制》云："傳式在先朝時，嘗爲監察御史。會孫革以廄牧競田之獄來上，朝廷意其未具，復命傳式理之，不能精求，盡以前卻，使岐人衆來告我，職爾之由，須示薄懲，用明失實。"二、《舊唐書·張茂宗傳》："……誣革所奏不實。又令侍御史范傳式覆按，乃附茂宗，盡翻前奏，遂奪居人田業，皆屬閑廄，乃罷革官。長慶初，岐人論訴不已，詔御史按驗明白，乃復以其地還百姓，貶傳式官。"《編年箋注》引録理由與《年譜》同，結論是："今定此《制》撰於長慶元年（八二一）。"從排列看，是長慶元年所有編年制誥的最後一篇。《年譜新編》編年理由與《年譜》、《編年箋注》同，結論是:"當作於長慶元年。"從排列看,是長慶元年所有編年制誥的最前一篇。

　　我們以爲,一、《年譜》、《編年箋注》、《年譜新編》編年本文的唯一證據是"長慶初",其實"長慶初"並不一定靠得住的。關於"長慶初",《舊唐書》的不同著者在敘述中並不統一,有時往往與唐穆宗登位的元和十五年相混淆,如:《舊唐書·穆宗紀》:"(元和十五年)八月庚午朔……戊戌,以朝議郎、守御史中丞、武騎尉、賜紫金魚袋崔植爲朝散大夫、守中書侍郎、同中書門下平章事。"而《舊唐書·崔植傳》卻云:"長慶初,拜中書侍郎、同中書門下平章事。"又如《舊唐書·穆宗紀》:"(元和十五年)冬十月庚午朔……乙酉,以魏博等州節度觀察等使、光禄大夫、檢校司徒兼侍中、魏博大都督府長史、上柱國、沂國公、食邑三千户、實封三百户田弘正可檢校司徒兼中書令、鎮州大都督府長史、成德軍節度、鎮冀深趙等州觀察處置等使。以鎮冀深趙等觀察度支使、朝議郎、試金吾左衛胄曹參軍、兼監察御史王承元可銀青光禄大夫、檢校工部尚書、使持節滑州諸軍事、守滑州刺史、御史大夫,充義成軍節度、鄭滑等州觀察等使。以昭義節度使、檢校尚書左僕射、同中書門下平章事李愬可本官,爲魏州大都督府長史,充魏博等州節度觀察等使。以義成軍節度使劉悟依前檢校右僕射、兼潞州大都督府長史,充昭義節度、澤潞邢洺磁等州觀察等使。以左金吾將軍田布爲檢校左散騎常侍、兼懷州刺史、御史大夫,充河陽三城懷孟節度使。"筆者按:"以鎮冀深趙等觀察度支使、朝議郎、試金吾左衛胄曹參軍、兼監察御史王承元可銀青光禄大夫、檢校工部尚書、使持節滑州諸軍事、守滑州刺史、御史大夫,充義成軍節度、鄭滑等州觀察等使"中的"度支使"應該是"支度使"之誤。而《舊唐書·楊元卿傳》卻云:"長慶初,易置鎮、魏守臣,元卿詣宰相深陳利害,并見表其事。後穆宗感悟,賜白玉帶,旋授檢校左散騎常侍、涇州刺史、涇原渭節度觀察等使,兼充四鎮北庭行軍。"再如,《舊唐書·元稹傳》:"長慶初,潭峻歸朝,出稹《連昌宮辭》等百餘篇奏御,穆宗大悦,問稹安在,對曰:'今爲南宮散郎。'即日轉祠部郎中、知制誥。"而據《資治通鑑》記載:"(元和十五年)夏五月庚戌,以稹爲祠部郎中、知制誥。"推算其干支,元稹拜職"祠部郎中、知制誥"在元和十五年五月九日,並不在"長慶初"。故本文提及之"長慶初",不一定是長慶元年,而有可能是唐穆宗登位的元和十五年。二、我們的懷疑有史書作爲根據:《新唐書·兵志》:"穆宗即位,岐人叩闕訟茂宗所奪田事,下御史按治,悉予民。"而"穆宗即位"在元和十五年閏正月初三。三、據前引《舊唐書·張茂宗傳》,張茂宗奪取百姓之田事發生在憲宗朝,張茂宗依仗宦官頭目吐突承璀的勢力,反駁孫革的奏議。而范傳式的復查也正因爲懼怕或者説依仗吐突承璀的勢力,閉著眼睛説瞎話,把大批民田奪歸張茂宗,朝廷,或者説吐突承璀又處罰了據實上報的孫革。但元和十五年年初,唐憲宗突然病故。《舊唐書·吐突承璀傳》:"惠昭太子薨,承璀建議請立澧王寬爲太子,憲宗不納,立遂王宥。穆宗即位,銜承璀不佑己,誅之。"《舊唐書·穆宗紀》:"(元和十五年)夏四月壬申朔,丁丑,澧王寬薨。"吐突承璀被殺,澧王寬病故,政治形勢發生了有利於岐人的變化,故岐人能够成功翻案。"岐人論訴不已,詔御史按驗明白,乃復以其地還百姓,貶傳式官",推其時日,應該在元和十五年四月之後。四、"岐人論訴不已",驚動朝廷派出御史覆按,核實百姓所奏不虛上報朝廷,最後詔命"以其地還百姓",同時"貶傳式官",計其兩地來回辦事速度和遷延的時日,本文應該撰成於元和十五年夏秋之時。據此,本文的寫作時間不應該是"長慶元年初"、"長慶元年",而應是元和十五年夏秋之時,撰文地點在長安,元稹時任祠部郎中、知制誥之職。

◎ 王元琬可銀州刺史制^{(一)①}

敕：夏綏銀等州節度都虞候^(二)、檢校太子詹事王元琬：河朔之間，豈有水草。內附諸夷^(三)，多以畜擾爲事②。吏二千石已上，不能拊循，競致侵削^(四)。藉其蹄角齒毛之異^(五)，廉者半價而買，貪者豪奪其良。困於誅求，起爲盜賊，朕甚患焉③！

近以戎臣祐(李祐)旁領四郡，奉宣詔條。祐以元琬僉曰公幹，乞爲圍陰。罔或不臧，貽祐之恥。可使持節都督銀州刺史，充本州押蕃落使，餘如故④。

錄自《元氏長慶集》卷四八

［校記］

（一）王元琬可銀州刺史制：楊本、宋浙本、盧校、叢刊本作“王元琬銀州刺史”，《全文》作“授王元琬銀州刺史制”，各備一說，不改。

（二）夏綏銀等州節度都虞候：原本作“夏綏銀等州節度觀察使”，叢刊本作“夏綏銀等州節度□□□”，據楊本、盧校、《全文》改。

（三）內附諸夷：原本、叢刊本作“爾能當事”，語義不順，據楊本、宋浙本、盧校、《全文》改。

（四）競致侵削：叢刊本、《全文》同，楊本、宋浙本、盧校作“競致侵剝”，各備一說，不改。

（五）藉其蹄角齒毛之異：原本作“難其踦角齒毛之異”，叢刊本同，語義不順，據楊本、盧校、《全文》改。

［箋注］

① 王元琬：史籍文獻均無記載，僅見於本篇。　銀州：州郡名，《元和郡縣志·關內道》：“銀州：《禹貢》：雍州之域。春秋時屬白狄地。秦並天下，始皇分三十六郡，屬上郡。漢爲河西郡圁陰縣之地。晉、十六國時爲戎狄所屬，苻秦建元元年自驄馬城巡撫戎狄，其城即今州理城是也。周武帝保定二年，分置銀州，因谷爲名，舊有人牧驄馬於此谷，狄語驄馬爲乞銀。隋大業二年廢銀州，縣屬雕陰郡，隋末陷於寇賊。貞觀二年梁師都都於此，重置銀州，天寶元年爲銀州郡，乾元元年復爲銀州。”張孚《金紫光禄大夫左金吾衛將軍贈揚州大都督臧府君神道碑銘》：“祖善德，銀青光禄大夫、銀州刺史，贈太子少師。”許棠《銀州北書事》：“南辭採石遠，北背乞銀深。磧路雖多險，江人不廢吟。”

② 都虞候：節度使府或州府之屬員。《舊唐書·德宗紀》：“（大曆十四年閏五月甲申）以朔方都虞候李懷光爲河中尹、邠寧慶晉絳慈隰等州節度、觀察使。”《舊唐書·德宗紀》：“（建中四年十一月）甲午，以商州都虞候王仙鶴權商州防禦使。”　太子詹事：從七品上，散官。元稹《贈楚繼吾等刺史制》：“故容州本營經略招討、左押衙兼行營中軍兵馬使、檢校太子詹事楚繼吾……可贈使持節都督容州諸軍事、容州刺史。”白居易《張諷等四人可兼御史中丞侍御史監察御史同制》：“義成軍節度馬步都知兵馬使、光禄大夫、檢校太子詹事兼侍御史、上柱國張諷等……”　河朔：古代泛指黃河以北的地區。《書·泰誓》：“惟戊午，王次於河朔。”孔傳：“戊午渡河而誓，既誓而止於河之北。”《三國志·袁紹傳》：“〔袁紹〕振一郡之卒，撮冀州之衆，威震河朔，名重天下。”本文指銀州及附近地區。　水草：水和草。《吳子·治兵》：“夫馬，必安其處所，適其水草，節其飢飽。”《魏書·崔浩傳》：“若無水草，何以畜牧？又漢人爲居，終不於無水草之地築城郭、立郡縣也。”指有水源和草的地方。《史記·李將軍列傳》：“就善水草屯，舍止，人

人自便,不擊刁斗以自衞。"《宋書·鮮卑吐谷渾傳》:"自洮水西南,極白蘭,數千里中,逐水草,廬帳居,以肉酪爲糧。"　附:歸附。《書·武成》:"天休震動,用附我大邑周。"《後漢書·劉盆子傳》:"時青徐大飢,寇賊蜂起,群盜以(樊)崇勇猛,皆附之,一歲間至萬餘人。"　夷:我國古代中原地區華夏族對東部各族的總稱,亦泛稱中原以外的各族。《禮記·王制》:"東方曰夷。"《孟子·梁惠王》:"蒞中國而撫四夷也。"　畜:人飼養的禽獸。《禮記·曲禮》:"問庶人之富,數畜以對。"孔穎達疏:"數畜以對者,謂雞豚之屬。"王褒《四子講德論》:"逐水隨畜,都無常處。"　擾:馴養。《周禮·夏官·服不氏》:"服不氏掌養猛獸而教擾之。"鄭玄注:"擾,馴也,教習使之馴服。"王安石《雜詠八首》二:"神龍豢可致,猛虎擾亦留。"

　　③二千石:漢制,郡守俸禄爲二千石,即月俸百二十斛,世因稱郡守爲"二千石"。《史記·孝文本紀》:"上曰:'列侯從高帝入蜀漢中者六十八人,皆益封,各三百户,故吏二千石以上。'"《漢書·循吏傳序》:"庶民所以安其田里而亡嘆息愁恨之心者,政平訟理也。與我共此者,其唯良二千石乎!"顔師古注:"謂郡守、諸侯相。"　拊循:安撫,撫慰。《荀子·富國》:"垂事養民,拊循之,呪嘔之。"楊倞注:"拊循,慰悦之也。"《史記·越王勾踐世家》:"勾踐自會稽歸七年,拊循其士民,士民欲用以報吴。"　侵削:侵奪,削奪。《荀子·正論》:"甚者諸侯侵削之,攻伐之。若是則雖未亡,吾謂之無天下矣!"《漢書·元帝紀》:"公卿大夫好惡不同,或緣奸作邪,侵削細民,元元安所歸命哉!"蹄角:牛的蹄與角,古時用以計牛頭數,蹄角六,即一頭牛。《漢書·貨殖傳》:"牛千蹄角。"顔師古注:"百六十七頭牛,則爲蹄與角凡一千二也。言千者,舉成數也。"指代牲口。石介《慶曆聖德頌序》:"古者一雲氣之祥,一草木之異,一蹄角之怪,一羽毛之瑞,當時群臣猶且濃墨大字,金頭鈿軸,以稱述頌美時君功德,以爲無前之休,丕天之績。"豪奪:仗勢强奪。《管子·國蓄》:"故大賈蓄家不得豪奪吾民矣!"《舊

唐書·羅威傳》："其凶戾者,强買豪奪,踰法犯令,長吏不能禁。" 誅求:强制徵收。《左傳·襄公三十一年》："以敝邑褊小,介於大國,誅求無時,是以不敢寧居,悉索敝賦,以來會時事。"杜預注："誅,責也。"《資治通鑑·唐德宗建中四年》："征師日滋,賦斂日重。內自京邑,外洎邊陲。行者有鋒刃之憂,居者有誅求之困。" 盜賊:劫奪和偷竊財物的人。張景《河南縣尉廳壁記》："縣尉能禦盜,而不能使民不爲盜。盜賊息,非尉之能;盜賊繁,過不在乎尉矣!"韓愈《舉馬總自代狀》："伏以近者京尹用人稍輕,所以市井之間,盜賊未斷;郊野之外,疲瘵尚多。"患:憂慮,擔心。《論語·季氏》："丘也聞有國有家者,不患寡,而患不均。"王安石《與馬運判書》："在閣下之明,宜已盡知,當患不得爲耳!"

④ 戎臣:武臣。白居易《春遊二林寺》："智士勞思謀,戎臣苦征役。"李上交《近事會元·姑息戎臣》："唐穆宗馭軍未得其要,常云宜姑息戎臣。" 旁領四郡:指李祐當時統轄的夏、綏、銀、宥四州。《舊唐書·穆宗紀》："以金吾將軍李祐檢校左散騎常侍兼夏州刺史,充夏、綏、銀、宥節度使。" 領:統率,管領。《漢書·魏相傳》："宣帝始親萬機,厲精爲治,練群臣,核名實,而相總領衆職,甚稱上意。"《後漢書·耿弇傳》："光武見弇等,說,曰:'當與漁陽、上谷士大夫共此大功。'乃皆以爲偏將軍,使還領其兵。" 奉宣:宣佈帝王的命令。《漢書·黃霸傳》："時上垂意於治,數下恩澤詔書,吏不奉宣。"杜甫《奉謝口敕三司推問狀》："今日巳時,中書侍郎平章事張鎬奉宣口敕,宜放推問。" 詔條:皇帝頒發的考察官吏的條令。《漢書·百官公卿表》："武帝元封五年初置部刺史,掌奉詔條察州。"柳宗元《代裴行立謝移鎮表》："唯當遵守詔條,貶棄奸慝,平勻徭賦,示以義方。" 公幹:公正幹練。獨孤及《唐故范陽郡倉曹參軍京兆韋公墓誌銘并序》："嗚呼! 人皆筮仕,必以廉平公幹稱於州里;人誰無死? 死則名不辱,志不奪,不嗛盜哺以易其生。"元稹《中書省議舉縣令狀》："右吏部以停年課資之格,取宰邑字人之官,公幹强白者拘以考淺,疾廢耄瞶者得

在選中,倒置是非,無甚於此。”《編年箋注》正文作:“祐以元琬僉曰公干。”“箋證”作:“祐以元琬僉曰公幹。”“註釋”作:“公干:公平干練。”其實,在古代漢語中,“幹”與“干”不能相通。　圖:水名,在銀州境內,這裏指代銀州。《元和郡縣志·銀州》:“儒林縣,本漢圖陰縣地,以其在圖水之陰,故名。隋開皇三年於此置儒林縣,屬銀州。大業二年廢銀州,以縣屬雕陰郡。貞觀二年重置銀州,縣又屬焉!”　陰:水的南面或山的北面。酈道元《水經注·㴭水》:“水西有御射碑,徐水又北流西屈,逕南巖下,水陰又有一碑。”錢起《裴侍郎湘川回以青竹筒相遺因而贈之》:“楚竹青玉潤,從來湘水陰。”　不臧:不善,不良。《詩·邶風·雄雉》:“不忮不求,何用不臧?”于邵《玉版元記頌》:“《書》曰:‘不臧厥臧,人罔攸勸。’”　貽耻:謂引以爲耻。《文選·任昉〈齊竟陵文宣王行狀〉》:“他人之善,若己有之;民之不臧,公實貽耻。”呂向注:“貽,猶有也。”顧德章《上中書門下及禮院詳議東都太廟修廢狀》:“德章官在禮寺,實忝司存。當聖上嚴禋敬事之時,會相公尚古黜華之日。脫國之祀典,有乖禮文。豈唯受責於曠官,竊懼貽耻於明代。”

[編年]

　　《年譜》編年:“《制》有‘近以戎臣祐,旁領四郡,奉宣詔條。祐以元琬僉曰公幹,乞爲圖陰’等語。據《舊唐書·穆宗紀》云:‘(元和十五年六月)戊寅,以金吾將軍李祐檢校左散騎常侍,兼夏州刺史,充夏、綏、銀、宥節度使。’此《制》稱李祐‘旁領四郡’,即指夏綏銀宥四州,當撰於十五年六月戊寅以後。”《編年箋注》編年理由同《年譜》所引,結論是:“則此《制》作於元和十五年(八二〇)六月。”《年譜新編》編年理由同《年譜》、《編年箋注》,結論是:“制作於元和十五年六月戊寅以後不久。”

　　我們以爲,《編年箋注》“作於元和十五年(八二〇)六月”不够確切,《年譜》"十五年六月戊寅以後"與《年譜新編》"元和十五年六月戊寅以後不久",同樣也衹是含糊其辭,"以後"究竟"以後"到什麽時候?《舊唐書·穆宗紀》:"六月辛未朔……戊寅,以金吾將軍李祐檢校左散騎常侍兼夏州刺史,充夏、綏、銀、宥節度使。"據干支推算,"戊寅"應該是六月初八,不僅六月初八之前的時日不應該包含,而且六月初八之後的諸多時日也不應該包含在內。據《元和郡縣志》記載,夏州"東南至上都一千五十里",據《新唐書·百官志》,以"乘傳日四驛","每驛三十里"計,李祐至少十天才能到達夏州,才能奏請朝廷允准王元琬擔任銀州刺史,而李祐請求朝廷的奏章同樣需要至少十天才能到達長安,時間已經到了七月初。據此,本文應該撰成於元和十五年七月之初,地點在長安,元稹時任祠部郎中、知制誥之職。

◎ 賀降誕日德音狀①

降誕日德音(一)。

右,臣等伏奉今日敕旨(二),以降誕之辰,奉迎皇太后宮中上壽②。獲申歡慰,宜集百寮及外命婦進名賀皇太后,仍御光順門內殿,與百寮相見,便永爲常式者(三)③。

伏以誕聖嘉辰(四),承天令節,新恩肇降,品彙咸休④。皇太后念樞星之祥,重游甲觀;群執事排闈閶而入,盡唱賡歌⑤。同沾就日之榮,實慶溥天之樂⑥。況百寮承式,萬歲傳聲(五),永爲利見之規,彌荷無窮之澤⑦。臣等謬參樞務,親奉德音,慶抃之誠,倍萬常品,無任鼓舞歡呼之至⑧。

録自《元氏長慶集》卷三六

［校記］

（一）降誕日德音：楊本、叢刊本同，《英華》、《全文》無，各備一說，不改。

（二）臣等伏奉今日敕旨：原本作“臣等伏奉今月日敕書”，楊本、叢刊本同，《英華》作“臣等伏奉今月日敕旨”，據《全文》改。

（三）便永爲常式者：原本作“便爲常式者”，楊本、叢刊本同，據《英華》、《全文》補。

（四）伏以誕聖嘉辰：楊本、叢刊本同，《英華》、《全文》作“伏以降聖嘉辰”，各備一說，不改。

（五）萬歲傳聲：楊本、叢刊本、《全文》同，盧校宋本、《英華》作“萬歲傳呼”，各備一說，不改。

［箋注］

① 降誕日：生日。李嶠《中宗降誕日長寧公主滿月侍宴應制》：“神龍見像日，仙鳳養雛年。大火乘天正，明珠對月圓。”吳曾《能改齋漫録·事始》：“唐太宗亦以降誕日，謂長孫無忌曰：‘今日是朕生日，世俗皆爲歡樂，在朕翻成感傷。’”本文是指唐穆宗的生日。《舊唐書·穆宗紀》：“穆宗睿聖文惠孝皇帝諱恒，憲宗第三子，母曰懿安皇后郭氏，貞元十一年七月，生於大明宮之別殿。”《唐會要·帝號》：“穆宗睿聖文惠孝皇帝，諱恒（憲宗第三子，母曰懿安皇后郭氏）。貞元十一年乙亥歲七月六日生于大明殿（不置節名）。二十一年四月封爲延安郡王，名宥。元和元年八月進封遂王，七年十月冊爲皇太子，改諱恒。十五年正月即位（年二十六）。長慶元年七月，上尊號曰文武孝德皇帝。四年正月二十二日，崩于寢殿（年三十）。十一月，葬光陵（在京兆府奉先縣界），謚曰睿聖文惠孝皇帝，廟號穆宗。哀冊文（右僕射平章事李逢吉撰），謚册文（中書侍郎平章事牛僧孺撰），謚議（闕），

年號一（長慶四年），宰相十四人（韓弘、裴度、李夷簡、皇甫鎛、令狐楚、張弘靖、蕭俛、段文昌、崔恒、杜元穎、王播、元稹、李逢吉、牛僧孺），使相五人（劉總、田弘正、李光顏、李愬、劉悟）。"　德音：帝王詔書的一種，至唐宋，詔敕之外，別有德音一體，用於施惠寬恤之事，猶言恩詔。白居易《杜陵叟》："白麻紙上書德音，京畿盡放今年稅。"曾鞏《英宗實錄院申請》："乞下三司，令自嘉祐八年四月至治平四年正月八日已前，應蟲蝗、水旱、災傷及德音敕書蠲放稅賦，及蠲免欠負，並具實數，供報當院。"本文的德音是指元和十五年七月五日的《乙巳詔》。《舊唐書・穆宗紀》："秋七月辛丑朔……乙巳，詔：'皇太后就安長樂，朝夕承顏，慈訓所加，慶感兼極。今月六日是朕載誕之辰，奉迎皇太后於宮中上壽。朕既深歡慰，欲與臣下同之。其日，百寮、命婦宜於光順門進名參賀，朕於光順門內殿與百寮相見，永爲常式。'"《舊唐書・韋綬傳》："綬以七月六日是穆宗載誕節，請以是日百官詣光順門賀太后，然後上皇帝壽。時政道頗僻，敕出，人不敢議。久之，宰臣奏古無生日稱賀之儀，其事終寢。"據本文以及《舊唐書・穆宗紀》記載的"乙巳詔"，元和十五年的慶賀之典是如期進行的，估計第二年及以後，"其事終寢"，不再"永爲常式"。

　　② 敕旨：帝王的詔旨。蕭統《謝敕賚制旨大涅槃經講疏啓》："後閣應敕，木佛子奉宣敕旨。"《新唐書・百官志》："五日敕旨，百官奏請施行則用之。"　奉迎：恭迎，接待。《東觀漢記・耿純傳》："純與從昆弟訢、宿、植共率宗族賓客二千餘人，皆衣縑襜褕絳巾奉迎。"谷神子《博異志補編・李黃》："郎君且此迴翔，某即出奉迎耳！"　皇太后：皇帝的母親。蔡邕《獨斷》卷下："帝母曰皇太后。"韓愈《太原郡公神道碑文》："公諱用，字師柔，太原人，莊憲皇太后之弟，今天子之舅。"　上壽：謂向人敬酒，祝頌長壽。《後漢書・明帝紀》："公卿百官以帝威德懷遠，祥物顯應，乃並集朝堂，奉觴上壽。"李賢注："壽者人之所欲，故卑下奉觴進酒，皆言上壽。"盧綸《元日早朝呈故省諸公》："垂衣當

曉日,上壽對南山。"

　　③ 獲申:猶言得以表達。傅亮《爲宋公至洛陽謁五陵表》:"墳塋
幽淪,百年荒翳。天衢開泰,情禮獲申。故老掩涕,三軍悽感。"任昉
《爲齊明帝讓宣城郡公第一表》:"鉅平之懇誠必固,永昌之丹慊獲
申。"　歡慰:欣慰,高興。余靖《回賀孫學士啓》:"伏蒙尊慈以榮陞清
貫,時惠華箋,歡慰之餘,但增祇悚。"沈括《夢溪筆談·人事》:"今日
聞降麻,士大夫莫不歡慰。"　百寮:亦作"百僚",百官。《書·皋陶
謨》:"百僚師師,百工惟時。"孔傳:"僚、工,皆官也。"《後漢書·鄧彪
傳》:"彪在位清白,爲百僚式。"　外命婦:古稱卿、大夫之妻,後亦稱
因夫或子而得封號的婦女,與内命婦相對。《禮記·喪大記》:"外命
婦率外宗哭於堂上北面。"鄭玄注:"卿、大夫之妻爲外命婦。"《資治通
鑑·陳宣帝太建十一年》:"甲子,還宫,御正武殿,集百官及宫人、外
命婦,大列伎樂,初作乞寒胡戲。"胡三省注:"外命婦,五命以上官之
妻也。"内命婦是指皇帝的妃、嬪、世婦、女御等。《禮記·喪大記》:
"夫人坐于西方,内命婦姑姊妹子姓立於西方。"《周禮·天官·内
宰》:"佐後使治外内命婦。"鄭玄注:"内命婦,謂九嬪、世婦、女御。"
進名:特指將薦用或晉謁人員的姓名稟報皇帝。《舊唐書·韋貫之
傳》:"同列以張仲素、段文昌進名爲學士,貫之阻之,以行止未正,不
宜在内庭。"《新唐書·選舉志》:"又詔員外郎、御史諸供奉官,皆進名
敕授。"　光順門:李唐長安城門之一。《長安志》:"西南北街南出昭
慶門,南當光範門,昭慶門北曰光順門。"劉禹錫《爲裴相公進東封圖
狀》:"前件圖,謹差某官某謹詣光順門上進,謹奏。"樂雷發《讀李群玉
集》:"光順門前繫馬吟,弘文館裹翠雲春。却憐白首河西尉,枉作蓬
萊獻賦人。"　常式:固定的制度。《管子·君臣》:"國有常式,故法不
隱,則下無怨心。"趙與時《賓退錄》卷三:"按《唐會要》,武德二年正月
二十四日,詔自今已後每年正月、九月及每月十齋日並不得行刑,所
在公私宜斷屠釣,永爲常式。"

④ 誕聖：誕生聖哲，聖哲出生。王韶之《殿前登歌三章》三：“烝哉我皇，固天誕聖。”王明清《揮麈前録》卷一：“以太祖誕聖之地，建寺錫名。” 嘉辰：良辰。王筠《五日望采拾》：“長絲表良節，命縷應嘉辰。”秦觀《代賀坤成節表》：“嘉辰既屬，率土交歡。” 承天：承奉天道。《易・坤》：“至哉坤元，萬物資生，乃順承天。”《後漢書・郎顗傳》：“夫求賢者上以承天，下以爲人。” 令節：猶佳節。宋之問《奉和九日幸臨渭亭登高應制得歡字》：“令節三秋晚，重陽九日歡。仙杯還泛菊，寶饌且調蘭。”李嶠《寒食清明日早赴王門率成》：“日帶晴虹上，花隨早蝶來。雄風乘令節，餘吹拂輕灰。” 肇：開始，創始。《書・舜典》：“肇十有二州。”孔傳：“肇，始也。”韓愈《上巳日燕太學聽彈琴詩序》：“天子念致理之艱難，樂居安之閑暇，肇置三令節，詔公卿群有司至於其日，率厥官屬飲酒以樂。” 品彙：事物的品種類別。《晉書・孝友傳序》：“分渾元而立體，道貫三靈；資品彙以順名，功苞萬象。”韓愈《感春四首》二：“幸逢堯舜明四目，條理品彙皆得宜。” 休：喜慶，美善，福禄。《詩・小雅・菁菁者莪》：“既見君子，我心則休。”鄭玄箋：“休者，休休然。”王引之《經義述聞・毛詩》“我心則休”：“家大人曰：《菁菁者莪》篇：‘我心則喜’、‘我心則休’。休亦喜也，語之轉耳。《箋》曰：‘休者，休休然。’休休猶欣欣，亦語之轉也。”《左傳・襄公二十八年》：“以禮承天之休。”杜預注：“休，福禄也。”

⑤ 樞星之祥：喜得貴子之祥兆，事見《竹書紀年・黃帝軒轅氏》，沈約注：“母曰附寶，見大電繞北斗樞星，光照郊野，感而孕，二十五月而生帝於壽丘。”又《金樓子・興王篇》：“黃帝有熊氏，號軒轅，亦曰帝鴻，少典之子，姬姓也，又姓公孫。少典娶有蟜女附寶，見大電光繞北斗樞星，照郊野，附寶孕二十月，生黃帝。龍顏有聖德，生而神靈，弱而能言，幼而循齊，長而敦敏，成而聰明。”本文以黃帝比唐穆宗，以黃帝之母附寶比皇太后。 甲觀：漢代樓觀名，猶言第一觀，爲皇太子所居，後泛指太子宮。《漢書・成帝紀》：“元帝在太子宮生甲觀畫堂，

爲世嫡皇孫。"顏師古注:"如淳曰:'甲觀,觀名……《三輔黃圖》云太子宮有甲觀。'甲者,甲乙丙丁之次也。"盧照鄰《中和樂·歌儲宮》:"高禖誕聖,甲觀昇靈。"　執事:有職守之人,官員。《書·盤庚》:"嗚呼! 邦伯師長百執事之人,尚有隱哉。"孔穎達疏:"其百執事謂大夫以下,諸有職事之官皆是也。"元稹《范季睦授尚書倉部員外郎制》:"新熟之時,豈宜無備! 乃詔執事,聿求其才。乘我有秋,大實倉廩。"閶闔:古宮門名。《三輔黃圖·漢宮》:"〔建章宮〕正門曰閶闔,高二十五丈,亦曰璧門。"泛指宮門或京都城門。丘遲《侍宴樂游苑送張徐州應詔》:"詰旦閶闔開,馳道聞鳳吹。"王安石《駕自啓聖還内》:"塵土未驚閶闔閉,緑槐空覆影參差。"　賡歌:酬唱和詩。武元衡《奉和聖製豐年多慶九日示懷》:"令節寰宇泰,神都佳氣濃。賡歌禹功盛,擊壤堯年豐。"李商隱《寄令狐學士》:"秘殿崔嵬拂彩霓,曹司今在殿東西。賡歌太液翻黃鵠,從獵陳倉獲碧雞。"

⑥ 就日:比喻對天子的崇仰或思慕,語出《史記·五帝本紀》:"帝堯者,放勛。其仁如天,其知如神。就之如日,望之如雲。"司馬貞索隱:"如日之照臨,人咸依就之,若葵藿傾心以向日也。"李德裕《奉和聖製南郊禮畢詩》:"三臣皆就日,萬國望如雲。"　溥天:遍天下。《詩·小雅·北山》:"溥天之下,莫非王土。"《左傳·昭公七年》引作"普天之下"。玄應《一切經音義》卷一一:"溥天,今作'普',同匹古反。《詩》云:'溥天之下。'傳曰:'溥,大也',亦遍也。"《三國志·張温傳》:"功冒溥天,聲貫罔極。"

⑦ 承式:效法。張九齡《故安南副都護畢公墓誌銘并序》:"某年初,有御史將命,黜陟幽明。公時盤桓居貞,未有攸往。而使者承式,固才是求,褐衣見召,直繩斯委。"元稹《授杜元穎户部侍郎依前翰林學士制》:"是夜而六宮承式,厥明而百吏受遺,草定法儀,玆實賴汝。"萬歲:萬年,萬代。《史記·田叔列傳》:"故范蠡之去越,辭不受官位,名傳後世,萬歲不忘,豈可及哉!"杜甫《荆南兵馬使太常卿趙公大食

刀歌》："萬歲持之護天子,得君亂絲與君理。" 傳聲:謂傳播聲威。杜甫《奉送王信州崟北歸》："朝廷防盜賊,供給潜誅求。下詔選郎署,傳聲能典州。"蘇轍《大行皇太后挽詞二首》二:"定策從中禁,傳聲震海隅。" 利見:《易·乾》："飛龍在天,利見大人。"孔穎達疏:"若聖人有龍德飛騰而居天位,德備天下,爲萬物所瞻覩,故天下利見此居王位之大人。"後因稱得見君主爲"利見"。葛洪《抱朴子·任命》:"願先生委龍蛇之穴,昇利見之塗。"顏延之《三月三日詔宴西池》:"河嶽曜圖,聖時利見。" 無窮:無盡,無限,指空間没有邊際或盡頭。《荀子·禮論》:"故天者,高之極也;地者,下之極也;無窮者,廣之極也。"無盡,無限,指時間没有終結。《史記·淮南衡山列傳》:"高皇始於豐沛……功高三王,德傳無窮。"杜甫《往在》:"千秋薦靈寢,永永垂無窮。"

⑧ 謬:用爲謙詞。庾信《哀江南賦》:"謬掌衛於中軍,濫尸丞於御史。"杜甫《題省中院壁》:"腐儒衰晚謬通籍,退食遲迴違寸心。"樞務:樞府的政務。韓愈《順宗實錄》:"樞務之重,軍國之殷,續而承之,不可暫闕。"白居易《寄隱者》:"云是右丞相,當國握樞務。" 慶抃:亦作"慶忭",慶倖,喜悦。韓愈《賀雨表》:"微臣幸蒙寵任,獲覩殊祥,慶抃歡呼,倍於常品。"《宋史·禮志》:"元正令節,臣等不勝慶抃,謹上千萬歲壽。" 常品:常格。韓愈《賀赦表》:"未離貶竄之地,忽逢曠蕩之恩。踴躍欣歡,實倍常品。"王禹偁《賀勝捷表》:"今則身居郎署,目覩神功,感涕忻歡,倍萬常品。"平常的品類。沈作喆《寓簡》卷一○:"花始變而趣時,態十有七八,異於常品。" 鼓舞:手足舞動,表示歡欣。《孔子家語·辨政》:"天將大雨,商羊鼓舞。"蘇軾《奏户部拘收度牒狀》:"吏民鼓舞,歌詠聖澤。"古代臣子朝見皇帝時的一種禮儀。元稹《賀聖體平復御紫宸殿受朝賀表》:"臣以守符外郡,不獲稱慶明庭,空懷鼓舞之心,有阻賡歌之末,無任跳躍歡欣瞻望徘徊之至。"司馬光《論西夏札子》:"況其人類,豈得不鼓舞抃蹈,世世臣服者

乎！”　歡呼：歡樂地喊叫。《東觀漢記・王霸傳》：“賊衆歡呼，雨射營中。”元稹《辨日旁瑞氣狀》：“其日五將同升，萬姓歡呼，四方來賀。”

[編年]

　　《年譜》編年本文於“元和十五年七月乙巳”，理由是：本文《狀》云：‘伏奉今日敕旨，以降誕之辰奉迎皇太后宮中上壽……便永爲常式者。’《舊唐書・穆宗紀》云：‘(元和十五年七月)乙巳，詔：“……今月六日是朕載誕之辰，奉迎皇太后於宮中上壽……永爲常式。”’”《編年箋注》首先引録“乙巳詔”，然後編年：“元和十五年辛酉朔，乙巳爲初五，穆宗降詔慶祝七月六日誕辰……作時宜在穆宗誕辰，即元和十五年(八二〇)七月六日。”《年譜新編》引録本文“臣等伏奉今日敕旨”八句以及《舊唐書・穆宗紀》的“乙巳詔”的部份内容，編年元和十五年七月，但没有作出“七月五日”或“七月六日”的判斷。

　　我們以爲，根據本文以及《舊唐書・穆宗紀》所示，本文應該發佈於元和十五年七月“乙巳”，亦即七月五日，但元稹本文並非撰成於七月五日，而應該在七月五日之前一二日，因爲在名義上，元稹此文是以百官的名義，絶不能元稹個人自作主張，理應請重要的百官過目首肯才是。撰文地點在長安，元稹時任祠部郎中、知制誥之職。而《編年箋注》編年“元和十五年(八二〇)七月六日”的意見是錯誤的，本文有“伏奉今日敕旨”之言，而此“敕旨”即是元和十五年七月五日的“乙巳詔”。《年譜》“元和十五年七月乙巳”的編年意見也是不對的，《年譜新編》的含糊其詞則是不應該的。

　　關於本文的作者，據“臣等謬參樞務”之語，《年譜》、《年譜新編》認爲是“代人作”，《編年箋注》認爲是“乃代百官聯名上此《狀》也”。我們以爲，元稹當時任職祠部郎中知制誥，品位雖然祇是“從五品上”，但已經是穆宗朝的重要成員之一，理應參加這次由“百寮及外命婦”組成的“就日之榮”、“溥天之樂”，元稹雖然不可能是“謬參樞務”

的領頭之人，但應該在行列之中。憑著"元才子"的聲名，代表參見者執筆也就在所難免。"臣等伏奉今日敕旨"、"臣等謬參樞務"就透露了其中的消息。另外，元稹《初除浙東妻有阻色因以四韵曉之》："興慶首行千命婦（予在中書日，妻以郡君朝太后於興慶宮，猥爲班首），會稽旁帶六諸侯。"所謂的"中書"，據《漢語大詞典》標示，其義項之一就是中书舍人的省称，隋唐时为中书省的属官。而元稹時任祠部郎中、知制誥之職，亦即"中书舍人"之任。既然元稹的夫人裴淑已經是外命婦的"班首"，元稹代表"百寮"執筆本文也就理所應當了。"代人作"與"代表百寮"作，是兩個有明顯區別的概念，因此《年譜》、《年譜新編》的意見無疑是錯誤的，而《編年箋注》的意見則是可取的。

◎ 贈賻裴行立制^{(一)①}

敕：秦郡守分土疆以牧人，漢刺史乘軺車而按部。兼是兩者，才惟艱哉！而况於鎮定遠荒，經略逋寇②。毗倚方切，忽焉薨殂（爲安南都護，召還，道卒）。不有追崇，曷彰憫悼③？

故朝散大夫、持節桂州刺史兼御史中丞裴行立，積德之門，代濟英哲。班超奮筆，志在功名；酈寄秉心，義先忠孝④。累更事任^(二)，益見良能。冀遂著稱於潢池，處默去思於交趾⑤。

遺風尚在，錫命宜加。寵以貂蟬，賻之穀帛。用光幽穸，式慰營魂。可贈左散騎常侍，賻布帛三百段、米粟二百石，仍委度支逐便支送⑥。

録自《元氏長慶集》卷五〇

［校記］

（一）贈賻裴行立制：《全文》同，楊本、叢刊本作“贈裴行立左散騎常侍”，各備一説，不改。

（二）累更事任：楊本、叢刊本同，《全文》作“累及事任”，各備一説，不改。

［箋注］

① 贈賻：贈送財物以助治喪。《梁書·張率傳》：“昭明太子遣使贈賻。”《舊唐書·武元衡傳》：“册贈司徒，贈賻布帛五百匹、粟四百石，輟朝五日，諡曰忠潛。”皇帝“贈賻”，亦即協助治喪，對臣下來説，首先是政治上的榮耀，其次才是經濟上的幫助。　裴行立：原爲浙江西道節度使李錡的外孫、心腹部將，李錡叛唐，裴行立倒戈，擒李錡以獻。事見元稹《代諭淮西書》：“夫李錡據吳楚之雄，兼榷管之利，選才養士，向十五年。獨以張子良爲腹心不貳之將，故授以鋭健先鋒之兵。又以裴行立爲骨肉不欺之親，故授以敢死酬恩之卒。然而一朝遷延王命，稱疾不朝，子良朝倒戈以攻於外，而行立夕縱火以應於內。錡則戮死，而張、裴甚榮，此又諸公之所聞見也。”《舊唐書·憲宗紀》也有記載：“（元和八年）八月辛巳朔，癸未，以蘄州刺史裴行立爲安南都護、本管經略招討使，以張勔耄年也。”《舊唐書·穆宗紀》：“（元和十五年）二月癸酉朔……甲午，以桂管觀察使裴行立爲安南都護，充本管經略使……秋七月辛丑朔……乙卯……安南都護裴行立卒。”又見《新唐書·裴行立傳》：“行立重然諾，學兵有法。母亡，泣血幾毀。以軍勞累授沁州刺史，遷衛尉少卿。口陳願治民，試一縣自效，除河東令，寬猛時當。縣蘄州刺史遷安南經略使，環王國叛人李樂山謀廢其君，來乞兵，行立不受，命部將杜英策討斬之，歸其孥，蠻人悦服。英策及范廷芝者，皆溪洞豪也。隸於軍，它經略使多假借，暴恣於治，

行立陰把其罪，貸之，許自效，故能得英策死力。廷芝嘗休沐，久不還，行立召之，約曰：'軍法，踰日者斬，異時復然，爾且死！'後廷芝踰期，行立笞殺之，以尸還范氏，更爲擇良子弟以代，於是威聲風行。徙桂管觀察使，黄家洞賊叛，行立討平之。俄代桂仲武爲安南都護，銳於立功，爲時所訾。召還，道卒，年四十七，贈右散騎常侍。"

②郡守：郡的長官，主一郡之政事。秦廢封建設郡縣，郡置守、丞、尉各一人。守治民，丞爲佐，漢唐因之。《漢書·嚴延年傳》："幸得備郡守，專治千里，不聞仁愛教化，有以全安愚民，顧乘刑罰多刑殺人。"韋應物《九日》："一爲吳郡守，不覺菊花開。始有故園思，且喜衆賓來。" 土疆：領土，疆界。《詩·大雅·崧高》："王命召伯，徹申伯土疆。"曹植《漢武帝贊》："威振百蠻，恢拓土疆。" 牧人：謂治民。《文選·潘岳〈馬汧督誄〉》："牧人逶迤，自公退食。聞穢鷹揚，曾不戢翼。"李善注："《國語》里革曰：且夫君也者，將牧人而正其邪？"孫光憲《北夢瑣言》卷六："先是李遠以曾有詩云：'人事三杯酒，流年一局棋。'唐宣宗以其非牧人之才，不與郡守。" 刺史：古代官名，原爲朝廷所派督察地方之官，後沿爲地方官職名稱。《漢書·百官公卿表》："武帝元封五年初置部刺史，掌奉詔條察州，秩六百石，員十三人。"韓愈《論變鹽法事宜狀》："其餘觀察及諸州刺史、縣令、録事、參軍多至每月五十千。" 軺車：奉使者和朝廷急命宣召者所乘的車，亦指代使者。王昌齡《送鄭判官》："東楚吳山驛樹微，軺車銜命奉恩輝。"方干《處州獻盧員外》："纔下軺車即歲豐，方知盛德與天通。清聲漸出寰瀛外，喜氣全歸教化中。" 按部：巡視部屬。殷文圭《中秋自宛陵寄池陽太守》："郡樓遐想劉琨嘯，相閣方窺謝傅棋。按部况聞秋稼熟，馬前迎拜羨幷兒。"《新唐書·令狐峘傳》："齊映爲江西觀察使，按部及州。" 鎮定：安定，穩定。《國語·晉語》："柔惠小物，而鎮定大事。"韋昭注："鎮，安也，言智思能安定也。"權德輿《大唐銀青光禄大夫杜公淮南遺愛碑銘》："惟公鎮定一方，心平德和。言仁必及人，言

智必及事。"　遠荒:指邊遠荒涼之地。《詩·小雅·小明》:"至於芃野。"毛傳:"芃野,遠荒之地。"唐異《塞上作》:"月依孤壘没,燒逐遠荒分。"　經略:經營治理。《左傳·昭公七年》:"天子經略,諸侯正封,古之制也。"杜預注:"經營天下,略有四海,故曰經略。"《漢書·叙傳》:"自昔黃唐,經略萬國。"官名,南北朝時曾設經略之職,唐初邊州置經略使。陳陶《賀容府韋中丞大府賢兄新除黔南經略》:"蓬瀛簪笏舊聯行,紫極差池降寵章。列國山河分雁字,一門金玉盡龍驤。"《舊唐書·裴矩傳》:"矩盛言西域多珍寶及吐谷渾可並之狀,帝信之,仍委以經略。"　逋寇:逃寇,流寇。《晉書·陶璜傳》:"夷帥范熊世爲逋寇,自稱爲王,數攻百姓。"韓愈《送張侍郎》:"兩府元臣今轉密,一方逋寇不難平。"

③ 毗倚:親近倚重,多指皇帝對大臣的信賴。《晉書·王祥傳》:"詔曰:'太保元老高行,朕所毗倚,以隆政道者也。'"元稹《姚文壽右監門衛將軍知内侍省事誥》:"憂服既除,庸功可獎。崇階厚秩,兼以命之。無忘慎修,用副毗倚。"　方:副詞,表示某種狀態正在持續或某種動作正在進行,猶正。《史記·陳涉世家》:"燕人曰:'趙方西憂秦南憂楚,其力不能禁我。'"韓愈《與鄂州柳中丞書》二:"愚初聞時,方食,不覺棄匕箸起立。"　切:急切,急迫。《穀梁傳·僖公十年》:"吾與女未有過切,是何與我之深也。"范寧注:"吾與女未有過差切急。"杜甫《狂歌行贈四兄》:"兄將富貴等浮雲,弟切功名好權勢。"忽焉:快速貌。《左傳·莊公十一年》:"禹湯罪己,其興也悖焉!桀紂罪人,其亡也忽焉!"孔融《論盛孝章書》:"歲月不居,時節如流,五十之年,忽焉已至。"　薨殂:指王侯之死。曹植《任城王誄》:"凡夫愛命,達者狥名;王雖薨殂,功著丹青。"《晉書·王導傳》:"方賴高謨,以穆四海;昊天不吊,奄忽薨殂。"　不有:無有,没有。劉義慶《世説新語·賞譽》:"不有此舅,焉有此甥?"杜甫《城西陂泛舟》:"不有小舟能蕩槳,百壺那送酒如泉?"　追崇:對死者追加封號。《梁書·侯景

傳》：“景又矯蕭棟詔，追崇其祖爲大將軍，考爲丞相。”劉知幾《史通·稱謂》：“至如元氏起於邊朔，其君乃一部之酋長耳！道武追崇所及，凡二十八君。” 曷：代詞，表示疑問，怎麽。《荀子·法行》：“同遊而不見愛者，吾必不仁也；交而不見敬者，吾必不長也；臨財而不見信者，吾必不信也。三者在身，曷怨人？”李居仁《水龍吟·白蓮》：“問此花，曷貯瑤池？應未許繁紅並。” 彰：揭示，昭示。《荀子·勸學》：“登高而招，臂非加長也，而見者遠；順風而呼，聲非加疾也，而聞者彰。”荀悦《漢紀·成帝紀》：“〔孔光〕有所奏言，輒削其草，以爲彰人主之過，以訐爲忠直，人臣之大罪也。” 憫悼：哀傷悲悼。元稹《贈楚繼吾等制》：“其帥旻具上其功伐，請議褒崇，言念云亡，尤用憫悼。”《舊唐書·李嗣業傳》：“壯節可嘉，將謀於百勝；忠誠未遂，空恨於九原。言念其功，良深憫悼。”

④ 積德：積累的仁政或善行。《書·盤庚》：“汝克黜乃心，施實德於民，至於婚友，丕乃敢大言，汝有積德！”《史記·劉敬叔孫通列傳》：“禮樂所由起，積德百年而後可興也。” 代濟：謂世代相繼。孫逖《授薛稷中書侍郎制》：“慶傳於家者，代濟其美；才許於國者，時無與讓。”韋建《黔州刺史薛舒神道碑》：“時稱茂緒，代濟業祉。學小申韓，藝通墳史。邦有良翰，朝推端士。” 英哲：才能和識見卓越的人。常袞《李採訪賀收西京表》：“不有殷憂，何以啓中興之盛業？不有患難，何以彰撥亂之英哲？”魏元忠《上高宗封事》：“知己難逢，英哲罕遇。” 班超：事迹見《後漢書·班超傳》：“班超，字仲升，扶風平陵人，徐令彪之少子也。爲人有志，不修細節。然内孝謹，居家常執勤苦。不耻勞辱，有口辯，而涉獵書傳。永平五年，兄固被召詣校書郎。超與母隨至洛陽，家貧常爲官傭書以供養，久勞苦，嘗輟業投筆嘆曰：‘大丈夫無他志略，猶當效傅介子、張騫立功異域，以取封侯，安能久事筆研間乎？’左右皆笑之，超曰：‘小子安知壯士志哉？’……久之，顯宗問固：‘卿弟安在？’固對：‘爲官寫書，受直以養老母。’帝乃除超爲

蘭臺令史……"後來出使西域,官拜西域都護,因功"封超爲定遠侯,邑千户",班超前後"在西域三十一年","卒年七十一,朝廷湣惜焉!使者吊祭,贈賵甚厚"。李白《田園言懷》:"賈誼三年謫,班超萬里侯。何如牽白犢,飲水對清流?"顧況《送從兄使新羅》:"指景尋靈草,排雲聽洞簫。封侯萬里外,未肯後班超。"　奮筆:揮筆疾書,一氣呵成。《南齊書·丘巨源傳》:"而中書省獨能奮筆弗顧者,唯有丘巨源。"韓愈《故中散大夫河南尹杜君墓誌銘》:"纂辭奮筆,渙若不思。"　功名:功業和名聲。《莊子·山木》:"削迹損勢,不爲功名。"成玄英疏:"削除聖迹,損棄權勢,豈存情於功績,以留意於名譽!"《史記·管晏列傳》:"吾幽囚受辱,鮑叔不以我爲無恥,知我不羞小節而恥功名不顯於天下也。"　"酈寄秉心"兩句:事見《史記·酈商傳》:"商事孝惠,高后時,商病,不治。其子寄,字況,與吕禄善。及高后崩,大臣欲誅諸吕,吕禄爲將軍,軍於北軍,太尉勃不得入北軍。於是乃使人劫酈商,令其子況給吕禄。吕禄信之,故與出遊。而太尉勃乃得入據北軍,遂誅諸吕。"酈寄爲了西漢事業,也爲了父親,不惜斷絕與吕禄往日的情誼,可謂既忠於皇家,又孝敬父親,這裏借喻裴行立當年背棄李錡而效忠李唐之事。　酈寄:漢代之臣,爲重建漢朝的劉家天下發揮了重要作用。李瀚《蒙求》:"衛青拜慕,去病辭第。酈寄賣友,紀信詐帝。"《古今事文類聚·見利賣友》:"天下以酈寄爲賣友,爲見利而忘義也。"　秉心:持心。《漢書·楚元王劉交傳》:"論議正直,秉心有常。"《舊唐書·德宗紀》:"而秉心匪彝,自底不類。"　忠孝:忠於君國,孝於父母。《孝經·開宗明義》:"終於立身。"鄭玄注:"忠孝道著,乃能揚名榮親,故曰終於立身也。"韓愈《潮州請置鄉校牒》:"人吏目不識鄉飲酒之禮,或未嘗聞《鹿鳴》之歌,忠孝之行不勸,亦縣之恥也。"

　　⑤事任:職務,職責。權德輿《論度支疏》:"倘擇能代,命以他官,以全延齡,以便天下。上副求理之意,下遂陳力之宜。則事任交修,職業不廢。"蔡絛《鐵圍山叢談》卷六:"梁師成者,則坐籌帷幄,其

事任類左輔政者。" 良能：賢良而有才能。于邵《唐檢校右散騎常侍容州刺史李公去思頌》："明足以照遁情隱慝而不爲察，威足以制猾人暴吏而不爲苛，古之良能，何以加此？"白居易《除裴向同州刺史制》："久試吏治，頗著良能。" 龔遂著稱於潢池：事見《西漢會要・捕盜》："宣帝即位久之，渤海左右郡歲飢，盜賊並起，二千石不能禽制。上選能治者，丞相、御史舉龔遂可用，上以爲渤海太守。時遂年七十餘，召見，形貌短小，宣帝望見不副所聞，心內輕焉！謂遂曰：'渤海廢亂，朕甚憂之。君欲何以息其盜賊，以稱朕意？'遂對曰：'海瀕遐遠，不霑聖化，其民困於飢寒，而吏不恤，故使陛下赤子盜弄陛下之兵於潢池中耳！今欲使臣勝之邪？將安之也？'上聞遂對，甚說，答曰：'選用賢良，固欲安之也。'遂曰：'臣聞治亂民，猶治亂繩，不可急也，唯緩之，然後可治。臣願丞相、御史且無拘臣以文法，得一切便宜從事。'上許焉！加賜黃金贈，遣乘傳至渤海界。郡聞新太守至，發兵以迎。遂皆遣還，移書敕屬縣悉罷逐捕盜賊吏，諸持鉏鉤田器者皆爲良民，吏毋得問，持兵者迺爲盜賊。'遂單車獨行至府，郡中翕然，盜賊亦皆罷。渤海又多劫掠，相隨聞。遂教令即時解散，棄其兵弩而持鉤鉏，盜賊於是悉平，民安土樂業。"這裏借龔遂的事迹讚揚裴行立在安南都護府的諸多善政。 著稱：著名，出名。《後漢書・竇武傳》："武少以經行著稱，常教授於大澤中，不交時事，名顯關西。"《新唐書・王璠傳》："儀宇峻整，著稱於時。" 潢池：即"潢池弄兵"，事見上引《漢書・龔遂傳》，後因以"潢池弄兵"謂叛亂，造反。樓鑰《論帥臣不可輕出奏議》："水旱、饑饉既不能免，潢池弄兵安保其無？"亦省作"潢池"，楊炯《遂州長江縣先聖孔子廟堂碑》："絕磴奸豪，每縱潢池之醜。" 處默去思於交趾：事見《晉書・吳隱之傳》："吳隱之，字處默，濮陽鄄城人……廣州包帶山海，珍異所出，一篋之寶，可資數世，然多瘴疫，人情憚焉！唯貧窶不能自立者，求補長史，故前後刺史皆多黷貨。朝廷欲革嶺南之弊，隆安中以隱之爲龍驤將軍、廣州刺史，假節領平越中郎將。未至州二十里，地名石門，有水曰貪泉，飲者懷無厭之欲。隱之既至，語其親人曰：'不見可欲，使心不亂。越嶺喪清，吾知之矣！'乃至泉所，酌而飲之，因賦詩曰：'古人云此水，一歃懷千金。試使夷齊飲，終當不易心。'及在州，清操踰厲，常食不過菜及乾魚而已。帷帳器服，皆付外庫。時人頗謂其矯然，亦始終不易。帳下人進魚，每剔去骨存肉，隱之覺其用意，罰而黜焉……歸舟之日，裝無餘資。"這裏借吳隱之的事迹讚揚裴行立在安南都護府的清廉作爲。　交趾：亦作"交阯"，原爲古地區名，泛指五嶺以南地區。漢武帝時爲所置十三刺史部之一，轄境相當今廣東、廣西大部和越南共和國的北部、中部。東漢末，改爲交州。《漢書·武帝紀》："遂定越地，以爲南海、蒼梧、鬱林、合浦、交阯、九真、日南、珠厓、儋耳郡。"趙汝適《諸蕃志·交阯國》："交阯，古交州，東南薄海，接占城，西通白衣蠻，北抵欽州，歷代置守不絕。"駱賓王《從軍中行路難二首》一："中外分區宇，夷夏殊風土。交趾枕南荒，崑彌臨北戶。"杜審言《旅寓安南》："交趾殊風候，寒遲暖復催。仲冬山果熟，正月野花開。"

⑥ 遺風：前代或前人遺留下來的風教。《史記·貨殖列傳》："故其民猶有先王之遺風。"《南史·袁湛傳》："性孝履順，栖冲業簡，有舜之遺風。"　錫命：天子有所賜予的詔命。《易·師》："王三錫命。"孔穎達疏："三錫命者，以其有功，故王三加錫命。"張九齡《恩賜樂遊園宴應制》："寶筵延錫命，供帳序群公。"　貂蟬：貂尾和附蟬，古代爲侍中、常侍等貴近之臣的冠飾。《後漢書·輿服志》："侍中、中常侍加黃金璫，附蟬爲文，貂尾爲飾，謂之'趙惠文冠'。"劉昭注："應劭《漢官》曰：'說者以金取堅剛，百鍊不耗。蟬居高飲絜，口在掖下，貂內勁捍而外溫潤。'此因物生義也。"《南史·江淹傳》："初，淹年十三時，孤貧，常采薪以養母，曾於樵所得貂蟬一具，將鬻以供養。其母曰：'此故汝之休徵也，汝才行若此，豈長貧賤也！可留待得侍中著之。'"穀帛：穀物與布帛，亦泛指衣食一類生活資料。《列子·天瑞》："夫金

玉珍寶、穀帛財貨，人之所聚，豈天之所與?”元稹《茅舍》:“號呼憐穀帛，奔走伐桑柘。”　　幽爽:墓穴。元稹《爲蕭相謝追贈祖父祖妣亡父表》:“恩波下濟，澤被窮泉。天眷旁臨，日聞幽爽。”曾鞏《雍王顥乳母宋氏贈郡君制》:“是用追命爾封進於列郡，以光幽爽，尚服寵章。”營魂:猶魂魄。《後漢書·寇榮傳》:“不勝狐死首丘之情，營魂識路之懷。”盧照鄰《益州至真觀主黎君碑》:“鳳交開景，返徐甲之營魂;龍光照天，杜宣尼之神氣。”　　散騎常侍:官名，秦漢設散騎(皇帝的騎從)和中常侍，三國魏時將其並爲一官，稱“散騎常侍”，在皇帝左右規諫過失，以備顧問。晉以後，增加員額，稱員外散騎常侍，或通直散騎常侍，往往預聞要政。南北朝時屬集書省，隋代屬門下省，唐代分屬門下省和中書省，在門下省者稱左散騎常侍，在中書省者稱右散騎常侍。雖無實際職權，仍爲尊貴之官，多用爲將相大臣的贈職。陸贄《李澄贈司空制》“可贈司空，賜物五百段，米粟三百石，以左散騎常侍歸崇敬充使吊祭。”劉禹錫《唐故福建等州都團練觀察處置使福州刺史兼御史中丞贈左散騎常侍薛公神道碑》:“薛在三代爲侯國，介於鄒魯間，傳世三十有一，爲齊所並。”本文末尾謂裴行立“可贈左散騎常侍”，而《新唐書·裴行立傳》謂裴行立“贈右散騎常侍”，兩者必有一誤，我們以爲當信從元稹本文之説。

［編年］

《年譜》編年:“《舊唐書·穆宗紀》云:‘(元和十五年七月)安南都護裴行立卒。’”《編年箋注》根據《舊唐書·穆宗紀》，認爲:“此《制》撰於元和十五年(八二〇)七月乙卯後。”《年譜新編》的編年根據與結論與《編年箋注》同。

我們以爲，有《舊唐書·穆宗紀》“(元和十五年)秋七月辛丑朔……乙卯……安南都護裴行立卒”的記載作爲依據，本文應該不難編年，但理由與結論應該説清，不能含糊其辭，更不能混淆視聽:一、元和十五年秋七月辛丑朔,推其干支,"乙卯"應該是七月十五日。"七月"的意見肯定不太合適,因爲七月十五日之前,裴行立還在人世。"七月乙卯後"也過分含糊,"乙卯後"究竟"後"到什麼時候? 是長達一年、一月,還是到七月底前爲止? 二、本文是"贈賻"之"制文",與一般的"墓誌銘"還是有所區別:"墓誌銘"可以在死者安葬之前撰成,而等待下葬的時間往往長達數月,甚至半年以上。而"贈賻"之"制文"必須在得到靈耗之後馬上撰成,趕往死者靈前吊念,因此時間祇能在數天停靈吊念期間。即使吊念者與死者不同在一地,也必須在最短的時間內前往喪家慰問吊念,而代表皇上意願的"贈賻"之"制文"更應該如此,"布帛"、"米粟"固然需要及時,而贈送死者的官職"左散騎常侍"更是不能耽誤。據此,本文應該撰成於朝廷得知裴行立病故的"七月十五日"之後當天或稍後一天之內。本文撰成於長安,裴行立的靈柩可能在安南還沒有啓運,元稹時任祠部郎中知制誥之職。

◎ 獻滎陽公詩五十韵(并啓)(一)①

　　啓:今月十七日,公會儒于便廡,稹亦謬容末席②。公出《棠樹》之首章,且識其目曰:"客有前進士韋、張,在宋來會學,由我而下,聯爲五言以美之。"③諸生怗怗竦竦,各盡詞以獻公。公則舉其攡敵,推案析理,次至數聯,應若前定④。諸儒有不安者,隨爲刮削,變嫫爲妍,不廢暮而珠貫成就⑤。瑕不可掩者,稹六聯耳! 退而自咎。且盛公之所爲,因而次用所聯翩、賢等五十一字,合爲一詩⑥。止詠公之詞業力翰,洎生徒學校之事而已也,其於勛位崇懿在國籍,族地清甲編世家,政事德美播謳謠,儉仁慈愛被親戚(二),非小儒造次之所盡⑦。大凡受褊狹者不可以語大,持杯棬而承澍雨,自滿而止，又安能測其霑霈之所至哉！惶恐無任，俯伏待罪(三)，謹以啓陳。不宣，謹啓⑧。

鄭驛騎翩翩，丘門子弟賢⑨。文翁開學日，正禮聘途年（張秀才正甍，滎陽公首薦登第也）⑩。駿骨黃金買，英髦絳帳延⑪。趨風皆躞足，侍坐各差肩⑫。解榻招徐穉，登樓引仲宣⑬。鳳攢題字扇(四)，魚落講經筵⑭。盛氣河包濟，貞姿嶽柱天⑮。皋夔當五百，鄒魯重三千⑯。科斗翻騰取，關雎教授先（滎陽公寮吏生徒受詩有百數）⑰。篆垂朝露滴，詩綴夜珠聯⑱。逸禮多心匠，焚書舊口傳⑲。陳遵修尺牘，阮瑀讓飛箋⑳。中的顏初啓，抽毫踵未旋㉑。森羅萬木合，屬對百花全㉒。詞海跳波湧，文星拂坐懸㉓。戴馮遙避席，祖逖後施鞭㉔。西蜀凌雲賦，東陽詠月篇㉕。勁茇鰲足斷，精貫蝨心穿㉖。浩汗神彌王，飄颻興欲仙㉗。冰壺通皓雪，綺樹眇晴烟㉘。驅駕雷霆走，鋪陳錦繡鮮㉙。清機登突奧，流韵溢山川㉚。墨客膺潛服，談賓膝誤前㉛。張鱗定摧敗，折角反矜憐㉜。句句推瓊玉，聲聲播管弦㉝。纖新撩造化，頹洞斡陶甄㉞。衛磬琤鏓極，齊竽僭濫偏㉟。空虛慚炙輠，點竄許懷鉛㊱。儃色秋來草，哀吟雨後蟬㊲。自傷魂慘沮(五)，何暇思幽玄（積病瘴二年，求醫在此，滎陽公不忍歸之瘴鄉）㊳？喜到樽罍側(六)，愁親几案邊㊴。菁華知竭矣，肺腑尚求艑㊵。抵滯渾成醉，徘徊轉慕羶㊶。老嘆才漸少，閑苦病相煎㊷。瓦礫難追琢，芻蕘分棄捐㊸。漫勞誠懇懇(七)，那得美娟娟㊹！拙劣仍非速，迂愚且異專㊺。移時停筆硯，揮景乏戈鋋㊻。儀舌忻猶在，舒帷誓不褰㊼。會將連獻楚，深耻謬游燕㊽。蒲有臨書葉，章充讀易編㊾。沙須披見寶，經擬帶耕田㊿。入霧長期閏(八)，持朱本望研51。輪轅呈曲直,鑿枘取方圓㊾。呼吸寧徒爾,霑濡豈浪然㊾！過簫資響亮,隨水漲淪漣㊾。惜日看圭短,偷光恨壁堅㊾。勤勤雕朽木,細細導蒙泉㊾。傳癖今應甚,頭風昨已痊㊾。丹青公舊物,一爲變蚩妍㊾。

　　　　　　　　　　錄自《元氏長慶集》卷一二

[校記]

（一）獻滎陽公詩五十韻(并啓)：原本作“獻滎陽公詩五十韻(并序)”,楊本、叢刊本同,本詩題下標明是詩人的“啓”,不是“序”,語義不佳,據《全詩》改。

（二）儉仁慈愛被親戚：《全詩》同,楊本、叢刊本作“儉仁愛被親戚”,語義不同,不改。

（三）俯伏待罪：蘭雪堂本、叢刊本、《全詩》同,楊本作“俯伏侍罪”,語義不佳,不從不改。

（四）鳳攢題字扇：《全詩》同,楊本、叢刊本作“鳳欑題字扇”,兩字相通,不改。

（五）自傷魂慘沮：楊本、叢刊本、《全詩》同,盧校宋本作“自傷魂慘怛”,語義相類,不改。

（六）喜到樽罍側：楊本、叢刊本、《全詩》同,盧校宋本作“喜倒樽罍側”,“倒”與“側”語義不接,不從不改。

（七）漫勞誠懇懇：原本作“漫勞成懇懇”,楊本、叢刊本、《全詩》同,盧校宋本作“漫勞誠懇懇”,連讀下句,似勝,據改。

（八）入霧長期閏：楊本、叢刊本、《全詩》同,《元稹集》：“閏：疑當作‘潤’。”“閏”與“潤”通,不必疑不必改。

[箋注]

① 獻：奉獻，把東西奉送給尊者或敬重的人。《詩·鄭風·大叔于田》："襢裼暴虎，獻於公所。"《周禮·天官·玉府》："凡王之獻金玉……之物，受而藏之。"鄭玄注："謂百工爲王所作，可以遺獻諸侯。古者致物於人，尊之則曰獻，通行曰饋。"賈公彥疏："正法：上於下曰饋，下於上曰獻。若尊敬前人，雖上於下，亦曰獻，是以天子於諸侯亦曰獻。"本詩是把詩篇送呈滎陽公鄭餘慶。　滎陽公：即鄭餘慶，據《舊唐書·鄭餘慶傳》："（元和）十四年兼太子少師、檢校司空，封滎陽郡公，兼判國子祭酒事"，故稱"滎陽公"。公，古代五等爵位的第一等，一直沿用至清代。《禮記·王制》："王者之制祿爵，公、侯、伯、子、男，凡五等。"東周時期，諸侯的通稱。《論語·顏淵》："齊景公問政於孔子，孔子對曰：'君君，臣臣，父父，子子。'公曰：'善哉！'"而元稹與鄭餘慶，關係非同一般：元稹妻子韋叢的生母亦即元稹的岳母裴氏是裴耀卿的親孫女，而鄭餘慶最好朋友裴佶也是裴耀卿的親孫子，韓愈《監察御史元君妻京兆韋氏夫人墓誌銘》："夫人諱叢，字茂之，姓韋氏……王考夏卿以太子少保，卒贈左僕射。僕射娶裴氏皋女。皋爲給事中，皋父宰相耀卿。夫人於僕射爲季女，愛之，選婿得今御史河南元稹。"《新唐書·裴佶傳》文云："裴耀卿……子綜，吏部郎中。綜子佶……佶清勁明銳，所與友皆第一流，鄭餘慶尤厚善。既歿，餘慶爲行服，士林美之。"也許有了這一層的特殊關係，再加上元稹的品行與才華，所以鄭餘慶非常看重元稹，在興元時給予多方照顧。這次在京城召集不少文人與會，元稹也得以參與其間。元稹《奉和滎陽公離筵作》："南郡生徒辭絳帳，東山妓樂擁油旌。鈞天排比簫韶待，猶顧人間有別情。"

② 啓：泛指奏疏，公文，書函。《太平御覽》卷五九五引服虔《通俗文》："官信曰啓。"《文心雕龍·奏啓》："至魏國箋記，始云啓聞。奏事之末，或云謹啓……必斂飭入規，促其音節，辨要輕清，文而不侈，

亦啓之大略也。"　今月十七日:根據本詩"僊色秋來早,哀吟雨後蟬"之句,應該是秋季,故應該是七月、八月、九月中的三個"十七日"之一,據"秋來早"的描述,應該以七月爲宜。具體年份應該是元和十五年,時元積上年年底從虢州被召回京。　儒:信奉儒家學說的人,亦泛指讀書人。《荀子·儒效》:"用雅儒,則千乘之國安;用大儒,則百里之地久。"杜甫《江漢》:"江漢思歸客,乾坤一腐儒。"　廡:堂下周圍的走廊、廊屋。《楚辭·九歌·湘夫人》:"合百草兮實庭,建芳馨兮廡門。"朱熹集注:"廡,堂下周屋也。"《後漢書·靈帝紀》:"公府駐駕廡自壞。"李賢注:"廡,廊屋也。"　謬容:謂辱蒙容納。張守《王承可再示次韻》:"爲寮東越肯忘年? 南越相逢兩皓然。杜守謬容居召後,楊文那敢在王前?"義近"謬加",用作謙詞。呂頌《謝賜冬衣表》:"皇慈溥洽,顧品物而均榮;寵渥謬加,在微臣而增懼。"　末席:座次的末位,多用作謙詞。《北齊書·王琳傳》:"(朱)瑒早簉末席,降薛君之吐握,荷魏公之知遇。"李商隱《寄太原盧司空三十韻》:"何由叨末席? 還得叩玄扃。"

　　③ 棠樹:棠梨樹。《史記·燕召公世家》:"召公巡行鄉邑,有棠樹,決獄政事其下,自侯伯至庶人各得其所,無失職者。召公卒,而民人思召公之政,懷棠樹不敢伐,哥詠之,作《甘棠》之詩。"詩云:"蔽芾甘棠,勿翦勿伐,召伯所茇。"後因以"棠樹"喻惠政。劉禹錫《寄陝州姚中丞》:"相思望棠樹,一寄商聲謳。"黃滔《廊時李相公》:"遊子不緣貪獻賦,永依棠樹託蓬根。"　前進士:唐代稱及第而尚未授官的進士。李肇《唐國史補》卷下:"投刺謂之鄉貢,得第謂之前進士。"《唐摭言·慈恩寺題名遊賞賦詠雜紀》:"神龍已來,杏園宴後皆於慈恩寺塔下題名,同年中推一善書者紀之。他時有將相,則朱書之。及第後知聞,或遇未及第時題名處,則爲添'前'字,或詩曰:'曾題名處添前字,送出城人乞舊詩。'"所引兩句唐詩,作者已經無考,《全唐詩》歸屬"無名氏"之作。　聯爲五言:多人以聯句的方式爲一首五言詩,聯句,是

作詩方式之一，由兩人或多人各成一句或幾句，合而成篇。舊傳始於漢武帝和諸臣合作的《柏梁詩》。白居易《醉後走筆酬劉五主簿長句之贈》："秋燈夜寫聯句詩，春雪朝傾暖寒酒。"《舊唐書·鄭顥傳》："舘宇蕭灑，相與聯句，予爲數聯，同遊甚稱賞。"

④ 諸生：衆有知識學問之士，衆儒生。《管子·君臣》："是以爲人君者，坐萬物之原，而官諸生之職者也。"尹知章注："謂授諸生之官而任之以職也。生，謂知學之士也。"《漢書·叔孫通傳》："夫儒者難與進取，可與守成。臣願徵魯諸生，與臣弟子共起朝儀。"衆弟子。韓愈《太學生何蕃傳》："歲舉進士，學成行尊，自太學諸生推頌不敢與蕃齒，相與言於助教博士。"《新唐書·高智周傳》："俄拜壽州刺史，其治尚文雅，行部，先見諸生，質經義及政得失，既乃錄獄訟，考耕餉勤墮，以爲常。" 怗怗：安静貌，馴服貌。元稹《高荷》："亭亭自擡舉，鼎鼎難藏壓。不學着水荃，一生長怗怗。"梅堯臣《韓子華江南安撫》："千里宣德澤，煦如春風馳。寒潮不起浪，怗怗威馮夷。" 竦竦：聳動貌，顫抖貌。鮑溶《雲溪竹園翁》："硍硍雲溪裏，翠竹和雲生。古泉積澗深，竦竦如刻成。"梅堯臣《送郭功甫還青山》："來何遲遲去何勇？贏馬寒童肩竦竦。" 推案：考查推求。《三國志·孫綝傳》："推案舊典，運集大王。"楊億《封駁銓司主事王太冲狀》："謹按《六典》，大理評事十二人掌出使推案，凡本寺斷獄，皆連署焉！" 析理：剖析事理。嵇康《琴賦》："非至精者不能與之析理也。"蕭統《文選序》："論則析理精微，銘則序事清潤。" 前定：預先確定，事前有所準備。《穀梁傳·桓公十四年》："來盟，前定也，不日，前定之盟不日。"楊士勛疏："此云前定之盟不日則成。"《禮記·中庸》："言前定則不跲，事前定則不困，行前定則不疚，道前定則不窮。"

⑤ 刮削：删削，修改。楊衒之《洛陽伽藍記》卷五："假令刮削其文，轉明佛坐處及曬衣所，並有塔記。"陳思《晉王羲之別傳》："（王羲之）嘗詣門生家，設嘉饌供給，意甚感之，欲以書相報。見有一新棐幾

滑净,因書之,真草相半。門生送王歸郡,比還家,其父已刮削都盡。生還失書,驚懊累日。" 嫫:即"嫫母",傳説爲黄帝第四妃,貌甚醜。《荀子·賦》:"閭娵、子奢莫之媒也;嫫母、力父,是之喜也。"楊倞注:"嫫母,醜女,黄帝時人。"于濆《苦辛吟》:"我願燕趙姝,化爲嫫母姿。"妍:美麗,美好。《魏書·崔浩傳》:"浩纖妍潔白,如美婦人。"韓愈《送窮文》:"面醜心妍,利居衆後,責在人先。" 珠貫:形容歌聲婉轉或文辭流暢。白居易《小童吹觱篥歌》:"急聲圓轉促不斷,轢轢轔轔似珠貫。"蘇軾《會客有美堂周邠長官與數僧同泛湖往北山湖中聞堂上歌笑聲以詩見寄因和二首時周有服》二:"歌喉不共聽珠貫,醉面何因作纈紋!"

⑥ 瑕不可掩者:"瑕不掩瑜"的另一種説法,比喻缺點掩蓋不了優點。《禮記·聘義》:"昔者君子比德於玉焉……瑕不揜瑜,瑜不揜瑕,忠也。"《晉書·周顗傳論》:"顗招時論,尤其酒德,《禮經》曰'瑕不掩瑜',未足韜其美也。" 自咎:自責,歸罪於己。袁康《越絶書·外傳計倪》:"〔子胥〕三年自咎,不親妻子,饑不飽食,寒不重綵。"韓愈《上考功崔虞部書》:"既以自咎,又嘆執事者,所守異于人人。"

⑦ 詞業:詞章之技藝。李德裕《與桂州鄭中丞書》:"小子詞業淺近,獲繼家聲。武宗一朝,册命典誥,軍機羽檄,皆受命撰述。"《宋史·洪遵傳》:"父留沙漠,母亡,遵孺慕攀號。既葬,兄弟即僧舍肄詞業,夜枕不解衣。" 力:本謂制法成治之功,後泛指功勞。《周禮·夏官·司勛》:"事功曰勞,治功曰力。"鄭玄注:"制法成治若咎繇。"《漢書·王商傳》:"商爲外戚重臣輔政,擁佑太子,頗有力焉!" 翰:文辭,書信。蕭統《文選序》:"事出於沉思,義歸乎翰藻。"葉適《贈徐靈淵》:"今日觀來翰,如親見古人。" 生徒:學生,門徒。《後漢書·馬融傳》:"〔融〕常坐高堂,施絳紗帳,前授生徒,後列女樂。"歐陽修《舉留胡瑗管勾太學狀》:"然臣等竊見國家自置太學十數年間,生徒日盛,常至三四百人。" 學校:專門進行教育的機構。《孟子·滕文

公》："設爲庠、序、學、校以教之。"揚雄《百官箴・博士箴》："國有學校，侯有泮宮。" 國籍：國家的典籍，史籍。《北史・李彪傳》："今求都下乞一靜處，綜理國籍，以終前志，官給事力，以充所須。"元稹《爲蕭相謝追贈祖父祖妣亡父表》："臣祖臣父，或勛或賢，義著族姻，名書國籍。" 族地：一姓一族的土地。宋之問《翫郡齋海榴》："昔忝金閨籍，嘗見玉池蓮。未若宗族地，更逢榮耀全。"劉宰《希墟張氏義莊記》："先是，大參文簡公以其所居之地曰希墟，環而居者皆其族地。"清甲：清門甲族的省稱，指高貴的世家大族。貫休《和毛學士舍人早春》："雪消聞苦蟄，氣候似宜鼉。密勿須清甲，朝歸遶碧潭。"貫休《送盧舍人朝覲》："重德須朝覲，流年不可輕！洪才傳出世，清甲得高名。" 世家：世祿之家，後泛指世代貴顯的家族或大家。《孟子・滕文公》："仲子，齊之世家也。"《漢書・食貨志》："世家子弟富人或鬥雞走狗馬，弋獵博戲，亂齊民。"顏師古注引如淳曰："世家，謂世世有祿秩家也。" 政事：政務。《書・皋陶謨》："政事懋哉！懋哉！"《文心雕龍・書記》："雖藝文之末品，而政事之先務也。" 謳謠：歌謠。《宋書・志序》："爰及《雅》《鄭》，謳謠之節，一皆屏落，曾無概見。"元稹《進詩狀》："故自古風詩至古今樂府，稍存寄興，頗近謳謠。" 慈愛：仁慈愛人，多指上對下或父母對子女的愛憐。《國語・楚語》："明慈愛以導之仁，明昭利以導之文。"《後漢書・寇榮傳》："臣聞天地之於萬物也好生，帝王之於萬人也慈愛。" 親戚：與自己有血緣或婚姻關係的人。《左傳・僖公二十四年》："昔周公吊二叔之不咸，故封建親戚，以屏藩周。"《南史・岑之敬傳》："之敬年五歲，讀《孝經》，每燒香正坐，親戚咸加嘆異。" 小儒：淺陋的儒者，自謙之詞。《漢書・夏侯勝傳》："建所謂章句小儒，破碎大道。"潘興嗣《師道》："師道久不振，小儒咸自私。" 造次：倉猝，匆忙。《論語・里仁》："君子無終食之間違仁，造次必於是，顛沛必於是。"吳兢《貞觀政要・公平》："又天居自高，龍鱗難犯，在於造次，不敢盡言。"輕率，隨便。《宋書・建平宣簡王宏傳》:"驅烏合之衆,隸造次之主,貌疏情乖,有若胡越。"韓愈《學諸進士作精衛銜石填海》:"人皆譏造次,我獨賞專精。"

⑧ 大凡:表示總括一般的情況,猶言大抵。《禮記·祭法》:"大凡生於天地之間者皆曰命,其萬物死皆曰折,人死曰鬼,此五代之所不變也。"韓愈《送孟東野序》:"大凡物不得其平則鳴。"　褊狹:指心胸、氣量、見識等狹隘。《史記·禮書》:"化隆者閎博,治淺者褊狹,可不勉與!"《文心雕龍·事類》:"才學褊狹,雖美少功。"　大一:義同"大一",古代道家用語,謂大到極點而囊括一切。《莊子·天下》:"至大無外,謂之大一;至小無内,謂之小一。"成玄英疏:"囊括無外,謂之大也;入於無間,謂之小也;雖復大小異名,理歸無二,故曰一也。"　杯棬:亦作"杯圈",一種木質的飲器。《孟子·告子》:"性,猶杞柳也;義,猶杯棬也。以人性爲仁義,猶以杞柳爲杯棬。"焦循正義引《大戴禮記·曾子事父母》盧辯注:"杯,盤盂盆盞之總名也。蓋杯爲總名,其未雕未飾時,名其質爲棬,因而杯器之不雕不飾者,即通名爲棬也。"劉禹錫《述病》:"視既分,則嚮時之僕已睆然執杯圈侍予於前矣!"　澍雨:大雨,暴雨。《尚書大傳》卷四:"久矣! 天之無烈風澍雨。"鄭玄注:"暴雨也。"《東觀漢記·和熹鄧皇后傳》:"三月,京師旱,至五月朔,太后幸洛陽寺……行未還宮,澍雨大降。"　霧霈:大雨。焦贛《易林·巽之離》:"隱隱大雷,霧霈爲雨。"比喻盛大,盛多。獨孤及《酬皇甫侍御望天灊山見示之作》:"天旋物順動,德布澤霧霈。"歐陽修《水谷夜行寄子美聖俞》:"有時肆顛狂,醉墨灑霧霈。"　惶恐:表示謙恭的用語。《資治通鑑·唐太宗貞觀十七年》:"庚子,定太子見三師儀……其與三師書,前後稱名'惶恐'。"曾鞏《答孫都官書》:"盛編尚且借觀,而先以此謝。惶恐,惶恐。不宣。"　無任:敬詞,猶不勝,舊時多用於表狀、章奏或箋啓、書信中。張九齡《請御注道德經及疏施行狀》:"凡在率土,實多慶賚,無任忻戴忭躍之至。"蘇軾《徐州謝獎諭表》:"庶殫朽鈍,少補絲毫,臣無任。"　俯伏:俯首伏地,多表示

恐懼屈服或極端崇敬。賈誼《新書·階級》：“吏民嘗俯伏以敬畏之矣！”谷神子《博異志·陰隱客》：“至一大門，勢侔樓閣，門有數人俯伏而候。” 待罪：等待處分，等待處置。《漢書·匡衡傳》：“衡子昌爲越騎校尉，醉殺人，繫詔獄。越騎官屬與昌弟且謀篡昌。事發覺，衡免冠徒跣待罪。”陳子昂《爲程處弼辭流表》：“比者待罪幽囚，以殞身碎首爲奉。” 啓陳：啓稟，陳述。元稹《上興元權尚書啓》：“……次爲卷軸，封用上獻，塵黷尊重，帖伏迴遑，謹以啓陳，不宣，謹啓。”李商隱《爲白從事上陳許李尚書啓》：“瞻仰恩顧，伏撓精魂，謹奉啓陳謝，謹啓。” 謹啓：猶敬白，書信常用語。何充等《沙門不應盡敬表》：“是以復陳愚誠，允垂省察。謹啓。”崔致遠《賀高司馬除官狀》：“下情無任忭躍之至，謹奉啓陳賀。謹啓。”

⑨ 鄭驛：亦作“鄭莊驛”。漢鄭當時（字莊）爲太子舍人時，每逢洗沐日，常置驛馬長安諸郊，接待賓客，後因以“鄭驛”爲好客主人迎賓待客之所。杜甫《贈王二十四侍御契四十韵》：“山陽無俗物，鄭驛正留賓。”周邦彦《西平樂》：“多謝故人。親馳鄭驛，時倒融尊。” 翩翩：形容風度或文采的優美。《史記·平原君虞卿列傳論》：“平原君，翩翩濁世之佳公子也。”《文選·曹丕〈與吳質書〉》：“元瑜書記翩翩，致足樂也。”劉良注：“翩翩，美貌。” 丘門：原指孔門，指孔丘的門下。《列子·仲尼》：“乃反丘門，絃歌誦書，終身不輟。”後來泛指儒者之門。劉長卿《寄萬州崔使君》：“丘門多白首，蜀郡滿青襟。”陸暢《陝州逢寶鞏同宿寄江韋協律》：“共出丘門歲九霜，相逢悽愴對離觴。” 子弟：泛指年輕後輩。《荀子·非十二子》：“遇長則修子弟之義。”韓愈《送何堅序》：“堅道州人，道之守陽公賢也……堅爲民，堅又賢也。湖南得道爲屬，道得堅爲民。堅歸唱其州之父老子弟服陽公之令。”

⑩ 文翁：漢代廬江舒人，景帝末爲蜀郡守，《漢書·文翁傳》：“文翁……仁愛好教化。”在成都市中起學官，入學者免除徭役，成績優者爲郡縣吏，每出巡視，“益從學官諸生明經飭行者與俱，使傳教令”。

蜀郡自是文風大振，教化大興，後世用爲稱頌循吏的典故。杜甫《將赴荆南寄別李劍州》：“但見文翁能化俗，焉知李廣不封侯！”貫休《蜀王登福感寺塔三首》三：“一年一度常如此，願見文翁百度來。”本詩以文翁喻指鄭餘慶。　　開學：古代指開設學校。《東觀漢記·張酺傳》：“永平九年，詔爲四姓小侯開學，置五經師。”王禹偁《酬種放徵君》：“側聞種先生，終南卧雲壑。長沮既躬耕，元禮仍開學。”　　正禮：三國歷史人物。《三國志·劉繇傳》：“劉繇字正禮，東萊牟平人也……繇兄岱字公山……平原陶丘洪薦繇，欲令舉茂才，刺史曰：‘前年舉公山，奈何復舉正禮乎？’洪曰：‘若明使君用公山於前，擢正禮於後，所謂御二龍於長途，騁騏驥於千里，不亦可乎？’”武元衡《送許著作分司東都》：“馬色關城曉，蟬聲驛路長。石渠榮正禮，蘭室重元方。”《册府元龜·書信》：“朗遺策書曰：‘劉正禮昔初臨州，未能自達……’”　　騁：施展，顯示。《荀子·君道》：“故由天子至於庶人也，莫不騁其能，得其志，安樂其事。”孟郊《寓言》：“我有松月心，俗騁風霜力。”　　首薦：首先推薦。韓愈《與祠部陸員外書》：“凡此四子，皆可以當執事首薦而極論者。”張籍《祭退之》：“名因天下聞，傳者入歌聲。公領試士司，首薦到上京。”　　登第：猶登科，第，指科舉考試録取列榜的甲乙次第。鄭谷《贈劉神童》：“還家雖解喜，登第未知榮。”《新唐書·選舉志》：“通四經業成，上於尚書，吏部試之，登第者加一階放選。其不第則習業如初。”

　　⑪ 駿骨黃金買：據《戰國策·燕策》載，郭隗用買馬作喻，説古代有用五百金買千里馬的馬頭骨，因而在一年内就得到三匹千里馬的，勸燕昭王厚幣以招賢，後因以“駿骨”喻傑出的人才。任昉《天監三年策秀才文》：“朕傾心駿骨，非懼真龍。”黃庭堅《詠李伯時摹韓幹三馬次蘇子由韵》：“千金市骨今何有？士或不價五羖皮。”　　英髦：俊秀傑出的人。枚乘《柳賦》：“俊乂英髦，列襟聯袍。”劉孝標《辨命論》：“昔之玉質金相，英髦秀達，皆擯斥於當年。”　　絳帳：《後漢書·馬融傳》：

"融才高博洽，爲世通儒，教養諸生，常有千數……居宇器服，多存侈飾。常坐高堂，施絳紗帳，前授生徒，後列女樂，弟子以次相傳，鮮有入其室者。"後因以"絳帳"爲師門、講席之敬稱。竇庠《奉和王侍郎春日喜李侍郎崔給諫張舍人韋諫議見訪因命觴觀樂之什》："華館遲嘉賓，逢迎淑景新。錦筵開絳帳，玉佩下朱輪。"李商隱《過故崔兗海宅與崔明秀才話舊》："絳帳恩如昨，烏衣事莫尋。" 延：引導，引入，迎接。《禮記·曲禮》："主人延客祭，祭食，祭所先進。"鄭玄注："延，道也。"《文選·揚雄〈甘泉賦〉》："選巫咸兮叫帝閽，開天庭兮延群神。"李善注引鄭玄《禮記注》："延，導也。"王昌齡《趙十四兄見訪》："客來舒長簟，開閣延清風。"

⑫ 趨風：亦作"趍風"，疾行至下風，以示恭敬。《左傳·成公十六年》："郤至三遇楚子之卒，見楚子，必下，免胄而趨風。"劉向《新序·善謀》："是故虞卿一言，而秦之震懼趨風，馳指而請備。"引申指瞻仰風采。曾鞏《越州賀提刑夏倚狀》："鞏於此備官，云初託庇，喜趨風之甚邇，諒考履之惟和。"聞風而來。聶夷中《燕臺二首》一："自然樂毅徒，趨風走天下。何必馳鳳書，旁求向林野？" 蹀足：踏足，頓腳。《列子·黃帝》："康王蹀足謦欬疾言曰：'寡人之所説者，勇有力也，不説爲仁義者也。'"顏延之《赭白馬賦》："眷西極而驤首，望朔雲而蹀足。" 侍坐：在尊長近旁陪坐。事見《禮記·曲禮》："侍坐於所尊，敬毋餘席。"孔穎達疏："謂先生坐一席，己坐一席，己必坐於近尊者之端，勿得使近尊者之端更有空餘之席。"《論語·先進》："子路、曾皙、冉有、公西華侍坐。子曰：'以吾一日長乎爾，毋吾以也。'"尊長坐著，己站立侍奉。薛用弱《集異記補編·金友章》："一夕，友章如常執卷，而妻不坐，但佇立侍坐。" 差肩：比肩，肩挨著肩。《管子·輕重甲》："管子差肩而問曰：'吾不籍吾民，何以奉車革？'"杜甫《贈李八秘書別三十韻》："通籍蟠螭印，差肩列鳳輿。"

⑬ 解榻招徐稚：賀復徵《文章辨體彙選》卷五二一引范蔚宗《徐

稚傳》:"徐稚,字孺子,豫章南昌人也。家貧常自耕稼,非其力不食。恭儉義讓,所居服其德,屢辟公府不起。時陳蕃爲太守,以禮請署功曹,稚不免之,既謁而退。蕃在郡不接賓客,惟稚來特設一榻,去則縣之。"這裏借用此典讚譽鄭餘慶重視文學之士。宋之問《酬李丹徒見贈之作》:"一朝逢解榻,累日共銜杯。連轡登山盡,浮舟望海回。"張九齡《餞王司馬入計同用洲字》:"元寮行上計,舉餞出林丘。忽望題輿遠,空思解榻遊。"　登樓引仲宣:陳壽《三國志·王粲傳》:"王粲,字仲宣,山陽高平人也……獻帝西遷,粲徙長安,左中郎將蔡邕見而奇之。時邕才學顯著,貴重朝廷,常車騎填巷,賓客盈坐。聞粲在門,倒屣迎之。粲至,年既幼弱,容狀短小,一坐盡驚。邕曰:'此王公孫也,有異才,吾不如也。吾家書籍文章,盡當與之。'年十七,司徒辟詔除黃門侍郎,以西京擾亂,皆不就。乃之荆州依劉表,表以粲貌寢而體弱,通侻不甚重也……"當時王粲在荆州,登當陽城樓,作《登樓賦》,抒發感時懷鄉之情,後世傳爲名篇。元稹在江陵,曾經瞻仰王粲在荆州的遺迹,元稹《過襄陽樓呈上府主嚴司空樓在江陵節度使宅北隅》:"有時水畔看雲立,每日樓前信馬行。早晚暫教王粲上,庾公應待月分明。"這裏也是借用歷史故事讚揚鄭餘慶寶重有才文士。楊巨源《早春即事呈劉員外》:"馬蹄經歷須應遍,鶯語叮嚀已怪遲。更待雜芳成艷錦,鄰中爭唱仲宣詩。"元稹《遠望》:"滿眼傷心冬景和,一山紅樹寺邊多。仲宣無限思鄉泪,漳水東流碧玉波。"

⑭鳳:古代比喻有聖德的人,這裏喻指鄭餘慶。《論語·微子》:"鳳兮鳳兮,何德之衰也!"邢昺疏:"知孔子有聖德,故比孔子於鳳。"王褒《九懷·通路》:"痛鳳兮遠逝,畜鴳兮近處。"　題字:對一事一物或一書一畫,爲留紀念而寫上有紀念意義的字。盧照鄰《悲昔遊》:"題字於扶風之柱,繫馬於驪山之松。"指爲留紀念所題寫的字。李邕《大唐泗州臨淮縣普光王寺碑》:"嘉寺之旁,立名寵聖札之題字。"梅堯臣《得曾鞏附永叔書》:"袖銜藤紙書,題字遠已認。"　魚落講經筵:

《樂書》卷七八《尚書訓義》："故師曠奏清角而玄鶴爲之率舞,瓠巴鼓瑟而六馬爲之仰秣,伯牙鼓琴而流魚出聽,周作六樂而六物自致。"這裏的魚,應該是比喻諸生。《編年箋注》:"'魚落'句:《韓詩外傳》:'伯牙鼓琴而流魚出聽。'"查《韓詩外傳》云:"昔者瓠巴鼓瑟而潛魚出聽,伯牙鼓琴而六馬仰秣,魚馬猶知善之爲善,而況君人者也!"《編年箋注》引文書目有誤,態度不夠嚴肅。　　講經:講說儒家經義。《晉書·禮志》:"魏正始中,齊王每講經遍,輒使太常釋奠先聖先師於辟雍,弗躬親。"《新唐書·孔穎達傳》:"帝幸太學觀釋菜,命穎達講經。畢,上《釋奠頌》,有詔褒美。"

⑮ 盛氣:盛大的氣勢。李白《清平樂三首》三:"盛氣光引爐烟,素草寒生玉佩。應是天仙狂醉,亂把白雲揉碎。"孟郊《鬥雞聯句》:"崢嶸顛盛氣,洗刷凝鮮彩。"　　濟:渡河。《書·大誥》:"予惟小子·若涉淵水,予惟往求朕攸濟。"孔傳:"往求我所以濟渡。"孟浩然《渡浙江問舟中人》:"潮落江平未有風,扁舟共濟與君同。時時引領望天末,何處青山是越中?"　　貞姿:堅貞的資質。席夔《賦得竹箭有筠》:"共愛東南美,青青嘆有筠。貞姿衆木異,秀色四時均。"劉得仁《冬日駱家亭子》:"亭臺臘月時,松竹見貞姿。林積烟藏日,風吹水合池。"柱天:撐天,支天。《後漢書·齊武王縯傳》:"伯升自發舂陵子弟,合七八千人,部署賓客,自稱柱天都部。"李賢注:"柱天者,若天之柱也。"李山甫《兵後尋邊三首》一:"卷地朔風吹白骨,柱天青氣泣幽魂。"

⑯ 皋夔:皋陶和夔的並稱,傳說皋陶是虞舜時刑官,夔是虞舜時樂官,後常借指賢臣。元稹《和樂天贈樊著作》:"堯心惟舜會,因著爲話言。皋夔益稷禹,粗得無間然。"王禹偁《謫居感事》:"貴接皋夔步,深窺龍鳳姿。"　　五百:古代在官興前導引的役卒。《後漢書·曹節傳》:"越騎營五百妻有美色,破石從求之,五百不敢違。"李賢注引韋昭《辯釋名》:"五百,字本爲'伍'。伍,當也;伯,道也,使之導引當道

中以驅除也。”執杖行刑。《後漢書·禰衡傳》:“衡言不遜順……祖大怒,令五百將出,欲加筆。”李賢注:“五百,猶今之問事也。”《三國志·劉琰傳》:“胡氏有美色,琰疑其與後主有私,呼五百撾胡。”　鄒魯:這裏以孔子和孟子的家鄉借指孔、孟。張説《奉和聖製經鄒魯祭孔子應制》:“孔聖家鄒魯,儒風藹典墳。龍驂迴舊宅,鳳德詠餘芬。”王維《送孫二》:“郊外誰相送?夫君道術親。書生鄒魯客。才子洛陽人。”三千:即孔門的“三千弟子”,《史記·孔子世家》:“孔子以詩書禮樂教,弟子蓋三千焉!身通六藝者七十有二人。”後因以“三千弟子”指孔門弟子。杜甫《又示宗武》:“十五男兒志,三千弟子行。”“五百”、“三千”云云,與下面兩句呼應。

⑰ 科斗:指科斗文字。韓愈《科斗書後記》:“於汴州識開封令服之者,陽冰子,授余以其家科斗《孝經》,衛宏《官書》,兩部合一卷。”李復言《續玄怪録·訂婚店》:“固步覘之,不識其字,既非蟲篆八分科斗之勢,又非梵書。”指古文經籍。劉言史《放螢怨》:“架中科斗萬餘卷,一字千回重照見。”葛立方《韵語陽秋》卷二〇:“子由嘗跋東坡遺稿云……科斗藏壁間,見者空嘆驚。廢興自有時,詩書付西京。”　翻騰:飛騰,翻滾。劉晝《新論·均任》:“夫龍蛇有翻騰之質,故能乘雲依霧。”李山甫《又代孔明哭先主》:“鯨鯢翻騰四海波,始將天意用干戈。”　關雎:《詩·周南》篇名,爲全書首篇,也是十五國風的第一篇,歷來對這首詩有不同理解。《詩·周南·關雎序》:“《關雎》,后妃之德也。風之始也,所以風天下而正夫婦也。”《後漢書·皇后紀序》:“故康王晚期,《關雎》作諷。”後世用此篇名作典故,含義也常不同:借指賢淑的后妃或后妃的美德;借指夫婦;借指淑女;借指正統的詩歌。本詩應該是後者。　教授:把知識技能傳授給學生。《史記·仲尼弟子列傳》:“子夏居西河教授,爲魏文侯師。”薛用弱《集異記·蔣琛》:“雪人蔣琛,精熟二經,常教授於鄉裏。”　寮吏:屬吏。薛用弱《集異記·嘉陵江巨木》:“高准式行香於開元觀,寮吏畢至。”歐陽修《送滎

陽魏主簿廣》:"僚吏愧我嘆,僕童恪生顏。"

⑱ 篆:漢字書體名。《説文·竹部》:"篆,引書也。"段玉裁注:"引書者,引筆而著於竹帛也,因之李斯所作曰篆書,而謂史籀所作曰大篆,既又謂篆書曰小篆。"《漢書·藝文志》:"六體者,古文、奇字、篆書、隸書、繆篆、蟲書。"韓愈《科斗書後記》:"於時,李監陽冰獨能篆書。" 朝露:早上的露水。繁欽《柳賦》:"浸朝露之清泫,暉華采之猗猗。"廣宣《九月菊花詠應制》:"爽氣凝朝露,濃姿帶夜霜。" 詩:文學體裁的一種,通過有節奏、韵律的語言反映生活,抒發情感,最初詩可以唱詠。《國語·周語》:"詩以道之,歌以詠之。"韋昭注:"誦之曰詩。"《文心雕龍·樂府》:"凡樂辭曰詩,詩聲曰歌。" 夜珠:即夜明珠。宋之問《奉和晦日幸昆明池應制》:"不愁明月盡,自有夜珠來。"李商隱《行至金牛驛寄興元渤海尚書》:"六曲屏風江雨急,九枝燈檠夜珠圓。"

⑲ 逸禮:指《儀禮》十七篇以外的古文《禮經》,相傳有三十九篇,今佚。古文經學家認爲漢武帝時與古文《尚書》同發現於孔子住宅的壁中,今文經學家則否認《逸禮》的發現。《漢書·劉歆傳》:"及魯恭王壞孔子宅,欲以爲宮,而得古文於壞壁之中,《逸禮》有三十九,《書》十六篇。"洪邁《容齋四筆·諸家經學興廢》:"《古禮經》五十六篇,後蒼傳十七篇曰《後氏曲臺記》,所餘三十九篇名爲《逸禮》。" 心匠:指獨特的構思設計。白居易《白蘋洲五亭記》:"大凡地有勝境,得人而後發;人有心匠,得物而後開。"沈括《夢溪筆談·書畫》:"益之佈置尚能如此,其心匠可知。" 焚書:燒毀書籍,多指秦之焚書。《史記·儒林列傳》:"及至秦焚書,書散亡益多。"元稹《贈鄭餘慶太保制》:"受命有考父之恭,待士有公孫之廣,焚書逸禮,盡所口傳;古史舊章,如因心匠。"請讀者注意,元稹在《贈鄭餘慶太保制》中的用語,與本詩如此一致,説明詩與文應該作於同一時期。 口傳:口頭傳授,口頭傳達。《淮南子·氾論訓》:"此皆不著於法令,而聖人之所不口傳也。"韓愈

《進順宗皇帝貫録表狀》:"今之所以知古,後之所以知今,不可口傳,必憑諸史。"

⑳　陳遵:漢代歷史人物。《前漢書・陳遵傳》:"陳遵,字孟公,杜陵人也……遵耆酒,每大飲,賓客滿堂,輒關門,取客車轄投井中,雖有急終不得去……略涉傳記,贍於文辭,性善書,與人尺牘,主皆臧去以爲榮。"虞世南《門有車馬客》:"陳遵重交結,田蚡擅豪華。曲臺臨上路,高軒抵狹斜。"韓仲宣《晦日重宴》:"鳳苑先吹晚,龍樓夕照披。陳遵已投轄,山公正坐池。"　尺牘:長一尺的木簡,古代用以書寫。《後漢書・北海靖王興傳》:"及寢病,帝驛馬令作草書尺牘十首。"李賢注:"《説文》云:'牘,書版也。'蓋長一尺,因取名焉!"《三國志・胡昭傳》:"胡昭善史書,與鍾繇、邯鄲淳、衞顗、韋誕並有名,尺牘之迹,動見楷模。"　阮瑀:三國時期歷史人物。《三國志・阮瑀傳》:"瑀少受學於蔡邕,建安中都護曹洪欲使掌書記,瑀終不爲屈。太祖並以琳、瑀爲司空軍謀祭酒管記室,軍國書檄多琳、瑀所作也(《典略》曰:'……大祖嘗使瑀作書與韓遂,時太祖適近出,瑀隨從,因於馬上具草,書成呈之,太祖寧筆欲有所定,而竟不能增損。')。"杜甫《贈田九判官》:"陳留阮瑀誰争長? 京兆田郎早見招。麾下賴君才並入,獨能無意向漁樵!"錢起《賦得青城山歌送楊杜二郎中赴蜀軍》:"星臺二妙逐王師,阮瑀軍書王粲詩。"　飛箋:快速草就的文稿。李白《答杜秀才五松見贈》:"聞君往年遊錦城,章仇尚書倒屣迎。飛箋絡驛奏明主,天書降問迴恩榮。"章孝標《蜀中上王尚書》:"丁香風裏飛箋草,卭竹烟中動酒鈎。自古名高閑不得,肯容王粲賦登樓!"

㉑　中的:指箭射中靶心。《韓非子・用人》:"發矢中的,賞罰當符。"《文心雕龍・議對》:"言中理準,譬射侯中的。"　顏初啓:第一次露出笑容,爲箭射中靶心而高興。盧仝《走筆追王内丘》:"自識夫子面,便獲夫子心。夫子一啓顏,義重千黄金。"徐鈜《詞苑叢談》卷一〇:"趙公衡,宗室,居秀州,性和易,善與人款曲。但天資滑稽,遇可

啓顔一笑，衝口輒發，見者無不敬畏。” 抽毫：抽筆出套，亦借指寫作。李嶠《餞薛大夫護邊》：“登山窺代北，屈指計遼東。佇見燕然上，抽毫頌武功。”吳融《壬戌歲閿鄉卜居》：“六載抽毫侍禁闈，不堪多病決然歸。” 踵未旋：没有來得及掉轉脚跟，與“倚馬可待”同義，意即下筆很快，一揮而就。踵旋，即“旋踵”，掉轉脚跟，形容時間短促。《韓詩外傳》卷一〇：“夫天怨不全日，人怨不旋踵。”沈約《七賢論》：“受禍之速，過於旋踵。”

㉒ 森羅：謂樹木繁蔚雜陳。張九齡《商洛山行懷古》：“碩人久淪謝，喬木自森羅。故事昔嘗覽，遺風今豈訛！”吕巖《浪淘沙》：“我有屋三椽。住在靈源。無遮四壁任蕭然。萬象森羅爲斗拱，瓦蓋青天。”萬木：極言樹木很多很多。張九齡《冬中至玉泉山寺屬窮陰冰閉崖谷無色及仲春行縣復往焉故有此作》：“萬木柔可結，千花敷欲然。松間鳴好鳥，竹下流清泉。”劉長卿《送梁侍御巡永州》：“到時猨未斷，迴處水應窮。莫望零陵路，千峰萬木中。” 屬對：謂詩文對仗。元稹《叙詩寄樂天書》：“聲勢沿順，屬對穩切者爲律詩。”《新唐書·宋之問傳》：“魏建安後泊江左，詩律屢變，至沈約、庾信，以音韵相婉附，屬對精密。” 百花：亦作“百華”，各種花。庾信《忽見檳榔》：“緑房千子熟，紫穗百花開。”熊孺登《祗役遇風謝湘中春色》：“應被百華撩亂笑，比來天地一閑人。”

㉓ 詞海：詩文的海洋，喻指衆多詩文的彙集。石琯《聞羅景鳴入京》：“徒能問字向揚子，敢望學劍逢公孫。天南矯首識虹采，詞海覬君能一援。”于慎行《寄董太初令君》：“平生詞海渴人龍，下邑欣傳借魯恭。祗畏攀轅期更早，不知傾蓋事難逢。” 跳波：翻騰的波浪。薛道衡《入郴江》：“跳波鳴石磧，濺沫擁沙洲。”蘇軾《送運判朱朝奉入蜀》：“似聞嘉陵江，跳波吹枕屏。” 文星：星名，即文昌星，又名文曲星，相傳文曲星主文才，後亦指有文才的人。裴説《懷素臺歌》：“我呼古人名，鬼神側耳聽。杜甫李白與懷素，文星酒星草書星。”楊無咎

《南歌子》四:"直教筆底有文星。欲狀此時情、若爲成?"

㉔ 戴馮遙避席:《後漢書·戴憑傳》:"戴憑,字次仲,汝南平輿人也。習《京氏易》,年十六,郡舉明經,徵試博士,拜郎中。時詔公卿大會,群臣皆就席,憑獨立。光武問其意,憑對曰:'博士説經皆不如臣,而坐居臣上,是以不得就席。'帝即召上殿,令與諸儒難説,憑多所解釋。帝善之,拜爲侍中。數進見,問得失,帝謂憑曰:'侍中當匡補國政,勿有隱情!'" 避席:古人席地而坐。《漢書·灌夫傳》:"已嬰爲壽,獨故人避席,餘半膝席。"洪邁《夷堅志補·鳳翔道上石》:"兩屏相對,列于便殿燕幾,他珍器百種皆避席。"本詩意謂回避、避退,以示不該同席。 祖逖後施鞭:《晉書·祖逖傳》:"祖逖,字士稚,范陽遒人也……與司空劉琨俱爲司州主簿,情好綢繆,共被同寢。中夜聞荒雞鳴,蹴琨覺曰:'此非惡聲也!'因起舞……帝乃以逖爲奮威將軍、豫州刺史,給千人、廩布三千匹,不給鎧仗,使自招募。仍將本流徙部曲百餘家,渡江中流,擊楫而誓曰:'祖逖不能清中原而復濟者,有如大江!'辭色壯烈,衆皆慨嘆。"李白《避地司空原言懷》:"南風昔不競,豪聖思經綸。劉琨與祖逖,起舞雞鳴晨。"張泌《長安道中蚤行》:"浮生已悟莊周蝶,壯志仍輸祖逖鞭。何事悠悠策羸馬? 此中辛苦過流年。"

㉕ "西蜀凌雲賦"兩句:指西蜀文學家司馬相如的名篇《凌雲賦》和東陽文學家沈約的《八詠詩》,而《八詠詩》的首篇即是詠月之作。西蜀:今四川省,古爲蜀地,因在西方,故稱"西蜀"。岑參《漢川山行呈成少尹》:"西蜀方携手,南宮憶比肩。平生猶不淺,羈旅轉相憐。"杜甫《諸將五首》五:"西蜀地形天下險,安危須仗出群材。" 凌雲賦:西蜀文學家司馬相如名篇,後世紛紛仿作。蘇軾《遊羅浮山一首示兒子過》:"小兒少年有奇志,中宵起坐存黄庭。近者戲作凌雲賦,筆勢彷彿離騷經。"徐夤《公子行》:"有耳不聞經國事,拜官方買謝恩箋。相如漫説凌雲賦,四壁何曾有一錢!"楊萬里《送薛子才下第歸永嘉》:

"二十年前元脱穎，五千人裏又遺賢。諸君更草凌雲賦，老我重看折桂山。" 東陽：指南朝梁沈約，因其曾爲東陽守，故稱。張説《過庾信宅》："包胥非救楚，隨會反留秦。獨有東陽守，來嗟古樹春。"曹組《驀山溪·梅》："孤芳一世，供斷有情愁，消瘦損，東陽也，試問花知否？" 詠月篇：《八詠詩》之一，沈約守東陽時，建元暢樓，並作《登臺望秋月》、《會圃臨東風》、《歲暮湣衰草》、《霜來悲落桐》、《夕行聞夜鶴》、《晨征聽曉鴻》、《解珮去朝市》、《被褐守山東》等詩八首，稱"八詠詩"，亦省作"八詠"。崔融《登東陽沈隱侯八詠樓》："旦登西北樓，樓峻石墉厚。宛生長定嵐，俯壓三江口。"崔峒《虔州見鄭表新詩因以寄贈》："梅花嶺裏見新詩，感激情深過楚詞。平子四愁今莫比，休文八詠自同時。"

　　㉖ 劗芟鼇足斷：歐陽詢《藝文類聚·帝女媧氏》："《淮南子》曰：'往古之時，四極廢，九州島裂，天不兼覆，地不周載，猛獸食精民，鷙鳥攫老弱。於是女媧煉五色石以補蒼天，斷鼇足以立四方。'" 芟：斬殺，消滅，清除。陳琳《檄吳將校部曲文》："折衝討難，芟敵搴旗。"曹唐《奉送嚴大夫再領容府二首》一："劍澄黑水曾芟虎，箭劈黃雲慣射雕。" 鼇足：傳說中女媧用作天柱的大龜四足。《淮南子·覽冥訓》："於是女媧煉五色石以補蒼天，斷鼇足以立四極。"高誘注："鼇，大龜，天廢頓以鼇足柱之。"成公綏《天地賦》："斷鼇足而續毀，鍊玉石而補缺。" 精貫虱心穿：徐應秋《玉芝堂談薈·明棘刺扞矢》："紀昌學射於飛衛，飛衛曰：'爾先學不瞬，而後可言射矣！'紀昌歸，偃臥其妻之機下，以目承牽挺，二年之後，雖錐末倒眥而不瞬也。以告飛衛，飛衛曰：'未也，亞學視而後，可視小如大，視微如著，而後告我！'昌以犛懸虱於牖南面而望之，旬日之間，浸大也。三年之後，如車輪焉！以覩餘物，皆丘山也。乃以燕角之弧，朔蓬之簳，射之，貫虱之心而懸不絕。以告飛衛，飛衛高蹈拊膺曰：'汝得之矣！'" 貫：通，貫通。《戰國策·楚策》："禍與福相貫，生與亡爲鄰。"鮑彪注："貫，猶通。"

《史記·樂書》："樂統同，禮别異，禮樂之説貫乎人情矣！"　虱：亦作"蝨"，蝨子。《韓非子·説林》："三蝨相與訟，一蝨過之，曰：'訟者奚説？'三蝨曰：'争肥饒之地。'"焦贛《易林·萃之大過》："亂頭多憂，搔虱生愁。"

㉗ 浩汗：形容廣大繁多。劉義慶《世説新語·賞譽》："王司州與殷中軍語，嘆曰：'己之府奥，蚤已傾寫而見，殷陳勢浩汗，衆源未可得測。'"王定保《唐摭言·慈恩寺題名遊賞賦詠雜紀》："開卷固難窺浩汗，執心空欲慕公平。"　飄颻：輕揚高飛貌。韋應物《答李博士》："檐鷃已飄颻，荷露方蕭颯。夢遠竹窗幽，行稀蘭徑合。"寒山《詩三百三首》一二："賜以金籠貯，扃哉損羽衣。不如鴻與鶴，飄颻入雲飛。"

㉘ 冰壺：借指月亮或月光。韋應物《贈王侍御》："心同野鶴與塵遠，詩似冰壺見底清。府縣同趨昨日事，升沈不改故人情。"楊萬里《中秋前二夕釣雪舟中静坐》："月到南窗小半扉，無生始覺室生輝。人間何處冰壺是？身在冰壺却道非。"　皓雪：白雪。陸機《七徵》："灼若皓雪之頹玄雲，皎若明珠之積緇匱。"元稹《書異》："孟冬初寒月，渚澤蒲尚青。飄蕭北風起，皓雪紛滿庭。"　綺樹：美麗茂盛的樹木。陳琳《宴會詩》："玄鶴浮清泉，綺樹焕青蘂。"江淹《四時賦》："憶上國之綺樹，想金陵之蕙枝。"　晴烟：晴空裏的烟霧。宋之問《漢江宴别》："漢廣不分天，舟移杳若仙。秋虹映晚日，江鶴弄晴烟。"包何《長安曉望寄崔補闕》："迢遞山河擁帝京，參差宫殿接雲平。風吹曉漏經長樂，柳帶晴烟出禁城。"

㉙ 驅駕：駕馬驅馳。焦贛《易林·泰之屯》："倚立相望，適得道通。驅駕奔馳，比目同床。"江總《歲暮還宅》："惆然想泉石，驅駕出城臺。"　雷霆：震雷，霹靂。《易·繫辭》："鼓之以雷霆，潤之以風雨。"蘇軾《策略》："天之所以剛健而不屈者……其光爲日月，其文爲星辰，其威爲雷霆，其澤爲雨露，皆生於動者也。"　鋪陳：陳設，佈置。《周禮·春官·司幾筵》："司幾筵下士二人。"鄭玄注："鋪陳曰筵，藉之曰

席。"牛僧孺《玄怪録·崔書生》:"崔生於花下先致酒茗罇杓,鋪陳茵席。" 錦繡:亦作"錦綉",花紋色彩精美鮮豔的絲織品。《墨子·公輸》:"舍其錦繡,鄰有短褐,而欲竊之。"司馬光《看花四絶句》三:"誰道群花如錦繡?人將錦繡學群花。"

㉚ 清機:清净的心機。曹攄《思友人》:"精義測神奥,清機發妙理。"杜甫《奉贈李八丈曛判官》:"事業富清機,官曹貞獨守。" 突奥:室中東南和西南二隅,喻幽深處。《淮南子·道應訓》:"陰陽之所行,四時之所生,其比夫不名之地,猶突奥也。"《漢書·叙傳》:"若賓之言,斯所謂見勢利之華,暗道德之實,守突奥之熒燭,未卬天庭而覩白日也。"顏師古注:"應劭曰:'《爾雅》:東南隅謂之突,西南隅謂之奥。'突、奥,室中之二隅也。"喻深邃、高深的境界。杜甫《秦州見敕目薛璩畢曜遷官》:"文章開突奥,遷擢潤朝廷。"仇兆鰲注:"突奥,深邃之意。" 流韵:詩文等表現出的風格韵味。《文心雕龍·時序》:"應傅三張之徒,孫摯成公之屬,並結藻清英,流韵綺靡。"駱賓王《寓居洛濱對雪憶謝二》:"積彩明書幌,流韵繞琴臺。色奪迎仙羽,花避犯霜梅。" 山川:山嶽、江河。《易·坎》:"天險,不可升也。地險,山川丘陵也,王公設險以守其國。"沈佺期《興慶池侍宴應制》:"漢家城闕疑天上,秦地山川似鏡中。"借指景色。杜甫《陪鄭廣文游何將軍山林十首》六:"祇疑淳樸處,自有一山川。"

㉛ 墨客:對文人的通稱。揚雄《長楊賦》:"言未卒,墨客降席,再拜稽首。"按《長楊賦序》謂:"聊因筆墨之成文章,故籍翰林以爲主人,子墨爲客卿以風。"賦中稱客爲"墨客",後遂爲文人之別稱。杜甫《宴胡侍御書堂》:"翰林名有素,墨客興無違。"陳亮《贈武川陳童子序》:"自古聖人,及若後世之賢智君子,騷人墨客,凡所以告語童子者,辭雖各出其所長,而大概不過此矣!" 膺:心間,胸臆。《禮記·中庸》:"子曰:'回之爲人也,擇乎中庸,得一善,則拳拳服膺,而弗失之矣!'"朱熹集注:"奉持而著之心胸之間。"《漢書·東方朔傳》:"脣腐齒落,

服膺而不釋。”顏師古注:“服膺,俯服其胸臆也。” 潛服:暗暗佩服。《文選·張衡〈思玄賦〉》:“潛服膺以永靖兮,緜日月而不衰。伊中情之信修兮,慕古人之貞節。”義近“潛移默化”,顔之推《顏氏家訓·慕賢》:“人在少年,神情未定,所與款狎,熏漬陶染,言笑舉動,無心於學,潛移暗化,自然似之。” 談賓:相與談論的賓客。劉琨《答盧諶》:“素卷莫啓,幄無談賓。”劉禹錫《送盧處士歸嵩山別業》:“送君從此去,鈴閣少談賓。” 膝誤前:李商隱有《賈生》詩,云:“宣室求賢訪逐臣,賈生才調更無倫。可憐夜半虛前席,不問蒼生問鬼神。”“虛前席”的詩意與元稹“膝誤前”相類,應該是李商隱化用了元稹的詩句,或者是兩人都借用了關於賈誼的典故。

㉜ 摧敗:折損,損壞。蘇軾《御試重巽申命論》:“發達萬物,而天下不以爲德;摧敗草木,而天下不以爲怒。”沈括《夢溪筆談·權智》:“歲久,井榦摧敗,屢欲新之。” 折角:事見《漢書·朱雲傳》:漢元帝時,少府五鹿充宗治梁丘《易》,以貴幸善辯,諸儒莫敢與抗論。人有薦朱雲者,雲入,昂首論難,駁得充宗無言以對。諸儒爲之語曰:“五鹿嶽嶽,朱雲折其角。”後以“折角”喻指雄辯。李嶠《鹿》:“道士乘仙日,先生折角時。方懷丈夫志,抗首别心期。”周邦彦《汴都賦》:“雖有注河之辯,折角之口,終日危坐,抵掌而譚,猶不能既其萬一。” 矜憐:憐憫。《爾雅·釋訓》:“矜憐,撫掩之也。”郭璞注:“撫掩,猶撫拍,謂慰卹也。”《後漢書·張奐傳》:“父母朽骨,孤魂相託。若蒙矜憐,壹惠咳唾。則澤流黃泉,施及冥寞。”

㉝ 句句:每一句。李白《望鸚鵡洲懷禰衡》:“吴江賦鸚鵡,落筆超群英。鏘鏘振金玉,句句欲飛鳴。”杜甫《解悶十二首》六:“復憶襄陽孟浩然,清詩句句盡堪傳。” 瓊玉:本詩比喻美好的詩文。盧綸《送史兵曺判官赴樓煩》:“山川自與郊坰合,帳幕時因水草移。敢謝親賢得瓊玉,仲宣能賦亦能詩。”權德輿《奉酬從兄南仲見示十九韵》:“開緘捧新詩,瓊玉寒青葱。” 聲聲:每一聲。劉長卿《月下聽砧》:

"夜靜掩寒城,清砧發何處?聲聲擣秋月,腸斷盧龍戍。"王之渙《宴詞》:"長堤春水綠悠悠,畎入漳河一道流。莫聽聲聲催去櫂,桃溪淺處不勝舟。" 管弦:管樂器與絃樂器,亦泛指樂器。《淮南子·原道訓》:"夫建鍾鼓,列管弦。"《漢書·禮樂志》:"爲其俎豆筦弦之間小不備,因是絶而不爲,是去小不備而就大不備,或莫甚焉!"

㉞ 纖新:精細新穎,細巧新奇。《唐音癸籤》卷九:"義山之組織纖新,圓荷浮小葉,細麥落輕花,用晦之推敲密切,杜集大成五言律尤可見者。"義近"纖妍",纖細美好。《魏書·崔浩傳》:"浩纖妍潔白,如美婦人。" 造化:自然界的創造者,亦指自然。《莊子·大宗師》:"今一以天地爲大鑪,以造化爲大冶,惡乎往而不可哉?"張協《七命》:"功與造化爭流,德與二儀比大。" 潀洞:綿延,彌漫。賈誼《旱雲賦》:"運清濁之潀洞兮,正重遝而並起。"司馬光《和范景仁西圻野老》:"哀聲潀洞徹四極,草木慘澹顔色傷。" 斡:旋轉,運轉。謝惠連《七月七日夜詠牛女》:"傾河易迴斡,款顔難久悰。"陸游《落梅》二:"醉折殘梅一兩枝,不妨桃李自逢時。向來冰雪凝嚴地,力斡春回竟是誰?" 陶甄:比喻陶冶、教化。《文選·張華〈女史箴〉》:"茫茫造化,二儀既分。散氣流形,既陶既甄。"李善注:"如淳曰:陶人作瓦器謂之甄。"薛逢《送西川杜司空赴鎮》:"莫遣洪鑪曠真宰,九流人物待陶甄。"

㉟ 衛:古國名。公元前十一世紀周公封周武王弟康叔於衛,先後建都於朝歌(今河南淇縣)、楚丘(今河南滑縣)、帝丘(今河南濮陽)和野王(今河南沁陽)等地,公元前二〇九年爲秦所滅。《左傳·隱公元年》:"鄭人以王師、虢師伐衛南鄙。"羊士諤《都城從事蕭員外寄海梨花詩盡綺麗至惠然遠及》:"陳詞今見唐風盛,從事遥瞻衛國賢。擲地好詞凌綵筆,浣花春水膩魚箋。" 磬:古代打擊樂器,狀如曲尺,用玉、石或金屬製成,懸挂於架上,擊之而鳴。《左傳·襄公十一年》:"凡兵車百乘、歌鐘二肆及其鎛、磬,女樂二八。"杜預注:"鎛、磬,皆樂器。"段成式《酉陽雜俎·禮異》:"引其宣城王等數人後入,擊磬,道東

北面立。”　玲：象聲詞，多指玉聲，常用以形容清脆的聲響。韓愈《秋懷詩十一首》九：“霜風侵梧桐，衆葉著樹乾。空階一片下，玲若摧琅玕。”陳造《聽雨賦》：“非琴非築，金撞而玉玲。”　鎗：象聲詞，形容鐘、鼓等發出的大聲。元稹《内狀詩寄楊白二員外》：“天門暗闢玉玲鎗，晝送中樞曉禁清。彤管内人書細膩，金奩御印篆分明。”唐代無名氏《紀遊東觀山》：“仙佛肖彷彿，鐘鼓鎗擊撞。”　齊竽：猶濫竽，指不學無術的人。劉禹錫《奉和吏部楊尚書太常李卿二相公贈答十韵》：“銓材秉秦鏡，典樂去齊竽。”黄滔《省試一一吹竽》：“齊竽今歷試，真僞不難知。欲使聲聲别，須令箇箇吹。”　僭濫：《詩·商頌·殷武》：“不僭不濫，不敢怠遑。”毛傳：“賞不僭，刑不濫也。”後因以“僭濫”謂賞罰失當，過而無度。葛洪《抱朴子·君道》：“明檢齊以杜僭濫，詳直枉以違晦吝。”《隋書·經籍志》：“然則刑書之作久矣！蓋藏於官府，懼人之知爭端，而輕於犯。及其末也，肆情越法，刑罰僭濫。”

　㊱空虛：空無，不充實。《管子·八觀》：“民偷處而不事積聚，則困倉空虛。”韓愈《符讀書城南》：“詩書勤乃有，不勤腹空虛。”　炙輠：本作“炙轂過”，過爲“輠”的假借字。輠，古時車上盛貯油膏的器具，輠烘熱後流油，潤滑車軸，比喻言語流暢風趣。《史記·孟子荀卿列傳》：“談天衍，雕龍奭，炙轂過髡。”司馬貞索隱：“劉向《别録》‘過’字作‘輠’，輠，車之盛膏器也。炙之雖盡，猶有餘津，言髡智不盡如炙輠也。”《晉書·儒林傳贊》：“炙輠流譽，解頤飛辯。”　點竄：删改，修改。《三國志·武帝紀》：“他日，公又與遂書，多所點竄。”李商隱《韓碑》：“點竄堯典舜典字，塗改清廟生民詩。”　懷鉛：謂從事著述。沈約《到著作省謝表》：“臣藝不博古，學謝專家，乏懷鉛之志，慚夢腸之術。”張説《送宋休遠之蜀任》：“懷鉛書瑞府，横草事邊塵。”

　㊲憊色：義近“倦色”，懈怠厭倦的神色。《太平廣記》卷六引《仙傳拾遺·張子房》：“〔老叟〕目子房曰：‘孺子爲我取履！’子房無倦色，下橋取履以進。”義近“晦色”，暗色。文同《仙禽送景遜赴葭州監税》：

"晦色不敢耀，莊音豈能哀?" 秋來：秋天以來。權德輿《覽鏡見白鬚數莖光鮮特異》："秋來皎潔白鬚光，試脫朝簪學酒狂。一曲酣歌還自樂，兒孫嬉笑挽衣裳。"張籍《和左司元郎中秋居十首》一："選得閑坊住，秋來草樹肥。風前卷筒簟，雨裏脫荷衣。" 哀吟：悲痛嘆息，悲傷呻吟。陳子昂《感遇詩三十八首》二九："朅來高唐觀，悵望雲陽岑。雄圖今何在? 黃雀空哀吟。"盧綸《逢病軍人》："行多有病住無糧，萬裏還鄉未到鄉。蓬鬢哀吟古城下，不堪秋氣入金瘡。" 雨後：大雨之後。李白《落日憶山中》："雨後煙景綠，晴天散餘霞。東風隨春歸，發我枝上花。"錢起《田園雨後贈鄰人》："安排常任性，偃臥晚開戶。樵客荷蓑歸，向來春山雨。"

㊳ 自傷：自我傷感。元稹《滎陽鄭公以稹寓居嚴茆有池塘之勝寄詩四首因有意獻》："恨阻還江勢，思深到海波。自傷才猷淺，其奈贈珠何!"白居易《花前有感兼呈崔相公劉郎中》："落花如雪鬢如霜，醉把花看益自傷。少日為名多撿束，長年無興可顛狂?" 慘沮：憂傷沮喪。石介《過魏東郊》："丈夫肝膽喪，真儒魂魄去。瓦石固無情，為我亦慘沮!"宗澤《宗汝賢墓誌銘》："事親孝於飲食起居，際時作諧語，慈顏每為囅然一笑，平居怡怡無慘沮意。" 何暇：哪裏有閑暇。韋曜《博弈論》："君子之居室也，勤身以致養;其在朝也，竭命以納忠。臨事且猶旰食，而何暇博弈之足躭?"引申為哪裏談得上。《莊子·人間世》："古之至人，先存諸己而後存諸人。所存於己者未定，何暇至於暴人之所行!"曹冏《六代論》："譬之種樹，久則深固其根本，茂盛其枝葉，若造次徙於山林之中，植於宮闕之下，雖壅之以黑墳，暖之於春日，猶不救於枯槁，何暇繁育哉?" 幽玄：幽深玄妙。《周書·武帝紀》："至道弘深，混成無際，體色空有，理極幽玄。"也謂玄虛的釋道哲理。葛洪《抱朴子·論仙》："況乎神仙之遠理，道德之幽玄，仗其短淺之耳目，以斷微妙之有無，豈不悲哉?"駱賓王《代女道士王靈妃贈道士李榮》："自言少小慕幽玄，只言容易得神仙。" "稹病虐二年"三

句:根據《舊唐書·鄭餘慶傳》、《舊唐書·憲宗紀》可知:滎陽公即鄭餘慶,元和九年三月至十一年十月在山南西道節度使任。興元是山南西道治所,而"瘴鄉"就是元稹"染瘴危重"的通州。詩注既云"二年""在此",説明鄭餘慶任内之元和十年、十一年元稹在興元,否則不當云"二年"。這證明元稹元和十年已到達興元,與元稹《感夢》詩所云元和十年的"十月初二日"北上興元之説相合。《年譜》、《編年箋注》所云元稹於元和十一年夏天赴興元治病,至元和十二年九月回歸通州,與元稹本人的詩注明顯不合:誠如其説,元稹於元和十一年夏天之後赴興元治病,而鄭餘慶元和十一年十月就返回京城任職,元稹在鄭餘慶對元稹的關照衹有數月,連"年頭"也没有一個,如何可以説"二年"?其誤已無需再言。説詳拙作《關於元稹通州任内的幾個問題》以及《元稹考論·元稹裴淑結婚時間地點略考》。《年譜新編》採用了本人十多年前的結論,可喜可賀,唯一遺憾的是没有如實説明,需要作一點説明才對。

㊴ 樽罍:樽與罍皆盛酒器,罍似壇;亦指飲酒。杜甫《贈特進汝陽王二十韵》:"樽罍臨極浦,鳧雁宿張燈。"元稹《遭風二十韵》:"紫衣將校臨船問,白馬君侯傍柳來。唤上驛亭還酪酊,兩行紅袖拂樽罍。"几案:桌子,案桌。王粲《儒吏論》:"彼刀筆之吏,豈生而察刻哉?起於几案之下,長於官曹之間,無温裕文雅以自潤,雖欲無察刻,弗能得矣!"《顔氏家訓·治家》:"或有狼籍几案,分散部帙,多爲童幼婢妾之所點污,風雨蟲鼠之所毁傷,實爲累德。"借指文牘工作。《魏書·邢昕傳》:"既有才藻,兼長几案。"《資治通鑑·梁武帝普通七年》:"順抗聲叱之曰:'爾刀筆小才,止堪供几案之用,豈應污辱門下,敷我彝倫!'"

㊵ 菁華:精華。《晉書·文苑傳序》:"《翰林》總其菁華,《典論》詳其藻絢。"《舊唐書·李賢傳》:"先王策府,備討菁華。" 竭:窮盡。曹冏《六代論》:"夫泉竭則流涸,根朽則葉枯。"李華《吊古戰場文》:

“鼓衰兮力盡，矢竭兮絃絕。” 肺腑：同“肺腑”，比喻內心。元稹《答姨兄胡靈之見寄五十韻》：“愧捧芝蘭贈，還披肺腑呈。”蘇轍《送柳子玉》：“但求免譏評，豈顧愁肺腑！” 旌：表彰。揚雄《法言·問明》：“舉茲以旌，不亦寶乎？”劉師培補釋：“蓋旌爲軍中之標識，引申之即爲旌表之義。”馬縞《中華古今注·旌旗》：“旌者，旌也，旌表賢人之德。旌者，善也，以彰善人之德。”

④ 觝滯：遲鈍，不靈活。柳宗元《寄許京兆孟容書》：“往時讀書，自以不至觝滯，今皆頑然，無復省錄。每讀古人一傳，數紙已後，則再三伸卷復觀。”白居易《微之重誇州居其落句有西州羅刹之謔因嘲茲石聊以寄懷》：“神鬼曾鞭猶不動，波濤雖打欲何如？誰知太守心相似，觝滯堅頑兩有餘。” 渾成：天然生成。葛洪《抱朴子·暢玄》：“恢恢蕩蕩，與渾成等其自然；浩浩茫茫，與造化均其符契。”賈思勰《齊民要術·種桑柘》：“欲作鞍橋者，生枝長三尺許，以繩繫旁枝，木橛釘著地中，令曲如橋。十年之後，便是渾成柘橋。” 徘徊：往返迴旋，來回走動。《荀子·禮論》：“今夫大鳥獸則失亡其群匹，越月踰時，則必反鉛；過故鄉，則必徘徊焉！鳴號焉！躑躅焉！踟躕焉！然後能去之也。”楊倞注：“徘徊，迴旋飛翔之貌。”猶彷徨，遊移不定貌。《漢書·高后紀》：“產不知祿已去北軍，入未央宮欲爲亂。殿門弗內，徘徊往來。”顏師古注：“徘徊猶仿偟，不進之意也。” 羶：像羊肉的氣味，亦泛指臊氣。《列子·周穆王》：“化人以爲王之嬪御，羶惡而不可親。”楊伯峻集釋引俞樾曰：“羶當作羴，言臭惡不可親也。”張華《博物志》卷一：“食陸畜者，狸兔鼠雀，以爲珍味，不覺其羶也。”

④ “老嘆才漸少”兩句：意謂隨著年齡的增長，才氣越來越少。閑著無事，苦悶不已，祇是在病中煎熬。 相煎：煎熬，折磨。孟郊《李少府廳吊李元賓遺字》：“一生能幾時？百慮來相煎。戚戚故交淚，幽幽長夜泉。”齊己《夏日林下作》：“煩暑莫相煎，森森在眼前。暫來還盡日，獨坐只聞蟬。”

㊸ 瓦礫：破碎的磚頭瓦片。皮日休《南陽》：“廢路塌平殘瓦礫，破墳耕出爛圖書。”比喻無價值的東西。《朱子語類》卷一二六：“佛家偷得老子好處，後來道家却只偷得佛家不好處。譬如道家有箇寶藏被佛家偷去，後來道家却只取得佛家瓦礫，殊可笑也。”　追琢：雕琢，雕刻。追，通“雕”。《詩·大雅·棫樸》：“追琢其章，金玉其相。”毛傳：“追，雕也。金曰雕，玉曰琢。”劉禹錫《上僕射李相公啓》：“夫溝中之木與犧象同體，追琢不至，坐成枯薪。”　芻蕘：割草采薪。《孟子·梁惠王》：“文王之囿方七十里，芻蕘者往焉！雉兔者往焉！與民同之。”趙岐注：“芻蕘者，取芻薪之賤人也。”《資治通鑑·漢成帝永始二年》：“使芻蕘之臣得盡所聞於前，群臣之上願，社稷之長福也。”胡三省注：“刈草曰芻，采薪曰蕘。”指草野之人。《後漢書·曹世叔妻》：“采狂夫之瞽言，納芻蕘之謀慮。”郭湜《高力士傳》：“陛下不遺鄙賤，言訪芻蕘，縱欲上陳，無裨聖造。”淺陋的見解，多用作自謙之辭。劉禹錫《爲杜相公讓同平章事表》：“輒思事理，冀盡芻蕘。”　棄捐：抛棄，廢置。《戰國策·秦策》：“子曰：‘少棄捐在外，嘗無師傅所教學，不習於誦。’”高適《行路難二首》一：“黃金如斗不敢惜，片言如山莫棄捐。安知顦顇讀書者，暮宿靈臺私自憐。”特指士人不遇於時或婦女被丈夫遺棄。張籍《離婦》：“十載來夫家，閨門無瑕疵……念君終棄捐，誰能强在茲？”吳筠《覽古十四首》七：“魯侯祈政術，尼父從棄捐。漢主思英才，賈生被排遷。”

㊹ 懇懇：誠摯殷切貌。揚雄《劇秦美新》：“夫不勤勤，則前人不當；不懇懇，則覺德不愷。”《新唐書·趙憬傳》：“憬精治道，常以國本在選賢、節用、薄賦歛、寬刑罰，懇懇爲天子言之。”　娟娟：姿態柔美貌。杜甫《寄韓諫議注》：“美人娟娟隔秋水，濯足洞庭望八荒。”蘇洵《張益州畫像記》：“有女娟娟，閨闥閑閑。”長曲貌。《文選·鮑照〈翫月城西門廨中〉》：“始出西南樓，纖纖如玉鈎。末映東北墀，娟娟似娥眉。”李善注：“《上林賦》曰，‘長眉連娟’。”沈佺期《自昌樂郡溯流至白

石嶺下行入郴州》："娟娟潭裏虹,渺渺灘邊鶴。"明媚貌。司馬光《和楊卿中秋月》："嘉賓勿輕去,桂影正娟娟。"飄動貌。杜甫《小寒食舟中作》："娟娟戲蝶過閑幔,片片輕鷗下急湍。"

㊺ 拙劣:笨拙低劣。葛洪《抱朴子·疾謬》："利口者扶强而黨勢,辯給者借銶以刺戲,以不應者爲拙劣,以先止者爲負敗。"元稹《酬東川李相公十六韻啓》："稹獨何人,享是嘉惠? 輒復牽課拙劣,酬獻所賜,是猶百獸與鳳凰同舞於簫韶之中,各極其歡心耳!" 迂愚:猶迂拙。劉摯《謝青州到任表》："曾是迂愚之品,獲塵寄委之憂。"王安石《謝手詔索文字表》："臣初非秀穎,衆謂迂愚,徒以弱齡,粗知强學。"

㊻ 移時:經歷一段時間。《後漢書·吳祐傳》："祐越壇共小史雍丘、黃真歡語移時,與結友而別。"王周《會喻岑山人》："略坐移時又分別,片雲孤鶴一枝筇。" 筆硯:亦作"筆研",筆和硯,泛指文具。《三國志·后妃傳》："文昭甄皇后。"裴松之注引王沈《魏書》："年九歲,喜書,視字輒識,數用諸兄筆硯。"孟元老《東京夢華録·育子》："至來歲生日,謂之'周晬',羅列盤琖於地,盛菓木、飲食、官誥、筆研、筭秤等經卷針綫應用之物,觀其所先拈者,以爲徵兆。"指文墨書寫之事。《顔氏家訓·雜藝》："猶以書工,崎嶇碑碣之間,辛苦筆硯之役。"李復言《續玄怪録·李岳州》："苦心筆硯二十餘年,偕計而試者,亦僅十年,心破魂斷,以望斯舉,今復無名,豈不終無成乎?" 戈鋋:戈與鋋,亦泛指兵器。《文選·班固〈東都賦〉》："元戎竟野,戈鋋彗雲。"李善注:"《説文》曰:'鋋,小矛也。'"岑參《陪狄員外早秋登府西樓因呈院中諸公》："旌節羅廣庭,戈鋋凛秋霜。"

㊼ 儀舌忻猶在:《史記·張儀列傳》："張儀者,魏人也。始嘗與蘇秦俱事鬼谷先生學術,蘇秦自以不及張儀。張儀已學而遊説諸侯,嘗從楚相飲,已而楚相亡璧,門下意張儀,曰:'儀貧無行,必此盜相君之璧!'共執張儀,掠笞數百,不服,醳之。其妻曰:'嘻! 子毋讀書遊

說,安得此辱乎?'張儀謂其妻曰:'視吾舌尚在不?'其妻笑曰:'舌在也。'儀曰:'足矣!'"　忻:心喜。《墨子·經說》:"譽之,必其行也,其言之忻,使人督之。"孫詒讓間詁:"其言可忻悦也。"韓愈《桃源圖》:"南宮先生忻得之,波濤入筆驅文辭。文工畫妙各臻極,異境恍惚移於斯。"　猶在:還在。張說《至尉氏》:"吾兄昔茲邑,遺愛稱賢宰。桑中雉未飛,屋上烏猶在。"席豫《江行紀事二首》一:"飄飄任舟楫,廻合傍江津。後浦情猶在,前山賞更新。"　舒帷:《史記·董仲舒傳》:"董仲舒,廣川人也。以治《春秋》,孝景時爲博士。下帷講誦,弟子傳以久次相受業,或莫見其面。蓋三年董仲舒不觀於舍園,其精如此。進退容止,非禮不行,學者皆師尊之。"　帷:以布帛製作的環繞四周的遮蔽物。《周禮·天官·幕人》:"掌帷、幕、幄、帟、綬之事。"鄭玄注:"在旁曰帷,在上曰幕;幕或在地,展陳於上。帷、幕皆以布爲之。四合象宮室曰幄,王所居之帷也。"鮑照《翫月城西門廨中》:"夜移衡漢落,徘徊帷戶中。"　褰:撩起,用手提起。《禮記·曲禮》:"冠毋免,勞毋袒,暑毋褰裳。"鄭玄注:"褰,揭也。"溫庭筠《菩薩蠻》五:"玉鈎褰翠幕,妝淺舊眉薄。"

　　㊽　獻楚:《韓非子·和氏》:"楚人和氏得玉璞楚山中,奉而獻之厲王。厲王使玉人相之,玉人曰:'石也!'王以和爲誑而刖其左足。及厲王薨,武王即位,和又奉其璞而獻之武王,武王使玉人相之,又曰:'石也!'王又以和爲誑而刖其右足。武王薨,文王即位,和乃抱其璞而哭于楚山之下,三日三夜泪盡,而繼之以血。王聞之,使人問其故,曰:'天下之刖者多矣! 子奚哭之悲也?'和曰:'吾非悲刖也,悲夫寶玉而題之以石,貞士而名之以誑,此吾所以悲也。'王乃使玉人理其璞而得寶焉! 遂命曰'和氏之璧'。"　游燕:《史記·蘇秦列傳》:"蘇秦者,東周雒陽人也。東事師于齊而習之于鬼谷先生,出遊數歲,大困而歸。兄弟嫂妹妻妾竊皆笑之,曰:'周人之俗,治產業,力工商,逐什二以爲務。今子釋本而事口舌,困不亦宜乎?'蘇秦聞之而慚,自

傷,乃閉室不出,出其書遍觀之,曰:'夫士業已屈首,受書而不能以取尊榮,雖多亦奚以爲?'於是得周書陰符,伏而讀之,期年以出,揣摩曰:'此可以説當世之君矣!'"但遊説周王室與秦國、趙國,都沒有成功。"游燕,歲餘而後得見説燕文侯","文侯曰:'子言則可,然吾國小,西迫强趙,南近齊,齊趙强國也,子必欲合從以安燕,寡人請以國從。'於是資蘇秦車馬、金帛以至趙。"

㊾ 蒲有臨書葉:《漢書·路温舒傳》:"路温舒,字長君,巨鹿東里人也。父爲里監門,使温舒牧羊。温舒取澤中蒲,截以爲牒,編用寫書。稍習,善求爲獄小吏。因學律令,轉爲獄史。縣中疑事,皆問焉!太守行縣,見而異之,署決曹史。又受《春秋》,通大義,舉孝廉,爲山邑丞。" 韋充讀易編:古代以皮繩穿竹簡成書,孔子讀《易》,"韋編三絶",是勤奮讀書的典範。李世民《帝京篇》:"韋編斷仍續,縹帙舒還卷。對此乃淹留,欹案觀墳典。"周弘亮《除夜書情》:"春入江南柳,寒歸塞北天。還傷知候客,花景對韋編。"

㊿ 沙須披見寶:曾慥《類説·潘安仁詩》:"潘安仁詩,其源出於仲宣翰林,嘆其翩翩如翔禽之有羽毛,衣帔之有綃縠。謝琨云:'潘詩爛若舒錦,無處不佳;陸文如披沙揀金,往往得寶。'予嘗言陸才似海,潘才如江也。" 披沙:淘去泥沙。李嶠《金》:"向日披沙净,含風振鐸鳴。"蘇轍《戲呈試官》:"剪燭看書良寂寞,披沙見玉忽喧嘩。" 經擬帶耕田:據史書《漢書》、《三國志》、《晉書》的記載,漢時的兒寬、三國時的常林、晉朝的皇甫謐都有因家貧,不得不帶著書本一邊耕種一邊讀書的故事,是好學苦讀的典範。《漢書·兒寬傳》:"兒寬,千乘人也……貧無資用……帶經而鉏,休息輒讀誦,其精如此。"《三國志·常林傳》:"常林,字伯槐,河内温人也……(《魏略》曰:'林少單貧,雖貧,自非手力不取之於人。性好學,漢末爲諸生帶經耕鉏,其妻常自餽餉之。林雖在田野,其相敬如賓。')"《晉書·皇甫謐傳》:"皇甫謐,字士安,幼名静安,定朝那人……居貧,躬自稼穡,帶經而農,遂博綜

典籍百家之言。沉靜寡欲,始有高尚之志,以著述爲務,自號玄晏先生。"

⑤ 閏:曆法術語,一回歸年的時間爲三六五天五個小時又四十八分四六秒,陽曆把一年定爲三六五天,所餘的時間約每四年積累成一天,加在二月裏。農曆把一年定爲三五四天或三五五天,所餘的時間約每三年積累成一個月,加在一年裏。這樣的辦法,在曆法上叫做閏。《公羊傳·哀公五年》:"閏月,葬齊景公。閏不書,此何以書?喪以閏數也。"《穀梁傳·文公六年》:"天子不以告朔,而喪事不數也。"范寧注:"閏是叢殘之數,非月之正。" 研:硯臺。《後漢書·班超傳》:"大丈夫無它志略,猶當效傅介子、張騫立功異域,以取封侯,安能久事筆研間乎?"王禹偁《館中春值偶題》:"簾挂蘚庭微雨霽,研添桐井落花香。"

⑤ 輪轅:指車輛。黃滔《融結爲河嶽賦》:"舟檝風生,航利名於世世;輪轅雷起,駕禍福於人人。"喻經世可用之材。劉肅《大唐新語·持法》:"杜如晦臨終,委胄以選舉。及在銓衡,抑文雅而獎法吏,不適輪轅之用,時議非之。"戴叔倫《酬贈張衆甫》:"出處寧知命,輪轅豈自媒?" 曲直:彎曲和平直。《書·洪範》:"木曰曲直,金曰從革。"元稹《賽神》:"歲深樹成就,曲直可輪轅。" 鑿枘:卯眼和榫頭,鑿枘相應,故常用以喻彼此相合。《墨子·備城門》:"臂長六尺半,植一鑿內後長五寸。"張純一集解引尹桐陽曰:"須鑿內乃可合一,若今銜口。"桓寬《鹽鐵論·非鞅》:"有文武之規矩,而無周呂之鑿枘,則功業不成。"又作"方鑿圓枘"之省語,比喻兩者不相投合,語本《楚辭·九辯》:"圜鑿而方枘兮,吾固知其鉏鋙而難入。" 方圓:方形與圓形,亦泛指事物的形體、性狀。《管子·形勢解》:"以規矩爲方圜則成,以尺寸量長短則得。"《尹文子·大道》:"生於不稱,則群形自得其方圓。名生於方圓,則衆名得其所稱也。"《淮南子·俶真訓》:"今盆水在庭……濁之不過一撓,而不能察方員。"

㊹ 呼吸:呼氣和吸氣,是生物機體和外界進行氣體交換的活動。《素問·平人氣象論》:"岐伯對曰:'人一呼,脈再動;一吸,脈亦再動;呼吸定息,脈五動。'"董仲舒《春秋繁露·人副天數》:"鼻口呼吸,象風氣也。" 徒爾:徒然,枉然。任昉《述異記》卷四:"石犬不可吠,銅駝徒爾爲。"李頎《放歌行答從弟墨卿》:"徒爾當年聲籍籍,濫作詞林兩京客。" 霑濡:謂蒙受恩澤、教化。司馬相如《難蜀父老文》:"漢興七十有八載,德茂存乎六世,威武紛雲,湛恩汪濊,群生霑濡,洋溢乎方外。"《舊唐書·張廷珪傳》:"日月所燭之地,書軌未通之鄉,無不霑濡渥恩,被服淳化。" 浪然:義近"徒然"。李頎《贈別穆元林》:"贈贐亦奚貴,流亂期早旋。金閨會通籍,生事豈徒然!"李巖《林園秋夜作》:"林卧避殘暑,白雲長在天。賞心既如此,對酒非徒然。"

㊺ 響亮:聲音清晰洪亮。左思《魏都賦》:"鳴條律暢,飛音響亮。"范仲淹《西溪書事》:"秋天響亮頻聞鶴,夜海瞳矇每見珠。"形容詩文聲調朗暢。梅堯臣《寄維揚許待制》:"四坐稽顙嘆敏辯,文字響亮如清球。" 淪漣:水波,微波。朱休《春水綠波》:"滉漾滋蘭杜,淪漣長芰荷。"謂水波起伏。王定保《唐摭言·韋莊奏請追贈不及第人近代者》:"大風吹海,海波淪漣。"蘇洵《仲兄字文甫説》:"今夫風水之相遭乎大澤之陂也,紆餘委蛇,蜿蜒淪漣。"

㊻ 圭:古代測日影的儀器叫圭表,石座上的橫尺叫圭,南北兩端的標杆叫表,用以測量日影長短。獨孤鉉《日南長至》:"玉曆頌新律,凝陰發一陽。輪輝猶惜短,圭影此偏長。"王安石《回賀冬啓》三:"陽明初復,圭景寖長。" 偷光恨壁堅:典見《西京雜記》卷二:"匡衡字稚圭,勤學而無燭,鄰舍有燭而不逮,衡乃穿壁引其光,以書映光而讀之。邑人大姓文不識,家富多書,衡乃與其傭作而不求償,主人怪問衡,衡曰:'願得主人書遍讀之!'主人感嘆,資給以書,遂成大學。"王播《淮南游故居感舊酬西川李尚書德裕》:"三徑僅存新竹樹,四鄰惟見舊孫兒。壁間潛認偷光處,川上寧忘結網時。"孟簡《惜分陰》:"刺

股情方勵,偷光思益深。再中如可冀,終嗣絶編音。" 偷光:暗中借取他人的燈光,爲惜陰勤學之典。王播《淮南游故居感舊酬西川李尚書德裕》:"三徑僅存新竹樹,四鄰惟見舊孫兒。壁間潜認偷光處,川上寧忘結網時。"孟簡《惜分陰》:"三冬勞聚學,馴景重兼金。刺股情方勵,偷光思益深。" 恨:遺憾。顔之推《顔氏家訓‧勉學》:"帝尋疾崩,遺詔恨不見太后山陵之事。"杜甫《復愁十二首》一一:"每恨陶彭澤,無錢對菊花。如今九日至,自覺酒須賒。"

㊻ 勤勤:勤苦,努力不倦。《漢書‧王莽傳》:"晨夜屑屑,寒暑勤勤,無時休息,孳孳不已者,凡以爲天下,厚劉氏也。"王通《中説‧關朗》:"然夫子今何勤勤於述也。" 朽木:腐爛的木頭。《荀子‧勸學》:"鍥而舍之,朽木不折;鍥而不舍,金石可鏤。"桓寬《鹽鐵論‧殊路》:"今仲由冉求無檀柘之材,隋和之璞,而强文之,譬若雕朽木而礪鈆刀,飾嫫母畫土人也。"比喻不可造就的人。《論語‧公冶長》:"宰予晝寢,子曰:'朽木不可雕也,糞土之墙不可杇也,於予與何誅!'"後以"朽木糞土"、"朽木糞墙"比喻不堪造就的人或不可救治的事。《漢書‧董仲舒傳》:"漢繼秦之後,如朽木糞墙矣! 雖欲善治之,亡可奈何!" 細細:輕微。杜甫《宣政殿退朝晚出左掖》:"宮草微微承委珮,鑪烟細細駐遊絲。"晏殊《清平樂》:"金風細細,葉葉梧桐墜。"仔細。蘇轍《葺居五首》四:"時來拾瓦礫,細細留花地。"緩緩。杜甫《江畔獨步尋花七絶句》七:"繁枝容易紛紛落,嫩葉商量細細開。"王安石《招葉致遠》:"山桃溪杏兩三栽,嫩蕊商量細細開。" 蒙:蒙昧無知。《雲笈七籤》卷一三:"不學不知謂之蒙。"如蒙士,淺學無知之士。《書‧伊訓》:"臣下不匡,其刑墨,具訓于蒙士。"孔傳:"蒙士,例謂下士。"蔡沈集傳:"童蒙始學之士,則詳悉以是訓之,欲其入官而知所以正諫也。"

㊼ 傳癖:杜預特别喜愛《左傳》,自稱成癖,著有《春秋左傳集解》等。《晉書‧杜預傳》:"時王濟解相馬,又甚愛之,而和嶠頗聚斂。預

常稱濟有馬癖,嶠有錢癖。武帝聞之,謂預曰:'卿有何癖?'對曰:'臣有《左傳》癖。'"楊炯《臥讀書架賦》:"士安號於書淫,元凱稱於傳癖。"甚:過分。《漢書‧東方朔傳》:"臣聞樂太甚則陽溢,哀太甚則陰損。"王讜《唐語林‧補遺》:"陛下睿聖,留意於未萌,若欲去泰去甚,臣願遵聖算。"厲害,嚴重。桓寬《鹽鐵論‧申韓》:"衣缺不補則日以甚,防漏不塞則日以滋。"梅堯臣《四月二十八日記與王正仲及舍弟飲》:"仲氏又發霍,洞下忽焉甚!湯劑不能勝,悶絕口已噤。" 頭風昨已痊:元稹過去一直患有頭風之病,白居易元和十三年詩歌《江樓夜吟元九律詩成三十韻》:"斜行題粉壁,短卷寫紅箋。肉味經時忘,頭風當日痊。"朗州司馬劉禹錫也曾將文石枕見贈,也因此提及元稹的"頭風",安慰貶斥中的元稹,並借此對元稹作出了高度的評價,有《贈元九侍御文石枕以詩獎之》:"文章似錦氣如虹,宜薦華簪綠殿中。縱使真飆生旦夕,猶堪拂拭愈頭風。"李景儉也十分關心朋友的健康,有詩問候,元稹《酬李六醉後見寄口號》"頓愈頭風疾,因吟口號詩"即透露了其中的一些消息。元稹自己的詩篇中也多處提及,如《生春二十首》一八:"何處生春早?春生老病中。土膏蒸足腫,天暖癢頭風。"甚至也驚動過一直關心元稹的宰相裴垍,如其《感夢》:"前時奉橘丸,攻疾有神功。何不善和療?豈獨頭有風(予頃患痰,頭風踰月不差,裴公教服橘皮樸硝丸,數月而愈。今夢中復徵前說,故盡記往復之詞)。"從本詩看,鄭餘慶自然也關心過元稹的頭風病。 頭風:頭痛,中醫學病症名。《三國志‧陳琳傳》:"軍國書檄,多琳、瑀所作也。"裴松之注引魚豢《典略》:"太祖先苦頭風,是日疾發,臥讀琳所作,翕然而起曰:'此愈我病。'"《雲笈七籤》卷三二:"勿以濕髻臥,使人患頭風、眩悶、髮禿、面腫、齒痛、耳聾。"

㊽ 丹青:丹砂和青䃟,可作顏料。《史記‧李斯列傳》:"江南金錫不爲用,西蜀丹青不爲采。"《漢書‧司馬相如傳》:"其土則丹青赭垩。"顏師古注:"張揖曰:'丹,丹沙也。青,青䃟也。'……丹沙,今之

朱沙也。青腰,今之空青也。"也指史籍,古代丹册紀勛,青史紀事。王充《論衡·書虛》:"俗語不實,成爲丹青;丹青之文,賢聖惑焉!"文天祥《正氣歌》:"時窮節乃見,一一垂丹青。"　舊物:原來所有之物。《晉書·王獻之傳》:"獻之徐曰:'偷兒,青氈我家舊物,可特置之。'群偷驚走。"李白《去婦詞》:"以此頳顏顏,空持舊物還。"　蚩妍:醜陋與美好。《後漢書·趙壹傳》:"榮納由於閃揄,孰知辨其蚩妍。"《文選·江淹〈雜體詩·效張綽"雜述"〉》:"浪迹無蚩妍,然後君子道。"吕向注:"浪,放;蚩,醜,妍,好也。"

[編年]

　　《年譜》元和十一年"詩編年"條下編入本詩,理由是:"詩云:'僬色秋來早,哀吟雨後蟬。自傷魂慘沮,何暇思幽玄。'自注:'積病瘧二年……'陳寅恪云:'其所謂"病瘧二年"之"二年"雖不知其如何計算?但必從元和十年閏六月到通州算起,算至元和十一年六月,即過一歲整數以後,方可謂"二年"。然據此可推知《獻滎陽公詩》爲元和十一年秋後在興元所作。'(《元微之之遣悲懷詩原題及其次序》)。"《編年箋注》編年:"元稹此詩作於元和十一年(八一六)秋後,時在通州司馬任。是年夏,作者患瘧疾,赴興元醫治,時鄭餘慶爲興元尹、山南西道節度使。見下《譜》。"《年譜新編》編年本詩元和十一年,並在譜文"鄭餘慶'會儒於便廡',元稹參與其事,獻詩於鄭"之下全文引録本詩之啓,之後又云:"詩'自傷魂慘沮,何暇思幽玄'下自注云:'積病瘧二年,求醫在此,滎陽公不忍歸之瘴鄉。'所謂'二年',指元和十年、十一年。"

　　我們以爲陳寅恪先生繫年有誤,《年譜》、《編年箋注》承襲其誤。據新舊《唐書》本傳及《憲宗紀》、《穆宗紀》,鄭餘慶"(元和)九年拜檢校右僕射,兼興元尹,充山南西道節度觀察使,三歲受代,十二年除太子少師","十三年拜尚書左僕射","十四年兼太子少師、檢校司空,封滎陽郡公,兼判國子祭酒事","元和十五年十一月卒"。而題曰"滎陽公”，不當作於鄭餘慶元和十一年山南西道節度使任之時，那時鄭餘慶還沒有“滎陽郡公”的封號，此其一。其二，元和十一年元稹有兩詩奉和或者涉及鄭餘慶，詩題分別爲《滎陽鄭公以稹寓居嚴茅有池塘之勝寄詩四首因有意獻》、《奉和權相公行次臨闕驛逢鄭僕射相公歸朝俄頃分途因以奉贈詩十四韵》，都不稱“滎陽公”而稱“滎陽鄭公”、“鄭僕射相公”，與元和十一年之前鄭餘慶的官職相符。其三，本詩有“丘門弟子賢”、“文翁開學日”、“魚落講經筵”之句，與《舊唐書》本傳所云鄭餘慶“兼判國子祭酒事”以及“以太學荒毀日久，生徒不虛，奏率文官俸給兩京國子監”的情況頗爲相合。其四，元稹元和十四年年底返回西京，十五年先後任職膳部員外郎試知制誥、祠部郎中知制誥，與詩序自稱“小儒”的身份相合。鄭餘慶病故之後，元稹奉命撰作制誥《贈太保鄭餘慶》，對鄭餘慶的讚揚與本詩及《奉和滎陽公離筵作》兩詩讚揚語言極其相似，說明是同一時期的作品。其五，至於“自傷魂慘沮，何暇思幽玄”兩句以及“稹病瘧二年……”的詩注，並不能證明詩歌即作於元和十一年秋天。陳寅恪先生和《年譜》沒有完全引述元稹詩的詩注，其後即有“滎陽公不忍歸之瘴鄉”的話，詩歌内容涉及元和十年十一年鄭餘慶在興元對元稹的種種關照，而元稹稱呼對方官職却用元和十四年才有的“滎陽公”，說明元稹的詩歌作於鄭餘慶進封滎陽郡公之後，關於興元的内容僅僅是回憶文字，詩歌最後“傳癖今應甚，頭風昨已痊。丹青公舊物，一爲變蚩妍”四句即已透露出其中的消息。我們以爲，鄭餘慶元和十四年進封滎陽郡公，元和十五年十一月病故，此詩不可能作於元和十四年之前，也不可能作於元和十五年十一月之後。而本詩“僤色秋來早，哀吟雨後蟬”云云，說明本詩應該作於秋天，從“秋來早”、“雨後蟬”來看，應該是“早秋”，以“七月”較爲合適，而不是所謂的“十一月”。元稹元和十四年十一月十六日稍後歸京，“秋天”已經過去，元和十五年秋天元稹正在京城任職，鄭餘慶以“滎陽公”的身份活動在京城，此詩即作於十五年年的秋天七月之時,據本詩詩啓"今月十七日,公會儒于便廡,稹亦謬容末席……
不廢暮而珠貫成就,瑕不可掩者,稹六聯耳! 退而自咎,且盛公之所
爲,因而次用所聯翩賢等五十一字,合爲一詩"云云,本詩應該撰成於
七月十七日或其後一天。《年譜新編》的表述比較接近元稹當時的實
際,但遺憾的是没有如實説明參考本人十多年前的成果,我們已經在
一九八六年出版的《元稹裴淑結婚時間地點考略》(見《唐代文學論
叢》第九期)作了詳盡的論證,這裏不再重複。

◎ 奉和滎陽公離筵作[①]

　　南郡生徒辭絳帳,東山妓樂擁油旌[(一)②]。鈎天排比簫韶
待,猶顧人間有别情[③]。

録自《元氏長慶集》卷二〇

[校記]

　　(一)東山妓樂擁油旌:楊本、叢刊本、《全詩》同,《萬首唐人絶
句》作"東山妓樂擁紅旌",語義不同,不改。

[箋注]

　　① 奉和:謂做詩詞與别人相唱和。顧況《奉和韓晉公晦日呈諸
判官》:"江南無處不聞歌,晦日中軍樂更多。不是風光催柳色,却緣
威令動陽和。"耿湋《華州客舍奉和崔端公春城曉望》:"不語看芳徑,
悲春懶獨行。向人微月在,報雨早霞生。"　滎陽公:即鄭餘慶,據《舊
唐書·鄭餘慶傳》:"(元和)十四年兼太子少師、檢校司空,封滎陽郡
公,兼判國子祭酒事",故稱"滎陽公"。　離筵:餞别的宴席。宋之問
《餞湖州薛司馬》:"别駕促嚴程,離筵多故情。交深季作友,義重伯爲

兄。"杜甫《奉送蘇州李二十五長史丈之任》:"赤壁浮春暮,姑蘇落海邊。客間頭最白,惆悵此離筵。"唐代新進士在曲江舉行的宴會。王定保《唐摭言·宴名》:"大相識……關醵(此最大宴,亦謂之離筵)。"《唐摭言》又云:"大燕於曲江亭子,謂之曲江會(曲江大會在關試後,亦謂之關宴。宴後,同年各有所之,亦謂之爲離會)。"本詩應該是前者,但在位的都是儒生,因此氣氛頗類似新進士在曲江舉行的宴會。作:撰述,撰寫。《易·繫辭》:"作《易》者,其有憂患乎?"《後漢書·曹世叔妻傳》:"扶風曹世叔妻者……號曰大家。每有貢獻異物,輒詔大家作賦頌。"

②　南郡:南方的州郡。張謂《讀後漢逸人傳二首》二:"龐公南郡人,家在襄陽里。何處偏來往? 襄陽東陂是。"劉眘虛《登廬山峰頂寺》:"孤峰臨萬象,秋氣何高清! 天際南郡出,林端西江明。"生徒:學生,門徒。《後漢書·馬融傳》:"〔融〕常坐高堂,施絳紗帳,前授生徒,後列女樂。"在唐代,生徒屬於科舉制度的名稱。《新唐書·選舉志》:"取士之科,多因隋舊,然其大要有三:由學館者曰生徒;由州縣者曰鄉貢;皆升於有司而進退之……其天子自詔者曰制舉,所以待非常之才焉!"包佶《酬兵部李侍郎晚過東廳之作(時自刑部侍郎拜祭酒)》:"詔馳黃紙速,身在絳紗安。聖位登堂靜,生徒跪席寒。"殷文圭《行朝早春侍師門宴西溪席上作》:"西溪水色淨於苔,畫鷁橫風絳帳開……三榜生徒逾七十,豈期龍阪納非才!"　絳帳:語見《後漢書·馬融傳》,後因以"絳帳"爲師門、講席之敬稱。劉禹錫《南海馬大夫見惠著述三通勒成四帙上自邃古達於國朝采其菁華至簡如富欽受嘉貺詩以謝之》:"紅旗閱五兵,絳帳領諸生。味道輕鼎食,退公猶筆耕。"李商隱《過故崔兗海宅與崔明秀才話舊因寄舊僚杜趙李三掾》:"絳帳恩如昨,烏衣事莫尋。諸生空會葬,舊掾已華簪。"　東山:據《晉書·謝安傳》載,謝安早年曾辭官隱居會稽之東山,經朝廷屢次徵聘,方從東山復出,官至司徒要職,成爲

東晉重臣。後因以"東山"爲典,指隱居或遊憩之地。王維《戲贈張五弟諲三首》一:"吾弟東山時,心尚一何遠!"沈遘《吳正肅公挽歌辭》一:"暫作東山去,還期宣室來。"　妓樂:指妓人表演的音樂舞蹈。劉義慶《世說新語·賞譽》:"及輔政,而修室第園館,麗車服,雖期功之慘,不廢妓樂。"《舊五代史·郭崇韜傳》:"晝夜妓樂歡宴,指天畫地。"　油旌:古代一種軍旗。元稹《贈李十一》:"淮水連年起戰塵,油旌三換一何頻。共君前後俱從事,羞見功名與別人。"白居易《送徐州高僕射赴鎮》:"大紅旆引碧油旌,新拜將軍指點行……離筵歌舞花叢散,候騎刀槍雪隊迎。"

③ 鈞天:"鈞天廣樂"的略語,指天上的音樂。《文心雕龍·樂府》:"鈞天九奏,既其上帝。"毛文錫《月宮春》:"玉兔銀蟾爭守護,姮娥姹女戲相偎。遙聽鈞天九奏,玉皇親看來。"　排比:安排,準備。白居易《湖上招客送春汎舟》:"排比管弦行翠袖,指麾船舫點紅旌。慢牽好向湖心去,恰似菱花鏡上行。"《唐摭言·雜文》:"公聞之,即處分所司,排比迎新使。"　簫韶:舜樂名。《書·益稷》:"《簫韶》九成,鳳皇來儀。"李紳《憶夜直金鑾殿承旨》:"月當銀漢玉繩低,深聽簫韶碧落齊。"　人間:人類社會。《韓非子·解老》:"聾則不能知雷霆之害,狂則不能免人間法令之禍。"《後漢書·卓茂傳》:"凡人之生,群居雜處,故有經紀禮義以相交接。汝獨不欲修之,寧能高飛遠走,不在人間邪?"　別情:離別的情思。白居易《賦得古原草送別》:"又送王孫去,萋萋滿別情。"韋莊《東陽贈別》:"無限別情言不得,回看溪柳恨依依。"

[編年]

《年譜》元和十一年"詩編年"條下將本詩編入,沒有列舉理由。《編年箋注》編年:"元和十一年(八一六)十月,興元尹、山南西道節度使鄭餘慶任滿,十一月歸朝。元稹此詩即作於其時。見下《譜》。"《年譜新編》亦編年元和十一年:"元和十一年冬,鄭餘慶卸任興元尹、山南東道節度使時作。"

我們以爲《年譜》、《編年箋注》、《年譜新編》的編年有誤,理由是:其一,詩題稱"滎陽公",這樣的稱呼不是可以隨隨便便稱呼的,請注意元稹元和十年所作《滎陽鄭公以稹寓居嚴茆有池塘之勝寄詩四首因有意獻》和元和十一年《奉和權相公行次臨闕驛逢鄭僕射相公歸朝俄頃分途因以奉贈詩十四韻》兩詩中元稹對鄭餘慶的稱呼不是"滎陽公",而是"滎陽鄭公"、"鄭僕射相公"。而鄭餘慶元和十四年才進封滎陽郡公,因此詩歌不可能作於元和十一年。其二,詩題中的"離筵"除了一般意義上解作"離別的宴席"外,在唐代還有特殊的含義,即新進士在曲江舉行的宴會,後來又引申爲一般文士的宴會,參見五代王定保《唐摭言》。鄭餘慶作爲國子祭酒,召集元稹這樣的文士赴會,正屬於這一類集會。其三,本詩所云"生徒"的含義也與鄭餘慶"十四年,兼太子少師、檢校司空,封滎陽郡公,兼判國子祭酒事"的經歷和身份非常相合。其四,本詩與《獻滎陽公詩五十韻》應該是同時之作,而《獻滎陽公詩五十韻》中有"僬色秋來早,哀吟雨後蟬"之句,亦與《年譜》、《編年箋注》、《年譜新編》所框定的"十一月"不符,我們以爲應該是秋天的詩篇,既稱"秋來早",最可能的月份是七月,又據"今月十七日",具體的時日應該是七月十七日,故我們以爲本詩應該作於元和十五年的七月十七日或十八日間。

順便多說一句,《年譜新編》所云"興元尹、山南東道節度使",在唐代是不可能存在的,應該是"興元尹、山南西道節度使"之誤,幸請讀者注意。

◎ 爲令狐相國謝回一子官與弟狀①

臣弟定蒙恩授京兆府藍田縣尉②。

右，臣伏奉某月日敕，以所賜臣一子官回授臣弟定京兆府藍田縣尉(一)③。寵過憂深(二)，恩殊感極，彷徨自顧，悚惕難居④。

臣本凡才(三)，猥當重任⑤。雖星辰軌道，幸屬聖時；而歲月環周，實妨賢路。未蒙罪退，益自慚惶⑥。豈謂天慈仍加渥澤，特降推恩之命，曲成友愛之私。九族生光，百年何報(四)⑦！況藍田美邑(五)，黃綬清流。旋觀冉冉之趨，倍慶怡怡之樂⑧。手足交抃，形影相輝。空鏤肝心，難酬雨露。無任抃躍感恩之至⑨。

錄自《元氏長慶集》卷三六

［校記］

（一）以所賜臣一子官迴授臣弟定京兆府藍田縣尉：蘭雪堂本、叢刊本、《全文》同，《英華》作"以所賜臣一子官迴與臣弟定授京兆府藍田縣尉者"，楊本作"以所賜臣一子言迴授臣弟定京兆府藍田縣尉"，刊刻之誤，不從不改。

（二）寵過憂深：原本作"寵過憂來"，楊本、叢刊本同，據《英華》、《全文》改。

（三）臣本凡才：楊本、叢刊本同，《英華》、《全文》作"臣本凡愚"，各備一說，不改。

（四）百年何報：楊本、叢刊本同，《英華》、《全文》作"百身何報"，各備一說,不改。

（五）況藍田美邑:楊本、叢刊本、《全文》同,《英華》作"況藍山美邑",李唐雖有"藍山縣",屬郴州,地遠人稀,談不上"美邑",且與上文"京兆府"不合,疑爲"藍田"之誤。

［箋注］

① 令狐:指令狐楚,時任宰相之職。姚合《寄汴州令狐楚相公》:"詩好四方誰敢和? 政成三郡自無冤。幾時詔下歸丹闕,還領千官入閣門?"司空圖《故太子太師致仕盧公神道碑》:"元和中,若韓、李二文公、裴晉公、令狐相國、元、白、李淮南聯處内外之制,任征伐約束,欣助大朝。" 相國:古官名,春秋戰國時除楚國外,各國都設相,稱爲相國、相邦或丞相,爲百官之長。秦及漢初,其位尊於丞相,後爲宰相的尊稱。杜甫《故右僕射相國張公九齡》:"相國生南紀,金璞無留礦。仙鶴下人間,獨立霜毛整。"李絳《和裴相國答張秘書贈馬詩》:"高才名價欲凌雲,上駟光華遠贈君。念舊露垂丞相簡,感知星動客卿文。"

② 定:即令狐定。《萬姓統譜》:"令狐定,字履常,楚弟。元和十一年進士及第,累辟使府。太和九年累遷至職方員外郎、弘文館直學士、檢校右散騎常侍、桂州刺史、桂管都防禦等使,贈禮部尚書。"《舊唐書·王璠傳》:"(李)訓敗之日,璠歸長興第,是夜爲禁軍所捕,舉家下獄,斬璠於獨柳樹,家無少長,皆死。璠子退休,直弘文館,李訓舉事之日,退休於館中,禮上,同職駕部郎中令狐定等五六人送之,是日悉爲亂兵所執。定以兄楚爲僕射,軍士釋之,獨執退休誅之。"崔嘏《授令狐定右散騎常侍制》:"敕:前西川節度副使令狐定……"杜牧《令狐定贈禮部尚書制》:"故桂州本管都防禦觀察處置等使、銀青光禄大夫、檢校左散騎常侍、持節都督桂州諸軍事兼桂州刺史、御史大夫、上柱國令狐定……" 蒙恩:受恩惠。《後漢書·光武帝紀》:"平定天下,海内蒙恩。"武元衡《途次近蜀驛蒙恩賜寶刀及飛龍廄馬使還

奉寄中書李鄭二公》:"草草事行役,遲遲違故關。碧幰遙隱霧,紅旆漸依山。"　藍田:縣名,隸屬京兆府。《元和郡縣志·京兆府》:"管縣二十三:萬年、長安、昭應、三原、醴泉、奉天、奉先、富平、雲陽、咸陽、渭南、藍田、興平、高陵、櫟陽、涇陽、美原、華原、同官、鄠、盩厔、武功、好畤。"岑參《首春渭西郊行呈藍田張二主簿》:"迴風度雨渭城西,細草新花踏作泥。秦女峰頭雪未盡,胡公陂上日初低。"杜甫《渼陂行》:"船舷暝戛雲際寺(雲際山有大安寺),水面月出藍田關(即秦嶢關,在藍田縣南六十里)。"　縣尉:官名,秦漢縣令、縣長下置尉,掌一縣治安,歷代因之,李唐又稱少府。姚合《寄鄠縣尉李廓少府》:"歲滿休爲吏,吟詩著白衣。愛山閑臥久,在世此心稀。"馬戴《贈鄠縣尉李先輩二首》二:"休官不到闕,求靜匪營他。種藥唯愁晚,看雲肯厭多?"

③ 伏:敬詞,古時臣對君奏言多用之。曹植《獻璧表》:"臣聞玉不隱瑕,臣不隱情,伏知所進非和氏之璞。"獨孤及《謝濠州刺史表》:"臣伏奉今年五月一日敕,授臣使持節濠州諸軍事、濠州刺史。"　奉:接受,接到,多用於對尊長或上級,含表敬之意。《史記·孟嘗君列傳》:"聞先生之言,敢不奉教焉!"曹植《上責躬應詔詩表》:"前奉詔書,臣等絶朝,心離志絶。"　敕:古時自上告下之詞,漢時凡尊長告誡後輩或下屬皆稱敕,南北朝以後特指皇帝的詔書。《三國志·呂蒙傳》:"蒙未死時,所得金寶諸賜盡付府藏,敕主者命絶之日皆上還,喪事務約。"《新唐書·百官志》:"凡上之逮下,其制有六:一曰制,二曰敕,三曰册,天子用之。"　賜:對帝王下達旨意的敬稱。《周禮·春官·小宗伯》:"賜卿、大夫、士爵則儐。"鄭玄注:"賜,猶命也。"《新唐書·承天皇帝倓傳》:"帝惑偏語,賜倓死,俄悔悟。"

④ 寵:特指皇帝所施。李嶠《攀龍臺碑》:"九年,太宗以儲宮統事,乃徵帝入朝,寵賜頻繁,事以殊禮。"鄭綱《謝賜神刀食金等狀》:"臣遠赴藩鎮,上軫聖憂,俯降王人,特頒寵賜。"　憂:通"優",優厚。《墨子·非儒》:"夫憂妻子以大負纍。"孫詒讓間詁:"憂妻子,謂優厚

于妻子，古無優字，優原字止作憂，今別作優，而以憂爲憂愁字。"《詩·大雅·板》："匪言我耄，爾用憂謔；多將熇熇，不可救藥。"俞樾《古書疑義舉例·兩字一義而誤解例》："《詩·板》篇：'爾用憂謔。'按憂、謔同義，憂讀爲優，襄六年《左傳》注曰：'優，調戲也。'是優即謔也。" 恩：恩賜，加恩，多指帝王的賜予。《孟子·梁惠王》："今恩足以及禽獸，而功不至於百姓者，獨何與？"《戰國策·秦策》："臣願請藥賜死，而恩以相葬臣。" 感：思念。《後漢書·劉平周磐等傳贊》："周能感親，嗇神養福。"李賢注："感，思也。"葉適《太府少卿福建運判直寶謨閣李公墓誌銘》："上感公忠實，久而聽順。" 彷徨：謂坐立不安，心神不定。班固《白虎通·宗廟》："念親已没，棺枢已去，悵然失望，彷徨哀痛。"羅大經《鶴林玉露》卷六："符離之役，諸軍皆潰，唯存帳下千人，某終夕彷徨，而先公方熟寝，鼻息如雷。" 自顧：自念，自視。曹植《贈白馬王彪》："自顧非金石，咄唶令心悲。"李善注："鄭玄《毛詩箋》曰：'顧，念也。'"杜甫《客堂》："臺郎選才俊，自顧亦已極。" 悚惕：恐懼，惶恐。酈道元《水經注·河水》："城南依山原，北臨黄河，懸水百餘仞，臨之者感悚惕焉！"常用爲奏章或書信中的套語。路隨《上憲宗實錄表》："謹撰《憲宗皇帝實錄》爲四十卷，目錄一卷，謹隨表奉獻。雖刊精極思，徒效其勤勞，而測海窺天，豈知其萬一。無任悚惕兢慚之至，謹詣光順門奉進以聞。"

⑤ 凡才：平庸的才能。劉義慶《世說新語·方正》："桓公問桓子野：'謝安石料萬石必敗，何以不諫？'子野答曰：'故當出於難犯耳！'桓作色曰：'萬石撓弱凡才，有何嚴顔難犯！'"元稹《爲蕭相讓官表》："臣猥以凡才，謬居重任。" 猥：副詞，猶辱、承，謙詞。楊修《答臨淄侯箋》："猥受顧錫，教使刊定，《春秋》之成，莫能損益。"干寶《搜神記》卷五："家女子並醜陋，而猥垂榮顧。" 重任：比喻重大責任，重要職位。葛洪《抱朴子·吳失》："佞諂凡庸，委以重任。"韓愈《順宗實錄》："初皋自以前輩舊人，累更重任，頗以簡倨自高。"

⑥ 星辰：星的通稱。《書·堯典》："曆象日月星辰。"崔融《吳中好風景》："城邑高樓近，星辰北斗遙。無因生羽翼，輕舉託還飆。" 軌道：遵循法制。《漢書·賈誼傳》："樂與今同，而加之諸侯軌道，兵革不動，民保首領，匈奴賓服。"顏師古注："軌道，言遵法制也。"元稹《奉制試樂爲御賦》："慕人律而百蠻麏至，錫有功而諸侯軌道。" 聖時：聖明之時。張說《奉和御制》："大塊鎔群品，經生偶聖時。"楊萬里《三月二十六日殿試進士待罪集英殿門》："諸儒莫作公孫士，千載何曾遇聖時！" 歲月：年月，泛指時間。謝靈運《擬魏太子鄴中集詩序》："歲月如流，零落將盡。"白居易《重賦》："奈何歲月久，貪吏得因循。" 環周：迴圈一周。張華《勵志》："四氣鱗次，寒暑環周。"駱賓王《宿山莊》："金陵一超忽，玉燭幾環周？" 賢路：指賢者仕進的機會。劉向《列女傳·楚莊樊姬》："妾聞虞丘子相楚十餘年，所薦非子弟則族昆弟，未聞進賢退不肖，是蔽君而塞賢路。"潘岳《河陽縣作二首》一："在疚妨賢路，再升上宰朝。" 罪退：因過失而解職，常常用作謙詞。劉摯《論降詔疏》："古人以功贖過，所謂使功不如使過，良以此爾！前以罪退，後以功進，是乃國家所以公天下者。"劉寔《崇讓論》："夫讓道不興之弊，非徒賢人在下位不得時進也，國之良臣荷重任者亦將以漸受罪退矣！" 慚惶：亦作"慚皇"，羞愧惶恐。蕭綱《答徐摛書》："竟不能黜邪進善，少助國章，獻可替否，仰裨聖政，以此慚惶，無忘夕惕。"謝翱《送袁太初歸剡原袁來杭宿傳法寺》："出門擇語歸計餐，顧忌慚皇無不有。"

⑦ 天慈：皇帝的慈愛。《晉書·紀瞻傳》："今以天慈，使官曠事滯。"庾信《爲杞公讓宗師驃騎表》："天慈無濫，私願獲從。" 渥澤：指恩惠。《後漢書·鄧騭傳》："託日月之末光，被雲雨之渥澤。並統列位，光昭當世。"李白《鄂州刺史韋公德政碑》："雲滂洋，雨汪濊。澡渥澤，除瑕纇。" 推恩：帝王對臣屬推廣封贈，以示恩典。白居易《與王承宗詔》："在法雖有推恩，相時亦恐非便。"曾慥《高齋漫錄》："外家有

合推恩,乞疏示姓名,即降處分。" 友愛:友好親愛。《後漢書·第五倫傳》:"近代光烈皇后,雖友愛天至,而卒使陰就歸國,徙廢陰興賓客。"歐陽修《劉丞相挽詞二首》二:"平昔家庭敦友愛,可憐松檟亦連陰。" 九族:以自己爲本位,上推至四世至高祖,下推至四世至玄孫爲九族。《書·堯典》:"克明俊德,以親九族。"孔傳:"以睦高祖、玄孫之親。"一説父族四、母族三、妻族二爲九族。《漢書·高帝紀》:"置宗正官以序九族。"王昌齡《箜篌引》:"九族分離作楚囚,深溪寂寞絃苦幽。"父族是父系的親族。班固《白虎通·宗族》:"父族四,母族三,妻族二。父族四者,謂父之姓爲一族也;父女昆弟適人有子,爲二族也;身女昆弟適人有子,爲三族也;身女子適人有子,爲四族也。"母族是母家之親族。班固《白虎通·宗族》:"母族三者:母之父母,一族也;母之昆弟,二族也;母昆弟子,三族也。"一説"母族三:母之父姓爲一族;母之母姓爲一族;母女昆弟適人者與其子爲一族。"妻族是妻的娘家親族。班固《白虎通·宗族》:"妻族二者:妻之父爲一族,妻之母爲二族。" 生光:發出光輝。蕭繹《全德志序》:"入室生光,豈非盛矣!"《北史·杜弼傳》:"燭則因質生光,質大光亦大。" 百年:指人壽百歲。《禮記·曲禮》:"百年曰期。"陳澔集説:"人壽以百年爲期,故曰期。"嵇康《贈兄秀才入軍》:"人生壽促,天地長久。百年之期,孰云其壽?"

⑧ 邑:舊時縣的別稱。《淮南子·時則訓》:"命司空,時雨將降,下水上騰,循行國邑,周視原野。"柳宗元《封建論》:"秦有天下,裂都會而爲之郡邑,廢侯衛而爲之守宰。" 黄綬:古代官員繫官印的黄色絲帶。《漢書·百官公卿表》:"比二百石以上,皆銅印黄綬。"劉長卿《送從弟貶袁州》:"名羞黄綬繫,身是白眉郎。" 清流:喻指德行高潔負有名望的士大夫。《三國志·桓階陳群等傳評》:"陳群動仗名義,有清流雅望。"歐陽修《朋黨論》:"唐之晚年,漸起朋黨之論,及昭宗時,盡殺朝之名士,或投之黄河,曰:'此輩清流,可投濁流。'而唐遂亡

矣！」　冉冉：匆忙貌。何遜《聊作百一體》：「生途稍冉冉，逝水日滔滔。」王安石《江南》：「冉冉欲何補，紛紛爲此勞。」　怡怡：特指兄弟和睦的樣子，語本《論語·子路》：「朋友切切偲偲，兄弟怡怡。」曹植《求通親親表》：「願陛下沛然垂詔，使諸國慶問，四節得展，以叙骨肉之歡恩，全怡怡之篤義。」陶潛《晉故征西大將軍長史孟府君傳》：「便步歸家，母在堂，兄弟共相歡樂，怡怡如也。」

⑨　手足：喻兄弟。焦贛《易林·益之蒙》：「飲酒醉酣，跳起争鬥，手足紛挐，伯傷仲僵。」王禹偁《擬追封建成元吉爲巢王息王制》：「頃念宗祧之重，致忘手足之情。」　抃：鼓掌，拍手表示歡欣。《吕氏春秋·古樂》：「帝嚳乃令人抃。」高誘注：「兩手相擊曰抃。」許敬宗《奉和九月九日應制》：「九流參廣宴，萬宇抃恩隆。」　形影：人的形體與影子。葛洪《抱朴子·交際》：「若乃輕合而不重離，易厚而不難薄，始如形影，終爲參辰。」趙彦衛《雲麓漫抄》卷一一：「余又於左氏二書參焉！若形影然，而世人往往攘臂於其間。」　肝心：比喻人的内心。王充《論衡·超奇》：「書疏文義，奪於肝心。」《三國志·諸葛亮傳》：「朕用傷悼，肝心若裂。」　雨露：恩澤。高適《送李少府貶峽中王少府貶長沙》：「聖代即今多雨露，暫時分手莫躊躇！」王仁裕《開元天寶遺事·選婿窗》：「李林甫有女六人，各有姿色，雨露之家，求之不允。」　抃躍：猶言手舞足蹈，表示歡欣鼓舞。崔沔《奉和聖製同二相已下群官樂遊園宴》：「酒酣同抃躍，歌舞詠時康。」王禹偁《賀皇帝嗣位表》：「薦逢聖日，權守外藩，不獲蹈舞玉階，無任抃躍屏營之至。」　感恩：感懷恩德。《三國志·駱統傳》：「饗賜之日，可人人別進，問其燥濕，加以密意，誘諭使言，察其志趣，令皆感恩戴義，懷欲報之心。」陳潤《闕題》：「丈夫不感恩，感恩寧有泪。心頭感恩血，一滴染天地。」

［編年］

《年譜》編年：「撰於元和十五年七月令狐罷相之前。」理由是：

《狀》云：'臣本凡愚，猥當重任……歲月環周，實妨賢路。'元和十四年七月令狐楚爲宰相，至元和十五年六月始能稱'歲月環周'。"《編年箋注》也引用本文"臣本凡才……益自慚惶"作爲理由，然後編年："令狐楚元和十四年七月入相，至十五年五六月始可稱'歲月環周'，而六月楚即坐貶爲宣歙觀察使，推知楚所回賜一子官回授弟定京兆府藍田縣尉，事在元和十五年（八二〇）六月以前，其時楚任憲宗山陵使，元稹爲判官，則元稹代楚撰謝狀亦應同時。"《年譜新編》引述編年理由同《年譜》、《編年箋注》所引："狀云：'臣本凡愚，猥當重任……歲月環周，實妨賢路。'令狐楚元和十四年七月爲相，至元和十五年六月始能稱'歲月環周'，故狀當撰于元和十五年六月之後、七月丁卯（二十七日）之前。"

我們以爲，《年譜》、《編年箋注》、《年譜新編》的編年結論失之粗疏，值得商榷。《舊唐書·憲宗紀》："（元和十四年）秋七月丁丑朔……丁酉，以河陽三城懷州節度使、朝議郎、使持節懷州諸軍事、守懷州刺史、兼御史大夫、賜紫金魚袋令狐楚可朝議大夫、守中書侍郎、同中書門下平章事。"計其具體日期，令狐楚拜相應該在七月二十一日。《舊唐書·穆宗紀》："（元和十五年）秋七月辛丑朔……丁卯，以門下侍郎、平章事令狐楚爲宣州刺史，兼御史大夫，充宣歙池觀察使。"計其具體日期，令狐楚罷相應該在七月二十七日。在"歲月環周"的前提下，本文應該撰寫於元和十五年七月二十一日之後，而本文題稱"令狐相國"，根據令狐楚罷相的日期，本文又必須撰寫于七月二十七日之前，故撰寫本文的具體日期應該框定在元和十五年七月二十一日之後、七月二十七日之前的六天之內，地點自然在長安，元稹時任祠部郎中知制誥之職。

據此，《編年箋注》"令狐楚元和十四年七月入相，至十五年五六月始可稱'歲月環周'"的說法是不合適的；"而六月楚即坐貶爲宣歙觀察使"的說法更不符史實，更主要的是《編年箋注》認爲本文撰寫於

“元和十五年(八二〇)六月以前”結論不能滿足“歲月環周”的條件，無疑是錯誤的。同樣，《年譜新編》認爲“故狀當撰于元和十五年六月之後、七月丁卯(二十七日)之前”的編年結論之上限也是錯誤的。當然，《年譜》“元和十四年七月令狐楚爲宰相，至元和十五年六月始能稱‘歲月環周’”的計算方法更是不妥，其“撰於元和十五年七月令狐罷相之前”的編年結論上限難以確定，因“之前”可以無限前延，故也是錯誤的。說句公道話，《編年箋注》、《年譜新編》本文編年錯誤的本源即在《年譜》的計算錯誤，當然自己的盲目跟進也要負應有的責任。

◎ 中書省議賦税及鑄錢等狀①

中書門下奏：據楊於陵等議狀，請天下兩税、榷酒、鹽利等⁽一⁾，悉以布帛、絲綿等物充税，一切不徵見錢者②。

右，據中書門下狀稱，應徵兩税，起元和十六年已後，並配端匹斤兩之物以爲税額，不用計錢，令其折納，仍約元和十五年徵納布帛等估回計者③。

伏以兩税不納見錢，百姓誠爲穩便，或慮土宜不等，恐須更有商量。請令天下州縣⁽二⁾，有山野溪洞無布帛絲綿之處，得以九穀百貨一物已上⁽三⁾，但堪本處交易用度者，並許折納，便充留州留使錢數④。仍令依當處堪納兩税匹段及雜貨⁽四⁾，估價計折輸納，給用之時，並不得令有加擡⁽五⁾⑤。

臣等又見比來州縣，緣不納見錢，抑令小戶數人，并合共成端匹，期會來往，費擾倍多⑥。今請天下州縣⁽六⁾，有貧下戶兩税數少情願輸納見錢者，亦任穩便。若此，則上無抑配之名，下有樂輸之利，以兹折中，實謂得宜⑦。

又據中書門下狀稱：鹽利、酒利，本以榷率計錢，有殊兩稅之名，不可除去錢額。但合納見錢者，亦請令折納時估匹段者⑧。

伏以鞞鹽價錢，自有本使收管，不要州縣條流。至於榷酒利錢，雖則名目不同，其實出於百姓⑨。今天下十分州府，九分是隨兩稅均配，其中一分置店沽酒，蓋是分外誅求。一則厚取疲人⁽七⁾，二則嚴刑檢下⑩。上供既有定數，餘利並入使司，事實煩苛，法非畫一。今請天下州府榷酒錢一切據貫配入兩稅，仍取兩貫已上戶均配，兩貫已下戶不在配限。先有置店沽酒處，並請勒停⑪。若此，則賦斂無名額之煩，貧富有等差之異，人知定準，吏絕因緣。臣等商量，以此為便⑫。

右，據中書門下狀，欲令諸道公私銅器，各納節度團練等使，令本處軍人鎔鑄。其鑄本，請以留州留使錢年支未用物充。待一年後，鑄銅器盡勒停。其州府有出銅鉛可以廣鑄處，每年與本充鑄者⑬。

臣等約計天下百姓有銅器用度者，分數無多，散納諸使，斤兩蓋寡。創置鑪冶，器具頗繁。一年勒停，並是廢物。軍人既未素習，鎔鑄亦恐甚難⑭。又每年留州留使錢額，本約一年用度支留。若待鑄得新錢，然遣當州給用，必恐百事久闕⁽八⁾，不應時須⑮。

臣等商量，請令諸使諸州一切在所，許百姓以銅器折納稅錢，并度支給價收市。每年每季隨便近有監冶處，據數送納。所冀鑪冶無創置之勞，工匠有素習之便。不煩鑄本，自有利宜。其州府出銅鉛可廣鑄處，請委諸道有銅鉛處長吏，各言利害，具狀申陳，參酌眾情，然議可否。以前據中書門下奏，請令中書門下兩省重議可否奏聞者。臣等謹議如前，謹録奏聞，伏候敕旨⑯。

　　元和十五年八月日，中書舍人臣武儒衡等奏。駕部郎中知制誥臣李宗閔、中書舍人臣王起、庫部郎中知制誥臣牛僧孺、祠部郎中知制誥臣元稹⁽九⁾⑰。

録自《元氏長慶集》卷三六

［校記］

　　（一）請天下兩税、榷酒、鹽利等：楊本、叢刊本、《全文》同，盧校作“請天下兩税、榷酤、鹽利等”，各備一説，不改。

　　（二）請令天下州縣：原本作“請今天下州縣”，據楊本、叢刊本、《全文》改。

　　（三）得以九穀百貨一物已上：原本誤作“得以九穀百貨一物已上”，楊本同誤，據叢刊本、《全文》改。

　　（四）仍令依當處堪納兩税匹段及雜貨：原本作“仍今依當處堪納兩税匹段及雜貨”，據楊本、叢刊本、《全文》改。

　　（五）並不得令有加擡：原本作“並不得令有加臺”，據楊本、叢刊本、《全文》改。

　　（六）令請天下州縣：原本作“今請天下州縣”，《全文》同，據楊本、叢刊本改。

　　（七）一則厚取疲人：楊本、叢刊本、《全文》同，盧校作“一則厚斂疲人”，僅備一説，不改。

　　（八）必恐百事久闕：蘭雪堂本、叢刊本、《全文》同，楊本作“必恐百事又闕”，各備一説，不改。

　　（九）元和十五年八月日，中書舍人臣武儒衡等奏。駕部郎中知制誥臣李宗閔、中書舍人臣王起、庫部郎中知制誥臣牛僧孺、祠部郎中知制誥臣元稹：以上五十七字，原本無，《全文》同，據楊本、叢刊本補。《元稹集》脱漏，《編年箋注》雖已補入，但忘記出校。

［箋注］

① 中書省議賦税及鑄錢等狀：本文提出的建議，大多數爲當時的李唐朝廷所採納。《舊唐書·食貨志》："（元和）十五年八月，中書門下奏：'伏準群官所議鑄錢，或請收市人閑銅物，令州郡鑄錢。當開元以前，未置鹽鐵使，亦令州郡勾當鑄造。今若兩税納匹段，或慮兼要通用見錢。欲令諸道公私銅器，各納所在節度、團練、防禦、經略使，便據元敕給與價直，并折兩税。仍令本處軍人鎔鑄，其鑄本，請以留州留使年支未用物充，所鑄錢便充軍府州縣公用。當處軍人自有糧賜，亦校省本，所資衆力并收衆銅，天下併功速濟時用。待一年後鑄器物盡，則停。其州府有出銅鉛可以開鑄處，具申有司，便令同諸監冶例，每年與本充鑄，其收市銅器期限，并禁鑄造買賣銅物等，待議定便令有司條疏聞奏。其上都鑄錢及收銅器，續處分。將欲頒行，尚資周慮，請令中書門下兩省、御史臺并諸司長官商量，重議聞奏。'從之。"本文是元稹以五人，其中也包括自己在内的集體意見。此前，元稹元和十五年閏正月另有《錢貨議狀》涉及這一問題，幸請讀者參閱、對照。　中書省：官署名，唐代的中書省、宋代的政事堂。韋承慶《直中書省》："清切鳳皇池，扶疏雞樹枝。唯應集鸞鷺，何爲宿鶚雌？"元稹《中書省議舉縣令狀》："右吏部以停年課資之格，取宰邑字人之官，公幹强白者拘以考淺，疾廢耄瞶者得在選中，倒置是非，無甚於此。"亦直稱爲"中書"。孫逖《奉和李右相中書壁畫山水》："廟堂多暇日，山水契中情。欲寫高深趣，還因藻繪成。"白居易《和裴相公傍水閑行絶句》："行尋春水坐看山，早出中書晚未還。"　賦税：田賦和捐税的合稱。《管子·山至數》："古者輕賦税而肥籍斂。"韓愈《潮州祭神文五首》二："農夫桑婦將無以應賦税繼衣食也。"　鑄錢：義近"鑄山"，

謂開採山中銅礦以鑄造錢幣。葛洪《抱朴子·廣譬》：“四海苟備，雖室有懸磬之窶，可以無羨乎鑄山而煮海矣！”韋莊《咸通》：“咸通時代物情奢，歡殺金張許史家。破產竟留天上樂，鑄山爭買洞中花。”

②門下：即“門下省”，官署名，後漢謂侍中寺，晉時因其掌管門下衆事，始稱門下省。南北朝因之，與中書省、尚書省並立，侍中爲長官，隋唐承其制，唐曾有東臺、鸞堂、鸞臺、黄門省等不同名稱，開元五年仍復爲門下省。門下省掌受天下之成事，審查詔令，駁正違失，受發通進奏狀，進請寶印等。其長官初名侍中，後又或稱左相、黄門監等。王維《春日直門下省早朝》：“騎省直明光，鷄鳴謁建章。遙聞侍中珮，暗識令君香。”杜甫《野人送朱櫻》：“憶昨賜霑門下省，退朝擎出大明宮。金盤玉筯無消息，此日嘗新任轉蓬。”　楊於陵：《舊唐書·楊於陵傳》：“楊於陵，字達夫，弘農人……穆宗即位，遷户部尚書。長慶初，拜太常卿，充東都留守，年高拜章辭位。寶曆二年，授檢校右僕射，兼太子太傅，旋以左僕射致仕，詔給全俸，懇讓不受。”《舊唐書·穆宗紀》：“（元和十五年）八月庚午朔，辛未，兵部尚書楊於陵總百寮錢貨輕重之議，取天下兩稅、榷酒、鹽利等，悉以布帛任土所産物充稅，並不徵見錢，則物漸重，錢漸輕，農人見免賤賣匹段。請中書、門下、御史臺諸司官長重議施行，從之。”　議狀：向上呈送的發表己見的文書。袁甫《論流民札子》：“各上議狀，不許聯名，庶幾人人得盡己見，免至雷同塞責。”范鎮《東齋記事》卷二：“其家奏嫡孫合與不合傳重，下禮院議。於是宋景文公判太常，不疑、次道與予爲禮官，景文公遂令三人各爲議狀。”　兩稅：即“兩稅法”，唐德宗建中年間開始實行的新賦稅法，因稅分夏秋兩季繳納，故稱。兩稅法是唐代後期直至明代中葉田賦制度的基礎。《新唐書·楊炎傳》：“炎疾其敝，乃請爲‘兩稅法’，以一其制。凡百役之費，一錢之斂，先度其數而賦於人，量出制入。户無主客，以見居爲簿；人無丁中，以貧富爲差。不居處而行商者，在所州縣稅三十之一，度所取與居者均，使無僥利。居人之稅，

秋夏兩入之，俗有不便者三之。其租、庸、雜役悉省，而丁額不廢。其田畝之稅，率以大曆十四年墾田之數爲準，而均收之，夏稅盡六月，秋稅盡十一月，歲終以戶賦增失進退長吏，而尚書度支總焉！亦省稱"兩稅"。陸贄《貞元改元大赦制》："往以賦役殷繁，人不堪命，定爲兩稅，事簡易從。"柳宗元《故嶺南鹽鐵院李侍御墓誌》："君以試大理評事佐荊南兩稅使，督天下諸侯之半，調食饒給，車擊舟連。" 榷酒：即榷酤，漢以後歷代政府所實行的酒專賣制度；也泛指一切管制酒業取得酒利的措施。天漢三年（前98），始榷酒酤，壟斷酒的產銷。後歷代沿之，或由政府設店專賣，或對酤戶及酤肆加徵酒稅，或將榷酒錢勻配，按畝徵收，等等，用以增加政府財政收入。《漢書·武帝紀》："〔天漢〕三年春二月……初榷酒酤。"顏師古注引韋昭曰："謂禁民酤釀，獨官開置，如道路設木爲榷，獨取利也。"周煇《清波雜誌》卷六："榷酤創始於漢，至今賴以佐國用。" 鹽利：賣鹽的利益。《後漢書·朱暉傳》："鹽利歸官，則下人窮怨。布帛爲租，則吏多姦盜。"《宋史·食貨志》："宋自削平諸國，天下鹽利皆歸縣官。" 布帛：古代一般以麻、葛之織品爲布，絲織品爲帛，因以"布帛"統稱供裁製衣著用品的材料。《禮記·禮運》："昔者衣羽皮，後聖治其麻絲以爲布帛。"白居易《重賦》："生民理布帛，所求活一身。" 絲綿：用下腳繭和繭殼表面的浮絲爲原料，經過精練，溶去絲膠，扯松纖維而成，保暖性好，供作衣絮和被絮之用。王充《論衡·別通》："內中所有，柙匱所贏，縑布絲綿也。"《南史·梁臨川靖惠王宏傳》："帝與佗卿屈指計見錢三億餘萬，餘屋貯布絹、絲綿、漆、蜜、紵、蠟、朱沙、黃屑雜貨，但見滿庫，不知多少。" 見錢：現錢。《漢書·王嘉傳》："是時外戚賞千萬者少耳，故少府水衡見錢多也。"顏師古注："見在之錢也。"王紹《請禁私藏錢奏》"伏以京都時用，多重見錢，官中支計，近日殊少。"

③ 元和十六年：李唐歷史上並無"元和十六年"，本文撰成於元和十五年八月，無論是中書省、門下省，還是元稹本人，都知道唐穆宗

登位之後，來年不可能再沿用唐憲宗原來的年號，必將改元，但又無法知道來年的新年號，故祇能以“元和十六年”稱呼來年，這種情況屢見於當時的文獻。李桓《長慶元年正月南郊改元赦》：“因體元而改號，用敷化以覃恩，可大赦天下，改元和十六年爲長慶元年。”唐代闕名《議錢貨輕重奏（元和十五年八月中書門下）》：“請商量付度支，據諸州府應徵兩税供上都及留州留使舊額，起元和十六年已後，並改配端匹斤兩之物爲税額，如大曆已前租庸課調，不計錢，令其折納。”端匹：古代布帛計量詞。葛洪《抱朴子·清鑒》：“此爲絲綫既經於銓衡，布帛已歷於丈尺，徐説其斤兩之輕重，端匹之修短。”《資治通鑑·唐憲宗元和五年》：“悉罷諸道行營將士，共賜布帛二十八萬端匹。”胡三省注：“唐制：布帛六丈爲端，四丈爲匹。”　斤兩：斤和兩，計算重量的單位，因亦借指重量與分量。《淮南子·人間訓》：“大斗斛以出，輕斤兩以內。”《敦煌變文集·降魔變文》：“拈須彌山，即知斤兩。”　税額：按税率繳納的税款數額。杜荀鶴《題所居村舍》：“家隨兵盡屋空存，税額寧容減一分？”《宋史·食貨志》：“光寧嗣服，諸郡税額皆累有放免。”　折納：唐時實行兩税法，稱按錢折價交納粟帛爲折納。崔戎《請勒停雜税奏》：“今若一半折納，則將士請受，折損較多。今請兩税錢數內，三分二分納見錢，一分納疋段及雜物，准詔每貫加饒五百文，計優饒百姓一十三萬四千二百四十二貫文。”楊師立《數陳敬瑄十罪檄》：“搜羅富户，借彼資財。抑奪鹽商，取其金帛。三倍折納税米，兩川縮斷度支。妄指贍軍，多將潤屋。其罪九也。”

④穩便：恰當，方便，穩妥。吳兢《貞觀政要·政體》：“詔敕如有不穩便，皆須執論。”范仲淹《與指使魏佑書》：“如且要守墳持孝，即待支莊課供贍，一切取伊穩便。”　土宜：原謂各地不同性質的土壤，對於不同的生物各有所宜。《周禮·地官·大司徒》：“以土宜之法，辨十有二土之名物。”孫詒讓正義：“即辨各土人民鳥獸草木之法也。”《晉書·石苞傳》：“州郡農桑未有賞罰之制，宜遣掾屬循行，皆當均其

土宜,舉其殿最,然後黜陟焉!"本文指土產。周密《武林舊事·西湖遊幸》:"至於果蔬、羹酒……粉餌、時花、泥嬰等,謂之'湖中土宜'。" 九穀:古代九種主要農作物,九穀名目,相傳不一。《周禮·天官·大宰》:"三農生九穀。"鄭玄注:"司農云:'九穀:黍、稷、秫、稻、麻、大小豆、大小麥。'九穀無秫、大麥,而有粱、苽。"崔豹《古今注·草木》:"九穀:黍、稷、稻、粱、三豆、二麥。"穀物的總稱。束晳《補亡詩六首》三:"靡田不殖,九穀斯茂。"《新唐書·王仲丘傳》:"請因祈穀之壇,遍祭五方帝。五帝者,五行之精,九穀之宗也。" 留州:唐賦稅名,指留作地方州縣使用的稅收。元稹《錢貨議狀》:"自國家置兩稅已來,天下之財限爲三品:一曰上供,二曰留使,三曰留州。皆量出以爲入,定額以給資。"《新唐書·食貨志》:"憲宗分天下之賦以爲三:一曰上供,二曰送使,三曰留州。" 留使:唐制,賦稅中應送繳節度、觀察使府者,初名送使,後稱留使。《舊唐書·食貨志》:"令州縣鑄錢……其鑄本,請以留州、留使年支未用物充,所鑄錢便充軍府州縣公用。"《舊五代史·張延朗傳》:"不欲令有積聚,係官財貨留使之外,延朗悉遣取之。"《資治通鑑·後晉高祖天福元年》引此文,胡三省注曰:"唐制:諸州財賦爲三:一上供,輸之京師以供上用也;二送使,輸送於節度、觀察使府;三留州,留爲州家用度。"

⑤ 當處:本處,就在那個地方。賈思勰《齊民要術·造神麴並酒》:"作三斛麥麴法……當處翻之,還令泥戶。"《楞嚴經》卷二:"一切浮塵,諸幻化相,當處出生,隨處滅盡。" 堪納:義近"徵納",猶徵收、召用。《後漢書·班彪傳》:"此六子者,皆有殊行絶才,德隆當世,如蒙徵納,以輔高明,此山梁之秋,夫子所爲嘆也。"《舊唐書·王鍔傳》:"輸納物者有浸漬,折估皆下本郡徵納。" 匹段:泛指布帛等紡織品。韓愈《論變鹽法事宜狀》:"平叔請令州府差人自糶官鹽,收實估匹段。"元稹《處分幽州德音制》:"共賜錢一萬貫,以內庫及戶部見在匹段支送,充賞給幽州、盧龍並瀛、莫等州將士。" 雜貨:百貨,各種日

用零星貨物。陸贄《論裴延齡奸蠹書》:"近因檢閱使置簿書,乃於糞土之中收得銀十三萬兩,其疋段、雜貨百萬有餘,皆是文帳脱遺。"范純仁《條列陝西利害》:"乞自朝廷賜與其他雜貨,即令解鹽司管認。如此,則不惟省刑愛人,亦可以固戎心,息邊患。"　估價:物品大抵估計的價格。韋仁約《劾張叡册回護褚遂良斷判不當奏》:"然估價之設,屬國家所須,非關臣下之事,私自交易,豈得准估爲定?"陸贄《請減京東水運收脚於沿邊州鎮儲蓄軍糧事宜狀》:"且又虛張估價,不務準平。"　輸納:繳納。沈成福《議移睦州治所疏略》:"是以建德等三縣在州東者,官人、百姓並請移州就建德,道里稍平,輸納租庸,沿江甚易,空船歸棹,遲亦無妨。"韓愈《縣齋有懷》:"官租日輸納,村酒時邀迓。"　給用:供給備用。《周禮·天官·大府》"頒其賄於受用之府"鄭玄注:"凡貨賄皆藏以給用耳!"權德輿《謝每年賜錢三千貫文表》:"臣某言:伏奉今月三日敕,'東都留守額闕,宜令度支每年支錢三千貫文充雜給用者。'"　擡:擡高。《舊唐書·食貨志》:"惟納榷之時,須節級加價,商人轉擡,必稍較貴。"《文獻通考·征榷》:"〔宋神宗熙寧七年〕以鈔折兑糧草,有虛擡邊糴之患。"

　　⑥ 比來:從前,原來。《敦煌變文集·醜女緣起》:"比來醜陋前生種,今日端嚴遇釋迦。"《景德傳燈録·永嘉真覺大師》:"比來塵鏡未曾磨,今日分明須剖析。"　小户:人口少的人家,貧苦人家。李重貴《賜襄州粟詔》:"襄州城内百姓等,久經圍閉,例各饑貧,宜示頒宣,用明恩渥。大户各賜粟二石,小户各賜粟一石。"《宋史·趙必願傳》:"至郡,免催紹定六年分小户綾羅錢三萬緡有奇。"　期會:約期聚集。《史記·項羽本紀》:"漢王乃追項王至陽夏南,止軍,與淮陰侯韓信、建成侯彭越期會而擊楚軍。"《敦煌曲子詞·山花子》:"落花流水東西路,難期會。"　擾:煩勞。《漢書·食貨志》:"莽性躁擾,不能無爲。"賈思勰《齊民要術·耕田》:"耕之爲事也勞,織之爲事也擾,擾勞之事,而民不舍者,知其可以衣食也。"

⑦ 抑配:强行攤派。陸贄《貞元九年南郊大赦天下制》:"已後官司應有市糴者,各須先付價直,不得賒取抑配。"蘇轍《論雇河夫不便札子》:"兼訪聞河上人夫,亦自難得,名爲和雇,實多抑配。" 輸:交出,獻納。《左傳·襄公九年》:"魏絳請施捨,輸積聚以貸,自公以下,苟有積者,盡出之。"杜預注:"輸,盡也。"郭象《睽車志》卷三:"好事者爭往求觀,人輸百錢,乃爲啓龕。" 折中:調節使適中。《南史·江淹傳》:"君昔在尚書中,非公事不妄行,在官寬猛能折衷。"韓愈《上張僕射第二書》:"乘之有道,步驟折中,少必無疾,老必後衰。"

⑧ 酒利:官家專賣酒類所得之税利。《漢書·王莽傳》:"羲和置酒士,郡一人,乘傳督酒利。"曾鞏《邊將》:"靡笄之旁郡城下,酒利商租若山積。" 榷率:謂專賣税的標準比率。李皋《故東川節度使盧公傳》:"坦至東川,奏罷兩税及山澤、鹽井、榷率之籍,夷人歌之。"《新唐書·食貨志》:"由是兩税、上供、留州,皆易以布帛、絲纊,租、庸、課、調不計錢而納布帛,唯鹽酒本以榷率計錢,與兩税異,不可去錢。"

⑨ 糶:原意是賣出穀物。《管子·輕重丁》:"齊西水潦而民飢,齊東豐庸而糶賤。"聶夷中《詠田家》:"二月賣新絲,五月糶新穀。"本文指官府賣鹽。 條流:謂訂立條例。《南史·柳惲傳》:"惲常以今聲轉棄古法,乃著《清調論》,具有條流。"葉適《劉建翁墓誌銘》:"事雖漫汗麄梗,經建翁手,必有條流秩序,後可循守也。"

⑩ 沽酒:賣酒。桓寬《鹽鐵論·散不足》:"古者不粥飪,不市食。及其後,則有屠沽,沽酒市脯魚鹽而已。"白居易《杭州春望》:"紅袖織綾誇柿蒂,青旗沽酒趁梨花。" 誅求:需索,强制徵收。《左傳·襄公三十一年》:"以敝邑褊小,介於大國,誅求無時,是以不敢寧居,悉索敝賦,以來會時事。"杜預注:"誅,責也。"《資治通鑑·唐德宗建中四年》:"征師日滋,賦斂日重。内自京邑,外洎邊陲,行者有鋒刃之憂,居者有誅求之困。" 疲人:疲困之民。元稹《彈奏劍南東川節度使狀》:"伏乞聖慈,勒本道長吏及諸州刺史,招緝疲人,一切却還產業,

庶使孤窮有託,編戶再安。"白居易《新樂府·兩朱閣》:"寺門敕榜金
字書,尼院佛庭寬有餘。青苔明月多閑地,比屋疲人無處居。"　嚴
刑:嚴厲的刑法,殘酷的刑罰。《商君書·開塞》:"去奸之本,莫深於
嚴刑。"任昉《奏彈曹景宗》:"不有嚴刑,誅賞安寘?"

　　⑪　上供:唐宋時所徵賦稅中解交朝廷的部分。杜甫《東西兩川
說》:"大祇舉兼併豪家力田耳!但鈞斂薄斂,則田不荒,以此上供王
命,下安疲人,可矣!"《宋史·高宗紀》:"紹興元年春正月己亥朔……
蠲兩浙夏稅、和買紬絹絲綿,減閩中上供銀三分之一。"　使司:節度
使府。李華《與弟莒書》:"且作判官,事中丞叔父,小心戒慎,不離使
司。"林諤《對萊田不應稅判》:"使司雖欲科懲,愚謂傷於嚴刻。且萊
田不稅,實師古之通方;倉庾流衍,乃自公之上務。"　上戶:富裕之
家。杜寶《大業雜記》:"〔大業二年〕五月,敕江南諸州科上戶,分房入
東都住,名爲部京户,六千餘家。"梁文矩《進左墀策奏》:"其一請於黄
河夾岸防秋水暴漲,差上戶充堤長,一年一替,委本縣令十日一巡。"
勒停:強制停止。《梁書·武帝紀》:"江子四等封事如上,尚書可時加
檢括,於民有蠹患者,便即勒停。"張九齡《敕處分十道朝集使》:"今甘
澤以時,家桑爲重。不急之務,先已勒停。宜更申明,勿妨春事。"

　　⑫　賦斂:田賦,稅收。《左傳·成公十八年》:"薄賦斂,宥罪戾。"
柳宗元《捕蛇者說》:"孰知賦斂之毒,有甚是蛇者乎!"　等差:等級次
序,等級差別。《禮記·燕義》:"俎豆、牲體、薦羞皆有等差,所以明貴
賤也。"《顔氏家訓·歸心》:"星與日月,形色同爾,但以大小爲其等
差。"　定準:一定的標準、程式。《文心雕龍·章句》:"夫裁文匠筆,
篇有大小;離章合句,調有緩急;隨變適會,莫見定準。"《南史·王儉
傳》:"時朝儀草創,衣服制則,未有定準。"　因緣:勾結。《漢書·王
莽傳》:"奸虐之人,因緣爲利,至略賣人妻子,逆天心,誖人倫。"羅織
罪名,加以構陷。《漢書·刑法志》:"奸吏因緣爲市,所欲活則傅生
議,所欲死則予死比,議者咸冤傷之。"顏師古注:"弄法而受財,若市

買之交易。"

⑬ 道：古代行政區劃名，唐初分全國爲十道，後增爲十五道。《新唐書·地理志》："太宗元年，始命併省，又因山川形便，分天下爲十道……開元二十一年，又因十道分山南，江南爲東西二道，增置黔中道及京畿、都畿，置十五採訪使。"韓愈《唐故江南西道觀察使太原王公神道碑銘》："王氏皆王者之後，在太原者爲姬姓。春秋時，王子成父敗狄有功，因賜氏，厥後世居太原。" 節度使：官名，唐初沿北周及隋舊制，於重要地區設總管，後改稱都督，總攬數州軍事。唐睿宗景雲二年，賀拔延嗣爲涼州都督，充河西節度使，自此始有節度使之號。其初，僅於邊地有之，安史之亂後遍設於國內。一節度使統管一道或數州，總攬軍、民、財政。袁枚《隨園隨筆·唐制節度觀察二使不並置》："唐制節度、觀察二使不並置，故節度常兼觀察處置等使。崔琪爲鳳翔隴州節度、觀察、處置等使。"岑參《奉送李太保兼御史大夫充渭北節度使》："詔出未央宮，登壇近總戎。上公周太保，副相漢司空。"韓愈《河南府同官記》："其後由膳部郎中爲荆南節度行軍司馬，遂爲節度使。" 團練使：在政府正規軍之外就地選取丁壯，加以訓練的半官方半民間的武裝組織，主官稱團練使，常常由州郡長官兼任。李翱《疏絶進獻》："今受進獻，則節度使、團練使皆多方刻下爲蓄聚，其自爲私者三分，其所進獻者一分也。是豈非兩税之外，又加税焉？"白居易《故滁州刺史贈刑部尚書滎陽鄭公墓誌銘》："未幾，除秘書少監兼滁州刺史本州團練使，居八載，政績大成。" 鎔鑄：熔化鑄造。桓寬《鹽鐵論·通有》："公輸子以規矩，歐冶以鎔鑄。"《宋書·顔竣傳》："今鎔鑄有頓得一二億，理縱復得此，必待彌年。"

⑭ 分數：數量，程度，比例。蘇轍《乞廢忻州馬城池鹽狀》："其鹽夾硝，味苦，人不願買，故自四五年來作分數抑賣與鋪户。"王安中《清平樂·和晁倅》："花時微雨，未減春分數。" 鑪冶：猶冶煉。黄滔《代鄭郎中上興道鄭相》："均施鑪冶，高揭權衡，使鉛汞之不參，令錙銖之

各等,故得方圓任器,高下隨宜,黜陟無偏,賢愚有序。"曾鞏《班春亭》:"春滿人間不知主,誰言鑪冶此中開?"

⑮ 用度:費用,開支。《逸周書·大匡》:"〔王〕問罷病之故,政事之失,刑罰之戾,哀樂之尤,賓客之盛,用度之費。"《漢書·食貨志》:"其後用度不足,獨復鹽鐵官。"　當州:本州。《三國志·魏武帝紀》:"作銅雀臺。"裴松之注引《魏武故事》:"劉表自以爲宗宗,包藏奸心,乍前乍却,以觀世事,據有當州,孤復定之,遂平天下。"劉禹錫《謝恩賜粟麥表》:"以臣當州連年歉旱,特放開成元年夏青苗錢。"　百事:各種事務,事事。《書·舜典》:"納於百揆,百揆時叙。"孔傳:"舜舉八凱,使揆度百事,百事時叙,無廢事業。"《史記·淮陰侯列傳》:"審豪氂之小計,遺天下之大數,智誠知之,決弗敢行者,百事之禍也。"

⑯ 收市:收購。韓愈《論變鹽法事宜狀》:"若必行此,則富商大賈必生怨恨,或收市重寶,逃入反側之地。"《舊五代史·安重榮傳》:"〔重榮〕遂畜聚亡命,收市戰馬,有飛揚跋扈之志。"　創置:設立,建置。李嶠《論巡察風俗疏》"陛下創置右臺,分巡天下,察吏人善惡,觀風俗得失。斯政途之綱紀,禮法之準繩,無以加也。"李騭《徐襄州碑》:"公乃悉用官儲,創置什器,富供給費,不擾齊人,往來徒所,憧憧邑人,信皆不知矣!"　素習:平素熟習。于邵《爲商州吳仲儒中丞讓起復表》:"謂臣舊將,素習兵謀,遂用起臣,使當金革,危難之日,事或從權。"《宋史·仁宗楊德妃傳》:"〔楊德妃〕端麗機敏,妙音律,組紃,書藝一過目如素習。"　利害:利益與損害。《易·繫辭》:"情僞相感而利害生。"韓康伯注:"情以感物則得利,僞以感物則致害也。"《史記·龜策列傳》:"先知利害,察於禍福。"　狀:文體名,向上級陳述意見或事實的文書,如:奏狀、訴狀、供狀。《漢書·趙充國傳》:"充國上狀曰:'……臣謹條不出兵留田便宜十二事。'"韓愈《論今年權停舉選狀》:"謹詣光順門奉狀以聞,伏聽聖旨。"　申陳:申報陳述。黃滔《代鄭郎中上靜恭盧相啓》:"瞻風拜賜,對景懷仁。洎彼言泉,固申陳而

未盡。托於筆札，豈寫載以能周？"蘇轍《論衙前及諸役人不便札子》："檢會前後累據京東、京西、淮南路轉運……定州、河陽、潁昌府各申陳，據舊吏人詞訟，不請雇錢，事理不均。" 參酌：猶言參考，酌定。《後漢書·曹褒傳論》："漢初天下創定，朝制無文，叔孫通頗採經禮，參酌秦法。"猶商討。《資治通鑑·唐僖宗乾符四年》："〔宋威〕迹狀如此，不應復典兵權，願與内大臣參酌，早行罷黜。" 可否：可以不可以，能不能。《左傳·襄公三十一年》："與神謀乘以適野，使謀可否。"歐陽修《爲君難論》："是不審事之可否，不計功之成敗也。" 奏聞：臣下將情事向帝王報告。《後漢書·安帝紀》："三司之職，内外是監，既不奏聞，又無舉正。"薛用弱《集異記·葉法善》："玄宗承祚繼統，師於上京，佐佑聖主，凡吉凶動静，必預奏聞。" 伏候：俯伏等候，下對上的敬詞。陸贄《論淮西管内水損處請同諸道遣宣慰使狀》："伏惟聖鑒，更審細裁，量其所擇，諸道使並未敢宣行，伏候進止。"權德輿《奏孝子劉敦儒狀》："伏乞聖慈，允臣所奏。謹録奏聞，伏候敕旨。" 敕旨：帝王的詔旨。蕭統《謝敕賚制旨大涅槃經講疏啓》："後閣應敕，木佛子奉宣敕旨。"《新唐書·百官志》："五日敕旨，百官奏請施行則用之。"

⑰ 武儒衡：時爲中書舍人，因與令狐楚不和，轉而遷怒元稹，此事正發生在本文撰作的前後。《舊唐書·武儒衡傳》："儒衡，字庭碩……憲宗以元衡横死王事，嘗嗟惜之，故待儒衡甚厚，累遷户部郎中。十二年，權知諫議大夫事，尋兼知制誥……然儒衡守道不回，嫉惡太甚，終不至大任。尋正拜中書舍人，時元稹依倚内官得知制誥，儒衡深鄙之。會食瓜閣下，蠅集於上，儒衡以扇揮之曰：'適從何處來，而遽集於此？'同僚失色，儒衡意氣自若。遷禮部侍郎，長慶四年卒，年五十六。"這段資料被許多史籍引用，資料顯示武儒衡是對元稹攻擊最力的一個。對於武儒衡的話，吕思勉先生認爲是武儒衡的妒忌而引起，其《隋唐五代史》："唐人務進取，有捷足者爲人所妒忌……

儒衡……即此等見解，非知礪廉隅也。"呂思勉的話比較客觀公正，我
們以爲應該信從。而就在上引"適從何處來"一段文字的前面，《舊唐
書·武儒衡傳》又有記載："(元和)十二年(武儒衡)權知諫議大夫事，
尋兼知制誥。皇甫鎛以宰相領度支，剝下以媚上，無敢言其罪者。儒
衡上疏論列，鎛密訴其事，帝曰：'勿以儒衡上疏，卿將報怨耶！'鎛不
復敢言……儒衡氣岸高雅，論事有風彩，群邪惡之，尤爲宰相令狐楚
所忌。元和末年垂將大用，楚畏其明俊，欲以計沮之以離其寵。有狄
兼謨者，梁公仁傑之後，時爲襄陽從事。楚乃自草制詞，召狄兼謨爲
拾遺，曰：'朕聽政餘暇，躬覽國書，知奸臣擅權之由，見母后竊位之
事，我國家神器大寶將遂傳於他人。洪惟昊穹，降鑒儲祉，誕生仁傑，
保佑中宗，使絕維更張，明辟乃復。宜福胄胤，與國無窮。'及兼謨制
出，儒衡泣訴於御前，言其祖平一在天后朝辭榮終老，當時不以爲累。
憲宗再三撫慰之，自是薄楚之爲人。"我們以爲令狐楚爲自己的好友
皇甫鎛回擊武儒衡，曾經貶誹武家的祖宗，引起敏感異常的武儒衡的
強烈不滿，泣訴於憲宗之前。這場派別之爭肯定有對有錯，不應該各
打五十大板。而武儒衡因爲令狐楚援引元稹，轉而攻擊與這場派別
之爭毫無干係的元稹，則明顯帶著意氣用事的成分，不應信從不應肯
定。　　李宗閔：前期是元稹的朋友，元稹《臺中鞫獄憶開元觀舊事呈
損之兼贈周兄四十韵》、白居易《夢與李七庚三十三同訪元九》、《初除
主客郎中知制誥與王十一李七元九三舍人中書同宿話舊感懷》就是
其中的例證。因長慶元年考試事件元稹交惡李宗閔，後期成爲排擠
打擊元稹的元凶之一，如元稹最後出貶武昌軍節度使，就是李宗閔與
牛僧孺排擠的結果。此事的前因後果，非一二句表述所能詳盡，敬請
參閱拙著《元稹與長慶元年科試案》以及《元稹評傳》的有關章節：一、
長慶元年科試案之真相；二、長慶元年科試案中元稹之態度；三、在長
慶元年科試案中元稹爲何持此種態度；四、長慶元年科試案對元稹的
影響。《舊唐書·李宗閔傳》："李宗閔，字損之……元和十二年，宰相

裴度出征吳元濟，奏宗閔爲彰義軍觀察判官。賊平，遷駕部郎中，又以本官知制誥……長慶元年，子壻蘇巢於錢徽下進士及第，其年巢覆落，宗閔涉請託，貶劍州刺史。時李吉甫子德裕爲翰林學士，錢徽榜出，德裕與同職李紳、元稹連衡言於上前，云徽受請託，所試不公，故致重覆。”　王起：元稹的同僚，元稹《晨起送使病不行因過王十一館居二首》、白居易《初除主客郎中知制誥與王十一李七元九三舍人中書同宿話舊感懷》就是其中的例證。長慶元年科試案復試，元稹舉薦自己最好的朋友白居易、王起擔任復試主考官，榜落者十一人，及第者僅三人，在穆宗朝引發了影響深遠的“政治地震”。《舊唐書·王起傳》：“（王）起字舉之……元和十四年以比部郎中知制誥。穆宗即位，拜中書舍人。長慶元年遷禮部侍郎，其年錢徽掌貢士，爲朝臣請託，人以爲濫，詔起與同職白居易覆試，覆落者多。徽貶官，起遂代徽爲禮部侍郎，掌貢二年，得士尤精。先是貢舉猥濫，勢門子弟交相酬酢，寒門俊造十棄六七。及元稹、李紳在翰林，深怒其事，故有覆試之科。”　牛僧孺：《舊唐書·牛僧孺傳》：“牛僧孺，字思黯……穆宗即位，以庫部郎中知制誥。其年十一月，改御史中丞。”牛僧孺前期受到段文昌的提名，與元稹一起任職知制誥臣：元稹《表奏（有序）》：“穆宗初，宰相更用事，丞相段公一日獨得對，因請亟用兵部郎中薛存慶、考功員外郎牛僧孺，予亦在請中。上然之，不十數日，次用爲給舍。”後期是李宗閔的政治盟友，聯手迫害元稹，迫使元稹出貶武昌軍節度使，最後病逝任上，遺恨千年。

［編年］

《年譜》根據本文的文末日期，編年本文於元和十五年八月。《編年箋注》根據《舊唐書·穆宗紀》以及《唐會要·泉貨》，編年本文：“時在元和十五年（八二〇）八月。”《年譜新編》編年元和十五年，理由是：“狀後署云：‘元和十五年八月日……祠部郎中知制誥臣元稹。’此是針對楊於陵所上之議所作重議。"

　　我們以爲，一、本文文末標示"元和十五年八月日"，本文應該撰成於元和十五年八月無疑。二、《舊唐書·穆宗紀》："(元和十五年)八月庚午朔，辛未，兵部尚書楊於陵總百寮錢貨輕重之議，取天下兩稅、榷酒、鹽利等，悉以布帛任土所產物充稅，並不徵見錢，則物漸重，錢漸輕，農人見免賤賣匹段。請中書、門下、御史臺諸司官長重議施行。從之。"根據干支推算，"辛未"是八月二日，既然此"重議"已經得到唐穆宗的允准，諸多"官長"肯定會雷厲風行地響應，不會無緣無故拖延，具體時間應該在元和十五年八月二日之後的一二天之內，地點在長安，元稹當時的職務是"祠部郎中、知制誥臣"。

◎ 中書省議舉縣令狀⁽一⁾①

　　吏部重奏舉薦縣令節文⁽二⁾②。

　　右，吏部以停年課資之格，取宰邑字人之官。公幹強白者，拘以考淺⁽三⁾；疾廢耄矅者，得在選中。倒置是非，無甚於此③。朝廷將欲漸去其弊，所以特設舉薦之科。明詔既行，起請尋下，有司再議厘革，何以取信於人④？

　　據吏部云：增加新户，開墾荒田，已是考課舊條；獄絶繫囚，冤人申雪，亦是政途常事。舉察吏不法，恐生告訐之風。有利益公家，又未指陳其目⑤。選授者例無異績，尚得四考守常；舉薦者縱未殊尤⁽四⁾，豈可二年便罷⁽五⁾？今請但行連坐舉主之文，不必更依吏部分外條件⁽六⁾⑥。

　　又云：見任官及處士散試官，並請停集。且起家散試⁽七⁾，固有才能；見任他官⁽八⁾，何妨撫字⁽九⁾？若皆限其資歷，即與常選何殊？今請除見任縣令外(一〇)，其餘並令赴集⑦。

又云：檢勘榜樣(一一)，剥放程式，及試書判，並請准平選人例處分⑧。若此，則案牘之吏得肆奸欺，書判雖工，何關政術？有司減選赴集(一二)，豈是特舉與官？今請應舉薦人量納文狀，便令注擬，亦不在剥放及試書判之限(一三)⑨。

又云：並請注破碎之縣，責其效實。本舉良能，冀蒙優獎(一四)。皆居破碎之處，恐同貶降之條⑩。

以前數件，並恐不可施行。伏請但依起請節文處分，仍請據今年縣令員闕，先盡舉薦人數。留闕有餘，然後許注擬平選人等，冀將允當⑪。

同前五舍人同署(一五)⑫。

録自《元氏長慶集》卷三六

［校記］

（一）中書省議舉縣令狀：楊本、叢刊本、《全文》同，《英華》、《經濟類編》、《古今事文類聚》作"舉縣宰議"，各備一説，不改。原本題下有"元和十五年八月日中書舍人臣武儒衡等奏。駕部郎中知制誥臣李宗閔、中書舍人臣王起、庫部郎中知制誥臣牛僧孺、祠部郎中知制誥臣元稹"五十七字，《全文》同，係將前篇《中書省議賦税及鑄錢等狀》末尾的署名文字誤舛入本文，據楊本、叢刊本、《英華》、《經濟類編》、《古今事文類聚》改。

（二）吏部重奏舉薦縣令節文：楊本、叢刊本、《全文》同，《英華》、《經濟類編》、《古今事文類聚》無此十字，各備一説，不改。

（三）拘以考淺：楊本、叢刊本、《全文》同，《英華》、《經濟類編》、《古今事文類聚》作"拘於考淺"，各備一説，不改。

（四）舉薦者縱未殊尤：楊本、叢刊本、《全文》同，《英華》、《經濟類編》、《古今事文類聚》作“舉薦者從未殊尤”，各備一説，不改。

（五）豈可二年便罷：楊本、叢刊本、《全文》同，《英華》、《經濟類編》、《古今事文類聚》作“豈可二年並罷”，各備一説，不改。

（六）不必更依吏部分外條件：楊本、叢刊本、《全文》同，《英華》、《經濟類編》、《古今事文類聚》作“不必更依吏部分析條件”，各備一説，不改。

（七）且起家散試：楊本、叢刊本、《英華》、《經濟類編》、《全文》同，《經濟類編》作“且處家散試”，各備一説，不改。

（八）見任他官：楊本、叢刊本、《全文》同，《英華》、《經濟類編》、《古今事文類聚》作“見任之官”，各備一説，不改。

（九）何妨撫字：楊本、叢刊本、《全文》同，《英華》、《經濟類編》、《古今事文類聚》作“何妨撫事”，各備一説，不改。

（一〇）今請除見任縣令外：原本作“今請除見任縣令”，楊本、叢刊本、《全文》同，據《英華》、《經濟類編》、《古今事文類聚》補。

（一一）檢勘榜樣：原本作“檢勘榜樣”，楊本、叢刊本、《全文》同，據《英華》、《經濟類編》、《古今事文類聚》改。

（一二）有司減選赴集：原本作“有同減選赴集”，楊本、叢刊本、《經濟類編》、《古今事文類聚》、《全文》同，據《英華》改。

（一三）亦不在剝放及試書判之限：《英華》、《經濟類編》、《古今事文類聚》、《全文》同，楊本、叢刊本作“亦不在駁放及試書判之限”，各備一説，不改。

（一四）冀蒙優獎：楊本、叢刊本、《全文》同，《英華》、《經濟類編》、《古今事文類聚》作“既蒙優獎”，各備一説，不改。

（一五）同前五舍人同署：楊本、叢刊本、《全文》同，《經濟類編》無此七字，《英華》、《古今事文類聚》作“謹議”，各備一説，不改。

［箋注］

① 中書省:《舊唐書·職官志》:"秦始置中書謁者,漢元帝去謁者二字,歷代但云中書。後周謂之内史省,隋因爲内史省,置内史監、令各一員,煬帝改爲内書省。武德復爲内史省,三年改爲中書省,龍朔改爲西臺,光宅改爲鳳閣,神龍復爲中書省,開元元年改爲紫微省,五年復舊。"儲光羲《奉和中書徐侍郎中書省玩白雲寄潁陽趙大》:"青闕朝初退,白雲遥在天。非關取雷雨,故欲伴神仙。"白居易《中書連直寒食不歸因懷元九》:"去歲清明日,南巴古郡樓。今年寒食夜,西省鳳池頭。" 議:謀度,斟酌,商議。《國語·國語》:"若貪陵之人來而盈其願,是不賞善也,且財不給。故聖人之施捨也議之,其喜怒取與亦議之。"徐元誥集解:"議,猶斟酌也。"《史記·白起王翦列傳》:"秦昭王與應侯群臣議曰:'白起之遷,其意尚怏怏不服,有餘言。'" 舉:推薦,選用。《左傳·襄公三年》:"祁奚於是能舉善矣! 稱其讎,不爲諂;立其子,不爲比;舉其偏,不爲黨。"《孟子·告子》:"傅説舉於版築之間,膠鬲舉於魚鹽之中。" 縣令:一縣之行政長官,周有縣正,掌縣之政令。春秋時縣邑之長稱宰、尹、公、大夫,其職同。秦漢縣萬户以上者稱令,不及萬户者稱長,晉隋因之。唐時縣置令,縣有赤、畿、望、緊、上、中、下七等,不分令長。盧仝《苦雪寄退之》:"唯有河南韓縣令,時時醉飽過貧家。"沈顏《題縣令范傳真化洽亭》:"前有淺山,屹然如屏。後有卑嶺,繚然如城。" 狀:文體名,向上級陳述意見或事實的文書。杜君綽《議沙門不應拜俗狀》:"以臣愚見,不拜爲宜。謹議。"張九齡《敕處分十道朝集使》:"委諸道條察,具狀奏聞。"

② 吏部:舊官制六部之一,漢尚書有常侍曹,主管丞相御史公卿之事。東漢改爲吏曹,主選舉祠祀,後又改爲選部。魏、晉以後稱吏部,置尚書等官,主管官吏任免、考課、升降、調動等事。班列次序,在其他各部之上。蘇頲《送吏部李侍郎東歸得歸字》:"陌上有光輝,披雲向洛畿。賞來榮扈從,别至惜分飛。"張謂《贈吏部孫員外濟》:"天

子愛賢才，星郎入拜來。明光朝半下，建禮直初迴。"　舉薦：古代指向朝廷、皇帝推薦人才。袁淑《防禦索虜議》："舉薦板築之下，抽登臺皁之間。"韓偓《聞前鄭左丞璘隨外鎮舉薦赴洛因作七言四韵戲以贈之》："莫恨當年入用遲，通材何處不逢知？桑田變後新舟檝，華表歸來舊路岐。"　節文：減省文字而保留原意的文件。白居易《論裴均進奉銀器狀》"伏唯德音節文，除四節及旨條外，有違越進奉者，其物送納左藏庫，仍委御史臺具名聞奏。"孫簡《奏置本錢狀》："准赦書節文，量縣大小，各置本錢。逐月四分收利，供給不乘驛前觀察使刺史前任臺省官等。"

③　年課：謂一年徵收的租稅。《宋史·食貨志》："租額年課及一路錢穀出入之數，去其重複。"《宋史·河渠志》："又明州請免濠、池及慈谿、鄞縣、陂湖年課，許民射利，詔並從之。"　宰：古代官吏的通稱。《周禮》有冢宰、大宰、小宰、宰夫、内宰、里宰。春秋卿大夫的家臣和采邑的長官，也都稱宰。《公羊傳·隱公元年》："宰者何？官也。"後世亦以宰爲對官吏的敬稱。韓愈《送幽州李端公序》："公，天子之宰，禮不可如是！"主宰，治理。《莊子·齊物論》："若有真宰，而特不得其朕。"張喬《送龍門令劉倉》："去宰龍門縣，應思變化年。"　邑：百姓聚居之處，大曰都，小曰邑，泛指村落、城鎮。《史記·陳丞相世家》："邑中有喪，平貧，侍喪，以先往後罷爲助。"曹植《白馬篇》："借問誰家子？幽並遊俠兒。少小去鄉邑，揚聲沙漠垂。"　字人：撫治百姓。《隋書·刑法志》："始乎勸善，終乎禁暴，以此字人，必兼刑罰。"《資治通鑑·唐代宗大曆十二年》："縣令，字人之官。"　公幹：公正幹練。獨孤及《唐故范陽郡倉曹參軍京兆韋公墓誌銘并序》："嗚呼！人皆筮仕，必以廉平公幹稱於州里。"元稹《王元琬可銀州刺史制》："近以戎臣祐旁領四郡，奉宣詔條。祐以元琬僉曰公幹，乞爲圓陰。"　強白：強幹清廉。白居易《張徹宋申錫可並監察御史制》："某官張徹，某官宋申錫，皆方直強白，可中御史。"元稹《授李立則檢校虞部員外郎知

鹽鐵東都留後制》："而柳公綽言爾强白幹舉,吏難其倫,乞以臺省官假借恩榮,俾專劇務。" 考:舊時考核官吏的成績曰"考",其考語亦曰"考"。韓愈《論變鹽法事宜狀》:"又宰相者,所以臨察百司,考其殿最。"朱翌《猗覺寮雜記》卷下:"唐考功法,雖執政大臣,皆有考詞,亦有賜考者,亦有自書其考者。"按:古代考績決定黜陟,以任滿一年者爲一考。《宋史·職官志》:"凡内外官,計在官之日,滿一歲爲一考,三考爲一任。" 疾廢:亦即"廢疾",謂有殘疾而不能作事。《禮記·禮運》:"矜、寡、孤、獨、廢疾者皆有所養。"張九齡《故辰州瀘溪令趙公碣銘并序》:"或太守咨訪,偃息自蕃;或諸儒稽疑,廢疾皆起。" 耄瞶:年老糊塗。《新唐書·司空圖傳》:"(圖)名亭曰休休,作文以見志曰:'休,美也,既休而美具。故量才,一宜休;揣分,二宜休;耄而瞶,三宜休……'"范浚《徐忠壯傳》:"士卒墮冗,耄瞶備數。" 倒置:顛倒過來,指事物所處的狀況與正常的相反,如事物在順序、方位、道理等方面的顛倒。《莊子·繕性》:"喪己於物,失性於俗者,謂之倒置之民。"《文心雕龍·附會》:"使眾理雖繁,而無倒置之乖;群言雖多,而無棼絲之亂。"

④ 朝廷:指以君王爲首的中央政府。《商君書·農戰》:"今境内之民及處官爵者,見朝廷之可以巧言辯説取官爵也,故官爵不可得而常也。"《史記·汲鄭列傳》:"大將軍聞,愈賢黯,數請問國家朝廷所疑,遇黯過於平生。" 弊:弊病,害處。韓愈《論變鹽法事宜狀》:"所利至少,爲弊則多。"《宋史·樊知古傳》:"不細籌之,則民果受弊矣!"明詔:英明的詔示。《史記·蘇秦列傳》:"臣請令山東之國奉四時之獻,以承大王之明詔。"曾鞏《進太祖皇帝總序狀》:"如賜裁定,使臣獲受成法,更去紕繆,存其可采,繫於《太祖本紀》篇末,以爲國史書首,以稱明詔萬分之一,臣不勝大願。" 起請:奏請,上奏。范仲淹《奏乞重定戰功賞格》:"臣等竊見用兵以來,戰陣行賞,逐處起請,所見各異。"蘇軾《申三省起請開湖六條狀》:"今來有合行起請事件,謹具畫

一如左。”　尋:考索,探求。《後漢書·章帝紀》:“每尋前世舉人貢士,或起甽畝,不繫閥閱。”韓愈《嘲鼾睡》六:“賦形苦不同,無路尋根本。”　厘革:改革。《宋書·孔琳之傳》:“然苟無關於情,而有愆禮度,存之未有所明,去之未有所失,固當式遵先典,厘革後謬。”《舊唐書·文宗紀》:“帝在藩邸,知兩朝之積弊,此時厘革,並出宸衷,士民相慶,喜理道之復興矣!”　取信:取得信任。陸機《豪士賦》序:“夫以篤聖穆親,如彼之懿;大德至忠,如此之盛;尚不能取信於人主之懷,止謗於衆多之口。”韓愈《科斗書後記》:“愈叔父當大曆世,文辭獨行中朝,天下之欲銘述其先人功行,取信來世者,咸歸韓氏。”

　　⑤　考課:按一定標準考核官吏優劣,分別等差,決定升降賞罰,謂之“考課”。《東觀漢記·張酺傳》:“〔刺史〕考課衆職。”《舊唐書·職官志》:“凡考課之法,有四善:一曰德義有聞,二曰清慎明著,三曰公平可稱,四曰恪勤匪懈。善狀之外,有二十七最……”　繫囚:在押的囚犯。《漢書·杜周傳》:“王氏世權日久,朝無骨鯁之臣,宗室諸侯微弱,與繫囚無異。”張衡《四愁詩序》:“郡中大治,爭訟息,獄無繫囚。”　申雪:申辯表白。《北史·魏收傳》:“收雖自申雪,不復抗拒,終身病之。”劉禹錫《蘇州謝上表》:“本末可明,申雪無路。”　常事:平常的事情,常有的事情。《公羊傳·桓公四年》:“《春秋》之法,常事不書。”《晉書·何遵傳》:“吾每宴見,未嘗聞經國遠圖,惟說平生常事,非貽厥孫謀之兆也。”　寮吏:屬吏。薛用弱《集異記·嘉陵江巨木》:“高准式行香於開元觀,寮吏畢至。”歐陽修《送滎陽魏主簿廣》:“寮吏愧我嘆,僕童恪生顏。”　不法:不合法度,違法。《左傳·莊公二十三年》:“君舉必書,書而不法,後嗣何觀?”楊伯峻注:“不法猶言不合法度。”《史記·韓信盧綰列傳》:“上令人覆案,豨客居代者財物諸不法事,多連引豨。”　告訐:責人過失或揭人陰私,告發。《漢書·刑法志》:“及孝文即位……論議務在寬厚,恥言人之過失。化行天下,告訐之俗易。”顏師古注:“訐,面相斥罪也。”蘇軾《上韓丞相論災傷手實

書》：“昔之爲天下者，惡告訏之亂俗也，故有不干己之法，非盜及强奸不得捕告。” 公家：指朝廷、國家或官府。《漢書·食貨志》：“〔商賈〕財或累萬金，而不佐公家之急、黎民重困。”《三國志·毛玠傳》：“公家無經歲之儲，百姓無安固之志，難以持久。” 指陳：指明和陳述。《後漢書·桓帝紀》：“又命列侯……郎官各上封事，指陳得失。”白居易《三教論衡·問道士》：“誰爲此經？誰得此道？將明事驗，幸爲指陳！”

⑥ 選授：經過選定授以官職。《南史·徐陵傳》：“遷吏部尚書，陵以梁末以來，選授多失其所，於是提舉綱維，綜核名實。”孫逖《贈太子詹事王公神道碑》：“十年不調，人以爲難，公即坦然，仁者之處約也。久之，選授吉州司法參軍。” 異績：猶“奇績”，謂卓越的功績。《南史·司馬申傳》：“若使撫衆守城，必有奇績。”猶“嘉績”，美善的功績。白居易《盧衆等除御史評事制》：“御史府官，廷尉寺吏，用申褒獎，以勸忠勤。勉奉元戎，佇成嘉績。” 四考：李唐考制，一年一考，據四年之考績，決定官職的升遷貶任。《舊唐書·職官志》：“凡入仕之後，遷代則以四考爲限。四考中中，進年勞一階叙。每一考中上，進一階；一考上下，進二階。五品已上，非恩制所加，更無進階之令。”《舊唐書·褚遂良傳》：“於是限王府官僚，不得過四考。” 守常：固守常法，按照常規。《管子·侈靡》：“故法而守常，尊禮而變俗。”尹知章注：“謂古法得其法者，則守常故而不革也。”酈道元《水經注·鮑丘水》：“山水暴發，則乘遏東下；平流守常，則自門北入，灌田歲二千頃。” 殊尤：特別優異。白居易《雞距筆賦》：“因草爲號者質陋，拆蒲而書者體柔。彼皆瑣細，此實殊尤，是以搦之而變成金距，書之而化作銀鉤。”司馬光《進修心治國札子狀》：“是以明君善用人者，博訪遠舉，拔其殊尤。” 罷：免去，解除。《晉書·魏舒傳》：“時欲沙汰郎官，非其才者罷之。”韓愈《河南府同官記》：“其後由工部侍郎至宰相，罷而又爲。” 連坐：舊時一人犯法，其家屬親友鄰里等連帶受處罰。

《史記‧商君列傳》:“令民爲什伍,而相牧司連坐。”司馬貞索隱:“一家有罪而九家連舉發,若不糾舉,則十家連坐。”李復言《續玄怪錄‧李衛公靖》:“‘妾已受譴,杖八十矣!’祖視其背,血痕滿焉!‘兒子並連坐,如何?’”　舉主:舊時對被推薦者而言,推薦者爲其舉主。《晉書‧應詹傳》:“今凡有所用,宜隨其能否而與舉主同乎褒貶,則人有慎舉之恭,官無廢職之吝。”《舊唐書‧魏玄同傳》:“今欲務得實才,兼宜擇其舉主。”　分外:格外,特別。高蟾《晚思》:“虞泉冬恨由來短,楊葉春期分外長。”楊萬里《秋雨嘆十解》:“濕侵團扇不能輕,冷逼孤燈分外明。”

⑦　見任:現任。韓愈《論變鹽法事宜狀》:“請停觀察使見任,改散慢官。”吳曾《能改齋漫錄‧記事》:“大觀四年八月詔:‘所在學生及五百人以上許置教授二員,其不及八十人者不置,以本州見任有出身官兼領。’”　處士:本指有才德而隱居不仕的人,後亦泛指未做過官的士人。《孟子‧滕文公》:“聖王不作,諸侯放恣,處士橫議,楊朱、墨翟之言盈天下。”《後漢書‧方術傳論》:“李固、朱穆等以爲處士純盜虛名,無益於用,故其所以然也。”　散官:有官名而無固定職事之官,與職事官相對而言。漢制,朝廷對大僚重臣於本官之外加賜名號,而實無官守。魏、晉、南北朝因之,隋代始定散官之制,唐、宋、金、元因之。文散官有開府儀同三司、特進、光祿大夫等;武散官有驃騎將軍、輔國將軍、鎮國將軍等。其品秩之高下,待遇之厚薄,各代不一。《隋書‧百官志》:“居曹有職務者爲執事官,無職務者爲散官。”白居易《初夏閑吟兼呈韋賓客》:“孟夏清和月,東都閑散官。體中無病痛,眼下未飢寒。”　試官:未正式任命的官吏。高承《事物紀原‧試官》:“《職林》曰:唐武后天授二年,凡舉人無賢不肖,咸加擢拜,大置試官,則官之有試,自唐始也。謂之試,取尚書明試以功之意。”《新五代史‧李琪傳》:“琪所私吏當得試官,琪改試爲守。”　停:停止。《莊子‧德充符》:“平者,水停之盛也。”韓愈《三星行》:“箕獨有神靈,無

時停簸揚。" 集：召，招致。《左傳·襄公五年》："《詩》曰：'周道挺挺，我心扃扃。講事不令，集人來定。'"杜預注："逸《詩》也……講，謀也。言謀事不善，當聚致賢人以定之。"謝逸《月賦》："引玄兔於帝臺，集素娥於後庭。" 起家：謂從家中徵召出來，授以官職。《史記·魏其武安侯列傳》："薦人或起家至二千石，權移主上。"《晉書·杜預傳》："文帝嗣立，預尚帝妹高陸公主，起家拜尚書郎。" 才能：才智和能力。《管子·八觀》："權重之人，不論才能而得尊位，則民倍本行而求外勢。"桓寬《鹽鐵論·除狹》："古之進士也，鄉擇而里選，論其才能，然後官之。" 撫字：謂對百姓的安撫體恤。《北齊書·封隆之傳》："隆之素得鄉里人情，頻爲本州，留心撫字，吏民追思，立碑頌德。"陸游《戊申嚴州勸農文》："雖誠心未格於豐穰，然拙政每存於撫字。" 資歷：資格和經歷。《梁書·裴子野傳》："會遷國子博士，乃上表讓之……有司以資歷非次，弗爲通。"王安石《本朝百年無事札子》："以科名資歷叙朝廷之位，而無官司課試之方。" 常選：古代定期選舉官吏的一種制度。《梁書·武帝紀》："今九流常選，年未三十，不通一經，不得解褐。若有才同甘顏，勿限年次。"王安石《太子太傅致仕田公墓誌銘》："公自常選，數年遂任事於時。" 赴集：前往聚集。《資治通鑑·隋恭帝義甯元年》："遠近赴集，旬日間近萬人。"指官吏前往任所。梅堯臣《送白秀才福州省親》："固非遠仕進，服期難赴集。"

⑧ 檢勘：檢驗考核。《新唐書·元載傳》："時擬奏文武官功狀多謬舛，載虞有司駁正，乃請別敕授六品以下官，吏部、兵部即附甲團奏，不須檢勘，欲示權出於己。"王定保《唐摭言·會昌五年舉格節文》："今諸州府所試，各須封送省司檢勘。" 榜樣：樣子，模樣。張鎡《俯鏡亭》："喚作大圓鏡，波文從此生。何妨雲影雜，榜樣自天成。"趙抃《謝曾魯公惠維摩居士真》："相公付與知非子，挂向壁間看榜樣。" 剝放：猶斥退。李心傳《建炎雜記·覆試權要子弟》："二十四年，其（秦檜）孫塤者復試南省爲第一，及廷試，有司擬塡爲榜首。上閱之，

置之第三。會淮南提舉常平朱冠卿應詔上書，極言其弊，於是追奪塤出身敕，而曹冠以下七人，有官者有改帶右字者，餘並剝放。”江休復《嘉祐雜誌》：“宋相與高鍈同發天府解，《日月爲常賦》‘象’字韻之押狀者，以落韻先剝放近百人。”　　程式：法式，規格，準則。《管子·形勢》：“儀者，萬物之程式也；法度者，萬民之儀表也。”趙璘《因話錄·商》：“李相國程、王僕射起、白少傅居易兄弟、張舍人仲素爲場中詞賦之最，言程式者，宗此五人。”　　書判：指書法和文理。《新唐書·選舉志》：“凡擇人之法有四：一曰身，體貌豐偉；二曰言，言辭辯正；三曰書，楷法遒美；四曰判，文理優長。”韓愈《唐故殿中侍御史李君墓誌銘并序》：“進士及第，試書判入等。補秘書正字。”王定保《唐摭言·無名子謗議》：“李翰雖以辭藻擢第，不以書判擅名。”　　平選：平時的常規選授官吏的慣例。趙匡《選人條例》：“宏詞拔萃，以甄逸才；進士明經，以長學業。並請依常年例，其平選判入第二等，亦任超資授官。”

　　⑨　案牘：官府文書。謝朓《落日悵望》：“情嗜幸非多，案牘偏爲寡。”吳曾《能改齋漫錄·事始》：“以江西民喜訟，多竊去案牘，而州縣不能制，湛爲立千丈架閣。”　　奸欺：虛僞欺詐。陸贄《興元論續從賊中赴行在官等狀》：“乃以一人之聽覽而欲窮宇宙之變態，以一人之防慮而欲勝億兆之奸欺。”韓愈《送窮文》：“矯矯亢亢，惡圓喜方。羞爲奸欺，不忍害傷。”　　政術：政治方略。《後漢書·安帝紀》：“舉賢良方正、有道術之士，明政術、達古今、能直言極諫者各一人。”杜甫《寄劉峽州伯華使君四十韻》：“政術甘疏誕，詞場愧服膺。”　　有司：官吏，古代設官分職，各有專司，故稱。楊炯《瀘川都督王湛神道碑》：“詔公行太尉事，國之大事，攝在有司。蒼璧黃琮，六玉以昭天地；路鼓陰竹，九變而祠祖考。”李邕《春賦》：“於是明詔有司，攄求時令，邁惟一之德，究吹萬之性，剩土木之庶功，阜稼穡之勤政。”　　有：助詞，無義，作名詞詞頭。賀知章《唐禪社首樂章·太和》：“昭昭有唐，天俾萬國。列祖應命，四宗順則。”張説《滎陽夫人鄭氏墓誌銘》：“夫人諱某字某，

滎陽開封鄭氏之女也。有唐銀青光禄大夫、行少詹事、博陵侯崔氏之妻。中大夫、中書舍人湜之母也。" 減選：唐宋之時，選中之官吏，還要"守選"，亦即等候選用，政績突出者可以適當減去"守選"的時間，謂之"減選"。王安石《上仁宗皇帝言事書》："其下州縣之吏一月所得，多者錢八九千，少者四五千，以守選、待除、守闕通之，蓋六七年而得三年之禄，計一月所得，乃實不能四五千，少者乃實不能及三四千而已。"《宋史·選舉志》："舊制，及第即命以官。上初復廷試，賜出身者亦免選，於是策名之士尤衆，雖藝不及格，悉賜同出身。迺詔有司，凡賜同出身者並令守選，循用常調，以示甄別。" 文狀：向上司申報的文書。《隋書·盧愷傳》："愷之從父弟徹肅二人，並以鄉正徵詣吏部，徹文狀後至而先任用。"曾鞏《史館申請三道札子》："各限自指揮到日，一月內取到文字，發送史局，其逐路監司州府，逐縣長吏，各具無漏略文狀連申。" 注擬：唐時選舉官員，凡應試獲選者先由尚書省登録，經考詢後再按其才能擬定官職，稱爲"注擬"。封演《封氏聞見記·頌德》："從前注擬，皆約循資格，至國忠創爲押例，選深者盡留，乃無才與不才也。"《舊唐書·劉祥道傳》："時選人漸衆，林甫奏請四時聽選，隨到注擬，當時甚以爲便。"

⑩ 破碎：毀壞，破損碎裂。酈道元《水經注·瓠子河》："中山夫人祠南，有仲山甫冢，冢西有石廟，羊虎傾低，破碎略盡。"文天祥《過零丁洋》："山河破碎風拋絮，身世飄搖雨打萍。" 效實：考核成績，表示忠誠。曹操《又上書讓封》："考功效實，非臣之助。"杜元穎《授段文昌中書侍郎平章事制》："外無飾虛之體，中有效實之誠。簡於朕心，乃命以位。" 良能：賢良而有才能。元稹《贈裴行立左散騎常侍制》："累更事任，益見良能。"白居易《除裴向同州刺史制》："久試吏治，頗著良能。" 優獎：優厚的獎勵。《南齊書·武帝紀》："今區寓寧晏，庶績咸熙，念勤簡能，宜加優獎。"白居易《薦李晏韋楚狀》："身典三郡，家無一金，據此清廉，別堪優獎。" 貶降：貶官降職。《後漢書·陳球

傳》：“臣伏惟章德竇後虐害恭懷，安思閻後家犯惡逆，而和帝無異葬之議，順朝無貶降之文。”《宋史·太祖紀》：“十惡，故殺者不原，貶降責免者量移叙用。”

⑪ 處分：處理，處置。《玉臺新詠·古詩〈爲焦仲卿妻作〉》：“處分適兄意，那得自任專！”元結《奏免科率狀》：“容其見在百姓，產業稍成，逃亡歸復，似可存活，即請依常例處分。”　員闕：官職空缺。顧炎武《日知錄·員缺》：“員缺之名，自晉時已有之。《晉書·王蘊傳》：‘遷尚書吏部郎，每一官缺，求者十輩。’”《新唐書·選舉志》：“是時弘文、崇文生未補者，務取員闕以補，速於登第。”《宋史·章衡傳》：“判吏部流内銓，嘗有員闕，既擬注，而三班院輒用之，反訟吏部。”　允當：平允適當。《左傳·僖公二十八年》：“允當則歸。”杜預注：“無求過分。”《舊唐書·張文瓘傳》：“文瓘至官，旬日決遣疑事四百餘條，無不允當。”

⑫ 同前：與前者相同，書面文字承前省略的用語。盧藏用《陳子昂別傳》：“今大王沖謙退讓，法度不申，每事同前，何以統衆？前如兒戲，後如兒戲，豈徒爲賊所輕？亦生天下奸雄之心。”又如張說有《奉和御製》的詩篇，同時奉和的還有宋璟、源乾曜、蕭嵩、裴光庭、宇文融五人，張說將五人的同題詩篇收錄在自己詩篇《奉和御製》之後，爲節省文字，一律以“同前”爲題。　五舍人：即《中書省議賦稅及鑄錢等狀》的篇末署名中提及的“中書舍人臣武儒衡等奏，駕部郎中知制誥臣李宗閔、中書舍人臣王起、庫部郎中知制誥臣牛僧孺、祠部郎中知制誥臣元稹”五人。五人中，武儒衡、王起本來就是“中書舍人”，而李宗閔、牛僧孺和元稹雖然還不是“中書舍人”，但他們的身份分別是“駕部郎中知制誥臣”、“庫部郎中知制誥臣”、“祠部郎中知制誥臣”，在唐代，以某部郎中的資格爲知制誥臣，即可稱爲舍人。　署：簽名，簽署。《後漢書·李膺傳》：“不肯平署。”李賢注：“平署猶連署也。”《隋書·蘇夔傳》：“後議樂事，夔與國子博士何妥各有所持，於是夔妥

俱爲一議，使百僚署其所同。"

[編年]

《年譜》、《年譜新編》編年本文於元和十五年，理由是："同前五舍人同署。"《編年箋注》編年本文："時在元和十五年（八二〇）八月。"

如果從文篇前後排列順序來檢討：《年譜》將《中書省議賦稅及鑄錢等狀》與《中書省議舉縣令狀》前後相連。而《編年箋注》在兩文中間，插入《爲蕭相讓官表》，而《爲蕭相讓官表》應該賦成於元和十五年八月二十九日之時。《年譜新編》則在兩文中間插入五篇文章，依次是：《唐故京兆府鄠縣尉元君墓誌銘》、《爲令狐相國謝賜金石凌紅雪狀》、《爲令狐相國謝回一子官與弟狀》、《賀降誕日德音狀》、《錢重物輕議》，除《錢重物輕議》難定真僞外，其餘四篇均不是元和十五年八月所作。

我們以爲，本文與《中書省議賦稅及鑄錢等狀》爲"五舍人"同時所作，"同前五舍人同署"云云就已經清楚表明了這一點。兩篇文章都由元稹代筆，代表的不完全是個人的意見。《中書省議賦稅及鑄錢等狀》撰成於元和十五年八月二日後的一二日內，本文撰寫也在其時，地點在長安，元稹時任祠部郎中知制誥臣。

◎ 崔郾授諫議大夫制⁽一⁾①

敕：朝散大夫，守尚書吏部郎中、上護軍崔郾⁽二⁾：昔我太宗文皇帝以魏徵爲人鏡，而奸膽形於下，逆耳聞於上。及徵没，而猶嘆過失之不聞②。夫以朕之不敏不明，託于人上。月環其七，而善惡蔑聞，豈諫爭之臣未盡規於不德耶⁽三⁾？朕甚懼焉③！

以爾郾端厚誠明(四)，濟之文學，柔而能立，謙而逾光(五)。命汝弼予，式冀無過④。於戲！宋景公一諸侯耳！而陳星退之詞(六)；齊威王獨何人哉？能辨日聞之佞⑤。爾其極諫無隱(七)，朕不漏言。可守諫議大夫，散官、勳如故(八)⑥。

錄自《元氏長慶集》卷四五

［校記］

（一）崔郾授諫議大夫制：楊本、叢刊本同，《英華》、《全文》作"授崔郾諫議大夫制"，各備一說，不改。

（二）朝散大夫，守尚書吏部郎中、上護軍崔郾：原本作"鄖"，楊本、叢刊本同，據《英華》、《全文》補改。

（三）豈諫爭之臣未盡規於不德耶：楊本、叢刊本、《全文》同，《英華》作"豈諫議之臣未盡規於不德耶"，各備一說，不改。"爭"通"諍"，諍諫，規勸。《莊子·至樂》："故夫子胥爭之以殘其形；不爭，名亦不成。"成玄英疏："子胥忠諫，以遭殘戮。"《漢書·張良傳》："上欲廢太子，立戚夫人子趙王如意，大臣多爭，未能得堅決也。"《元稹集》校勘："諍：原作'爭'，據文意改。"大可不必。《編年箋注》所據馬本本來就是"豈諫爭之臣未盡規於不德耶"，逕自改爲"豈諫諍之臣未盡規於不德耶"，沒有出校，而且也沒有注明《英華》的異文，有點隨意。

（四）以爾郾端厚誠明：楊本、叢刊本、《全文》同，《英華》作"以爾郾端愿誠明"，各備一說，不改。

（五）謙而逾光：楊本、叢刊本、《全文》同，《英華》注作"謙而愈光"，各備一說，不改。

（六）而陳星退之詞：楊本、叢刊本、《全文》同，《英華》作"尚感列星之詞"，各備一說，不改。

（七）爾其極諫無隱：原本作"爾其極諫"，楊本、叢刊本、《全文》

同，據《英華》補。

（八）散官、勳如故：原本作"餘如故"，楊本、叢刊本、《全文》同，據《英華》補改。

［箋注］

① 崔鄲：生平事迹見杜牧《銀青光禄大夫檢校禮部尚書兼御史大夫充浙江西道都團練觀察處置等使上柱國清河郡開國公食邑三千户贈吏部尚書崔公行狀》，其中有句云："公諱鄲，字廣略……凡三年，遷左司郎中、吏部郎中，加朝散大夫，旋拜諫議大夫，兼知匭使。"《舊唐書·崔鄲傳》："鄲字廣略，舉進士，平判入等，授集賢殿校書郎。三命升朝，爲監察御史、刑部員外郎……再遷左司郎中，元和十三年鄭餘慶爲禮儀詳定使，選時有禮學者共事，以鄲爲詳定判官、吏部郎中。十五年，遷諫議大夫。穆宗即位，荒於禽酒，坐朝常晚。鄲與同列鄭覃等延英切諫，穆宗甚嘉之，畋遊稍簡。長慶中，轉給事中。昭愍即位，選侍講學士，轉中書舍人……鄲退與同列高重抄撮'六經'，嘉言要道，區分事類，凡十卷，名曰《諸經纂要》，冀人主易於省覽……其年轉禮部侍郎，東都試舉人，凡兩歲掌貢士，平心閱試，賞拔藝能，所擢者無非名士，至大中、咸通之代，爲輔相名卿者十數人。出爲陝州觀察使……居二年，政績聞於朝，遷鄂岳安黄等州觀察使。又五年，移浙西道都團練觀察使……開成元年卒，年六十九，贈吏部尚書，謚曰德。"崔鄲的事迹，又見於《新唐書·崔鄲傳》、《鄭覃傳》、《鄭餘慶傳》，還見於《舊唐書·敬宗紀》、《舊唐書·文宗紀》等，大同而小異，讀者如有興趣，敬請參閱。諫議：即諫議大夫，官名。《漢書·王莽傳》："又置師友祭酒及侍中、諫議、六經祭酒各一人。"韓愈《感春五首》三："蔡州納節舊將死，起居諫議聯翩來。朝廷未省有遺策，肯不垂意瓶與罍？"

② 魏徵：唐太宗時宰相，以犯顔直諫聞名於時傳流於後，故在《舊唐書·魏徵傳》中，史臣給予極高的評價："臣嘗閲《魏公故事》，與

文皇討論政術,往復應對,凡數十萬言。其匡過弼違,能近取譬,博約連類,皆前代諍臣之不至者。其實根於道義,發爲律度,身正而心勁,上不負時主,下不阿權幸,中不侈親族,外不爲朋黨,不以逢時改節,不以圖位賣忠。所載章疏四篇,可爲萬代王者法。雖漢之劉向、魏之徐邈、晉之山濤、宋之謝朓,才則才矣!比文貞之雅道,不有遺行乎!前代諍臣,一人而已!」　人鏡:唐太宗讚揚魏徵之言,後代借喻善於諫勸、能糾正他人過失者。薛逢《伏聞令公疾愈對見延英因有賀詩遠封投獻》:「皇風再扇寰區內,人鏡重開日月邊。」李洞《感恩書事寄上集義司徒相公》:「鎮時賢相回人鏡,報德慈親點佛燈……功居第一圖烟閣,依舊終南滿杜陵。」　奸膽:猶奸心。元稹《諭寶》:「鏡懸奸膽露,劍拂妖蛇裂。」《新唐書・張説傳》:「陛下若以太子監國,則名分定,奸膽破,蜚禍塞矣!」　逆耳:刺耳,不順耳。《史記・留侯世家》:「且忠言逆耳利於行,毒藥苦口利於病。」蘇軾《杭州謝放罪表二首》一:「伏念臣早緣剛拙,屢致憂虞。用之朝廷,則逆耳之奏形於言;施之郡縣,則疾惡之心見於政。」　「及徵没」兩句:事見吳兢《貞觀政要・任賢》:「太宗後嘗謂侍臣曰:『夫以銅爲鏡,可以正衣冠;以古爲鏡,可以知興替;以人爲鏡,可以明得失。朕常保此三鏡,以防己過。今魏徵殂逝,遂亡一鏡矣!』」　没:通「歿」,死。《論語・學而》:「父在,觀其志;父没,觀其行。」錢起《哭空寂寺玄上人》:「燈續生前火,爐添没後香。」謂壽終,善終。《左傳・僖公二十二年》:「楚王其不没乎!爲禮卒於無別,無別不可謂禮,將何以没?」《北史・梁士彦楊義臣等傳論》:「義臣時屬擾攘,功成三捷,而以功見忌,得没亦爲幸也。」　過失:因疏忽而犯的錯誤。《管子・山權數》:「晉有臣不忠於其君,慮殺其主,謂之公過。諸公過之家,毋使得事君,此晉之過失也。」《宋書・向靖傳》:「子植嗣,多過失,不受母訓,奪爵。」

　　③ 不敏:謙詞,猶不才。《論語・顏淵》:「回雖不敏,請事斯語矣!」《漢書・司馬遷傳》:「小子不敏,請悉論先人所次舊聞,不敢闕。」

不明：不賢明。《史記·殷本紀》："帝太甲既立三年，不明，暴虐，不遵湯法，亂德，於是伊尹放之於桐宮。"干寶《晉紀總論》："故齊王不明，不獲思庸於亳。" 人上：衆人之上，舊指最高統治地位。吳兢《貞觀政要·公平》："爲人上者，可不勉乎？"《新五代史·朱友文傳》："又下詔曰：'朕艱難創業，踰三十年。託於人上，忽焉六載。'" 月環：月亮從月缺到月圓再恢復到月缺的全過程，亦即一個整月。元稹《告畬三陽神文》："自喪守侯，月環其七。" 善惡：好壞，褒貶。《楚辭·離騷》："世幽昧以眩曜兮，孰云察余之善惡！"李康《運命論》："善惡書於史册，毀譽流於千載。" 蔑：無，沒有。《史記·孔子世家》："夫子循循然善誘人，雖欲從之，蔑由也已。"《新唐書·突厥傳贊》："自《詩》《書》以來，伐暴取亂，蔑如帝神且速也。" 諫爭：諫諍。"爭"，通"諍"。《荀子·修身》："諂諛者親，諫爭者疏。"陸贄《興元論解姜公輔狀》："若以諫爭爲指過，則剖心之主，不宜見罪於哲王；若以諫爭爲取名，則匡躬之臣，不應垂訓於聖典。" 盡規：指竭力諫諍。蔡邕《太尉喬公碑》："公性質直，不憚强禦，在憲臺則有盡規之忠，領州郡則有虎胝之威。"常袞《授崔昭右散騎常侍制》："散騎以贊導侍從，承答顧問，前代參用言語政事之臣，俾其盡規忠益，以穆朝化也。" 不德：謙詞，帝王自稱。《太平廣記》卷一一八引劉義慶《幽明錄·東方朔》："帝歡悅舉觴並勸曰：'不德不足當雅貺。'老翁等並起拜受爵。"蘇軾《賜宰相呂公著乞退不許批答》："水旱之灾，不德所召，卿當助我，求所以消復之道，不當求去我也。" 懼：憂慮。《孟子·滕文公》："世衰道微，邪説暴行……孔子懼，作《春秋》。"韓愈《題歐陽生哀辭後》："凡愈之爲此文，蓋哀歐陽生之不顯榮於前，又懼其泯滅於後也。"

④ 端厚：端莊温厚。陸贄《李納檢校右僕射平章事制》："李納稟性端厚，執心寬簡，通變適用，和順積中。"《新唐書·盧士玫傳》："盧士玫者，山東人，以文儒進，端厚無競。" 誠明：至誠之心和完美的德性。語出《禮記·中庸》："自誠明謂之性，自明誠謂之教，誠則明矣！

明則誠矣！"鄭玄注："由至誠而有明德，是聖人之性者也。"邵雍《誠明吟》："孔子生知非假習，孟軻先覺亦須修。誠明本屬吾家事，自是今人好外求。"　濟：成功，成就。《書·君陳》："必有忍，其乃有濟。"孔傳："爲人君長必有所含忍，其乃有所成。"葛洪《抱朴子·博喻》："身與名難兩濟，功與神鮮並全。"　文學：文章博學，孔門四科之一。《論語·先進》："德行：顔淵、閔子騫、冉伯牛、仲弓。言語：宰我、子貢。政事：冉有、季路。文學：子游、子夏。"刑昺疏："若文章博學，則有子游、子夏二人也。"朱熹集注："弟子因孔子之言，記此十人，而並目其所長，分爲四科。孔子教人各因其材，於此可見。"　柔而能立：亦即"柔立"，謂以温和的品性立身處世。劉劭《人物志·九徵》："寬栗而柔立，士之德也。"李翺《左僕射傅公神道碑》："夫人南陽張氏，柔立善斷。"　弼：糾正，輔佐。《書·益稷》："予違汝弼，汝無面從，退有後言。"孔傳："我違道，汝當以義輔正我。"《新唐書·姜公輔傳》："公輔官諫議，職宰相，獻替固其分，本立輔臣，朝夕納誨，徵而弼之，乃其所也。"　式：語助詞。《詩·大雅·蕩》："式號式呼，俾晝作夜。"《舊唐書·文宗紀》："載軫在予之責，宜降恤辜之恩，式表殷憂，冀答昭誠。"　冀：希望，盼望。《楚辭·離騷》："冀枝葉之峻茂兮，願竢時乎吾將刈。"《南齊書·垣崇祖傳》："淮北士民，力屈胡虜，南向之心，日夜以冀。"　無過：沒有過失。《左傳·宣公二年》："人誰無過？過而能改，善莫大焉！"《史記·蒙恬列傳》："我何罪於天，無過而死乎？"　謙而逾光：亦即"謙尊而光"，謂尊者謙虛而顯示其光明美德。語本《易·謙》："謙，尊而光，卑而不可踰。"孔穎達疏："尊者有謙而更光明盛大，卑謙而不可踰越。"《魏書·李彪傳》："先皇有大功二十，加以謙尊而光，爲而弗有，可謂四'三皇'而六'五帝'矣！"

⑤　於戲：猶於乎，感嘆詞。陳子昂《續唐故中岳體玄先生潘尊師碑》："於戲！昔姑射有神人，堯輕天下；空峒有至道，軒屈順風。"李華《唐丞相故太保贈太師韓國公苗公墓誌銘并序》："於戲！慶緒之誅

也,不用公議,使有思明之難。"　"宋景公一諸侯耳"兩句:事見《史記·宋微子世家》:"三十七年,楚惠王滅陳,熒惑守心。心,宋之分野也,景公憂之。司星子韋曰:'可移於相。'景公曰:'相,吾之股肱。'曰:'可移於民。'景公曰:'君者待民。'曰:'可移於歲。'景公曰:'歲饑民困,吾誰爲君?'子韋曰:'天高聽卑,君有君人之言三,熒惑宜有動。'於是候之,果徙三度。"　諸侯:古代帝王所分封的各國君主,在其統轄區域内,世代掌握軍政大權,但按禮要服從王命,定期向帝王朝貢述職,並有出軍賦和服役的義務。《易·比》:"先王以建萬國,親諸侯。"高承《事物紀原·諸侯》:"《帝王世紀》曰:女媧未有諸侯,有共工氏任智刑以強霸而不王,炎帝世,乃有諸侯,風沙氏叛,炎帝修德,風沙之民自攻其君,則建侯分土自炎帝始也。"　"齊威王獨何人哉"兩句:事見《史記·田敬仲完世家》:"威王初即位以来,不治,委政卿大夫。九年之間,諸侯並伐,國人不治。於是威王召即墨大夫而語之曰:'自子之居即墨也,毀言日至。然吾使人視即墨,田野闢,民人給,官無留事,東方以寧,是子不事吾左右以求譽也。'封之萬家。召阿大夫語曰:'自子之守阿,譽言日聞。然使使視阿,田野不闢,民貧苦。昔日趙攻甄,子弗能救。衛取薛陵,子弗知:是子以幣厚吾左右以求譽也。'是日烹阿大夫,及左右嘗譽者,皆并烹之。遂起兵西擊趙、衛,敗魏於濁澤而圍惠王。惠王請獻觀以和解,趙人歸我長城。於是齊國震懼,人人不敢飾非,務盡其誠,齊國大治。諸侯聞之,莫敢致兵於齊二十餘年。"　佞:奸邪。洪適《隸釋·漢成陽令唐扶頌》:"圄圜空虛,國無佞民。"班固《白虎通·誅伐》:"孔子爲魯司寇,先誅少正卯。謂佞道已行,亂國政也;佞道未行,章明遠之而已。"迷惑,迷戀。元稹《立部伎》:"奸聲入耳佞人心,侏儒飽飯夷齊餓。"葉適《宿石門》:"嗟我老無用,佞山久成翁。"

⑥ 極諫:盡力規勸,古多用於臣下對君主。劉向《説苑·善説》:"夫大臣重禄而不極諫,近臣畏罪而不敢言。"陳子昂《諫靈駕入京

書》：“明王不惡切直之言以納忠，烈士不憚死亡之誅以極諫。”　無隱：没有隱瞞或掩飾。《禮記·檀弓》：“事君有犯而無隱。”徐鉉《送高郎中出爲婺源建威軍使》：“危言昔日嘗無隱，壯節今來信不凡。”　漏言：泄漏密言或情況。《穀梁傳·文公六年》：“襄公死，處父主竟上事，夜姑使人殺之，君漏言也。”蔣防《霍小玉傳》：“生自以孤負盟約，大愆迴期，寂不知聞，欲斷其望，遙託親故，不遺漏言。”

[編年]

　　《年譜》編年：“《舊唐書》卷一五五《崔郾傳》云：‘（元和）十五年，遷諫議大夫。’《制》云：‘朕……託于人上，月環其七。’穆宗以元和十五年閏月丙午即位，此《制》應是八月撰。”《編年箋注》、《年譜新編》所據理由同《年譜》，結論也同《年譜》。

　　我們以爲，一、《年譜》、《編年箋注》、《年譜新編》的表述尚欠精確，應該明確具體的時間。二、《年譜》所云“穆宗以元和十五年閏月丙午即位”表述不清，究竟是哪個月的“閏月”？據曆書記載，元和十五年閏正月，故“閏月”應該是“閏正月”之誤。三、元和十五年閏正月是“甲辰朔”，穆宗登位之“丙午”，應該是“閏正月初三”。以“月環其七”推算，至八月初三之後，就已經滿足“月環其七”的條件。既稱“月環其七”，應該是“八月初三”之後數日，無論如何不應該包含整個八月。故本文具體撰成的時日應該在元和十五年八月初三以後數日，地點在長安，元稹時任祠部郎中知制誥之職。

◎ 告贈皇考皇妣文①

　　嗣子稹等，謹以常饌嘉蔬之奠，敢昭告于皇考贈右散騎常侍、皇妣贈滎陽郡太君②：今皇帝二月五日制書，澤被幽顯。小子積參奉班榮,得用封贈③。越七月二十八日⁽一⁾,乃詔先夫人曰滎陽郡太君。洎八月之九日,復詔先府君曰右散騎常侍④。

祇命隕越,哀號不逮。追念顧復,若亡生次⑤。惟積洎積,幼遭閔凶。積未成童,積生八歲。蒙騃孩稚,昧然無識⑥。遺有清白,業無樵蘇。先夫人備極勞苦,躬親養育⑦。截長補敗,以禦寒凍。質價市米,以給晡旦⑧。依倚舅族,分張外姻。奉祀免喪,禮無遺者⑨。始亡兄某得尉興平⁽二⁾,然後衣服飲食之具粗有准常⁽三⁾,而猶卑薄儉貧,給不暇足⁽四⁾⑩。

慈訓備至,不肖乃立⑪。積初一命,積始奉朝。供養未遑,奄忽遺棄⁽五⁾⑫。釁罪不死⁽六⁾,重羅纓裳⁽七⁾。遷換因循,遂階榮位。大有車馬,豐有俸秩⑬。書扇雖存,舊老已盡。顧是所有,將焉用之⑭?嗚呼!生我者父母,享此者妻子。勤頓者兄嫂,優餘者婢僕⑮。

追孝不過於一奠,薦寵不過於揚名⑯。哀哀劬勞,亦又何報?摧圮殞裂,酸傷五情⑰。謹於先太君載誕之日,祇告贈典⁽八⁾,幷焚黃制以獻⑱。號慕罔及⁽九⁾,痛毒肝心⁽一〇⁾。伏惟尚饗⑲!

錄自《元氏長慶集》卷五九

[校記]

(一) 越七月二十八日:楊本、叢刊本、《全文》同,宋蜀本、盧校作"越七月十八日",僅備一説,不改。

(二) 始亡兄某得尉興平:原本作"始從兄集得尉興平",楊本、叢刊本作"始□兄集得尉興平",語義難通,《全文》作"始亡兄集得尉興平",元稹兄弟中無"元集"之人,宋蜀本、盧校作"始亡兄某得尉興平",據改。

(三)**然後衣服飲食之具粗有准常**:原本作"然後衣服飲食之具粗有准",楊本、叢刊本同,據宋蜀本、盧校、《全文》改。

(四)**給不暇足**:原本作"給不假足",楊本、叢刊本同,據宋蜀本、《全文》改。

(五)**奄忽遺棄**:原本作"奄爾遺棄",楊本、叢刊本同,宋蜀本、《全文》作"奄忽遺棄",據改。

(六)**薶罪不死**:楊本、叢刊本同,宋蜀本、盧校、《全文》作"疊罪不死"。"薶"與"疊"可通,不改。

(七)**重羅纓裳**:楊本、叢刊本、《全文》同,宋蜀本、盧校作"重襬纓裳","羅"與"襬"可通,不改。

(八)**祇告贈典**:原本作"祇告贈典","祇"含有的"地神"等八個義項均難以在本句說通,《編年箋注》未改"祇告贈典",是失誤。據楊本、叢刊本、《全文》改。

(九)**號慕罔及**:原本作"號慕及",楊本、叢刊本同,《全文》作"號慕莫及",據宋蜀本、盧校補。

(一〇)**痛毒肝心**:原本作"痛肝心",楊本、叢刊本同,宋蜀本、盧校、《全文》作"痛毒肝心",據補。

[箋注]

① 告:禱告,祭告。《文心雕龍·頌贊》:"頌主告神,義必純美。"韓愈《祭竹林神文》:"京兆尹兼御史大夫韓愈,謹以酒脯之奠,再拜稽首告于竹林之神。" 贈:賜死者以爵位或榮譽稱號。《後漢書·鄧騭傳》:"悝閶相繼並卒,皆遺言薄葬,不受爵贈。"趙昇《朝野類要·入仕》:"生曰封,死曰贈。" 皇考:對亡父的尊稱。《禮記·曲禮》:"祭……父曰皇考,母曰皇妣。"《楚辭·離騷》:"帝高陽之苗裔兮,朕

皇考曰伯庸。"王逸注:"皇,美也;父死稱考。" 皇妣:對亡母的敬稱。《禮記·曲禮》:"祭……母曰皇妣。"《後漢書·安帝紀》:"皇妣左氏曰孝德皇后。"

②嗣子:舊時稱嫡長子。韓愈《唐故檢校尚書左僕射右龍武軍統軍劉公墓誌銘》:"子四人:嗣子光禄主簿縱,學於樊宗師,士大夫多稱之;長子元一……次子景陽、景長,皆舉進士。"王應奎《柳南隨筆·嗣子》:"又〔昌黎〕《節度使李公墓誌銘》云:公有四子,長曰元孫,次曰元質,曰元立,曰元本。元立、元本皆崔氏出。'葬得日,嗣子元立與其昆弟四人請銘於韓氏。'昌黎所謂嗣子,與《漢書》正同,皆所謂嫡長子也。蓋庶出之子,雖年長於嫡出,而不得爲嗣子。"本文的事例與韓愈的《鳳翔隴州節度使李公墓誌銘》相類:在元稹父親元寬名下有子四人,按照年齡長幼排列,依次是:元沂、元秬、元積、元稹。元稹降生之時,父親元寬已經年近五十,母親鄭氏却袛有三十三歲。而元沂、元秬已經年近三十,元稹則剛剛過完自己的生日。從元沂元秬以及鄭氏的年齡差異上,我們應感覺到在這個家庭裏另外一個(也許是兩個)重要家庭成員的存在,那就是元沂與元秬的生母。但無論是元稹親自撰寫的《元秬墓誌》裏,還是當時其他人們的資料裏,都沒有一字一句提及這位(或兩位)對元氏家族應該是非常重要的成員。原因何在? 我們今天無從回答,或許是這一位(或兩位)女性的身份地位十分低賤,或許是其他不便提及的緣由。從如此接近的年齡來看,元沂、元秬明顯不是鄭氏所出,而白居易《唐河南元府君夫人榮陽鄭氏墓誌銘》竟然説"夫人有四子二女",將元沂與元秬直接歸屬於鄭氏名下。如此看來,元沂與元秬應該是"庶出之子",因此"雖年長於嫡出,而不得爲嗣子"。元稹本文自稱自己與元積是"嗣子",就爲元沂、元秬的"庶出"身份提供了最直接也最有力的證據。當然,本文撰寫之時,元沂已經在戰亂中失蹤三十四年,而元秬則於上年剛剛病故。儘管如此,如果元沂、元秬不是"庶出之子",元稹無論如何不會擅自自

稱"嗣子"的。　　常饌：日常的膳食。《梁書·昭明太子統傳》："普通中，大軍北討，京師穀貴，太子因命菲衣減膳，改常饌爲小食。"《舊唐書·禮儀志》："且自漢已降，諸陵皆有寢宮，歲時朔望，薦以常饌，此既常行，亦足盡至孝之情矣！"　　嘉蔬：指祭祀用的稻。《禮記·曲禮》："凡祭宗廟之禮……稷曰明粢，稻曰嘉蔬。"李翱《陵廟日時朔祭議》："祝文曰：'……謹以一元大武、柔毛、剛鬣、明粢、薌萁、嘉蔬、醴齊，敬修時享，以申追慕。'"　　散騎常侍：官名，唐代分屬門下省和中書省，在門下省者稱左散騎常侍，在中書省者稱右散騎常侍，雖無實際職權，仍爲尊貴之官，多用爲將相大臣的兼職，也常常用作賞賜親信大臣祖先榮譽性質的稱號。蘇頲《故右散騎常侍舒國公褚公挽詞》："陽翟疏豐構，臨平演慶源。學筵尊授几，儒服寵乘軒。"皇甫冉《送常大夫加散騎常侍赴朔方》："故壘烟塵後，新軍河塞間。金貂寵漢將，玉節度蕭關。"　　太君：封建時代官員母親的封號。唐制，四品官之妻爲郡君，五品爲縣君，其母邑號，皆加號太君。韓愈《祭左司李員外太夫人文》："某官某等，謹以清酌庶羞之奠，敬祭于某縣太君鄭氏尊夫人之靈。"白居易《唐河南元府君夫人榮陽鄭氏墓誌銘》："夫人始封滎陽縣君，從夫貴也。稹之爲拾遺也，夫人進封滎陽縣太君，從子貴也。"

③　今皇帝二月五日制書：元和十五年二月五日，唐穆宗，亦即本文中的"今皇帝"，因登位而大赦天下，文武官員都因此得以加階進爵，并因此而恩及父母，加以追封恩贈。《唐大詔令集·穆宗即位赦》："朕以寡薄，方茲嗣服，荷天地之眷佑，承祖祧之祚運……可大赦天下……左降官量移近處，已經量移者更與量移。如復資者即任依常調選責授，降資正員官者亦與追改，亡官失爵不齒者量加收敘……內外文武見任、致仕官三品已上賜爵一級，四品以下加一階，諸軍將士等普恩之外賜階爵有差……其中有才行堪任臺省者量才敘用。中書門下並諸道節度使、諸州府長官、東都留守及京常參官、諸軍使等

父母祖父祖母,並節級與追贈。父母存者與官封,已經追贈者更與改贈。"元稹趕上了這個大好機會,得以與百官一起加階。由於貞元十八年(802)撰寫的《鶯鶯傳》和元和十三年(818)撰寫的《連昌宮詞》造成的良好影響,由於元和元年(806)制科考試名列第一的深刻印象,即白居易《唐故武昌軍節度處置等使正議大夫檢校戶部尚書鄂州刺史兼御史大夫賜紫金魚袋尚書右僕射河南元公墓誌銘(并序)》裏所說的"舊聞公名",加上這道"量才叙用"的赦文,元稹也得以膳部員外郎的資格試知制誥,白居易作於長慶元年二月十六日的《元稹除中書舍人翰林學士賜紫金魚袋制》:"尚書祠部郎中知制誥賜緋魚袋元稹,去年夏拔自祠曹員外試知制誥。"白居易這裏有誤筆,其中的"祠曹員外試知制誥",應該是"膳部員外郎試知制誥"之誤。而白居易文中的"去年夏",根據《資治通鑑》的記載,具體日期應該是元和十五年的五月九日。這裏我們需要注意的則是元稹"膳部員外郎"的身份,元和十五年二月五日,朝廷發佈《穆宗即位赦》,大赦天下,進封百官,追封部分朝廷大臣的先人亡靈:"自元和十五年二月五日昧爽已前……左降官量移近處,已量移者更與量移……內外文武見任、致仕官,三品已上賜爵一級,四品以下加一階,諸軍將士等普恩之外賜階爵有差。"衆多官員的父母、祖父、祖母得予追贈。而元稹《王仲舒等加階》、《崔元略等加階》等十來個制文,根據考證,大約就是作於元和十五年二月五日之時,應是元稹試知制誥時期所作制誥的一部分,如《贈韋審規父漸等》:"朕嗣立之二月五日,在宥天下,澤被幽顯。凡百執事,延崇於先。而守尚書左司郎中韋審規父、大理卿漸等……"《贈田弘正等父制》:"朕以眇身,欽承大寶,爲億兆人之君父,奉十一聖之宗祧。捧烏號,知群臣有良弓之思;瞻彼蒼,念群臣有所天之感。是用仲月五日,申命有司,大錫追崇,式彰餘慶。""二月五日"、"仲月五日"等語句清楚不過地表明:這兩個制誥撰作於元和十五年二月五日唐穆宗剛剛登極之時。同樣的情況還有《李逢吉等加階》等一批制誥,讀者如有興趣，可以參看。以上材料充分説明，元稹試知制誥的時間至少應該從元和十五年二月五日開始，本文也證明了這一點，這裏的"忝奉榮班"，即是指元稹以膳部員外郎的資格試知制誥，由此可知元稹於這年二月五日得到官職的升遷，並在其後恩及他已經死去的父親元寬和母親鄭氏以及祖父元悱、祖母唐氏。　　制書：古代皇帝命令的一種。蔡邕《獨斷》："其(皇帝)命令：一曰策書，二曰制書，三曰詔書，四曰戒書。"《後漢書・蔡邕傳》："時頻有雷霆疾風，傷樹拔木，地震、隕雹、蝗蟲之害，又鮮卑犯境，役賦及民。六年七月，制書引咎，詔群臣各陳政要所當施行。"　　幽顯：猶陰陽，亦指陰間與陽間。《北史・李彪傳》："天下斷獄起自初秋，盡於孟冬，不於三統之春行斬絞之刑，如此則道協幽顯，仁垂後昆矣！"陳子昂《爲程處弼辭放流表》："存者流離，亡者哀痛，辛酸幽顯，爲世所悲。"　　小子：舊時自稱謙詞。《書・湯誓》："非台小子，敢行稱亂，有夏多罪，天命殛之。"韓愈《芍藥歌》："花前醉倒歌者誰？楚狂小子韓退之。"　　參奉：猶參與。賈敦頤《謝參法師戒法書》："昨因事隙，遂得參奉，曲蒙接引，授菩薩戒，施以未曾有法，發其無上道心。"丘愔《陳李昭德罪狀疏》"昭德參奉機密，獻可替否，事有便利，不預諮謀。"　　班榮：朝班之榮，指光榮之朝官。鮑照《侍郎報滿辭閣疏》："操勒負羈，班榮扈隸。"《舊唐書・孫逖傳》："地近班榮，臣則過量；途遙日暮，父乃後時。"　　封贈：封建時代推恩臣下，將官爵授予其父母，父母存者稱封，死者稱贈。封贈之制起於晉與南朝宋，至唐始備。洪邁《容齋四筆・宰相贈本生父母官》："封贈先世，自晉宋以來有之，迨唐始備。然率不過一代，其恩延及祖廟者絕鮮，亦未嘗至極品……唐末王季，宰輔貴臣，始追榮三代，國朝因之。"元稹《告贈皇祖祖妣文》："孝孫稹敢昭告于皇祖陳州南頓縣丞贈尚書兵部員外郎府君、祖妣贈晉昌縣太君唐氏……"元稹《告祀曾祖文》："孝曾孫稹謹以清酌庶羞之奠，敢昭告于曾祖岐州參軍府君……"如此看來，元稹之時，已經"追榮三代"，並非到了"唐末"才有

"追榮三代"之舉，宋人洪邁"然率不過一代，其恩延及祖廟者絕鮮"的論證有誤，難以採信。

④ 越：發語詞。《書·大誥》："越予冲人，不卬自恤。"王引之《經傳釋詞·粵越》："越，猶惟也。《書·大誥》曰'越予小子'，言惟予小子也；又曰'越予冲人'，言惟予冲人也。"《馬氏南唐書·嗣主書》："旻天不弔，降此鞠凶。越予小子，常恐弗類于厥德，用災于厥躬。" 先：稱呼死者的敬詞，多用於尊者。《國語·魯語》："吾聞之先姑曰：'君子能勞，後世有繼。'"韋昭注："夫之母曰姑，歿曰先姑。"阮籍《爲鄭冲勸晉王箋》："自先相國以來，世有明德。" 洎：通"暨"，和，與。《書·無逸》："其在高宗，時舊勞於外，爰洎小人。"洎，一本作"暨"。李嶠《大周降禪碑》："王公庶尹，牧伯群寮，粵耆艾惇厖之儒，洎蠻夷戎狄之長，咸進而稱曰……"

⑤ 隕越：死的婉稱。《晉書·陶侃傳》："臣雖不知命，年時已邁，國恩殊特，賜封長沙，隕越之日，當歸骨國土。"《舊唐書·郭子儀傳》："臣雖隕越，死無所恨。" 哀號：因悲傷而呼號痛哭。《南史·謝述傳》："及景仁卒，〔述〕哀號過禮。"杜甫《前苦寒行二首》一："楚江巫峽冰入懷，虎豹哀號又堪記。" 不逮：比不上，不及。陳琳《爲曹洪與魏文帝書》："由此觀之，彼固不逮下愚。"蘇軾《代張方平諫用兵書》："而況所在將史，罷軟凡庸，較之古人，萬萬不逮。" 追念：回憶，回想。《左傳·成公十三年》："復修舊德，以追念前勛。"《漢書·淮南厲王劉長傳》："追念辠過，恐懼，伏地待誅不敢起。" 顧復：《詩·小雅·蓼莪》："父兮生我，母兮鞠我。拊我畜我，長我育我。顧我復我，出入腹我。"鄭玄箋："顧，旋視；復，反覆也。"孔穎達疏："覆育我，顧視我，反覆我，其出入門戶之時常愛厚我，是生我劬勞也。"後因以"顧復"指父母之養育。《後漢書·清河孝王慶傳》："諸王幼稚，早離顧復，弱冠相育，常有《蓼莪》、《凱風》之哀。" 生次：生命的存在。元稹《海侄等書》："日夜思之，若忘生次。"《宋書·孝武十四王》："江美人生皇子子

衡,楊婕好生淮南王子孟,次皇子子況與皇子子玄同生次,南平王子
產與永嘉王子仁同生次。”

⑥ 閔凶:憂患凶喪之事。《左傳・宣公十二年》:“寡君少遭閔
凶,不能文。”杜預注:“閔,憂也。”張九齡《爲何給事進亡父所著書
表》:“尋屬臣私門殃衂,夙遘閔凶。” 成童:年齡稍大的兒童,或謂八
歲以上,或謂十五歲以上,説法不一。《穀梁傳・昭公十九年》:“羈貫
成童,不就師傅,父之罪也。”范寧注:“成童,八歲以上。”《禮記・内
則》:“成童,舞象,學射御。”鄭玄注:“成童,十五以上。”元稹八歲喪
父,而元稹時年九歲,正在八歲至十五歲之間。 蒙騃:愚昧無知。
權德輿《王妣夫人弘農楊氏祔葬墓誌銘》:“伊孤孫之蒙騃,不獲逮事;
慶靈流澤兮,積累名器。”義近“蒙陋”,蒙昧淺陋。《宋史・松江漁翁
傳》:“願丐緒言,以發蒙陋。” 孩稚:亦作“孩穉”,幼年,幼兒。《顏氏
家訓・音辭》:“吾家兒女,雖在孩稚,便漸督正之;一言訛替,以爲己
罪矣!”蕭衍《移京邑檄》:“一朝齏粉,孩稚無遺。人神怨結,行路嗟
憤。” 昧然:昏茫無知貌。元稹《獻事表》:“若臣稹者,稟性駑鈍,昧
然無識。”王禹偁《答張扶書》:“茫然難得其句,昧然難見其義。” 無
識:不懂,無知。《孫子・九地》:“易其事,革其謀,使人無識。”張預
注:“使人不可知也。”《荀子・法行》:“怨人者窮,怨天者無識。”楊倞
注:“無識者,不知天命也。”

⑦ 清白:謂品行純潔,没有污點。《後漢書・蔡邕傳》:“父棱,亦
有清白行,諡曰貞定公。”蘇軾《葉嘉傳》:“葉嘉真清白之士也,其氣飄
然,若浮雲矣!” 樵蘇:指日常生計。《南齊書・東昏侯紀》:“郊郭四
民皆廢業,樵蘇路斷,吉凶失時。”曹松《己亥歲二首》一:“澤國江山入
戰圖,生民何計樂樵蘇!” 備極:猶言十二分,形容程度極深。裴耀
卿《請置武牢洛口等倉疏》“待河水小,始得上河入洛,即遭洛乾淺,船
艘隘閡,船載停滯,備極艱辛。”任華《西方變畫贊》“大孝尊親,其次用
勞,其次用力。蔣氏之子,三者備極,誠哉孝德!” 勞苦:勤勞辛苦。

《詩·邶風·凱風》:"有子七人,母氏勞苦。"《史記·屈原賈生列傳》:
"人窮則反本,故勞苦倦極,未嘗不呼天也。" 躬親:親自,親身從事。
語本《詩·小雅·節南山》:"弗躬弗親,庶民弗信。"葛洪《抱朴子·用
刑》:"逮於軒轅,聖德尤高,而躬親征伐,至於百戰。" 養育:供給生
活所需,使生存、成長。《史記·秦始皇本紀》:"然以諸侯十三,並兼
天下,極情縱慾,養育宗親。"元稹《唐故朝議郎侍御史内供奉鹽鐵轉
運河陰留後河南元君墓誌銘》:"向是三十年,養育八男女。始元和
中,乃復奴婢之籍焉!"專指對年幼者的撫育教養。袁宏《後漢紀·章
帝紀》:"帝感養育之恩,遂名馬氏爲外家。"

⑧ "截長補敗"兩句:意謂將父親或兄長的衣服修修補補,作爲
元稹、元稹等年幼者的衣服,以應付冬天的禦寒問題。 寒凍:嚴寒
冰凍。《史記·秦始皇本紀》:"是月寒凍,有死者。"《新唐書·錢徽
傳》:"時大雨雪,士寒凍,徽先冬頒衣絮,士乃大悅。" "質價市米"兩
句:意謂抵押家中的財物,換來銀兩買米,購買柴米油鹽等生活必需
品,以此度過難挨的時光。 質:以財物抵押或留人質擔保。《左
傳·僖公十五年》:"子桑曰:'歸之而質其大子,必得大成。'"干寶《搜
神記》卷八:"邊屯守將皆質其妻子,名曰'保質'。" 晡:申時,即十五
時至十七時。《漢書·昌邑哀王劉髆傳》:"其日中,賀發,晡時至定
陶,行百三十五里,侍從者馬死相望於道。"韓愈《贈侯喜》:"晡時堅坐
到黄昏,手倦目勞方一起。" 旦:清晨,早晨。謝靈運《登臨海嶠見羊
何共和之》:"旦發清溪陰,暝投剡中宿。"柳宗元《種樹郭橐駝傳》:"旦
視而暮撫,已去而復顧。" 晡旦:從早到晚,意謂整日。白居易《東南
行一百韵寄通州元九侍御灃州李十一舍人果州崔二十二使君開州韋
大員外庾三十二補闕杜十四拾遺李二十助教員外竇七校書》:"氣序
凉還熱,光陰旦復晡。"鄭俠《六鐶助潮士鍾平仲納官輒辭贈以詩》:
"鍾子無田園,斗糴供晡旦。"

⑨ 依倚:倚靠,依傍。王充《論衡·論死》:"秋氣爲呻鳴之變,自

有所爲。依倚死骨之側，人則謂之骨尚有知，呻鳴於野。"張籍《征婦怨》："婦人依倚子與夫，同居貧賤心亦舒。"　舅族：義同"舅氏"，即母親的兄弟們組成的家庭。《詩・秦風・渭陽序》："我見舅氏，如母存焉！"孔穎達疏："謂舅爲氏者，以舅之與甥氏姓必異，故書傳通謂爲舅氏。"《國語・晉語》："所不與舅氏同心也，有如河水。"　分張：分散，散佈。鍾繇《檄蜀文》："而巴蜀一州之衆，分張守備，難以禦天下之師。"溫庭筠《李羽處士寄新醞走筆戲酬》："檐前柳色分張綠，窗外梅花借助香。"　外姻：由婚姻關係而結成的親戚。《左傳・隱公元年》："士踰月，外姻至。"杜預注："姻，猶親也。"《後漢書・皇后紀序》："妖倖毀政之符，外姻亂邦之迹，前史載之詳矣！"　奉祀：供奉祭祀。《左傳・成公十三年》："獻公即世，穆公不忘舊德，俾我惠公用能奉祀於晉。"曾鞏《爲人後議》："故前世人主有以支子繼立，而崇其本親，加以號位，立廟奉祀者，皆見非於古今。"　免喪：謂守孝期滿，除去喪服。《禮記・雜記》："免喪之外，行於道路，見似目瞿，聞名心瞿。"張説《唐故夏州都督太原王公神道碑》："詔御醫孟默朝夕診視，免喪逾年，僅堪履立。"　無遺：沒有脱漏或餘留。《管子・版法解》："是故明君兼愛而親之……如此則衆親上鄉意，從事勝任矣！故曰兼愛無遺，是謂君心。"董仲舒《春秋繁露・玉英》："此亦《春秋》之義，善無遺也。"

⑩ 始亡兄某得尉興平：這裏的"亡兄"即元稹的仲兄元秬，元和十四年病故。元稹《唐故朝議郎侍御史内供奉鹽鐵轉運河陰留後河南元君墓誌銘》："……後五代而生我比部郎中、舒王府長史府君，諱某。君即府君之第二子也，諱某，字玄度……歷湖丞，秩罷，丁比部府君憂。服閴，調興平、長安、萬年尉……元和十四年以疾去職，九月二十六日殁於季弟虢州長史稹之官舍。"　亡兄：已經亡故的兄長。韓愈《與孟東野書》："李習之娶吾亡兄之女(習之，翺也。公亡兄，即禮部郎中雲卿之子弇也)，期在後月。"白居易《與師道詔》："所奏亡兄師古請列于私廟昭穆者，此乃心推孝友，誠切恭敬，覽表見情，深足嘉

尚。" 尉:古代官名,春秋時有軍尉、輿尉,秦漢以後有太尉、廷尉、都尉、縣尉,又有衛尉、校尉等,皆簡稱尉,多爲武職。《史記·秦始皇本紀》:"分天下爲三十六郡,郡置守、尉、監。"《漢書·百官公卿表》:"太尉,秦官,金印紫綬,掌武事。"顔師古注引應劭曰:"自上安下曰尉,武官悉以爲稱。"這裏指興平縣縣尉。 興平:京兆府屬縣之一。《元和郡縣志·京兆府》:"管縣二十三:萬年、長安、昭應、三原、醴泉、奉天、奉先、富平、雲陽、咸陽、渭南、藍田、興平、高陵、櫟陽、涇陽、美原、華原、同官、鄠、盩屋、武功、好時……興平縣:景龍二年金城公主出降吐蕃,中宗送至此縣,改始平縣爲金城縣,至德二年改名興平。"錢起《送興平王少府遊梁》:"舊識相逢情更親,攀歡甚少愴離頻。黃綬罷來多遠客,青山何處不愁人!"耿湋《贈興平鄭明府》:"海内兵猶在,關西賦未均。仍勞持斧使,尚宰茂陵人。"

⑪ 慈訓:母或父的教誨。《文選·謝朓〈齊敬皇后哀策文〉》:"閔予不祐,慈訓早違。"李善注引《晉中興書》:"蕭祖太妃荀氏薨,顯宗詔曰:'朕少遭閔凶,慈訓無禀。'"王周《自喻》:"予念天之生,生本空疏器。五歲禀慈訓,憒悱讀書志。" 備至:猶言至極。《顔氏家訓·序致》:"慈兄鞠養,苦辛備至。"何遠《春渚紀聞·雀鰌蛇蟹之異》:"〔趙〕年五十,臥病踰年,艱餓備至,求死者屢矣!"完備周到。岳飛《奏辭鎮南軍承宣使第三狀》:"輒陳懇愊,方切憂惶,復蒙天語之丁寧,告戒備至。" 不肖:自謙之稱。《戰國策·齊策》:"今齊王甚憎張儀,儀之所在,必舉兵而伐之,故儀願乞不肖身而之梁。"韓愈《上考功崔虞部書》:"愈不肖,行能誠無可取。"

⑫ 一命:周時官階從一命到九命,一命爲最低的官階。《左傳·昭公七年》:"三命兹益共。一命而僂,再命而傴,三命而俯。"杜預注:"三命,上卿也。"後亦用以泛指低微的官職。劉孝綽《上虞鄉亭觀濤津諸學潘安仁河陽縣詩》:"無貲徒有任,一命忝爲郎。"白居易《松齋自題》:"非賤亦非貴,朝登一命初。"這裏用作謙詞,指元積初次任職,

具體何職何地，不得其詳。　　奉朝：指元稹貞元末年、元和初年在京任職校書郎、左拾遺之事，不久出貶河南府，元稹的母親因此受驚嚇而死。　　奉：通"俸"，俸禄，與"奉邑"、"奉秩"、"奉粟"、"奉禄"義近。《史記·孔子世家》："衛靈公問孔子：'居魯得禄幾何？'對曰：'奉粟六萬。'衛人亦致粟六萬。"《南史·毛喜傳》："喜至郡，不受奉秩，政弘清靜，人吏安之。"　　供養：贍養，侍奉。《漢書·翟方進傳》："身既富貴，而後母尚在，方進内行修飾，供養甚篤。"李密《陳情事表》："臣以供養無主，辭不赴命。"　　未遑：没有時間顧及，來不及。揚雄《羽獵賦》："立君臣之節，崇賢聖之業。未遑苑囿之麗、遊獵之靡也。"《文心雕龍·時序》："爰至有漢，運接燔書，高祖尚武，戲儒簡學，雖禮律草創，詩書未遑。"　　奄忽：疾速，倏忽。《韓詩外傳》卷一一："奄忽龍變，仁義沈浮。"《舊唐書·劉仁軌傳》："奄忽長逝，銜恨九泉。"　　遺棄：謂對自己應該贍養或撫養的親屬抛開不管。《書·皋陶謨》："惇叙九族。"孔穎達疏："又厚次叙九族之親而不遺棄，則衆人皆明曉上意而各自勉勵。"歐陽修《和劉原父澄心紙》："當時百物盡精好，往往遺棄淪蒿萊。"

⑬　釁：通"舋"，罪過，過失。鮑照《謝永安令解禁止啓》："值天光燭幽，神照廣察，澡釁從宥，與物更稟。"韓愈《潮州刺史謝上表》："當此之際，所謂千載一時不可逢之嘉會，而臣負罪嬰釁，自拘海島，戚戚嗟嗟，日與死迫，曾不得奏薄伎於從官之内、隸御之間。"這裏指元稹出貶江陵、通州十年，終於没有死在瘴鄉，挣扎著撿了一條性命回到京城。　　纓裳：官服，借指官職。劉攽《承事郎王仲煜可宣教郎承務郎孫樸可承奉郎制》："爾等預列纓裳，齒於元士，膺兹慶澤，例進秩叙，勉崇立志，用對休命。"韓琦《夜合》："茸茸紅白姿，百和從風颺。沉水燎庭檻，薰陸紛纓裳。"這裏指元稹從虢州長史任回朝，任職膳部員外郎之事。　　因循：道家謂順應自然。《文子·自然》："王道者處無爲之事，行不言之教，清静而不動，一度而不摇，因循任下，責成而

不勞。"《史記·太史公自序》："道家無爲，又曰無不爲，其實易行，其辭難知。其術以虛無爲本，以因循爲用。"張守節正義："任自然也。"榮位：指令名尊位。《三國志·夏侯惇夏侯玄等傳論》："榮位如斯，曾未聞匡弼其非，援致良才。"葛洪《抱朴子·自叙》："且榮位勢利，譬如寄客，既非常物，又其去不可得留也。"這裏的"榮位"是指元稹拜職的祠部郎中知制誥，時在元和十五年五月九日至長慶元年二月十六日之間。　俸秩：俸祿。《晉書·山濤傳》："初，濤布衣家貧……及居榮貴，貞慎儉約，雖爵同千乘，而無媵媵。禄賜俸秩，散之親故。"《北史·崔囦傳》："同性廉謹，恭儉自修，所得俸秩，必分親故。"

⑭ 書扇：指代書籍文物之類。盧綸《早春遊樊川野居却寄李端校書兼呈崔峒補闕司空曙主簿耿湋拾遺》："琴師阮校尉，詩和柳吳興。舔筆求書扇，張屏看畫蠅。"楊傑《故武信軍節度使諡康簡追封循國公神道碑》："公有臨淵之憂，帝有書扇之賜，忠以愛君，褒以勸善，君臣之道可謂盡矣！"　舊老：已經謝世的老人，這裏指代已經故世的父母以及其他祖先。白居易《重到渭上舊居》："因驚成人者，盡是舊童孺。試問舊老人，半爲繞村墓。"李德裕《論儀鳳以後大臣褒贈狀·故贈越州都督徐有功》："當天后革命之初，宗室英賢，將相舊老，忠於國者，相繼受誅。"　焉：疑問代詞，相當於"怎麼"、"哪里"。《詩·衛風·伯兮》："焉得諼草？言樹之背。"柳宗元《非國語·滅密》："康公之母誠賢耶？則宜以淫荒失度命其子，焉用懼之以數？"

⑮ 妻子：妻和子女。《孟子·梁惠王》："必使仰足以事父母，俯足以畜妻子。"柳宗元《愬螭文》："父母孔愛，妻子嬉兮！"　勤頓：辛苦勞累。《宋書·五行志》："太元十五年七月，兗州大水，是時緣河紛争，征戍勤悴。"《魏書·辛雄傳》："陛下欲天下之早平，潛征夫之勤悴……"　兄嫂：兄長與嫂子，這裏指元稹仲兄元秬與其夫人清河崔鄰女崔氏。儲光義《同王十三維偶然作十首》一："顧望浮雲陰，往往誤傷苗。歸來悲困極，兄嫂共相譊。"元稹《遣病十首》六："在家非不

病,有病心亦安。起居甥侄扶,藥餌兄嫂看。”　婢僕:謂男女奴僕。《顏氏家訓·後娶》:“況夫婦之義,曉夕移之,婢僕求容,助相説引,積年累月,安有孝子乎?”白居易《續古詩十首》七:“豪家多婢僕,門内頗驕奢。”

⑯追孝:追行孝道於前人,指敬重宗廟、祭祀祖先與父母等,以盡孝道。《書·文侯之命》:“追孝于前文人。”孔穎達疏:“追行孝道於前世文德之人。”《禮記·坊記》:“修宗廟,敬祀事,教民追孝也。”奠:謂置祭品祭祀鬼神或亡靈。《詩·召南·采蘋》:“於以奠之,宗室牖下。”毛傳:“奠,置也。”《禮記·檀弓》:“奠以素器,以生者有哀素之心也。”孔穎達疏:“奠謂始死至葬之時祭名,以其時無屍,奠置於地,故謂之奠也。”　薦寵:推薦愛護。《史記·魏其武安侯列傳》:“稠人廣衆,薦寵下輩,士亦以此多之。”劉禹錫《獻權舍人書》:“禹錫在兒童時已蒙見器,終荷薦寵,始見知名。”　揚名:傳播名聲。《孝經·開宗明義》:“立身行道,揚名於後世,以顯父母,孝之終也。”李白《東海有勇婦》:“豈如東海婦,事立獨揚名!”

⑰哀哀:悲傷不已貌。《詩·小雅·蓼莪》:“哀哀父母,生我劬勞。”鄭玄箋:“哀哀者,恨不得終養父母,報其生長己之苦。”李咸用《湘浦有懷》:“鴻雁哀哀背朔方,餘霞倒影畫瀟湘。”　劬勞:勞累,勞苦。《詩·小雅·蓼莪》:“哀哀父母,生我劬勞。”《後漢書·胡廣傳》:“臣等竊以爲廣在尚書,劬勞日久。”　摧圮:建築物倒塌。《舊唐書·韓滉傳》:“所有摧圮,葺之則已,豈敢改作,以傷儉德?”杜光庭《威儀道衆玉華殿謝土地醮詞》:“講堂摧圮,道侶淪亡。”這裏比喻内心如倒塌的建築物一樣傷痛之極。　殞裂:猶崩裂,喻悲痛之極。蘇舜欽《答韓持國書》:“近得京信,長姊奄逝,中懷殞裂,不堪其哀。”葉適《母杜氏墓誌》:“今啓殯屋以從幽兆,則萬事殞裂而終已於此矣!”　酸傷:悲傷。李商隱《上易定李尚書狀》:“弔病妻而增嘆,酸傷怨咽,敢類他人!”李商隱《祭處士十二房叔父文》:“冀因薄奠,少降明輝。延

慕酸傷，不能堪處。苦痛至深，永痛至深。”　五情：喜、怒、哀、樂、怨五種情感。《文選·曹植〈上責躬應詔詩表〉》：“形影相弔，五情愧赧。”劉良注：“五情：喜、怒、哀、樂、怨。”《文心雕龍·情采》：“五情發而爲辭章，神理之數也。”猶言五内。劉琨《勸進表》：“且悲且惋，五情無主。舉哀朔垂，上下泣血。”孟郊《感懷八首》一：“五情今已傷，安得能自老？”佛教謂眼、耳、口、鼻、身五根産生的情欲。《大智度論》卷四八：“眼等五情，名爲内身；色等五塵，名爲外身。”

　⑱　誕：生日。《舊唐書·德宗紀》：“上誕日，不納中外之貢。”蘇轍《元祐八年生日謝表二首》一：“老逢誕日，泣親養之無從；賜出天厨，愧君恩之莫報。”這裏指元稹母親鄭氏的生日，應該在“七月二十八日”與“八月之九日”之後，具體究竟爲何日，不詳，但應該離開“八月之九日”不太遠。　祇：敬。《詩·商頌·長髮》：“昭假遲遲，上帝是祇。”《晉書·顧和傳》：“若不祇王命，應加貶黜。”　贈典：古代朝廷推恩重臣，把官爵授給官員已死父母及祖先的典禮。封贈之制起于晉宋，至唐始備，所贈官爵品位以及受贈的輩份歷代不同，漸後漸優。元稹《贈田弘正母鄭氏等》：“迺詔有司，深惟贈典。”《舊五代史·漢書隱帝紀》：“《遼史·世宗紀》：天禄三年，殺深州刺史史萬山，契丹亦解去。時倫以萬進爲罪，故加萬山贈典焉！”　黄制：皇帝封贈的詔書，一般書寫在黄色絲織物之上，故言義近“黄紙札”，用黄紙書寫封授官爵的文書。《南史·張興世傳》：“明帝即位，四方反叛，進興世龍驤將軍，領水軍拒南賊……是役也，皆先戰授位，檄板不供，由是有黄紙札。”亦省稱“黄札”。《陳書·徐陵傳》：“府庫空虛，賞賜懸乏，白銀難得，黄札易營，權以官階代於錢絹。”本文是指書寫追封元稹父母官爵的詔命的黄色詔書。

　⑲　號慕：《孟子·萬章》：“萬章問曰：‘舜往于田，號泣於旻天，何爲其號泣也？’孟子曰：‘怨慕也。’……大孝終身慕父母。五十而慕者，予於大舜見之矣！”後以“號慕”謂哀號父母之喪，表達懷戀追

慕之情。《北史・樊遜傳》:"父衡,性至孝。喪父,負土成墳,植柏方數十畝,朝夕號慕。"《新唐書・楊炎傳》:"父喪,廬墓側,號慕不廢聲。" 痛毒:痛苦之甚。《後漢書・章帝紀》:"自往者大獄已來,掠考多酷,鉆鑽之屬,慘苦無極。念其痛毒,怵然動心。"歐陽詹《有唐故銀青光禄大夫行平州别駕馬公墓誌銘并序》:"國喪英才,家亡令子,家國不幸,痛毒可知。" 肝心:比喻人的内心。王充《論衡・超奇》:"書疏文義,奪於肝心。"《三國志・諸葛亮傳》:"朕用傷悼,肝心若裂。" 伏惟:亦作"伏維",下對上的敬詞,多用於奏疏或信函,謂念及,想到。揚雄《劇秦美新》:"臣伏惟陛下以至聖之德,龍興登庸……爲天下主。"李密《陳情事表》:"伏惟聖朝以孝治天下,凡在故老,猶蒙矜育。"表示希望,願望。韓愈《賀皇帝即位表》:"臣聞昔者堯、舜以籲咈,君臣相戒,以致至治……伏惟皇帝陛下儀而象之,以永多福。"王安石《上仁宗皇帝言事書》:"伏維陛下詳思而擇其中,幸甚!" 尚饗:亦作"尚享",舊時用作祭文的結語,表示希望死者來享用祭品的意思。《儀禮・士虞禮》:"卒辭曰:哀子某,來日某隮祔爾于爾皇祖某甫,尚饗!"鄭玄注:"尚,庶幾也。"李翱《陵廟時日朔祭議》:"敬修時享,以申追慕,尚享!"

[編年]

《年譜》編年本文:"元和十五年八月九日以後撰。"理由是:"文有'今皇帝二月五日制書,澤被幽顯'之語,指元和十五年二月丁丑穆宗《登極德音》。又有'越七月二十八日,乃詔先夫人曰滎陽郡太君。洎八月之九日,復詔先府君曰右散騎常侍'等語。"但《年譜》遺漏了"謹於先太君載誕之日,祗告贈典"一句,故其編年祗能以"元和十五年八月九日以後撰"含糊其辭。《編年箋注》雖然補充了"謹於先太君載誕之日,祗告贈典"一句,但結論仍然含糊其辭:"故定此《文》撰於元和十五年(八二〇)八月以後。"並且"祗告贈典"無法説通。《年譜新編》

的編年："是此狀作于元和十五年八月九日後。"理由同《年譜》所述，同樣沒有注意"謹於先太君載誕之日，祇告贈典"一句。

我們以爲，根據本文"今皇帝二月五日制書，澤被幽顯"、"越七月二十八日，乃詔先夫人曰滎陽郡太君。洎八月之九日，復詔先府君曰右散騎常侍"以及"謹於先太君載誕之日，祇告贈典"之語，本文應該撰作于元和十五年八月九日之後的鄭氏"載誕之日"，雖然具體日期不見文獻記載，但應該離開"八月九日"不遠，如果越過元稹與兄長元積約定的"二至二分"祭祀祖先的規定(參見元稹《告祀曾祖文》"今謹依約廟則，每歲以二至二分暨正旦，與宗積彼此奉祀於治所")，亦即元旦、春分、夏至、秋分、冬至五個節日中的"秋分"，他們就不會在鄭氏的"載誕之日""祇告贈典"，而在秋分祭祀時順便"祇告贈典"。據此，我們以爲本文應該作于元和十五年八月九日詔封元寬爲"右散騎常侍"之後、本年"秋分"之前的"先太君載誕之日"，地點在長安，元稹時任祠部郎中、知制誥之職。

◎ 蕭俛等加勳制⁽一⁾①

某等：越正月，惟朕憲考集大命于朕躬，宅憂昏逾，罔克攸濟②。惟爾俛屢贊大儀，以詔予一人③。惟爾文昌作策度，以道揚末命④。

俾小子審訓弗違，時乃之休⑤。王功曰勳，茲用報汝⑥。尚克納誨，毋忘協心⁽二⁾⑦。銘于太常，永作元輔。可⁽三⁾⑧。

録自《元氏長慶集》卷四九

[校記]

(一)蕭俛等加勳制：《全文》同，楊本、叢刊本作"蕭俛等加勳"，各備一說，不改。

（二）毋忘協心：叢刊本、《全文》同，楊本作“無忘協心”，各備一說，不改。

（三）可：原本無，《全文》同，據楊本、叢刊本補。

［箋注］

① 蕭俛：穆宗元和十五年閏正月即位，是月，蕭俛拜相，長慶元年正月罷相，不久改任禮部尚書。白居易《蕭相公宅遇自遠禪師有感而贈》：“半頭白髮慚蕭相，滿面紅塵問遠師。應是世間緣未盡，欲拋官去尚遲疑。”薛逢《送蕭俛相公歸山》：“眼前軒冕是鴻毛，天上人情謾自勞。脫却朝衣便東去，青雲不及白雲高。”　加勛：義同“賜勛”，天子賜給臣下勛爵。《舊唐書·玄宗紀》：“大赦天下，京文武官及朝集採訪使三品已下加一爵，四品已下加一階，外官賜勛一轉。”《宋史·真宗紀》：“大赦天下，宗室加恩，群臣賜勛一轉。”勛官是授給有功官員的一種榮譽稱號，没有實職。北周時本以獎勵有功的戰士，後漸及朝官。隋置上柱國至都督，凡十一等，初名散官，至唐始別稱爲勛官，定用：上柱國、柱國、上大將軍、大將軍、上輕車都尉、輕車都尉、上騎都尉、騎都尉、驍騎尉、飛騎尉、雲騎尉、武騎尉，凡十二等，起正二品，至從七品。　制：指帝王的命令。《史記·秦始皇本紀》：“臣等昧死上尊號，王爲‘泰皇’，命爲‘制’，令爲‘詔’。”裴駰集解引蔡邕曰：“制書，帝者制度之命也，其文曰‘制’。”張九齡《上張燕公書》：“今登封沛澤，千載一時。而清流高品，不沐殊恩。胥吏末班，先加章黻。但恐制出之日，四方失望。”

② 越正月：唐穆宗李恒登位在元和十五年閏正月初三，因爲正月已經成爲過去，故言“越”。元稹《授杜元穎戶部侍郎依前翰林學士制》：“越正月夕庚子，將棄倦勤，付朕眇末。乃詔元穎，佐予冲人，以導揚丕訓。”鄭藝《德政序》：“由是中外文武將相、公卿洎庶尹、庶史，

各率厥職,奉若天旨。越正月,武德軍將校吏民緇黃耆艾等列狀詣護軍使,請以節度使徐廷瓊德政上聞,願勒碑記,且以借留爲請。" 憲考:即顯考,指亡父。韓愈《崔倰授尚書户部侍郎制》:"惟朕憲考,亟征不庭。薰剔幽妖,擒滅罪戾。用力滋廣,理財是切。"元稹《加裴度幽鎮兩道招撫使制》:"苟無司南,允罔能濟?佑我憲考,爲唐神宗。"本文"憲考"是指唐憲宗李純。 大命:天命。《書·太甲》:"天監厥德,用集大命,撫綏萬方。"孔傳:"天視湯德,集王命於其身。"《文選·陸機〈吊魏武帝文〉》:"當建安之三八,實大命之所艱。"李善注:"大命,謂天命也。" 朕躬:我,我身,多用於天子自稱。《書·湯誥》:"爾有善,朕弗敢蔽;罪當朕躬,弗敢自赦。"潘勗《册魏公九錫文》:"曰惟祖惟父,股肱先正,其孰恤朕躬!" 宅憂:處在父母喪事期間。《書·説命》:"王宅憂。"孔穎達疏:"言王居父憂。"韓愈《司徒兼侍中中書令贈太尉許國公神道碑銘》:"上之宅憂,公讓太宰;養安蒲阪,萬邦絶等。"本文指唐憲宗李純的喪期未滿。 昏逾:亦作"昏踰",昏亂而越軌。《書·顧命》:"嗣守文武大訓,無敢昏逾。"元稹《贈鄭餘慶太保制》:"朕方咨稟,庶罔昏逾。" 罔:無,没有。《書·湯誓》:"爾不從誓言,予則孥戮汝,罔有攸赦。"《詩·大雅·抑》:"罔敷求先王,克共明刑。"鄭玄箋:"罔,無也。" 克:勝任。《易·大有》:"公用亨于天子,小人弗克。"孔穎達疏:"小人德劣,不能勝其位。"揚雄《法言·問神》:"勝己之私謂克。" 攸:助詞。無義。《書·盤庚》:"汝不憂朕心之攸困。"王引之《經傳釋詞·攸》:"攸,語助也……言不憂朕心之困也。"《詩·大雅·皇矣》:"執訊連連,攸馘安安。" 濟:越過,度過。《三國志·陳思王植傳》:"西濟關谷,或降或升。"高適《送蕭十八與房侍御迴還》:"匹馬鳴朔風,一身濟河潯。"

③ 惟:副詞,相當於"祇有"、"祇是"。也作"唯"、"維"。《文心雕龍·論説》:"逮江左群談,惟玄是務。"蘇軾《月夜與客飲酒杏花下》:"洞簫聲斷月明中,惟憂月落酒杯空。" 大儀:儀範,大法。《管子·

任法》："聖君所以爲天下大儀也,君臣上下貴賤皆發焉!"《鬼谷子·內揵》："環轉因化,莫之所爲,退爲大儀。"陶弘景注："儀者,法也。"詔:告知。《書·微子》："商其淪喪,我罔爲臣僕,詔王子出迪。"蔡沈集傳："詔,告也,告微子以去爲道。"輔助。《周禮·天官·大宰》："以八柄詔王,馭群臣。"鄭玄注："詔,告也,助也。"林尹今注："謂以言語詔告相佐助也。"

　　④ 文昌:即段文昌,時任宰相。段文昌是我們這本拙稿中的常客,如元稹《唐故使持節萬州諸軍事萬州刺史賜緋魚袋劉君墓誌銘》就曾經提及段文昌:"宰相段文昌在蜀時,愛君之磊落,善呼吸人,遂相奏天子,以君爲殿中侍御史、銀州長史、知刺史事。"元稹《表奏(有序)》:"穆宗初,宰相更相用事,丞相段公一日獨得對,因請亟用兵部郎中薛存慶、考功員外郎牛僧孺,予亦在請中。上然之,不十數日,次用爲給、舍。"　策度:籌策,測度。《孫子·虛實》:"故策之而知得失之計。"孟氏注:"策度敵情,觀其施爲,計數可知。"梅堯臣注:"彼得失之計,我以算策而知。"　道揚:稱揚,宣揚。《書·顧命》:"曰,皇后憑玉几,道揚末命:命汝嗣訓,臨君周邦。"孔傳:"册命之辭,大君成王言,憑玉几所道,稱揚終命,所以感動康王,命汝繼嗣其道,言任重因以託戒。"張九齡《荔枝賦序》:"夫物以不知而輕,味以無比而疑,遠不可驗,終然永屈,況士有未效之用,而身在無譽之間。苟無深知,與彼亦何以異也。因道揚其實,遂作此賦。"　末命:帝王臨終時的遺命。《三國志·齊王芳傳》:"大將軍、太尉奉受末命,夾輔朕躬。"《宋書·謝晦傳》:"及先帝不豫,導揚末命,臣與故司徒臣羨之……等並升御床,跪受遺詔。"

　　⑤ 小子:舊時自稱謙詞。李白《獻從叔當塗宰陽冰》:"小子別金陵,來時白下亭。群鳳憐客鳥,差池相哀鳴。"齊己《贈樊處士》:"小子聲名天下知,滿簪霜雪白麻衣。誰將一著爭先後? 共向長安定是非。"有時皇帝也以"小子"謙稱自己,本文就是一個例子。又如白居

易《蕭俛除吏部尚書制》：“古者君使臣以禮，臣事君以忠。季代已還，鮮由茲道。先皇帝創於是，故在位十五載。凡解相印者，殆二十人，多寵爲大僚，或付以兵柄。矧予小子，宜有加焉！”再如元稹《處分幽州德音》：“於戲！古人云：‘安不忘危。’魏徵對太宗以，守成之不易。茲朕小子，抑又何知？” 審：詳究，細察。《書·説命》：“乃審厥象，俾以形旁求於天下。”《史記·淮陰侯列傳》：“故知者決之斷也，疑者事之害也，審豪氂之小計，遺天下之大數。” 訓：教誨，教導。《孟子·萬章》：“三年，以聽伊尹之訓己也，復歸於亳。”趙岐注：“以聽伊尹之教訓己，故復得歸之於亳。”任昉《劉先生夫人墓誌》：“禀訓丹陽，弘風丞相。” 時：時代，時世。《墨子·兼愛》：“吾非與之並世同時，親聞其聲，見其色也。”白居易《與元九書》：“始知文章合爲時而著，歌詩合爲事而作。”時勢，時局。鮑照《代出自薊北門行》：“時危見臣節，世亂識忠良。”王安石《次韵舍弟常州官舍應客》：“霜雪紛紛上鬢毛，憂時自悔目空蒿。” 休：喜慶，美善，福禄。《左傳·襄公二十八年》：“以禮承天之休。”杜預注：“休，福禄也。”李嶠《晚秋喜雨》：“九農歡歲阜，萬宇慶時休。”

⑥ 王功：輔佐人君成就王業的功績。《周禮·夏官·司勛》：“王功曰勛，國功曰功，民功曰庸，事功曰勞，治功曰力，戰功曰多。”鄭玄注：“王功，輔成王業，若周公。”令狐楚《謝賜冬衣第二狀》：“伏以綸綍之言，出於天澤；衣裳之受，必以王功。臣職在總戎，任當平寇。效無絲發，非聖主而豈容；施若邱山，在愚臣而將壓。” 勛：功勛，功勞。《書·大禹謨》：“爾尚一乃心力，其克有勛。”韓愈《祭馬僕射文》：“東征淮蔡，相臣是使。公兼邦憲，以副經紀。殲彼大魁，厥勛孰似！” 報：回贈，回報。《詩·衛風·木瓜》：“投我以木瓜，報之以瓊琚，匪報也，永以爲好也。”韓愈《答張徹》：“辱贈不知報，我歌爾其聆。”

⑦ 納誨：進獻善言。《書·説命》：“命之曰，朝夕納誨，以輔台德。”孔傳：“言當納諫誨直辭，以輔我德。”蔡沈集傳：“朝夕納誨者，無

時不進善言也。"《三國志・高貴鄉公髦傳》:"必有三老五更,以崇至敬,乞言納誨,著在惇史。" 協心:同心,齊心。韓愈《赴江陵途中寄贈三學士》:"協心輔齊聖,政理同毛輶。"范仲淹《宋故太子賓客謝公神道碑銘》:"李公,時之端人也,與公協心發其(趙諫)家,盡得凶狀。"

　　⑧ 太常:官名,秦置奉常,漢景帝六年更名太常,掌宗廟禮儀,兼掌選試博士。歷代因之,則爲專掌祭祀禮樂之官,北魏稱太常卿,北齊稱太常寺卿,北周稱大宗伯,隋至清皆稱太常寺卿。張九齡《答太常靳博士見贈一絕》:"上苑春先入,中園花盡開。唯餘幽徑草,尚待日光催。"宋璟《奉和御製璟與張説源乾曜同日上官命宴都堂賜詩應制》:"厚秩先爲忝,崇班復此除。太常陳禮樂,中掖降簪裾。" 元輔:專指宰相。《舊唐書・杜讓能傳》:"卿位居元輔,與朕同休共戚,無宜避事。"王安石《賀韓魏公啓》:"越執鴻樞,遂躋元輔。"

[編年]

　　《年譜》編年:"《制》云:'惟爾俛……惟爾文昌……永作元輔。'未云令狐楚,當撰於元和十五年七月丁卯以後;亦未云崔植,當撰于八月戊戌以前。"《年譜新編》的編年意見及理由同《年譜》。《編年箋注》編年:"穆宗朝宰相先後十四人,蕭俛、段文昌以前爲令狐楚、張弘靖,以後爲崔植、杜元穎。據《穆宗紀》,令狐楚罷相在元和十五年七月丁卯,崔植入相在八月壬辰。推知蕭俛、段文昌同時加階在元和十五年(八二〇)七八月間,此《制》即作於其時。元稹在祠部郎中知制誥任。"

　　我們以爲,《編年箋注》把簡單的問題複雜化了,而《年譜》、《年譜新編》的編年理由似乎又過於簡單,沒有向讀者交待清楚。本文云:"惟爾俛……惟爾文昌……永作元輔。"這裏提及的宰相衹有蕭俛與段文昌,沒有涉及唐穆宗登位時的宰相令狐楚,也沒有提及唐穆宗後來提拔的宰相崔植,説明兩人當時都不在相位。而《舊唐書・穆宗紀》：“（元和十五年七月）丁卯，以門下侍郎、平章事令狐楚爲宣州刺史，兼御史大夫，充宣歙池觀察使……（八月）戊戌，以朝議郎，守御史中丞、武騎尉，賜紫金魚袋崔植爲朝散大夫，守中書侍郎，同中書門下平章事。”據元和十五年“秋七月辛丑朔”推算，七月“丁卯”是七月二十七日，據“八月庚午朔”推算，八月“戊戌”是八月二十八日，我們以爲本文即作於元和十五年七月二十七日之後，八月二十八日之前，地點在長安，元稹時任祠部郎中、知制誥之職。

◎ 爲蕭相讓官表⁽一⁾①

臣某言：伏奉今日制書⁽二⁾，授臣某官⁽三⁾。恩加望外，寵過憂深。魂魄驚翔，手足失墜。臣某（中謝）②。臣猥以凡才，謬居重任。當陛下惟新之始，辱陛下爰立之恩③。有累樞衡，無裨袞職。外致匈奴之哂，内失蒼生之心④。推換炎涼，因循聖澤，妨塞賢路，塵忝台階。

自顧疲駑，方求息駕⑤。豈謂陛下特迂宸鑒⁽四⁾，曲用朽才⁽五⁾。再提腹背之毛⁽六⁾，重委股肱之地。大孤人望⁽七⁾，獨簡帝心⁽八⁾⑥。雖君父恩深，莫知其惡；而駑駘力竭，何以自安？豈敢退而生全⁽九⁾？實願求其死所⑦。伏望再移天眷，重選時英，特回加膝之恩，别受沃心之相⑧。全陛下始終之道，成微臣生死之榮。無任懇迫慚惶之至⁽一〇⁾⑨。

録自《元氏長慶集》卷三四

［校記］

（一）爲蕭相讓官表：楊本、叢刊本同，《英華》、《古儷府》、《全文》

作“爲蕭相公讓官表”,各備一説,不改。

（二）伏奉今日制書:原本作“伏奉今日制”,楊本、叢刊本、《全文》同,據《英華》改。《古儷府》無此句之上一句以及此句以下七句,各備一説,不從不改。

（三）授臣某官:楊本、叢刊本、《全文》同,《英華》作“授臣某官者”,各備一説,不從不改。

（四）豈謂陛下特迂宸鑒:楊本、叢刊本、《全文》同,《英華》、《古儷府》作“豈謂陛下特迂神鑒”,各備一説,不從不改。

（五）曲用朽才:楊本、叢刊本同,《全文》作“曲用朽材”,《英華》、《古儷府》作“曲盼凡材”,各備一説,不從不改。

（六）再提腹背之毛:楊本、叢刊本、《全文》同,《英華》、《古儷府》作“再生腹背之毛”,各備一説,不從不改。

（七）大孤人望:楊本、叢刊本、《全文》同,《英華》、《古儷府》作“大辜人望”,各備一説,不從不改。

（八）獨簡帝心:楊本、叢刊本、《全文》同,《英華》、《古儷府》作“猶簡帝心”,各備一説,不從不改。

（九）豈敢退而生全:楊本、叢刊本、《全文》同,《英華》、《古儷府》作“豈敢退而生光”,各備一説,不從不改。

（一〇）無任懇迫慚惶之至:楊本、叢刊本、《全文》同,《英華》作“無任懇迫慚懼之至”,《古儷府》無此句及之上兩句,各備一説,不從不改。

［箋注］

① 蕭相:即蕭俛,據《舊唐書》記載,元和十五年唐穆宗即位,其月,亦即閏正月初八,蕭俛拜相;長慶元年正月二十四日,罷相。元稹《爲蕭相謝追贈祖父祖妣亡父表》:“恩波下濟,濟被窮泉。天眷旁臨,日聞幽爽。”元稹《爲蕭相謝告身狀》:“空聞簡策,未焕縑緗。豈臣寵

榮,而足爲諭? 慚惶增懼,進退難安。拜受恩光,戰汗交集。" 讓官:讓官位給別人。嵇康《家誡》:"若臨朝讓官,臨義讓生,若孔文舉求代兄死,此忠臣烈士之節。"常袞《代王尚書讓官表》:"伏乞矜臣不逮,許停此官,在臣血誠,實惟志願,無任懇迫之至。" 表:奏章的一種,多用於陳請謝賀。《釋名·釋書契》:"下言上曰表,思之於内,表施於外也。"蔡邕《獨斷》卷上:"凡群臣上書於天子者有四名:一曰章,二曰奏,三曰表,四曰駁議……表者不需頭,上言'臣某言',下言'臣某誠惶誠恐,頓首頓首,死罪死罪',左方下附曰'某官臣甲上'。文多用編兩行,文少以五行。"

② 制書:古代皇帝命令的一種。蔡邕《獨斷》:"其(皇帝)命令:一曰策書,二曰制書,三曰詔書,四曰戒書。"《後漢書·蔡邕傳》:"時頻有雷霆疾風,傷樹拔木,地震、隕雹、蝗蟲之害。又鮮卑犯境,役賦及民。六年七月,制書引咎,諮群臣各陳政要所當施行。" 望外:出乎意料之外。庾信《謝趙王賚絲布等啓》:"望外之恩,實符大賚;非常之錫,乃溢生涯。"賈島《送令狐綯相公》:"數行望外札,絕句握中珍。"寵:貴寵,榮耀。《國語·楚語》:"赫赫楚國,而居臨之,撫征南海,訓及諸夏,其寵大矣!"韋昭注:"寵,榮也。"《史記·趙世家》:"爲人臣者,寵有孝弟長幼順明之節,通有補民益主之業,此兩者臣之分也。"張守節正義:"寵,貴寵也。" 憂:通"優",優厚。《墨子·非儒》:"夫憂妻子以大負絫。"孫詒讓間詁:"憂妻子,謂優厚于妻子。古無優字,優原字止作憂,今別作優,而以憂爲憂愁字。"張説《讓兵部尚書平章事表》:"忽叨劇職,責大憂深,人心有限,事難兩濟。" 魂魄:古人想像中一種能脱離人體而獨立存在的精神,附體則人生,離體則人死。《左傳·昭公七年》:"匹夫匹婦強死,其魂魄猶能馮依於人,以爲淫厲。"沈佺期《初達歡州》:"魂魄遊鬼門,骸骨遺鯨口。夜則忍飢卧,朝則抱病走。" 驚翔:受驚而飛。趙曄《吳越春秋·闔閭内傳》:"驚翔之鳥,相隨而集。"王令《猛虎》:"壯士獨何者? 忿氣裂怒腸。脱身拔

劍去，奮躍如驚翔。”　中謝：古代臣子上謝表，例有“誠惶誠恐，頓首死罪”一類的套語，表示謙恭。後人編印文集往往從略，而旁注“中謝”二字。《文選·羊祜〈讓開府表〉》：“夙夜戰慄，以榮受憂。中謝。”李善注：“中謝，言臣誠惶誠恐，頓首死罪。”周密《齊東野語·中謝中賀》：“今臣僚上表，所稱誠惶誠恐及誠歡誠喜、頓首稽首者，謂之中謝中賀。自唐以來，其體如此。蓋‘臣某’以下，亦略敘數語，便入此句，然後敷陳其詳。”

③ 凡才：平庸的才能。杜甫《乘雨入行軍六弟宅》：“令弟雄軍佐，凡才汙省郎。萍漂忍流涕，衰颯近中堂。”白居易《九月九日謝恩賜宴曲江會狀》：“臣等各以凡才，同參密職。幸遇休明之日，多承飮賜之恩。”　謬：用爲謙詞。虞世南《奉和獻歲讌宮臣》：“微臣同濫吹，謬得仰鈞天。”李百藥《安德山池宴集》：“上才同振藻，小技謬連章。”重任：比喻重大責任，重要職位。楊巨源《送裴中丞出使》：“龍韜何必陳三略！虎旅由來肅萬方。宣諭生靈真重任，回軒應問石渠郎。”白居易《和高僕射罷節度讓尚書授少保分司喜遂遊山水之作》：“暫辭八座罷雙旌，便作登山臨水行。能以忠貞酬重任，不將富貴礙高情。”惟新：更新，語出《詩·大雅·文王》：“周雖舊邦，其命維新。”毛傳：“乃新立文王也。”杜甫《別蔡十四著作》：“異才復間出，周道日惟新。”爰立：《書·說命》：“爰立作相，王置諸其左右。”孔傳：“於是禮命立以爲相，使在左右。”後因以“爰立”指拜相。錢易《南部新書》丙：“元和、太和以來，左右中尉或以襆頭紗贈清望者，則明晨必有爰立之制。”

④ 有：助詞，無義，作動詞詞頭。《詩·邶風·日月》：“胡能有定？寧不我顧？”《後漢書·鄭太荀彧等傳贊》：“彧之有弼，誠感國疾。”　累：連累，使受害。《書·旅獒》：“不矜細行，終累大德。”孔穎達疏：“若不矜惜細行，作隨宜小過，終必損累大德矣！”《戰國策·東周策》：“且臣爲齊奴也，如累王之交於天下，不可。”鮑彪注：“累者，事相連及，猶誤也。”　樞衡：中央行政機關的職權，亦指宰輔之位。張

九齡《酬宋使君見贈之作》:"時來不自意,宿昔謬樞衡。翊聖負明主,妨賢愧友生。"蘇軾《祭魏國韓令公文》:"召自北方,付之樞衡。" 無裨:無補,無助。宋之問《爲文武百寮等請造神武頌碑表》:"臣等容光壽域,竊位明朝。不蠶而衣,無裨塵露;不耕而食,有負靈祇。"常袞《中書門下賀太原紫雲見表》:"臣無裨政事,但慶鴻休,不勝抃躍之至,謹奉表陳賀以聞。" 袞職:古代指三公的職位,亦借指三公。蔡邕《陳太丘碑文》:"弘農楊公、東海陳公,每在袞職,群僚賀之。"《三國志·崔林傳》:"〔崔林〕誠台輔之妙器,袞職之良才也。" 外致匈奴之哂:事見《漢書·車千秋傳》:"車千秋,本姓田氏,其先齊諸田,徙長陵,千秋爲高寢郎。會衛太子爲江充所譖,敗。久之,千秋上急變,訟太子冤,曰:'子弄父兵,罪當笞;天子之子過誤殺人,當何罪哉?臣嘗夢見一白頭翁教臣言⋯⋯'是時上頗知太子惶恐,無他意,乃大感寤,召見千秋。至前,千秋長八尺餘,體貌甚麗,武帝見而說之,謂曰:'父子之間,人所難言也。公獨明其不然,此高廟神靈使公教我,公當遂爲吾輔佐!'立拜千秋爲大鴻臚,數月遂代劉屈氂爲丞相,封富民侯。千秋無他材能術學,又無伐閱功勞,特以一言寤意,旬月取宰相,封侯,世未嘗有也。後漢使者至匈奴,單于問曰:'聞漢新拜丞相,何用得之?'使者曰:'以上書言事故⋯⋯'單于曰:'苟如是,漢置丞相非用賢也,妄一男子上書,即得之矣!'使者還,道單于語,武帝以爲辱命,欲下之吏,良久,乃貰之。" 匈奴:我國古代北方民族之一,戰國時遊牧于燕、趙、秦以北地區,其族隨世異名,因地殊號,戰國時始稱匈奴和胡,東漢光武帝建武二十四年(48)分裂爲南北二部,北匈奴在公元一世紀末爲漢所敗,部分西遷,南匈奴附漢,西晉時曾建立漢國和前趙國。陳子昂《送魏大從軍》:"匈奴猶未滅,魏絳復從戎。悵別三河道,言追六郡雄。"王維《隴西行》:"十里一走馬,五里一揚鞭。都護軍書至,匈奴圍酒泉。" 哂:譏笑。孫綽《游天台山賦》:"哂夏蟲之疑冰,整輕翮而思矯。"劉商《哭韓淮端公兼上崔中丞》:"讀書哂霸業,翊贊思皇王。”　蒼生：指百姓。《文選・史岑〈出師頌〉》：“蒼生更始，朔風變律。”劉良注：“蒼生，百姓也。”杜甫《行次昭陵》：“往者灾猶降，蒼生喘未蘇。”

　⑤ 炎凉：猶寒暑，喻歲月。《北史・元子思傳》：“日復一日，遂歷炎凉。”司馬光《重過華下》：“昔辭蓮幕去，三十四炎凉。”　因循：沿襲，承襲，繼承。《漢書・百官公卿表》：“秦兼天下，建皇帝之號，立百官之職。漢因循而不革，明簡易，隨時宜也。”《後漢書・梁統傳》：“宣帝聰明正直，總御海内，臣下奉憲，無所失墜，因循先典，天下稱理。”聖澤：帝王的恩澤。曹植《求自試表》：“今臣蒙國重恩，三世於今矣！正值陛下升平之際，沐浴聖澤，潛潤德教，可謂厚幸矣！”楊巨源《上裴中丞》：“清威更助朝端重，聖澤曾隨筆下多。”　賢路：指賢者仕進的機會。周曇《春秋戰國門・陳蔡君》：“楚聘宣尼欲道光，是時陳蔡畏鄰强。庸謀但解遮賢路，不解迎賢謀自昌。”蘇舜欽《杜公求退第五表》：“若未容臣去，終無成功；徒爾素餐，但塞賢路。”　塵忝：謙詞，猶言忝列，多謂自己没有才能，有辱於所任的職位。任昉《到大司馬記室箋》：“顧己循涯，寔知塵忝。”劉禹錫《代讓同平章事表》：“初受恩榮，若登霄漢；退思塵忝，如履春冰。”　台階：三台星亦名泰階，故稱台階，古人以爲有三公之象，因以指三公之位或宰輔重臣。《後漢書・崔駰傳》：“不以此時攀台階，闚紫闥，據高軒，望朱闕，夫欲千里，而咫尺未發，蒙竊惑焉！”李賢注：“三台謂之三階，三公之象也。”杜甫《秋日夔州詠懷一百韻》：“宫禁經綸密，台階翊戴全。”　疲駑：猶疲駕，常以謙言己無能。謝朓《冬緒羈懷示蕭諮議虞田曹劉江二常侍》：“疲駑良易返，思波不可越。”李紳《肥河維舟阻凍祗待敕命》：“疲駑豈念前程稅？倦鳥安能待暮還？”　息駕：停車休息。《列子・説符》：“孔子自衛反魯，息駕乎河梁而觀焉！”借指栖隱。陶潛《飲酒二十首》一〇：“恐此非名計，息駕歸閑居。”曾鞏《隆中》：“孔明方微時，息駕隆中田。”

⑥ 宸鑒：謂皇帝審閱，鑒察。元稹《進田弘正碑文狀》："伏乞天慈，特留宸鑒，其碑文謹隨狀封進，伏候敕旨。"《舊唐書·陸贄傳》："陛下誠能斷自宸鑒，煥發德音，引咎降名，深示刻責，惟謙與順，一舉而二美從之。"　朽才：衰弱無能之才，不可造就之才，多用於誚人或自謙。楊齊哲《諫幸西京疏》："臣朽才淺學，竊爲陛下籌之，陛下今幸長安也，是背逸就勞，破益爲損。"　腹背：比喻關係切近。《後漢書·黃瓊傳》："黃門協邪，群輩相黨，自冀興盛，腹背相親，朝夕圖謀，共搆奸軌。"《宋史·唐重傳》："又聞西夏侵掠鄜延，爲腹背患。"　股肱：比喻左右輔佐之臣。《書·益稷》："臣作朕股肱耳目。"《漢書·蘇武傳》："上思股肱之美，乃圖畫其人於麒麟閣，法其形貌，署其官爵姓名。"　孤：辜負，對不住。賈島《喜雍陶至》："且莫孤此興，勿論窮與通。"王安石《上杜學士言開河書》："事可施設，不敢因循苟簡，以孤大君子推引之意。"　人望：衆人所屬望。《後漢書·王昌傳》："郎以百姓思漢，既多言翟義不死，故詐稱之，以從人望。"姚合《使兩浙贈羅隱》："何當世祖從人望？早以公台命卓侯。"　簡：怠慢。《管子·匡乘馬》："五穀興登，則士輕祿，民簡賞。"《南史·王球傳》："球簡貴勢，不交遊，筵席虛靜，門無異客。"　帝心：猶"帝圖"，帝王治國的謀略。顏延之《三月三日曲水詩序》："有宋函夏，帝圖弘遠，高祖以聖武定鼎，規同造物。"《北齊書·儒林傳贊》："帝圖雜霸，儒風未純。"猶"帝謨"，帝王的謀略。薛能《升平詞十首》七："品物盡昭蘇，神功復帝謨。"

⑦ 君父：特稱天子。元稹《贈田弘正父庭玠等》："朕以眇身，欽承大寶，爲億兆人之君父，奉十一聖之宗祧。"蘇軾《再論積欠六事四事札子》："只爲朝廷惜錢，不爲君父惜民，類皆如此。"　駑駘：指劣馬。《楚辭·九辯》："却騏驥而不乘兮，策駑駘而取路。"李群玉《驄馬》："青芻與白水，空笑駑駘肥。"喻低劣的才能。《晉書·荀崧傳》："臣學不章句，才不弘通……思竭駑駘，庶增萬分。"　生全：保全生

命，全身。《吕氏春秋·適音》：“勝理以治身則生全，以生全則壽長矣！”王建《送唐大夫罷節歸山》：“年少平戎老學仙，表求骸骨乞生全。”　死所：死的地方。《左傳·文公二年》：“其友曰：‘盍死之？’（狼）瞫曰：‘吾未獲死所。’”杜預注：“未得可死處。”韓愈《答張十一功曹》：“未報恩波知死所，莫令炎瘴送生涯。”

⑧ 伏望：表希望的敬詞，多用於下對上。陳子昂《爲陳舍人讓官表》：“伏望妙選時英，旁求衆議，僉曰惟允，以弼良圖，愚臣懇誠，非敢飾讓。”王禹偁《滁州謝上表》：“伏望陛下思直木先伐之義，考衆惡必察之言。”　天眷：指帝王對臣下的恩寵。《晉書·庾冰傳》：“非天眷之隆，將何以至此？”蘇軾《代滕甫辨謗乞郡書》：“臣何足言！有辱天眷。”　時英：當代的英才。楊炯《遂州長江縣先聖孔子廟堂碑》：“祁祁茂德，濟濟時英。”岑參《送許子擢第歸江寧拜親因寄王大昌齡》：“解榻皆五侯，結交盡時英。”　加膝：放置膝上，喻愛重。杜牧《張直方授左驍衛將軍制》：“加膝墜泉，予常自慎。”《舊唐書·姜公輔傳》：“公輔一言悟主，驟及台司；一言不合，禮遽疏薄。則加膝墜泉之間，君道可知矣！”　沃心：謂使内心受啓發，舊多指以治國之道開導帝王，語出《書·説命》：“啓乃心，沃朕心。”孔穎達疏：“當開汝心所有，以灌沃我心，欲令以彼所見教己未知故也。”元稹《高端等授官制》：“朕嘗因苦口，必念沃心。每思藥石之臣，咸聽肺肝之語。”

⑨ 始終：自始至終，有始有終。《後漢書·明德馬皇后》：“故寵敬日隆，始終無衰。”蘇軾《論周穜擅議配享自劾札子二首》一：“本朝自祖宗以來，推擇元勛重望始終全德之人，以配食列聖。”　生死：生和死，生或死。《荀子·禮論》：“禮者，謹於治生死者也。生，人之始也；死，人之終也。”白居易《夢裴相公》：“五年生死隔，一夕魂夢通。”本文應該是指善生善終之意。　懇迫：猶懇切，常常用作表章的套語。吴兢《讓奪禮第二表》：“無任懇迫之至，謹詣朝堂路左，奉表乞哀以聞。”樊衡《爲宇文户部薦隱淪表》：“誠願陛下留意才難，願求邦本，

山海惟積,不厭高深;芻蕘有神,伏希裁擇,臣無任懇迫之至。" 慚惶:亦作"慚惶"、"慚皇",羞愧惶恐。蕭綱《答徐摛書》:"竟不能黜邪進善,少助國章,獻可替否,仰裨聖政,以此慚惶,無忘夕惕。"謝翱《送袁太初歸剡原袁來杭宿傳法寺》:"出門擇語歸計餐,顧忌慚皇無不有。"

[編年]

《年譜》編年本文於元和十五年八月戊戌,理由是:"《表》云:'有累樞衡,無裨袞職……豈謂陛下……再提腹背之毛,重委股肱之地。'撰於蕭俛改門下侍郎之時。據《新唐書·宰相表》中云:'(元和十五年)八月戊戌,(蕭)俛爲門下侍郎。'"《編年箋注》、《年譜新編》據以同樣的理由,也編年本文於"元和十五年八月"。

我們以爲,《編年箋注》、《年譜新編》編年本文於"元和十五年八月",顯得粗疏,而《年譜》編年本文於"元和十五年八月戊戌",理由也沒有說清,應該結合元稹與蕭俛、令狐楚的前後關係變化來闡述。衆所周知,元和十五年閏正月或稍後之時,令狐楚曾在唐穆宗面前"道稹詩句",元稹并被要求"獻舊文",詩人隨即以"舊文"二百首合成五卷獻上令狐楚,同時有《上令狐相公詩啓》呈上。之後元稹與令狐楚的關係進一步密切,元稹代令狐楚撰作《爲令狐相國謝賜金石淩紅狀》、《爲令狐相國謝回一子官與弟狀》兩文。在詔令狐楚爲山陵使之時,據《册府元龜》記載,元稹充任臨時的山陵使判官,想來也是令狐楚的舉薦。但後來由於憲宗山陵事件爆發,事連令狐楚,令狐楚先罷相出貶宣歙池觀察使,接著又再貶衡州刺史。《舊唐書·穆宗紀》:(元和十五年)"八月庚午朔……己亥,宣歙觀察使令狐楚再貶衡州刺史。",而撰寫令狐楚貶"衡州刺史制誥"的正是元稹。據干支推算,本月"己亥"是八月三十日,元稹貶令狐楚"衡州刺史"的制誥應該撰寫於八月三十日之前一二天之內。由於元稹的這篇制誥,令狐楚"深恨積”，與令狐楚關係密切的蕭俛也與元稹交惡。又據《新唐書·宰相表》：“(元和十五年)八月戊戌，(蕭)俛爲門下侍郎。”八月的“戊戌”是八月二十九日，正在蕭俛與元稹交惡的前夜，故蕭俛仍然要求元稹代自己撰寫這篇《讓官表》，而元稹也欣然命筆。據此，本文應該撰寫於元和十五年八月二十九日李唐拜授蕭俛以門下侍郎同平章事之時，地點在長安，元稹時任祠部郎中、知制誥之職。

● 令狐楚衡州刺史制^{(一)①}

忠臣之節，莫大於送往事居；君子之方，寧忘於養廉遠恥^②？況位隆輔相^(二)，職奉園陵，蒙蔽之過屢聞，誠敬之心盡廢^③。朕雖含垢，人亦有言。深念君臣之恩，難厭公卿之論^④。

宣歙等州都團練觀察處置等使、大中大夫、使持節宣州諸軍事^(三)、守宣州刺史兼御史大夫、上柱國、輕車都尉、賜紫金魚袋令狐楚，早以文藝，得踐班資。憲宗念才，擢居榮近^⑤。異端斯害，獨見不明。密贊討伐之謀，潛附奇邪之黨^⑥。因緣得地，進取多門。遂參台階，實妨賢路^⑦。

朕以道遵無改，事貴有終。再命黃扉之榮，專奉玄宮之禮^⑧。而不能率下，罔念匡君。致于鞏、正牧之贓^(四)，掩韋珩、李鄂之舉^(五)。成朕不敏，職汝之由^{(六)⑨}。前命秉鈞，尚期改節。人心大惑，物議沸然^(七)。雖欲特容，難排衆怒^⑩。俾從謫守，猶奉詔條。予豈無恩，爾且自省^⑪。可使持節衡州諸軍事、守衡州刺史，散官、勛、賜如故，仍馳驛發遣^⑫。

録自《唐大詔令集》卷五七

［校記］

（一）令狐楚衡州刺史制:《全文》作"貶令狐楚衡州刺史制",體例不同,不改。

（二）況位隆輔相:《全文》作"況位崇輔相",語義相類,不改。

（三）使持節宣州諸軍事:《全文》作"使持節宣州諸軍",屬刊刻之誤,本文下作"可使持節衡州諸軍事",故不改。

（四）致于肇、正牧之贓:原本作"致于隳、政牧之職",《全文》作"致於肇、政牧之職",據《舊唐書·穆宗紀》、《舊唐書·令狐楚傳》改。

（五）掩韋珩、李鄂之舉:原本作"掩韋術、李鄿之舉",《全文》作"掩韋術、李鄿之舉"。人名本來難以勘正,但元稹《韋珩等可京兆府美原等縣令制》涉及令狐楚在河陽的貪污往事,文云:"敕:河陽節度參議兼監察御史韋珩、前懷州武德令李鄂等……"故據此改。《編年箋注》據《全文》作"李鄿",誤。而其箋注元稹《韋珩等可京兆府美原等縣令制》時忽略了"韋珩"與"李鄂"並舉的史實,應該正誤本文之"李鄿"爲"李鄂"而沒有正誤《全文》的刊刻之誤,失察。

（六）職汝之由:《全文》作"職爾之由",語義相類,不改。

（七）物議沸然:《全文》作"物議置然",語義難通,不從不改。

［箋注］

① 令狐楚衡州刺史制:本文不見於現存諸多《元氏長慶集》,但《唐大詔令集》、《全文》收錄,歸名元稹,故今據補入。　令狐楚衡州刺史制:本文並非是一篇普通的奉命而作的制誥,元稹撰作本文之後,不僅令狐楚"深恨稹",而且令狐楚的同黨蕭俛也大爲不滿,蕭俛也從元稹的制科同年轉而成爲元稹的政敵,製造出元稹晉職祠部郎中、知制誥臣的"書命不由相府"的謊言。本文關乎元稹後半生的仕途,元稹因本文而結怨蕭俛,平白無故被戴上"勾結宦官"的帽子,成

爲元稹蒙冤千年的原因之一。第二年,元稹在《謝准朱書撰田弘正碑文狀》中還舊事重提:"自去年九月已後,橫遭謗毀。"所指即是因撰寫本文給元稹帶來的傷害,幸請讀者注意。令狐楚對此貶職,雖然内心非常不滿,但在舊時,虛文俗套還是不能少的,其《衡州刺史謝上表》仍然感恩戴德,期望皇恩再臨:"臣某言:去年九月十五日,於宣州伏奉某月日敕旨,貶授臣使持節衡州諸軍事守衡州刺史,散官、勳、賜如故,仍馳驛發遣者。嚴威成命,忽降自天。戰灼飛魂,如臨於谷。臣某中謝。臣素以凡品,謬登高位,雖滿盈是戒,每刻肺腑;而怨讟所歸,難防頰舌。屬奉陵無狀,選吏不精,多偷見緡,連斃枯木。擢臣之發,豈可贖罪!粉臣之骨,不足勝刑。伏惟皇帝陛下德厚於乾坤,明齊於日月,斷自深慮,遽置寬科,降受郡符,錫留命服。九重殊渥,再荷生成;萬殞殘骸,何由報效!以今月十二日到所部上訖。伏以君親同致,臣子一例,情有思於聞達,理合具而奏陳。今臣官忝頒條,職非奉使,謝上之外,拜章無因。欲隱默而不言,懼中傷而未已。何者?微臣頃蒙朝獎,謬列宰司,誠不曾壅隔賢才,怨臣者至寡;辭京之後,毀臣者則多。今却望朝廷,更無庇援;曲全孤賤,唯托聖明。特乞眷慈,俯鑒哀懇,庶使窮鱗懷躍波之望,幽蟄有聞雷之期。仰天垂涕,伏地流汗。不勝感恩懼罪戰慄屏營之至。臣無任。"　令狐楚:原誤"令狐楚",徑改。據《舊唐書·令狐楚傳》,令狐楚因科舉同年、時相皇甫鎛的援引,元和十三年十月從河陽懷節度使入朝拜相。十五年正月憲宗謝世,令狐楚被拜爲山陵使,其年六月山陵事畢,有人告發令狐楚下屬親吏贓污事發,出爲宣歙觀察使。群情難平,再貶爲衡州刺史,時元稹爲祠部郎中、知制誥臣,本文即由元稹撰寫。盧綸《送尹樞令狐楚及第後歸覲》:"佳人比香草,君子即芳蘭。寶器金罍重,清音玉珮寒。"姚合《寄汴州令狐楚相公》:"汴水從今不復渾,秋風鼓鼓動城根。梁園臺館關東少,相府旌旗天下尊。"　衡州:州郡名,地當今湖南省衡陽市。《舊唐書·地理志》:"衡州:隋衡山郡,武德四年平蕭銑,置衡州,領臨蒸、湘潭、耒陽、新寧、重安、新城六縣……天寶元年改爲衡陽郡,乾元元年復爲衡州。"杜甫《入衡州》:"兵革自久遠,興衰看帝王。漢儀甚照耀,胡馬何猖狂?"韓翃《寄贈衡州楊使君》:"湘竹斑斑湘水春,衡陽太守虎符新。朝來笑向歸鴻道,早晚南飛見主人。"

② 忠臣:忠於君主的官吏。《國語‧越語》:"〔吳王〕信讒喜優,憎輔遠弼,聖人不出,忠臣解骨。"杜甫《秦州見敕目薛畢遷官》:"忠臣詞憤激,烈士涕飄零。" 送往事居:謂禮葬死者,奉事生者。《左傳‧僖公九年》:"送往事居,耦俱無猜,貞也。"杜預注:"往,死者;居,生者;耦,兩也。送死事生,兩無疑恨,所謂正也。"獨孤及《故太保贈太師韓國苗公謚議》:"論道賦政,送往事居,協恭秉彝,動罔違德。" 君子:泛指才德出衆的人。班固《白虎通‧號》:"或稱君子何? 道德之稱也。君之爲言群也,子者丈夫之通稱也。"王安石《君子齋記》:"故天下之有德,通謂之君子。" 養廉:培養並保持廉潔的美德。司空圖《太尉琅琊王公河中生祠碑》:"均能勸勇,儉足養廉。"《宋史‧職官志》:"諸路職官,各有職田,所以養廉也。" 遠恥:遠離恥辱之事。白居易《前長安縣令許季同除刑部郎中前萬年縣令杜羔除戶部郎中制》:"雖同辭託故,動未得中。然遠恥以退,道不失正。"曾鞏《筠州學記》:"故樂易惇樸之俗微,而詭欺薄惡之習勝,其於貧富貴賤之地,則養廉遠恥之意少,而偷合苟得之行多。"

③ 輔相:宰相,也泛指大臣。《史記‧孔子世家》:"王之輔相有如顏回者乎?"韓愈《後廿九日復上宰相書》:"愈聞周公之爲輔相,其急於見賢也,方一食三吐其哺,方一沐三捉其髮。" 職奉園陵:這裏指令狐楚拜職唐憲宗山陵的山陵使之事。《舊唐書‧令狐楚傳》:"十五年正月,憲宗崩,詔楚爲山陵使。" 園陵:帝王的墓地。《後漢書‧光武帝紀》:"赤眉焚西京宮室,發掘園陵。"李賢注:"園謂塋域,陵謂山墳。"《舊唐書‧韋湊傳》:"湊以自古園陵無建碑之禮,又時正旱儉,不可興功,飛表極諫,工役乃止。" 蒙蔽:欺騙,隱瞞真相。劉寬《陳

情書》:"且臣前後所奏駱,奉先詞情,非不擴實,陛下竟無處置,寵用彌深。皆由同類相從,致蒙蔽聖聰,人皆懼死,誰復敢言?"《舊唐書·裴度傳》:"代宗不知,蓋被程元振蒙蔽,幾危社稷。" 誠敬:誠懇恭敬。《文心雕龍·祝盟》:"班固之祀濛山,祈禱之誠敬也;潘岳之祭庚婦,奠祭之恭哀也。"忠厚端肅。柳宗元《安南都護張公志》:"易皮弁以冠帶,化奸宄爲誠敬,皆用周禮,率由漢儀。"

④ 含垢:包容污垢,容忍恥辱。《左傳·宣公十五年》:"川澤納污,山藪藏疾,瑾瑜匿瑕,國君含垢,天之道也。"元稹《爲嚴司空謝招討使表》:"陛下尚先含垢,未忍加誅,曲示綏懷,俾臣招撫。" 有言:有名言,有善言。《論語·憲問》:"有德者必有言,有言者不必有德。"《孟子·離婁》:"自暴者,不可與有言也;自棄者,不可與有爲也。"楊伯峻注:"有言,意爲有善言。" 君臣:君主與臣下。《易·序卦》:"有父子,然後有君臣;有君臣,然後有上下。"韓愈《送浮屠文暢師序》:"彼見吾君臣父子之懿,文物事爲之盛,其心有慕焉!" 厭:壓制,抑制。《漢書·翼奉傳》:"臣願陛下徙都於成周……東厭諸侯之權,西遠羌胡之難。"指使人心服。司馬光《駕部員外郎司馬府君墓誌銘》:"斷獄必求厭人心,摧抑强猾,扶衛愚弱。" 公卿:三公九卿的簡稱。《論語·子罕》:"出則事公卿,入則事父兄。"《後漢書·陳寵傳》:"及竇憲爲大將軍征匈奴,公卿以下及郡國無不遣吏子弟奉獻遺者。"

⑤ 宣歙等州都團練觀察處置等使:《舊唐書·地理志》:"宣州觀察使,治宣州,管宣、歙、池等州。"《舊唐書·地理志》:"宣州:隋宣城郡,武德三年杜伏威歸化,置宣州總管府……天寶元年改爲宣城郡,至德二年又析置至德縣,乾元元年復爲宣州。" 團練:組織,訓練,也指正規軍隊之外的地方武裝。陸贄《誅李希烈後原宥淮西將吏並授陳仙奇節度詔》:"應被希烈差點兵馬及團練子弟,並即放散。"《舊唐書·李石傳》:"(李)福團練鄉兵,屯集要路,賊不敢犯。" 文藝:亦作"文蓺",指撰述和寫作方面的學問。《大戴禮記·文王官人》:"有隱

於知理者，有隱於文藝者。”葛洪《抱朴子·自叙》：“洪祖父學無不涉，究測精微，文藝之高，一時莫倫。”指文學創作。《文心雕龍·養氣》：“是以吐納文藝，務在節宣。” 班資：官階和資格。韓愈《進學解》：“商財賄之有亡，計班資之崇庫。”范仲淹《潤州謝上表》：“削内閣之班資，奪神州之寄任。” 榮近：榮耀親近，指顯官近臣之位。陸贄《論兩河及淮西利害狀》：“是以循循默默，尸居榮近，日日以愧，自春徂秋，心雖懷憂，言不敢發，此臣之罪也，亦臣之分也。”元稹《邵常政内侍省内謁者監制》：“行是三者，可以長守其禄位，而不離於榮近矣！”這裏指令狐楚因皇甫鎛而得爲中書舍人之事。《舊唐書·令狐楚傳》：“元和九年，鎛初以財賦得幸，薦俛、楚俱入翰林，充學士，遷職方郎中、中書舍人，皆居内職。”

⑥ 異端：猶異志，離心。《宋書·武帝紀》：“既知毅不能居下，終爲異端，密圖之。”《南齊書·謝超宗傳》：“〔超宗〕協附奸邪，疑間忠烈，構扇異端，譏議時政。” “密隳討伐之謀”兩句：這裏指令狐楚勾結李逢吉，破壞淮西平叛之事。《舊唐書·令狐楚傳》：“時用兵淮西，言事者以師久無功，宜宥賊罷兵，唯裴度與憲宗志在殄寇。十二年夏，度自宰相兼彰義軍節度淮西招撫宣慰處置使，宰相李逢吉與度不協，與楚相善，楚草度淮西招撫使制，不合度旨，度請改制内三數句語。憲宗方責度用兵，乃罷逢吉相任，亦罷楚内職。” 隳：毀壞，廢棄。《老子》：“故物或行或隨，或歔或吹，或强或羸，或載或隳。”陸德明釋文：“隳，毀也。”《吕氏春秋·必己》：“合則離，愛則隳。”高誘注：“隳，廢也。” 討伐：征伐，征討。司馬相如《難蜀父老》：“以偃甲兵於此，而息討伐於彼。”吕陶《送張子公》：“近日羽書至，討伐加羌夷。” 附：依附。《史記·淮南衡山列傳》：“屬王蚤失母，常附吕後，孝惠、吕後時以故得幸無患害。”王安石《次韵劉著作過茅山今平甫往遊因寄》：“遙想青雲知可附，坐看閭巷得名聲。” 奇邪：亦作“奇衺”，詭詐，邪僞不正。《周禮·天官·宫正》：“去其淫怠與其奇衺之民。”鄭

玄注:"奇衺,譎觚非常。"柳宗元《時令論》:"是故聖人爲大經……必言其中正,而去其奇衺。"

⑦ 進取:求取,追求。《管子·八觀》:"豪傑不安其位,則良臣出;積勞之人不懷其禄,則兵士不用;民偷處而不事積聚,則困倉空虛。如是而君不爲變,然則攘奪竊盜殘賊進取之人起矣!" 多門:謂頒令之處很多。《左傳·昭公十三年》:"晉政多門。"杜預注:"政不出一家。"王仁裕《開元天寶遺事》卷下:"明皇召諸學士宴於便殿,因酒酣,顧李白曰:'我朝與天后之朝何如?'白曰:'天后朝政出多門,國由奸倖。'" 台階:三台星亦名泰階,故稱台階,古人以爲有三公之象,因以指三公之位或宰輔重臣。《後漢書·崔駰傳》:"不以此時攀台階,闚紫闥,據高軒,望朱闕,夫欲千里,而忸尺未發,蒙竊惑焉!"李賢注:"三台謂之三階,三公之象也。"劉禹錫《和兵部鄭侍郎省中四松詩十韻(松是中書相公任侍郎時栽)》:"舊賞台階去,新知谷口來。息陰常仰望,翫境幾裴徊?"杜牧《奉和門下相公送西川相公兼領相印出鎮全蜀詩十八韵》:"盛業冠伊唐,台階翊戴光。無私天雨露,有截舜衣裳。" 賢路:指賢者仕進的機會。劉向《列女傳·楚莊樊姬》:"妾聞虞丘子相楚十餘年,所薦非子弟則族昆弟,未聞進賢退不肖,是蔽君而塞賢路。"潘岳《河陽縣作二首》一:"在疚妨賢路,再升上宰朝。"

⑧ "朕以道遵無改"兩句:意謂清明政治應該遵守不改初衷,成全大事必須有始有終。 再命黄扉之榮:這裏指唐穆宗登位之後,繼續留用唐憲宗朝的宰相令狐楚,與蕭俛、段文昌一起成爲唐穆宗朝的三位宰相之一。 黄扉:古代丞相、三公、給事中等高官辦事的地方,以黄色塗門上,故稱。《南史·梁武陵王紀傳》:"武帝諸子罕登公位,唯紀以功業顯著,先啓黄扉。"唐彦謙《賀李昌時禁苑新命》:"黄扉議政參元化,紫殿稱觴拂壽星。"指丞相、三公、給事中等官位。《舊唐書·郭承嘏傳》:"文宗謂宰臣曰:'承嘏久在黄扉,欲優其禄俸,暫令廉問近關。而諫列拜章,惜其稱職,甚美事也。'乃復爲給事中。" 專

奉玄宮之禮:這裏指令狐楚以宰相的身份主持唐憲宗山陵的修築工作。 玄宮:帝王的墳墓。《晉書·江逌傳》:"昔康皇帝玄宮始用寶劍金舄,此蓋太妃罔己之情,實違先旨累世之法。"姚合《敬宗皇帝挽詞》:"玄宮今一閉,終古柏蒼蒼。"

⑨"而不能率下"四句:分別指令狐楚在山陵使任上縱容屬下剋扣工匠工錢、貪污陵園石料之事:《舊唐書·令狐楚傳》:"楚充奉山陵時,親吏韋正牧、奉天令于翬、翰林陰陽官等同隱官錢,不給工徒價錢,移爲羨餘十五萬貫上獻,怨訴盈路。"《舊唐書·穆宗紀》:元和十五年"八月庚午朔……己卯……京兆府戶曹參軍韋正牧專知景陵工作,刻削厨料充私用,計贓八千七百貫文;石作專知官奉仙縣令于翬刻削,計贓一萬三千貫,並宜決重杖處死。" 率下:作下屬表率。《書·畢命》:"惟公懋德,克勤小物,弼亮四世,正色率下。"《三國志·司馬朗傳》:"雖在軍旅,常麤衣惡食,儉以率下。"領導下屬。顏延之《陽給事誄》:"奉上以誠,率下有方。"元稹《授劉總守司徒兼侍中天平軍節度使制》:"握龍節以率下,露蟬冕以行春。" 罔念:謂不思爲善。《書·多方》:"惟聖罔念作狂,惟狂克念作聖。"孔傳:"惟聖人無念於善則爲狂人,惟狂人能念於善則爲聖人。"吳兢《貞觀政要·君道》:"若惟聖罔念,不慎厥終,忘締搆之艱難,謂天命之可恃……人不見德,而勞役是聞,斯爲下矣!" 匡君:匡輔君主。《史記·范雎蔡澤列傳》:"今臣羈旅之臣也,交疏於王,而所願陳者皆匡君之事。"元稹《夏陽縣令陸翰妻河南元氏墓誌銘》:"魏之先文貞,有匡君之大德。" 掩韋珩李鄂之舉:這裏指令狐楚在河陽節度使任上壓制屬下韋珩和李鄂揭示當地百姓真實情況的錯誤行爲。元稹《韋珩等可京兆府美原等縣令制》中涉及令狐楚在河陽的貪污往事:"敕:河陽節度參議兼監察御史韋珩、前懷州武德令李鄂等:昔先王眚灾肆赦,則殊死已降無不宥免,而受賄枉法者獨不在數,常罪罪之。以此防吏,吏猶有豪奪於人者,朕甚憫焉! 日者覃懷有過籍之賦,使吾百姓無聊生於下,非

珌等爲吾發覺,則吾終不得聞東人之疾苦矣！今美原藍田皆吾甸內之邑,爾其爲吾養理生息,以惠困窮,使天下長人之吏,知朕明用廉激貪之意焉！珌可守美原令,鄂可藍田令。"《册府元龜》卷五一〇:"穆宗長慶元年六月,知懷州河陽節度參謀、兼監察御史韋珌奏論:當州元和九年秋至十四年夏准旨額外加徵,并節度使司見簡苗徵子及草等共計五百六十萬三千五百八十石束,詔曰:前刺史烏重胤等並位居守土,職在牧人,加稅縱緣軍須,豈得不先聞奏? 遇赦雖當原宥,亦合量有科徵。烏重胤、令狐楚、魏義通等宜各罰五月俸料,知州官釋放。" 不敏:不明達,不敏捷。《後漢書・曹世叔妻》:"鄙人愚暗,受性不敏。"《梁書・張率傳》:"相如工而不敏,枚皋速而不工。"

⑩ 軺:使節所用之車。《文選・丘遲〈與陳伯之書〉》:"乘軺建節,奉疆埸之任。"劉良注:"軺,使車也。"皎然《白蘋洲送洛陽李丞使還》:"蘋洲北望楚山重,千里迴軺止一封。"這裏指任命令狐楚爲宣歙等州都團練觀察處置等使之事。 改節:改變節操,亦即改惡向善。《孔子家語・在厄》:"〔子貢〕入問孔子曰:'仁人廉士,窮,改節乎?'"吳兢《樂府古題要解・雁門太守行》:"(王)渙少好俠,尚氣力,數通輕剽少年。晚改節博學,通於法律。" 人心:人的心地。《孟子・滕文公》:"我亦欲正人心、息邪説、距詖行、放淫辭,以承三聖者。"梅堯臣《送懷倅李太傅》:"朝騎快馬暮可到,風物人心皆故鄉。"指人們的意願、感情等。《顏氏家訓・音辭》:"人心有所去取,去取謂之好惡。"葉夢得《避暑録話》卷上:"所謂人心者,喜怒哀樂之已發者也。" 大惑:十分迷惑。《韓非子・揚權》:"凡治之極,下不能得。周合刑名,民乃守職,去此更求,是謂大惑。"《晉書・羊祜傳》:"人臣樹私則背公,是大惑也。" 物議:衆人的議論。《宋書・蔡興宗傳》:"及興宗被徙,論者並雲由師伯……師伯又欲止息物議,由此停行。"孔平仲《續世説・方正》:"子一知異不爲物議所歸,未嘗造門,其高潔如此。" 沸然:議論紛紛。《舊唐書・牛僧孺傳》:"僧孺素與德裕仇怨,雖議邊公體,而

怙德裕者以憎孺害其功,謗論沸然,帝亦以爲不直。"惱怒貌。馬總
《意林·呂氏春秋》:"管仲曰:'君子有三色,歡然喜樂者,鐘鼓之色;
愀然清浄者,縗絰之色;沸然充盈者,兵革之色。'" 特容:特别容忍。
陳經《尚書詳解》卷三五:"至不敢含怒者,已知所以容人,則其過人亦
遠矣! 至不啻不敢含怒,則不特容而已。"《舊唐書·令狐彰傳》:"以
專殺不辜,德宗念舊勛,特容貸之。" 衆怒:衆人的憤怒。李肇《唐國
史補》卷上:"上知衆怒如是,故益信之(指顧少連),而竟不大用。"歐
陽修《重讀徂徠集》:"我欲犯衆怒,爲子記此冤。"

⑪ 謫守:因罪貶謫流放,出任外官或守邊。《魏書·刑罰志》:
"自非大逆手殺人者,請原其命,謫守邊戍。"范仲淹《岳陽樓記》:"慶
曆四年春,滕子京謫守巴陵郡。" 詔條:皇帝頒發的考察官吏的條
令。《漢書·百官公卿表》:"武帝元封五年初置部刺史,掌奉詔條察
州。"柳宗元《代裴行立謝移鎮表》:"唯當遵守詔條,貶棄奸慝,平勻徭
賦,示以義方。" 自省:自行省察,自我反省。《論語·里仁》:"子曰:
'見賢思齊焉! 見不賢而内自省也。'"蘇轍《分司南京到筠州謝表》:
"捫必自省,事猶可追。"

⑫ 持節:古代使臣奉命出行,必執符節以爲憑證。《史記·張釋
之馮唐列傳》:"是日令馮唐持節赦魏尚,復以爲雲中守。"韓愈《送殷
員外序》:"丞相其選宗室四品一人,持節往賜君長,告之朕意。"官名,
魏晉以後有使持節、持節、假節、假使節等,其權大小有别,皆爲刺史
總軍戎者。唐初諸州刺史加號持節,後有節度使,持節之稱遂廢。
《南史·林邑國》:"詔以爲持節,督緣海諸軍事,威南將軍,林邑王。"
散官:有官名而無固定職事之官,與職事官相對而言。漢制,朝廷對
大僚重臣於本官之外加賜名號,而實無官守。魏晉、南北朝因之,隋
代始定散官之制。唐、宋、金、元因之。文散官有開府儀同三司、特
進、光禄大夫等;武散官有驃騎將軍、輔國將軍、鎮國將軍等。其品秩
之高下,待遇之厚薄,各代不一。《隋書·百官志》:"居曹有職務者爲

執事官,無職務者爲散官。"常衮《授李季卿右散騎常侍李涵尚書右丞制》:"季卿可守右散騎常侍,餘如故。涵可尚書右丞,散官、封如故。主者施行。"　勛賜:即"賜勛",天子賜給臣下的勛爵。《舊唐書·玄宗紀》:"大赦天下,京文武官及朝集採訪使三品已下加一爵,四品已下加一階,外官賜勛一轉。"《宋史·真宗紀》:"大赦天下,宗室加恩,群臣賜勛一轉。"勛官是皇帝授給有功官員的一種榮譽稱號,沒有實職,名稱有上柱國、柱國、上大將軍、大將軍、上輕車都尉、輕車都尉、上騎都尉、騎都尉、驍騎尉、飛騎尉、雲騎尉、武騎尉,凡十二等,起正二品,至從七品。　　馳驛:駕乘驛馬疾行。《魏書·邢巒傳》:"司徒崔浩對曰:'穎臥疾在家。'世祖遣太醫馳驛就療。"高適《餞宋八充彭中丞判官之嶺南》:"北雁送馳驛,南人思飲冰。"　發遣:派遣,差遣。《後漢書·明帝紀》:"是歲,發遣邊人在內郡者,賜裝錢人二萬。"白居易《送蕭煉師步虛詞十首卷後以二絕繼之》二:"試呈王母如堪唱,發遣雙成更取來。"

[編年]

　　《年譜》編年:"元和十五年八月己亥撰。《唐大詔令集》卷五十七《大臣·宰相·辨降》上載《令狐楚衡州刺史制》,署名'元稹'。《舊唐書·令狐楚傳》:'稹草楚衡州制。'"《編年箋注》編年:"《舊唐書·令狐楚傳》載:元和十五年正月,憲宗崩,詔楚爲山陵使,仍撰哀冊文。'其年六月,山陵畢,會有告楚親吏贓污事發,出爲宣歙觀察使……楚再貶衡州刺史'。《穆宗紀》載:元和十五年八月'己亥,宣歙觀察使令狐楚再貶衡州刺史'。據此可知此《制》撰於元和十五年(八二〇)八月。"《年譜新編》編年本文於元和十五年,沒有說明理由,但有譜文"八月,元稹起草令狐楚再貶衡州刺史制,楚深恨之"說明。

　　我們以爲,本文不難編年。《舊唐書·穆宗紀》:(元和十五年)"八月庚午朔……己亥,宣歙觀察使令狐楚再貶衡州刺史。"本月"己亥"是八月三十日。不僅《年譜新編》編年本文於"八月"是含糊的,就是《年譜》、《編年箋注》認爲本文作於八月"己亥"也是不妥當的。因爲"己亥"是朝廷公開貶謫令狐楚的時日,而元稹的這篇事關重大的制文不可能草就於當天早朝宣佈貶謫令狐楚之時。貶謫令狐楚事先應該得到唐穆宗的旨意,制文也應該由唐穆宗親自過目恩准。據此,本文應該是八月三十日之前一二天之内所撰,地點在長安,元稹時任祠部郎中知制誥之職。

● 授張籍祕書郎制^{(一)①}

敕張籍:《傳》云:"王澤竭而詩不作。"又曰:"采詩以觀人風。"斯亦警予之一事也②。

以爾籍雅尚古文,不從流俗。切磨諷興,有助政經③。而又居貧晏然,廉退不競。俾任石渠之職,思聞木鐸之音。可守祕書郎④。

録自《元氏長慶集》補遺卷四

[校記]

(一)授張籍祕書郎制:本文各本,包括《英華》、《文章辨體彙選》、《淵鑑類函》、《全文》,均不見異文。

[箋注]

① 授張籍祕書郎制:本文不見於現存的諸本《元氏長慶集》,但馬本《元氏長慶集》補遺卷四、《英華》、《全文》等收録,故據此補入。張籍:《舊唐書·張籍傳》:"張籍者,貞元中登進士第。性詭激,能爲古體詩,有警策之句,傳於時。調補太常寺太祝,轉國子助教、秘書

郎。以詩名當代，公卿裴度、令狐楚，才名如白居易、元稹，皆與之遊，而韓愈尤重之。累授國子博士、水部員外郎，轉水部郎中，卒，世謂之張水部云。”王建《洛中張籍新居》：“最是城中閑静處，更回門向寺前開。雲山且喜重重見，親故應須得得來。”韓愈《此日足可惜贈張籍》：“此日足可惜，此酒不足嘗。捨酒去相語，共分一日光。”　祕書郎：秘書省屬吏，從六品上。《舊唐書・職官志》：“秘書郎掌甲、乙、丙、丁四部之圖籍，謂之四庫。經庫類十，史庫類十三，子庫類十四，集庫類三。”孫逖《贈太子詹事王公神道碑》：“曾祖寬，陳侍中；祖海之，皇朝秘書郎；父知，無禄早世：皆先達之良也。”柳宗元《故秘書郎姜君墓誌》：“秘書郎姜蕚，字某，開元皇帝外孫也。”

　　② 王澤竭而詩不作：班固《文選・兩都賦序》：“昔成康没而頌聲寝，王澤竭而詩不作。”李善註：“言周道既微，雅、頌並廢也。《史記》曰：周武王太子誦立，是爲成王。成王太子釗立，是爲康王。《毛詩序》曰：頌者，以其成功告於神明者也。樂稽耀嘉曰：仁義所生爲王。《毛詩序》曰：止乎禮義，先王之澤也。然則作詩，稟乎先王之澤，故王澤竭而詩不作。作，興也。孟子曰：王者之迹熄而詩亡。”　王澤：君王的德澤。董仲舒《春秋繁露・盟會要》：“賞善誅惡而王澤洽。”白居易《得乙上封請永不用赦判》：“刑乃天威，赦惟王澤。”　采詩：採集民間歌謠，古代有專門機構采詩，爲統治階級觀風俗、知得失的一項政治措施。《漢書・藝文志》：“古有采詩之官，王者所以觀風俗，知得失，自考正也。”《漢書・食貨志》：“孟春之月，群居者將散，行人振木鐸徇於路，以采詩，獻之大師，比其音律，以聞於天子。”　人風：民風，民情。顔真卿《訊後帖》：“公高才逸韵，自有晉宋間人風，坐此肆局不易處。”柳宗元《捕蛇者説》：“嗚呼！孰知賦斂之毒有甚是蛇者乎？故爲之説，以俟夫觀人風者得焉！”　警：警告，告誡。《左傳・莊公三十一年》：“凡諸侯有四夷之功，則獻于王，王以警於夷。”杜預注：“以警懼夷狄。”陸德明釋文：“警，戒懼也。”韓愈《圬者王承福傳》：“又其言

有可以警余者,故余爲之傳而自鑒焉!"

③ 雅尚:崇尚。劉義慶《世説新語·規箴》:"王夷甫雅尚玄遠,常嫉其婦貪濁,口未嘗言錢字。"王定保《唐摭言·知己》:"文方復雅尚之至,嘗以律度百代爲任,古之能者往往不至焉!" 古文:文體名,原指先秦兩漢以來用文言寫的散體文,相對六朝駢體而言。韓愈、歐陽修等皆曾大力提倡古文,反對駢驪的文體與文風。韓愈《題歐陽生哀辭後》:"愈之爲古文,豈獨取其句讀不類於今者邪!思古人而不得見,學古道則欲兼通其辭;通其辭者,本志乎古道者也。"陳師道《後山詩話》:"余以古文爲三等:周爲上,七國次之,漢爲下。" 切磨:切磋相正。元稹《叙詩寄樂天書》:"每公私感憤,道義激揚,朋友切磨……凡所對遇異於常者,則欲賦詩。"蘇洵《與歐陽内翰第三書》:"非徒援之於貧賤之中,乃與切磨議論共爲不朽之計。" 諷興:借物起興以諷喻。李陽冰《唐李翰林草堂集序》:"不讀非聖之書,耻爲鄭衛之作,故其言多似天仙之辭,所爲著述,言多諷興。"竇蒙《題述書賦語例字格後》:"較其巨麗者,有天寶所獻《大同賦》、《三殿蹴踘賦》,以諷興諫静爲宗,以匡君救時爲本。" 政經:政治的常法。語出《左傳·宣公十二年》:"今兹入鄭,民不罷勞,君無怨讟,政有經矣!"杜預注:"經,常也。"元稹《柏耆授尚書兵部員外郎制》:"朕聞亟遷則彝倫斁,滯賞則勞臣怠,兼用兩者,謂之政經。"

④ 晏然:安寧,安定。《莊子·山木》:"聖人晏然體逝而終矣!"王昌齡《風凉原上作》:"海内方晏然,廟堂有奇策。" 廉退:猶廉讓,謙讓。《北史·高允傳》:"是時貴臣之門,並羅列顯官,而允子弟,皆無官爵,其廉退若此。"蘇軾《送周正孺知東川》:"豈云慕廉退?實自知衰冗。" 不競:不争逐。《管子·大匡》:"〔桓公〕謂管仲曰:'吾士既練,吾兵既多,寡人欲服魯。'管仲喟然嘆曰:'齊國危矣!君不競於德而競於兵。'"《左傳·襄公十八年》:"吾驟歌北風,又歌南風。南風不競,多死聲,楚必無功。" 石渠:即"石渠閣",閣名,西漢皇室藏書

之處,在長安未央宮殿北。《三輔黃圖·閣》:"石渠閣,蕭何造。其下礲石爲渠以導水,若今御溝,因爲閣名,所藏入關所得秦之圖籍。至於成帝,又於此藏祕書焉!"《漢書·施讎傳》:"甘露中,與五經諸儒,雜論同異於石渠閣。"亦省作"石渠"、"石閣"。《漢書·劉向傳》:"講論五經於石渠。"李賀《酒罷張大徹索贈詩時張初效魯幕》:"金門石閣知卿有,豸角雞香早晚含。"　木鐸:以木爲舌的大鈴,銅質,古代宣佈政教法令時,巡行振鳴以引起衆人注意。《周禮·天官·小宰》:"徇以木鐸。"鄭玄注:"古者將有新令,必奮木鐸以警衆,使明聽也……文事奮木鐸,武事奮金鐸。"《周禮·地官·鄉師》:"凡四時之征令有常者,以木鐸徇以市朝。"　守:猶攝,暫時署理職務,多指官階低而署理較高的官職。《後漢書·王允傳》:"初平元年,代楊彪爲司徒,守尚書令如故。"高承《事物紀原·守官》:"漢有守令守郡尉,以秩未當得而越授之,故曰守,猶今權也。則官之有守,自漢始也……《通典》曰:試,未正命也,階高官卑稱行,階卑官高稱守。"

[編年]

　　《年譜》編年:"張籍有《謝裴司空寄馬》詩,裴度有《酬張秘書因寄馬贈詩》,可見裴度'守司空'時,張籍已爲秘書郎。此《制》當撰於元和十五年九月戊午以前。"《編年箋注》編年:"據《舊唐書·穆宗紀》,元和十五年九月,裴度'守司空、門下侍郎、同平章事'。裴度贈馬給張籍,籍賦《謝裴司空寄馬贈詩》,韓愈賦《賀張十八秘書得裴司空馬》詩,《韓昌黎詩繫年集釋》卷一二編該詩於元和十五年,并引王元啓語云:'此詩元和十五年冬公初自袁州召還,籍尚未爲博士。'推知授張籍秘書郎在元和十五年冬張籍得裴度贈馬之前。據此,定此《制》作於元和十五年(八二〇)冬。"《年譜新編》編年理由與《年譜》、《編年箋注》相同,結論則與《編年箋注》相同。

　　我們以爲,一、張籍《謝裴司空寄馬》有"長思歲旦沙堤上,得從鳴珂傍火城"之句,而"歲旦"是一年的第一天。《宋書·禮志》:"舊時歲旦,常設葦茭桃梗,磔雞於宮及百寺門,以禳惡氣。"《新唐書·呂元膺傳》:"父母在,明日歲旦不得省爲恨。"而"火城"是指古代朝會時的火炬儀仗。李肇《唐國史補》卷下:"每元日、冬至立仗,大官皆備珂傘,列燭有至五六佰炬者,謂之火城。宰相火城將至,則衆少皆撲滅以避之。"王禹偁《待漏院記》:"相君啓行,煌煌火城;相君至止,噦噦鑾聲。"據此可知,詩中的"歲旦"、"火城"暗示季候已經是春天或即將是春天。而韓愈《賀張十八秘書得裴司空馬》"司空遠寄養初成,毛色桃花眼鏡明。落日已曾交轡語,春風還擬並鞍行"之句,"春風"之詞語與"歲旦"、"火城"之意境相類。而諸多詩篇沒有一篇提及夏天,説明裴度的贈馬應該在冬天,而張籍、韓愈,包括元稹《酬張秘書因寄馬贈詩》的詩篇也都應該賦成於長慶元年的春天。但裴度贈馬之事及其詩篇的賦詠,仍然不應與張籍的秘書郎任命混爲一談。張籍的秘書郎拜命應該在前,亦即元和十五年九月,而裴度的贈馬及其賦詠應該在後,亦即長慶元年的春天。二、據《唐才子傳校箋·張籍》考定:"可確定張籍爲秘書郎必在元和十五年(八二〇)五月至九月間。"則《編年箋注》、《年譜新編》的"元和十五年(八二〇)冬"的結論不應該採信。而《年譜》的"元和十五年九月戊午以前"的結論則過於籠統,"以前"是一個難以確定上限的時間概念,"以前"究竟"以前"到什麽時候? 三、《唐才子傳校箋·張籍》考定上限"五月"是根據《資治通鑑》元稹任職祠部郎中、知制誥臣的時間爲"夏五月庚戌"而定,其實元稹從事知制誥工作始於元和十五年二月五日的膳部員外郎、試知制誥臣,而非五月九日的祠部郎中、知制誥臣,斷言"五月"也過於武斷,好在本文的編年與"五月"之前的歲月無多大關係。四、《舊唐書·穆宗紀》:"(元和十五年九月)戊午,加河東節度使、金紫光禄大夫、檢校尚書右僕射兼門下侍郎、同平章事、太原尹、北都留守、上柱國、晉國公、食邑三千户裴度守司空、門下侍郎、同平章事。"推算其干支,"戊午"

應該是九月十九日。這僅僅是編年本文的一個條件,結合《唐才子傳校箋·張籍》"五月至九月間"的考證,參考事關裴度贈馬的諸多詩篇,我們以爲,本文應該撰成於接近"冬至"、"歲旦"、"元日"的元和十五年九月十九日之前不久,具體時日理應就在九月,地點在長安,元稹時任祠部郎中、知制誥之職。

◎ 贈楚繼吾等刺史制(一)①

　　敕:故容州本管經略招討、左押衙兼行營中軍兵馬使、檢校太子詹事楚繼吾,故廉州古丘營鎮將、試殿中監衛弘本等:比以荒服不虔,侵掠縣道(二)②。乃詔毅勇(蠻賊黃少卿,自貞元以來數爲寇害。貞元十四年,桂管觀察使裴行立、容管經略使陽旻爭請討之。上詔二管大發江湖兵會討,士卒瘴癘死者不可勝計。安南乘之,遂殺都護及官屬部曲千餘人,繼吾等想亦以此時遇害),爲人毆攘③。

　　而繼吾等奮不顧身,深入巢穴。豺狼雖殄,蜂蠆誤加。方聞振臂之雄,忽有歸元之嘆④。其帥旻具上其功伐(三),請議褒崇。旻亦云亡(四),尤用憫悼。不有異等,孰以勸忠?特追有土之榮(五),用明死政之節。繼吾可贈使持節都督容州諸軍事、容州刺史,弘本可贈使持節都督邕州諸軍事、邕州刺史⑤。

録自《元氏長慶集》卷五〇

[校記]

　　(一)贈楚繼吾等刺史制:《全文》同,楊本、叢刊本作"贈楚繼吾等",各備一説,不改。

　　(二)侵掠縣道:叢刊本、《全文》同,楊本作"侵□縣道",不從不改。

（三）其帥旻具上其功伐：原本作"其帥具上其功伐"，《全文》同，楊本作"其帥是具上其功伐"，叢刊本作"其帥□具上其功伐"，盧校作"其帥旻具代"，"旻"字據盧校補。

（四）旻亦云亡：原本作"言念云亡"，楊本、叢刊本、《全文》同，據盧校改。

（五）特追有土之榮：《全文》同，楊本、叢刊本作"□追有土之榮"，盧校作"並追有土之榮"，各備一説，不改。

［箋注］

① 贈：賜死者以爵位或榮譽稱號。張景毓《縣令岑君德政碑》："高祖善方，梁驃騎大將軍……贈侍中，謚曰敬。"權德輿《唐贈兵部尚書宣公陸贄翰苑集序》："公諱贄，字敬輿……德宗皇帝春宮時知名，召對翰林，即日爲學士，由祠部員外轉考功郎中。" 楚繼吾：除本文之外，不見其他任何文獻記載。據本文，楚繼吾爲容州本管經略招討、左押衙兼行營中軍兵馬使，又檢校太子詹事，應該是容管經略使手下的主要軍事將領。

② 衛弘本：除本文外，不見其他任何文獻有記載。據本文，衛弘本爲廉州古丘營鎮將、試殿中監，應該是容管經略使手下的主要軍事將領。 荒服：古"五服"之一，稱離京師二千到二千五百里的邊遠地方，亦泛指邊遠地區。《書·禹貢》："五百里荒服。"孔傳："要服外之五百里，言荒又簡略。"《史記·周本紀》："夷蠻要服，戎翟荒服。" 不虔：不敬。《國語·周語》："夫三軍之所尋，將蠻、夷、戎、狄之驕逸不虔，於是乎致武。"《文選·王粲〈贈士孫文始詩〉》："無曰蠻裔，不虔汝德。"李善注："賈逵《國語》注：虔，敬也。" 侵掠：侵犯掠奪。韓愈《論淮西事宜狀》："今忽自爲狂勃侵掠，不受朝命。"出擊，進攻。《孫子·軍爭》："故其疾如風，其徐如林，侵掠如火，不動如山，難知如陰，動如

雷震。"　縣道：縣和道，漢制，邑有少數民族雜居者稱道，無者稱縣。路嗣恭《進海內華夷圖及古今郡國縣道四夷述表》："臣聞地以博厚載物，萬國棋布；海以委輸環外，百蠻繡錯。"柳宗元《送邠寧獨孤書記赴辟命序》："自犬戎陷河右、遍西鄙，積兵備虜，縣道告勞。"

③毅勇：忠毅英勇之人。李華《衢州刺史廳壁記》："凡爲州者，儒不毅勇則頓威，攻守所由敗也；勇不儒和則失人，邦國所由困也。"元稹《授杜叔良左領軍衛大將軍制》："頃以五原近寇，禦侮才難，遂俾毆攘，實資毅勇。"　毆攘：毆擊攘除。元稹《杜載可監察御史制》："念毆攘之略，誠在將軍；獎飛馳之勞，宜加憲秩。"王禹偁《賀聖駕還京表》："蕞爾林胡，無名内侮，蜂屯烏合，鼠竊狗偷。必想邊民奪梃以毆攘，亭長持繩而繫縛，豈勞車駕遠涉山川？"

④奮不顧身：奮勇直前，不顧生命。司馬遷《報任安書》："常思奮不顧身，以徇國家之急。"《梁書·武帝紀》："復誓旅江旬，奮不顧身……剗殄大憝，以固皇基。"　巢穴：敵人或盜賊盤踞之地。李泌《對肅宗破賊疏》："賊失巢穴，當死河南諸將手，必得兩京。"劉禹錫《賀平淄青表》："獻俘者盡許生還，得地者復令安堵。感我仁化，激其深衷。凡是脅從，盡思效節。五紀巢穴，一朝蕩夷。"　豺狼：比喻凶殘的惡人。元稹《捉捕歌》："願君掃梁棟，莫遣螻蟻附。次及清道塗，盡滅豺狼步。"韓琮《京西即事》："秋草河蘭起陣雲，涼州唯向管弦聞。豺狼毳幕三千帳，貔虎金戈十萬軍。"　殪：死亡，絕滅。《左傳·定公八年》："〔顏高〕偃，且射子鉏，中頰，殪。"杜預注："殪，於計反，死也。"《尸子》卷下："賢者之於義……曰：生乎義乎？曰：義。是故務光投水而殪。"　蜂蠆：蜂和蠆，都是有毒刺的螫蟲，常常比喻惡人或敵人。杜甫《遣憤》："蜂蠆終懷毒，雷霆可振威。"元稹《授李愿檢校司空宣武軍節度使制》："一戰而蜂蠆盡殲，不時而梟獍就戮。"　振臂：舉臂，揮臂，表示奮發或激昂。元稹《代曲江老人百韻》："振臂誰相應？攢眉獨不伸。"蘇轍《黃樓賦》："戰馬成群，猛士成林。振臂長嘯，風動雲

興。" 歸元：歸還人頭，語出《左傳·僖公三十三年》："〔先軫〕免胄入狄師，死焉！狄人歸其元，面如生。"庾信《哀江南賦》："狄人歸元，三軍悽愴。"

⑤旻：即陽旻，《新唐書·陽旻傳》："（陽惠元）少子旻，字公素。惠元之死，被八創，墮別井，或救得免，歷邢州刺史。盧從史既縛，潞軍潰，有驍卒五千，從史嘗以子視者，奔于旻，旻閉城不内。衆皆哭曰：'奴失帥，今公有完城，又度支錢百萬在府，少賜之，爲表天子求旌節。'旻開諭禍福遣之，衆感悟，遂還軍。憲宗嘉之，遷易州刺史。王師討吴元濟，以唐州刺史提兵深入二百里，薄申州，拔外郛，殘其垣，以功加御史中丞。容州西原蠻反，授本州經略招討使，擊定之。進御史大夫，合邕、容兩管爲一道。卒，贈左散騎常侍。"《新唐書·憲宗紀》："（元和十二年）是歲，容管經略使陽旻克欽、横、潯、貴四州。"功伐：功勞，功勛。《史記·項羽本紀論》："自矜功伐，奮其私智而不師古。"張説《獨孤公燕郡夫人李氏墓銘》："夫計功伐，勒彝鼎，非婦人之事；撰德行，存國史，亦孝子之志。" 褒崇：讚揚推崇。劉禹錫《代諸郎中祭王相國文》："宸衷震悼，朝右淒悲。詔下褒崇，恩殊等夷。"白居易《憲宗祭吴少誠文》："恩加遣奠，禮舉褒崇，念爾有靈，知予此意。" 旻亦云亡：事見《舊唐書·穆宗紀》："（元和十五年）秋七月辛丑朔……乙卯……安南都護裴行立卒……邕管經略使楊旻卒。""楊旻"應該是"陽旻"之誤。 憫悼：哀傷悲悼。《南齊書·沈冲傳》："冲喪柩至止，惻愴良深。以其昔在南蕃，特兼憫悼。"《舊唐書·李嗣業傳》："壯節可嘉，將謀於百勝；忠誠未遂，空恨於九原。言念其功，良深憫悼。" 異等：超出一般，特等。《漢書·王成傳》："治有異等之效。"顔師古注："異於常等。"蘇軾《厚貨財策》二："今之土兵，所以鈍弊劣弱而不振者，彼見郡縣有禁兵而待之異等，是以自棄於賤隸役夫之間，而將吏亦莫之訓也。" 孰：疑問代詞，怎麽。《楚辭·九章·哀郢》："曾不知夏之爲丘兮，孰兩東門之可蕪？"王逸注："言郢城兩東門

非先王所作耶？何可使逌廢而無路。”《楚辭·九章·悲回風》：“萬變
其情豈可蓋兮，孰虛僞之可長！”洪興祖補注：“明者察之，則虛僞安可
久長乎？”　勸：獎勉，鼓勵。《國語·越語》：“國人皆勸，父勉其子，兄
勉其弟，婦勉其夫。”蘇軾《東坡志林·記告訐事》：“然熙寧、元豐間，
每立一法……皆立重賞以勸告訐者。”　有土：謂任地方行政長官。
柳宗元《唐相國房公德銘之陰》：“昔公以周召之德，微子之仁，有土封
以爲卿士，道爲三公，德爲國師，年爲元老。嘗爲縣，縣懷其化；至於
州，州濡其澤。”劉禹錫《薦處士嚴悆狀》：“伏以桂州辟之於前，某薦之
於後，豈必有土長吏，然後事行？”本文指贈死者以刺史之職。　死
政：死於國事。《周禮·地官·司門》：“凡財物犯禁者舉之，以其財養
死政之老與其孤。”鄭玄注：“死政之老，死國事者之父母也。”元稹《顏
峴右贊善大夫制》：“古者公卿之子，代爲公卿，所以貴貴也。況賢者
之後，死政之孤，寧繫班資，以礙升獎？”　容州：州郡名，府治地當今
廣西北流市。《舊唐書·地理志》：“容州……隋合浦郡之北流縣，武
德四年平蕭銑置銅州，領北流、豪石、宕昌、渭龍、南流、陵城、普寧、新
安八縣。貞觀元年改爲容州，以容山爲名。十一年省新安縣，開元中
升爲都督府，天寶元年改爲普寧郡，乾元元年復爲容州……至京師五
千九百一十里，至東都五千四百八十五里。”劉長卿《贈元容州》：“擁
旄臨合浦，上印臥長沙。海徼長無戍，湘山獨種畬。”戴叔倫《容州回
逢陸三別》：“西南積水遠，老病喜生歸。此地故人別，空餘泪滿衣。”
邕州：州郡名，府治地當今廣西南寧市。《元和郡縣志·嶺南道》：“邕
州，今爲邕管經略使理所（管邕州、貴州、賓州、澄州、橫州、欽州、潯
州、巒州）。古越地也，秦併南越，爲桂林縣地，在漢爲鬱林郡之領方
縣地也。晉於此置晉興郡，隋開皇十四年廢晉興郡爲晉興縣，屬簡
州。大業三年州廢，以縣屬鬱林郡。武德四年于此置南晉州，貞觀六
年改爲邕州，因州西南邕溪水爲名。乾封二年置都督府，後爲夷獠所
陷，移府於貴州。景雲二年州界平定，復於邕州置都督府。”李嶠《軍

師凱旋自邕州順流舟中》："鳴鞞入嶂口，汎舸歷川湄。尚想江陵陣，猶疑下瀨師。"陸宸《授石善友鎮武節度使滕存免邕州節度使制》："朔野雄藩，地臨於强虜。海濱巨屏，境接於諸蠻。"

[編年]

《年譜》編年理由：一、"《制》云：'敕故容州本管經略招討、左押衙兼行營中軍兵馬使、檢校太子詹事楚繼吾，故廉州古丘營鎮將、試殿中監衛弘本等：比以荒服不虔，侵掠縣道……而繼吾等奮不顧身'云云。"二、《新唐書·穆宗紀》"（元和十五年）八月乙酉，容管經略留後嚴公素及黄洞蠻，戰于神步，敗之"；三、《資治通鑑》："（元和十五年十二月）癸未，容管奏破黄少卿萬餘衆，拔營柵三十六。"四、《舊唐書·穆宗紀》云："（長慶元年十二月）丙寅，以前容州經略使留後嚴公素爲容州刺史、容管經略使。"編年結論："當撰於長慶元年。"《編年箋注》編年理由：一、本文："其帥旻具上其功伐，請議褒崇。"又云："旻亦云亡，尤用憫悼。"二、《舊唐書·穆宗紀》：元和十五年秋七月乙卯"邕管經略使楊旻卒"。但沒有指出"楊旻"應該是"陽旻"之誤。三、據《新唐書·陽旻傳》："容州西原蠻反，授本州經略招討使，擊定之。進御史大夫，合邕、容兩管爲一道。卒，贈左散騎常侍。"但沒有明確具體的年月。結論是："推知追贈楚、衛二烈士有土之榮在元和十五年（八二〇）七月。"但沒有明確兩者之間必然的時間聯繫。《年譜新編》編年："制云：'而繼吾等奮不顧身……方聞振臂之雄，忽有歸元之嘆。其帥旻具上其功伐，請議褒崇。'繼吾亡於旻之前，而旻亡於元和十五年。《舊唐書·穆宗紀》云：'（元和十五年七月乙卯）安南都護裴行立卒……邕管經略使（楊）旻卒。'制當作於元和十五年。"引用材料有誤，"（楊）旻"應該是"陽旻"之誤。

我們以爲，一、據本文"其帥旻具上其功伐，請議褒崇"之言，楚繼吾當陣亡於陽旻亡故之前，據《舊唐書·穆宗紀》，邕管經略使陽旻亡故在元和十五年七月十五日,楚繼吾陣亡當在七月十五日之前。二、據本文"旻亦云亡,尤用憫悼"之言,本文撰作却應該在元和十五年七月十五日之後。三、據《舊唐書·地理志》,容州與長安之間有"五千九百一十里"的距離,以一驛三十里,傳驛日四驛計,消息傳至長安,僅單程就需要五十天。據此,本文應該撰成於元和十五年九月五日之後,地點在長安,元稹時任祠部郎中知制誥之職。四、《年譜》認定本文"當撰於長慶元年",《年譜新編》認定本文"元和十五年",《編年箋注》認定本文撰作於"元和十五年(八二〇)七月",互相矛盾,都難以採信。

● 授崔郿等澤潞支使書記制(一)①

　　敕:崔郿、鄭翱等(二):近制藩府臣僚,自軍司馬以下,皆得選任其良②。執事者所移異職,而郿等事愨以狀聞,各以秩遷,毗于新邑③。

　　勉爾誠志,俾無尤違。郿可監察裏行,充澤潞等州觀察支使。翱可協律郎,充昭義軍書記④。

錄自《元氏長慶集》補遺卷五

[校記]

　　(一)授崔郿等澤潞支使書記制:楊本、《英華》同,《全文》作"授崔郿等監察裏行等官制",各備一說,不改。

　　(二)崔郿、鄭翱等:《英華》同,《全文》誤作"崔郿等翱等",不從不改。

[箋注]

　　① 授崔郿等澤潞支使書記制:本文不見於《元氏長慶集》,但馬

本《元氏長慶集》補遺卷五、《英華》、《全文》收録，故據此補入。　崔廊：史籍無考，本文是記述崔廊的唯一史料。《年譜新編》將“崔廊”隨意改爲“崔墉”。雖然“廊”通“墉”，但祇在“城”這一個義項上，其餘並不相通。《左傳·昭公十八年》：“郊人助祝史……祈於四廊。”杜預注：“廊，城也。”而廊是我國古代的國名之一，又是《詩經》十五國風之一，含義並不完全相同，故在人名、地名之中，不能隨便通用。　澤潞：澤州與潞州，時屬昭義軍節度使府管轄，地當今山西之長冶、晉城地區。李端《將之澤潞留別王郎中》：“弱年知己少，前路主人稀。貧病期相惜，艱難又憶歸。”姚合《送張郎中副使赴澤潞》：“曉陌事戎裝，風流粉署郎。機籌通變化，除拜出尋常。”　支使：官名，唐時節度使、觀察使的屬官，位在判官之下，推官之上，職掌略同掌書記。姚合《秋日寄李支使》：“秋思朝來起，侵人暑稍微。曉眠離北户，午飯尚生衣。”薛能《答賈支使寄鶴》：“瑞羽奇姿跟蹌形，稱爲仙馭過清冥。何年厚禄曾居衛？幾世前身本姓丁？”　書記：節度使府、觀察使府從事公文、書信工作的屬吏。《文選·任昉〈齊竟陵文宣王行狀〉》：“謀出股肱，任切書記。”呂向注：“書記謂文學之士也。”朱慶餘《送韋校書佐靈州幕》：“職已爲書記，官曾校典墳。”

②鄭翱：史籍無考，僅《海録碎事·文學部》録有鄭翱下第東歸詩《雨破程》：“花燒落第眼，雨破到家程。”不知是否是中唐本文之鄭翱，還是五代之鄭翱，待考。　藩府：節度使府。錢鏐《天柱觀記》：“又按《道經》云：天壤之内，有十大洞天，三十六小洞天，如國家之有藩府郡縣，遞相禀屬。”任圜《請慶賀例貢馬價更以所在土産奏》：“自今後伏請只許四夷番國進駝馬，其諸道藩府州鎮，請依天復三年已前，許貢綾絹金銀，隨土産折進馬之值。”　臣僚：群臣百官。《後漢書·宦者傳論》：“和帝即祚幼弱，而竇憲兄弟專總權威，内外臣僚，莫由親接，與所居者，唯閹宦而已。”范仲淹《上執政書》：“又臣僚之中，素有才識，可賜孫吳之書，使知文武之方。”　司馬：唐制，節度使屬僚有行軍司馬。王維《送宇文三

赴河西充行軍司馬》:"橫吹雜繇筋,邊風捲塞沙。還聞田司馬,更逐李輕車。"劉長卿《送裴使君赴荆南充行軍司馬》:"盛府南門寄,前程積水中。月明臨夏口,山晚望巴東。"　選任:挑選任用。陸贄《論緣邊守備事宜狀》:"凡欲選任將帥,必先考察行能,然後指以所授之方,語以所委之事,令其自揣可否,自陳規模。"權德輿《兵部侍郎舉人自代狀》:"國朝以來,望實皆重,其於選任,頗異他曹。"

③ 執事:有職守之人,主管官員。《書·盤庚》:"嗚呼!邦伯師長百執事之人,尚有隱哉!"孔穎達疏:"其百執事謂大夫以下,諸有職事之官皆是也。"《漢書·王莽傳》:"朝之執事,亡非同類。"　異職:猶"異務",不同的責務或要求。《史記·高祖功臣侯者年表序》:"帝王者各殊禮而異務,要以成功爲統紀。"《後漢書·崔駰傳》:"蓋孔子對葉公以來遠,哀公以臨人,景公以節禮,非其不同,所急異務也。"猶"異事",指職司不同。《詩·大雅·板》:"我雖異事,及爾同寮。"鄭玄箋:"我雖與爾職事異者,乃與女同官。"陸雲《贈汲郡太守》:"念我同僚,悲爾異事。"　狀:功績,善狀。《史記·夏本紀》:"〔舜〕行視鯀之治水無狀,乃殛鯀於羽山以死。"司馬貞索隱:"言無功狀。"《漢書·賈誼傳》:"誼自傷爲傅無狀,常哭泣。"顏師古注:"無善狀。"　秩遷:即"遷秩",指官員晉級。楊炯《瀘州都督王湛神道碑》:"詔書遷秩,百姓舉車,立廟生事,樹碑頌德。"郭象《睽車志》卷六:"不逾年,凡四遷秩。"　毗:輔佐,説明。《後漢書·安帝紀》:"朕以不明,統理失中,亦未獲忠良以毗闕政。"《晉書·齊王攸傳》:"古者九命作伯,或入毗朝政,或出御方嶽。"　新邑:張九齡《故河南少尹竇府君墓碑銘》:"屬天子建中都,營新邑,資爾亞尹,伊其董司,朝選其人,公首斯舉。"胡交《修洛陽宮記》:"竊惟周家興於岐邠,武王宅都於鎬,至成王乃命周召,相基定萄,於茲新邑。"這裏指李愬的新任職地,亦即昭義軍節度使所管轄的澤潞等州。

④ 誠志:誠心。《大戴禮記·文王官人》:"言行亟變,從容謬易,

好惡無常，行身不類，曰無誠志者也。"陸贄《賜李納王武俊等鐵券文》："惟爾以誠志之不達，反仄於厥衷，阻衆興戎，結黨拒命，豈非上失於所撫，而下失於所奉與？" 俾：使。《詩·邶風·綠衣》："我思古人，俾無訧兮。"毛傳："俾，使。"《新唐書·裴冕傳》："陛下宜還冕於朝，復俾輔相，必能致治成化。" 尤違：過失，過錯。《書·君奭》："弗永遠念天威，越我民罔尤違。"孔傳："言君不長遠念天之威，而勤化於我民，使無過違之闕。"元稹《劉惠通授謁者監制》："言必忠信，事無尤違。" 裹行：官名，唐置，宋因之，有監察御史裹行、殿中裹行等，皆非正官，也不規定員額。劉肅《大唐新語·舉賢》："初，（馬）周以布衣直門下省，太宗就命監察裹行，俄拜監察御史。'裹行'之名，自周始也。"《新唐書·百官志》："開元七年……又置御史裹行使、殿中裹行使、監察裹行使，以未爲正官，無員數。" 協律郎：據《舊唐書·職官志》，太常寺屬員，正八品上，本文僅標示其品級，並非實職。杜佑《改定樂章論》："太宗文皇帝留心雅正……乃命太常卿祖孝孫正宮調，起居呂才習音韵，協律郎張文牧考律呂，平其散濫，爲之折衷。"白居易《畫竹歌引》："協律郎蕭悅，善畫竹，舉時無倫。蕭亦甚自秘重，有終歲求其一竿一枝而不得者……" 昭義軍：節度使府名，府治今山西長冶市，地當今山西之長冶、晉城、河北之邢臺、邯鄲地區。《舊唐書·地理志》："昭義軍節度使：治潞州，領潞、澤、邢、洺、磁五州。"顧非熊《送李相公昭義平復起彼宣慰員外副行》："天井雖收寇未平，所司促戰急王程。曉馳雲騎穿花去，夜與星郎帶月行。"李商隱《行次昭應縣道上送戶部李郎中充昭義攻討》："將軍大斾埽狂童，詔選名賢贊武功。暫逐虎牙臨故絳，遠含雞舌過新豐。"

［編年］

　　《年譜》編年："《制》云：'廓等事懇，以狀聞……廓可監察裹行，充澤潞等州觀察支使，翶可協律郎，充昭義軍書記。'據《舊唐書·穆宗紀》云：'(元和十五年九月戊午)又以武寧軍節度、徐泗濠等州觀察等使、檢校尚書左僕射、徐州刺史、上柱國、涼國公、食邑三千戶李愬爲同中書門下平章事、潞州大都督府長史，充昭義軍節度、澤潞磁邢洺觀察處置等使。'此《制》當撰於元和十五年九月戊午以後，十月乙酉以前。"《編年箋注》根據《年譜》所引《舊唐書·穆宗紀》認爲："據此可知此《制》撰於元和十五年(八二〇)九月。"《年譜新編》引錄《年譜》、《編年箋注》所引的《舊唐書·穆宗紀》，認爲："制當作於其後。"又引《舊唐書·穆宗紀》："(元和十五年十月乙酉)以義成軍節度使劉悟依前檢校右僕射，兼潞州大都督府長史，充昭義節度、澤潞邢洺磁等州觀察等使。"認爲："制當作於其前。"

　　我們以爲，一、李愬是當時最忠於李唐朝廷的將帥之一，也自然是李唐朝廷最爲信任的方鎮之一，不時調動，把他放到最關鍵最重要的位置上去，這是應該得到大家公認的史實。二、他從武寧軍節度使移鎮昭義軍節度使，是因爲前任昭義軍節度使辛秘赴朝朝覲時有病，不得不返回昭義軍節度使府，隨後在十二月病故。三、而調動李愬，李唐朝廷應該事先與李愬通氣，李愬肯定提出將自己信任的、原來在武寧軍節度使府的僚屬崔郮、鄭翶同時帶往昭義軍節度使府，以便控制那兒局面的請求，"郮等事愬以狀聞"。在當時，這應該屬於正常行爲，李唐朝廷自然允准，崔郮、鄭翶與李愬的任命應該同時下達，他們三人應該同時啓程。四、崔郮、鄭翶他們兩人的任命不會等到"十月乙酉"李愬離開昭義軍節度使府再赴新任之時，如果那樣的話，兩人的任命就不是"澤潞等州觀察支使"、"昭義軍書記"了。五、本文應該在作於李愬移鎮之時，亦即元和十五年九月"戊午"之前數天之內，而不是"戊午"之後，"戊午"祇是朝廷正式發佈李愬任命的日子，非本文撰成的日子。而崔郮、鄭翶的調動，由於他們的職位較低，就不會在《舊唐書·穆宗紀》中加以揭示。六、推算"戊午"的干支，李唐發佈詔令的"戊午"應該是九月十九日，而李愬與崔郮、鄭翶隨後移鎮昭義軍節度使府,本文應該在其前數天之内,亦即九月十七、十八日撰成,元稹當時在長安任職祠部郎中、知制誥臣。

◎ 楊嗣復權知尚書兵部郎中制^{(一)①}

敕:吏部郎中楊嗣復:官天下之文武,重事也。兵部郎中二員,一在侍從,不居外省。旁求其一,頗甚難之②。而執事者皆曰:"近以文章詞賦之士爲名輩,由此者坐至公卿,閑達憲章,用是稀少。"③

而吏曹郎嗣復,州里秀異,議論宏博,宜其以所長自多④。然而操剸吏事,細大無遺。用副簡求^(二),允謂宜稱⑤。爾其試守兹任,爲予簡稽。苟能修明,旋議超陟。可權知尚書兵部郎中^(三),餘如故⑥。

録自《元氏長慶集》卷四六

[校記]

（一）楊嗣復權知尚書兵部郎中制:楊本、宋浙本、叢刊本作"楊嗣復授尚書兵部郎中",《英華》作"授楊嗣復兵部郎中制",盧校作"楊嗣復授尚書兵部郎中制",《全文》作"授楊嗣復權知尚書兵部郎中制",各備一説,不改。

（二）用副簡求:《英華》同,楊本、叢刊本、《全文》作"用副虚求",各備一説,不改。

（三）可權知尚書兵部郎中:原本作"可權知兵部郎中",楊本、叢刊本、《全文》同,據《英華》補。

［箋注］

①　楊嗣復：楊嗣復曾歷宰相，牛黨成員之一，爲中唐重要人物，其史迹非本文所能詳盡，僅擇要叙述其前期與本文有關之行蹤：《舊唐書·楊嗣復傳》："楊嗣復，字繼之，僕射於陵子也……元和十年，累遷至刑部員外郎。鄭餘慶爲詳定禮儀使，奏爲判官，改禮部員外郎。時父於陵爲户部侍郎，嗣復上言與父同省非便，請換他官。詔曰：'……'再遷兵部郎中。長慶元年十月，以庫部郎中知制誥，正拜中書舍人。嗣復與牛僧孺、李宗閔皆權德輿貢舉門生，情義相得，進退取捨，多與之同……"《新唐書·楊嗣復傳》："(楊嗣復)擢進士博學宏辭，與裴度、柳公綽皆爲武元衡所知，表署劍南幕府，進右拾遺直史館，尤善禮家學，改太常博士，再遷禮部員外郎……"楊嗣復《祠祭畢題臨淮公舊碑》："臨淮公，武元衡也。元和初，元衡鎮蜀，嗣復爲節度推官。後二十七年，嗣復鎮蜀，時大和九年也。"《舊唐書·鄭餘慶傳》："(元和)十三年……憲宗以餘慶諳練典章，朝廷禮樂制度有乖故事，專委餘慶參酌施行，遂用爲詳定使。餘慶復奏刑部侍郎韓愈、禮部侍郎李程爲副使，左司郎中崔鄖、吏部郎中陳珮、刑部員外郎楊嗣復、禮部員外郎庾敬休並充詳定判官。"白居易《楊嗣復可庫部郎中知制誥制》："權知兵部郎中楊嗣復……可庫部郎中、知制誥。"《舊唐書·穆宗紀》："(長慶元年)十二月甲子朔……丁卯，貶諫議大夫李景儉爲楚州刺史……戊寅……貶員外郎獨孤朗韶州刺史，起居舍人温造朗州刺史，司勳員外郎李肇澧州刺史，刑部員外郎王鎰郢州刺史，坐與李景儉於史館同飲，景儉乘醉見宰相謾罵故也。兵部郎中知制誥馮宿、庫部郎中知制誥楊嗣復各罰一季俸料，亦坐與景儉同飲，然先起，不貶官。"　權知：謂代掌某官職。元稹《報三陽神文》："維元和十三年九月十五日，文林郎、守通州司馬、權知州務元稹，謹遣攝録事參軍元叔則，以清酒庶饈之奠，以報於三陽神之靈……"白居易《除李遜京兆尹制》："浙江東道觀察使、御史中丞李遜……可權知京兆尹。"

兵部郎中：兵部屬員，從五品上。《舊唐書·職官志》："郎中一員，掌判帳及天下武官之階品、衛府之名數……郎中一人，掌判簿以總軍戎差遣之名數。"元稹《授沈傳師中書舍人制》："朝議郎、守尚書兵部郎中、知制誥，充翰林學士、上護軍、賜紫金魚袋沈傳師……可守中書舍人，依前翰林學士。"白居易《馮宿除兵部郎中知制誥制》："宿立朝歷御史、博士、郡守、尚書郎……可尚書兵部郎中、知制誥。"

② 吏部郎中：吏部屬員，從五品上。《舊唐書·職官志》："郎中一人，掌考天下文吏之班秩階品……郎中一人掌小銓，亦分爲九品，通謂之行署，以其在九流之外，故謂之流外銓，亦謂之小選。"李嘉祐《故吏部郎中贈給事中韋公挽歌二首》一："神理今何在？斯人竟若斯。顏淵徒有德，伯道且無兒。"常袞《授韋元曾吏部郎中等制》："朝議郎、行尚書吏部員外郎、賜緋魚袋韋元曾……可守尚書吏部郎中。"官：駕御，管理。《管子·權修》："審其所好惡，則其長短可知也；觀其交遊，則其賢不肖可察也。二者不失，則民能可得而官也。"《荀子·天論》："如是則知其所爲，知其所不爲矣！則天地官而萬物役矣！"楊倞注："言聖人自修政，則可以任天地役萬物也。" 文武：文臣和武將，文武官員。《南史·宋武帝紀》："謁漢長陵，大會文武於未央殿。"牛希濟《奉詔賦蜀主降唐》："滿城文武欲朝天，不覺鄰師犯塞烟。"重事：重大的事。《韓非子·用人》："不察私門之内輕慮重事……是斷手而續以玉也。"《漢書·刑法志》："獄，重事也。" 侍從：隨侍帝王或尊長左右。《漢書·史丹傳》："自元帝爲太子時，丹以父高任爲中庶子，侍從十餘年。"吳質《答魏太子箋》："陳、徐、劉、應，才學所著，誠如來命，惜其不遂，可爲痛切。凡此數子，於雍容侍從，實其人也。"外省：謂中樞機構之外的官署。《南齊書·豫章文獻王嶷傳》："先是王蘊薦部曲六十人助爲城防，實以爲内應也。嶷知蘊懷貳，不給其仗，散處外省。"劉知幾《史通·史官建置》："隋世王劭上疏，請依古法復置女史之班，具録内儀，付於外省。文帝不許，遂不施行。" 頗甚：

猶甚極。杜甫《白水明府舅宅喜雨》：“湯年旱頗甚，今日醉絃歌。”李
肇《唐國史補》卷中：“鄭雲逵與王彥伯鄰居，嘗有客來求醫，誤造雲逵
門，雲逵知之，延入與診候曰：‘熱風頗甚。’”　難：困難，不易。《文心
雕龍·樂府》：“韶響難追，鄭聲易啓。”寇準《陽關引》：“嘆人生裏，難
歡叙，易離別。”

　　③ 執事者：有職守之人，官員。《書·盤庚》：“嗚呼！邦伯師長
百執事之人，尚有隱哉！”孔穎達疏：“其百執事謂大夫以下，諸有職事
之官皆是也。”《漢書·王莽傳》：“朝之執事，亡非同類。”　文章：文辭
或獨立城篇的文字。《後漢書·延篤傳》：“能著文章，有名京師。”杜
甫《偶題》：“文章千古事，得失寸心知。”　詞賦：漢朝人集屈原等所作
的賦稱爲楚辭，因此後人稱賦體文學爲“詞賦”，後亦指詞和賦。《文
心雕龍·辨騷》：“然其文辭麗雅，爲詞賦之宗。”劉知幾《史通·載
文》：“且漢代詞賦，雖云虛矯，自餘它文，大抵猶實。”　名輩：猶名流。
牛僧孺《席上贈劉夢得》：“粉署爲郎四十春，今來名輩更無人。”梅堯
臣《孫主簿惠墨迹》：“又有長廊古壁上，復是名輩題丹臒。”　公卿：泛
指高官。荀悦《漢紀·昭帝紀》：“始元元年春二月，黃鵠下建章宮太
液池中，公卿上壽。”元稹《祭禮部庾侍郎太夫人文》：“公卿委累，賢彥
駢繁。”　憲章：典章制度。《後漢書·袁紹傳》：“觸情放慝，不顧憲
章。”吳兢《貞觀政要·論赦令》：“智者不肯爲惡，愚人好犯憲章。”
用是：因此。《漢書·趙充國傳》：“車騎將軍張安世始嘗不快上，上欲
誅之，卬家將軍以爲安世本持橐簪筆事孝武帝數十年，見謂忠謹，宜
全度之，安世用是得免。”柳宗元《答吳武陵非國語書》：“恒恐後世之
知言者，用是詬病。”　稀少：很少，不多。《後漢書·王景傳》：“今居
家稀少，田地饒廣。”杜甫《寄韓諫議》：“星宮之君醉瓊漿，羽人稀少不
在旁。”

　　④ 吏曹：官署名，東漢置，掌管選舉、祠祀之事，後改爲選部，魏
晉以後改稱吏部。白居易《策林·革吏部之弊》：“今則內外之官，一

命以上，歲羨千數，悉委吏曹。吏曹案資署官猶懼不給，則何暇考察名實區別否臧者乎？"崔嘏《授盧懿吏部郎中制》："總天下之缺員，必先閱於吏曹郎，然後達於銓官。"泛指官吏。葉適《法度總論·吏胥》："吏曹清，則庶務舉。" 秀異：指優異特出的人才。《三國志·魏文帝紀》："初令郡國口滿十萬者，歲察孝廉一人；其有秀異，無拘戶口。"孟郊《寄院中諸公》："戍府多秀異，謝公期相携。" 議論：對人或事物所發表的評論性意見或言論。《顏氏家訓·勉學》："及有吉凶大事，議論得失，蒙然張口，如坐雲霧。"《宋史·岳飛傳》："然忠憤激烈，議論持正，不挫於人，卒以此得禍。" 宏博：宏偉，博大。《陳書·張種傳》："種沉深虛靜，而識量宏博，時人皆以為宰相之器。"韓愈《與大顛師書》："大顛師論甚宏博，而必守山林，義不至城郭，自激修行。"特指知識廣博。文瑩《玉壺清話》卷一："仲甫才勇有文，頃從事於郭崇，教其射法，後崇反師之，贍辨宏博，縱橫可用。" 所長：擅長之處，長處。《楚辭·卜居》："尺有所短，寸有所長。"曹丕《典論·論文》："各以所長，相輕所短。" 自多：自滿，自誇。《國語·吳語》："今天降衷於吳，齊師受服，孤豈敢自多？"《三國志·華歆傳》："賊憑恃山川，二祖勞於前世，猶不克平，朕豈敢自多，謂必滅之哉？"

⑤ 操劊：操刀細割，比喻認真處理政事。元稹《授王播中書侍郎平章事兼鹽鐵使制》："重委操劊，鋌刃益精。"《唐摭言·主司失意》："如臣孤微，豈合操劊？徒以副陛下振用，明時至公。是以不聽囑論，堅收沈滯。" 吏事：政事，官務。《南齊書·劉係宗傳》："係宗久在朝省，閑於職事。明帝曰：'學士不堪治國，唯大讀書耳！一劉係宗足持如此輩五百人。'其重吏事如此。"《新唐書·封倫傳》："虞世基得幸煬帝，然不悉吏事，處可失宜。" 細大無遺：猶言細大不捐。元稹《進西北邊圖經狀》："臣今月二日進《京西京北圖》一面，山川險易，細大無遺。"王彥威《贈太保于頔謚議》："至於論撰之際，要當美惡咸在，細大無遺。" 副：相稱，符合。《漢書·禮樂志》："哀有哭踴之節，樂有歌

舞之容,正人足以副其誠,邪人足以防其失。"《後漢書・黃瓊傳》:"盛名之下,其實難副。"　簡求:揀選尋求。《後漢書・皇后紀序》:"自古雖主幼時艱,王家多釁,必委成冢宰,簡求忠賢。未有專任婦人,斷割重器。"元錫《衢州刺史謝上表》:"伏以浙東諸州,衢爲大郡。累經荒儉,切在保綏。憂勤怕分,簡求非易。"　宜稱:適當,合適,相宜。賈誼《新書・容經》:"故身之倨佝,手之高下,顏色聲氣,各有宜稱,所以明尊卑,別疏戚也。"韓偓《新上頭》:"學梳鬆鬢試新裙,消息佳期在此春。爲要好多心轉惑,遍將宜稱問傍人。"

⑥ 試守:正式任命前試行代理某一職務。《漢書・朱雲傳》:"平陵朱雲,兼資文武,忠正有智略,可使以六百石試守御史大夫,以盡其能。"曾鞏《請令州縣特舉士札子》:"遂取禮部所選之士中第或高第者,以次使試守,滿再歲或三歲,選擇以爲州屬及縣令丞郎。"　簡稽:查核,考察。《周禮・夏官・大司馬》:"簡稽鄉民,以用邦國。"鄭玄注:"簡謂比數之,稽猶計也。"《管子・問》:"時簡稽帥馬牛之肥膌,其老而死者皆舉之。"尹知章注:"常時簡選稽考之,以知其能不。"　修明:整飭昭明。《後漢書・滕撫傳》:"風政修明,流愛於人。在事七年,道不拾遺。"權德輿《送別沅汎》:"經術既修明,藝文亦葳蕤。"　超陟:越格提升。元稹《授荆浦等左清道率府率制》:"乃詔超陟,因及序常。用報有勞,且升久次。各揚其職,無棄厥司。"錢珝《授京畿制置使判官兼中丞賜紫李巨川兵部郎中制》:"具官李巨川……爲予簡稽,苟能修明,旋議超陟。"

[編年]

《年譜》編年:"白居易《楊嗣復可庫部郎中知制誥制》中稱楊嗣復爲'權知兵部郎中'。《舊唐書・穆宗紀》:'(長慶元年十月辛末)兵部郎中楊嗣復爲庫部郎中、知制誥。'元《制》當撰於長慶元年十月辛末以前。"《編年箋注》編年:"據兩《唐書》本傳,嗣復元和十三年遷吏部郎中,十五年權知兵部郎中,長慶元年十月以庫部郎中知制誥,正拜中書舍人。則此《制》之作,應在元和十五年(八二○)。"《年譜新編》引録《舊唐書·穆宗紀》"長慶元年十月辛末"條,認爲:"作於長慶元年十月前。"

我們以爲,一、《年譜》"撰於長慶元年十月辛末以前"、《年譜新編》"作於長慶元年十月前"的意見過於籠統,且未必準確;而《編年箋注》"元和十五年(八二○)"的意見雖然可取,但證據不足,因爲兩《唐書》本傳並未明確楊嗣復"權知兵部郎中"在十五年,同時"元和十五年"之説也過於籠統。二、楊嗣復長慶元年十月辛末,亦即十月八日自"權知兵部郎中"晋升"庫部郎中知制誥",如無特殊情況,其拜職"權知兵部郎中"一般不應該發生在長慶元年。三、本文究竟作於元和十五年何時?尚難確指,今僅作推論:《舊唐書·穆宗紀》:"(元和十五年)二月癸酉朔……辛丑,以户部侍郎楊於陵爲户部尚書……九月庚子朔……戊辰,以前嶺南節度使孔戣爲吏部侍郎。"孔戣新任吏部侍郎,自然要選擇自己認可的屬員,吏部舊員楊嗣復離開吏部,疑即在其時。楊嗣復爲"權知兵部郎中"之拜命,即在孔戣元和十五年九月二十九日上任之後不久,撰文地點在長安,元稹時任祠部郎中、知制誥之職。

◎ 哭小女降真 (一)①

雨點輕漚風復驚,偶來何事去何情②? 浮生未到無生地,暫到人間又一生③。

録自《元氏長慶集》卷九

[校記]

(一)哭小女降真:本詩存世各本,包括楊本、叢刊本、《萬首唐人絕句》、《古詩鏡・唐詩鏡》、《全詩》諸本在内，均未見異文。

[箋注]

　　① 哭：因悲傷痛苦或情緒激動而流泪、發聲。《論語・述而》：
"子於是日哭則不歌。"韓愈《送孟東野序》："其謌也有思，其哭也有
懷。凡出乎口而爲聲者，其皆有弗平者乎？" 小女：女兒中之年齡最
小者。《漢書・孝宣許皇后傳》："霍光夫人顯欲貴其小女，道無從。"
干寶《搜神記》卷一六："吳王夫差小女名曰紫玉，年十八，才貌俱美。"
年幼的女兒。杜甫《北征》："床前兩小女，補綴才過膝。海圖拆波濤，
舊繡移曲折。"王建《傷鄰家鸚鵡詞》："東家小女不惜錢，買得鸚鵡獨
自憐。自從死却家中女，無人更共鸚鵡語。" 降真：元稹與裴淑的第
二個女兒，故稱"小女"。大約出生在元和十二年、十三年間，地點或
在興元，或在通州。夭折在十四年、十五年間，年齡在三歲左右，地點
或在虢州或在長安。據元稹《哭女樊四十韵》"最憐貪栗妹，頻救嬾書
兄"的描述，元和十四年秋天，元稹女兒元樊夭折之前，三歲左右的降
真正是"貪栗"之時，其夭折應該在元樊之後。

　　② 雨點：形成雨的小水滴。李益《江南曲》："長樂花枝雨點銷，
江城日暮好相邀。春樓不閉葳蕤鎖，綠水回通宛轉橋。"元稹《雨聲》：
"風吹竹葉休還動，雨點荷心暗復明。曾向西江船上宿，慣聞寒夜滴
篷聲。" 輕漚：浮在水面的水泡。李賀《楊生青花紫石硯歌》："紗帷
晝暖墨花春，輕漚漂沫松麝薰。乾膩薄重立脚勻，數寸光秋無日昏。"
鄭繒《詠浮漚爲辛明府作》："行潦散輕漚，清規吐未收。雨來波際合，
風起浪中浮。" 偶：偶然，偶爾。《列子・楊朱》："鄭國之治，偶耳！
非子之功也。"范攄《雲溪友議》卷四："偶臨御溝，見一紅葉。" 何事：
什麼事，哪件事。王績《山中叙志》："物外知何事？山中無所有。風
鳴静夜琴，月照芳春酒。"張説《入海二首》二："問子勞何事，江上泣經
年？隰中生紅草，所美非美然。"

③ 浮生：語本《莊子·刻意》：“其生若浮，其死若休。”以人生在世，虛浮不定，因稱人生爲“浮生”。鮑照《答客》：“浮生急馳電，物道險絃絲。”元稹《酬哥舒大少府寄同年科第》：“自言行樂朝朝是，豈料浮生漸漸忙！” 無生地：佛教語，謂涅盤的境界。李紳《題法華寺五言二十韻》：“花界無生地，慈宮有相天。化娥騰寶像，留影閟金仙。”唐宋之前書證，除本詩外，僅李紳一例。另外洞庭丐者《佚題詩》：“有形皆是假，無象孰爲真？悟到無生地，梅花滿四鄰。”標示的作者“洞庭丐者”，不知何代之人。 人間：塵世，世俗社會。《史記·留侯世家》：“願棄人間事，欲從赤松子遊耳！”陶潛《庚子歲五月中從都還阻風于規林二首》二：“静念園林好，人間良可辭。” 一生：一輩子。葛洪《抱朴子·道意》：“余親見所識者數人，了不奉神明，一生不祈祭，身享遐年，名位巍巍，子孫蕃昌且富貴也。”《晉書·阮孚傳》：“孚性好屐……或有詣阮，正見自蠟屐，因自嘆曰：‘未知一生當著幾量屐！’”《古詩鏡·唐詩鏡》評述本詩：“一語痛絶。”可謂一語中的之言。

［編年］

《年譜》編年本詩於元和十四年“虢州作”，排在《哭女樊》、《哭女樊四十韻》之前，理由是：“元稹又有《哭小女降真》詩，編排在《哭女樊》之前，可見降真先殤。”《編年箋注》編年：“元稹《哭女樊四十韻》題下注：‘虢州長史時作。’從詩中‘秋幌雨聞更’之句，知樊之殤在秋季，而降真之殤又在樊之前。詳卜《譜》。”《年譜新編》亦編年本詩於元和十四年，列在《哭女樊》、《哭女樊四十韻》之後。理由是：“樊卒時降真猶在世，長慶元年荆卒時降真已夭折，其卒時當在十四、五年，故暫繫於此。”

我們以爲，降真的夭折應該在女樊之後，《哭女樊四十韻》“最憐貪栗妹，頻救懶書兄”就是最好的證據。如果元樊夭折時降真已經夭折，詩人就不會降真把與還在人世的元荆相提並論。我們八十年代一直將本詩編年於元和十四年或者十五年,但對降真的母親一直沒有認定。後來通過對元稹《葬安氏志》、白居易《唐故武昌軍節度處置等使正議大夫檢校户部尚書鄂州刺史兼御史大夫賜紫金魚袋尚書右僕射河南元公墓誌銘并序》的反復研讀,通過對元稹《哭子十首》"烏生八子今無七"詩句的細細體味,覺得"連年嬰疾"的安仙嬪不可能爲元稹連續生育子女,最後認定降真應該是裴淑的第二個女兒,故題稱"小女"。而降真的夭亡時間在"元和十四年或者十五年",也正切合"烏生八子今無七"的詩句,特此説明。而體味"雨點輕漚風復驚"的詩意,結合元稹《雨聲》"風吹竹葉休還動,雨點荷心暗復明"的詩句,本詩應該是夏秋間的作品。元稹長慶元年《哭子十首》有句:"烏生八子今無七。"表明當時降真已經夭折,因爲韓愈《監察御史元君妻京兆韋氏夫人墓誌銘》:韋叢"實生五子,一女之存",再加上元樊、降真、元荆,正好是"今無七",僅保子存世。而元荆病故於"拂簾雙燕引新雛",長慶元年夏天之時,因可推斷本詩應賦於《哭子十首》之前,亦即元和十四年或十五年的夏秋間,元稹在虢州長史任或祠部郎中知制誥任。

◎ 崔弘禮可鄭州刺史制^{(一)①}

　　敕:朕讀《詩》至於《羔裘》、《緇衣》之章,未嘗不三復沉吟。蓋明有國善善之功,且思舍命不渝之君子也②。春秋時鄭多良士,是以師子大叔之政,而群盜之氣潛消^(二);聞潁考叔之言,而孝子之心不匱。山川在地,日月在天。今古雖殊,人存政舉③。

　　文林郎、守相州刺史兼御史中丞、賜紫金魚袋崔弘禮,操心尚氣,餘力有文。感慨風雲,號爲奇士(《傳》稱其磊落有大志,通兵略)。累更大郡,備有休聲^{(三)④}。

予聞則多，未校其實。侍中弘正以課來上，書爲第一。不有升陟，何以獎能^{（四）}？得於信臣，予用丕允^⑤。郊圻密邇，美惡日聞。爾其歌《雞鳴》以自勤，稽《風雨》以守度。與我共理，副其所知。可使持節鄭州刺史，餘如故^⑥。

録自《元氏長慶集》卷四八

［校記］

（一）崔弘禮可鄭州刺史制：楊本、宋浙本、盧校、叢刊本作“崔弘禮鄭州刺史”，《全文》作“授崔弘禮鄭州刺史制”，各備一説，不改。

（二）而群盜之氣潛消：楊本、《全文》同，盧校作“而群盜之氣自消”，各備一説，不改。叢刊本誤作“而群盜之氣替消”，不從不改。

（三）備有休聲：叢刊本、《全文》同，楊本誤作“備有休聲”，不從不改。

（四）何以獎能：楊本、宋浙本、叢刊本、《全文》作“謂之蔽能”，各備一説，不改。

［箋注］

① 崔弘禮：事迹見《舊唐書·崔弘禮傳》：“崔弘禮，字從周，博陵人……弘禮風貌魁偉，磊落有大志。舉進士，累佐藩府，官至侍御史。元和中，吕元膺爲東都留守，以弘禮爲從事。時淮西吴少陽初死，吴元濟阻兵拒命，山東反側之徒爲之影援，東結李師道，謀襲東洛，以脅朝廷。弘禮爲元膺籌畫，部分兵衆以固東都，卒亦無患。累除汾州、棣州刺史。會田弘正請入覲，請副使，乃授弘禮衛州刺史，充魏博節度副使，歷鄭州刺史。長慶元年，劉總入覲，張弘靖移鎮范陽，復加弘禮檢校左散騎常侍，充幽州盧龍軍節度副使。未及境，幽鎮兵亂，改爲絳州刺史。明年，汴州李岕反，急詔追弘禮爲河南尹，兼御史大夫、

東都畿汝都防禦副使。芥平,遷河陽節度使。整練戈矛,頗壯戎備。
又上言請于秦渠下闢荒田三百頃,歲收粟二萬斛,詔皆從之。以疾連
表請代,數歲,拜檢校戶部尚書、華州刺史。會天平軍節度使烏重胤
卒,朝廷難其人,復以弘禮爲天平軍節度使,仍詔即日乘遞赴鎮。文
宗即位,就加檢校左僕射。理鄆三載,改授東都留守,仍遷刑部尚書。
詔赴闕,以疾未至。太和四年十月,復除留守。是歲十二月卒,年六
十四,贈司空。"《新唐書‧崔弘禮傳》略同。韓愈《李元賓墓銘》:"既
斂之三日,友人博陵崔弘禮葬之于國東門之外七里,鄉曰慶義,原曰
嵩原。友人韓愈書石以志之,辭曰……"李昂《授崔弘禮天平軍節度
使制》:"正議大夫崔弘禮,文學發身,擴之以襟度;忠信爲主,輔之以
誠明。累分郡符,亦總戎鎮。理行第一,奏課連最。"　鄭州:州郡名,
府治即今鄭州。《元和郡縣志‧鄭州》:"隋開皇三年改滎州爲鄭州,
十六年分置管州。大業二年,廢鄭州,改管州爲鄭州。隋末陷賊,武
德四年五月擒建德、王世充,東都平,其月置鄭州,理虎牢。其年又于
今鄭州理置管州,貞觀元年廢管州,七年自虎牢移鄭州于今理……管
縣七:管城、滎陽、滎澤、原武、陽武、新鄭、中牟。"王維《宿鄭州》:"朝
與周人辭,暮投鄭人宿。他鄉絕儔侶,孤客親僮僕。"錢起《送馬使君
赴鄭州》:"東土忽無事,專城復任賢。喜觀班瑞禮,還在偃兵年。"
刺史:古代官名,原爲朝廷所派督察地方之官,後沿爲地方官職名稱。
漢武帝時分全國爲十三部(州),部置刺史。成帝改稱州牧,哀帝時復
稱刺史。魏、晉於要州置都督兼領刺史,職權益重。隋煬帝、唐玄宗
兩度改州爲郡,改稱刺史爲太守。後又改郡爲州,稱刺史,此後太守
與刺史互名。宋於州置知州,而無刺史職任,刺史之名僅爲武臣升遷
之階。元、明廢名,清僅用爲知州之別稱。李白《與從侄杭州刺史良
遊天竺寺》:"挂席凌蓬丘,觀濤憩樟樓。三山動逸興,五馬同遨遊。"
韋應物《自尚書郎出爲滁州刺史留別朋友兼示諸弟》:"少年不遠仕,
秉笏東西京。中歲守淮郡,奉命乃征行。"　制:指帝王的命令。《史

記·秦始皇本紀》:"臣等昧死上尊號,王爲'泰皇',命爲'制',令爲'詔'。"裴駰集解引蔡邕曰:"制書,帝者制度之命也,其文曰'制'。"張九齡《上張燕公書》:"今登封沛澤,千載一時。而清流高品,不沾殊恩。胥吏末班,先加章黻。但恐制出之日,四方失望。"

②　羔裘:《詩經·鄭風》中的一篇,共三首,其一云:"羔裘如濡,洵直且侯。彼其之子,舍命不渝。"朱熹注:"賦也。羔裘,大夫服也。如濡,潤澤也。洵,信。直,順。侯,美也。其,語助辭。舍,處。渝,變也。言此羔裘潤澤毛順而美,彼服此者,當生死之際又能以身居其所受之,理而不可奪,蓋美其大夫之辭,然不知其所指矣!"其二:"羔裘豹飾,孔武有力。彼其之子,邦之司直。"朱熹注:"賦也。飾,緣袖也,禮君用純物臣下之故。羔裘,而以豹皮爲飾也。孔,甚。豹,甚。武而有力,故服其所飾之裘者,如之司主也。"其三:"羔裘晏兮,三英粲兮!彼其之子,邦之彥兮!"朱熹注:"賦也。晏,鮮盛也。三英,裘飾也,未詳其制。粲,光明也。彥者,士之美稱。"《詩經》中的《羔裘》共有兩首同名之篇,分屬《鄭風》和《檜風》,從詩的內容來看,本文的《羔裘》應該是前者。　　緇衣:《詩經·鄭風》中的一篇,共三首,詩云:"緇衣之宜兮!敝予又改爲兮!適子之館兮!還予授子之粲兮!"朱熹注:"賦也。緇,黑色。緇衣,卿大夫居私朝之服也。宜,稱。改,更適之。館,舍。粲,餐也,或曰粲,粟之精鑿者。舊説:鄭桓公、武公相繼爲周司徒,善於其職,周人愛之,故作是詩。言子之服緇衣也,甚宜。敝則我將爲子更爲之,且將適子之館。既還而又授子以粲,言好之無已也。"　　三復:謂反復誦讀。陶潛《答龐參軍詩序》:"三復來貺,欲罷不能。"李白《任城寺大鐘銘》:"天書褒榮,輝之簡牘。稽首三復,子孫其傳。"　　三:多次,再三。《孟子·離婁》:"禹稷當平時,三過其門而不入,孔子賢之。"《史記·屈原賈生列傳》:"其存君興國而欲反覆之,一篇之中三致志焉!"　　復:重復,反復,回環。嵇康《琴賦》:"是故復之而不足,則吟詠以肆志;吟詠之不足,則寄言以廣意。"

王安石《和景純十四丈三絶》三：“藏春花木望中迷，水複山長道阻躋。怊悵老年塵世累，無因重到武陵溪。”　沉吟：亦作“沈吟”，低聲吟味，低聲自語。《文心雕龍·風骨》：“是以怊悵述情，必始乎風；沉吟鋪辭，莫先乎骨。”獨孤及《寒夜溪行舟中作》：“沈吟登樓賦，中夜起三復。”　善：擅長，善於。潘岳《楊仲武誄序》：“戴侯康侯，多所論著，又善草隷之藝。”《宋史·沈括傳》：“括博學善文，於天文、方志、律曆、音樂、醫藥、卜算無所不通，皆有所論著。”　善：善行，善事。《易·坤》：“積善之家，必有餘慶。”韓愈《送孟秀才序》：“善雖不吾與，吾將强而附；不善雖不吾惡，吾將强而拒。”　捨命：捨棄生命。《詩·鄭風·羔裘》：“彼其之子，舍命不渝。”高亨注：“舍，借爲捨。渝，改變。此句言捨出生命也不變節。”白居易《與楊虞卿書》：“幸之來，尚歸之於命；不幸之來也，捨命復何歸哉！”　不渝：不改變。劉孝標《廣絶交論》：“風雨急而不輟其音，霜雪零而不渝其色。”孫逖《授崔琳太子少保制》：“中和稟氣，厚德資身。雅言有章，明議能斷。標禮樂於先進，效忠公於大官。堅白不渝，芬芳自久。”　君子：才德出衆的人。班固《白虎通·號》：“或稱君子何？道德之稱也。君之爲言群也，子者丈夫之通稱也。”王安石《君子齋記》：“故天下之有德，通謂之君子。”

　　③　春秋：時代名，孔子《春秋》記事，從周平王四十九年至周敬王三十九年（公元前七二二年至公元前四八一年），計二百四十二年，史稱春秋時代。今多以周平王東遷至韓、趙、魏三家分晉（公元前七七〇年至公元前四七六年）共二百九十五年爲春秋時代。《孟子·盡心》：“春秋無義戰，彼善於此，則有之矣！”韓愈《進士策問》：“春秋之時，百有餘國。”　鄭：古國名，春秋國名，姬姓，本周西都畿内地，周宣王封弟友於此，在今陝西華縣西北。《史記·鄭世家》：“鄭桓公友者，周厲王少子而宣王庶弟也。宣王立二十二年，友初封於鄭。”平王東遷，鄭徙於溱洧之上，是爲新鄭，即今河南省新鄭縣，戰國時爲韓所滅。《春秋·隱公元年》：“夏五月，鄭伯克段於鄢。”杜預注：“鄭在榮

陽宛陵縣西南。"《呂氏春秋·樂成》:"子產始治鄭,使田有封洫,都鄙有服。" 良士:賢士。《三國志·諸葛亮傳》:"董令史,良士也。吾每與之言,思慎宜適。"韓愈《原毀》:"吾嘗試語於衆曰:'某良士,某良士。'其應者必其人之與也。" "是以師子大叔之政"兩句:事見《左傳·昭公二十年》:"鄭子產有疾,謂子大叔曰:'我死,子必爲政,唯有德者,能以寬服民。其次莫如猛,夫火烈,民望而畏之,故鮮死焉!水懦弱,民狎而翫之,則多死焉!故寬難。'疾數月而卒,大叔爲政。不忍猛而寬。鄭國多盗,取人於萑苻之澤。大叔悔之曰:'吾早從夫子,不及此。'興徒兵以攻萑苻之盗,盡殺之,盗少止。" 是以:連詞,因此,所以。《老子》:"功成而弗居,夫唯弗居,是以不去。"蘇舜欽《火疏》:"明君不諱過失而納忠,是以懷策者必吐上前,蓄冤者無至腹誹。" 潛消:暗中消除。王勃《益州夫子廟碑》:"元機應物,潛消水怪之灾;丹筆申冤,俯絶山精之訟。"王真《道德經論兵要義述表》:"逮夫智慧萌生,真樸潛消,則文字之理又不足,故載誕我元元皇帝,以代天地而言,將善救其弊者也。" "聞穎考叔之言"兩句:事見《左傳·隱公元年》:"初,鄭武公娶于申,曰武姜,生莊公及共叔段。莊公寤生,驚姜氏,故名曰寤生,遂惡之。愛共叔段,欲立之。亟請於武公,公弗許。及莊公即位,爲之請制,公曰:'制,巖邑也,虢叔死焉!佗邑唯命。'請京,使居之,謂之京城大叔。祭仲曰:'都城過百雉,國之害也。先王之制,大都不過參國之一。中五之一,小九之一。今京不度,非制也,君將不堪!'公曰:'姜氏欲之,焉辟害?'對曰:'姜氏何厭之有?不如早爲之所,無使滋蔓!蔓,難圖也!蔓草猶不可除,況君之寵弟乎?'公曰:'多行不義必自斃,子姑待之!'既而大叔命西鄙、北鄙貳於己。公子吕曰:'國不堪貳,君將若之何? 欲與大叔,臣請事之;若弗與,則請除之,無生民心!'公曰:'無庸!將自及!'大叔又收貳以爲己邑,至于廩延。子封曰:'可矣!厚將得衆!'公曰:'不義不暱,厚將崩。'大叔完聚,繕甲兵,具卒乘,將襲鄭,夫人將啓之。公聞其期,曰:

'可矣！'命子封帥車二百乘以伐京。京叛大叔段，段入于鄢，公伐諸鄢。五月辛丑，大叔出奔共。書曰：'鄭伯克段于鄢。'段不弟，故不言弟。如二君，故曰克。稱鄭伯，譏失教也。謂之鄭志，不言出奔，難之也。遂寘姜氏于城潁，而誓之曰：'不及黃泉，無相見也！'既而悔之。潁考叔爲潁谷封人，聞之，有獻於公。公賜之食，食舍肉，公問之，對曰：'小人有母，皆嘗小人之食矣！未嘗君之羹，請以遺之！'公曰：'爾有母遺，繄我獨無！'潁考叔曰：'敢問何謂也？'公語之故，且告之悔。對曰：'君何患焉！若闕地及泉，隧而相見，其誰曰不然？'公從之，公入而賦：'大隧之中，其樂也融融！'姜出而賦：'大隧之外，其樂也泄泄。'遂爲母子如初。君子曰：'潁考叔，純孝也！愛其母，施及莊公。《詩》曰：孝子不匱，永錫爾類。其是之謂乎！'"　孝子：孝順父母的兒子。《詩·大雅·既醉》："威儀孔時，君子有孝子。孝子不匱，永錫爾類。"韓愈《復仇狀》："蓋以爲不許復讎，則傷孝子之心，而乖先王之訓。"　山川：山嶽、江河。《易·坎》："天險，不可升也；地險，山川丘陵也，王公設險以守其國。"沈佺期《興慶池侍宴應制》："漢家城闕疑天上，秦地山川似鏡中。"　日月：太陽和月亮。王昌齡《齋心》："雲英化爲水，光采與我同。日月蕩精魄，寥寥天宇空。"韓愈《秋懷詩十一首》一："羲和驅日月，疾急不可恃。"　今古：當時與往昔。韓愈《柳子厚墓誌銘》："議論證據今古，出入經史百子。"蘇軾《夜直秘閣呈王敏甫》："共誰交臂論今古？只有閑心對此君。"　人存政舉：謂爲政在乎得人，得其人則善政行，語出《禮記·中庸》："文武之政，布在方策。其人存，則其政舉。其人亡，則其政息。"孔穎達疏："若得其人，道德存在，則能興行政教。"李豫《答顏真卿謝荊南節度使批》："而七澤交帶，三江要衝，式資統尹之方，雅屬旌旄之寄。人存政舉，其在茲乎！"張師素《對茂才異等策》："大禹求賢而夏德長茂，文王多士而周道緝熙。然則爲政在人，人存政舉。"

④ 操心：所執持的心志。《史記·傅靳蒯成列傳論》："蒯成侯周

縷操心堅正,身不見疑。"劉向《列女傳·晉圉懷嬴》:"嬴不肯聽,亦不泄言,操心甚平。" 尚氣:重氣節,重義氣。顏真卿《中散大夫京兆尹漢陽郡太守贈太子少保鮮于公神道碑銘》:"公少好俠,以鷹犬射獵自娛,輕財尚氣,果於然諾。"權德輿《兵部郎中楊君集序》:"君嘗以爲尚氣者或不能精密;言理者,或不能彪炳;鏤蒸彝景鐘與緣情比興者,或不能相爲用。" 餘力:餘裕的力量。《論語·學而》:"行有餘力,則以學文。"邢昺疏:"能行已上諸事,仍有閑暇餘力,則可以學先王之遺文。"梅堯臣《送楚屯田知扶溝》:"政治有餘力,歸來辭賦工。" 文:文才,才華。劉向《列女傳·齊孤逐女》:"談國之政,亦甚有文。"韓愈《石鼎聯句序》:"見其老,頗貌敬之,不知其有文也。" 感慨:謂情感憤激。《史記·季布欒布列傳論》:"夫婢妾賤人感慨而自殺者,非能勇也,其計畫無復之耳!"韓愈《送董邵南序》:"燕趙古稱多感慨悲歌之士。" 風雲:比喻時勢。《後漢書·皇甫嵩傳》:"今主上勢弱於劉項,將軍權重於淮陰,指撝足以振風雲,叱吒可以興雷電。"庾信《入彭城館》:"年代殊氓俗,風雲更盛衰。" 奇士:非常之士,德行或才智出衆的人。《史記·貨殖列傳》:"無巖處奇士之行,而長貧賤,好語仁義,亦足羞也。"蘇軾《破琴詩序》:"子玉名瑾,善作詩及行草書……仲殊本書生,棄家學佛,通脱無所著,皆奇士也。" 大郡:面積大、人口多、地位重要的郡。《漢書·元帝紀》:"〔建昭二年〕三月,行幸河東,祠后土,益三河大郡太守秩,户十二萬爲大郡。"《南史·孔靖傳》:"晉陵自宋齊以來爲大郡,雖經寇擾,猶爲全實。" 休聲:讚美聲。《北史·高允傳》:"如此,則休聲日至,謗議可除。"范仲淹《賀胡侍郎致政狀》:"國家興廉讓之節,疏涣汗之仁,寵數優賢,休聲載路,耀錦南國。"美好的名聲。韓愈《除崔群户部侍郎制》:"邁兹令德,藹然休聲。"《舊唐書·韓瑗傳》:"冀欲聞逆耳之言,甘苦口之議,發揚大化,裨益洪猷,垂令譽於將來,播休聲於不朽者也。"

⑤ 聞:指使君主聽見,謂向君主報告,亦泛指向上級或官府報

告。《晏子春秋·問》：“臣數以聞，而君不肯聽也。”周密《齊東野語·王公衮復讎》：“王宣子尚書母葬山陰師子塢，爲盜所發……乃本村無賴嵇泗德者所爲，遂聞於官。”　校：考核，考察。《禮記·學記》：“比年入學，中年考校。”鄭玄注：“鄉遂大夫間歲則考學者之德行道藝。”韓愈《送浮屠文暢師序》：“人固有儒名而墨行者，問其名則是，校其行則非。”　課：評判等次，考試評定。《楚辭·招魂》：“與王趨夢兮，課後先。”王逸注：“課第群臣先至後至也。”《文選·孔稚珪〈北山移文〉》：“琴歌既斷，酒賦無續，常綢繆於結課，每紛綸於折獄。”李善注：“課，第也。”呂延濟注：“結課，考第也。”　書：書寫，記錄，記載。《易·繫辭》：“書不盡言，言不盡意。”《左傳·隱公四年》：“衛人逆公子晉于邢，冬十二月，宣公即位，書曰：‘衛人立晉。’”　升陟：升遷，提升。杜牧《唐故銀青光禄大夫崔公行狀》：“然後黜棄奸冒，用公法也；升陟廉能，用公舉也；撫護窮約，用公惠也。”柴榮《即位大赦文》：“應三月七日昧爽已前，所犯罪人，已結正未結正、已發覺未發覺、常赦所不原者，咸赦除之。諸貶降責授官等，量與升陟叙用。”　獎能：獎勵能幹者。李華《三賢論》：“元之道，劉之深，蕭之志，及於夫子之門，則達者其流也。然各有病：元病酒，劉病賞物，蕭病貶惡太亟、獎能太重。”權德輿《論度支疏》：“陛下急於獎能，切於賞善，權委邦賦，冀有成績。”　信臣：忠誠可靠之臣。《左傳·宣公十五年》：“寡君有信臣，下臣獲考死，又何求？”柳宗元《與顧十郎書》：“賴中山劉禹錫等，遑遑惕憂，無日不在信臣之門，以務白大德。”　丕允：猶“丕休”，謂極其美善，十分得當。范仲淹《明堂賦》：“頌金玉之宏度，集神人之丕休。”猶“丕圖”、“大業”、“宏圖”。白居易《答黃裳〈請上尊號表〉制》：“朕以薄德，嗣守丕圖。不敢荒寧，以弘理道。”《宋史·禮志》：“非臣否德，肇此丕圖。實賴先正儲休，上玄降鑒。”

⑥ 郊圻：都邑的疆界，邊境。《書·畢命》：“申畫郊圻，慎固封守，以康四海。”孔穎達疏：“郊圻，謂邑之境界。”元稹《徐智岌右監門

衛將軍制誥》：“邠之地，后稷、公劉之所理也。俗饒稼穡，土宜六擾。內扞郊圻，外攘夷狄。”這裏指鄭州地近長安、洛陽，故言。　密邇：貼近，靠近。《宋書·劉延孫傳》：“京口家地，去都邑密邇，自非宗室近戚，不得居之。”蘇轍《西掖告詞·蕭士元石州》：“河東諸郡，犬牙相錯。皆密邇鄰國，有兵有民。”　美惡：美醜，好壞，指財貨、容貌、年成、政俗等。《荀子·儒效》：“通財貨，相美惡，辨貴賤，君子不如賈人。”《後漢書·賈琮傳》：“刺史當遠視廣聽，糾察美惡，何有反垂帷裳以自掩塞乎？”是非。《禮記·學記》：“君子知至學之難易而知其美惡，然後能博喻。”鄭玄注：“美惡，說之是非也。”　日聞：天天聽到。劉洎《論太子初立請尊賢講學表》：“則日聞所未聞，日見所未見，副德逾光，群生之福也。”李華《登頭陁寺東樓詩序》：“夏首地當郵置，吉語日聞。喜氣填塞於江湖，生人鼓舞於王澤。”　雞鳴：《詩經·齊風》中的一篇，共三首，詩云：“‘雞既鳴矣！朝既盈矣！’‘匪雞則鳴，蒼蠅之聲。’”朱熹注：“賦也，言古之賢妃御於君，所至於將旦之時，必告君曰：‘雞既鳴矣！會朝之臣既已盈矣！’欲令君早起而視朝也。然其實非雞之鳴也，乃蒼蠅之聲也。蓋賢妃當夙興之時，心常恐晚，故聞其似者而以爲真，非其心存警畏，而不留於逸欲，何以能此，故詩人叙其事而美之也！”“東方明矣！朝既昌矣！”‘匪東方則明，月出之光。’”朱熹注：“賦也，東方明，則日將出矣！昌盛也，此再告也！”“蟲飛薨薨，甘與子同夢。會且歸矣！無庶予子憎！”朱熹注：“賦也，蟲飛夜將旦，而百蟲作也！此三告也，言：‘當此時，我豈不樂與子同寢而夢哉？然群臣之會於朝者，俟君不出，將散而歸矣！無乃以我之故，而並以子爲憎乎？’”　自勤：自強不息。蘇頲《授劉知柔尚書右丞制》：“蹈典墳之芳潤，總詞賦之笙簧。慮常密於在公，迹自勤於爲政。”白居易《何士乂可河南縣令制》：“然能佩弦以自導，帶星以自勤，則緩急勞逸之間，必使適宜而會理矣！”　風雨：《詩經·齊風》中的一篇，共三首，詩云：“風雨淒淒，雞鳴喈喈。既見君子，云胡不夷？”朱熹注：

"賦也。淒淒,寒凉之氣。喈喈,雞鳴之聲。風雨,晦冥,蓋淫奔之時,君子指所期之男子也。夷,平也。淫奔之女言當此之時,見其所期之人而心悅也。""風雨瀟瀟,雞鳴膠膠。既見君子,云胡不瘳?"朱熹注:"賦也。瀟瀟,風雨之聲。膠膠,猶喈喈也。瘳,病癒也。言積思之病,至此而愈也。""風雨如晦,雞鳴不已。既見君子,云胡不喜?"朱熹注:"賦也,晦,昏。已,止也。"　　守度:遵守一定的法度。《北史·袁式傳》:"性長者,雖羈旅飄泊,而清貧守度,不失士節。時人甚敬重之,皆呼曰袁諮議。"劉嶢《取士先德行而後才藝疏》:"夫德行者,可以化人成俗;才藝者,可以約法立名。致有朝登科甲,而夕陷刑辟。制法守度,使之然也。陛下焉得不改而張之?"　　共理:指共同治理政事。張孚《金紫光祿大夫臧府君神道碑銘》:"夫漢宣共理,所以寄諸侯也;周文以寧,是用咨多士也。"白居易《賀平淄青表》:"臣名參共理,職忝分憂。抃舞歡呼,倍萬常品。"　　所知:所知道的,知道。王粲《詠史詩》:"自古無殉死,達人共所知。"丘遲《與陳伯之書》:"聖朝赦罪責功,棄瑕録用,推赤心於天下,安反側於萬物,將軍之所知,不假僕一二談也。"　　持節:官名,魏晉以後有使持節、持節、假節、假使節等,其權大小有別,皆爲刺史總軍戎者。唐初,諸州刺史加號持節,後有節度使,持節之稱遂廢。《南史·林邑國傳》:"詔以爲持節,督緣海諸軍事,威南將軍,林邑王。"李揆《恭懿太子哀册文》:"維上元元年太歲庚子六月己未朔二十六日甲申,皇帝第十二子持節鳳翔等四鎮節度觀察大使興王佋薨於中京之中邸,殯於寢之西階。"

[編年]

　　《年譜》編年:"《制》稱崔弘禮爲'守相州刺史',田弘正爲'侍中',並有'侍中弘正以課來上,書爲第一'等語。相州是魏博節度使所管州之一。《新唐書》卷一六四《崔弘禮傳》云:'(田弘正)還魏博,又表爲相州刺史。'此《制》當撰於元和十五年十月乙酉田弘正爲成德軍節度使以前。"《編年箋注》據《千唐誌齋藏誌》崔弘禮墓誌銘"十五年秋，拜鄭州。蓋陟明也"，認爲："可知此《制》撰於元和十五年（八二〇）秋。"《年譜新編》編年及理由同《編年箋注》。

由於《年譜》所引均是間接證據，因而所作結論難免有所偏差，所謂"以前"到底以前到什麼時候？《年譜》並沒有明確回答。《編年箋注》與《年譜新編》的"十五年秋天"之説，也嫌籠統。我們以爲，一、本文云："文林郎、守相州刺史兼御史中丞、賜紫金魚袋崔弘禮……可使持節鄭州刺史，餘如故。"《千唐志·唐故東都留守東都畿汝州都防禦使銀青光禄大夫檢校尚書左僕射判東都尚書省事兼御史大夫崔公（弘禮）墓誌銘并序》云："俄改相州，兼中丞，充本州防禦使……（元和）十五年秋拜鄭州……"兩者相合，故本文的寫作時間可初步定爲元和十五年秋天。二、據《新唐書·崔弘禮傳》："田弘正請朝，表弘禮徙衛州，兼魏博節度副使。伐李師道，弘正多所咨。逮還魏博，又表爲相州刺史。"當時崔弘禮的頂頭上司是魏博節度使田弘正，而本文："侍中弘正以課來上，書爲第一。"田弘正在魏博并新兼"侍中"之職，在元和十四年九月"甲辰"，亦即九月二十九日，《舊唐書·憲宗紀》："（元和十四年九月）甲辰，以魏博節度使、光禄大夫、檢校司徒、同平章事，兼魏州大都督長史、上柱國、沂國公、食邑三千户田弘正依前檢校司徒，兼侍中，賜實封三百户。"田弘正離開魏博在元和十五年十月"乙酉"，亦即十月十六日。這段時間正涵蓋了"（元和）十五年秋"。三、姚合生活在公元七八一年至八四六年之間，元和十一年登進士第，曾歷職"魏博從事"。據《唐刺史考》考録，這段時間内鄭州崔姓刺史祇有崔弘禮一人。而姚合《送崔中丞赴鄭州》："僕射陂前郡，清高越四鄰。丹霄鳳詔下，太守虎符新。霧濕關城月，花香驛路塵。連枝柏庭樹，歲歲一家春。"詩中的"僕射"正指田弘正，而"中丞"的職名也與崔弘禮的身份相符。而詩中"霧濕關城月"四句明顯是暮秋景色，并已經遥想"春"日的來臨，故本文應該撰成於元和十五年暮秋時分，此結論正與一、二兩條相切合,地點在長安,元稹時任祠部郎中知制誥之職。

◎ 萬憬皓可端州刺史制^{(一)①}

　　敕:前順州刺史、賜紫金魚袋萬憬皓^(二):赦,所以宥不幸也^②。爾爲郡守,無違詔條。而以疾罷去,非不幸歟^③?

　　今朕還爾符印,俾臨高要之人。守吾憲章,愆則有辟。可使持節端州刺史,餘如故^④。

録自《元氏長慶集》卷四八

[校記]

　　(一)萬憬皓可端州刺史制:楊本、宋浙本、叢刊本作"萬憬皓端州刺史",《全文》作"授萬憬皓端州刺史制",各備一説,不改。

　　(二)賜紫金魚袋萬憬皓:《全文》同,楊本、宋浙本、叢刊本作"借紫金魚袋萬憬皓",各備一説,録以備考。

[箋注]

　　① 萬憬皓:兩《唐書》無傳,除本文外,也不見其他文獻記載。據本文,萬憬皓曾任職順州刺史,因病去職,具體時間已不可考。元和十五年,重新拜職端州刺史。　端州:州郡名,府治地當今廣東肇慶市。《元和郡縣志·嶺南道》:"端州,本秦南海郡地,漢武帝置蒼梧郡,則爲蒼梧郡之高要縣也。梁大同中,于此立高要郡。隋開皇十一年置端州,大業三年罷爲信安郡。武德四年平蕭銑,五年重置端州。州當西江入廣州之要口也……管縣二:高要、平興。"宋之問《至端州驛見杜五審言沈三佺期閻五朝隱王二無競題壁慨然成詠》:"逐臣北地成嚴譴,謂到南中每相見。豈意南中岐路多,千山萬水分鄉縣。"張

説《端州別高六戳》：“異壤同羈竄，途中喜共過。愁多時舉酒，勞罷或長歌。”

② 順州：州郡名，地當今廣東省廉州、化州之北，高州之西，廣西博白之東。《新唐書·地理志》：“順州順義郡……大曆八年，容管經略使王翃析禺、羅、辯、白四州置……縣四：龍化、溫水、南河、龍豪。”李翱《何首烏録》：“有何首烏者，順州南河縣人。祖能嗣，本名田兒。天生閹，嗜酒。”邊魯《儒林郎試大理評事行幽都府路縣令邊府君敏墓石》：“王父諱行存，順州司馬。” 赦：寬免罪過。《書·湯誥》：“罪當朕躬，弗敢自赦。”《左傳·僖公二十三年》：“天之棄商久矣！君將興之，弗可赦也已！” 宥：寬仁，寬待。《莊子·在宥》：“聞在宥天下，不聞治天下也。”郭象注：“宥使自在則治。”成玄英疏：“宥，寬也；在，自在也。”嵇康《答難養生論》：“聖人不得已而臨天下，以萬物爲心，在宥群生。” 不幸：不幸運，倒楣。《論語·雍也》：“有顔回者好學，不遷怒，不貳過，不幸短命死矣！”邢昺疏：“凡事應失而得曰幸，應得而失曰不幸。”韓愈《與崔群書》：“僕家不幸，諸父諸兄皆康强早世，如僕者，又可以圖於長久哉！”

③ 郡守：郡的長官，主一郡之政事，唐時州、郡互稱，實質是一回事。白居易《楊子留後殷彪授金州刺史兼侍御史河陰令韋同憲授南鄭令韋弁授絳州長史三人同制》：“今之郡守，古侯伯也；今之邑令，古子男也。”劉允文《蘇州新開常熟塘碑銘》：“郡守、隴西李素，居中字人，原始睹弊，則曰在穿導之。” 無違：没有違背，不要違背。陶潛《歸園田居六首》三：“衣沾不足惜，但使願無違。”文天祥《贈莆陽卓大著順寧精舍三十韻》：“伯奇令無違，申生恭不貳。” 詔條：皇帝頒發的考察官吏的條令。劉禹錫《和竇中丞晚入容江作》：“漢郡三十六，鬱林東南遙。人倫選清臣，天外頒詔條。”元晦《越亭二十韻》：“乏才叨八使，徇禄非三顧。南服頒詔條，東林證迷誤。” 罷去：免職，免去。元稹《授韓皋尚書左僕射制》：“罷去職勞，正名端揆，俾絶積薪之

嘆，且明尚齒之心。"葉適《辯兵部郎官朱元晦狀》："淮既罷去，陛下趣熹入對，用爲郎官。"　歟：語氣詞，表示感嘆。曹操《論史士行能令》："論者之言，一似管窺虎歟！"韓愈《師説》："巫醫樂師百工之人，君子不齒，今其智乃反不能及，其可怪也歟！"

④ 符印：符節印信等憑證物的統稱。《新唐書·百官志》："禮部郎中、員外郎，掌禮樂、學校、衣冠、符印、表疏、圖書、册命、祥瑞、鋪設，及百官、宮人喪葬贈賻之數，爲尚書、侍郎之貳。"《新五代史·盧光稠譚全播傳》："光稠病，以符印屬全播，全播不受。"　高要：端州在梁大同中曾是高要郡，故以高要代指端州。《舊唐書·則天皇后紀》："（長安三年九月）是月，御史大夫兼知政事、太子右庶子魏元忠爲張昌宗所譖，左授端州高要尉。"《新唐書·中宗紀》："（神龍元年四月）丁卯，高要尉魏元忠爲衞尉卿、同中書門下平章事。"　憲章：典章制度。《後漢書·袁紹傳》："觸情放慝，不顧憲章。"吳兢《貞觀政要·論赦令》："智者不肯爲惡，愚人好犯憲章。"　愆：違背，違失。《詩·大雅·假樂》："不愆不忘，率由舊章。"鄭玄箋："成王之令德，不過誤，不遺失。"《北史·魏紀顯祖獻文帝》："然牧司舉非其人，愆於典度。"　辟：法，法度。《管子·宙合》："故諭教者取辟焉！"尹知章注："辟，法也，取爲規矩也。"《史記·周本紀》："諸侯有不睦者，甫侯言於王，作修刑辟。"

［編年］

《年譜》、《年譜新編》編年本文於"庚子至辛丑所作其他制誥"、"庚子至辛丑所作其他文章"欄內，《編年箋注》編年："權定此《制》撰於元和十五年（八二〇）至長慶元年（八二一）元稹知制誥期間。"都沒有説明理由。

我們以爲，一、本文是元稹諸多制誥之一，據元稹知制誥臣的起止時間，本文毫無疑問應該撰成於元和十五年二月五日至長慶元年十月十九日之間。二、順州刺史萬憬皓因病去職，確實包含諸多偶然性，具體時間一時難以考定。但順州與端州都在嶺南節度使府管轄之下，疑萬憬皓的因病去職在孔戣嶺南節度使任内。萬憬皓病愈復職，也與孔戣有關。因爲孔戣的新職是吏部侍郎，管理如萬憬皓這樣待職官員正是其職責所在，《舊唐書·職官志》："（吏部）尚書、侍郎之職，掌天下官吏選授、勛封、考課之政令。"故疑萬憬皓病愈復職是孔戣到吏部任職吏部侍郎之後舉薦萬憬皓所致。從時間上看，也一一相符：《舊唐書·憲宗紀》："（元和十二年七月）庚戌，以國子祭酒孔戣爲廣州刺史、嶺南節度使。"《舊唐書·穆宗紀》："（元和十五年九月）戊辰，以前嶺南節度使孔戣爲吏部侍郎。"如果我們的推測能够成立，孔戣出任吏部侍郎在元和十五年九月二十九日，萬憬皓拜命端州刺史至少應該在十月上旬，元積時任祠部郎中、知制誥臣，撰文地點在長安。當然，我們的推測祇是推測而已，有待新證據的日後發現，有待智者將來的進一步考實。

● 授盧崿監察裏行宣州判官等制[(一)][①]

敕：盧崿等：宣城重地，較緡之數，歲不下百餘萬。管幹劇職，靈鹽近戎。分務簡僚，不易宜稱[②]。

爾等研究儒術，修明政經。勉慎所從，以承其長。可依前件[③]。

録自《元氏長慶集》補遺卷五

[校記]

（一）授盧崿監察裏行宣州判官等制：原本作"授盧崿監察裏行宣州判官制"，《英華》同，據《全文》補改。

［箋注］

① 授盧崿監察裏行宣州判官等制：本文不見於《元氏長慶集》，但馬本《元氏長慶集》補遺卷五、《英華》、《全文》收録，歸名元稹，故據此補入。　盧崿：兩《唐書》無傳，史籍有零星記載：《太平寰宇記·袁州》："龍姥廟：《郡國志》云：在州東六十里，其廟宇在泰州悦城縣。唐開成中，縣令盧崿嘗遊官南越，假康州録事參軍。至是祠，姥見夢曰：'子當爲此官，今且北矣！'且占之，得見龍之貞，遂祠其形像。大和六年，崿理縣有令政，郡守關攝司馬知州。"施閏章《孝通廟碑記》："唐元和中，盧崿官南越，過祠下，夢龍伯語曰：'君將宰邑西江，其禮我焉！'太和五年，崿果來宜春，遂治祠于昌山津右。盧氏之言大略如此，且稱爲孝龍，作銘以美之……"《郡齋讀書志·文標集三卷》："右唐集賢學士盧肇之文也，肇字子發，宜春人。幼好學，穎拔不群。宜春令盧崿一見奇之，曰：'子異日有聞乎？'由是愈激厲。"　裏行：官名，唐置，有監察御史裏行、殿中裏行等，皆非正官，也不規定員額，與今天職員"編制外"類似。元稹《授崔郿等澤潞支使書記制》："近制：藩府臣僚，自軍司馬以下，皆得選任其良，執事者所移異職。"《新唐書·百官志》："開元七年……又置御史裏行使、殿中裏行使、監察裏行使，以未爲正官，無員數。"　宣州：《元和郡縣志·宣州》："武德二年置總管府，七年改爲宣城郡，乾元元年復爲宣州……管縣十：宣城、南陵、涇、當塗、溧陽、溧水、寧國、廣德、太平、旌德。"韋應物《送宣州周録事》："清時重儒士，糾郡屬伊人。薄遊長安中，始得一交親。"韓翃《送李侍御歸宣州使幕》："春草東江外，翩翩北路歸。官齊魏公子，身逐謝玄暉。"　判官：官名，唐代節度使、觀察使、防禦使的僚屬。元稹《別嶺南熊判官》："十年常遠道，不忍別離聲。況復三巴外，仍逢萬里行。"白居易《送人貶信州判官》："地僻山深古上饒，土風貧薄道程遙。不唯遷客須恓屑，見説居人也寂寥。"

② 重地：泛指地位重要或性質重要的地方。皮日休《劉棗强

碑》：“以某下走之才，誠不足污辱重地。”蘇軾《答宋寺丞書》：“彭城自漢以來，號爲重地。” 較：計量，比較。《北齊書·斛律金傳》：“羨及光並少工騎射，其父每日令其出畋，還即較所獲禽獸。”梅堯臣《吳冲卿示和韓持國詩一卷輒以爲謝》：“長懷但驚顧，得與前事較。” 緡：即“緡錢”，用繩穿連成串的錢。《舊唐書·劉悟傳》：“悟少有勇力，叔逸準爲汴帥，積緡錢數百萬於洛中，悟輒破扃鐍，悉盜用之。”《舊五代史·王章傳》：“官庫出納緡錢，皆以八十爲陌。” 管幹：猶管勾，管理，辦理。《宋史·河渠志》：“元豐元年二月，都大提舉淤田司言：‘京東、西淤官私瘠地五千八百餘頃，乞差使臣管幹。’許之。”岳飛《奏乞侍親疾札子》：“候臣老母稍安，依舊管幹職事，恭聽驅策。” 劇職：艱巨煩劇的職務。《左傳·襄公十六年》：“祁奚、韓襄、欒盈、士鞅爲公族大夫。”杜預注：“祁奚去中軍尉爲公族大夫，去劇職就閑官。”《北史·裴漢傳》：“漢少有宿疾，恒帶虛羸，劇職煩官，非其好也。” 靈鹽：指靈州與鹽州，屬靈武節度使管轄。靈州州治回樂，地當今寧夏回族自治區之靈武市境內。鹽州州治五原，地當今陝西定邊。本文提及靈州與鹽州，似乎與宣州了不相干，疑盧崿等人原來在靈州與鹽州供職，故言。 戎：古代典籍泛指我國西部的少數民族。《禮記·王制》：“西方曰戎。”《三國志·諸葛亮傳》：“西和諸戎，南撫夷越。”分務：分配職務。《後漢書·皇后紀序》：“頒官分務，各有典司。”公務。薛用弱《集異記·衛庭訓》：“在任二載，分務閑暇，獨立廳事。”簡僚：猶“輿僚”，不重要的僚屬。《漢書·王莽傳》：“四輔公卿大夫士，下至輿僚，凡十五等。”猶“末僚”，低級僚屬。鮑至《奉和往虎窟山寺》：“復茲承乏者，顏名廁末僚。” 宜稱：適當，合適，相宜。元稹《楊嗣復授尚書兵部郎中制》：“然而操剬吏事，細大無遺，用副虛求，允謂宜稱。”韓偓《新上頭》：“學梳鬆鬢試新裙，消息佳期在此春。爲要好多心轉惑，遍將宜稱問傍人。”

③儒術：儒家的原則、學說、思想。《墨子·非儒》：“勝將因用儒

術令士卒曰：‘毋逐奔，撝函勿射。’”《史記·封禪書》：“竇太后治黃老言，不好儒術。”　修明：發揚光大。元稹《批宰臣請上尊號第二表》：“卿宜爲我提振大法，修明政經。”權德輿《送別沅汎》：“經術既修明，藝文亦葳蕤。”　政經：政治的常法。語出《左傳·宣公十二年》：“今茲入鄭，民不罷勞，君無怨讟，政有經矣！”杜預注：“經，常也。”趙嘏《獻淮南李相公》：“萬里有雲歸碧落，百川無浪到滄溟。軍中老將傳兵術，江上諸侯受政經。”　勉慎：勤勉謹慎。李顯《送魏元忠歸鄉敕》：“臨歧感愴，深惻朕懷。勉慎行鑣，佇足還轡。”徐鉉《復方訥書》：“閣下高臥已久，群望頗鬱。宣室之召，斯在不遠。勉慎興居，以副翹企。”

[編年]

　　《年譜》、《年譜新編》編年本文於“庚子至辛丑所作其他制誥”、“庚子至辛丑所作其他文章”欄內，《編年箋注》編年：“權定此《制》撰於元和十五年(八二〇)至長慶元年(八二一)元稹知制誥期間。”都沒有說明理由。

　　我們以爲，一、本文是元稹諸多制誥之一，據元稹知制誥臣的起止時間，本文毫無疑問應該撰成於元和十五年二月五日至長慶元年十月十九日之間，前後計二十個半月，而不是如《編年箋注》、《年譜新編》所云的二十五個月。二、據我們在《授王陟監察御史充西川節度判官等制》中引錄的《唐會要》、《册府元龜》記載長慶二年正月御史中丞牛僧孺奏請“諸道節度觀察等使，請在臺御史充判官……不許更有奏請”之內容，本文的盧嶧與“王陟制”的王陟所拜之職都是“判官”，兩文都應該發生在長慶二年正月之前。三、據《舊唐書·憲宗紀》、《册府元龜》、元錫《宣州刺史謝上表》，元錫元和十四年六月爲“以福建觀察使元錫爲宣州刺史、宣歙池觀察使”，“元錫爲宣州觀察使，長慶元年進助軍綾絹一萬匹、弓箭器械共五萬二千事”。自元和十四年

至長慶元年，元錫一直在宣歙池觀察使之任，盧崿究竟於何時拜職
"監察裏行宣州判官"？元錫爲何要中途更換僚屬？又據《舊唐書·
穆宗紀》："(元和十五年七月)丁卯，以門下侍郎、平章事令狐楚爲宣
州刺史，兼御史大夫，充宣歙池觀察使……八月庚午朔……己亥，宣
歙觀察使令狐楚再貶衡州刺史。"據干支推算，"丁卯"爲七月二十七
日，"己亥"爲八月三十日，據《舊唐書·地理志》，宣州"在京師東南三
千五百五十一里"，以《新唐書·百官志》"乘傳者日四驛，乘驛者六
驛"，一驛三十里計，令狐楚到達宣州應該在二十天左右，元錫交接之
後，令狐楚在宣州屁股還沒有坐熱，接著又再貶衡州刺史，匆匆就路。
元錫原有的幕僚已經因元錫的離任、令狐楚的接任而各奔東西。而
元錫復任"宣州刺史、宣歙池觀察使"之後，已經沒有了判官等僚屬，
因此不得不向朝廷奏請，才有了盧崿等人的拜職之命。計及朝廷改
命令狐楚的二十天時間，加上元錫向朝廷奏請僚屬的二十天時間，盧
崿等人的拜職之命應該在元和十五年十月十日之時，撰文地點自然
在長安，元積時任祠部郎中、知制誥之職。

◎ 邵同授太府少卿充吐蕃和好使制(一)①

(穆宗即位，遣秘書少監田洎往告。虜欲會盟，洎含糊應之。由是顯言："洎
許我盟，我是以來。"逼涇一舍止。詔右軍中尉梁守謙發神策軍，合八鎮兵進援。
貶洎郴州司戶參軍，以太府少卿邵同持節爲和好使)

敕：邵同：修好息人，古之善政。至於兵交，而猶使在其
間。況西戎舅甥之國，爲日久矣(自中宗以雍王守禮女爲金城公主，妻
贊普，世爲舅甥之國)②！

前命使臣洎、介臣貫持節訃告，且明不侵不叛之誠。而
洎等註誤戎王，爲國生事，廢我成命，咎有所歸。而猶彼國君

5610

長,戒吏乞盟③。

　　無言不酬,思有以報。以爾同科甲言語,職宣詞令,備習地訓,周知物情④。識汲黯之便宜,得月氏之要領。命汝報聘,達予深誠⑤。夫用爾之直去其疏,用爾之權去其詐,用爾之剛去其忿,用爾之慎去其疑⑥。繼魏絳之和,奮由余之智,使朕高枕無西顧之憂者,在同此去,同其勉之⑦!

　　授以亞卿,仍兼獨坐。回無辱命,賞有彝章。可守太府少卿,兼通事舍人,兼御史中丞,持節充入吐蕃答請和好使,餘如故⑧。

録自《元氏長慶集》卷四六

[校記]

　　(一)邵同授太府少卿充吐蕃和好使制:楊本、宋浙本、叢刊本作"邵同授太府少卿充吐蕃和好使",《全文》作"授邵同授太府少卿充吐蕃和好使制",盧校作"邵同授太府少卿充蕃使制",各備一説,不改。

[箋注]

　　① 邵同:不見兩《唐書》有傳記,僅見零星記載。《資治通鑑·憲宗元和十五年》:"(十月)癸未,涇州奏:吐蕃進營距州三十里,告急求救。以右軍中尉梁守謙爲左右神策、京西北行營都監,將兵四千人,並發八鎮全軍救之,賜將士裝錢二萬緡。以郯王府長史邵同爲太府少卿兼御史中丞,充答吐蕃請和好使。"其後出任衛州刺史,因擅自進京被貶爲連州司馬。白居易《邵同貶連州司馬制》:"朝議大夫,守衛州刺史,兼御史中丞邵同,寵在專城,職當守土。不承制命,擅赴闕廷。違越詔條,叛離官次。將懲慢易,宜舉憲章。可連州司馬,仍馳驛發遣。"　太府少卿:太府爲九寺之一,少卿爲太府寺的次官。《舊

唐書·職官志》："太常、光禄、衛尉、宗正、太僕、大理、鴻臚、司農、太府爲九寺。"《舊唐書·職官志》："太府寺:卿一員(從三品,即後周太府中大夫),少卿二員(從四品上)。卿掌邦國財貨,總京師四市、平準、左右藏、常平八署之官屬,舉其綱目,修其職務。少卿爲之貳。"賈至《授蕭晉太府少卿等制》："宮相之位,亞卿之職,朝廷所精擇,必惟其人。"常衮《授侯希超太府少卿制》:"侯希超,溫良植性,藝業修身,有臨事之幹能,彰適時之才用。" 吐蕃:公元七至九世紀,我國古代藏族所建政權,據有今西藏地區全部,盛時轄有青藏高原諸部,勢力達到西域、河隴地區。其贊普棄宗弄贊(後世稱松贊干布)、棄隸縮贊先後與唐文成公主、金成公主聯姻,與唐經濟文化聯繫至爲密切。張説《送郭大夫元振再使吐蕃》:"脱刀贈分手,書帶加餐食。知君萬里侯,立功在異域。"王建《朝天詞十首寄上魏博田侍中》八:"胡馬悠悠未盡歸,玉關猶隔吐蕃旗。老臣三表求高卧,邊事從今遣問誰?"其中"穆宗即位,遣秘書少監田洎往告。虜欲會盟,洎含糊應之。由是顯言:'洎許我盟,我是以來。'逼涇一舍止。詔右軍中尉梁守謙發神策軍,合八鎮兵進援。貶洎郴州司户參軍,以太府少卿邵同持節爲和好使"一段文字,非元稹元稹原文,應該是馬元調整理《元氏長慶集》所加,特此説明。

②修好:指國與國之間結成友好關係。《左傳·桓公元年》:"春,公即位,修好於鄭。"吐蕃贊普棄隸縮贊《請修好表》:"仲冬極寒,伏惟皇帝舅萬福。使典軍馬集並吐蕃使判悉獵等同至,其書共傳語,並悉具委。" 息人:猶息民。《後漢書·臧宮傳》:"誠能舉天下之半以滅大寇,豈非至願! 苟非其時,不如息人。"陸贄《賜吐蕃將書》:"息人繼好,固是常規。" 善政:清明的政治,良好的政令。《書·大禹謨》:"德惟善政,政在養民。"《後漢書·臧宮傳》:"今國無善政,災變不息。" 兵交:兵器相接,謂交戰。《左傳·成公九年》:"兵交,使在其間可也。"《宋史·夏國傳》:"篤信機鬼,尚詛祝,每出兵則先卜。卜

有四……四,以矢擊弓弦,審其聲,知敵至之期與兵交之勝負。"　使:使者。《左傳·成公九年》:"兵交,使在其閒可也。"韓愈《答渝州李使君書》:"使至,連辱兩書,告以恩情迫切,不自聊賴。"　西戎:古代西北戎族的總稱。《書·禹貢》指織皮、昆侖、析支、渠搜等戎族。《史記·匈奴列傳》指綿諸、緄戎、翟獂、義渠、大荔、烏氏、朐衍等戎族。最早分佈在黃河上游及甘肅西北部,以後逐漸東遷,春秋時分屬秦、晉等國。阮籍《詠懷八十二首》四〇:"園綺遁南嶽,伯陽隱西戎。"也用以稱我國西方吐蕃等少數民族。杜甫《秦州雜詩二十首》一八:"西戎外甥國,何得迕天威?"　舅甥:亦即"甥舅",外甥和舅舅,亦指女婿和岳父,泛指外戚。《詩·小雅·頍弁》:"豈伊異人,兄弟甥舅。"朱熹集傳:"甥舅謂母姑姊妹妻族也。"杜甫《對雨》:"西戎甥舅禮,未敢背恩私。"仇兆鰲注引趙汸曰:"中宗景龍二年,以金城公主妻贊普,故望其篤甥舅之禮。"

③"前命使臣洎"七句:事見《舊唐書·吐蕃傳》:"(元和)十五年二月,以秘書少監兼御史中丞田洎入吐蕃告哀,並告冊立。三月,攻掠我青塞堡。七月,遣使來吊祭。十月,侵逼涇州。命右軍中尉梁守謙充左右神策、京西京北行營都監統神策兵四千人,並發八鎮全軍往救援。以太府少卿兼御史中丞邵同,持節入吐蕃充答請和好使。貶前入吐蕃使、秘書少監田洎柳州司户。初洎入蕃爲吊祭使,蕃請於長武城下會盟。洎懦怯,恐不得還,唯唯而已。至是西戎入寇,且曰:'田洎許我統兵馬赴盟誓。'遂貶之。戎人實以邊將擾之致忿,徒假洎爲辭也。"又見《新唐書·吐蕃傳》:"穆宗即位,遣秘書少監田洎往告,使者亦來。虜引兵入屯靈武,靈州兵擊却之。又犯青塞烽,進寇涇州,瀕水而營,綿五十里。始洎至牙,虜欲會盟長武,洎含糊應之。至是顯言:'洎許我盟,我是以來。'逼涇一舍止。詔右軍中尉梁守謙爲左神策軍、京西北行營都監,發卒合八鎮兵援涇州,貶洎郴州司户參軍。"　使臣:身負君命,出使外國的官員。《史記·張儀列傳》:

“〔秦〕願以甲子合戰,以正殷紂之事,敬使使臣先聞左右。”李肇《唐國史補》卷下:“開元已前,有事於外,則命使臣,否則止。” 介臣:副使。蘇軾《趙康靖公神道碑銘》:“所謂一介臣者,公諱槩,字叔平,其先河朔人也。”吳永叔《知隆興府到任謝表》:“豈應一介臣之微,輒冒二千石之寄!” 介:副。《禮記·檀弓》:“滕成公之喪,使子叔敬叔吊,進書,子服惠伯爲介。”《國語·周語》:“及魯侯至,仲孫蔑爲介。” 賈:據本文“前命使臣洎、介臣賈持節訃告”云云,即與田洎一起出使吐蕃的副使張賈。《唐會要·吐蕃》:“(元和)十四年……其年十月,以太子中允張賈爲太府少卿,攝御史中丞,持節充入蕃答請和好使,尋貶賈爲撫州司馬,責其逗留不行也,以邵同代之。”韓愈《祭太常裴少卿文》:“維元和九年,給事中李逢吉、給事中孟簡、吏部侍郎張惟素、吏部侍郎張賈、比部郎中史館修撰韓愈等,謹以庶羞清酌之奠,致祭於裴二十一兄之靈……” 持節:古代使臣奉命出行,必執符節以爲憑證。《史記·張釋之馮唐列傳》:“是日令馮唐持節赦魏尚,復以爲雲中守。”韓愈《送殷員外序》:“丞相其選宗室四品一人,持節往賜君長,告之朕意。” 訃告:報喪。班固《白虎通·崩薨》:“天子崩,訃告諸侯。”孟昶《上南唐元宗乞師表》“無何,嗣君不延永命,奄棄社稷,訃告至日,臣不勝痛切膚骨,血泣頤睫,即時奔走哀庭,冀處苦由,用竭臣子之孝。”這裏指元和十五年正月唐憲宗被害而亡,因此向鄰國告哀報喪。 詿誤:貽誤,連累。《戰國策·韓策》:“夫不顧社稷之長利,而聽須臾之說,詿誤人主者,無過於此者矣!”《漢書·息夫躬傳》:“昔秦繆公不從百里奚、蹇叔之言,以敗其師,悔過自責,疾詿誤之臣,思黃髮之言,名垂於後世。” 戎王:即蕃王、番王,古代對外族或異國首領的泛稱。張説《奉和聖製送金城公主適西蕃應制》:“青海和親日,潢星出降時。戎王子婿寵,漢國舅家慈。”鮑防《雜感》:“漢家海内承平久,萬國戎王皆稽首。天馬常銜苜蓿花,胡人歲獻葡萄酒。” 生事:製造事端,發生事變,惹事。《逸周書·周祝》:“故忌而不得是生事,故欲而不得是生詐。"孔晁注:"生事謂變也。"李肇《唐國史補》卷中:"德宗自復京闕,常恐生事,一郡一鎮,有兵必姑息之。"　成命:既定的策略。《左傳·宣公十二年》:"鄭人勸戰,弗敢從;楚人求成,弗能好也。師無成命,多備何爲?"《魏書·范紹傳》:"以父憂廢業,母又誡之曰:'汝父卒日,令汝遠就崔生,稀有成立。今已過期,宜遵成命。'紹還赴學。"　咎:罪過,過失。《詩·小雅·北山》:"或湛樂飲酒,或慘慘畏咎。"鄭玄箋:"咎,猶罪過也。"《後漢書·鍾離意傳》:"湯引六事,咎在一人。"　歸:歸屬。《荀子·王制》:"雖王公士大夫之子孫也,不能屬於禮義,則歸之庶人。"《後漢書·陳蕃傳》:"尺一選舉,委尚書三公,使褒責誅賞,各有所歸。"　君長:古代少數民族部落之酋長。《史記·五帝本紀》:"〔舜〕遂見東方君長。"韓愈《烏氏廟碑銘》:"處北者,家張掖;或入夷狄,爲君長。"　盟:古代諸侯爲釋疑取信而對神立誓締約的一種儀禮,多殺牲歃血。《詩·小雅·巧言》:"君子屢盟,亂是用長。"毛傳:"凡國有疑,會同,則用盟而相要也。"《春秋·隱公元年》:"三月,公及邾儀父盟于蔑。"孔穎達疏:"天子不信諸侯,諸侯自不相信,則盟以要之。凡盟禮,殺牲歃血,告誓神明,若有違背,欲令神加殃咎,使如此牲也。"

④ 科甲:漢唐取士設甲乙丙等科,後因通稱科舉爲"科甲"。王明清《揮麈後録》卷五:"忠憲既薨,仲文、子華、玉汝相繼再中科甲。"趙彥衛《雲麓漫抄》卷四:"〔曹冠〕婺之東陽人,登甲科,爲秦閑客,不一歲驟進奉常簿、中書檢正。秦既薨,追其科甲,復回上舍,後再登第,難於入差遣。"　詞令:應對得宜的言詞。《隋書·高熲傳》:"熲少明敏,有器局,略涉書史,尤善詞令。"蘇轍《謝除中書舍人表二首》一:"國僑爲鄭,子羽掌其詞令,則國鮮敗事。"　訓:典式,準則,義近"訓式",謂典範,榜樣。語本《詩·大雅·烝民》:"古訓是式,威儀是力。"鄭玄箋:"故訓,先王之遺典也;式,法也。"梁肅《著作郎贈秘書少監權公夫人李氏墓誌銘》:"夫人明識茂行,光於閨門,姻族資其訓式。"

周知：遍知。《周禮・地官・大司徒》：“以天下土地之圖，周知九州之地域廣輪之數。”鄭玄注：“周，猶遍也。”王安石《本朝百年無事札子》：“太祖躬上智獨見之明，而周知人物之情偽，指揮付託，必盡其材。”物情：物理人情，世情。嵇康《釋私論》：“情不繫於所欲，故能審貴賤而通物情。”孟浩然《上張吏部》：“物情多貴遠，賢俊豈遙今？”

⑤識汲黯之便宜：《史記・汲黯列傳》：“汲黯，字長孺，濮陽人也……孝景帝崩，太子即位，黯爲謁者。東越相攻，上使黯往視之，不至，至吳而還，報曰：‘越人相攻，固其俗，然不足以辱天子之使。’河內失火，延燒千餘家。上遣黯往視之，還報曰：‘家人失火，屋比延燒，不足憂也！臣過河南，河南貧人傷水旱萬餘家，或父子相食，臣謹以便宜，持節發河南倉粟以振貧民。臣請歸節，伏矯制之罪！’上賢而釋之，遷爲滎陽令。黯恥爲令，病歸田里。上聞，乃召拜爲中大夫，以數切諫，不得久留內，遷爲東海太守。”　識：知道，瞭解。《詩・大雅・皇矣》：“不識不知，順帝之則。”王安石《送吳顯道五首》二：“眼中了了見鄉國，自是不歸歸便得。欲往城南望城北，此心炯炯君應識。”　便宜：謂斟酌事宜，不拘陳規，自行決斷處理。《史記・廉頗藺相如列傳》：“以便宜置吏，市租皆輸入莫府，爲士卒費。”《南史・顧憲之傳》：“愚又以便宜者，蓋謂便於公宜於人也。”指便宜行事之權。《隋書・楊諒傳》：“特許以便宜，不拘律令。”葉適《奏議・紀綱》：“收還便宜，使州郡復承平之常制。”　月氏：亦作“月支”，古族名，曾於西域建月氏國，其族先遊牧于敦煌、祁連間，漢文帝前元三至四年時，遭匈奴攻擊，西遷塞種故地（今新疆西部伊黎河流域及其迤西一帶）。西遷的月氏人稱大月氏，少數沒有西遷的人入南山（今祁連山）與羌人雜居，稱小月氏。李白《寄遠十二首》一〇：“魯縞如玉霜，筆題月支書。寄書白鸚鵡，西海慰離居。”王維《送平澹然判官》：“瀚海經年到，交河出塞流。須令外國使，知飲月氏頭。”這裏借指吐蕃。　要領：比喻重要的部位或區域。《北史・李遠傳》：“時河東初復，人情未安。周文以

河東爲國之要領,乃授河東郡守。"中心要點,基本内容。嚴羽《滄浪詩話》附録《答出繼叔臨安吴景仙書》:"其間異户同門之説,乃一篇之要領。"　報聘:謂派使臣回訪他國。《左傳·宣公十年》:"秋,劉康公來報聘。"《北齊書·後主紀》:"秋九月丙申,周人來通知,太上皇帝詔侍中斛斯文略報聘于周。"　誠:真情。《史記·孟嘗君列傳》:"今齊王以毁廢之,其心怨,必背齊;背齊入秦,則齊國之情,人事之誠,盡委之秦,齊地可得也,豈直爲雄也!"李漳《多麗》:"細追思,深誠密意,黯然一晌銷魂。"

⑥ 直:公正,正直。《韓非子·解老》:"所謂直者,義必公正,公心不偏黨也。"《新唐書·李夷簡傳》:"夷簡致位顯處,以直自閑,未嘗苟辭氣悦人。"　疏:疏忽,鬆懈。《韓非子·五蠹》:"救小未必能存,而交大未必不有疏,有疏則爲强國制矣!"陸游《病少愈偶作》:"遇事始知聞道晚,抱屙方悔養生疏。"　權:謀略,計謀。荀悦《漢紀·高祖紀》:"權不可預設,變不可先圖。"《新唐書·張守珪傳》:"創痍之餘,詎可矢石相確?須權以勝之。"　詐:特指用兵奇詭多變,而誘使敵方判斷錯誤的戰術。《公羊傳·哀公九年》:"其易奈何?詐之也。"(何休)注:"詐,謂陷阱奇伏之類。"《孫子·軍争》:"故兵以詐立,以利動,以分合爲變者也。"郭化若注:"'兵以詐立',是説用兵作戰要用奇異多變的辦法,爲勝敵之術。"　剛:剛直,倔强。《史記·袁盎晁錯列傳》:"淮南王爲人剛,如有遇霧露行道死,陛下竟爲以天下之大弗能容,有殺弟之名,奈何?"韓愈《故江南西道觀察使贈左散騎常侍太原王公墓誌銘》:"氣鋭而堅,又剛以嚴。"　忿:憤怒,怨恨。鄒陽《獄中上書自明》:"此鮑焦所以忿於世,而不留富貴之樂也。"劉義慶《世説新語·忿狷》:"桓南郡小兒時與諸從兄弟各養鵝共鬥,南郡鵝每不如,甚以爲忿,迺夜往鵝欄間取諸兄弟鵝,悉殺之。"　慎:謹慎,慎重。劉義慶《世説新語·德行》:"晉文王稱阮嗣宗至慎,每與之言,言皆玄遠,未嘗臧否人物。"杜甫《鄭典設自施州歸》:"名賢慎所出,不肯妄行

役。" 疑：懷疑，不相信。《穀梁傳·桓公五年》："《春秋》之義，信以傳信，疑以傳疑。"《後漢書·范升傳》："願陛下疑先帝之所疑，信先帝之所信，以示反本，明不專己。"

⑦ 繼魏絳之和：魏絳是春秋時期晉國的大夫，慮獻和戎之策，佐助晉悼公成就霸業。《春秋左傳·襄公四年》："公說，使魏絳盟諸戎，修民事田以時。"杜甫《投贈哥舒開府翰二十韻》："廉頗仍走敵，魏絳已和戎。" 由余：原爲戎國大臣，秦用反間計迫使由余奔秦，幫助秦王終成霸業。《史記·秦本紀》："戎王使由余於秦，由余，其先晉人也，亡入戎，能晉言。聞繆公賢，故使由余觀秦⋯⋯十七年，秦用由余謀，伐戎王，益國十二，開地千里，遂霸西戎。"蘇頲《敬和崔尚書大明朝堂雨後望終南山見示之作》："由余窺霸國，蕭相奉興王。功役隱不見，頌聲存復揚。"王維《送秘書晁監還日本國序》："亦何獨於由余，遊宦三年，願以君羹遺母。不居一國，欲其晝錦還鄉。" 高枕：枕著高枕頭，謂無憂無慮。《戰國策·齊策》："三窟已就，君姑高枕爲樂矣！"韓愈《與鳳翔邢尚書書》："戎狄棄甲而遠遁，朝廷高枕而不虞。"

⑧ 亞卿：唐及以後太常寺等官署少卿的別稱。常袞《授周若冰光禄少卿制》："俾踐亞卿之列，仍兼題輿之任。"韓愈《贈太傅董公行狀》："公諱晉⋯⋯遷秘書少監，歷太府、太常二寺亞卿。" 獨坐：專席而坐，亦謂驕貴無匹。《後漢書·宣秉傳》："光武特詔御史中丞與司隸校尉、尚書令會同並專席而坐，故京師號曰'三獨坐'。"唐人因《後漢書·宣秉傳》中"三獨坐"之事，遂以"獨坐"爲御史中丞別名。杜甫《奉送郭中丞兼太僕卿充隴右節度使》："通籍微班忝，周行獨坐榮。"洪邁《容齋四筆·官稱別名》："唐人好以它名標榜官稱⋯⋯御史大夫爲亞台，爲亞相，爲司憲，中丞爲獨坐，爲中憲，侍御史爲端公、南床、橫榻、雜端。"邵同當時官兼御史中丞之職，故言。 辱命：辜負使命。《漢書·蘇武傳》："屈節辱命，雖生，何面目以歸漢！"傅咸《爲宋公求加贈劉前軍表》："出征入輔，幸不辱命。" 彝章：常典，舊典。長孫無

忌《進律疏議表》：“昔周后登極，呂侯闡其茂範；虞帝納麓，皋陶創其彝章。”孫逖《誡勵吏部兵部禮部掌選知舉官等敕》：“近者流外銓曹，頗多渝濫，有塵清議，實紊彝章。”

［編年］

《年譜》編年本文於元和十五年，理由是：“《舊唐書》卷一九六下《吐蕃傳》下云：‘(元和十五年十月)以太府少卿、兼御史中丞邵同持節入吐蕃，充答請和好使。’”《編年箋注》根據《舊唐書·吐蕃傳》、《册府元龜》：“庚辰……以郯王府長史邵同爲太府少卿，兼御史中丞，持節入吐蕃充答請和好使。”《資治通鑑·憲宗元和十五年》：“(十月)癸未……以郯王府長史邵同爲太府少卿，兼御史中丞，充答吐蕃請和好使。”認爲“此《制》撰於元和十五年(八二〇)十月。”《年譜新編》引用與《編年箋注》一樣的《册府元龜》的材料，編年本文於元和十五年。

我們以爲，本文可以進一步編年。《舊唐書·吐蕃傳》：“(元和十五年十月)以太府少卿、兼御史中丞邵同持節入吐蕃，充答請和好使。”可以初步明確其月份是十月。又《資治通鑑·憲宗元和十五年》：“(十月)癸未……以郯王府長史邵同爲太府少卿，兼御史中丞，充答吐蕃請和好使。”據干支推算，“癸未”應該是十月十四日。據此，我們以爲本文撰成於元和十五年十月十四日之一二日前，地點在長安，元稹時任祠部郎中知制誥之職。

◎ 獨孤朗可尚書都官員外郎韋瓘可守右補闕同充史館修撰制(一)①

敕：殿中侍御史充史館修撰獨孤朗、左拾遺韋瓘：汝等皆冠圓冠，曳方屨，以儒服事朕，朕甚偉之②！朗能彰善癉惡，屬詞可觀。瓘嘗旅進廷爭,極言無隱③。

　　求所以補朕過失,從而記之,而又書丞相已下百執事舉措,以爲來代法,非爾而誰? 是用命爾遞遷諫列⁽二⁾,次補外郎④。竄定闕文,裁成義類,此仲尼《春秋》之職業也,爾等自謂何如哉? 其可上下心手於愛惡是非乎? 朗可尚書都官員外郎,依前史館修撰。瓘可守右補闕,充史館修撰。餘如故⑤。

録自《元氏長慶集》卷四七

[校記]

　　(一)獨孤朗可尚書都官員外郎韋瓘可守右補闕同充史館修撰制:楊本、叢刊本作"獨孤朗授尚書都官員外郎",盧校作"獨孤朗授尚書都官員外郎制",《全文》作"授獨孤朗尚書都官員外郎韋瓘守右補闕同充史館修撰制",各備一説,不改。

　　(二)是用命爾遞遷諫列:叢刊本、《全文》同,楊本誤作"是用命爾遞遷諫則",不從不改。

[箋注]

　　① 獨孤朗:元積制科同年獨孤郁之兄弟,元和十一年前後,元積與獨孤朗在興元有過較長時間的相處,元積有《酬獨孤二十六送歸通州》詩,岑仲勉先生《唐人行第録》:"獨孤二十六,元氏集《酬獨孤二十六送歸通州》,名未詳。"《舊唐書·獨孤郁傳》:"郁弟朗。"韓愈《唐故秘書少監贈絳州刺史獨孤府君墓誌銘》:"(元和)十年正月,病遂殆,甲午輿歸,卒於其家,贈絳州刺史,年四十……四月己酉,其兄右拾遺朗……謂愈曰:'子知吾弟久,敢屬以銘。'"《資治通鑑》元和九年六月:"翰林學士獨孤郁,權德輿之婿也。上嘆郁之才美曰:'德輿得婿郁,

我反不及邪!'"由此我們得知送元稹歸通州的"獨孤二十六"就是獨孤朗,是已經謝世的獨孤郁的兄長,當時山南西道節度使權德輿與獨孤家族是兒女親家。《唐人行第錄》所云"獨孤二十六,名未詳"失考,《舊唐書‧獨孤郁傳》所認定"郁弟朗"有誤。獨孤朗還是長慶元年十二月"使酒罵座"的主角之一。《舊唐書‧穆宗紀》:"(長慶元年)十二月甲子朔……丁卯,貶諫議大夫李景儉爲楚州刺史……戊寅……貶員外郎獨孤朗韶州刺史,起居舍人溫造朗州刺史,司勛員外郎李肇灃州刺史,刑部員外郎王鎰郢州刺史,坐與李景儉於史館同飲,景儉乘醉見宰相謾罵故也。兵部郎中知制誥馮宿、庫部郎中知制誥楊嗣復各罰一季俸料,亦坐與景儉同飲,然先起,不貶官。"《舊唐書‧獨孤朗傳》:"(獨孤)朗嘗居諫官,請罷淮西用兵,不協旨,貶興元戶曹。入爲監察御史,轉殿中。十五年,兼充史館修撰,遷都官員外郎。長慶初,諫議大夫李景儉於史館飲酒,憑醉謁宰相,語辭侵侮,朗坐同飲,出爲漳(韶)州刺史……"《編年箋注》認定獨孤朗曾爲"漳州刺史",是獨孤郁之弟,均有誤。　　**都官員外郎**:刑部屬吏,從六品上。據《舊唐書‧職官志》:"郎中、員外郎之職,掌配紀隸,簿錄俘囚,以給衣糧藥療,以理訴競雪冤。凡公私良賤,必周知之。凡反逆相坐,沒其家爲官奴婢。一免爲蕃户,再免爲雜户,三免爲良民,皆因赦宥所及則免之。年六十及廢疾,雖赦令不該,亦並免爲蕃户。七十則免爲良人,任所樂處而編附之。凡初被没有伎藝者,各從其能,而配諸司。婦人工巧者,入於掖庭。其餘無能,咸隸司農。"常袞《授苗發都官員外郎制》:"朝散大夫、前守秘書丞、龍門縣開國男苗發……可行尚書都官員外郎,賜緋魚袋,散官封如故。"韓愈《乳母墓銘》:"及見所乳兒愈舉進士第,歷汴徐軍,入朝爲御史、國子博士、尚書都官員外郎、河南令……"　　**韋瓘**:元稹第一任岳丈韋夏卿之從子。《新唐書‧韋瓘傳》:"(韋)正卿子瓘,字茂弘。及進士第,仕累中書舍人。與李德裕善,德裕任宰相,罕接士,唯瓘往請無間也。李宗閔惡之,德裕罷,貶爲明州長史。

會昌末,累遷楚州刺史,終桂管觀察使。"《編年箋注》:"韋瓘,於史無傳。"有誤。韋瓘還捲入我國古代一樁文學疑案,至今真相難明。張洎《賈氏譚錄》:"世傳《周秦行紀》非僧孺所作,是德裕門人韋瓘所撰。開成中曾爲憲司所覆,文宗覽之笑曰:'此必假名! 僧孺是貞元中進士,豈敢呼德宗爲沈婆兒也?'事遂寢。"韋瓘另有《留題桂州碧潯亭》:"半年領郡固無勞,一日爲心素所操。輪奐未成繩墨在,規模已壯閬閬高。理人雖切才常短,薄宦都緣命不遭。從此歸耕洛川上,大千江路任風濤。"又有《南陵縣大農陂記》:"宣部支邑十城,而南陵處劇……元和八年歲次癸巳,六月壬午朔,十五日丙申建。"傳於後世。《舊唐書·李宗閔傳》:"長慶元年,子婿蘇巢於錢徽下進士及第。其年巢覆落,宗閔涉請託,貶劍州刺史。時李吉甫子德裕爲翰林學士,錢徽榜出,德裕與同職李紳、元稹連衡言於上前,云徽受請託,所試不公。故致重覆,比相嫌惡,因是列爲朋黨,皆挾邪取權,兩相傾軋,自是紛紜排陷,垂四十年。"如果再加上韋瓘與元稹的特殊親戚關係,似乎元稹與李德裕更有結黨的可能。我們以爲《舊唐書·李宗閔傳》所說荒謬。據《舊唐書·錢徽傳》所述,證諸其他史料,舉發"所試不公"者爲段文昌,贊同者爲元稹、李紳,實與李德裕無干。又《舊唐書·李宗閔傳》以及《資治通鑑》"紛爭四十年"云云,實爲誇張不實之詞。我們以爲:李吉甫、李德裕父子既然與這次科試案無涉,那麼這次科試案也就不應該成爲牛李黨爭之重要原因。當然封建社會中,官員之間因政見不同、利益衝突,常常分成這樣的集團那樣的幫派,發生這樣的衝突那樣的鬥爭是很正常的,但長慶元年考試事件是否就是牛李黨爭的開端,則要根據具體的歷史史實具體分析。據傅璇琮先生在《李德裕年譜》中的考證,牛李黨爭第一次正面衝突是大和九年的維州事件,其時元稹已經病卒,故我們以爲元稹其實並未參與牛李黨爭,科試案亦應該與牛李黨爭無涉。新舊《唐書》之《李宗閔傳》與《資治通鑑》的記載互爲矛盾,不可信從。另外,韋瓘捲入我國古代一樁文學疑案之事，不問有無，時間也在元稹身後，更與元稹無關。　補闕：官名，唐武后垂拱元年始置，有左右之分，左補闕屬門下省，右補闕屬中書省，掌供奉諷諫。張九齡《與袁補闕尋蔡拾遺會此公出行後蔡有五韵詩見贈以此篇答焉》："轍迹陳家巷，詩書孟子鄰。偶來乘興者，不值草玄人。"陳子昂《度峽口山贈喬補闕知之王二無競》："峽口大漠南，橫絶界中國。叢石何紛糺？赤山復翕赩。"　史館：官修史書的官署名，北齊時設立，唐太宗時始由宰相兼領，以後沿爲定制。竇牟《史館候別蔣拾遺不遇》："千門萬户迷，佇立月華西。畫戟晨光動，春松宿露低。"白居易《太和戊申歲大有年詔賜百寮出城觀稼謹書盛事以俟采詩》："好人詩家詠，宜令史館書。散爲萬姓食，堆作九年儲。"　修撰：官名，唐代史館有修撰，掌修國史。崔恭《唐右補闕梁肅文集序》："朝廷尚德，故以公爲太子侍讀；國尚實録，故以公爲史館修撰；發誥令，敷王猷，故以公爲翰林學士。"韓愈《進順宗皇帝實録表狀》："臣與修撰左拾遺沈傳師、直館京兆府咸陽縣尉宇文籍等，共加採訪，並尋檢詔敕，修成《順宗皇帝實録》五卷。"

②"冠圓冠"二句：典見《莊子》，《毛詩名物解・冰》："莊子曰：'冠圓冠者，知天時；履方履者，知地形。冠，天象也；履，地象也。"《爾雅翼・鷸》："莊子亦云：冠圓冠者，知天時；履句屨者，知地形；緩佩玦者，事至而斷：此魯國之儒服也。"　儒服：古代儒者的服飾。《禮記・儒行》："魯哀公問於孔子曰：'夫子之服，其儒服與？'孔子對曰：'丘少居魯，衣逢掖之衣。長居宋，冠章甫之冠。丘聞之也，君子之學也博，其服也鄉，丘不知儒服。'"鄭玄注："逢，猶大也，大掖之衣，大袂襌衣也。"《史記・仲尼弟子列傳》："子路後儒服委質，因門人請爲弟子。"　偉：認爲奇異，認爲出色，崇敬。《東觀漢記・敬隱宋皇后傳》："外家出過於道南，聞有兒啼聲，憐之，因往就視。有飛鳥紆翼覆之，沙石滿其口，鼻能喘。心怪偉之，以有神靈，遂取而持歸養。"《新唐書・盧承慶傳》："貞觀初，爲秦州參軍，入奏軍事，太宗偉其辯，擢考功員

外郎。”

③ 彰善癉惡：表彰美善，憎恨邪惡。《書·畢命》：“旌別淑慝，表厥宅里，彰善癉惡，樹之風聲。”孔傳：“言當識別頑民之善惡，表異其居里，明其爲善，病其爲惡，立其善風，揚其善聲。”劉知幾《史通·曲筆》：“蓋史之爲用也，記功司過，彰善癉惡，得失一朝，榮辱千載。”亦省作“彰癉”。張九齡《請誅禄山疏》：“苟彰癉失宜，尤難三軍立績。是以用命而成，固宜嘉勖；失律而逃，更當懲戒。” 屬詞：謂連綴字句爲文章，指寫作。温庭筠《送崔郎中赴幕》：“發迹豈勞天上柱？屬詞還得幕中蓮。”《舊唐書·薛登傳》：“有梁薦士，雅愛屬詞；陳氏簡賢，特珍賦詠。” 可觀：優美。元積《叙詩寄樂天書》：“其中有旨意可觀，而詞近古往者，爲古諷。”指達到較高的程度。陶潛《庚戌歲九月中于西田獲早稻》：“開春理常業，歲功聊可觀。” 旅進：並進。薛用弱《集異記·王維》：“岐王入曰：‘承貴主出内，故携酒樂奉讌。’即令張筵，諸伶旅進。”司馬光《交趾獻奇獸賦》：“群公卿士、百僚庶尹，儼然垂紳薦笏，旅進而稱曰：‘陛下功冠邃古，化侔儀極。’” 廷争：在朝廷上向皇帝極力諫諍。《史記·吕太后本紀》：“陳平、絳侯曰：‘於今面折廷争，臣不如君。夫全社稷，定劉氏之後，君亦不如臣。’”王讜《唐語林》：“徐大理有功，每見武后將殺人，必據法廷争。” 極言：謂直言規勸。《吕氏春秋·先識》：“臣聞國之興也，天遺之賢人與極言之士。”《後漢書·明帝紀》：“群司勉修職事，極言無諱。” 無隱：没有隱瞞或掩飾。《禮記·檀弓》：“事君有犯而無隱。”徐鉉《送高郎中出爲婺源建威軍使》：“危言昔日嘗無隱，壯節今來信不凡。”

④ 過失：因疏忽而犯的錯誤。《管子·山權數》：“晉有臣不忠於其君，慮殺其主，謂之公過。諸公過之家，毋使得事君，此晉之過失也。”《宋書·向靖傳》：“子植嗣，多過失，不受母訓，奪爵。” 舉措：亦作“舉錯”，舉動，行爲。《管子·五輔》：“故民必知權，然後舉錯得；舉錯得，則民和輯。”《漢書·匡衡傳》：“舉錯動作，物遵其儀。”措置，措

施。《荀子·天論》：“政令不明，舉錯不時。”《漢書·何武傳》：“君舉錯煩苛，不合眾心。”　　來代：後代，後世。嵇康《答釋難宅無吉凶攝生論》：“夫時日用於盛世，而來代襲以妖惑；猶先王制雅樂，而季世繼以淫哇也。”李白《比干碑》：“正直聰明，至今猛視。咨爾來代，爲臣不易。”　　遞遷：順次提升。李公佐《南柯太守傳》：“周(弁)田(子華)皆以政治著聞，遞遷大位。”歐陽修《論班行未有舉薦之法札子》：“臣伏見朝廷選任百官，文武參用……惟有武官中近下班行，並無賢愚分別，一例以年歲遞遷。”　　諫列：諫官之列。歐陽修《奉答子華學士安撫江南見寄之作》：“我昔忝諫列，日常趨紫宸。”《文獻通考·職官》：“紹興三年，曾統言本朝多以諫議兼記注，且聽直前奏事，元豐始，不任諫列。”　　次補：依次遞補。常袞《授閭伯瑓刑部侍郎等制》：“古者參用名儒，典領大郡，或連書課績之最，則次補公卿之缺。”權德輿《金紫光祿大夫司農卿邵州長史李公墓誌銘》：“公即虢州府君之第若干子也，憑是積厚，叢生福祉，少以門子入官，聯調兩宮環列之佐，次補伊闕丞。”　　外郎：官名，漢中郎將分掌三署，郎有議郎、中郎、侍郎、郎中，皆掌宮殿門戶，出充車騎，沒有固定職務的散郎稱外郎。六朝以來，亦稱員外郎，謂正員以外的官員。《漢書·惠帝紀》：“中郎、郎中滿六歲爵三級，四歲二級，外郎滿六歲二級。”顏師古注引蘇林曰：“外郎，散郎也。”張籍《寄元員外》：“外郎直罷無餘事，掃灑書堂試藥爐。”

⑤　竄定：刪改訂正。《新唐書·楊師道傳》：“師道再拜，少選輒成，無所竄定，一坐嗟伏。”陸游《跋唐盧肇集》：“子發嘗謫春州，而集中誤作青州，蓋字之誤也。《題清遠峽觀音院》詩作‘青州遠峽’，則又因州名而妄竄定也。”　　闕文：原指有疑暫缺的字，後亦指有意存疑而未寫出的文句。《論語·衛靈公》：“吾猶及史之闕文也。”何晏集解引包咸曰：“古之良史，於書字有疑則闕之，以待知者。”《文心雕龍·練字》：“史之闕文，聖人所慎，若依義棄奇，則可與正文字矣！”脫漏的字句。姚寬《西溪叢語》卷上：“今閱二篇，又無是一句，信有闕文。”　　裁

成：編制而成。劉知幾《史通·史官建置》：“且叔師研尋章句，儒生之腐者也；嗣宗沈湎麴糵，酒徒之狂者也。斯豈能錯綜時事，裁成國典乎？”元稹《唐故朝議郎侍御史內供奉鹽鐵轉運河陰留後河南元君墓誌銘》：“先府君叢集群言，裁成《百葉書抄》。” 義類：文章事物的比義推類。王充《論衡·謝短》：“義類所及，故可務知。”《新唐書·柳芳傳》：“時國史已送官，不可追刊。乃推衍義類，倣編年法，爲《唐曆》四十篇，頗有異聞。” 仲尼：孔子的字，孔子名丘，春秋魯國人。《莊子·人間世》：“顏回見仲尼，請行。”張說《大唐祀封禪頌》：“仲尼叙帝王之書。” 春秋：編年體史書名，相傳孔子據魯史修訂而成，所記起于魯隱公元年，止于魯哀公十四年，凡二百四十二年。叙事極簡，用字寓褒貶，爲其傳者，以《左氏》、《公羊》、《穀梁》最著。《孟子·滕文公》：“孔子懼，作《春秋》。”范仲淹《近名論》：“孔子作《春秋》，即名教之書也。善者褒之，不善者貶之。使後世君臣，愛令名而勸，畏惡名而慎矣！” 職業：官事和士農工商四民之常業。《荀子·富國》：“事業所惡也，功利所好也，職業無分，如是，則人有樹事之患而有爭功之禍矣！”楊倞注：“職業，謂官職及四人之業也。”白居易《馮宿除兵部郎中知制誥制》：“故吾於今歸汝職業，仍遷秩爲五兵郎中，勉繼顏陳，無辱吾舉！” 上下心手：猶言“上下其手”，《左傳·襄公二十六年》載，楚攻鄭，穿封戌虜鄭將皇頡，公子圍與之爭功，請伯州犁裁處。伯州犁曰：“請問於囚。”囚出作證，伯州犁有意偏袒公子圍，故意上其手，曰：“夫子爲王子圍，寡君之貴介弟也。”下其手，曰：“此子爲穿封戌，方城外之縣尹也。誰獲子？”囚曰：“頡遇王子，弱焉！”後因謂玩弄手法，通同作弊曰“上下其手”。《舊唐書·魏徵傳》：“昔州犁上下其手，楚國之河遂差。”周矩《諫制獄酷刑疏》：“所推者必上下其手，希聖旨也，願陛下察之。” 愛惡：愛好與厭惡。《易·繫辭》：“是故愛惡相攻而吉凶生。”白居易《白牡丹》：“始知無正色，愛惡隨人情。” 是非：褒貶，評論。《史記·太史公自序》：“孔子知言之不用，道之不行也，是非二百四十二年之中，以爲天下儀表。"指辨別是非。《孟子·公孫丑》："無是非之心，非人也。"

[編年]

《年譜》編年："《舊唐書·獨孤朗傳》云：'(元和)十五年，兼充史館修撰，遷都官員外郎。'《唐會要·左右補闕拾遺》：'(元和)十五年八月，山陵始復土……或言欲及重陽節，與百寮內宴，拾遺李珏……韋瓘……等上疏……'同書《諫議大夫》：'(元和)十五年十月……左拾遺韋瓘……於閣中奏事，諫以上宴樂過度，上曰："朕有所闕，臣下能犯顏直諫，豈非忠耶！"'此《制》：'左拾遺韋瓘……嘗旅進廷爭，極言無隱'云云，當撰於元和十五年十月壬午以後。"《編年箋注》除引錄《年譜》所引《唐會要·諫議大夫》之條外，又"此《制》稱獨孤郁官衛爲'殿中侍御史，充史館修撰'，不及'都官員外郎'，知在元和十五年之內。"編年："推知此《制》撰於元和十五年(八二〇)十月以後。"《年譜新編》編年理由同《年譜》，編年結論同《編年箋注》。

我們以爲，一、《舊唐書·獨孤朗傳》云："(元和)十五年，兼充史館修撰，遷都官員外郎。"限定本文應該撰成於元和十五年二月五日之後。二、《唐會要·諫議大夫》："(元和)十五年十月，諫議大夫鄭覃、崔郾、右補闕辛丘度、左拾遺韋瓘、溫會於閣中奏事，諫以上宴樂過度。上曰：'朕有所闕，臣下能犯顏直諫，豈非忠耶？'宰臣等皆拜舞賀。"這是促成韋瓘從"左拾遺""次補"，"可守右補闕，充史館修撰"的主要動因。三、據《資治通鑑·唐憲宗元和十五年》："冬十月……壬午，群臣入閣。諫議大夫鄭覃、崔郾等五人進言：'陛下宴樂過多，畋遊無度。今胡寇壓境，忽有急奏，不知乘輿所在。又晨夕與倡優狎暱，賜與過厚。夫金帛，皆百姓膏血，非有功不可與。雖內藏有餘，願陛下愛之。萬一四方有事，不復使有司重斂百姓。時久無閣中論事者，上始甚訝之，謂宰相曰：'此輩何人？'對曰：'諫官。'上乃使人慰勞之曰：'當依卿言！'宰相皆賀，然實不能用也。"《資治通鑑》中"諫議大夫鄭覃、崔郾等五人"，就是《唐會要·諫議大夫》中的"諫議大夫鄭覃、崔郾、右補闕辛丘度、左拾遺韋瓘、溫會"，人物相合，事由相同，應該是同一件事情。而據干支推算，"壬午"是十月十三日。據此，本文應該撰成於元和十五年十月十三日之後數日，地點在長安，元稹時任祠部郎中、知制誥臣。

◎ 王炅等升秩制^{(一)①}

敕：王炅等：乃祖乃父，勤勞邦家。佐吾先臣相國，捍患摧凶，世爲勛籍^(二)。故吾聞成德諸將，心猶悚然②。

爾等初喪元戎，能以衆整^(三)。送迎新舊之際，不無夙夜之勞③。言念功庸，宜升秩序。榮以憲署^(四)，命之崇班。特示加恩，匪用彝典。可依前件^{(五)④}。

録自《元氏長慶集》卷四九

［校記］

（一）王炅等升秩制：《全文》同，楊本、叢刊本、盧校作"王炅兼侍御史"，各備一説，不改。

（二）世爲勛籍：叢刊本、《全文》同，楊本作"□爲勛籍"，各備一説，不改。

（三）能以衆整：楊本、《全文》同，叢刊本作"能以□整"，各備一説，不改。

（四）榮以憲署：楊本、叢刊本、《全文》作"□□憲署"，盧校作"庸以憲署"，各備一説，不改。

（五）可依前件：原本無，《全文》同，據楊本、叢刊本補。

［箋注］

① 王炅：穆宗時人，除本文之外，未見其他文獻記載。　升秩：升官。沈既濟《選舉論》：“且吏部之本，存乎甲令。雖曰度德居官，量才授職，計勞升秩，其文具矣！”韓愈《曹成王碑》：“王及州，不解衣，下令掊鎖擴門，悉棄倉實與民，活數十萬人。奏報，升秩少府。”據楊本、叢刊本、盧校的題目所示，王炅所升之職是“侍御史”。

② 邦家：國家。《詩·小雅·南山有臺》：“樂只君子，邦家之基。”鄭玄箋：“人君既得賢者，置之於位，又尊敬以禮樂，樂則能爲國家之本。”《後漢書·皇甫規傳論》：“故能功成於戎狄，身全於邦家也。”　先臣相國：指王承宗，王承宗生前曾任“成德軍節度使”，挂著“左僕射”之虛職，故以“相國”稱之。又因本文撰寫之時，王承宗已經作古，故稱“先臣”。《舊唐書·憲宗紀》：“(元和四年)九月甲辰朔，庚戌，以成德軍都知兵馬使、鎮府右司馬王承宗起復檢校工部尚書，充成德軍節度使……(元和十四年八月)戊午，王承宗進位檢校左僕射。”　先臣：古代稱自己已死的祖先、父親爲“先臣”，帝皇有時也稱前代舊臣爲“先臣”。《左傳·文公十五年》：“宋華耦來盟……公與之宴，辭曰：‘君之先臣督，得罪於宋殤公，名在諸侯之策，臣承其祀，其敢辱君？’”杜預注：“耦，華督曾孫也。”陸機《謝平原内史表》：“世無先臣宣力之效，才非丘園耿介之秀。”　相國：古官名，春秋戰國時，除楚國外，各國都設相，稱爲相國、相邦或丞相，爲百官之長。秦及漢初，其位尊於丞相，後爲宰相的尊稱。《漢書·百官公卿表》：“高帝元年，沛相蕭何爲丞相。九年，丞相何遷爲相國。”張説《奉蕭令嵩酒并詩》：“樂奏天恩滿，杯來秋興高。更蒙蕭相國，對席飲醇醪。”　患：禍患，灾難。《易·既濟》：“君子以思患而豫防之。”曾鞏《本朝政要策·南蠻》：“南蠻於四夷爲類最微，然動輒一方受其患。”　凶：惡人。韓愈《與少室李拾遺書》：“强梁之凶，銷鑠縮栗，迎風而委伏。”羅隱《湘妃廟》：“八族未來誰北拱？四凶猶在莫南巡。”　勛籍：記載功勳的簿

籍，相當於後代的功勞簿。權德輿《朝散大夫守司農少卿賜紫金魚袋隴西縣開國男李公墓誌銘》：“代以忠厚而膺爵命，勛籍吏部，皆冠宗室。”元稹《裴誼檢校尚書庫部郎中充河陽節度判官制》：“昔竇憲以元舅出征，大開幕府，以致賢彦。是以銘燕然，備勛籍，用參畫也。” 悚然：肅然恭敬貌。《北齊書·李繪傳》：“音辭辯正，風儀都雅，聽者悚然。”葉適《太府少卿福建運判直寶謨閣李公墓誌銘》：“豈不富貴，視若一塵；我爲悚然，思見其人。”

③ 初喪元戎：指王承宗病故，事見《舊唐書·穆宗紀》：“（元和十五年十月庚辰）成德軍節度使王承宗卒。” 元戎：主將，統帥。徐陵《移齊王》：“我之元戎上將，協力同心，承稟朝謨，致行明罰。”柳宗元《故連州員外司馬凌君權厝志》：“以謀畫佐元戎，常有大功。” 整：整齊，嚴整。《詩·小雅·六月》：“玁狁匪茹，整居焦穫。”鄭玄箋：“乃自整齊而處周之焦穫。”《後漢書·荀彧傳》：“紹兵雖多而法不整。” 送迎新舊之際：送走舊帥王承元，迎候新帥田弘正，事見《舊唐書·穆宗紀》：“（元和十五年十月）乙酉，以魏博等州節度觀察等使、光禄大夫、檢校司徒、兼侍中、魏博大都督府長史、上柱國、沂國公、食邑三千户、實封三百户、田弘正可檢校司徒、兼中書令、鎮州大都督府長史、成德軍節度、鎮冀深趙等州觀察處置等使。以鎮冀深趙等觀察度支使、朝議郎、試金吾左衛胄曹參軍，兼監察御史王承元可銀青光禄大夫、檢校工部尚書、使持節滑州諸軍事、守滑州刺史、御史大夫，充義成軍節度鄭滑等州觀察等使。”筆者按：“以鎮冀深趙等觀察度支使、朝議郎、試金吾左衛胄曹參軍、兼監察御史王承元可銀青光禄大夫、檢校工部尚書、使持節滑州諸軍事、守滑州刺史、御史大夫，充義成軍節度、鄭滑等州觀察等使”中的“度支使”應該是“支度使”之誤。 不無：猶言有些。《顔氏家訓·雜藝》：“所有部帙，楷正可觀，不無俗字，非爲大損。”李吉甫《請罷永昌公主祠堂疏》：“臣以祠堂之設，禮典無文。蓋德宗皇帝恩出一時，事因習俗。當時人間，不無竊議。” 夙夜：朝夕，

日夜。桓寬《鹽鐵論·刺復》:"是以夙夜思念國家之用,寢而忘寐,飢而忘食。"謂日夜從事。《詩·小雅·雨無正》:"三事大夫,莫肯夙夜。邦君諸侯,莫肯朝夕。"孔穎達疏:"三事大夫無肯早起夜卧以勤國事者。"

④ 功庸:功勞,業績。《國語·晉語》:"臣聞之,曰無功庸者,不敢居高位。"韋昭注:"國功曰功,民功曰庸。"王符《潛夫論·遏利》:"是故無功庸於民而求盈者,未嘗不力顛也。" 秩:官職,品位。《晉書·卞敦傳》:"竟以畏懦貶秩三等。"韓愈《雪後寄崔二十六丞公》:"秩卑俸薄食口衆,豈有酒食開客顏!"晉升王炕等官職,事見《舊唐書·王承元傳》:"承元出鎮州,時年十八,所從將吏有具器用貨幣而行者,承元悉命留之。承元昆弟及從父昆弟授郡守者四人,登朝者四人,從事將校有勞者亦皆擢用。" 憲署:猶憲銜,唐宋以來官制中在正職外所加的御史之類虚銜。程大昌《演繁露續集·唐憲銜使頭使》:"唐世節度、觀察等使辟置官屬,許理年轉入臺官,至侍御史止,其御史中丞須有軍功乃得轉入,已上皆名憲銜。"趙彦衛《雲麓漫抄》卷三:"唐建中赦,許帶憲銜。遇赦加恩,踵爲故事。"王炕這次升任的新職就是"侍御史",故言。 崇班:猶高位。楊炯《唐上騎都尉高君神道碑》:"議郎清秩,懸符處士之星;開府崇班,上接臺階之位。"盧懷慎《奉和九日幸臨渭亭登高應制得還字》:"無因酬大德,空此愧崇班。" 彝典:常典。江淹《蕭相國拜齊王表》:"業不題於宗器,聲靡記於彝典。"庾信《爲閻大將軍乞致仕表》:"尸禄素餐,久縈彝典;負乘致寇,徒煩有司。"

[編年]

《年譜》、《編年箋注》、《年譜新編》均編年本文"當撰於元和十五年十月乙酉以後",理由均是:一、"爾等初喪元戎,能以衆整。送迎新舊之際,不無夙夜之勞。言念功庸,宜升秩序。"二、採録《舊唐書·穆宗紀》元和十五年十月乙酉王承元與田弘正移鎮之事的記載。三、

《舊唐書·王承元傳》:"承元出鎮州……從事將校有勞者,亦皆擢用。"

我們以爲,《年譜》、《編年箋注》、《年譜新編》所言"乙酉"應該是李唐朝廷正式移鎮王承元、田弘正的日子,任命王旻等人也應該在同時。據此,本文應該在元和十五年十月"乙酉"以前,而不是在"以後"。又根據元和十五年十月"庚午朔"的記載,推知"乙酉"應該是十月十六日。因此本文應該撰成於元和十五年十月十六日之前數天,地點在長安,元稹時任祠部郎中知制誥之職。

◎ 李昆可權知滑州司馬兼監察御史制⁽一⁾①

敕:李昆:日者王承元以成德喪帥之狀來告⁽二⁾,爾實將之。能使承元之意上通⁽三⁾,朝廷之澤下究,昆有力焉②!

將議獎勞,是宜加秩⁽四⁾。郡丞憲吏,用表兼榮。可權知滑州司馬,兼監察御史⁽五⁾③。

錄自《元氏長慶集》卷四九

[校記]

(一)李昆可權知滑州司馬兼監察御史制:《全文》同,楊本、盧校、叢刊本作"李昆滑州司馬",各備一說,不改。

(二)日者王承元以成德喪帥之狀來告:原本作"日者王承元以成德喪師之狀來告",楊本、叢刊本、《全文》同,並無異文。喪師:謂戰敗而損失軍隊。《左傳·隱公十一年》:"犯五不韙,而以伐人,其喪師也,不亦宜乎。"陸機《辯亡論》:"强寇敗績宵遁,喪師太半。"查閱兩《唐書》以及《資治通鑑》,元和十五年與長慶元年,成德軍節度使府並無"喪師"之史實,肯定有誤。《舊唐書·穆宗紀》:"(元和十五年)冬十月庚午朔……成德軍節度使王承宗卒，其弟承元上表請朝廷命帥。"王承宗是成德軍節度使府的頭目、統帥，故"喪師"應該是"喪帥"之刊誤，徑改。《元稹集》、《編年箋注》均未指出其誤，更未出校，屬於偶爾的疏忽。

（三）能使承元之意上通：《全文》同，楊本、叢刊本作"能□承元之意上通"，各備一説，不改。

（四）是宜加秩：楊本、叢刊本作"是宜□秩"，《全文》作"是宜遷秩"，各備一説，不改。

（五）可權知滑州司馬，兼監察御史：原本無，《全文》同，據楊本、叢刊本補。

［箋注］

① 李昆：據本文，知其爲穆宗朝成德軍節度使王承宗的屬吏，除本文外，無其他史籍記載。　權知：謂代掌某官職。常衮《授崔炎監察御史制》："權知絳州絳縣令崔炎，慎學潤身，工文飭吏，錯薪刈楚，竹箭有筍。"權德輿《唐贈兵部尚書宣公陸贄翰苑集序》："服闋復内職，權知兵部侍郎。"　滑州：州郡名，府治今河南滑縣。《元和郡縣志·河南道》："滑州，今爲鄭滑節度使理所……管縣七：白馬、韋城、衛南、胙城、靈昌、酸棗、匡城。"王維《至滑州隔河望黎陽憶丁三宇》："隔河見桑柘，藹藹黎陽川。望望行漸遠，孤峰没雲烟。"李嘉祐《送馬將軍奏事畢歸滑州使幕》："吳門別後蹈滄州，帝里相逢俱白頭。自嘆馬卿常帶病，還嗟李廣未封侯。"　司馬：唐制，節度使屬僚有行軍司馬，又於每州置司馬，以安排貶謫或閑散的人。岑參《送揚州王司馬》："君家舊淮水，水上到揚州。"杜甫《柳司馬至》："有使歸三峽，相過問兩京。函關猶出將，渭水更屯兵。"　監察：即監察御史，負有監督察看之責的官吏。元稹《寄隱客》："監察官甚小，發言無所裨。"王讜《唐語林·識鑒》："初巖爲淮南崔鉉度支使，除監察，十年不出京

師,致位宰相。"筆者按:"初巖爲淮南崔鉉度支使"中的"度支使"應該是"支度使"之誤。

②"日者王承元以成德喪帥之狀來告"五句:事見《舊唐書·穆宗紀》:"(元和十五年)冬十月庚午朔……成德軍節度使王承宗卒,其弟承元上表請朝廷命帥。"估計李昆即是奉王承元之命向李唐朝廷呈送奏表之人。　日者:近日。《後漢書·光武帝紀》:"九月戊辰,地震裂,制詔曰:'日者地震,南陽尤甚。'"樊衡《爲幽州長史薛楚玉破契丹露布》:"日者關內未通,隔在荒外,自相殺戮,君臣無序,不能獨立。"　有力:有功勞。《國語·晉語》:"自文公以來,有力於先君而子孫不立者,將授立之。"《史記·孫子吳起列傳》:"〔吳王〕西破强楚,入郢,北威齊晉,顯名諸侯,孫子與有力焉!"　澤:恩德。蘇舜欽《上三司副使段公書》:"道與義澤於物而後已,至是則斯爲不朽矣!"《續資治通鑒·宋神宗元豐八年》:"先皇帝臨御十有九年,建立政事以澤天下。"

③獎勞:獎其勞績。元錫《蘇州刺史謝上表》:"至於物人長吏,簡在宸衷,然後明視達聰,獎勞懲過,俗臻壽域,垓靡窮人。"元稹《授薛昌族王府長史等制》:"朕河山在念,肯忘獎勞?藩邸求才,實思高選。"　加秩:加官晉職。李至遠《唐維州刺史安侯神道碑》:"璽書嘆述,遷本府中郎將,齎布帛五百段,又加秩爲忠武將軍行本職。"權德輿《尚書度支郎中贈尚書左僕射正平節公裴公神道碑銘》:"元和三年,抗章入覲,真拜右僕射判度支,加秩金紫光禄大夫。"　郡丞:郡守的副貳,這裏指李昆的司馬之職。李迥秀《唐齊州長史裴府君神道碑》:"解褐受普安郡丞,轉蓬州別駕。"元稹《故金紫光禄大夫嚴公行狀》:"公之先,自兩漢至隋氏,郡守、列侯、駙馬、御史、郡丞、將軍、刺史、著作郎,數百年冠冕不絕代。"　憲吏:指監察御史一類的官職,本文指李昆的監察御史之職。劉寬《諫中官打人表》:"又伏聆今日赦書,求理至切,令諫臣論事,遣憲吏執法。"白居易《李彤授檢校工部郎

中充鄭滑節度副使王源中授檢校刑部員外郎充觀察判官各兼侍御史
賜緋紫制》：“臺郎憲吏，金印銀章，加乎爾身，無忝我命。”　兼榮：加
倍的榮耀。元稹《授楊元卿涇原節度使制》：“勉竭乃誠，以敷朕意。
珥貂持簡，用示兼榮。”杜牧《敦煌郡僧正慧菀除臨壇大德制》：“若非
出群之才，豈獲兼榮之授？勉宏兩教，用化新邦。”

［編年］

　　《年譜》、《年譜新編》編年本文：“元和十五年十月乙酉以後。”理
由是：一、《制》云：‘日者王承元以成德喪師之狀來告，爾實將之。’”
二、《舊唐書·穆宗紀》：“（元和十五年十月乙酉）以鎮冀深趙等觀察
度支使、朝議郎、試金吾左衛冑曹參軍，兼監察御史王承元可銀青光
禄大夫、檢校工部尚書、使持節滑州諸軍事、守滑州刺史、御史大夫，
充義成軍節度鄭滑等州觀察等使。”三、《舊唐書·王承元傳》：“承元
出鎮州……從事將校有勞者，亦皆擢用。”《編年箋注》根據《年譜》的
第二條記載，認爲：“元和十五年十月，庚午朔，乙酉爲是月十六日，推
知此《制》撰於元和十五年（八二〇）十月初至十六日間。”《編年箋注》
根據同樣的史料，在《王巨等升秩制》得出“元和十五年十月乙酉後”
的意見，在本文又得出“元和十五年（八二〇）十月初至十六日間”的
結論，兩者的結論絕然相反，《編年箋注》不知又如何解釋自己的“嚴
密推理”？

　　我們以爲，一、《編年箋注》所言結論雖然大致可取，但編年“十月
初”則過於寬泛。而《年譜》、《年譜新編》所言“乙酉”應該是李唐朝廷
正式移鎮王承元、田弘正的日子，本文應該撰成於此前數天，而不是
“十月初”，更不是“乙酉以後”。二、筆者不得不指出，《年譜》、《年譜
新編》所引理由：“以鎮冀深趙等觀察度支使、朝議郎、試金吾左衛冑
曹參軍、兼監察御史王承元可銀青光禄大夫、檢校工部尚書、使持節滑
州諸軍事、守滑州刺史、御史大夫，充義成軍節度、鄭滑等州觀察等使”

中的"度支使"應該是"支度使"之誤。三、《舊唐書·王承元傳》:"承元出鎮州……從事將校有勞者,亦皆擢用。"王炅、李昆等人同爲王承元的成德軍節度使的舊部,升職的原因又相同,故任命王炅、李昆等人制誥《王炅等升秩制》與本文應該是同時下達,同時也應該與王承元的移鎮命令同時發佈。據此,本文應該在元和十五年十月"乙酉"以前,而不是在"以後"。四、根據元和十五年十月"庚午朔"的記載,推知"乙酉"應該是十月十六日。因此本文應該撰成於元和十五年十月十六日之前數天,地點在長安,元稹時任祠部郎中知制誥之職。

◎ 王進岌可冀州刺史制^{(一)①}

敕:元從奉天定難功臣、行右羽林軍大將軍兼御史大夫王進岌:冀方,陶堯之所理也。其俗質强,有古人遺風②。兵興已來,習爲奮武之地。非勇毅仁隱之者,不能兼牧其甿③。

以爾戰伐居多^(二),班資已重。副朕兹選,必有可觀④。夫理亂繩唯緩之,龔遂之政也;忠信可以服暴强,仲尼之言也。率是兩者,以臨其人,吾無憂於千里之內矣⑤!式兼亞相,周責外臺。可開府儀同三司、使持節行冀州刺史兼御史大夫,充本州團練守捉使,功臣、勛封如故⑥。

録自《元氏長慶集》卷四八

[校記]

(一)王進岌可冀州刺史制:楊本、宋浙本、叢刊本作"王進岌冀州刺史",《全文》作"授王進岌冀州刺史制",各備一說,不改。

(二)以爾戰伐居多:宋浙本、叢刊本、《全文》同,楊本作"以爾戰□居多",不從不改。

[箋注]

①　王進岌：兩《唐書》無傳，各種史籍記載其遇害消息，但大致相同：如《舊唐書·穆宗紀》："（長慶元年）八月甲子朔……癸酉，王廷湊遣盜殺冀州刺史王進岌，據其郡。"又如《新唐書·穆宗紀》："（長慶元年）八月……癸酉，王廷湊陷冀州，刺史王進岌死之。"另如《新唐書·王廷湊傳》："王廷湊……由是害弘正，自稱留後，脅監軍表請節。又取冀州，殺刺史王進岌。穆宗怒，以弘正子布爲魏博節度使，率軍進討。"除此而外，無其他資料可尋。　　冀州：州郡名，州治地當今河北冀縣。《元和郡縣志·河北道》："冀州：《禹貢》冀州堯所都也，虞及三代同爲冀州地。《爾雅》曰：兩河間曰冀州，冀，近也。兩河之間，其氣相近。春秋時屬晉，七國時屬趙，秦屬鉅鹿郡，漢高帝分趙鉅鹿，立清河、信都、常山，其信都即今州理是也……隋開皇三年罷郡爲冀州，大業三年復爲信都郡，隋末陷賊，武德四年討平竇建德，改爲冀州……管縣九：信都、衡水、南宮、武邑、下博、武強、棗強、堂陽、阜城。"吳融《陳琳墓》："冀州飛檄傲英雄。却把文辭事鄴宫。縱道筆端由我得，九泉何面見袁公？"王起《馮公神道碑銘》："公諱宿，字拱之，冀州長樂人，漢光禄勛奉世廿五代孫也。"　　刺史：古代地方官職名稱。元稹《與李十一夜飲》："寒夜燈前賴酒壺，與君相對興猶孤。忠州刺史應閑卧，江水猿聲睡得無？"白居易《三年爲刺史二首》一："三年爲刺史，無政在人口。唯向城郡中，題詩十餘首。"唐時刺史常常與太守互名。徐彦伯《餞唐州高使君赴任》："跂予望太守，流潤及京師。"沈佺期《哭蘇眉州崔司業二公》："涣汗天中發，伶俜海外旋。長沙遇太守，問舊幾人全？"

②　元從奉天定難功臣：《新唐書·兵志》："自德宗幸梁還，以神策兵有勞，皆號'興元元從奉天定難功臣'，恕死罪。"《資治通鑑·唐德宗貞元七年》："初上還長安，以神策等軍有衛從之勞，皆賜名'興元元從奉天定難功臣'（宋白曰：'唐玄宗平内難，賜衛士葛福順等爲'唐

元功臣’，不過十數人。德宗駐蹕奉天，及幸山南，賜從駕立功將校爲‘元從奉天定難功臣’，谷口以來元從將士賜名‘元從功臣’。及僖、昭頻年播遷，功臣差多。至後梁、後唐，遍及戍卒，非賞興也）。” 奉天：地名，京兆府屬縣之一。《元和郡縣志·京兆府》：“管縣二十三：萬年、長安、昭應、三原、醴泉、奉天、奉先、富平、雲陽、咸陽、渭南、藍田、興平、高陵、櫟陽、涇陽、美原、華原、同官、鄠、盩厔、武功、好畤。”《册府元龜·褒功》：“興元元年四月，帝在梁州，詔諸軍從奉天隨從將士，並賜爲‘元從奉天定難功臣’，從谷口已來隨從將士，賜名‘元從功臣’。” 功臣：君主時代稱有功之臣。《史記·季布欒布列傳》：“臣恐功臣人人自危也。”柳宗元《封建論》：“漢有天下，矯秦之枉，徇周之制，剖海内而立宗子，封功臣。”唐、宋、明三代賜給有功之臣的名號。《文獻通考·職官》：“加功臣號，始於唐德宗，宋朝因之，至元豐乃罷。中興後加賜者三人而已：韓世忠揚武翊運功臣，張俊安民靖難功臣，劉光世和衆輔國功臣。” 行：謂兼攝官職。《後漢書·陳俊傳》：“是時太山豪傑多擁衆與張步連兵，吳漢言於帝曰：‘非陳俊莫能定此郡。’於是拜俊太山太守，行大將軍事。”《資治通鑑·後漢高祖乾祐元年》：“丙寅，以（侯）益兼中書令，行開封尹。” 羽林軍：禁衛軍名，唐置左右羽林軍。張説《宿直温泉宫羽林獻詩》：“冬狩美秦正，新豐樂漢行。星陳玄武閣，月對羽林營。”崔顥《贈王威古》：“三十羽林將，出身常事邊。春風吹淺草，獵騎何翩翩！” 御史大夫：官名，秦置，漢因之，爲御史臺長官，地位僅次於丞相，掌管彈劾糾察及圖籍秘書，與丞相（大司徒）、太尉（大司馬）合稱三公。丞相缺位時，往往即由御史大夫遞升。後改稱大司空、司空，晉以後多不置，唐復置，但實權已輕。蘇頲《餞趙尚書攝御史大夫赴朔方軍》：“勁虜欲南窺，揚兵護朔陲。趙堯寧易印，鄧禹即分麾。”岑參《奉送李太保兼御史大夫充渭北節度使》：“詔出未央宫，登壇近總戎。上公周太保，副相漢司空。” 冀方：即冀州，漢武帝時爲十三刺史部之一，轄境大致爲河北省中南部，山

東省西端和河南省北端,後代轄境漸小,治所亦遷移不一。儲光羲
《奉和韋判官獻侍郎叔除河東採訪使》:"盛德滋冀方,仁風清汾澮。"
同谷子《五子之歌》三:"唯彼陶唐有冀方,少年都不解思量。如今箏
得當時事,首爲盤遊亂紀綱。"　陶堯:即傳説中古帝陶唐氏。元稹
《諭寶二首》二:"圭璧無卞和,甘與頑石列。舜禹無陶堯,名隨腐草
滅。"元稹《和李校書新題樂府十二首・驃國樂》:"古時陶堯作天子,
遂逼親聽康衢歌。又遣道人持木鐸,遍采謳謡天下過。"　質强:質樸
堅强。《續名醫類案・疫》:"幸年壯質强,已愈三日。"　遺風:前代或
前人遺留下來的風教。《楚辭・九章・哀郢》:"哀州土之平樂兮,悲
江介之遺風。"《史記・貨殖列傳》:"故其民猶有先王之遺風。"

③兵興已來:在李唐,指安史之亂。元結《舉處士張季秀狀》:
"臣切以兵興已來,人皆趨競,苟利分寸,不愧其心。"陸贄《貞元九年
冬至大禮大赦制》:"兵興已來,垂四十載,税額煩重,人已困窮。"　奮
武:揚武,用武。《書・禹貢》:"二百里奮武衛。"孔傳:"文教外之二百
里,奮武衛,天子所以安。"孔穎達疏:"由其心安王化,奮武以衛天子,
所以名此服爲安也。"曹丕《述征賦》:"命元司以簡旅,予願奮武乎南
鄴。"　勇毅:勇敢堅毅。《荀子・修身》:"勇毅猛戾,則輔之以道順。"
《孔子家語・執轡》:"食肉者勇毅而捍,食氣者神明而壽。"　仁隱:仁
愛惻隱。陳子昂《爲人陳情表》:"伏惟陛下仁隱自天,孝思在物,哀臣
孤苦,降鑒幽微。"元稹《對才識兼茂明於體用策》:"雖有慈惠之長、仁
隱之吏尚不能存。"　牧:統治,駕馭。司馬相如《難蜀父老》:"蓋聞天
子之牧夷狄也,其義羈縻勿絶而已。"李商隱《行次西郊作一百韻》:
"因令猛毅輩,雜牧升平民。"　甿:泛指百姓。《南史・張裕傳》:"渭
川之甿,佇簪裾而竦嘆。"張九齡《故襄州刺史靳公遺愛銘》:"緊公既
没,厥迹可尋。勒石是圖,以慰甿心。"

④戰伐:征戰,戰爭。《三國志・辛毗傳》:"連年戰伐,而介胄生
蟣蝨。"杜甫《閣夜》:"野哭幾家聞戰伐? 夷歌數處起漁樵。"　班資:

官階和資格。韓愈《進學解》：“商財賄之有亡，計班資之崇庫。”范仲淹《潤州謝上表》：“削內閣之班資，奪神州之寄任。” 副：相稱，符合。《後漢書·黃瓊傳》：“盛名之下，其實難副。”李咸用《和友人喜相遇十首》三：“人生口心宜相副，莫使堯階草勢斜。” 可觀：可以看，值得看。《易·序卦》：“物大然後可觀。”蘇軾《超然臺記》：“凡物皆有可觀，苟有可觀，皆有可樂。”

⑤ “夫理亂繩唯緩之”兩句：事見《西漢會要·捕盜》：“漢宣帝即位之後，渤海左右郡歲飢，盜賊並起，二千石不能禽制。漢宣帝以龔遂爲渤海太守。赴任之前，宣帝謂遂曰：‘渤海廢亂，朕甚憂之。君欲何以息其盜賊，以稱朕意？’遂對曰：‘臣聞治亂民，猶治亂繩，不可急也，唯緩之，然後可治。臣願丞相、御史且無拘臣以文法，得一切便宜從事。’”漢宣帝允准，後來渤海果然大治。 理亂：治理動亂，紛亂。王充《論衡·程材》：“取儒生者，必軌德立化者也；取文吏者，必優事理亂者也。”《北史·高允傳》：“移風易俗，理亂解紛。” “忠信可以服暴強”兩句：事見《論語·子張》：“子張問行，子曰：‘言忠信，行篤敬，雖蠻貊之邦行矣！言不忠信，行不篤敬，雖州里行乎哉？’” 忠信：忠誠信實。《史記·秦始皇本紀》：“此四君者，皆明知而忠信，寬厚而愛人，尊賢重士，約從離衡。”歐陽修《朋黨論》：“君子則不然，所守者道義，所行者忠信，所惜者名節。” 暴強：亦作“暴彊”，凶暴強橫。《淮南子·詮言訓》：“凡人之性，少則倡狂，壯則暴強，老則好利。”《史記·龜策列傳》：“暴強有鄉，仁義有時。” 仲尼：孔子的字，孔子名丘，字仲尼，春秋魯國人。《史記·孔子世家》：“紇與顏氏女野合而生孔子，禱於尼丘得孔子。魯襄公二十二年而孔子生，生而首上圩頂，故因名曰丘云，字仲尼。”《文心雕龍·銘箴》：“周公慎言于金人，仲尼革容於欹器。” 臨：監視，監臨，引申爲統治，治理。《史記·三王世家》：“今昭帝始立，年幼，富於春秋，未臨政，委任大臣。”韓愈《祭故陝府李司馬文》：“歷臨大邑，惟政有聲。” 千里：古代王都所領轄的方

千里地面。《周禮·地官·大司徒》:"乃建王國焉! 制其畿方千里而封樹之。"賈公顏疏:"王畿千里,以象日月之大。中置國城,面各五百里。"《後漢書·孔融傳》:"又嘗奏宜準古王畿之制,千里寰內,不以封建諸侯。"

⑥ 亞相:御史大夫的別稱,秦漢時,御史大夫爲丞相之副,丞相缺人,常以之遞升,故唐時有此別稱。顏真卿《讓憲部尚書表》:"陛下御極,又錄臣無功,寵以非次,常伯、亞相,一時猥集。"白居易《李昌元可兼御史大夫制》:"亞相之秩,威重寵崇。" 周:嚴密,緊密。《左傳·昭公四年》:"其藏之也周,其用之也遍。"杜預注:"周,密也。"《周禮·考工記·函人》:"櫜之而約則周也。"鄭玄注:"周,密緻也。" 賁:通"奮",發抒,顯露。《荀子·堯問》:"忠誠盛於內,賁於外,形於四海。"梁啓雄釋引劉師培曰:"賁、僨古通,僨、奮亦古通。《廣雅》訓奮爲'動',又訓爲'舒'。《史記集解》訓奮爲'發',則'賁於外'者,即發舒於外之義也。"徐夢莘《三朝北盟會編》卷六:"庶以伸久欝之公議,賁不朽之餘光。" 外臺:官名,後漢刺史爲州郡的長官,置別駕、治中、諸曹掾屬,號爲外臺。《後漢書·謝夷吾傳》:"〔謝夷吾〕爱牧荆州,威行邦國⋯⋯尋功簡能,爲外臺之表。"王維《同崔傳答賢弟》:"衣冠若話外臺臣,先數夫君席上珍。更聞臺閣求三語,遙想風流第一人。" 開府:古代指高級官員(如三公、大將軍、將軍等)成立府署,選置僚屬。《後漢書·董卓傳》:"(李)催又遷車騎將軍,開府,領司隸校尉,假節。"阮籍《辭蔣太尉辟命奏記》:"開府之日,人人自以爲掾屬。"三司:唐以御史大夫、中書、門下爲三司,主理刑獄。張說《和麗妃神道碑銘》:"故坐而論教,則位比三司;動而具瞻,則儀型六列者矣!"《新唐書·百官志》:"凡冤而無告者,三司詰之。三司,謂御史大夫、中書、門下也。" 守捉:唐制,軍隊戍守之地,較大者稱軍,小者稱守捉,其下則有城有鎮。元結《奏色科率等狀》:"臣一州當嶺南三州之界,守捉四十餘處。"《新唐書·兵志》:"唐初,兵之戍邊者,大曰軍,小

曰守捉,曰城,曰鎮,而總之者曰道。"

[編年]

《年譜》編年本文於"長慶元年八月癸酉以前",理由是:"《舊唐書·穆宗紀》云:'(長慶元年八月)癸酉,王庭湊遣盜殺冀州刺史王進岌。'"《編年箋注》、《年譜新編》編年理由同《年譜》,《編年箋注》結論:郁賢皓《唐刺史考》"定王進岌冀州刺史在元和十五年至長慶元年,則撰此《制》之具體日期難以確定"。《年譜新編》結論:"制作於長慶元年八月前。"

我們以爲,"長慶元年八月癸酉以前"、"元和十五年至長慶元年"、"長慶元年八月前"的結論不僅籠統,而且含糊,似乎王進岌在遇害之前剛剛任職冀州刺史,不可信從。而據郁賢皓先生《唐刺史考》考定,冀州刺史王進岌的前任是楊孝直,楊孝直元和十四年拜職冀州刺史,他應該是成德軍節度使王承宗生前信賴之人。而值得注意的是:在元和十五年十月,王承宗病故,成德軍境内發生了重大變故,李唐因此作了重大的人員調整:《舊唐書·穆宗紀》:"(元和十五年十月庚辰)成德軍節度使王承宗卒,其弟承元上表請朝廷命帥……乙酉,以魏博等州節度觀察等使、光禄大夫、檢校司徒兼侍中、魏博大都督府長史、上柱國、沂國公、食邑三千户、實封三百户田弘正可檢校司徒兼中書令、鎮州大都督府長史、成德軍節度、鎮冀深趙等州觀察處置等使。以鎮冀深趙等觀察度支(支度)使、朝議郎、試金吾左衛冑曹參軍兼監察御史王承元可銀青光禄大夫、檢校工部尚書、使持節滑州諸軍事、守滑州刺史、御史大夫,充義成軍節度、鄭滑等州觀察等使。以昭義節度使、檢校尚書左僕射、同中書門下平章事李愬可本官,爲魏州大都督府長史,充魏博等州節度觀察等使。以義成軍節度使劉悟依前檢校右僕射兼潞州大都督府長史,充昭義節度、澤潞邢洺磁等州觀察等使。以左金吾將軍田布爲檢校左散騎常侍兼懷州刺史、御史大夫,充河陽三城懷孟節度使。"田弘正來到成德軍節度使府,據史書記載,田弘正出於安全的考慮,當時還從魏博節度使府帶來親信二千人保衛節度使府:《舊唐書‧崔倰傳》:"時朝廷以王承元歸國,命田弘正移帥鎮州。弘正之行,以魏卒二千爲帳下。又以常山之人久隔朝化,人情易爲變擾,累表請留魏卒爲綱紀,其糧賜請度支歲給。穆宗下宰臣議,倰固言魏、鎮各有鎮兵,朝廷無例支給,恐爲事例,不可聽從。弘正不獲已,遣魏卒還藩。不數日而鎮州亂,弘正遇害。"而對成德軍節度使屬下四州刺史的人選,自然也應該在田弘正的考慮之中,據元稹《授盧捷深州長史制》編年,盧捷拜命深州長史,正是在十月十六日之時。我們以爲,絕對忠誠於李唐王室的"元從奉天定難功臣"王進岌,正是帶著"行右羽林軍大將軍兼御史大夫"的"班資"前來冀州,協助田弘正固守成德軍節度使府這一塊李唐事實上失守已久的領地。如果我們的推測能夠成立的話,拜命王進岌爲冀州刺史的制誥或者與田弘正的成德軍節度使任命撰寫於同時,亦即元和十五年十月"乙酉"之前一二日,或者比田弘正拜命稍後數日,亦即元和十五年十月十六日前後,撰文地點在長安,元稹時任祠部郎中、知制誥之職。

◎ 劉師老可尚書右司郎中郭
　行餘守秘書省著作郎制^{(一)①}

　　敕:侍御史內供奉劉師老、郭行餘等:曩者劉悟以全齊之地,斬叛來獻②。惟帝念功,始以鈇鉞榮戟、玄纛青旗,命悟建行臺於鄭滑,得置軍司馬以下官屬③。

　　妙選賢彥,以司謨猷。師老、行餘皆以天子命爲悟僚介④。會悟遷領他鎮,爾等實來。握蘭懷芸,皆授清秩^{(二)⑤}。

出入甄異，又何加焉！師老可尚書右司郎中，行餘可守秘書省著作郎，餘如故⑥。

録自《元氏長慶集》卷四六

［校記］

（一）劉師老可尚書右司郎中郭行餘守秘書省著作郎制：楊本、宋浙本、盧校、叢刊本作“劉師老授右司郎中制”，《全文》作“授劉師老尚書右司郎中郭行餘守秘書省著作郎制”，各備一説，不改。

（二）皆授清秩：叢刊本、《全文》同，楊本誤作“皆授瀆秩”，不從不改。

［箋注］

① 劉師老：不見兩《唐書》有傳，僅有零星記載可供參閲：《錢通》卷三〇：“貞元初，邢君牙爲隴右臨洮節度使，進士劉師老、許堯佐往謁焉！”《寶刻叢編·解州》：“《唐安邑縣新亭記》：唐劉師老撰，李銑正書，元和元年閏六月（《金石録》）。”《舊唐書·吐蕃傳》：“（長慶元年）九月，吐蕃遣使請盟，上許之……乃命大理卿兼御史大夫劉元鼎充西蕃盟會使，以兵部郎中兼御史中丞劉師老爲副，尚舍奉御兼監察御史李武、京兆府奉先縣丞兼監察御史李公度爲判官。十月十日，與吐蕃使盟。”《新唐書·吐蕃傳》：“長慶元年……以大理卿劉元鼎爲盟會使，右司郎中劉師老副之。”白居易有《太子詹事劉元鼎可大理卿兼御史大夫充西番盟會使右司郎中劉師老可守本官充盟會副使通事舍人太僕丞李武可守本官兼監察御史充盟會判官三人同制》，劉師老没有挂名“御史中丞”，與《舊唐書·吐蕃傳》記載有所不同，而與《新唐書·吐蕃傳》記載相一致。　右司郎中：《舊唐書·職官志》：“尚書省領二十四司……其屬有六尚書：一曰吏部，二曰户部，三曰禮部，四曰

兵部，五曰刑部，六曰工部……左丞掌管轄諸司，糾正省内，勾吏部、
户部、禮部十二司通判都省事。若右丞闕，則併行之。右丞管兵部、
刑部、工部十二司，若左丞闕，右丞兼知其事……左右司郎中各一員
（並從五品上，隋置，武德初省，貞觀初復置，龍朔二年改爲左右丞務，
咸亨復也）。左司郎中副左丞所管諸司事……若右司郎中闕，則併行
之。"權德輿《故正議大夫守門下侍郎同中書門下平章事趙公神道碑
銘(并序)》："王父贈趙州都督誼，歷右司郎中、乾封縣令、司僕少卿。"
李翱《唐故金紫光禄大夫尚書右僕射致仕上柱國弘農郡開國公食邑
二千户贈司空楊公墓誌銘》："故事：南曹郎未嘗有出使者，公既出，宰
相之親由是判成矣！故公卒不得在詔誥之清選，遂爲右司郎中。"
郭行餘：歷職秘書省著作郎、楚州刺史、汝州刺史、京兆少尹、大理卿、
邠寧節度使等，後參與甘露事變，被誅殺。《舊唐書・郭行餘傳》："郭
行餘者，亦登進士第，太和初累官至楚州刺史。五年移刺汝州，兼御
史中丞，九月入爲大理卿。李訓在東都時與行餘親善，行餘數相餉
遺，至是用爲九列，十一月訓欲竊發，令其募兵，乃授邠寧節度使，訓
敗族誅。"《新唐書・郭行餘傳》："郭行餘者，元和時擢進士。河陽烏
重胤表掌書記，重胤葬其先，使誌冢，辭不爲，重胤怒，即解去。擢累
京兆少尹，嘗值尹劉栖楚，不肯避，栖楚捕導從繫之。自言宰相裴度，
頗爲諭止。行餘移書曰：'京兆府在漢時有尹，有都尉，有丞，皆詔自
除，後循而不改。開元時，諸王爲牧，故尹爲長史，司馬即都尉、丞耳！
今尹總牧務，少尹副焉！未聞道路間有下車望塵避者，故事猶在。'栖
楚不能答。遷楚汝二州刺史、大理卿，擢邠寧節度使。李訓在東都，
與行餘善，故用之。"　著作郎：官名，三國魏明帝始置，屬中書省，掌
編纂國史。其屬有著作佐郎（後代或稱佐著作郎）、校書郎、正字等。
晉元康中改屬秘書省，稱爲大著作。唐代主管著作局，亦屬秘書省。
《南史・百官志》："晉武世，繆徵爲中書著作郎……著作郎謂之大著
作，專掌史任。"劉知幾《史通・核才》："夫史才之難，其難甚矣！《晉

令》云:'國史之任,委之著作,每著作郎初至,必撰名臣傳一人。'斯蓋察其所由,苟非其才,則不可叨居史任。"

② 侍御史:即殿中侍御史,御史臺屬員。《舊唐書·職官志》:"殿中侍御史(從七品下)……掌殿廷供奉之儀式,凡冬至元正大朝會,則具服升殿。若郊祀、巡幸,則於鹵簿中糾察非違,具服從於旌門,視文物有所虧闕,則糾之。凡兩京城內,則分知左右巡,各察其所巡之內有不法之事。"蘇頲《授李佘司勛員外郎制》:"朝議郎行殿中侍御史李佘,雅負才學,能循名教,涖官執憲,歷歲愈聞。"孫逖《太子舍人王公墓誌銘》:"公諱無競,字仲烈……歷麟臺正字,轉右衛倉曹、洛陽縣尉、監察御史、殿中侍御史、太子舍人。" 內供奉:唐代職官名,唐設殿中侍御史九人,其中三人爲內供奉,掌殿廷供奉之儀,糾察百官之失儀者。韓愈《故金紫光禄大夫檢校尚書左僕射同中書門下平章事贈太傅董公行狀》:"天子識之,拜殿中侍御史內供奉。"孫逖《授楊齊宣左補闕制》:"朝議郎前行右拾遺內供奉楊齊宣,耿介不群,精明有識,傳清白之素業,著詞華之令名。" "曩者劉悟以全齊之地"兩句:事見《舊唐書·劉悟傳》:"元和末,憲宗既平淮西,下詔誅師道。(師道)遣(都知兵馬使兼監察御史)悟將兵拒魏博軍,而數促悟戰。悟未及進,馳使召之。悟度使來必殺己,乃僞疾不出,令都虞候往迎之。使者亦果以誠告其人云:'奉命殺悟以代悟。'都虞候即時先還,悟劾之,得其實,乃召諸將與謀曰:'魏博田弘正兵强,出戰必敗;不出,則死。今天子所誅者,司空一人而已。悟與公等皆爲所驅迫,使就其死,何如殺其來使,整戈以取鄆立大功,轉危亡爲富貴耶?'衆咸曰:'善!唯都將所命!'悟於是立斬其使,以兵取鄆,圍其內城,兼以火攻其門。不數刻,擒師道并男二人,並斬其首以獻。擢拜悟檢校工部尚書,兼御史大夫、義成軍節度使,封彭城郡王,仍賜實封五百户、錢二萬貫、莊宅各一區。十五年正月入覲,又加檢校兵部尚書,餘如故。穆宗即位,以恩例遷檢校尚書右僕射。是歲十月,移鎮澤潞,旋

以本官兼平章事。"　曩:先時,以前。《莊子·齊物論》:"曩子行,今子止;曩子坐,今子起。"成玄英疏:"曩,昔也,向也。"顏之推《顏氏家訓·勉學》:"銓衡選舉,非復曩者之親;當路秉權,不見昔時之黨。"

③ 鈇鉞:象徵帝王賜予的專征專殺之權。《禮記·王制》:"諸侯賜弓矢,然後征。賜鈇鉞,然後殺。"孔穎達疏:"賜鈇鉞者,謂上公九命得賜鈇鉞,然後鄰國臣弒君、子殺父者,得專討之。"韓愈《送汴州監軍俱文珍序》:"有弓矢鈇鉞之權,皆國之元臣。"　棨戟:有繒衣或油漆的木戟,古代官吏所用的儀仗,出行時作爲前導,後亦列於門庭。《後漢書·輿服志》:"公以下至二千石,騎吏四人,千石以下至三百石縣長二人,皆帶劍,持棨戟爲前列。"《舊唐書·張儉傳》:"唐制三品以上,門列棨戟。"　纛:古時軍隊或儀仗隊的大旗。許渾《中秋夕寄大梁劉尚書》:"柳營出號風生纛,蓮幕題詩月上樓。"《新唐書·僕固懷恩傳》:"初,會軍汜水,朔方將張用濟後至,斬纛下。"　旗:古代畫有熊虎圖像的旗。《周禮·春官·司常》:"熊虎爲旗。"《周禮·春官·司常》:"師都建旗。"鄭玄注:"師都,六鄉六遂大夫也。謂之師都,都,民所聚也。畫熊虎者,鄉遂出軍賦象其守猛,莫敢犯也。"　行臺:臺省在外者稱行臺,魏晉始有之,爲出征時隨其所駐之地設立的代表中央的政務機構,北朝後期稱尚書大行臺,設置官屬無異於中央,自成行政系統,唐貞觀以後漸廢,但舊名仍然存在。劉禹錫《江陵嚴司空見示與成都武相公唱和因命同作》:"南荊西蜀大行臺,幕府旌門相對開。名重三司平水土,威雄八陣役風雷。"李商隱《漫成五章》四:"代北偏師銜使節,關中裨將建行臺。不妨常日饒輕薄,且喜臨戎用草萊。"　鄭滑:李唐義成軍節度使管轄的州郡中的鄭州與滑州,代稱義成軍節度使府。《舊唐書·地理志》:"義成軍節度使:治滑州,管滑、鄭、濮三州。"《舊唐書·李復傳》:"貞元十年,鄭滑節度使李融卒,軍中潰亂。以復檢校兵部尚書,兼滑州刺史、義成軍節度、鄭滑觀察營田等使,兼御史大夫。"　司馬:官名,唐制,節度使屬僚有行軍司馬,

又於每州置司馬,以安排貶謫或閑散的人。徐堅《餞許州宋司馬赴任》:"舊許星車轉,神京祖帳開。斷烟傷別望,零雨送離杯。"王維《送宇文三赴河西充行軍司馬》:"橫笛雜繁笳,邊風捲塞沙。還聞田司馬,更逐李輕車。" 官屬:主要官員的屬吏。《史記·滑稽列傳》:"至其時,西門豹往會之河上。三老、官屬、豪長者、里父老皆會,以人民往觀之者三二千人。"梅堯臣《資政王侍郎命賦梅花用芳字》:"主人惜春春未晚,遂命官屬携壺觴。"

④ 賢彦:德才俱佳的人。李白《獻從叔當塗宰陽冰》:"弱冠燕趙來,賢彦多逢迎。"《舊唐書·高駢傳》:"且唐虞之世,未必盡是忠良;今巖野之間,安得不遺賢彦?" 謨猷:謀略。《周書·寇洛李弼於謹傳論》:"帷幄盡其謨猷,方面宣其庸績,擬巨川之舟艫,爲大廈之棟梁。"蘇舜欽《杜公求退第四表》:"臣實以量狹而位已過,器重而力不任,謨猷若斯,陛下所盡悉。" 天子:古以君權爲神所授,故稱帝王爲天子。李白《贈昇州王使君忠臣》:"六代帝王國,三吳佳麗城。賢人當重寄,天子借高名。"岑參《送許拾遺恩歸江寧拜親》:"天子憐諫官,論事不肯休。早來丹墀下,高駕無淹留。" 僚介:從官,僚屬。劉寬夫《邠州節度使院新建食堂記》"府中僚介,無非正人,有若司馬韋君、節度判官皇甫君,皆卿材也。"義近"僚吏",屬吏,屬官。《周書·齊煬王憲傳論》:"昔張耳、陳餘賓客廝役,所居皆取卿相。而齊之文武僚吏,其後亦多至台牧。異世同符,可謂賢矣!"

⑤ 會悟遷領他鎮:事見《舊唐書·穆宗紀》:"(元和十五年)冬十月庚午朔……乙酉……以義成軍節度使劉悟依前檢校右僕射,兼潞州大都督府長史,充昭義節度、澤潞邢洺磁等州觀察等使。" 會:副詞,恰巧,適逢。《詩·大雅·生民》:"誕寘之平林,會伐平林。"蘇轍《龍川別志》卷上:"〔周高祖柴后〕行至河上,父母逆之。會大風雨,止於逆旅。" 遷:晋升或调动。《管子·禁藏》:"夏賞五德,滿爵禄,遷官位,禮孝悌,復賢力,所以勸功也。"叶適《江陵府修城记》:"天子遷

趙公金紫光禄大夫，以寵襃之。"領：治理。《禮記·樂記》："領父子君臣之節。"鄭玄注："領，猶理治也。"趙曄《吳越春秋·勾踐陰謀外傳》："吳王淫而好色，惑亂沉湎，不領政事。"統率，管領。《漢書·魏相傳》："宣帝始親萬機，屬精爲治，練群臣，核名實，而相總領衆職，甚稱上意。"《後漢書·耿弇傳》："光武見弇等，說，曰：'當與漁陽、上谷士大夫共此大功。'乃皆以爲偏將軍，使還領其兵。"　鎮：古代於邊境重地設鎮，以重兵駐守，後內地亦設。其一，北魏所設鎮，有一部分兼理民政。其長官爲鎮都大將。《魏書·官氏志》："詔諸征、鎮都大將依品開府，以置佐吏。"又："舊制，緣邊皆置鎮都大將，統兵備禦，與刺史同。城隍、倉庫皆鎮將主之，但不治。"其二，唐初所設鎮，爲方鎮之始，所置戍邊兵力較少。鎮將祇掌防戍守禦，品秩與縣令相等。中唐起，鎮之地位上升，權力增大，而內地亦相繼設置，其長官爲節度使，掌一方軍政大權。杜甫《元日寄韋氏妹》："近聞韋氏妹，迎在漢鍾離。郎伯殊方鎮，京華舊國移。"《王右丞集箋注·附錄》："王右丞畫《輞川圖》，實家世之寶也。先公凡更三十六鎮，故所藏書畫多用方鎮印記。"其三，明代所設，專掌防守，其長官爲總兵。清代仍之。《明史·兵志》："正統以後，敵患日多。故終明之世，邊防甚重……初設遼東，宜府、大同、延綏四鎮，繼設寧夏、甘肅、薊州三鎮，而太原總兵治偏頭，三邊制府駐固原，亦稱二鎮，是爲九邊。"　實：語助詞，用以加強語意。《國語·晉語》："公曰：'子實圖之。'"韓愈《應所在典貼良人男女等狀》："鞭笞役使，至死乃休。既虧律文，實虧政理。"　握蘭：應劭《漢官儀》卷上："〔尚書郎〕握蘭含香，趨走丹墀奏事。"後以"握蘭"指皇帝左右處理政務的近臣。楊炯《常州刺史伯父東平楊公墓誌銘》："入踐郎官，含香握蘭。"武平一《餞唐永昌》："聞君墨綬出丹墀，雙鳧飛來佇有期？寄謝銅街攀柳日，無忘粉署握蘭時。"　芸：即芸香，香草，多年生草本植物，其下部爲木質，故又稱芸香樹。葉互生，羽狀深裂或全裂，夏季開黃花，花葉香氣濃郁，可入藥，有驅蟲、驅風、通經的作用。成公綏《芸香賦》：“美芸香之修潔，稟陰陽之淑精。”楊巨源《酬令狐員外直夜書懷見寄》：“芸香能護字，鉛槧善呈書。” 清秩：清貴的官職。高彥休《唐闕史·李可及戲三教》：“時有左拾遺竇洵直上疏，以爲樂官受賞，不如多予之金，無令浼污清秩。”梅堯臣《送何濟川學士知漢州》：“丞相初得君，有志重儒術。乃言天下士，徒此占清秩。”

⑥ 出入：猶言上報下達。《史記·五帝本紀》：“命汝爲納言，夙夜出入朕命，惟信。”張守節正義引孔安國曰：“聽下言納於上，受上言宣於下。” 甄異：謂提拔任用優異人才。《晉書·范汪傳》：“其中或有清白，亦復不見甄異。”《南齊書·武帝紀》：“其有聲績尅舉，厚加甄異；理務無庸，隨時代黜。”

［編年］

《年譜》編年：“《制》云：‘師老、行餘皆以天子命爲（劉）悟僚介。會悟遷領他鎮，爾等實來。’據《舊唐書·穆宗紀》云：‘（元和十五年十月乙酉）以義成軍節度使劉悟依前檢校右僕射，兼潞州大都督府長史，充昭義節度、澤潞邢洺磁等州觀察等使。’《制》當撰於元和十五年十月乙酉以後。”《編年箋注》、《年譜新編》編年理由與意見與《年譜》同。

根據本文與《舊唐書·穆宗紀》所云，本文確實應該撰成於元和十五年十月“乙酉”之後。但元和十五年十月庚午朔，據干支推算，“乙酉”應該是十月十六日。故本文正確的撰成日期，應該是元和十五年十月十六日之後，地點在長安，元稹時任祠部郎中知制誥之職。

● 授盧捷深州長史制^{(一)①}

　　敕：前成德軍節度巡官盧捷^(二)：朕以鎮冀數州之地，刑賞廢置，盡委之於弘正②。

　　度爾才能，宜爲長佐。且願兼榮，允吾臺臣，是用兩可。饒陽大邑，無陋厥官。可依前件③。

録自《元氏長慶集》補遺卷五

[校記]

　　（一）授盧捷深州長史制：《全文》同，《英華》作"授盧犍深州長史制"，各備一説，不改。

　　（二）前成德軍節度巡官盧捷：《全文》同，《英華》作"前成德軍節度巡官盧犍"，各備一説，不改。

[箋注]

　　① 授盧捷深州長史制：本文不見於現存《元氏長慶集》，但馬本《元氏長慶集》補遺卷五、《英華》、《全文》採録，歸名元稹，故據此補入。　　盧捷：史籍未見記載，僅見於本篇，前爲成德軍節度巡官，時授深州長史。　　深州：州郡名，府治深州，今河北深縣。《元和郡縣志·深州（饒陽）》："《禹貢》：冀州之域，七國時爲趙地，秦爲鉅鹿郡地，漢爲饒陽縣地，屬涿郡。隋開皇十六年，于饒陽置深州，以州西故深城爲名。大業二年，廢深州。武德元年討平竇建德，四年復置。貞觀十七年又廢，先天元年于今理重置饒陽……管縣四：陸澤、鹿城、饒陽、安平。"韓翃《送深州吳司馬歸使幕》："東門送遠客，車馬正紛紛。舊識張京兆，新隨劉領軍。"李翱《傅公神道碑》："诏以乐寿为神策行营，

命公以爲都知兵馬使,与深州將牛元翼、博野李寰犄角相應。" 長史:官名,秦置,漢代相國、丞相,後漢太尉、司徒、司空、將軍府各有長史。其後,爲郡府官,掌兵馬。唐制,上州刺史別駕下,有長史一人,從五品。王維《送楊長史赴果州》:"褒斜不容憶,之子去何之?鳥道一千里,猿聲十二時。"李白《江上贈寶長史》:"漢求季布魯朱家,楚逐伍胥去章華。萬里南遷夜郎國,三年歸及長風沙。"

② 巡官:官名,唐時節度、觀察、團練、防禦使僚屬,位居判官、推官之次。如董晉鎮大梁,以韓愈爲巡官;徐商鎮襄陽,以温庭筠爲巡官……韓愈《論變鹽法事宜狀》:"臣即請差清強巡官檢責所在實户,據口團保,給一年鹽。"《新唐書·李洧傳》:"初,洧遣巡官崔程入朝。" 鎮冀:即成德軍節度使,治恒州,地當今河北真定。《舊唐書·地理志》:"成德軍節度使:治恒州,領恒、趙、冀、深四州。"《元和郡縣志·恒州》:"恒州,今爲恒冀節度使理所……武德元年重置爲恒州,三年陷賊,四年討平……管恒州、冀州、深州、趙州、德州、棣州。" 刑賞:刑罰與獎賞。《周禮·天官·大宰》:"七曰刑賞,以馭其威。"賈公彥疏:"謂有罪刑之,有功賞之。"《北史·杜弼傳》:"天下大務,莫過刑賞二端。" 廢置:指官吏的任免或帝王的廢立。《周禮·天官·大宰》:"三曰廢置,以馭其吏。"鄭玄注:"廢猶退也,退其不能者,舉賢而置之。"《漢書·霍光傳論》:"處廢置之際,臨大節而不可奪。" 弘正:即田弘正,時任鎮冀節度使。《舊唐書·穆宗紀》:"(元和十五年)冬十月庚午朔……乙酉,以魏博等州節度觀察等使、光禄大夫、檢校司徒兼侍中、魏博大都督府長史、上柱國、沂國公、食邑三千户、實封三百户田弘正可檢校司徒兼中書令、鎮州大都督府長史、成德軍節度、鎮冀深趙等州觀察處置等使。"韓愈《魏博節度觀察使沂國公先廟碑銘》:"傳詔曰:'田弘正始有廟京師……"

③ 度:推測,估計。《詩·小雅·巧言》:"他人有心,予忖度之。"《史記·項羽本紀》:"項王自度不能脱。" 才能:才智和能力。桓寬

《鹽鐵論·除狹》："古之進士也，鄉擇而里選，論其才能，然後官之。"齊己《寄金陵幕中李郎中》："龍門支派富才能，年少飛翔便大鵬。"　長：指居先、居首位者。楊衒之《洛陽伽藍記·正覺寺》："羊者是陸產之最，魚者乃水族之長。"王安石《上皇帝萬言書》："其德厚而才高者以爲之長，德薄而才下者以爲之佐屬。"　佐：指副職或任副職者。《左傳·僖公二十八年》："胥臣以下軍之佐當陳、蔡。"韓愈《歐陽生哀辭》："自詹已上皆爲閩越官，至州佐縣令者，累累有焉！"　兼榮：加倍的榮耀。韋建《黔州刺史薛舒神道碑》："汝實專征，嘗受元戎之鉞；我惟共理，兼榮副相之印。"元稹《授楊元卿涇原節度使制》："勉竭乃誠，以敷朕意。珥貂持簡，用示兼榮。"　台臣：指宰輔重臣。李隆基《集賢書院成送張説上集賢學士賜宴得珍字詩》："集賢招袞職，論道命台臣。"韓愈《順宗實録》五："是以台臣庶官文武之列抗疏於内，方伯藩守億兆之衆同詞於外。"　兩可：可此可彼，兩者均可。《晉書·魯勝傳》："是有不是，可有不可，是名兩可。"溫庭筠《上宰相啓二首》二："性禀半痴，機無兩可。"　饒陽：地名，在深州，地當今河北饒陽。《元和郡縣志·深州》："饒陽縣，本漢舊縣，屬涿郡，在饒河之陽。隋開皇三年，改屬定州。十六年，屬深州。大業二年，省深州，改屬瀛州。武德四年，屬深州。"李白《贈饒陽張司户燧》："朝飲蒼梧泉，夕栖碧海烟。寧知鸞鳳意，遠託椅桐前。"　大邑：大的都邑或都會。柳宗元《晉文公問守原議》："嗚呼！得賢臣以守大邑，則問非失舉也。"白居易《崔咸可洛陽縣令制》："然宰大邑如烹小鮮，人擾則疲，魚擾則餒。寬猛吐茹，其鑒於兹。"　陋：鄙視，輕視。班固《兩都賦序》："盛稱長安舊制，有陋雒邑之議。故臣作《兩都賦》，以極衆人之所眩曜，折以今之法度。"元稹《郊天日五色祥雲賦》："陋泰山之觸石方出，鄙高唐之舉袂如舞。"　厥：代詞，其，表示領屬關係。《書·伊訓》："古有夏先後方懋厥德，罔有天災。"韓愈《祭柳子厚文》："遍告諸友，以寄厥子。不鄙謂余，亦托以死。"

［編年］

《年譜》、《年譜新編》編年："《制》云：'朕以鎮冀數州之地，刑賞廢置，盡委之於弘正。度爾才能，宜爲長佐。'撰於元和十五年十月乙酉田弘正爲成德軍節度使以後。"《編年箋注》所舉理由與《年譜》同，編年結論："則此《制》撰於同時，即元和十五年（八二〇）十月乙酉以後。"《編年箋注》既然判定與田弘正拜職成德軍節度使"同時"，又接著説"即元和十五年（八二〇）十月乙酉以後"，自相矛盾，怎麼自圓？是否田弘正拜職成德軍節度使也在"元和十五年（八二〇）十月乙酉以後"？

我們以爲，據《舊唐書·穆宗紀》，田弘正拜職成德軍節度使在元和十五年十月乙酉，亦即十月十六日。而盧捷本來就是成德軍節度使府之節度巡官，田弘正提升其官職，目的應該是掌控深州，進一步控制成德軍的局面。因此具體時間應該在田弘正赴任之初，或剛剛履任之初，亦即元和十五年十月十六日之後數天之内，撰文地點在長安，元積時任祠部郎中、知制誥之職。

● 授羅讓工部員外郎制^{(一)①}

敕：義成軍前度支判官、朝議郎、檢校刑部員外郎兼侍御史、上柱國、賜緋魚袋羅讓^(二)：昔陶弘景一代高人^(三)，始願四十爲尚書^(四)，而猶不遂。國朝選署，尤用其良②。

以爾讓敏而好學，直而能温。甲乙丞登，班資歷踐③。項將軍辟士，權資孫楚之坐籌；今會府掄材^(五)，復獎馬宮之射策④。無忘辨護，以宣程品。日省月試，用勸百工。可尚書工部員外郎⑤。

録自《元氏長慶集》補遺卷四

[校記]

（一）授羅讓工部員外郎制：《英華》、《淵鑑類函》、《古儷府》、《全文》同，《古今事文類聚新集》節錄本文，文題同，《山堂肆考》節錄本文，題作"授羅讓員外制"，各備一說，不改。

（二）義成軍前支度判官：原本作"義成軍前度支判官"，《英華》、《淵鑑類函》、《古儷府》、《全文》同，均作"度支判官"。但度支是官署名，魏晉始置。掌管全國的財政收支，長官爲度支尚書。南北朝以度支尚書領度支、金部、倉部、起部四曹，隋開皇初改度支尚書爲民部尚書。唐代因避太宗李世民諱，改民部爲户部，旋復舊稱。唐代另有"支度使"，是官名，唐代各道節度使多兼支度、營田、招討、經略使，其屬有支度判官。《舊唐書·職官志》："凡天下邊軍，有支度使，以計軍資糧仗之用。"《新唐書·百官志》："〔節度使〕兼支度、營田、招討、經略使，則有副使、判官各一人。"錢大昕《十駕齋養新録·度支支度不同》："度支者，户部四司之一……至各道節度使有帶支度營田使者，則其屬有支度判官，此外任幕職也。"這裏既然稱"義成軍前度支判官"，應該是地方官職，則"度支判官"應該是"支度判官"之誤，徑改。

（三）昔陶弘景一代高人：《英華》、《淵鑑類函》、《古儷府》、《全文》同，《古今事文類聚新集》作"昔陶弘景代之高義"，《山堂肆考》作"昔陶宏景一代之高人"。

（四）始願四十爲尚書：《英華》、《淵鑑類函》、《古儷府》、《全文》同，《古今事文類聚新集》、《山堂肆考》作"始願四十爲尚書郎"，各備一說，不改。

（五）今會府掄材：《英華》、《淵鑑類函》、《古儷府》同，《全文》作"今曹府掄材"，各備一說，不改。

[箋注]

① 授羅讓工部員外郎制：本文不見於現存《元氏長慶集》，但馬本《元氏長慶集》補遺卷四、《英華》、《全文》等採録，歸名元稹，故據此補入。　羅讓：元稹元和元年才識兼茂明於體用科之同年，爲第四次等，授職咸陽尉，《英華》卷四八九收録羅讓《才識兼茂明於體用策》一篇，是元稹《才識兼茂明於體用策》的姐妹篇，讀者一併閱讀，有助於對元稹對羅讓的進一步瞭解："問：皇帝若曰：'朕觀古之王者，授命君人，兢兢業業，承天順地。靡不思賢能以濟其理，求讜直以聞其過。故禹拜昌言而嘉猷罔伏，漢徵極諫而文學稍進。匡時濟俗，罔不率繇。厥後相循，有名無實。而又設以科條，增求茂異，捨斥己之至言，進無用之虛文，指切著明，罕稱於代。茲朕所以嘆息鬱悼，思索其真，是用發懇惻之誠，咨體用之要，庶乎言之可行，行之不倦，上獲其益，下輸其情，君臣之間，驩然相與，子大夫得不勉思朕言而發明之。我國家光宅四海，年將二百，十聖弘化，萬邦懷仁。三王之禮靡不講，六代之樂罔不舉，浸澤於下，升中於天。周漢已遠，莫斯爲盛。自禍階漏壞，兵宿中原。生人困竭，耗其太半。農戰非古，衣食罕儲。念茲疲氓，遠乖富庶。督耕植之業，而人無戀本之心；峻榷酤之科，而下有重斂之困。舉何方而可以復其盛？用何道而可以濟其艱？既往之失，何者宜懲？將來之虞，何者當戒？昔主父懲患於晁錯而用推恩，夷吾致霸於齊桓而行寓令。精求古人之意，啓迪來哲之懷。眷慈洽聞，固所詳究。又執契之道，垂衣不言。委之於下，則人用其私；專之於上，則下無其效。漢元優游於儒學，盛業竟衰；光武責課於公卿，峻政非美。二途取捨，未獲所從。予心浩然，益所疑惑。子大夫熟究其旨，屬之於篇，興自朕躬，無悼後害。'對：臣聞千業萬化，聖帝哲王，聲烈遐戴者無他，中心無爲，以守至正而已矣！以謀大化而已矣！伏惟皇帝陛下，垂拱六極，始初清明，丕揚累休，渙發於詔。啓天宇而遡古，薰至和以拯今，咸懷浸沉，罔不濡澤。誠至正也！誠大化也！猶

復乃遠乃近,乃左乃右,旁求下問,舉薦奔走。履眾美而不顯,儲神明其如遺,銓邦政之肥瘠,鏡人事之善敗,優游紳緩,以循始終,外其牽制,常其忌諱,恢乎輕軼百王之獨致也。臣愚,智能淺薄,不明大體時用之宜;術業暗昧,不充才識兼茂之稱。徒冒萬死,觸罪以聞。臣伏讀聖策,首陳禹拜、漢徵之旨,求索真之要。臣聞上古之君,薰能同和,不敢自是,必求讜諫,以諭缺敗。用心之過則薄獎其人,言之失中則寬容無虞,使人上得其情,下得流通也。後代帝王,雖有作者,道或外是,已實內非。言之或臧,寥寥無聞;言之或違,堤防斯至。雖科條增設,適足張其亂目矣!叩擊切害,適足寵其直聲矣!聞之失得,君之效歟!今陛下躬神聖之資,痛源流之塞,較量至當,加迪今來,黜退奸邪,咨謀體要,誠猜雄者之所共遠,亦狹隘者之所共難。凡曰胸臆,是皆寶實詳近語直之幸也。伏見聖策,咨問兵戰商農之道,臣請指事而言之:臣聞兵者以謀全,以氣勝。以謀全,制度為神耳!得其數則威令格物,少能成功;失其數則黜武無別,多益為弊。寢用不制,刑于寓內。今國家自兵興以來僅數十年,生物以之暴殄,人情以之驚違,殆握兵者建置失其道歟?何者?天下之甲兵,其數則不廣,屯置散地且或至半,而兵柄之臣率好生事,不思戢伏。貴算威名,則有崇廣卒徒之員,聚擁虓闞之群,厚斂殘下,媮取一切,要君養敵,張軍自衛,望容攻守之至。復有懷弱軟以內顧,務儲蓄以託私,倚行伍之數,訖資廩之具,外實內虛,守以藉之。固者及殷而成之,熊而戰之,其中未必有也。朝廷又影響誅罰,索其效死,其可得乎?此兵之所以煩而益病也,而人之所以困而不解也。大抵不賢者得掌其兵百,則思兵千;尋掌其兵千,又思兵萬;尋掌其兵萬,又思兵數萬。以因其力,以贍其欲,長一日之廢代,謀萬里之策勵,徒仰費於縣官,高病於悠久,誠何謂矣!陛下盍亦慮之乎?伏望躬親視其將帥之為,苟非任,盡易之,不令其凝留而後圖也。嚴備其要地之屯,苟不切,盡罷之,不令其廣置而出入也。其所閱揀,非實不用,其所樹置,兵精不在多。使名弓者必用沓發之巧，名劍者必有刺擊之妙，名騎者必有超乘之捷，名步者必有卒奮之奇。自外徂中，歸乎一體，自然無冗軍，無惰人，以守則固，以戰則勝。軍無大半之耗，人懷反業之心，此減兵之術也。富庶之教，於是乎生，亦何必遠取於古法也？然而思戀本之心，蠲重賦之困，又在於賦稅之道矣！臣請得而具之：臣聞古者因地而料人，今則稅人而舍地。古者任土而作貢，今則溢貢而棄土。古者均田而抑富，今則與富而奪貧。是以人口剪耗而不息，田畝污萊而甚曠者，非人懷苟且之志，樂懈惰之方，迫不可忍，勢有由耳！王者在上，量入以出。祿食賜與，歲養經費，必厚下以爲用，助而不稅，廛而不征，亦非無其事也。用菽粟藁秸有常稅，人不愛也；絲枲布帛有常賦，人不艱也。雖雜以凶荒，接以喪死，間以興廢，子弟父兄猶復勉勵率從，不更其業。何者？制度專也。以臣觀之，則今之賦稅，仍舊貫籍，斂不加重，而畝畝流離，窮困無告。殆執事有殊陛下之意乎？必有急令暴賦，發取無厭，徭山役海，詭求無狀，奇貢珍獻，希冀無息，託公寄私，崇聚無極，於是一水一土，一草一木，圭撮殫利，俯榷仰算，蒞之官焉！專守之刀兵焉！商不得回眄，農不得舉手，既奪其利，又却其人，此而不困，孰以爲困？榷酤之道如是乎？人顧其上猶仇讎，安能思戀骨肉乎？人視其居猶鳥獸，安肯繫着桑井乎？人慳其取猶寇盜，安望輕重元本乎？所以遁走苟免，死亡不顧，財日窮而事日削，地益無而人益煩，猶前事也，伏惟陛下審念之。其有不經不度之人，不常不政之調，必禁其所萌，必罰其所自，則奸官濫守，慎不敢生事，生生之理阜繁矣！陛下又以禮節其情，以樂樂其志，又何患乎不復其盛，不濟其難？臣伏見聖策顧問既往將來之事，臣謹以江淮凶旱之事明之。臣聞凡有災傷水旱之處，歷代所説多聞詭隨之詞媚時主，必曰帝堯乎有懷山襄陵之運也，成湯乎有流金鑠石之運也。是皆曲肌，非愚則誣。臣嘗私怪之，何不曰大舜乎無雷風霜雹之運也？神禹乎無飛流彗孛之運也？不直其詞，因循若是。天運之時集變易，水旱歲時，未爲災也。

理或失中,感動陰陽,頃刻爲灾也。故精舒謹乎,則七年不足罹其咎;
簡誣輕忽,則一日二日亦未成其灾。修政著誠,端心復德,既往之事,
陛下宜以此爲懲矣!然臣之所慮江淮又急者,禦灾之術,將來之戒,
復憂於斯,願悉數於陛下矣!今國家內王畿,外諸夏,水陸綿地,四面
而遠,而輸明該之大貫,根本實在於江淮矣!何者?隴右、黔中、山南
已還,墝瘠嗇薄,貨殖所入,力不多也。嶺南、閩蠻之中,風俗越異,珍
好繼至,無大贍也。河南、河北、河東已降,甲兵長積,農厚自任,又不
及也。在最急者,江淮之表裏天下耳!陛下得不念之乎?屬頃者連
郡五十,蒙被灾旱,長老聞見,未之曾有。涯脉川澤坌爲埃塵,草木發
爲烟火,斗粟之價重於兼金,餓莩之家十有七八。聞乞僕於男女者,
何暇保其家室乎?聞立死於道路者,何暇思其糠粃乎?嗷嗷蒸徒,展
轉無所,灰燼狼顧,至今未寧。且今日狼顧,明日狼顧,力大勢詘,禍
欲何圖?此臣所爲陛下惜也。長吏者又聞或非良善,厚其毒忍,療瘠
而簡問,威剝而自虞。則陛下雖有賑發,不輕得及;雖有蠲放,不輕得
獲;雖有詔諭,不輕得聞。此臣所爲陛下疑也!然欲安存緝理,斯終
何由?以臣計之,視長吏之悖理者,選其重臣代之,不待其爲蛇爲虺
也。察郡縣之受灾者,擇其實以勞之,不使其冤而無告也。如此,則
朝令夕悅,江淮保全,則四鄉賦稅轉輸,肩摩轂擊,關中坐固而根本不
搖,猶無凶旱矣!臣故曰將來之由,在此而已矣!臣伏見聖策,次問
推恩寓令之計。夫漢晁錯陳諸侯削地之制,謀之至者;主父偃獻子弟
推恩之令,計之術者。削地之制行,則轉弛爲急,七國之難結。推恩
之令下,則強幹弱枝,一王之理定。猶見之熟與不熟,法之漸與不漸。
在於漸也,則寒暑得其相成。以暴,則天地不能速化。求之昔意,庶
取於今,又齊桓之霸國,管仲之寓令,晝戰足以目相識,夜戰足以耳相
聞,將取威於鄰敵,俾逞志於天下。五霸之事,仲尼之門五尺童子猶
羞言之,若此者,則小國權臣之細術耳!臣固不能爲陛下述。伏讀聖
策,次問專委儒術者。臣聞聖王在上,賢臣在下,道德兼濟,材智樂

備。專於上則聰明倍資，安有無其效耶？委於下則公器相率，安有用其私耶？然今以陛下之資材清光，群臣其敢及？若集事者在陛下必躬必親之，謂乎躬之無偏，親之有制，則垂衣執契亦不爽矣！孝元則制自左右，非用儒之失也。光武則弊及群下，非用課之得也。儒近於得，而所用者宜一變其弊。若臣所見，今之大者，政或貴此，可得而言：國朝自武德已來，典章甚明，職員甚列，官吏甚該備，而道不弘，政要或未臻者，其官非人歟？理非道歟？略其大歟，録其小歟，臣所謂小者，則天官卿采之調閲致驗選書，至於一簿一尉一掾之末，銓次升降，勞而後罷。是詳於覈小也。及其揣量親人撫字之官，又未喻也。臣所謂大者，天子之庭，日相日受，軼越倫輩。乃有名邦聞邑，群居之柄，不階課最是非，未聞踪迹賢不肖，款言喧嘩，隨其所來，轉化容易，似不留聽，是鹵莽於天下也。詳覈及小，鹵莽及大，輕重反殊，使盜名死官之徒，波走飆馳，惟恐居後。狂扇誘掖，寵賂為事，以相終始，夫復何望？夫持尺寸之禄，懷輕輕握微，齟齬施為，尚猶不堪，況明權不制，資藉殺生之柄，兼兵馬之衆，連數十城之地，庸雜橫恣，偷居其上，何以堪之！設曰不堪，耳目陰附事，亦無由得而聞，悔之何益耶！陛下得不慎其所授乎？臣以為今之郡縣長帥之官，最關生人性命。用在百里之父母，莫如縣宰；君乎千里之父母，莫如刺史；列城之父母。莫如郡統、使一得之必小康。二得之必中康。三得之必大康矣！陛下雖不在毆天下之人洽於理平，終亦無由，誠不在多，惟慎此三官而已矣！臣又聞《書》曰：‘爵罔及惡德。’《春秋傳》曰：官之失德，在所納邪。惟君無邪，則不納邪矣！夫偏聽獨任，牽於左右，所自邪也；小臣大禄，制度失中，所自邪也；錦文珠玉，淫佚充斥，所自邪也；教令察視，壅遏不宣，所自邪也；掊克聚斂，億度於上，所自邪也；依阿求同，徑而不道，所自邪也；煩察繳縛，弊歸於下，所自邪也。坐躋仁壽，陛下又何疑乎不得浩然其心？此微臣之志也，伏惟審察之，伏惟審念之。臣伏見聖策，終有究旨、屬篇之説者，臣固無以道師之説，僅能勿墜耳！俯仰睿問，偃薄無所，震其心熟知不免，寧不自勝，攀懇之至。謹對。”詳細事迹見《舊唐書·羅讓傳》：“羅讓，字景宣……父珦，官至京兆尹。讓少以文學知名，舉進士，應詔對策高等，爲咸陽尉。丁父憂，服除，尚衣麻茹菜，不從四方之辟者十餘年。李鄘爲淮南節度使，就其所居，請爲從事。除監察御史，轉殿中，歷尚書郎、給事中，累遷至福建觀察使兼御史中丞，甚著仁惠。有以女奴遺讓者，讓問其所因，曰：‘本某等家人，兄姊九人皆爲官所賣，其留者唯老母耳！’讓慘然，焚其券書，以女奴歸其母。入爲散騎常侍，未幾除江西都團練觀察使，兼御史大夫。年七十一卒，贈禮部尚書。”《新唐書·藝文志》錄有《羅讓集》三十卷，《全唐詩》存詩《梢雲》、《閏月定四時》兩篇。　工部員外郎：工部屬員，從六品上。《舊唐書·職官志》：“郎中、員外郎之職，掌經營興造之衆務。凡城池之修濬、土木之繕葺、工匠之程式，咸經度之。凡京師、東都有營繕，則下少府、將作以供其事。”賈至《授李岑工部員外郎制》：“京兆府兵曹參軍李岑……可工部員外郎。”權德輿《王公神道碑銘》：“今皇帝始初清明，永貞紀號，追命故工部員外郎王公爲華州刺史。”

② 義成軍：節度使府名，府治滑州，地當今河南滑縣。《舊唐書·地理志》：“義成軍節度使：治滑州，管滑、鄭、濮三州。”李昌符《詠鐵馬鞭引》：“鐵馬鞭，長慶二年義成軍節度使曹華進獻，且曰得之汴水，有字刻云‘貞觀四年尉遲敬德’字尚在。”詩云：“漢將臨流得鐵鞭，鄂侯名字舊雕鎸。須爲聖代無雙物，肯逐將軍卧九泉。”柳宗元《先君石表陰先友記》：“袁滋，陳郡人。善篆書，文敏不競。爲相，出使辱命，貶刺史。復爲義成軍節度，卒。盧群，范陽人。雜博，多所許與。使反側之地，天子以爲任事。爲義成軍節度，卒。”　陶弘景：《梁書·陶弘景傳》：“陶弘景，字通明，丹陽秣陵人也。初母夢青龍自懷而出，并見兩天人手執香爐來至其所，已而有娠，遂產弘景。幼有異操，年十歲，得葛洪《神仙傳》，晝夜研尋，便有養生之志，謂人曰：‘仰青雲，

覿白日，不覺爲遠矣！'及長，身長七尺四寸，神儀明秀，朗目疏眉，細形長耳。讀書萬餘卷，善琴棋，工草隸。未弱冠，齊高帝作相，引爲諸王侍讀。除奉朝請，雖在朱門，閉影不交，外物唯以披閱爲務。朝儀故事，多取決焉！永明十年，上表辭禄，詔許之，賜以束帛。及發，公卿祖之於征虜亭，供帳甚盛，車馬填咽，咸云：'宋齊以來，未有斯事！'朝野榮之，於是止于句容之句曲山恒，曰：'此山下是第八洞宮，名金壇。華陽之天周回一百五十里，昔漢有咸陽三茅君，得道來掌此山，故謂之茅山。'乃中山立館，自號'華陽隱居'，始從東陽孫遊岳受符圖經法，遍歷名山，尋訪仙藥，每經澗谷，必坐卧其間，吟詠盤桓不能已。時沈約爲東陽郡守，高其志節，累書要之不至。弘景爲人圓通謙謹，出處冥會，心如明鏡，遇物便了，言無煩舛，有亦輒覺。建武中，齊宜都王鏗爲明帝所害，其夜弘景夢鏗告別，因訪其幽冥中事，多説秘異，因著夢記焉！永元初，更築三層樓，弘景處其上，弟子居其中，賓客至其下，與物遂絶，唯一家僮得侍其旁。特愛松風，每聞其響，欣然爲樂。有時獨遊泉石，望見者以爲仙人。性好著述，尚奇異，顧惜光景，老而彌篤……大同二年卒，時年八十五，顏色不變，屈申如恒。詔贈中散大夫，謚曰貞白先生，仍遣舍人監護喪事。弘景遺令薄葬，弟子遵而行之。"徐寅《嵐似屏風》："山中宰相陶弘景，谷口耕夫鄭子真。宦達到頭思野逸，才多未必笑清貧。"譚用之《贈索處士》："山中宰相陶弘景，洞裏真人葛稚川。一度相思一惆悵，水寒烟澹落花前。" 高人：志行高尚的人，多指隱士、修道者。《晉書·邵續傳》："續既爲（石）勒所執，身灌園鬻菜，以供衣食。勒屢遣察之，嘆曰：'此真高人矣！不如是，安足貴乎！'"李咸用《題劉處士居》："溪鳥時時窺户牖，山雲往往宿庭除。干戈謾道因天意，渭水高人自釣魚。" 尚書：官名，始置於戰國時，或稱掌書，尚即執掌之義。秦爲少府屬官，漢武帝提高皇權，因尚書在皇帝左右辦事，掌管文書奏章，地位逐漸重要。漢成帝時設尚書五人，開始分曹辦事。東漢時正式成爲協助皇帝處理政務的官員，從此三公權力大大削弱。魏晉以後，尚書事務益繁。隋代始分六部，唐代更確定六部爲吏、户、禮、兵、刑、工。源乾曜《奉和聖製送張尚書巡邊》：“匈奴邐河朔，漢地須戎旅。天子擇英才，朝端出監撫。”許景先《奉和聖製送張尚書巡邊》：“文武承邦式，風雲感國禎。王師親賦政，廟略久論兵。”　國朝：指本朝。權德輿《錫杖歌送明楚上人歸佛川》：“上人遠自西天竺，頭陀行遍國朝寺。口翻貝葉古字經，手持金策聲泠泠。”韓愈《薦士》：“國朝盛文章，子昂始高蹈。勃興得李杜，萬類困陵暴。”

③　好學：喜愛學習。《論語·公冶長》：“敏而好學，不耻下問，是以謂之文也。”《顔氏家訓·勉學》：“初爲閹寺，便知好學，懷袖握書，曉夕諷誦。”　直温：正直而温和。語出《書·舜典》：“帝曰：‘夔，命汝典樂，教胄子，直而温，寬而栗。’”孔傳：“正直而温和，寬弘而莊栗。”李華《慶王府司馬徐府君碑》：“君即大理之元子，直温秉廉，深於德行。祖考之訓，叢乎厥躬。”　甲乙：科舉考試中甲科、乙科的並稱。蕭穎士《江有歸舟詩序》：“今兹春連茹甲乙，淑問休闈，爲時之冠。”于邵《與常相公書》：“昔常陪相公鄉里之舉，時應神州甲乙之選。”班資：官階和資格。韓愈《進學解》：“商財賄之有亡，計班資之崇庳。”范仲淹《潤州謝上表》：“削内閣之班資，奪神州之寄任。”　歷踐：過去多次踐行，謂任職。賈至《授李恒武部侍郎制》：“前襄陽太守李恒，貞固簡肅，宗枝標秀。歷踐中外，咸克有聲。”常衮《授李季卿右散騎常侍李尚書右丞制》：“載馳輶軒，善喻中旨。歷踐臺閣，率由舊章。”

④　將軍：泛指高級將領，或對軍官之尊稱。宋之問《楊將軍挽歌》：“亭寒照苦月，隴暗積愁雲。今日山門樹，何處有將軍？”辛常伯《軍中行路難》：“玉璽分兵徵惡少，金壇授律動將軍。將軍擁麾宣廟略，戰士横戈静夷落。”　辟士：謂徵召、任用人。《南史·宋武帝紀》：“十二年正月，晉帝詔帝依舊辟士，加領平北將軍、兗州刺史，增督南

秦，凡二十二州。"《舊唐書·韋夏卿傳》："始在東都，傾心辟士，頗得才彥，其後多至卿相，世謂之知人。"　孫楚：《晉書·孫楚傳》："孫楚，字子荆，太原中都人也……初，楚與同郡王濟友善，濟爲本州大中正，訪問銓邑人品狀，至楚，濟曰：'此人非卿所能目，吾自爲之。'乃狀楚曰：'天才英博，亮拔不群。'楚少時欲隱居，謂濟曰：'當欲枕石漱流。'誤云'漱石枕流'，濟曰：'流非可枕，石非可漱。'楚曰：'所以枕流欲洗其耳，所以漱石欲厲其齒。'楚少所推服，惟雅敬濟。初楚除婦服，作詩以示濟，濟曰：'未知文生於情，情生於文。覽之淒然，增伉儷之重。'"宋之問《送杜審言》："別路追孫楚，維舟吊屈平。可惜龍泉劍，流落在豐城。"杜甫《投贈哥舒開府（翰）二十韻》："軍事留孫楚，行間識呂蒙。防身一長劍，將欲倚崆峒。"　坐：遂，乃。陳子昂《秋日遇荆州府崔兵曹使宴》："江湖一相許，雲霧坐交歡。"白居易《別元九後詠所懷》："同心一人去，坐覺長安空。"　籌：策劃。《史記·留侯世家》："臣請藉前箸爲大王籌之。"徐陵《讓右僕射初表》："臣隨望聖運實在權輿，時參決勝之籌，頗奏發兵之議。"　會府：尚書省之別稱。《舊唐書·代宗紀》："至於領録天下之綱，綜核萬事之要，邦國善否，出納之由，莫不處正於會府也。"白居易《除趙昌檢校吏部尚書兼太子賓客制》："夫望優四皓，然後能調護春闈；才冠六卿，然後能紀綱會府。"　掄材：亦作"掄才"，選拔人才。劉禹錫《史公神道碑》："元和中，太尉愬爲魏帥，下令掄才於轅門。"《舊唐書·劉迺傳》："今夫文部，既始之以掄材，終之以授位。"　馬宮：《漢書·馬宮傳》："馬宮，字遊卿，東海戚人也。"《漢書·王嘉傳》："光禄大夫孔光、左將軍公孫禄、右將軍王安、光禄勛馬宮、光禄大夫龔勝，劾嘉迷國罔上。"　射策：漢代考試取士方法之一。《漢書·蕭望之傳》："望之以射策甲科爲郎。"顏師古注："射策者，謂爲難問疑義書之於策，量其大小署爲甲乙之科，列而置之，不使彰顯。有欲射者，隨其所取得而釋之，以知優劣，射之言投射也。"《文心雕龍·議對》："又對策者，應詔而陳政也；射策者，探事而獻說也。言中理準，譬射侯中的。二名雖殊，即議之別體也……對策者，以第一登庸；射策者，以甲科入仕。"泛指應試。皮日休《三羞詩序》："丙戌歲，日休射策不上，東退於肥陵。"

⑤ 辨護：辦理監督。《周禮·地官·山虞》："若祭山林，則爲主，而修除且蹕。"鄭玄注："爲主，主辨護之也。"孫詒讓正義："辨即今之辦治字，《漢書·李廣傳》顔注云：'護謂監視之。'此辨護，亦謂辦治監視其事，不定供用相禮也。"治理修護，修治。劉邵《人物志·接識》："器能之人，以辨護爲度，故能識方略之規，而不知制度之原。"　程品：法式，規範。《史記·張丞相列傳》："若百工，天下作程品。"元稹《批王播謝官表》："縣道益貧，職業壞隳，程品差戾，議論講貫，殊無古風。"　百工：各種工匠。《墨子·節用》："凡天下群百工，輪車鞼匏，陶冶梓匠，使各從事其所能。"也指古代司營建製造等事務的官。《周禮·考工記序》："國有六職，百工與居一焉……審曲面埶，以飭五材，以辨民器，謂之百工。"鄭玄注："百工，司空事官之屬……司空掌營城郭，建都邑，立社稷宗廟，造宮室車服器械。"

[編年]

《年譜》、《年譜新編》編年本文於"庚子至辛丑所作其他制誥"、"庚子至辛丑所作其他文章"欄內，沒有說明理由。《編年箋注》編年："權定此《制》撰於元和十五年（八二〇）至長慶元年（八二一）元稹知制誥期間。"

我們以爲，一、本文是元稹諸多制誥之一，據元稹知制誥臣的起止時間，本文毫無疑問應該撰成於元和十五年二月五日至長慶元年十月十九日之間。二、本文稱羅讓爲"義成軍前度支判官"，而《舊唐書·穆宗紀》："（元和十五年十月乙酉）以鎮冀深趙等觀察度支使、朝議郎、試金吾左衛胄曹參軍兼監察御史王承元可銀青光禄大夫、檢校工部尚書、使持節滑州諸軍事、守滑州刺史、御史大夫，充義成軍節度、鄭滑等州觀察等使……以義成軍節度使劉悟依前檢校右僕射兼潞州大都督府長史，充昭義節度、澤潞邢洺磁等州觀察等使。"疑羅讓是劉悟昭義節度使任的"度支判官"，因劉悟自"義成軍節度使"移任"昭義節度使"，而王承元接任劉悟的"義成軍節度使"，羅讓因此而進京，改任工部員外郎之職，時在元和十五年十月十六日之後數日之內，撰文地點在長安，元稹時任祠部郎中、知制誥臣。

● 授王承迪等刺史王府司馬制^{(一)①}

　　敕：莒王府司馬王承迪、恭王府諮議參軍賜緋魚袋王承慶等：乃祖乃父，有勞邦家。而承迪等，亦效忠於我。伯仲叔季，周漏恩榮。或典方州，或昇清貫②。

　　惟恐未稱，豈礙彝章？兼秩憲臺，勉當優異。承迪可守晉州刺史，承慶可莒王府司馬兼侍御史，賜如故③。

錄自《元氏長慶集》補遺卷五

[校記]

　　（一）授王承迪等刺史王府司馬制：本文《元氏長慶集》不載，今以其補遺卷五爲底本，《英華》、《全文》，均未見異文。

[箋注]

　　① 授王承迪等刺史王府司馬制：本文不見於現存《元氏長慶集》，但馬本《元氏長慶集》補遺卷五、《英華》、《全文》採錄，歸名元稹，故據此補入。　　王承迪：王士真之子，王承宗、王承元之兄弟輩，事見《舊唐書·憲宗紀》："（元和十年七月）甲戌詔：'……駙馬都尉王承系、太子贊善王承迪、丹王府司馬王承榮等，並宜遠郡安置。'"《唐大

詔令集・王承宗絕朝貢敕》：“朝請郎守太子左贊善大夫賜紫金魚袋王承迪、朝請郎守丹王府司馬上柱國賜紫金魚袋王承榮，國有彝章，亦宜從坐。承迪宜於歸州安置，承榮宜於通州安置。仍並馳騎發遣，各委本道具道，州府月日奏聞。”《舊唐書・穆宗紀》：“(元和十五年)十一月乙亥朔，癸卯制：‘朕聞帝王丕宅四海，子育群生。如天無不覆，如日無不燭……朕以武俊之勛勞，光于彝鼎；士真之恭恪，繼被節旄。承宗感恩，亦克立效。永言十代之宥，俾賜一門之榮。承宗兄弟已授官爵，其承宗葬事亦差官監視，務令周厚。’”

②莒王：事見《舊唐書・德宗順宗諸子》：“莒王紓，本名溰，順宗第五子。初授秘書監，封弘農郡王，貞元二十一年進封，太和八年薨。”李誦《封欽王等詔》：“……弘農郡王溰封莒王，改名紓；漢東郡王泳封密王，改名綢……”　司馬：唐制，節度使屬僚有行軍司馬，又於每州置司馬，以安排貶謫或閑散的人。宋之問《送許州宋司馬赴任》：“潁郡水東流，荀陳兄弟遊。偏傷茲日遠，獨向聚星州。”張説《寄姚司馬》：“共君春種瓜，本期清夏暑。瓜成人已去，失望將誰語？”　恭王：元稹《恭王故太妃挽歌詞二首》：“燕姞貽天夢，梁王盡孝思。雖從魏詔葬，得用漢藩儀。”《舊唐書・肅宗代宗諸子》：“恭王通，代宗第十八子，大曆十年封。”　諮議：諮詢議論。《三國志・田疇傳》：“遂隨使者到軍，署司空户曹掾，引見諮議。”鄭棨《開天傳信記》：“上每遊韋杜間，必過琚家。琚所諮議合意，益親善焉！”　參軍：官名，東漢末始有“參某某軍事”的名義，謂參謀軍事，簡稱“參軍”，晉以後軍府和王國始置爲官員，沿至隋唐，兼爲郡官。陳子昂《征東至淇門答宋十一參軍之問》：“南星中大火，將子涉清淇。西林改微月，征旆空自持。”孫逖《送越州裴參軍充使入京》：“日落川徑寒，離心苦未安。客愁西向盡，鄉夢北歸難。”　邦家：國家。《詩・小雅・南山有臺》：“樂只君子，邦家之基。”鄭玄箋：“人君既得賢者，置之於位，又尊敬以禮樂，樂則能爲國家之本。”《後漢書・皇甫規傳論》：“故能功成於戎狄，身全

於邦家也。" 效忠:竭盡忠誠。王逸《九思·守志》:"伊我後兮不聰,
焉陳誠兮效忠!"《新唐書·陸贄傳》:"接不以禮則其徇義輕,撫不以
情則其效忠薄。" 伯仲叔季:兄弟行輩中長幼排行的次序,伯是老
大,仲是第二,叔是第三,季最小,古時常用於表字或對人的敬稱。
《儀禮·士冠禮》:"曰:伯某甫,仲、叔、季,唯其所當。"鄭玄注:"伯仲
叔季,長幼之稱。"班固《白虎通·姓名》:"以時長幼,號曰伯仲叔季
也。伯者,子最長,迫近父也。仲者,中也。叔者,少也。季者,幼
也。" 罔:不。《三國志·先主傳》:"今曹操阻兵安忍,戮殺主後,滔
天泯夏,罔顧天顯。"白行簡《李娃傳》:"生惶惑發狂,罔知所措。" 恩
榮:謂受皇帝恩寵的榮耀。杜周士《代崔中丞請朝覲表》:"臣以虛薄,
叨受恩榮。徒竭夙夜之心,未伸朝夕之敬。"沈詢《授盧鈞太原節度使
制》:"寵秩既光於論道,恩榮仍亞於台庭。以壯戎旃,勉服休命。"
方州:指州郡。王維《責躬薦弟表》:"顧臣謬官華省,而弟遠守方州。"
洪邁《容齋三筆·帝王諱名》:"帝王諱名……方州科舉尤甚,此風殆
不可革。" 清貫:清貴的官職,指侍從文翰之官。陳鴻《長恨歌傳》:
"叔父昆弟皆列在清貫,爵爲通侯。"《資治通鑑·唐憲宗元和九年》:
"上始命宰相選公卿、大夫子弟文雅可居清貫者。"胡三省注:"史炤
曰:'貫,事也。'清貫,猶言清職也。"

③ 惟恐:祇怕。《孟子·離婁》:"侮奪人之君,惟恐不順焉! 惡
得爲恭儉?"李頎《古行路難》:"世人逐勢爭奔走,瀝膽隳肝惟恐後。"
稱:相當,符合。《孟子·公孫丑》:"古者棺椁無度,中古棺七寸,椁稱
之。"汪遵《郢中》:"莫言白雪少人聽,高調都難稱俗情。" 彝章:常典,
舊典。陸贄《馬燧李皋賜實封制》:"列爵以旌德,胙土以報功。國有彝
章,是用褒勸。"白居易《與餘慶詔》:"式是彝章,豈爲私渥。有煩陳謝,
深見誠懷。" 憲臺:後漢改稱漢御史府爲憲臺,後爲同類機構的通稱,
亦以稱御史等官職。白居易《夏日獨直寄蕭侍御》:"憲臺文法地,翰林
清切司。"《新唐書·百官志》:"龍朔二年,改御史臺曰憲臺。" 優異:特

別優待。應劭《風俗通·常幹宰相之職》:"凡黔首皆五帝子孫,何獨今之肺腑,當見優異也?"王闢之《澠水燕談録·帝德》:"晁文元公迥在翰林,以文章德行爲仁宗所優異,帝以君子長者稱之。"

[編年]

《年譜》編年:"《制》有'伯仲叔季,罔漏恩榮'等語。據《舊唐書·王承元傳》云:'承元昆弟及從父昆弟,授郡守者四人,登朝者四人。'王承迪是王承宗兄弟。"《編年箋注》引録《舊唐書·穆宗紀》:元和十五年十一月,癸卯制:"朕聞帝王丕宅四海……朕以武俊之勛勞,光于彝鼎;士真之恭恪,繼被節旄……承宗兄弟已授官爵,其承宗葬事亦差官監視,務令周厚。"然後説:"癸卯爲是月二十九日,推知此《制》撰於元和十五年(八二〇)十一月。"《年譜新編》引録材料同《年譜》、《編年箋注》,結論是:"當作於元和十五年十月、十一月間。"

我們以爲,一、《年譜》雖然舉證部份根據,但缺失明確具體撰作時日的證據;而《編年箋注》的"十一月"與《年譜新編》的"十月、十一月間"都不够確切。另外《唐刺史考》認爲:王承迪出任普州刺史在"長慶元年",也有誤失。二、據《舊唐書·穆宗紀》,作於元和十五年十一月二十九日的"癸卯制"已經清楚無誤説"承宗兄弟已授官爵",這應該是本文撰作的下限。三、王承迪等人之所以被授予官職,是因爲王承元歸朝所致,時間是在元和十五年十月。《舊唐書·穆宗紀》:"(元和十五年)冬十月庚午朔……庚辰……成德軍節度使王承宗卒,其弟承元上表請朝廷命帥……乙酉,以魏博等州節度觀察等使、光禄大夫、檢校司徒兼侍中、魏博大都督府長史、上柱國、沂國公、食邑三千户、實封三百户田弘正可檢校司徒兼中書令、鎮州大都督府長史、成德軍節度、鎮冀深趙等州觀察處置等使。以鎮冀深趙等觀察度支使、朝議郎、試金吾左衛胄曹參軍兼監察御史王承元可銀青光禄大夫、檢校工部尚書、使持節滑州諸軍事、守滑州刺史、御史大夫,充義成軍節度、鄭滑等州觀察等使……（十一月）丁未，封王承宗祖母李氏爲晉國太夫人。辛亥，田弘正奏王承元以今月九日領兵二千人赴鎮滑州。"《新唐書·穆宗紀》："（元和十五年）十月庚辰，王承宗卒。辛巳，成德軍觀察支使王承元以鎮趙深冀四州歸于有司。"按干支推算，"丁未"是十一月九日，"辛亥"是十一月十三日，而"辛巳"已經是十一月十九日，這應該是本文撰作的上限。據此，本文應該撰成於元和十五年十一月九日或十一月十九日之後、十一月二十九日之前，其中以十一月十九日朝廷"封王承宗祖母李氏爲晉國太夫人"之時最爲可能，地點在長安，元稹時任祠部郎中、知制誥之職。

◎ 唐故建州浦城縣尉元君墓誌銘⁽一⁾①

　　君諱某，字莫之。有魏昭成皇帝十七世而生某官某⁽二⁾，君即某官之次子也。少孤，母曰渤海封夫人，提捧教訓，不十四五，其心卓然②。讀書爲文，舉進士。每歲抵刺史以上，求與計去，且取衣食之資以供養，意義漸聞於朋友間③。

　　無何，宗侄義方觀察福建，子幼道遠，自孤其行。拜言勤求，請君俱去④。太夫人曰：'吾有爾兄養足矣⁽三⁾！爾其遂行！'旋授建州浦城尉。宗侄之心腹耳目之重，以至閨門之令，盡寄於君。上下無怨⁽四⁾，誠且盡也⑤。又無何，宗侄觀察鄜坊，君亦俱去，心腹耳目之寄皆如初⑥。宗侄殁⁽五⁾，子公慶號駭迷謬無所據⁽六⁾，君自始至卒任持之。公慶事公，雖及喜愠不敢專⑦。

　　元和中丁封夫人喪⁽七⁾，痛毒哽咽，結氣膏肓。既免喪⁽八⁾，遂卒不散⁽九⁾⑧。十五年八月二日，終于京城南，享年五十八，公慶襄其事^{(一〇)⑨}。夫人濮陽吳氏，賢善恭幹。生一女，女亦惠和，夭君前累月^(一一)。嗚呼！吳夫人可謂生人太苦矣⑩！

　　予與君伯季之間，十歲相得，師學然諾，出入宴游，無不同也⑪。及逾三十年，予亦竊位偷名，官進不已，然而終無濡縷之力及於君。君何足悲！適自悲耳⑫！銘曰：

　　維元和庚子十一月之四日，四禽交加六神没^(一二)，于嗟元君歸此室^{(一三)⑬}。

錄自《元氏長慶集》卷五七

［校記］

　　（一）唐故建州浦城縣尉元君墓誌銘：原本作"唐故建州蒲城縣尉元君墓誌銘"，叢刊本同，但參閱《元和郡縣志》，建州有"浦城縣"而無"蒲城縣"，故據宋蜀本、楊本、盧校、《文章辨體彙選》、《全文》改。

　　（二）有魏昭成皇帝十七世而生某官某：楊本、叢刊本、《文章辨體彙選》、《全文》同，岑仲勉《唐集質疑·元稹世系》認爲"昭成皇帝"是"神元皇帝"之誤。我們以爲不確，理由是：一、岑説并無版本依據；二、岑説與元稹提及"昭成皇帝"的各篇不合；三、"神元皇帝"是"昭成皇帝"的五世祖先，更與歷史典籍所述不合；四、我們以爲，白居易《唐故武昌軍節度處置等使正議大夫檢校户部尚書鄂州刺史兼御史大夫賜紫金魚袋尚書右僕射河南元公墓誌銘并序》所云"十五代孫"，我們以爲可以理解爲"十五代之孫"，亦即昭成皇帝的十七代子孫。這與元稹所云元巖爲"十一代"加"五代"爲元寬，計及元稹，也是昭成皇帝的十七代子孫。元稹《唐故朝議郎侍御史内供奉鹽鐵轉運河陰留後河南元君墓誌銘》："斯宇也，尚書府君受賜于隋氏，乃今傳七代矣！"

所述也符合自元巖至元稹一共七代的情况。元稹《夏陽縣令陸翰妻河南元氏墓誌銘》也云元巖"降五世而生我皇考府君",亦即與上面兩個墓誌的説法是一致的。本文之"浦城尉"元莫之,是元稹叔叔元宵之次子,也是元宵與封氏之次子,其妻吴氏,育有一女,亦病故於元和十五年,亦即"浦城尉"元莫之病故之前數月。我們持元稹爲昭成"十五代元悱之孫",亦即從昭成算起至元稹爲十七世的意見,不取岑仲勉"神元皇帝"的觀點,而與元稹存世的元氏家族墓誌——符合,也與白居易的《唐故武昌軍節度處置等使正議大夫檢校户部尚書鄂州刺史兼御史大夫賜紫金魚袋尚書右僕射河南元公墓誌銘并序》——切合。

（三）吾有爾兄養足矣：楊本、叢刊本、《文章辨體彙選》、《全文》同,宋蜀本、盧校作"吾有爾兄養吾足矣",語義相類,各備一説,不改。

（四）上下無怨：楊本、叢刊本、宋蜀本、《文章辨體彙選》、《全文》作"上下不怨",語義相類,不改。

（五）宗侄殁：楊本、叢刊本、《文章辨體彙選》、《全文》同,宋蜀本作"宗侄觀殁",語義不通,不從不改。

（六）子公慶號駭迷謬無所據：楊本、叢刊本、《文章辨體彙選》、《全文》同,宋蜀本作"嗣公慶號駭迷謬無所據",語義不通,不從不改。

（七）元和中丁封夫人喪：原本作"元和中君封夫人喪",語義難通,據楊本、叢刊本、宋蜀本、《文章辨體彙選》、《全文》改。

（八）既免喪：原本作"既喪",楊本、叢刊本、《文章辨體彙選》同,語義含混,據宋蜀本、《全文》補。

（九）遂卒不散：楊本、叢刊本、《文章辨體彙選》同,宋蜀本、《全文》作"卒不散",各備一説,不改。

（一〇）公慶襄其事：楊本、叢刊本、《文章辨體彙選》、《全文》同,宋蜀本作"公慶盡襄其事",語義相類,各備一説,不改。

（一一）夭君前累月：楊本、叢刊本、《文章辨體彙選》、《全文》同,宋蜀本作"夭於君前累月",語義相類,各備一説,不改。

(一二)四禽交加六神没:原本作"禽交加六神没",楊本、叢刊本、《文章辨體彙選》同,語義不同,各備一説,據宋蜀本、《全文》補。

(一三)于嗟元君歸此室:楊本、叢刊本、《文章辨體彙選》同,《全文》作"吁嗟元君歸此室",語義相類,原本不誤,不改。

[箋注]

① 建州:《元和郡縣志·建州》:"本秦閩中地也,漢于其地立冶縣,屬會稽郡……武德四年……于建安縣置建州。"劉長卿《送建州陸使君》:"漢庭初拜建安侯,天子臨軒寄所憂。從此向南無限路,雙旌已去水悠悠。"許棠《寄建州姚員外》:"誣譖遭遷謫,明君即自知。鄉遥辭劍外,身獨向天涯。"　浦城:縣名,屬建州。《元和郡縣志·建州》:"管縣五:建安、浦城、邵武、將樂、建陽。"錢起《送陸贄擢第還蘇州》:"夜火臨津驛,晨鐘隔浦城。華亭養仙羽,計日再飛鳴。"林寬《送人宰浦城》:"東南猶阻寇,梨嶺更誰登? 作宰應無俸,歸船必有僧。"縣尉:官名,秦漢縣令、縣長下置尉,掌一縣治安,歷代因之。姚合《寄陸渾縣尉李景先》:"月色生松裏,泉聲在石間。吟詩復飲酒,何事更相關?"馬戴《贈鄠縣尉李先輩二首》二:"休官不到闕,求静匪營他。種藥唯愁晚,看雲肯厭多!"這裏指墓主的最高官職,這位墓主是元稹叔父元霄的兒子,而元霄是元稹父親元寬的親兄弟,墓主與元稹,則是祖父元悱名下的從兄弟。元稹《使東川·漢江笛》有題注:"三月十五日夜,於西縣白馬驛南樓聞笛,悵然,憶得小年曾與從兄長楚寫《漢江聞笛賦》而有懷耳!"元稹的這位"從兄長楚",亦即"元楚",在元稹家族的譜系中,未見。但有兩個情況值得注意:一、元稹叔父元霄有子兩人,其一在《唐故建州浦城縣尉元君墓誌銘》中有記載:"君諱某,字莫之。有魏昭成皇帝十七世而生某官某,君即某官之次子也。少孤,母曰渤海封夫人,提捧教訓,不十四五,其心卓然。讀書爲文,舉

進士。每歲抵刺史以上，求與計去，且取衣食之資以供養，意義漸聞於朋友間。無何，宗侄義方觀察福建，子幼道遠，自孤其行。拜言勤求，請君俱去。太夫人曰：'吾有爾兄養足矣！爾其遂行！'旋授建州浦城尉。宗侄之心腹耳目之重，以至閫門之令，盡寄於君。上下無怨，誠且盡也。又無何，宗侄觀察鄜坊，君亦俱去，心腹耳目之寄皆如初。宗侄歿，子公慶號駭迷謬無所據，君自始至卒任持之。公慶事公，雖及喜慍不敢專……（元和）十五年八月二日，終于京城南，享年五十八。"據卒年推算，浦城縣尉元君應該出生於寶應二年（763），病卒於元和十五年（820）八月，自然是出生於大曆十四年（779）的元稹之兄長。浦城縣尉是"次子"，他應該有一個兄長，自然更是元稹的"兄長"，這位"兄長"未見名及字，疑即元稹的"從兄長元楚"。二、元稹《唐故京兆府盩厔縣尉元君墓誌銘》另有記載："唐盩厔縣尉諱某，字某，姓元氏，於有魏昭成皇帝爲十四世孫。曾曰尚食奉御某，祖曰綿州長史、贈太子賓客某，父曰都官郎中、岳州刺史某，母曰某望閭夫人，妻曰隴西李氏女，子曰某，曰某，女曰某。君始以蔭入仕，四仕爲盩厔尉。丁太夫人憂，遂不復仕。享年五十五，以疾歿於衢州。元和十五年四月某日，歸祔於咸陽縣之某鄉某里。"這位"盩厔縣尉元君"也不見提及名與字；據"盩厔縣尉元君"的"卒年""元和十五年"推算，他也是元稹的兄長，疑即元稹的"從兄長元楚"。但兩者必居其一，唯尚無確證指實究竟哪一個是本詩題注中提及的"從兄長元楚"。因爲"浦城縣尉"與"盩厔縣尉"與元稹的關係都比較貼近，祇能存疑待考，如果一定要指定一個的話，根據"浦城縣尉"的父親元霄是元稹嫡親叔叔來看，個人比較傾向於"浦城縣尉"的兄長是元稹的"從兄長元楚"。"從兄長元楚"的年齡不僅長於元稹，也自然長於"浦城縣尉"，亦即出生應該在"浦城縣尉"出生的寶應二年（763）之前。但病故究竟在元稹之前還是元稹之後，因無文獻佐證，暫時無考。不過根據"從兄長元楚"出生的寶應二年（763）之前，比元稹年長在十六年以上估計,病故在元稹之前的可能性比較大。

②　孤:幼年喪父或父母雙亡。丘爲《冬至下寄舍弟時應赴入京雜言》:"終日讀書仍少孤,家貧兄弟未當途。適遠纔過宿春料,相隨惟一平頭奴。"盧綸《李端公》:"少孤爲客早,多難識君遲。掩泪空相向,風塵何處期?"　教訓:教導訓戒。《左傳·文公十八年》:"顓頊有不才子,不可教訓。"權德輿《岐公淮南遺愛碑銘并序》:"惟公鎮定一方,心平德利,言仁必及人,言智必及事。生聚教訓,勤身急病,視闔境如枌楡之内,撫編人有父母之愛。"　卓然:卓越貌。劉向《説苑·建本》:"塵埃之外,卓然獨立,超然絶世,此上聖之所遊神也。"杜甫《飲中八仙歌》:"焦遂五斗方卓然,高談雄辯驚四筵。"

③　讀書:閲讀書籍,誦讀書籍。《禮記·文王世子》:"秋學禮,執禮者詔之;冬讀書,典書者詔之。"韓愈《感二鳥賦序》:"讀書著文,自七歲至今,凡二十二年。"　供養:贍養,侍奉。《漢書·翟方進傳》:"身既富貴,而後母尚在,方進内行修飾,供養甚篤。"李密《陳情事表》:"臣以供養無主,辭不赴命。"　意義:美名,聲譽。《晉書·繆播傳》:"播才思清辯,有意義。"陸龜蒙《讀陰符經寄鹿門子》:"微臣與軒轅,亦是萬世孫。未能窮意義,豈敢求瑕痕?"

④　宗侄:指同宗族的侄輩。盧肇《閬城君廟記》:"予於府君爲宗侄,予爲兒而府君多之曰:'乃異日其聞乎?'"詹體仁《送族侄以元還家序》:"海寧詹子以元,予宗侄也。"　義方:即元義方,岳州刺史元持的孫子、盩厔縣尉的兒子、墓主的侄子。《新唐書·元義方傳》:"義方,歷京兆府司録,韋夏卿、李實繼爲尹,事必咨之。歷虢商二州刺史、福建觀察使。中官吐突承璀,閩人也,義方用其親屬爲右職。李吉甫再當國,陰欲承璀奧助,即召義方爲京兆尹。李絳惡其黨,出爲鄜坊觀察使,一切辦治,然苛刻,人多怨之。卒,贈左散騎常侍。"元義方觀察福建在元和四年四月至元和六年四月,《舊唐書·憲宗紀》:"(元和四年十月)以商州刺史元義方爲福建觀察使……(元和六年四

月)以福建觀察使元義方爲京兆尹。" 拜言:恭敬地請求。韓愈《後十九日復上書》:"二月十六日,前鄉貢進士韓愈謹再拜言相公閣下……"杜牧《爲中書門下請追尊號表》:"夫仲尼以三人有我師,大禹以愚夫能勝予,是仲尼之好問,大禹之拜言,無以過也。"

⑤ 心腹:比喻要害部位。《東觀漢記·來歙傳》:"上以略陽嚚所依阻,心腹已壞,則制其支體易也。"《朱子語類》卷一三〇:"靖康之禍,縱元城了翁諸人在,亦了不得,伯謨曰:'心腹潰了。'" 耳目:比喻重要輔佐之人或親信之人。《書·益稷》:"帝曰:'臣作朕股肱耳目。'"孔穎達疏:"君爲元首,臣爲股肱耳目,大體如一身也。"《舊唐書·姚珽傳》:"臣以庸朽,濫居輔弼,虛備耳目。" 閨門:婦女所居之處。《北齊書·尉瑾傳》:"瑾外雖通顯,內闕風訓,閨門穢雜,爲世所鄙。"蘇軾《策別安萬民》:"今者治平之日久,天下之人驕惰脆弱,如婦人孺子不出於閨門,論戰鬥之事則縮頸而股慄,聞盜賊之名則掩耳而不願聽。"

⑥ 無何:不多時,不久。《史記·越王勾踐世家》:"居無何,則致貲累巨萬。"吳筠《建業懷古》:"銜璧入洛陽,委躬爲晉臣。無何覆社稷,爲爾含悲辛。" 宗侄觀察鄜坊:《舊唐書·憲宗紀》:"元和七年春正月,辛酉朔……辛未,以京兆尹元義方爲鄜州刺史、鄜坊丹延觀察使……(元和八年四月)鄜坊觀察使元義方卒。" 鄜坊:觀察使府之名,治府在今陝西省富縣地。《元和郡縣志·鄜州》:"今爲鄜坊觀察使理所……管鄜州、坊州、丹州、延州,管縣二十三……隋大業二年改爲鄜城郡,後改爲上郡,武德元年復爲鄜州,貞觀二年加爲都督府,十六年罷府。"許渾《獻鄜坊丘常侍》:"詔選將軍護北戎,身騎白馬臂彤弓。柳營遠識金貂貴,榆塞遥知玉帳雄。"

⑦ 歿:去世。《國語·晉語》:"管仲歿矣!多讒在側。"《史記·屈原賈生列傳》:"伯樂既歿兮,驥將焉程兮?" 公慶:元義方之子,公慶有兄弟公度,曾出現在長慶、寶曆、大和年間。元稹《送公度之福建

(此後並同州刺史時作)》:"棠陰猶在建溪磯,此去那論是與非！若見白頭須盡敬,恐曾江岸識胡威。"白居易酬和元稹詩篇《和新樓北園偶集從孫公度周巡官韓秀才盧秀才范處士小飲鄭侍御判官周劉二從事皆先歸》:"聞君新樓宴,下對北園花。主人既賢豪,賓客皆才華。"迷謬:昏迷,迷惑謬誤。應劭《風俗通·怪神·城陽景王祠》:"哀哉黔黎,漸染迷謬。"葛洪《抱朴子·疾謬》:"然而迷謬者無自見之明。"任持:主持,維持。《唐大詔令集·乾符二年正月七日南郊赦》:"近日苟且緣循,漸至虛折。商徒則獲利倍於往日,所司則侵損轉難任持。"沈括《夢溪筆談·象數》:"七月,百穀成實,自能任持,故曰'太一'。"喜:快樂,高興。《詩·鄭風·風雨》:"既見君子,云胡不喜?"杜甫《聞官軍收河南河北》:"却看妻子愁何在,漫捲詩書喜欲狂。"　慍:含怒,怨恨。《論語·學而》:"人不知而不慍,不亦君子乎?"柳宗元《梓人傳》:"其不勝任者,怒而退之,亦莫敢慍焉！"

⑧　痛毒:痛苦之甚。《後漢書·章帝紀》:"自往者大獄已來,掠考多酷,鉆鑽之屬,慘苦無極。念其痛毒,怵然動心。"歐陽詹《有唐故銀青光禄大夫行平州別駕馬公墓誌銘》:"國喪英才,家亡令孫,家國不幸,痛毒可知。"　哽咽:悲嘆氣塞,泣不成聲。《樂府詩集·焦仲卿妻》:"舉言謂新婦,哽咽不能語。"辛棄疾《祝英臺近·晚春》:"羅帳燈昏,哽咽夢中語。"　膏肓:古代醫學以心尖脂肪爲膏,心臟與膈膜之間爲肓。《左傳·成公十年》:"疾不可爲也,在肓之上,膏之下,攻之不可,達之不及,藥不至焉！不可爲也。"杜預注:"肓,鬲也,心下爲膏。"後遂用以稱病之難治者。孫楚《爲石仲容與孫皓書》:"夫治膏肓者,必進苦口之藥;決狐疑者,必告逆耳之言。"朱熹《題謝少卿藥園二首》二:"再拜藥園翁,何以起膏肓?"　免喪:謂守孝期滿,除去喪服。《禮記·雜記》:"免喪之外,行於道路,見似目瞿,聞名心瞿。"元稹《告贈皇考皇妣文》:"奉祀免喪,禮無遺者。"

⑨　終:人死。《禮記·文王世子》:"文王九十七乃終。"《文選·

楊惲〈報孫會宗書〉》：“送其終也。”李善注：“終謂終没也。” 享年：敬辭，稱死者活的壽數。常衮《叔父故禮部員外郎墓誌銘》：“以天寶三年十二月二十日，薨於四就宣賜里之私第，享年五十有六。”盧徵《左僕射賈耽神道碑》：“以永貞元年十月一日，薨于長安光福里之私第，享年七十六，輟朝四日，再贈太傅。” 五十八：以元和十五年墓主五十八歲病故計，墓主應該比元稹年長十六歲，生於寶應二年（763）。襄：成，完成。《左傳·定公十五年》：“葬定公，雨，不克襄事，禮也。”杜預注：“襄，成也。”《舊五代史·盧詹傳》：“詹家無長物，喪具不給，少帝聞之，賜布帛百段、粟麥百斛，方能襄其葬事。”

⑩ 濮陽：地名。《元和郡縣志·濮州》：“戰國時屬齊，在漢爲濟陰郡之鄄城也，後漢獻帝於此置兗州……隋開皇十六年於此置濮州，大業三年廢濮州入東平郡，隋末陷於寇賊，武德四年討平王世充，於此重置濮州……管縣五：鄄城、雷澤、臨濮、濮陽、范。”高適《同群公登濮陽聖佛寺閣》：“落日登臨處，悠然意不窮。佛因初地識，人覺四天空。”李端《送濮陽録事赴忠州》：“成名不遂雙旌遠，主印還爲一郡雄。赤葉黃花隨野岸，青山白水映江楓。”這裏是借用縣名作爲吳夫人的封號。 賢善：賢明善良。《樂府詩集·卿雲歌》：“遷於賢善，莫不咸聽。”玄奘《大唐西域記·信度國》：“其有精勤賢善之徒，獨處閑寂，遠迹山林，夙夜匪懈，多證聖果。” 惠和：仁愛和順。《左傳·昭公四年》：“紂作淫虐，文王惠和，殷是以隕，周是以興，夫豈爭諸侯！”元稹《夏陽縣令陸翰妻河南元氏墓誌銘》：“睦族以惠和，煦下以慈愛。”生人：猶一生，人生。張延師《明堂告朔議》：“《左氏傳》曰：‘閏月不告朔，非禮也。閏以正時，時以作事，事以厚生，生人之道，於是乎在矣！不告閏朔，棄時政也。’”王勃《益州夫子廟碑》：“觀質文之否泰衆矣！考聖賢之去就多矣。自生人以來，未有如夫子者也！”

⑪ 伯季：指兄弟排行裏的老大和最小的。《孔叢子·連叢子》：“吾聞孔氏自三父之後，能傳祖之業者，常在於叔祖；今觀《連叢》所

記,信如所聞。然則伯季之後,弗克負荷矣!"元稹《唐故越州刺史兼御史中丞薛公神道碑文》:"近世諸薛群從伯季,死喪猶相功緦者數十人。"　相得:相配,相稱。《易·繫辭》:"天數五,地數五,五位相得,而各有合。"韓康伯注:"天地之數各五,五數相配,以合成金、木、水、火、土。"彼此投合。《史記·魏其武安侯列傳》:"相得歡甚,無厭,恨相知晚也。"　師學:從師學習。白居易《襄州別駕府君事狀》:"又別駕府君即世,諸子尚幼,未就師學,夫人親執《詩》《書》,晝夜教導……"龐嚴《對賢良方正能直言極諫策》:"臣少從師學,講論載籍,爲皇爲帝爲王爲霸之所行,理亂興衰之所由起。"　宴遊:宴飲遊樂。《漢書·賈山傳》:"陛下與眾臣宴游,與大臣方正朝廷論議。"沈亞之《李紳傳》:"紳以進士及第還,過謁錡。錡舍之,與宴遊晝夜,錡能其才,留執書記。"

⑫　竊位:謂才德不稱,竊取名位,這是作者自謙之語。《論語·衛靈公》:"臧文仲其竊位者與? 知柳下惠之賢,而不與立也。"劉寶楠正義:"竊如盜竊之竊,言竊居其位,不讓進賢能也。"《史記·日者列傳》:"才不賢而託官位,利上奉,妨賢者處,是竊位也。"　偷名:盜竊名譽,也是作者的自謙之詞。《魏書·匈奴劉聰傳》"偷名竊位,脅息一隅。"《景定建康志·留都録》:"惟江表久隔皇風,竊號偷名,盜據其土……"　進:晉升,提拔。《史記·李斯列傳》:"二世曰:'何哉? 夫(趙)高……以忠得進,以信守位,朕實賢之,而君疑之,何也?'"王讜《唐語林·補遺》:"御史多以清苦介直獲進,居常敝服羸馬,至於殿庭。"　濡縷:沾濕一縷,形容沾濕範圍極小,引申指力量微弱。《史記·刺客列傳》:"得趙人徐夫人匕首,取之百金,使工以藥焠之,以試人,血濡縷,人無不立死者。"裴駰集解:"言以匕首試人,人血出,足以沾濡絲縷,便立死也。"　自悲:自己哀傷。王績《遊仙四首》一:"自悲生世促,無暇待桑田。"張循之《巫山》:"流景一何速! 年華不可追。解佩安所贈,怨咽空自悲。"

⑬ 庚子:唐憲宗元和年號前後共十五個年頭,起於丙戌,終於庚子,"元和庚子"即元和十五年。　　四禽:以馬、牛、豬、羊爲代表的各種各樣祭品。《易·井》:"井泥不食,舊井無禽。"高亨注:"禽,獸也。"王充《論衡·遭虎》:"虎也諸禽之雄也。"　交加:錯雜。杜甫《春日江邨五首》三:"種竹交加翠,栽桃爛熳紅。"王安石《出郊》:"川原一片綠交加,深樹冥冥不見花。"　六神:古以人之心、肺、肝、腎、脾、膽,各有其神主宰,稱爲六神。張衡《髑髏賦》:"五内皆還,六神皆復。"《雲笈七籤》卷三二:"凡人卧頭邊,勿安火鑪,令六神不安。"　于嗟:嘆詞,表示悲嘆。《詩·邶風·擊鼓》:"于嗟洵兮! 不我信兮!"鄭玄箋:"嘆其棄約,不與我相親信,亦傷之。"《史記·吕太后本紀》:"趙王餓,乃歌曰……于嗟不可悔兮寧蚤自財,爲王而餓死兮誰者憐之!"

[編年]

《年譜》編年本文於元和十五年,理由是:"碑主是元□(字莫之)。《誌》云:'(元和)十五年八月二日,終于京城南。'銘曰:"維元和庚子十一月之四日……吁嗟元君歸此室。"'元和十五年十一月四日以前撰。"《編年箋注》編年:"入葬在元和十五年(八二〇)十一月初四,則《墓誌銘》成于此日以前。"《年譜新編》編年元和十五年:"誌云:'(元和)十五年八月二日,終于京城南……銘曰:"維元和庚子十一月之四日……吁嗟元君歸此室。"''庚子'即元和十五年。"

元稹在本文中已經提供了非常清晰的信息,編年應該不難。但《年譜新編》編年"元和十五年"有點含混,而《年譜》、《編年箋注》編年"元和十五年十一月四日以前撰"則大致不錯,可惜没有明確"以前"到什麼時候。墓主病故於"十五年八月二日",病故地點在長安"城南",安葬地點在咸陽縣之洪瀆原。墓主"八月二日"病故,而安葬却要等到"十一月四日",看來元氏家族在等待一個合適的日子,或是等候尚没有回來的墓主親人們,或是等待當年合適的時日。看來,元稹早就應該知道兄長安葬的日子,計及從長安到咸陽縣洪瀆原的旅程在兩日上下,本文應該撰寫於元和十五年十月下旬或稍前,當時元稹在祠部郎中、知制誥任,地點自然在長安。

◎ 柏耆授尚書兵部員外郎制⁽一⁾①

敕:守起居舍人、賜緋魚袋柏耆:朕聞亟遷則彝倫斁,滯賞則勞臣怠。兼用兩者,謂之政經②。夫南憲右揆,至於中臺(耆先是由左拾遺守起居舍人,今轉兵部員外郎),我朝之極選也。俾爾環歲之內,周歷茲任,豈無意焉③?

元和中盜殺丞相,賊傷議臣⁽二⁾。齊冀之間,交以禍端相嫁④。耆自青溪窖中,提轉丸捭闔之書,馳於諸鎮(耆杖策淮西謁裴度,願得天子一節,掉舌定河北,度為言遣之),使承宗累年隔塞⁽三⁾,一朝豁然,納質獻地,克終於善⑤。

承宗既沒,承元授事(徙義成節度使),耆又將朕教告命于承元。萬衆無嘩(時成德軍以賚錢不至,舉軍誼議),一方底定⑥。

此而不錄,將何以勸?凡百多士,無忘急病之心⁽四⁾! 可守尚書兵部員外郎,賜緋魚袋⁽五⁾⑦。

録自《元氏長慶集》四六

[校記]

(一) 柏耆授尚書兵部員外郎制:楊本、叢刊本同,《英華》作“授柏耆兵部員外郎制”,《全文》作“授柏耆尚書兵部員外郎制”,各備一説,不改。

(二) 賊傷議臣:原本作“疾傷議臣”,楊本、叢刊本、《全文》同,據

《英華》改。

（三）使承宗累年隔塞：楊本、叢刊本、《英華》、《全文》作“使承宗疑否隔塞”，各備一說，不改。

（四）無忘急病之心：原本作“無急病之心”，楊本、叢刊本同，據《英華》、《全文》改。

（五）賜緋魚袋：楊本、叢刊本、《全文》同，《英華》無，各備一說，不改。

［箋注］

① 柏耆：事迹見《舊唐書·柏耆傳》：“柏耆者，將軍良器之子。素負志略，學縱橫家流。會王承宗以常山叛，朝廷厭兵，欲以恩澤撫之。耆於蔡州行營以晝干裴度，請以朝旨奉使鎮州，乃自處士授左拾遺。既見承宗，以大義陳説，承宗泣下，請質二男，獻兩郡，由是知名。元和十五年，王承元歸國，移鎮滑州。朝廷賜成德軍賞錢一百萬貫，令諫議大夫鄭覃宣慰軍人，賞錢未至，浩浩然騰口。穆宗詔耆往諭旨，耆至，令承元集三軍宣導上旨，衆心乃安，轉兵部郎中。太和初，遷諫議大夫。俄而李同捷叛，兩河藩帥加兵滄、德，宿師於野連年，同捷窮蹙求降，耆既宣諭訖，與節度使李祐謀，耆乃帥數百騎入滄州，取同捷赴京，滄、德平。諸將害耆邀功，爭上表論列，文宗不獲已，貶循州司户，判官沈亞之貶虔州南康尉。内官馬國亮又奏耆於同捷處取婢九人，再命長流愛州，尋賜死。” 兵部員外郎：據《舊唐書·職官志》，兵部有兵部尚書一人，兵部侍郎二人，下轄兵部、職方、駕部、庫部，而兵部有兵部郎中二員從五品，員外郎二員，從六品。王涯《元和姓纂序》：“元和七年十月，中大夫、行兵部員外郎、知制誥王涯述。”劉禹錫《唐故監察御史贈尚書右僕射王公神道碑》：“大父上客……歷侍御史、主客、兵部員外郎，累遷兵右金吾衛將軍、冀州刺史、靈州都督、朔方道總管。”

②起居舍人：職官名，主修《起居注》，隋置，唐宋沿置之。劉知幾《史通·史官建置》：“煬帝以爲古有内史、外史，今既有著作，宜立起居，遂置起居舍人二員，職隸中書省。”李肇《唐國史補》卷中：“起居舍人韋綬，以心疾廢。”　緋魚袋：指緋衣與魚符袋，舊時朝官的服飾。唐制：五品以上佩魚符袋，宋因之。韓愈《董公行狀》：“入翰林爲學士，三年出入左右，天子以爲謹願，賜緋魚袋。”《續資治通鑑·宋高宗紹興十二年》：“右承奉郎、賜緋魚袋張宗元爲右宣議郎、直秘閣。”亦省作“緋魚”。《新唐書·王正雅傳》：“穆宗時，京邑多盜賊，正雅以萬年令威震豪强，尹柳公綽言其能，就賜緋魚，累擢汝州刺史。”　亟遷：快速遷升。李翱《唐故金紫光禄大夫徐公行狀》：“凡三佐藩屏之臣，五爲刺史，一爲經略，一爲節度觀察使，階累升爲金紫光禄大夫，爵超進爲開國公，官亟遷爲禮部尚書。”唐無名氏《册祭廣利王記》：“初張公作宰南海，亟遷右職。”　亟：疾速，與“慢”相對。《史記·陳涉世家》：“趣趙兵，亟入關。”周密《齊東野語·朱氏陰德》：“汝亟歸告若主。”　遷：晉升或調動。《史記·張丞相列傳》：“〔申屠嘉〕以材官蹶張從高帝擊項籍，遷爲隊率。”葉適《江陵府修城記》：“天子遷趙公金紫光禄大夫，以寵褒之。”　彝倫：常理，常道。《書·洪範》：“王乃言曰：‘嗚呼，箕子！惟天陰騭下民，相協厥居，我不知其彝倫攸叙。’”蔡沈集傳：“彝，常也；倫，理也。”葛洪《抱朴子·名實》：“放斧斤而欲雙巧於班墨，忽良才而欲彝倫之攸叙，不亦難乎！”　斁：敗壞。《後漢書·班固傳》：“俾其承三季之荒末，值亢龍之災孽，懸象暗而恒文乖，彝倫斁而舊章缺。”韓愈《與孟尚書書》：“三綱淪而九法斁，禮樂崩而夷狄横。”　滯賞：指應賞而長久未賞的人。《國語·晉語》：“興舊族，出滯賞。”韋昭注：“滯賞，謂有功於先君未賞者。”《宋書·劉宏列傳》：“表忠行而舉貞節，辟處士而求賢異，修廢官而出滯賞，撤天膳而重農食。”　勞臣：功臣。《管子·立政》：“有功力未見於國而有重禄者，則勞臣不勸。”《新唐書·陳子昂傳》：“臣聞勞臣不賞，不可勸功；死士不

賞，不可勸勇。” 怠：懈怠，懶惰。《文心雕龍·養氣》：“夫學業在勤，功庸弗怠，故有錐股自屬，和熊以苦之人。”柳宗元《送薛存義序》：“今受其直怠其事者，天下皆然。” 政經：政治的常法，語出《左傳·宣公十二年》：“今兹入鄭，民不罷勞，君無怨讟，政有經矣！”杜預注：“經，常也。”趙嘏《獻淮南李相公》：“軍中老將傳兵術，江上諸侯受政經。聞道國人思再入，鎔金新鑄鶴儀形。”蘇舜欽《論五事》：“如此則不敢公然作過，以紊政經。”

③ 南憲：即臺諫，御史。《南齊書·劉休傳》：“臣自塵榮南憲，星晷交春。”按：劉休嗣祖爵南鄉侯，爲御史中丞。又稱“南臺”，即御史臺，以在宮闕西南，故稱。蕭繹《薦鮑幾表》：“前宰東邑，實有二魯之風；近處南臺，欲尊兩鮑之則。”《通典·職官》：“後漢以來謂之御史臺，亦謂之蘭臺寺。梁及後魏、北齊，或謂之南臺。後魏之制，有公事百官朝會名簿，自尚書令僕以下，悉送南臺。” 右掖：唐時指中書省，因其在宮中右邊，故稱。掖，皇宮的旁垣或邊門。李乂《中宗十月誕辰内殿宴群臣效柏梁體聯句》：“鱮生侍從忝王枚，右掖司言實不才。”韓愈《和崔舍人詠月》：“右掖連臺座，重門限禁扃。” 中臺：即尚書省，秦漢時尚書稱中臺，謁者稱外臺，御史稱憲臺，合稱三臺。魏、晉、宋、齊並稱尚書臺，梁、陳、後魏、北齊、隋則稱尚書省。唐時曾更名中臺，後又改爲尚書省。《三國志·諸葛恪傳》：“故遣中臺近官迎致犒賜，以旌茂功，以慰劬勞。”韓愈《贈刑部馬侍郎》：“紅旗照海壓南荒，徵入中臺作侍郎。” 極選：選出的最優者，或最佳的選擇。曹丕《與孫權書》：“此二馬，朕之常所自乘，甚調良善走，數萬匹之極選者，乘之真可樂也。”歐陽修《除文彦博易鎮判大名府制》：“朕惟將相之崇資，是爲文武之極選。” 環歲：周歲，滿一年。元稹《夏陽縣令陸翰妻河南元氏墓誌銘》：“或未環歲，或未浹時，而五命自天。”孟棨《本事詩·情感》：“宅左有賣餅者，妻纖白明媚。王一見屬目，厚遺其夫，取之，寵惜逾等。環歲因問之：‘汝復憶餅師否？’” 周歷：遍歷，遍遊。

《後漢書·蔡邕傳》："〔邕〕補侍御史，又轉持書御史，遷尚書。三日之間，周歷三臺。"薛用弱《集異記·葉法善》："〔葉法善〕於四海六合，名山洞天，咸所周歷。"　無意：無心，非故意的。劉長卿《送勤照和尚往睢陽赴太守請》："燃燈傳七祖，杖錫爲諸侯。來去雲無意，東西水自流。"梅堯臣《和道損喜雪》："薄厚曾無意，飄揚似有因。"

④ 元和中盜殺丞相：事見《舊唐書·武元衡傳》："武元衡，字伯蒼，河南緱氏人……及吉甫卒，上方討淮蔡，悉以機務委之。時王承宗遣使奏事，請赦吳元濟，請事於宰相，辭禮悖慢，元衡叱之，承宗因飛章詆元衡，咎怨頗結。元衡宅在靜安里，十年六月三日，將朝，出里東門，有暗中叱使滅燭者，導騎訶之，賊射之中肩。又有匿樹陰突出者，以棓擊元衡左股。其徒馭已爲賊所格奔逸，賊乃持元衡馬，東南行十餘步害之，批其顱骨懷去。及衆呼偕至，持火照之，見元衡已踣於血中，即元衡宅東北隅墙之外。時夜漏未盡，陌上多朝騎及行人，鋪卒連呼十餘里，皆云：'賊殺宰相……'聲達朝堂，百官恟恟，未知死者誰也。須臾，元衡馬走至，遇人始辨之。既明，仗至紫宸門，有司以元衡遇害聞，上震驚，却朝而坐延英，召見宰相，惋慟者久之，爲之再不食。册贈司徒，贈賻布帛五百匹、粟四百石。輟朝五日，謚曰忠湣。"　賊傷議臣：事見《舊唐書·裴度傳》："裴度，字中立，河東聞喜人……九年十月，改御史中丞……十年六月，王承宗、李師道俱遣刺客刺宰相武元衡，亦令刺度。是日，度出通化里，盜三以劍擊度，初斷靴帶，次中背，纔絶單衣，後微傷其首，度墮馬。會度帶氈帽，故瘡不至深。賊又揮刃追度，度從人王義乃持賊連呼甚急，賊反刃斷義手，乃得去。度已墮溝中，賊謂度已死，乃捨去。居三日，詔以度爲門下侍郎、同中書門下平章事。度勁正而言辯，尤長於政體，凡所陳諭，感動物情。自魏博使還，宣達稱旨，帝深嘉屬。又自蔡州勞軍還，益聽其言。尚以元衡秉政，大用未果，自盜發都邑，便以大計屬之。初，元衡遇害，獻計者或請罷度官，以安二鎮之心，憲宗大怒，曰：'若罷度

官，是奸計得行，朝綱何以振舉？吾用度一人，足以破此二賊矣！'度亦以平賊爲己任，度以所傷請告二十餘日，詔以衛兵宿度私第，中使問訊不絕。” 議臣：建言立議之臣。《漢書·田叔傳》：“梁孝王使人殺漢議臣爰盎，景帝召叔案梁，具得其事。”袁燮《端明殿學士通議大夫簽書樞密院事羅公行狀》：“內之議臣，毋責其細故；外之監司，毋拘以苛法。”這裏指裴度，遇刺時官拜御史中丞，故言。 齊：古地名，今山東省泰山以北黃河流域和膠東半島地區，爲戰國時齊地，漢以後仍沿稱爲齊。本文指李師道盤踞的淄青節度使府所轄地區，亦即淄、青、齊、棣、登、萊等州。 冀：指今河北南部以及山東黃河以北地區，亦即當時王承宗盤踞的鎮冀節度使府管轄的鎮、冀、深、趙等州。禍端：灾禍的開端。《韓非子·亡徵》：“見大利而不趨，聞禍端而不備，淺薄於爭守之事，而務以仁義自飾者，可亡也。”《資治通鑑·晉湣帝建興三年》：“敦曰：‘此輩險悍難畜，汝性猖急，不能容養，更成禍端。’”

⑤ “自青溪窖中”兩句：《文選·郭璞〈遊仙詩七首〉二》：“青溪千餘仞，中有一道士……借問此何誰？云是鬼谷子。”鬼谷子，縱橫家之宗，據說是戰國縱橫家蘇秦的老師，善於辭辯。 青溪：古水名，在今湖北省境內，以源出青山，故稱。酈道元《水經注·沮水》：“沮水南逕臨沮縣西，青溪水注之。水出縣西青山，山之東有濫泉，即青溪之源也……以源出青山，故以青溪爲名。”駱賓王《秋日于益州李長史宅宴序》：“五嶽栖真，窅眇青溪之上；六爻貞遁，寂寞滄海之濱。” 轉丸：《鬼谷子》篇名，今佚。《文心雕龍·論説》：“暨戰國爭雄，辨士雲踴，從橫參謀，長短角勢，《轉丸》騁其巧辭，《飛鉗》伏其精術。”范文瀾注：“《轉丸》、《飛鉗》，皆《鬼谷子》篇名，《轉丸篇》文佚。”杜甫《送從弟亞赴安西判官》：“兵法五十家，爾腹爲篋笥。應對如轉丸，疏通略文字。” 捭闔：猶開合，本爲戰國時縱橫家分化、拉攏的遊説之術，後亦泛指分化、拉攏。《鬼谷子·捭闔》：“捭闔者，以變動陰陽四時開閉，

以化物縱橫……此天地陰陽之道，而説人之法也。"《舊唐書·張濬傳》："學鬼谷縱橫之術，欲以《捭闔》取貴仕。"《捭闔》，亦爲《鬼谷子》篇名之一，今存。　　隔塞：阻塞。《漢書·五行志》："言上偏聽不聰，下情隔塞。"元稹《盧士玫權知京兆尹制》："奏覆隔塞，則上下不通。"豁然：開悟貌。《顔氏家訓·勉學》："積年凝滯，豁然霧解。"蘇洵《上歐陽内翰第一書》："及其久也，讀之益精，而其胸中豁然以明。"　　納質獻地：事見《舊唐書·王承宗傳》："（元和）十二年十月，誅吳元濟，承宗始懼，求救於田弘正。十三年三月，弘正遣人送承宗男知感、知信及其牙將石汎等詣闕請命，令於客舍安置。又獻德、棣二州圖印，兼請入管内租税，除補官吏。上以弘正表疏相繼，重違其意，乃下詔曰……而承宗果能翻然改圖，披露忠懇，遠遣二子，進陳表章，緘圖印以上聞，獻德、棣之名部……承宗可依前銀青光禄大夫、檢校吏部尚書、鎮州大都督府長史、御史大夫，充成德軍節度、鎮冀深趙觀察等使。"　　納質：送納人質。《後漢書·和帝紀》："〔永元三年〕詔曰：'北狄破滅，名王仍降，西域諸國，納質内附。'"李翱《嶺南節度使徐公行狀》："大首領黄氏帥其屬納質供賦。"　　克終於善：事見《舊唐書·王承宗傳》："（元和）十五年十一月卒，贈侍中，子知感、知信在朝。"　　克終：謂善終。《三國志·馬良傳》："其人起士，荆楚之令，鮮於造次之華，而有克終之美。"《文心雕龍·祝盟》："然義存則克終，道廢則渝始，崇替在人，呪何預焉？"

⑥"承宗既没"兩句：事見《舊唐書·穆宗紀》："（元和十五年）冬十月庚午朔……成德軍節度使王承宗卒，其弟承元上表請朝廷命帥，遣起居舍人柏耆宣慰之……乙酉……以鎮冀深趙等觀察度支使、朝議郎、試金吾左衛胄曹參軍，兼監察御史王承元可銀青光禄大夫、檢校工部尚書、使持節滑州諸軍事、守滑州刺史、御史大夫，充義成軍節度鄭滑等州觀察等使。"　　没：謂壽終，善終。《左傳·僖公二十二年》："楚王其不没乎！爲禮卒於無别，無别不可謂禮，將何以没？"《北

史·梁士彥楊義臣等傳論》:"義臣時屬擾攘,功成三捷,而以功見忌,得没亦爲幸也。" 授:通"受",接受。《周禮·天官·司儀》:"登,再拜授幣,賓拜送幣。"鄭玄注:"授,當爲'受'。主人拜至,且受玉也。"荀悦《申鑒·俗嫌》:"關者所以關藏呼吸之氣,以禀授四氣也。" 教告:猶教導,教誨。權德輿《故幽州盧龍軍節度副大使知節度事管内支度營田觀察處置押奚契丹兩番經略盧龍軍等使開府儀同三司檢校司徒兼中書令幽州大都督府長史上柱國彭城郡王贈太師劉公墓誌銘并序》:"公先計後戰,陳兵於郊,乃遣單車使者,誘掖教告。繇是諸戎,皆爲公用,朝不庭方,厥猷茂焉!"柳宗元《亡姊崔氏夫人墓誌蓋石文》:"先公自鄂如京師,其時事會世難,教告罕至。" 萬衆無嘩:馬元調原注:"時成德軍以賚錢不至,舉軍誼議。"意謂由於柏耆的調解,成德三軍"萬衆無嘩",馬注誤。"萬衆無嘩"指王承元移鎮義成軍節度使之事,事見《舊唐書·王承元傳》:"元和十五年冬,承宗卒,秘不發喪,大將謀取帥於旁郡。時參謀崔燧密與握兵者謀,乃以祖母凉國夫人之命,告親兵及諸將,使拜承元。承元拜泣不受,諸將請之不已,承元曰:'天子使中貴人監軍,有事盍先與議。'及監軍至,因以諸將意贊之。承元謂諸將曰:'諸公未忘先德,不以承元齒幼,欲使領事。承元欲效忠於國,以奉先志,諸公能從之乎?'諸將許諾,遂於衙門都將所理視事,約左右不得呼留後,事無巨細,決之參佐。密疏請帥,天子嘉之,授銀青光禄大夫、檢校工部尚書,兼滑州刺史義成軍節度、鄭滑觀察等使。鄰鎮以兩河近事諷之,承元不聽,諸將亦悔。及起居舍人柏耆齎詔宣諭滑州之命,兵士或拜或泣,承元與柏耆於館驛召諸將諭之,諸將號哭誼嘩。承元詰之曰:'諸公以先世之故,不欲承元失此,意甚隆厚。然奉詔遲留,其罪大矣! 前者李師道未敗時,議赦其罪,時師道欲行,諸將止之,他日殺師道,亦諸將也。今公輩幸勿爲師道之事,敢以拜請。'遂拜諸將,泣涕不自勝。承元乃盡出家財,籍其人以散之,酌其勤者擢之。牙將李寂等十數人固留,承元斬寂等,軍中始定。""賚錢不至"尚在其後,《新唐書·王承元傳》在王承元離開成德軍之後又云:"於是諫議大夫鄭覃宣慰,賜其軍錢百萬緡,赦囚徒,問孤獨,廢疾不能自存者粟帛有差。"《舊唐書·穆宗紀》:"(元和十五年十一月癸卯)宜令諫議大夫鄭覃往鎮州宣慰,賜錢一百萬貫……辛亥,田弘正奏王承元以今月九日領兵二千人赴鎮滑州,成德軍徵賞錢頗急,乃命柏耆先往諭之……是日,田弘正奏今月十六日入鎮州訖。""癸卯"是十一月五日,"辛亥"是十一月十三日,直到田弘正十一月十六日或二十六日履任鎮州,"賜錢一百萬貫"之事李唐朝廷一直沒有兌現,因此"柏耆先往諭"祇是李唐朝廷的空頭支票,并沒有兌現,因此本文的"萬衆無嘩"並不是指柏耆調解"賚錢不至"而取得的效果。"賚錢不至"最終成爲引發鎮州新動亂的一個重要原因,《舊唐書·田弘正傳》:"十五年十月,鎮州王承宗卒,穆宗以弘正檢校司徒,兼中書令、鎮州大都督府長史,充成德軍節度、鎮冀深趙觀察等使。弘正以新與鎮人戰伐,有父兄之怨,乃以魏兵二千爲衛從。十一月二十六日至鎮州,時賜鎮州三軍賞錢一百萬貫不時至,軍衆諠騰以爲言。弘正親自撫喻,人情稍安,仍表請留魏兵爲紀綱之僕,以持衆心,其糧賜請給於有司。時度支使崔倰不知大體,固阻其請,凡四上表不報。明年七月歸卒於魏州,是月二十八日夜軍亂,弘正并家屬參佐將吏等三百餘口並遇害。"　底定:達到平定。《書·禹貢》:"三江既入,震澤底定。"蔡沈集傳:"底定者,言底於定而不震蕩也。"《周書·尉遲運傳》:"東夏底定,頗有力焉!"

　　⑦ 錄:指錄用,任用。《隋書·裴仁基傳》:"時隋大亂,有功者不錄。"韓愈《送諸葛覺往隨州讀書》:"屢爲丞相言,雖懇不見錄。"　勸:獎勉,鼓勵。《國語·越語》:"國人皆勸,父勉其子,兄勉其弟,婦勉其夫。"蘇軾《東坡志林·記告訐事》:"然熙寧、元豐間,每立一法……皆立重賞以勸告訐者。"　多士:古指衆多的賢士,也指百官。盧諶《答魏子悌》:"多士成大業,群賢濟弘績。"白行簡《李娃傳》:"當觴淉利

器,以求再捷,方可以連衡多士,爭霸群英。" 急病:急於解救困難,
解難。《國語·魯語》:"賢者急病而讓夷……今我不如齊,非急病
也。"《宋書·何尚之傳》:"泉布廢興,未容驟議……自非急病權時,宜
守久長之業。" 兵部員外郎:《舊唐書·柏耆傳》:"元和十五年,王承
元歸國,移鎮滑州。朝廷賜成德軍賞錢一百萬貫,令諫議大夫鄭覃宣
慰軍人,賞錢未至,浩浩然騰口。穆宗詔耆往諭旨,耆至,令承元集三
軍宣導上旨,眾心乃安,轉兵部郎中。"此處記載有誤,其一,王承元十
一月九日已經離開鎮州前往滑州,如何還有"耆至,令承元集三軍宣
導上旨"之事? 其二,據本文,柏耆這次官拜兵部員外郎,並不是兵部
郎中。《編年箋注》:"元和十五年,宣慰成德軍有功,轉兵部郎中。"所
述同樣有誤。史書在錯綜複雜的史料面前,一時搞錯還情有可原。
而《編年箋注》面對元積本文清楚無誤的文題及最後同樣清楚無誤任
命的"兵部員外郎",竟然仍然閉著眼睛胡説"兵部郎中",就很不應該
也太不負責任了。

[編年]

　　《年譜》編年:"《制》云:'敕:守起居舍人、賜緋魚袋柏耆……承宗
既没,承元授事。耆又將朕教,告命于承元。萬眾無嘩,一方底定。
此而不録,將何以勸……可守尚書兵部員外郎,賜緋魚袋。'據《舊唐
書·穆宗紀》云:'(元和十五年十月庚辰)成德軍節度使王承宗卒,其
弟承元上表,請朝廷命帥,遣起居舍人柏耆宣慰之。'十一月……成
德軍徵賞錢頗急,乃命柏耆先往諭之。'"意謂本文應該撰成於元和十
五年十一月十三日之後。《編年箋注》編年:"《舊唐書·穆宗紀》載:
元和十五年十一月辛亥,'成德軍徵賞錢頗急,乃命柏耆先往諭之。'
此《制》云:'承宗既没,承元授事,耆又將朕教告,命于承元,萬眾無
嘩。'則授耆尚書兵部員外郎在此行之後,權定於元和十五年(八二
〇)十一月至長慶元年(八二一),元積時任中書舍人、翰林承旨學

士。”“元稹時任中書舍人、翰林承旨學士”在長慶元年二月十六日之
後至同年十月十九日間,此前元稹爲祠部郎中知制誥臣。據此,《編
年箋注》應該認定本文撰成於長慶元年二月十六日之後至同年十月
十九日之間。另外,《編年箋注》在這裏認可“兵部員外郎”,而在《編
年箋注》本文的“箋證”裏面又認爲柏耆因“宣慰成德軍有功”而授職
“兵部郎中”,自己的説法互爲矛盾,讓讀者相信哪一個呢?《年譜新
編》編年的理由等同於《年譜》,結論是:“制當作於元和十五年十一月
柏耆回朝之後。”意謂本文應該撰成於元和十五年十一月十三日柏耆
爲“賞錢”再次宣慰鎮州而返朝之後,實質與《年譜》的編年結論完全
一樣。

　　我們以爲,本文應該撰成於柏耆元和十五年十月十六日完成王
承元移鎮義成軍節度使之後,王承元十一月九日離開鎮州赴任滑州
之前。《舊唐書・穆宗紀》:“(元和十五年)冬十月庚午朔……成德軍
節度使王承宗卒,其弟承元上表請朝廷命帥,遣起居舍人柏耆宣慰
之……乙酉……以鎮冀深趙等觀察度支使、朝議郎、試金吾左衛胄曹
參軍,兼監察御史王承元可銀青光禄大夫、檢校工部尚書、使持節滑
州諸軍事、守滑州刺史、御史大夫,充義成軍節度鄭滑等州觀察等
使……(十一月)辛亥,田弘正奏王承元以今月九日領兵二千人赴鎮
滑州。”而本文沒有一詞一句提及“成德軍徵賞錢頗急,乃命柏耆先
往諭之”之事,故本文應該撰成於柏耆元和十五年十月十六日第一
次自鎮州返回朝廷之後、柏耆元和十五年十一月十三日第二次前
往鎮州之前,計其從鎮州返回長安的時日,應該在元和十五年十月
下旬十一月上旬爲宜,地點自然在長安,元稹時任祠部郎中知制誥
之職。

◎ 贈賻王承宗制^{(一)①}

敕：天子之於百辟也，公則有君臣之義，私則有父子之恩，生則有列爵以報功，没則有加榮以錫命，遠則罷朝以申悼，近則幸第以臨喪②。而況於代濟勛庸，時方委遇，死而可作，吾何愛焉③！

故檢校尚書右僕射王承宗，海岱孕靈，弓裘襲藝。詩書禮樂，禀訓於祖先；勇敢謨猷，自生於誠腑④。逮居劇鎮，益辨長材。每懷戀闕之誠，遂行割地之效。屢陳密款，方俟來朝⑤。天不與年，素志没地。表章前上，忠懇備存。不以二子爲憂，且曰三軍求帥。承元繼志，雅有兄風⑥。

雄藩既耀於連枝，寵秩宜加於幽穸。上台之首，左輔之崇，特越彝章，用明加等⑦。忠魂尚在，期爾有知。可贈侍中，仍令所司備禮册命，賻布帛五百段、米粟三百石，委度支逐便支送⑧。

録自《元氏長慶集》卷五〇

［校記］

（一）贈賻王承宗制：《全文》同，楊本、盧校、叢刊本作“贈王承宗侍中”，各備一説，不改。

［箋注］

① 贈賻：贈送財物以助治喪。《梁書·張率傳》：“昭明太子遣使贈賻。”《舊唐書·武元衡傳》：“册贈司徒，贈賻布帛五百匹、粟四百

石,輟朝五日,謚曰忠滑。"　王承宗:河朔世襲藩鎮頭目,對李唐實懷
貳心,而面表忠誠,前後反反復復,直至病故。《新唐書‧王承宗傳》:
"(元和四年成德軍節度使王士真死)軍中推其子承宗爲留後⋯⋯帝
乃詔京兆尹裴武慰撫,承宗奉詔恭甚,請上德棣二州,遂以檢校工部
尚書嗣領節度,而以德州刺史薛昌朝爲保信軍節度使,統德、棣。昌
朝,嵩子也,與承宗故姻家,帝因欲離其親將,故命之。詔未至,承宗
馳騎劫而歸,囚之⋯⋯詔令歸昌朝,承宗拒命,帝怒,詔削官爵,遣中
人吐突承璀將左右神策率河中、河陽、浙西、宣歙兵討之⋯⋯承宗懼,
遣其屬崔遂上書謝罪,且言:'往年納地,迫三軍不得專,而爲盧從史
賣以求利,願請吏入賦得自新。'⋯⋯及吳元濟反,承宗與李師道上書
請宥,教其將尹少卿爲蔡遊説,見宰相語不遜,武元衡怒,叱遣之。承
宗怨,甚與師道謀,遣惡少年數十曹伏河陰,乘昏射吏,吏奔潰,因火
漕院,人趣火所,鬥死者十餘輩,縣大發民捕盜,亡去不獲。凡敗錢三
十萬緡、粟數萬斛。未幾,張晏等賊(殺)宰相元衡,京師大索,天子爲
旰食⋯⋯十一年,詔削爵⋯⋯明年,元濟平,承宗大恐,使牙將石汎奉
二子至魏博,因田弘正求入侍,且請歸德、棣二州,入租賦,待天子署
吏⋯⋯及是乃詔復官爵,以華州刺史鄭權爲橫海節度使,統德、棣、
滄、景等州,復承宗實封户三百,以所部飢,賜帛萬匹。李師道平,奉
法益謹,表所領州録事、參軍、判司、縣主簿、令,皆丐王官。十五年
死,贈侍中,軍中推其弟承元爲留後。承元不敢世于鎮,詔用爲義成
軍節度使。"據史傳對王承宗的描述,實與本文所述大相徑庭。這是
因爲李唐急於籠絡王承宗的兄弟王承元歸朝,故不得不作此違心之
論,這應該是政治鬥爭的需要,並非元稹閉著眼睛説瞎話。

　　② 百辟:諸侯。《文選‧張衡〈東京賦〉》:"然後百辟乃入,司儀
辨等,尊卑以班。"薛綜注:"百辟,諸侯也。"百官。《宋書‧孔琳之
傳》:"(徐)羨之内居朝右,外司輦轂,位任隆重,百辟所瞻。"白居易
《醉後走筆酬劉五主簿長句之贈》:"閶闔晨開朝百辟,冕旒不動香烟

碧。" 君臣:君主與臣下。《易·序卦》:"有父子,然後有君臣;有君臣,然後有上下。"韓愈《送浮屠文暢師序》:"彼見吾君臣父子之懿,文物事為之盛,其心有慕焉!" 父子:父親和兒子。《易·序卦》:"有夫婦,然後有父子。"韓愈《原道》:"其位:君臣,父子,師友,賓主,昆弟,夫婦。" 列爵:分頒爵位。《書·武成》:"列爵惟五,分土惟三。"孔傳:"爵五等,公侯伯子男。"《文選·張衡〈西京賦〉》:"列爵十四,競媚取榮。"薛綜注:"從皇后以下,凡十四等。" 報功:酬報有功者,報答功德。《書·武成》:"崇德報功。"孔傳:"有德尊以爵,有功報以禄。"班固《白虎通·社稷》:"王者所以有社稷何?為天下求福報功,人非土不立,非穀不食。" 錫命:天子有所賜予的詔命。《易·師》:"王三錫命。"孔穎達疏:"三錫命者,以其有功,故王三加錫命。"張九齡《恩賜樂遊園宴應制》:"寶筵延錫命,供帳序群公。" 罷朝:指皇帝停止臨朝。韓愈《鳳翔隴州節度使李公墓誌銘》:"訃至,上悼愴罷朝,遣郎中臨吊。"牛僧孺《昭義軍節度使辛公神道碑》:"以十二月己卯薨,享年六十四。上憫惜震悼,罷朝,贈尚書左僕射,贈賵有加。" 申悼:表達哀悼。宋庠《送成上人序》:"斂容申悼,徘徊久之。"義近"哀悼",悲痛地追念。干寶《搜神記》卷一:"〔鉤弋夫人〕葬雲陵,上哀悼之。" 幸第:帝王親臨私人住宅。《南史·齊高帝諸子列傳》:"唯車駕幸第,乃白服、烏紗帽以侍宴焉!"《舊唐書·隱太子建成傳》:"而太宗心中暴痛,吐血數升,淮安王神通狼狽扶還西宮,高祖幸第問疾。" 臨喪:親臨喪禮。《新唐書·高儉傳》:"長孫無忌伏馬前,陳士廉遺言,乞不臨喪,帝猶不許。"丁謂《丁晉公談録》:"以此知士大夫朝服臨喪慰問,深不可也。"

③ 代濟:謂世代相繼。賈至《册回紇為英武威遠可汗文》:"回紇毗伽可汗,生而英姿,邁越前古,代濟威赫,主祀北天,與唐唇齒,奕葉姻好。"元稹《裴武授司農卿制》:"具官裴武子,聞其先始以孝友,書其國籍;其後累有丞相,為唐名臣,賢彥因仍,代濟不絶。" 勛庸:功勛。

《後漢書・荀彧傳》：“曹公本興義兵，以匡振漢朝，雖勳庸崇著，猶秉忠貞之節。”《舊唐書・李嗣業傳》：“總驍果之眾，親當矢石，頻立勳庸。”　委遇：信任，禮遇。《南齊書・江謐傳》：“江謐寒士，誠當不得競等華儕。然甚有才幹，堪爲委遇，可遷掌吏部。”范仲淹《汾州謝上表》：“不以毁譽累其心，不以寵辱更其守，副委遇之本意，酬保全之大恩。”　可作：再生，復生。《國語・晉語》：“趙文子與叔向遊於九原，曰：‘死者若可作也，吾誰與歸？’”韋昭注：“作，起也。”謝瞻《張子房詩》：“逝者如可作，揆子慕周行。”

④ 故檢校尚書右僕射王承宗：據《舊唐書・憲宗紀》：“（元和十四年八月）戊午，王承宗進位檢校左僕射。”一爲“右僕射”，一爲“左僕射”，兩者必有一誤，當以元稹本文爲準。　僕射：官名，秦始置，漢以後因之，漢成帝建始四年初置尚書五人，一人爲僕射，位僅次尚書令，職權漸重。漢獻帝建安四年，置左右僕射。唐宋左右僕射爲宰相之職官名，也常常作爲榮銜恩賜外地官員，並非實職。《舊唐書・職官志》：“尚書省領二十四司，尚書令一員……左右僕射各一員（從二品，龍朔二年改爲左右匡政，光宅元年改爲文昌左右相，開元元年改爲左右丞相，天寶元年復爲左右僕射）。”韓愈《答魏博田僕射書》：“季冬極寒，伏惟僕射尊體動止萬福。”　海岱：今山東省渤海至泰山之間的地帶。海，渤海；岱，泰山。《書・禹貢》：“海岱惟青州。”孔傳：“東北據海，西南距岱。”杜甫《登兗州城樓》：“浮雲連海岱，平野入青徐。”這裏指王承宗據有的成德軍地區。　靈：善，美好。《文選・潘岳〈藉田賦〉》：“夫孝者，天地之性，人之所由靈也。”呂延濟注：“靈，善也，言孝者是天地之性，人之所善也。”《文選・謝莊〈宋孝武宣貴妃誄〉》：“祚靈集祉，慶藹迎祥。”張銑注：“靈，善。”　弓裘：謂父子世代相傳的事業。高適《古樂府飛龍曲留上陳左相》：“相門連户牖，卿族嗣弓裘。”亦作“弓冶”，語本《禮記・學記》：“良冶之子，必學爲裘；良弓之子，必學爲箕。”《北史・魏收魏季景等傳論》：“季景父子，雅業相傳，抑弓冶

之義。" 藝：指禮、樂、射、御、書、數六種古代教學科目。《禮記·學記》："不興其藝，不能樂學。"《論語·述而》："志於道，據於德，依於仁，遊於藝。"何晏集解："藝，六藝也。"邢昺疏："六藝謂禮、樂、射、馭、書、數也。" 詩書：《詩經》和《尚書》。《左傳·僖公二十七年》："《詩》、《書》，義之府也；《禮》、《樂》，德之則也。"蘇安恒《明堂令於大猷碑》："小年識五方之書，大成通九經之義，嬉戲則以詩書禮樂，造次則以孝友謙沖。" 禮樂：禮節和音樂，古代帝王常用興禮樂爲手段以求達到尊卑有序遠近和合的統治目的。《禮記·樂記》："樂也者，情之不可變者也；禮也者，理之不可易者也。樂統同，禮辨異。禮樂之說，管乎人情矣！"孔穎達疏："樂主和同，則遠近皆合；禮主恭敬，則貴賤有序。"杜甫《秋野五首》三："禮樂攻吾短，山林引興長。" 稟：領受，承受。《後漢書·鄭玄傳論》："而守文之徒，滯固所稟，異端紛紜，互相詭激。"《新唐書·蕭瑀傳》："人稟天地而生而謂之命，至吉凶禍福則繫諸人。" 訓：教誨，教導。《孟子·萬章》："三年，以聽伊尹之訓己也，復歸於亳。"趙岐注："以聽伊尹之教訓己，故復得歸之於亳。"任昉《劉先生夫人墓誌》："稟訓丹陽，弘風丞相。" 祖先：民族或家族的上代先輩。《參同契》卷下："子繼父業，孫踵祖先。"李宗閔《輔國大將軍符公神道碑銘》"《禮》云，銘者，論撰其祖先德善功烈，慶賞名聲，明著後代，所以崇孝也，順也。" 勇敢：有勇氣，有膽量。《莊子·徐無鬼》："筋力之士矜難，勇敢之士奮患。"《史記·刺客列傳》："至齊，齊人或言聶政勇敢士也，避仇隱於屠者之閒。" 謨猷：謀略。《周書·寇洛李弼於謹傳論》："帷幄盡其謨猷，方面宣其庸績，擬巨川之舟艫，爲大廈之棟梁。"蘇舜欽《杜公求退第四表》："臣實以量狹而位已過，器重而力不任，謨猷若斯，陛下所盡悉。" 腑：喻內心，心懷。源乾曜《奉和聖製送張尚書巡邊》："安人在勤恤，保大殫襟腑。此外無異言，同情報明主。"元稹《紀懷贈李六户曹崔二十功曹五十韵》："投分多然諾，忘言少愛憎。誓將探肺腑，恥更辨淄澠。"

⑤ 逮：及，及至。《吕氏春秋・明理》：“故衆正之所積，其福無不及也；衆邪之所積，其禍無不逮也。”韓愈《進學解》：“上規姚姒，渾渾無涯……下逮《莊》《騷》，太史所録，子雲、相如，同工異曲。”　劇鎮：政務繁劇的藩鎮，地位重要的藩鎮。李白《秋日於太原南栅餞陽曲王贊公賈少公石艾尹少公應舉赴上都序》：“天王三京，北都居一。其風俗遠，蓋陶唐氏之人歟！襟四塞之要衝，控五原之都邑。雄藩劇鎮，非賢莫居。”《新唐書・陳子昂傳》：“近詔同城權置安北府，其地當磧南口，制匈奴之衝，常爲劇鎮。”　長材：比喻才能出衆的人。元稹《授李愿檢校司空宣武軍節度使制》：“朕以浚郊重地，尤藉長材。俾爲司空，以表東夏。持我邦憲，用清爾人。”白居易《授韓弘許國公實封制》：“某官韓弘，以長材大略，作我藩臣。本於忠力，輔以政理。”　戀闕：留戀宮闕，舊時用以比喻心不忘君。杜甫《散愁二首》二：“戀闕丹心破，霑衣皓首啼。”韓愈《次鄧州界》：“潮陽南去倍長沙，戀闕那堪更憶家！”　割地：割取土地，割讓土地。《戰國策・東周策》：“君若欲因最之事，則合齊者，君也；割地者，最也。”賈誼《過秦論》：“於是從散約解，爭割地而賂秦。”這裏指王承宗割讓德、棣二州，請由朝廷命帥之事。　密款：内心的真誠。白居易《與王承宗詔》：“請獻官員，願輸貢賦。而又上陳密款，遠達深誠。潔身而謀出三軍，損己而讓推二郡。”元稹《授劉總守司徒兼侍中天平軍節度使制》：“張吾犄角之雄，賴爾股肱之力。加以深衷早達，密款屢聞。”　俟：等待。《書・金縢》：“爾之許我，我其以璧與珪，歸俟爾命。”孔傳：“待命當以事神。”韓愈《寄盧仝》：“嗟我身爲赤縣令，操權不用欲何俟？”　來朝：前來朝覲。《詩・小雅・采菽》：“君子來朝，何錫予之？”《左傳・僖公十四年》：“夏，遇於防，而使來朝。”

⑥ 與：給予。《左傳・僖公二十三年》：“〔重耳〕乞食於野人，野人與之塊。”曹植《黄初五年令》：“功之宜賞，於疏必與；罪之宜戮，在親不赦。”　年：壽命，一生的歲數。《莊子・秋水》：“年不可舉，時不

可止。"成玄英疏:"夫年之壽夭,時之賒促,出乎天理,蓋不由人,故其來也不可舉之而令去,其去也不可止而令住。"韓愈《閔己賦》:"惡飲食乎陋巷兮,亦足以頤而保年。" 素志:平素的志願。《三國志·荀彧傳》:"雖禦難于外,乃心無不在王室,是將軍匡天下之素志也。"曾鞏《授中書舍人謝啓》:"惟殫許國之誠,彌堅素志;庶答知人之遇,不在他門。" 没地:人死埋葬於地下,借指壽終而志向無法實現。江淹《恨賦》:"至乃敬通見抵,罷歸田里……齎志没地,長懷無已。"《新唐書·房玄齡傳》:"上含怒意决,群臣莫敢諫。吾而不言,抱愧没地矣!" 表章:奏章。《文心雕龍·章表》:"所以魏初表章,指事造實,求其靡麗,則未足美矣!"歐陽修《太子賓客分司西京謝公墓誌銘》:"時天子平劉繼元,露布至,守臣當上賀,命吳中文士作表章,更數人,皆不可意。" 忠懇:忠貞誠懇。《三國志·陸凱傳》:"表疏皆指事不飾,忠懇內發。"《資治通鑑·唐憲宗元和十四年》:"裴度、崔群爲言:'愈雖狂,發於忠懇,宜寬容以開言路。'" 三軍:軍隊的通稱。《論語·子罕》:"三軍可奪帥也,匹夫不可奪志也。"章孝標《淮南李相公紳席上賦春雪》:"朱門到曉難盈尺,盡是三軍喜氣消。" "承元繼志"兩句:事見兩《唐書》王承元本傳,《新唐書·王承元傳》:"王承元者,承宗弟也……承宗死,未發喪,大將謀取帥它姓。參謀崔燧與諸校計,以祖母涼國夫人李命承元嗣。承元泣且拜,不受,諸將牢請,承元曰:'上使中貴人監軍,盍先請。'監軍至,又如命,乃謝曰:'諸君不忘王氏以及孺子,苟有令,其從我乎?'衆曰:'惟所命。'乃視事牙闔之偏,約左右不得稱留後,事一關參佐,密表請帥于朝。穆宗詔起居舍人柏耆宣慰,授承元檢校工部尚書、義成軍節度使。北鎮以兩河故事脅誘,承元不納,諸將皆悔。耆至,士哭于軍,承元令曰:'諸君不欲我去,意固善。雖然,格天子詔,我獲罪奈何?前李師道有詔赦死,欲舉族西,諸將止弗遣,他日乃共殺之。今君等幸置我,無與師道比。'乃遍拜諸將,諸將語塞。承元即出家資,盡賜之。斬不從命者十輩,軍乃定。”　繼志：繼續前人之志。《通志‧總序》：“大抵開基之人，不免草創，全屬繼志之士爲之彌縫。”《宋史‧禮志》：“孝宗繼志，典章文物，有可稱述。”　風：風操，節操。沈亞之《上壽李大夫書》：“昔者燕昭以千金市駿骨而百代稱之……今亞之仰閣下之風而進於前，聞閣下又不以朽鈍而顧之，寧鄙人之宜顧也。”猶風範，風度。《後漢書‧龐參傳》：“〔龐參〕勇謀不測，卓爾奇偉，高才武略，有魏尚之風。”蘇軾《送水丘秀才叙》：“頭骨磽然，有古丈夫風。”

　　⑦ 雄藩：地位重要、實力雄厚的藩鎮。李德裕《賜劉沔詔意》：“卿勿以累換雄藩，輕此寄任。策勛之日，遷擢必殊。”《舊唐書‧嚴綬傳》：“前後統臨三鎮，皆號雄藩。”　連枝：兩樹的枝條連生一起，喻同胞兄弟姐妹。周興嗣《千字文》：“孔懷兄弟，同氣連枝。”苑咸《爲李林甫讓中書令表》：“況臣官參秩禮，任在司言。身上列於紫垣，兄遽升於青瑣。故得連枝捧日，方並侍於軒墀；比影朝天，復總華於朱紫。”王承宗、王承元都是王士真之子，故言“連枝”。《舊唐書‧王承元傳》：“承元昆弟及從父昆弟，授郡守者四人，登朝者四人，從事將校有勞者，亦皆擢用。祖母涼國夫人入朝，穆宗命內宮筵待，錫賚甚厚。”寵秩：寵愛而授以官秩。《左傳‧昭公八年》：“子旗曰：‘子胡然？彼孺子也。吾誨之，猶懼其不濟。吾又寵秩之，其若先人何？’”《資治通鑑‧晉簡文帝咸安元年》：“彼慕容評者，蔽君專政，忌賢疾功，愚暗貪虐以喪其國，國亡不死，逃遁見禽。秦王堅不以爲誅首，又從而寵秩之，是愛一人而不愛一國之人也。”胡三省注：“寵秩，謂寵而序其官，使不失次也。”　幽爽：墓穴。元稹《爲蕭相謝追贈祖父祖妣亡父表》：“恩波下濟，澤被窮泉。天眷旁臨，日聞幽爽。”曾鞏《雍王顥乳母宋氏贈郡君制》：“是用追命爾封進於列郡，以光幽爽，尚服寵章。”　上台：泛指三公、宰輔。阮籍《詣蔣公奏記辭命》：“明公以含一之德，據上台之位，群英翹首，俊賢抗足。”元稹《李愬妻韋氏封魏國夫人制》：“今愬積行累功，以致爵位。六遷重鎮，名列上台。”這裏指贈王承宗以“侍中”的榮衛

而言，"侍中"相當於"宰輔"之位，故言。　左輔：漢三輔之一左馮翊的別稱，因在京兆尹之左（東）得名，後世亦稱京東之地爲"左輔"。杜甫《沙苑行》："君不見左輔白沙如白水，繚以周牆百餘里。"仇兆鰲注："夢弼曰：《漢書》：'京兆尹、左馮翊、右扶風，謂之三輔。'同州、漢屬馮翊郡，故曰左輔。"劉禹錫《述舊賀遷寄陝虢孫常侍》："南宮幸襲芝蘭後，左輔曾交印綬來。多病未離清洛苑，新恩已歷望仙臺。"　彝章：常典、舊典。甯原悌《論時政疏五篇》："事懸象魏，道著彝章。弦令克行，仁風大闡。考績三載，誠爲故實。"常無欲《對直講無他伎判》："且州縣徒勞，自拘於常式；庠序爰設，亦著於彝章。"

⑧　忠魂：忠烈者的英魂。許渾《題衛將軍廟》："欲奠忠魂何處問？葦花楓葉雨霏霏。"劉過《沁園春·觀競渡》："持杯，西眺徘徊。些千載忠魂來不來？"　有知：有知覺。《禮記·三年問》："凡生天地之間者，有血氣之屬，必有知。"范縝《神滅論》："人之質所以異木質者，以其有知耳！"　侍中：古代職官名，秦始置，兩漢沿置，爲正規官職外的加官之一。因侍從皇帝左右，出入宮廷，與聞朝政，逐漸變爲親信貴重之職。晉以後，曾相當於宰相，隋因避諱改稱納言，又稱侍內，唐復稱，爲門下省長官，乃宰相之職。《漢書·百官公卿表》："侍中、左右曹諸吏、散騎、中常侍，皆加官……侍中、中常侍得入禁中。"《新唐書·百官志》："唐因隋制，以三省之長中書令、侍中、尚書令共議國政，此宰相職也。"　備禮：謂禮儀周備。蔡邕《郭有道碑》："州郡聞德，虛己備禮，莫之能致。"《顏氏家訓·終制》："今年老疾侵，儻然奄忽，豈求備禮乎？"　冊命：指冊立或冊封之事。《文獻通考·帝系》引晉穆帝《冊皇后文》："皇帝使使持節兼太保侍中太宰武陵王晞，冊命故散騎侍郎女何氏爲皇后。"《新唐書·沈既濟傳》："且太后遺制，自去帝號，及孝和上謚，開元冊命，而後之名不易。"　賻：贈送財物助人治喪。《禮記·檀弓》："孔子之衛，遇舊館人之喪，入而哭之哀，出，使子貢說驂而賻之。"蘇軾《上韓魏公乞葬董傳書》："故舊在京師者數

人,相與出錢賻其家。"　度支:官署名,魏晉始置,掌管全國的財政收支,長官爲度支尚書。南北朝以度支尚書領度支、金部、倉部、起部四曹,隋開皇初改度支尚書爲民部尚書,唐因避太宗李世民諱,改民部爲戶部,旋復舊稱。權德輿《奉和度支李侍郎早朝》:"鳳駕趨北闕,曉星啓東方。鳴騶分騎吏,列燭散康莊。"楊巨源《胡二十拜戶部兼判度支》:"清機果被公材撓,雄拜知承聖主恩。廟略已調天府實,國征方覺地官尊。"

[編年]

　　《年譜》編年本文於元和十五年,理由是:"《制》云:'可贈侍中。'又云:'賻布帛五百段、米粟三百石。'據《舊唐書·穆宗紀》云:'(元和十五年十月)成德軍節度使王承宗卒。'(十一月)癸卯,制……承宗兄弟已授官爵,其承宗葬事亦差官監視,務令周厚。'"《編年箋注》除引述《年譜》所引理由之外,又引本文"天不與年,素志沒地。表章前上,忠懇備存。不以二子爲憂,且曰三軍求帥。承元繼志,雅有兄風。雄藩既耀於連枝,寵秩宜加於幽夜。上台之首,左輔之崇,特越彝章,用明加等"作爲證據,得出"推知贈賻事在承宗臨葬之際,此《制》當撰於元和十五年(八二〇)十一月。"《年譜新編》編年本文於元和十五年,沒有說明具體時間,也沒有說明編年理由。

　　我們以爲,《年譜》、《年譜新編》、《編年箋注》籠統編年本文於"元和十五年"或"十五年十一月"都是不合適的。我們的理由是:一、《舊唐書·穆宗紀》:"(元和十五年)冬十月庚午朔……庚辰……成德軍節度使王承宗卒,其弟承元上表請朝廷命帥,遣起居舍人柏耆宣慰之……乙酉……以鎮冀深趙等觀察度支使、朝議郎、試金吾左衛冑曹參軍,兼監察御史王承元可銀青光祿大夫、檢校工部尚書,使持節滑州諸軍事、守滑州刺史、御史大夫,充義成軍節度、鄭滑等州觀察等使……十一月己亥朔,癸卯制……王承元首陳章疏,願赴闕庭,永念父兄之忠,克固君臣之義,已加殊獎,別委重藩……丁未,封王承宗祖母李氏爲晉國太夫人。"據干支推算,王承宗病故在十月十一日,任命王承元爲義成軍節度在十月十六日,發佈詔文之"癸卯"應該是十一月五日,贈封王承宗祖母李氏之"丁未"是十一月九日。二、"癸卯"詔亦即《宣慰鎮州詔》:"承宗兄弟並已授官爵。"《舊唐書‧王承元傳》:"承元昆弟及從父昆弟,授郡守者四人,登朝者四人,從事將校有勞者,亦皆擢用。"兩者所述,一一相符,而《宣慰鎮州詔》發佈在十一月"癸卯",亦即十一月五日。三、本文提及"承元繼志,雅有兄風"與"雄藩既耀於連枝"之事,但没有涉及贈封王承宗祖母李氏之隻言片語,故而李唐朝廷對王承宗"寵秩宜加於幽歹"之事應該在元和十五年十一月五日之時,與"癸卯制"亦即《宣慰鎮州詔》同時,而應該在贈封王承宗祖母李氏的十一月九日之前。當然,元積絶不可能在十一月五日當天即興而作,故撰成本文應該在十一月五日之前一二日之内,地點自然是長安,元積時任祠部郎中知制誥之職。

◎ 王承宗母吴氏封齊國太夫人制^{(一)①}

敕:故成德軍節度^(二)、鎮冀深趙等州觀察處置等使、金紫光禄大夫、檢校尚書左僕射、贈侍中王承宗母燕國太夫人吴氏:魯文在手,燕夢徵蘭。道以匡夫,仁而訓子。教日碑竭誠之操,義必資忠;戒陳嬰自大之心,明於處順②。

是以承宗辭代之際,承元領務之初,或輟哭以據床,每形言於憂國③。人知趣向,道實光明。宜受進封之恩,用表貫霜之節。可封齊國太夫人^{(三)④}。

録自《元氏長慶集》四九

［校記］

（一）王承宗母吳氏封齊國太夫人制：《全文》同，楊本、叢刊本作"王承宗母吳氏封齊國太夫人"，各備一説，不改。

（二）故成德軍節度：原本作"古成德軍節度"，叢刊本同，據楊本、《全文》改。

（三）可封齊國太夫人：原本無，《全文》同，據楊本、叢刊本補。《編年箋注》所據馬本應該無此句，但《編年箋注》并沒有出校，就隨意加上此句，應該屬於脱校之誤。

［箋注］

①　王承宗：據《唐書》本傳，王承宗是成德軍節度使，王武俊之孫，王士真之子。祖孫三代盤踞鎮冀。直至王承宗病死，其弟王承元"上表請帥"，田弘正奉命移鎮鎮冀，成德軍才短暫回歸李唐朝廷的掌控之中。但不久以後，亦即長慶元年七月二十八日夜，田弘正被殺害，王庭湊自稱留後，李唐朝廷再次失去對鎮冀的掌控。黎逢《上宰相元衡弘靖論兵書》："某請徵四年冬出師討恒陽之事明之：初王承宗阻兵，盧從史潛應，天兵欲進，賊必知之。"蕭俛《辭撰王承宗先銘奏》："王承宗先朝阻命，事無可觀。如臣秉筆，不能溢美。"《編年箋注》："王承宗：《舊唐書》卷一四二、《新唐書》卷二一一有傳。承宗爲士元長子，元和四年三月，士元卒，承宗爲成德軍節度使。"我們未能在《舊唐書》卷一四二、《新唐書》卷二一一的傳文查到這個"士元"，這個"家譜"，屬於《編年箋注》毫無根據的別出心裁，如果鬼魂地下有知，王承宗以及王承宗的父親王士真、母親吳氏肯定都要"上訴"。其實，"士元"應該是"士真"之誤，《舊唐書·王武俊傳》："王武俊子士真、士平、士則，士真子承宗、承元。"《新唐書·王武俊傳》："王武俊字元英，本出契丹怒皆部……其子士真，亦沈悍有斷。"　太夫人：漢制，列侯之

母稱太夫人，後世官吏之母，不論存歿，亦稱太夫人。張九齡《大唐故光祿大夫徐文公神道碑銘》：“奄遭不造，十四而孤，祖母金城郡君姜太夫人，念其聰異，誨以志學。”李華《李夫人傳》：“夫人趙郡李氏……威儀敬順，聞於殊俗，羌戎化焉！太夫人因疾喪明，夫人奉衣則安，奉膳則飽。”

②魯文在手：《左傳·隱公元年》：“仲子生而有文在其手，曰爲‘魯夫人’，故仲子歸於我。”後因以“魯文在手”稱婚嫁因緣。除元稹本文外，未能引證其他文獻作爲書證。　燕夢徵蘭：《左傳·宣公三年》：“初，鄭文公有賤妾曰燕姞，夢天使與己蘭，曰：‘余爲伯鯈，余，而祖也，以是爲而子，以蘭有國香，人服媚之如是。’既而文公見之，與之蘭而御之，辭曰：‘妾不才，幸而有子。將不信，敢徵蘭乎？’公曰：‘諾。’生穆公，名之曰蘭。”杜預注：“懼將不見信，故欲計所賜蘭爲懷子月數。”後以“燕夢徵蘭”爲婦人懷孕生男之典。　道：道德，道義。《左傳·桓公六年》：“所謂道，忠於民而信於神也。”《孟子·公孫丑》：“得道者多助，失道者寡助。”　匡：輔佐，輔助。《詩·小雅·六月》：“王于出征，以匡王國。”馬瑞辰通釋：“匡者，助也。‘以匡王國’，猶云‘以佐天子’也。”《周書·文帝紀》：“及居官也，則晝不甘食，夜不甘寢，思所以上匡人主，下安百姓。”　仁：仁慈，厚道。《論語·泰伯》：“君子篤於親，則民興於仁；故舊不遺，則民不偷。”何晏集解：“君能厚於親屬，不遺忘其故舊，行之美者，則民皆化之，起爲仁厚之行，不偷薄。”《孟子·告子》：“惻隱之心，仁也。”　訓：教誨，教導。《孟子·萬章》：“三年，以聽伊尹之訓己也，復歸於亳。”趙岐注：“以聽伊尹之教訓己，故復得歸之於亳。”任昉《劉先生夫人墓誌》：“稟訓丹陽，弘風丞相。”　日磾：即金日磾，事見《漢書·金日磾傳》：“金日磾……本匈奴休屠王太子也……父不降見殺，與母閼氏、弟倫俱沒入官，輸黃門養馬，時年十四矣……日磾長八尺二寸，容貌甚嚴，馬又肥好，上異而問之，具以本狀對。上奇焉！即日賜湯沐衣冠，拜爲馬監，遷侍中駙馬

都尉、光祿大夫。日磾既親近，未嘗有過失，上甚信愛之，賞賜累千金，出則驂乘，入侍左右，貴戚多竊怨，曰：‘陛下妄得一胡兒，反貴重之！’上聞愈厚焉！日磾母教誨兩子，甚有法度，上聞而嘉之。病死，詔圖畫於甘泉宮，署曰：‘休屠王閼氏。’日磾每見畫，常拜鄉之，涕泣然後乃去。”後來曾經因自己的長子不軌漢室而親手殺之，又挫敗謀殺武帝的陰謀，成爲漢代忠孝兩全的典範。顔眞卿《康公神道碑銘》：“昔蕭相國舉宗佐命，金日磾七葉珥貂，望古儔今，可謂同德。”陳黯《華心》：“有生於中州而行戾乎禮義，是形華而心夷也；生於夷域而行合乎禮義，是形夷而心華也。若盧綰少卿之叛亡，其夷人乎？金日磾之忠赤，其華人乎？繇是觀之，皆任其趣向。”本文借此讚揚王承宗、王承元母親吳氏教誨兒子王承元，能夠像金日磾一樣效忠於李唐。竭誠：忠誠，盡心。《漢書·劉向傳》：“賴忠正大臣絳侯、朱虛侯等竭誠盡節以誅滅之，然後劉氏復安。”《舊唐書·德宗紀》：“賴天地降祐，人祇協謀，將相竭誠，爪牙宣力，群盜斯屏，皇維載張。”　資忠：實行忠義之道。潘岳《閑居賦》：“是以資忠履信以進德，修辭立誠以居業。”劉琨《答盧諶詩》：“資忠履信，武烈文昭。”　“戒陳嬰自大之心”兩句：事見《史記·項羽本紀》：“陳嬰者，故東陽令史，居縣中，素信謹，稱爲長者。東陽少年殺其令，相聚數千人，欲置長，無適用，乃請陳嬰。嬰謝不能，遂強立嬰爲長，縣中從者得二萬人。少年欲立嬰便爲王，異軍蒼頭特起。陳嬰母謂嬰曰：‘自我爲汝家婦，未嘗聞汝先古之有貴者。今暴得大名，不祥。不如有所屬，事成猶得封侯，事敗易以亡，非世所指名也。’嬰乃不敢爲王，謂其軍吏曰：‘項氏世世將家，有名於楚。今欲舉大事，將非其人不可。我倚名族，亡秦必矣！於是衆從其言，以兵屬項梁。”曾鞏《列女傳目錄序》：“盖大家所注，離其七篇爲十四，與頌義凡十五篇，而益以陳嬰母及東漢以來凡十六事，非向書本然也。”莊泉《壽素庵母》：“朝菌南山惟此母，陳嬰虞舜豈他人？題詩許刻堂前石，萱草花開十萬春。”這裏讚揚王承元不肯被擁爲成德軍節度使而"上表請帥"的忠誠。　自大：自尊大，自負。曹操《讓縣自明本志令》："今孤言此，若爲自大，欲人言盡，故無諱耳！"李上交《近事會元》卷二："元和、長慶中，中丞行李不過半坊。今乃遠至兩坊，謂之籠街喝道，但以崇高自大，不思僭擬之嫌。"　處順：順應變化，順從自然。《莊子·大宗師》："且夫得者時也，失者順也，安時而處順，哀樂不能入也。"謝靈運《遊山》："攝生貴處順，將爲智者説。"

③ "是以承宗辭代之際"兩句：事見《舊唐書·穆宗紀》："（元和十五年）冬十月庚午朔……成德軍節度使王承宗卒，其弟承元上表請朝廷命帥……乙酉……以鎮冀深趙等觀察度支使、朝議郎、試金吾左衛冑曹參軍，兼監察御史王承元可銀青光禄大夫、檢校工部尚書、使持節滑州諸軍事、守滑州刺史、御史大夫，充義成軍節度鄭滑等州觀察等使。"　辭代：猶"辭世"，病故。崔祐甫《上宰相箋》："今兹夏末，宗兄辭代。顧眇眇之身，䴓然獨在。寡弱嬰孺，前悲後泣。"韓愈《祭虞部張員外文》："倏忽逮今，二十餘歲。存皆衰白，半亦辭世。"　領務：猶統轄。劉禹錫《蘇州謝上表》："永貞之初，權臣領務。遂奏録用，蓋聞虛名。"《麟臺故事·官聯》："國初又置秘閣校理，通掌閣事。咸平後者，皆不領務。"　輟哭：停止哭泣。柳宗元《故叔父殿中侍御史府君墓版文》："輟哭紀事，哀不能文，故叙而終焉！"田儀旼《對掃道判》："甲掌惟郊道，候承祠祭。喪者輟哭，田燭是爲。"　床：供人睡臥的傢俱。《詩·小雅·斯干》："乃生男子，載寢之床。"鄭玄箋："男子生而臥於床，尊之也。"杜甫《新婚別》："結髮爲妻子，席不暖君床。"古代亦作坐具。《漢武帝内傳》："〔西王母〕下車登床。帝拜跪問寒温畢，立如也，因呼帝共坐。"顏真卿《張長史十二意筆法意記》："張公乃當堂踞床而坐，命僕居於小榻。"　憂國：爲國事而憂勞。《戰國策·齊策》："寡人憂國愛民，固願得士以治之。"韓愈《論淮西事宜狀》："朝廷無至忠憂國之臣，不惜傷損威重。"

④ 趣向：志趣，志向。杜牧《春末題池州弄水亭》："趣向人皆異，

賢豪莫笑渠。”《新唐書‧陳子昂傳》：“智者尚謀，愚者所不聽：勇者徇死，怯者所不從：此趣向之反也。”　光明：榮耀，光彩。劉駕《厲志》：“及時立功德，身後猶光明。”曾鞏《上歐陽學士第二書》：“時枉筆墨，特賜教誨。不惟增疏賤之光明，抑實得以刻心思銘肌骨而佩服矜式焉！”磊落，坦白。李翱《謝楊郎中書》：“竊惟當茲之士，立行光明，可以爲後生之所依歸者，不過十人焉！”　進封：進授官職，加封名號。《後漢書‧耿弇傳》：“帝善之，進封況爲隃麋侯。”文瑩《湘山野錄》卷上：“真宗即位之次年，賜李繼遷姓名，而復進封西平王。”　貫霜：義近“凌霜”，抵抗霜寒，常用以比喻人品格高潔，堅貞不屈。謝惠連《甘賦》：“嘉寒園之麗木，美獨有此貞芳；質葳蕤而懷風，性耿介而凌霜。”李白《鳴雁行》：“客居烟波寄湘吳，凌霜觸雪毛體枯。”

[編年]

　　《年譜》、《年譜新編》編年：“《舊唐書‧穆宗紀》云：‘(元和十五年十一月)癸卯，制：承宗感恩，亦克立效。永言十代之宥，俾賜一門之榮。’‘丁未，封王承宗祖母李氏爲晉國太夫人。’王承宗母吳氏當係同時進封。”意即本文應該撰成於元和十五年十一月九日之時。《編年箋注》所舉編年理由與《年譜》同，但結論却是：“‘丁未，封王承宗祖母李氏爲晉國公太夫人’，推知王承宗母吳氏之封齊國太夫人亦在其時。故定此《制》撰於元和十五年(八二〇)十二月丁未，即初三。”

　　《編年箋注》的編年有兩個明顯的錯誤：一、據《舊唐書‧穆宗紀》，王承宗祖母李氏進封的是“晉國太夫人”，不是“晉國公太夫人”。據兩《唐書》王承宗本傳，王承宗一生從未進封“晉國公”，不知這位“晉國公”到底是誰？這位“晉國公”的太夫人又能是誰？李唐時與王承宗同時而又被封爲“晉國公”者，僅裴度一人而已，《編年箋注》是不是“一字之差，笑話百出”了？二、“十二月丁未，即初三”云云，讓人啼笑皆非：整個元和十五年十二月，根本沒有“丁未”，而十二月初三的干支是"辛未"。而十一月初三是"辛丑",十一月"丁未"是初九。兩者是風馬牛不相及的事情,怎麼能夠隨隨便便捏合到一起?

我們以爲,一、《宣慰鎮州詔》:"承宗感恩,亦克立效。永言十代之宥,俾錫一門之榮。承宗兄弟,並已授官爵。如或未盡霑及,亦當具聞奏。其承宗葬事亦差官勾當,禮物之間,務令周厚。"而《宣慰鎮州詔》亦即《舊唐書·穆宗紀》所載的"癸卯制",據干支推算,應該在元和十五年十一月五日。二、本文是否與王承宗祖母李氏進封的是"晉國太夫人"同時,亦即元和十五年十一月九日之時,《年譜》、《編年箋注》、《年譜新編》祇是揣想而已,并無確切的證據。在李唐,進封大臣已經亡故的父輩與祖輩,並不一定非在同時不可。以元稹爲例,李唐追贈其"皇考皇妣"、"皇祖祖妣"、"曾祖"的榮命就不是同時授予的,請參閱本書對元稹這三篇文章的編年便知分曉。本文:"故成德軍節度、鎮冀深趙等州觀察處置等使、金紫光禄大夫、檢校尚書左僕射、贈侍中王承宗……"前面四個都是王承宗生前的舊銜,唯"侍中"是王承宗死後追贈的新銜,故本文應該與追贈王承宗爲"侍中"的《贈贈王承宗制》作於同時或稍後數天。據此,本文應該撰成於元和十五年十一月五日同時或稍後數天之內,十一月"丁未"是初九,可能是王承宗祖母李氏進封"晉國太夫人"、王承宗母吳氏進封齊國太夫人之時,但元稹的制誥文應該在十一月初九之前一二天,地點在長安,元稹時任祠部郎中知制誥之職。

◎ 授裴向左散騎常侍制[①]

敕:周文王侍從之臣,無可使結襪者,我知之矣!左右前後,無非令人。朕以將壯之年,臣妾天下,司其忿懥[(一)],其在於持重温良之士以鑒之乎[②]?

　　前陝虢等州都防禦觀察處置等使、中散大夫、陝州大都督府長史兼御史中丞、萬全縣(河東有萬泉縣，無萬全縣)開國子(二)、賜紫金魚袋裴向：搢紳之徒，言其閨門之行，僅至於衣無常主，兒無常父矣③！

　　推是爲政，仁何遠乎(按本傳，向能以學行持門戶，內外親屬百餘口，祿俸必均，世稱其孝睦)？是以發自王畿，至於陝服。多歷年所，終無尤違④。每移孝友之風，以懲强暴之俗。甘棠之下，廉讓興焉⑤！予欲用爲垂璫夾乘之官，以代吾盤盂韋弦之戒，不亦可乎？守左騎常侍，散官、封賜如故(三)⑥。

録自《元氏長慶集》卷四五

［校記］

　　（一）司其忿懥：原本作“司其忿速”，楊本、叢刊本同，《英華》作“司其忽速”，《全文》作“司其忿懥”，《禮記‧大學‧釋正心修身》：“所謂修身，在正其心者。身有所忿懥，則不得其正；有所恐懼，則不得其正；有所好樂，則不得其正；有所憂患，則不得其正。”《全文》所改甚是，據改。“忿速”、“忽速”、“忿懥”三詞意義並不相同，不可混用：“忿速”是忿怒急躁。《孫子‧九變》：“故將有五危……忿速，可侮也。”杜牧注：“忿者，剛怒也；速者，褊急也，性不厚重也。”丁廙《彈棋賦》：“剛優勁勇，忿速輕急，推敵阻隧，我廢彼立，君子去是過猶不及。”“忽速”是急速之意。《太平廣記》卷三三五引唐代戴孚《廣異記‧李叔霽》：“此行忽速，不可復待。”劉摯《再論降詔疏》：“臣願陛下深思臣言，無忽速賜寢罷降詔之議，以安士論。”“忿懥”亦作“忿懫”、“忿憤”，是發怒之意。《禮記‧大學》：“所謂修身在正其心者，身有所忿懥，則不得其正。”鄭玄注：“懥，怒貌也。或作懫，或爲懥。”司馬光《叙清河郡君》：“君性和柔敦實，自始嫁至於瞑目，未嘗見其有忿懥之色，矯妄之言。"《元稹集》舊版:"按《大學》:'心有所忿懥,則不得其正。'"《元稹集》新版:"按《大學》:'心身有所忿懥,則不得其正。'"兩次引文均有誤。

(二) 陝州大都督府長史兼御史中丞、萬全縣(河東有萬泉縣,無萬全縣)開國子:原本作"守陝州大都督府長史",楊本、叢刊本、《全文》同,據《英華》補改。

(三) 守左騎常侍,散官、封賜如故:原本作"可守左散騎常侍,餘如故",楊本、叢刊本、《全文》同,據《英華》補改。

[箋注]

① 裴向:事迹見《舊唐書·裴向傳》:"(裴)向字俙仁,少以門蔭歷官至太子司議郎,建中初李紓爲同州刺史,奏向爲從事。朱泚反,李懷光又叛河中,使其將趙貴先築壘于同州,紓来奔奉天,向領州務。貴先因脅縣尉林寶役徒板築,不及期,將斬之,吏人百姓奔竄。向即詣貴先軍壘,以逆順之理責之,貴先感悟,遂来降,故同州不陷,向繇是知名。累爲京兆府户曹,轉櫟陽、渭南縣令,奏課皆第一,朝廷亟聞其理行,擢爲户部員外郎。德宗季年,天下方鎮副倅多自選于朝,防一日有變,遂就而授之節制。向已選爲太原少尹,德宗召見喻旨,尋用爲行軍司馬兼御史中丞,改汾州刺史,轉鄭州。又復爲太原少尹兼河東節度副使,改晉州刺史,充本州防禦使,遷虢州刺史,入爲京兆少尹,拜同州刺史,充本州防禦使。入爲大理寺卿,出遷陝虢都防禦觀察使。三歲,拜左散騎常侍,自常侍復爲大理。向本以名相子,以學行自飭,謹守其門風。歷官仁智推愛,利及於人。至是,以年過致政,朝廷優異,乃以吏部尚書致仕于新昌里第。内外支屬百餘人,向所得俸禄,必同其費。及領外任,亦挈而随之。有孤惸疾苦不能自恤,向尤周給,至今稱其孝睦焉!太和四年九月卒,年八十,贈太子少保。"白居易有《除裴向同州刺史制》,可與本文並讀:"馮翊之地,密邇郊

畿。分内史之政，參京師之化。俾善所職，其在得人。京兆少尹裴向，器蘊利用，學通政事。久試吏治，頗著良能。累守大郡，入亞天府。奉上撫下，皆有可稱。左輔之重，爾膺其選。況征賦猶重，人庶未康。實望良才，與之共治。勉副所舉，往修厥官。可同州刺史。”常侍：官名，皇帝的侍從近臣。秦漢有中常侍，魏晉以來有散騎常侍，隋唐内侍省有内常侍，均簡稱常侍。《史記·司馬相如列傳》：“以貲爲郎，事孝景帝，爲武騎常侍，非其好也。”曹操《讓縣自明本志令》：“故在濟南，始除殘去穢，平心選舉，違迕諸常侍。”

②　周文王：周代賢明君王，省稱“周文”。《後漢書·桓帝紀》：“今京師厮舍，死者相枕，郡縣阡陌，處處有之，甚違周文掩胔之義。”孫公輔《新修夏邑縣城門樓記》：“周文緩而靈臺成，漢文約而露臺捨。”　侍從：隨侍帝王或尊長左右。《漢書·史丹傳》：“自元帝爲太子時，丹以父高任爲中庶子，侍從十餘年。”元稹《進馬狀》：“右臣竊聞道路相傳，車駕欲暫游幸温湯，未知虛實者。臣職居守土，侍從無因。”　結襪：亦作“結韈”，《史記·張釋之馮唐列傳》：“王生者，善爲黄老言，處士也。嘗召居廷中，三公九卿盡會立，王生老人曰：‘吾韈解。’顧謂張廷尉：‘爲我結韈！’釋之跪而結之。既已，人或謂王生曰：‘獨柰何廷辱張廷尉，使跪結韈？’王生曰：‘吾老且賤，自度終無益於張廷尉。張廷尉方今天下名臣，吾故聊辱廷尉，使跪結韈，欲以重之。’諸公聞之，賢王生而重張廷尉。”後因以“結韈”爲士大夫屈身敬事長者，或士人蔑視權貴之典。許渾《元處士自洛歸宛陵山居見示詹事相公餞行之什因贈》：“紫霄峰下絶韋編，舊隱相如結韈前。”蘇軾《贈李兕彦威秀才》：“酒酣聊復説平生，結襪猶堪一再鼓。”　令人：品德美好的人。《詩·邶風·凱風》：“凱風自南，吹彼棘薪。母氏聖善，我無令人。”鄭玄箋：“令，善也。”《舊唐書·韋挺楊纂等傳論》：“周、隋以來，韋氏世有令人，鬱爲冠族，而安石嗣立，竟大其門。”　壯：男子三十爲“壯”，即壯年，後泛指成年。《禮記·曲禮》：“人生十年曰幼

學,二十曰弱冠,三十曰壯,有室。"韓愈《虢州司户韓府君墓誌銘》:"少而奇,壯而强,老而通。"唐穆宗出生於貞元十一年(795),至元和十五年(820)登位,已經二十六歲,故言"將壯之年"。　臣妾:使之爲奴,統治,管轄。《商君書·錯法》:"同列而相臣妾者,貧富之謂也。"蘇洵《上皇帝書》:"臣聞古有諸侯,臣妾其境内,而卿大夫之家亦各有臣。"　忿懥:亦作"忿憙""忿憤",發怒。《大戴禮記·武王踐阼》:"杖之銘曰:惡乎危於忿懥,惡乎失道於嗜慾,惡乎相忘於富貴。"唐順之《文編·九變》:"故將有五危:必死可殺,必生可虜,忿速可侮,廉潔可辱,愛民可煩。凡此五者,將之過也,用兵之灾也。覆軍殺將,必以五危,不可不察也。"　持重:擔負重大任務。《史記·魏其武安侯列傳》:"魏其者,沾沾自喜耳!多易,難以爲相持重。"《後漢書·李固杜喬傳論》:"李固據位持重,以争大義,確乎而不可奪。"　温良:温和善良。《管子·形勢》:"人主者,温良寬厚則民愛之。"《漢書·匡衡傳》:"舉異材,開直言,任温良之人,退刻薄之吏。"　鑒:照察,審辨。《後漢書·郭太傳》:"其獎拔士人,皆如所鑒。"韓愈《進順宗皇帝實録表狀》:"聖明所鑒,毫髮無遺。"

③ 開國:晉以後在五等封爵"公、侯、伯、子、男"前所加的稱號。高承《事物紀原·開國》:"晉令始有開國之稱,故五等皆郡縣開國。陳亦有開國郡公、縣侯伯子男,侯已降,無郡封。由唐迄今,因而不改。"王儉《褚淵碑文》:"封雩都縣開國伯,食邑五百户。"任昉《齊竟陵文宣王行狀》:"封聞喜縣開國公,食邑千户。"　萬全縣:後代有萬全縣,但《元和郡縣志》、《舊唐書》、《新唐書》、《全詩》、《全文》均未見其名,《英華》補注可取,應爲"萬泉縣",《元和郡縣志·絳州》:"萬泉縣,本漢汾陰縣地,屬河東郡。又薛通城者,後魏道武帝天賜元年,赫連勃勃僭號夏,侵河外。于時有縣人薛通,率宗族千餘家西去漢汾陰縣城八十里,築城自固,因名。之武德三年,于薛通故城置萬泉縣,屬泰州。縣東谷中有井泉百餘區,因名萬泉。貞觀十七年廢泰州,縣屬絳

州。"《舊唐書·地理志》:"河中府……萬泉,武德三年分稷山界於薛通城置萬泉縣,屬泰州,州廢,入絳州,後又隸河中府。"　搢紳:插笏於紳,紳,古代仕宦者和儒者圍於腰際的大帶。《周禮·春官·典瑞》:"王晉大圭。"鄭玄注引鄭司農曰:"晉讀爲搢紳之搢,謂插於紳帶之間,若帶劍也。"《資治通鑑·漢武帝元封元年》:"乙卯,令侍中儒者皮弁搢紳,射牛行事,封泰山下東方。"後用爲官宦或儒者的代稱。《東觀漢記·明帝紀》:"是時學者尤盛,冠帶搢紳,遊雍而觀化者,以億萬計。"權德輿《知非》:"名教自可樂,搢紳貴行道。"　閨門:宮苑、內室的門,借指宮廷、家庭。《禮記·樂記》:"在閨門之內,父子兄弟同聽之則莫不和親。"《周書·秦族傳》:"〔秦族〕與弟榮先,復相友愛,閨門之中,怡怡如也。"　"僅至於衣無常主"兩句:事見《晉書·氾毓傳》:"氾毓,字稚春,濟北盧人也。弈世儒素,敦睦九族,客居青州,逮毓七世,時人號其家兒無常父,衣無常主。毓少履高操,安貧有志,業父終居於墓所三十餘載,至晦朔,躬埽墳壠,循行封樹,還家則不出門庭。或薦之,武帝召補南陽王文學秘書郎、太傅參軍,並不就。于時青土隱逸之士劉兆、徐苗等皆務教授,惟毓不畜門人,清靜自守。時有好古慕德者諮詢,亦傾懷開誘,以三隅示之,合三傳爲之解。注撰《春秋釋疑》、《肉刑論》,凡所述造,七萬餘言。年七十一卒。"　常主:固定的主人。《史記·貨殖列傳》:"富無經業,則貨無常主,能者輻湊,不肖者瓦解。"《後漢書·王符傳》:"今田無常主,民無常居,吏食日稟,班祿未定。"

④　王畿:泛指帝京。潘岳《閑居賦》:"太夫人乃御板輿升輕軒,遠覽王畿。"《舊唐書·李光弼傳》:"賊乘鄴下之勝,再犯王畿。"　服:古代指王畿以外的地方。《北史·隋煬帝紀》:"況復南服遐遠,東夏殷大,因機順動,今也其時。"李璟《請改書稱詔表》:"庶無屈於至尊,且稍安於遠服。"　年所:年數。《文選·朱浮〈爲幽州牧與彭寵書〉》:"六國之時,其勢各盛,廓土數千里,勝兵將百萬,故能據國相持,多歷

年所。"劉良注:"所,數也。"蔡絛《鐵圍山叢談》卷一:"自秦漢以還,時主能享國多歷年所者,獨漢武帝在位五十四載。" 尤違:過失,過錯。《書·君奭》:"弗永遠念天威,越我民罔尤違。"孔傳:"言君不長遠念天之威,而勤化於我民,使無過違之闕。"元稹《劉惠通授謁者監制》:"言必忠信,事無尤違。"

⑤ 孝友:事父母孝順,對兄弟友愛。豆盧詵《嶺南節度判官宗公神道碑》:"其事上也敬,其臨下也簡;御衆以寬,撫孤以義;率性而仁愛及物,因心而孝友過人。"柳宗元《唐故尚書戶部郎中魏府君墓誌》:"其辭曰:郎中之道,惟直是保,淳泊坦厚,溫恭孝友。" 强暴:强横凶暴。《荀子·富國》:"事强暴之國難,使强暴之國事我易。"程長文《獄中書情上使君》:"强暴之男何所謂!手持白刃向簾幃。" 甘棠:《史記·燕召公世家》:"周武王之滅紂,封召公於北燕……召公巡行鄉邑,有棠樹,決獄政事其下,自侯伯至庶人各得其所,無失職者。召公卒,而民人思召公之政,懷棠樹不敢伐,哥詠之,作《甘棠》之詩。"後遂以"甘棠"稱頌循吏的美政和遺愛。王褒《四子講德論》:"非有聖智之君,惡有甘棠之臣?"高適《同群公十月朝宴李太守宅》:"已聽甘棠頌,欣陪旨酒歡。仍憐門下客,不作布衣看。" 廉讓:清廉遜讓。王符《潛夫論·遏利》:"世人之論也,靡不貴廉讓而賤財利焉!及其行也,多釋廉甘利。"《北史·裴駿等傳論》:"文舉之在絳州,世載清德,辭多受少,有廉讓之風焉!"

⑥ 璫:漢代宦官充武職者,其冠用璫和貂尾爲飾,故後代用稱宦官。《後漢書·輿服志》:"武冠,一曰武弁大冠,諸武官冠之。侍中、中常侍加黃金璫,附蟬爲文,貂尾爲飾。"《後漢書·朱穆傳》:"自延平以來,浸益貴盛,假貂璫之飾,處常伯之任。"李賢注:"璫以金爲之,當冠前,附以金蟬也。《漢官儀》曰:中常侍,秦官也。漢興,或用士人,銀璫左貂。光武以後,專任宦者,右貂金璫,常伯侍中。" 乘:通"朕",我。《敦煌變文集·維摩詰經講經文》:"乞慈哀,赴乘情成察乘

懷。”蔣禮鴻通釋:“本篇下文説:‘千萬今朝察我懷。’‘察我懷’和‘察
乘懷’句例正同,這裏的‘乘’應該解作‘我’是無可懷疑的……用古韵
來説,‘乘’,‘朕’本是同部,‘乘’可以説是‘朕’的假借。”　盤盂:圓盤
與方盂的並稱,用於盛物,古代亦於其上刻文紀功或自勵。《戰國
策·趙策》:“昔者,五國之王,嘗合横而謀伐趙,参分趙國壤地,著之
盤盂,屬之讎柞。”吳師道補正:“言其日見而不忘。”《韓非子·大體》:
“豪傑不著名於圖書,不録功於盤盂,記年之牒空虛。”　韋弦:亦作
“韋絃”,《韓非子·觀行》:“西門豹之性急,故佩韋以自緩;董安於之
性緩,故佩弦以自急。故以有餘補不足,以長續短之謂明主。”後因以
“韋弦”比喻外界的啓迪和教益,用以警戒、規勸。《文選·任昉〈王文
憲集序〉》:“夷雅之體,無待韋弦。”李善注:“韋,皮繩,喻緩也;弦,弓
弦,喻急也……言王公平雅之性,無待此韋弦以成也。”楊炯《後周宇
文彪神道碑》:“公爲中正,佩以韋絃。”　散官:有官名而無固定職事
之官,與職事官相對而言。漢制,朝廷對大僚重臣於本官之外加賜名
號,而實無官守,魏晉、南北朝因之。隋代始定散官之制,唐、宋、金、
元因之。文散官有開府儀同三司、特進、光禄大夫等;武散官有驃騎
將軍、輔國將軍、鎮國將軍等。其品秩之高下,待遇之厚薄,各代不
一。元積《王仲舒等加階制》:“國朝由散官而命爲大夫者凡十一等,
以銀青、朝散爲名者,非我特製,則不克授。”白居易《張平叔可户部侍
郎判度支制》:“可守尚書户部侍郎判度支,散官、勛、賜如故。”　封
賜:猶封賞。《史記·吳王濞列傳》:“佗封賜皆倍軍法。”裴駰集解引
服虔曰:“封賜倍漢之常法。”陸游《老學庵筆記》卷八:“故事謫散官:
雖別駕、司馬,皆封賜如故。”

［編年］

　　《年譜》、《年譜新編》都編年元和十五年,理由均是:“《制》稱裴向
爲‘前陝虢等州都防禦觀察處置等使’。據《舊唐書·裴向傳》云:‘出

遷陝虢都防禦觀察使。三歲,拜左散騎常侍。'吳廷燮《唐方鎮年表考證》卷上《陝虢》云:'按大和以前,陝虢自元和十三年至元和十五年無人。《舊·紀》、《舊·傳》同。以時間考之,向鎮陝正在是年。'"《編年箋注》除引述《年譜》所引證據之外,又云:"《舊唐書·穆宗紀》:元和十五年十一月辛亥,'以華州刺史衛中行爲陝州長史,充陝虢觀察使。'則中行爲向繼任者。推知此《制》撰於元和十五年(八二○)十一月辛亥前。"

《年譜》、《年譜新編》籠統編年本文於元和十五年肯定是不合適的,《編年箋注》"推知此《制》撰於元和十五年(八二○)十一月辛亥前"的說法也有點含糊,"辛亥前"究竟"前"到什麼時候?數天前、一月前,還是一年前?沒有交代清楚。我們以爲,以上材料説明:裴向是衛中行陝虢觀察使的前任,以前後"三歲"計,裴向任職陝虢觀察使應該在元和十三年或稍前,而衛中行接任在元和十五年十一月"辛亥",我們據歷史史籍記載推算,"十一月乙亥朔"應該是"十一月己亥朔"之誤,"辛亥"應該是十一月十三日。以常規計,任命衛中行陝虢觀察使與拜職裴向爲左散騎常侍應該在同時,亦即十一月十三日之時。但元稹撰成本文《授裴向左散騎常侍制》應該在此前一二天,亦即與元稹《授衛中行陝州觀察使制》同時撰成,甚至連題目都是"授……制",採用同一個模式。地點自然在長安,元稹時任祠部郎中、知制誥之職。

● 授衛中行陝州觀察使制[①]

敕:邵伯聽事於棠陰之下,而人勿翦其樹。我知之,非忠信仁愛以得之耶[②]?今自關東由洛而右,數百里之地,盡置爲輶車臣所理。蓋有以表率方夏,張皇京洛[(一)],聿求其良,用副憂寄^{(二)③}。

　　朝請大夫、守華州刺史、兼御史中丞衞中行，始以詞賦深美，軒然有名。甲乙符昇，遂拾青紫。逮其書命，文鋒益銛。能搴菁華，以集麗則④。出補近郡，號爲廉能。勤而不煩，簡而不苟。郊迓館穀，賓至如歸。長劭農人，咸用胥悅。移領巨鎮，疇將爾先⑤？

　　況封壤因連，習俗參合用之政。又關陝之旺^(三)，吾固有虞於爾矣⑥！至於觀聽他邑，儀刑下寀，旁臨傅說之巖，特假趙堯之印，遺風未泯，官業具存，苟能行之，無患不至。可守陝州大都督府長史兼御史大夫，充陝虢等州都防禦觀察處置等使⑦。

録自《元氏長慶集》補遺卷五

[校記]

　　(一)張皇京洛：原本作"張皇京律"，楊本、《英華》同，據《全文》改。

　　(二)用副憂寄：楊本、《英華》同，《全文》作"用副優寄"，文意難通，不從不改。

　　(三)又關陝之旺：原本作"又關陝之旺"，楊本、《英華》同，據《全文》改。

[箋注]

　　① 授衞中行陝州觀察使制：本文不見於現存《元氏長慶集》，但馬本《元氏長慶集》補遺卷五、《英華》、《全文》採録，歸名元稹，故據此補入。　衞中行：韓愈有《與衞中行書》，題注："中行，字大受，御史中

5717

丞晏之子，貞元九年進士。"據《登科記考》，衛中行貞元九年與柳宗元、劉禹錫爲同科進士。吕温《韋夏卿碑》："分正東郊，開府辟士，則有今……隴西李景儉、中山衛中行、平陽路隨，皆群彦之秀，出一時之高選。"《唐會要》卷五七："（元和六年十月）太常卿崔邠、博士衛中行、馮宿等……"《舊唐書·憲宗紀》："（元和十四年三月）乙未，以中書舍人衛中行爲華州刺史、潼關防禦鎮國軍等使。"《舊唐書·穆宗紀》："（元和十五年）十一月乙亥（己亥）朔……辛亥……以華州刺史衛中行爲陝州長史充陝虢觀察使……（長慶二年十一月）乙卯，以前陝虢觀察使衛中行爲尚書右丞。"《舊唐書·敬宗紀》："（寶曆二年正月甲午）以國子祭酒衛中行爲福建觀察使。"《册府元龜》卷一六○："太和二年十月，敕嶺南、福建、桂管、邕管、安南等道百姓禁掠賣餉遺，前後敕制處分重疊，非不分明。近日衛中行、李元志等雖云買致數寶，至多。宜令本道舉行元和四年閏三月五日及八年九月十八日敕文，切加約勒，逐道各著判官一人專知，即定名聞奏，如已後發覺，當重加貶降。"《册府元龜》卷五二○："劉幼復爲侍御史知彈，文宗太和元年，幼復廷奏前福建觀察使衛中行擅用官錢三萬餘貫，仗請付法。"《册府元龜》卷六二五："衛中行爲國子祭酒，寶曆元年中行擅用當司新賜錢一百八十五貫，爲分察使所劾，中行稱是假借，敕罰兩月俸料。"《舊唐書·文宗紀》："（大和三年七月）播州流人衛中行卒。"錢易《南部新書》卷七："衛中行自福察有贓，流於播州，會赦北還，死於播之館，置於臼塘中。南人送死無棺槨之具，稻熟時埋米，鑿木若小舟以爲臼，土人呼爲臼塘。"《編年箋注》僅據《舊唐書》各紀的五條材料，簡略介紹衛中行生平，没有揭示其父親、行字、進士及第、與韋夏卿柳宗元劉禹錫韓愈等人的關係，又提出疑問云："國子祭酒，從三品，中行官位已崇。何以流放播州，不得而知。"屬於不應該發生的遺漏。　　陝州：《元和郡縣志·陝州》："今爲陝虢觀察使理所（陝郡大都督府，管陝州、虢州、汝州，管縣二十一）……魏孝文帝太和十一年置陝州……武德元年改爲陝州，廣德元年改爲大都督府。”張九齡《奉和聖製途次陝州作》：“馳道當河陝，陳詩問國風。川原三晉別，襟帶兩京同。”岑參《陝州月城樓送辛判官入奏》：“送客飛鳥外，城頭樓最高。樽前遇風雨，窗裏動波濤。”

②“邵伯聽事於棠陰之下”兩句：事見《史記·燕召公世家》：“召公之治西方，甚得兆民和。召公巡行鄉邑，有棠樹，決獄政事其下。自侯伯至庶人，各得其所，無失職者。召公卒，而民人思召公之政，懷棠樹，不敢伐，歌詠之，作《甘棠》之詩。”　邵伯：周召公奭，因封地在召，故稱召公或召伯，又作邵公、邵伯。王符《潛夫論·愛日》：“邵伯訟不忍煩民，聽斷棠下，能興時雍而致刑錯。”姚鵠《和陝州參軍李通微首夏書懷呈同寮張裳段群二先輩》：“公門何事更相牽？邵伯優賢任養閑。滿院落花從覆地，半簷初日未開關。”　聽事：猶治事。《史記·秦始皇本紀》：“自是後莫知行之所在，聽事，群臣受決事，悉於咸陽宮。”《後漢書·光武帝紀》：“癸亥晦，日有食之，避正殿，寢兵，不聽事五日。”　棠陰：棠樹樹蔭。戴叔倫《撫州對事後送外生宋垓歸饒州覲侍呈上姊夫》：“石壁轉棠陰，鄱陽寄茅室。”喻惠政或良吏的惠行。劉長卿《餘干夜宴奉餞前蘇州韋使君新除婺州作》：“幸容栖託分，猶戀舊棠陰。”王禹偁《暴富送孫何入史館》：“二年佐棠陰，眼黑怕文簿。躍身入三舘，爛目閱四庫。”　忠信：忠誠信實。《易·乾》：“君子進德修業，忠信所以進德也。”《史記·秦始皇本紀》：“此四君者，皆明知而忠信，寬厚而愛人，尊賢重士，約從離衡。”　仁愛：寬仁慈愛，親愛。《淮南子·修務訓》：“堯立孝慈仁愛，使民如子弟。”《史記·袁盎列傳》：“仁愛士卒，士卒皆爭爲死。”

③關東：指函谷關、潼關以東地區。《史記·萬石張叔列傳》：“元封四年中，關東流民二百萬口，無名數者四十萬。”《資治通鑑·晉孝武帝太元八年》：“若氏運必窮，吾當懷集關東，以復先業耳！關西會非吾有也。”　洛右：洛陽西邊。右，西邊，取面向南，則右爲西。

《儀禮・士虞禮》：“陳三鼎於門外之右。”鄭玄注：“門外之右，門西也。”《文選・王粲〈從軍詩五首〉一》：“相公征關右，赫怒震天威。”李周翰注：“關右，關西也。”關東洛右，亦即陝州所在。　輶車：奉使者和朝廷急命宣召者所乘的車，亦指代使者。儲光羲《奉和韋判官獻侍郎叔除河東採訪使》：“四封盡高足，相府輶車最。超超青雲器，婉婉竹林會。”王昌齡《送鄭判官》：“東楚吳山驛樹微，輶車銜命奉恩輝。英僚携出新豐酒，半道遙看驄馬歸。”　表率：猶言督率。《漢書・韓延壽傳》：“幸得備位，爲郡表率。”《梁書・韋叡傳》：“〔叡〕乃堰肥水，親自表率，頃之，堰成水通，舟艦繼至。”　方夏：指中國、華夏，與“四夷”相對。《書・武成》：“誕膺天命，以撫方夏。”《後漢書・董卓傳贊》：“方夏崩沸，皇京烟埃。”李賢注：“方，四方；夏，華夏也。”　張皇：張大，壯大。《書・康王之誥》：“張皇六師，無壞我高祖寡命。”孔傳：“言當張大六師之衆。”陸贄《誥賜尚結贊第三書》：“遣使來往，足得商量；張皇師徒，是何道理！”顯揚，使光大。韓愈《進學解》：“補苴罅漏，張皇幽眇。”　京洛：洛陽的別稱，因東周、東漢均建都於此，故名。班固《東都賦》：“子徒習秦阿房之造天，而不知京洛之有制也。”泛指國都。張説《應制奉和》：“總爲朝廷巡幸去，頓教京洛少光輝。”　聿求：義近“聿追”，《禮記・禮器》：“堯授舜，舜授禹，湯放桀，武王伐紂，時也。《詩》云：‘匪革其猶，聿追來孝。’”鄭玄注：“聿，述也。”“聿”本助詞，然後人往往訓“聿”爲述，因以“聿追”謂追述先人德業。《後漢書・李固傳》：“昔堯殂之後，舜仰慕三年，坐則見堯於墙，食則覩堯於羹。斯所謂聿追來孝，不失臣子之節者。”李賢注：“聿，述也。”　憂寄：憂國憂民的託付。白居易《與李良僅詔》：“眷乃才良，可分憂寄。”王禹偁《黃州謝上表》：“雖久樂昇平，尚未臻富庶。永言養活，亦藉循良。如臣庸愚，曷副憂寄？”

④ 朝請大夫：文散官，從五品上。張九齡《貶韓朝宗洪州刺史制》：“朝請大夫、荆州大都督府長史兼判襄州刺史、山南道採訪處置

等使、上柱國、長山縣、開國伯韓朝宗……”顏真卿《容州都督兼御史中丞本管經略使元君表墓碑銘》：“曾祖仁基，朝請大夫、襃信令，襲常山公。”　詞賦：漢朝人集屈原等所作的賦稱爲楚辭，因此後人稱賦體文學爲“詞賦”，後亦指詞和賦。《文心雕龍·辨騷》：“然其文辭麗雅，爲詞賦之宗。”劉知幾《史通·載文》：“且漢代詞賦，雖云虛矯，自餘它文，大抵猶實。”　深美：精深美妙。《漢書·藝文志》：“傳曰：‘不歌而誦謂之賦，登高能賦可以爲大夫。’言感物造耑，材知深美，可與圖事，故可以爲列大夫也。”葛洪《抱朴子·百家》：“惑詩賦瑣碎之文，而忽子論深美之言，真僞顛倒，玉石混殽。”　軒然：高昂貌。元稹《告畬三陽神文》：“軒然神功，坐受嘉栗。”沈括《故朝散大夫右諫議大夫知應天府兼南京留守司公事畿內勸農使上護軍清河縣開國男食邑三百户賜紫金魚袋張公墓誌銘》：“公少貧，能軒然自持。”　甲乙：甲科、乙科的並稱。顏真卿《送劉太冲序》：“掌銓吏部，第甲乙，而超升等夷。”蕭穎士《江有歸舟詩序》：“今兹春連茹甲乙，淑問休闡，爲時之冠。”　青紫：本爲古時公卿綬帶之色，因借指高官顯爵。《漢書·夏侯勝傳》：“勝每講授，常謂諸生曰：‘士病不明經術，經術苟明，其取青紫如俛拾地芥耳！’”王先謙補注引葉夢得曰：“漢丞相大尉，皆金印紫綬，御史大夫，銀印青綬。此三府官之極崇者，勝云青紫謂此。”陳子昂《爲金吾將軍陳令英請免官表》：“不以臣駑怯，更加寵命，授以青紫，遣督幽州。”　書命：書寫詔書、命令。白居易《待漏入閣書事奉贈元九學士閣老》：“衙排宣政仗，門啓紫宸關。彩筆停書命，花甎趁立班。”張昭《漢宗廟樂舞辭》：“高廟明靈再啓圖，金根玉輅幸神都。巢阿丹鳳銜書命，入昴飛星獻寶符。”　文鋒：文章的鋒芒，謂文章犀利，如有鋒芒，故云。沈約《懷舊詩·傷謝朓》：“吏部信才傑，文鋒振奇響。”劉長卿《洛陽主簿赴選伏辭》：“器宇溟渤寬，文鋒鏌鋣利。”　銛：鋒利。《墨子·親士》：“今有五錐，此其銛，銛者必先挫。”盧綸《難綰刀子歌》：“黃金鞘裏青蘆葉，麗若翦成銛且捷。”　菁華：精華。《晉書·文苑傳序》：“《翰林》總其菁華，《典論》詳其藻絢。”《舊唐書・李賢傳》：“先王策府，備討菁華。” 麗則：揚雄《法言・吾子》：“詩人之賦麗以則，辭人之賦麗以淫。”後以“麗則”指美麗典雅。《文心雕龍・物色》：“所謂詩人麗則而約言，辭人麗淫而繁句也。”

⑤ 出補：出任官職。《晉書・唐彬傳》：“泰始初，賜爵關內侯，出補鄴令。”黄庭堅《送范德孺知慶州》：“妙年出補父兄處，公自才力應時須。” 近郡：古謂距王城五百里之外爲近郡。《漢書・王莽傳》：“粟米之内曰内郡，其外曰近郡。”顔師古注：“《禹貢》去王城四百里納粟，五百里納米，皆在甸服之内。”指鄰近京城之郡。《後漢書・百官志》：“孝武帝初置〔司隸校尉〕，持節，掌舉百官以下，及京師近郡犯法者。”陸游《謝周樞使啓》：“入望清光，出臨近郡。” 廉能：清廉能幹。元稹《錢貨議狀》：“今天下賦稅一法也，厚薄一概也，然而廉能莅之則生息，貪愚莅之則敗傷，蓋得人則理之明驗也。”杜牧《崔公行狀》：“然後黜棄奸冒，用公法也；升陟廉能，用公舉也。” 不煩：不煩冗。《淮南子・主術訓》：“法省而不煩。”高誘注：“煩，多也。”龔鼎臣《東原録》：“然（劉）秩書太略，（宋）白書太煩。不煩不略，最爲適中者，（杜）佑書也。” 不苟：不隨便，不馬虎。《周禮・地官・大司徒》：“一曰以祀禮教敬，則民不苟。”賈公彥疏：“不苟且也。”《後漢書・王堂傳》：“〔堂〕遷汝南太守，搜才禮士，不苟自專。” 郊迓：郊迎。元稹《授入朝契丹首領達于只枕等二十九人果毅別將制》：“始於郊迓，還以禮成。寵秩仍加，厚意斯在。”《新唐書・百官志》：“軍出，則受命勞遣……凱還，則郊迓。” 館穀：泛指食宿款待。《北史・周太祖文帝紀》：“是歲，關中飢，帝館穀於弘農五十餘日。”韓翃《送中兄典郡州》：“一路諸侯爭館穀，洪池高會荆臺曲。” 長劭農人：義近“劭農”，勸農，鼓勵農業生産。梅堯臣《送劉郎中知廣德軍》：“劭農井田桑，科薅重鋤斧。”又近“劭勸”，勸勉。《新唐書・趙昌傳》：“〔昌〕劭勸農桑，於人有恩惠。” 胥悦：義近“胥戴”，擁戴。陸游《會慶節賀表》：“有王者

興,爰啓丕平之運;使聖人壽,敢忘肙戴之誠。"義近"喜悦"愉快,高
興。《吳子·圖國》:"成湯討桀而夏民喜悦,周武伐紂而殷人不非。"
寒山《詩三百三首》二八八:"順情生喜悦,逆意多瞋恨。"　肙:語氣助
詞。《詩·小雅·桑扈》:"君子樂肙,受天之祐。"朱熹集傳:"肙,語
辭。"蕭穎士《涼雨》:"習習涼風,泠泠浮飈。君子樂肙,於其賓僚。"
巨鎮:强大的藩鎮。王勃《梓州飛烏縣白鶴寺碑》:"然後東巡巨鎮,追
六聖而撫寰中;南面天壇,朝萬方而小天下。"白居易《和渭北劉大夫
借便秋遮虜寄朝中親友》:"巨鎮爲邦屏,全材作國楨。"　疇:誰。
《書·説命上》:"後克聖,臣不命其承,疇敢不祗若王之休命?"孔傳:
"言王如此,誰敢不敬順王之美命而諫者乎?"杜甫《九日寄岑參》:"安
得誅雲師,疇能補天漏?"

⑥ "況封壤因連"兩句:本文指衛中行先後治理的華州與陝州,
亦即下句的"關陝",地理相接,風俗相近,猶如一地,許多經驗可以
參考借用於平日治理之中。　封壤:疆域,疆界。謝朓《與江水曹
至濱干戲》:"別後能相思,何嗟異封壤!"《舊唐書·德宗紀》:"〔吳
少誠〕凶狡成性,扇構多端,擅動甲兵,暴越封壤。"　因連:猶"接
連"、"毗連",連在一起。左思《蜀都賦》:"棟宇相望,桑梓接連。"王
洋《闢方丈地供香火》:"全家共寄一庵中,庖溷因連奧胙通。穴不
容身銜宴籔,芥分餘地結齋宮。"　習俗:習慣風俗。《荀子·大
略》:"政教習俗,相順而後行。"高適《餞宋八充彭中丞判官之嶺
外》:"彼邦本倔强,習俗多驕矜。"　參合:綜合觀察。《韓非子·主
道》:"知其言以往,勿變勿更,以參合閲焉!"元稹《與史館韓侍郎
書》:"及亂,則延頸受刃,分死不回,不以不必顯而廢忠,不以不必
誅而從亂,參合古今之士,蓋百一焉!"　乂:治理。《書·堯典》:
"浩浩滔天,下民其咨,有能俾乂。"孔傳:"乂,治也。"《舊唐書·杜
佑傳》:"將施有政,用乂邦家。"安定。《三國志·後主禪傳》:"上下
交暢,然後萬物協和,庶類獲乂。"《陳書·孔奐傳》:"今三方鼎峙,

生民未义。" 甿:泛指百姓。《南史·張裕傳》:"渭川之甿,佇簪裾而竦嘆。"張九齡《故襄州刺史靳公遺愛銘》:"緊公既没,厥迹可尋,勒石是圖,以慰甿心。" 虞:企望,期待。《左傳·桓公十一年》:"且日虞四邑之至也。"王引之《經義述聞·左傳》:"家大人曰:《方言》曰:'虞,望也。'言日望四邑之至也。"王引之《經義述聞·昭公六年》:"始吾有虞於子,今則已矣!"

⑦ 觀聽:看或聽。揚雄《太玄·釋》:"次二,動于響景。測曰:動于響景,不足觀聽也。"《後漢書·馬援傳》:"〔援〕閑於進對,尤善述前世行事。每言及三輔長者,下至閭里少年,皆可觀聽。" 儀刑:楷模,典範。竇庠《東都嘉量亭獻留守韓僕射》:"卜築三川上,儀刑萬井中。"葉適《王夫人畫像贊》:"爾孫爾曾,象其儀刑。" 傅説之巖:即"傅巖",亦稱"傅險",古地名,相傳商代賢士傅説爲奴隸時版築於此,故稱。《書·説命》:"説築傅巖之野。"孔傳:"傅氏之巖在虞虢之界,通道所經,有澗水壞道,常使胥靡刑人築護此道。説賢而隱,代胥靡築之,以供食或亦有成文也。"《史記·殷本紀》:"得説於傅險中,是時,説爲胥靡,築於傅險。"司馬貞索隱:"舊本作'險',亦作'巖'也。"張守節正義引《地理志》:"傅險即傅説版築之處,所隱之處窟名聖人窟,在今陝州河北縣北七里,即虞國、虢國之界,又有傅説祠。" 趙堯之印:事見《史記·張丞相列傳》:"周昌者,沛人也……昌爲人强力敢直言,自蕭曹等皆卑下之。昌嘗燕時入奏事,高帝方擁戚姬,昌還走,高帝逐得,騎周昌項問曰:'我何如主也?'昌仰曰:'陛下即桀紂之主也!'於是上笑之,然尤憚周昌。及帝欲廢太子,而立戚姬子如意爲太子,大臣固爭之,莫能得,上以留侯策即止。而周昌廷爭之强,上問其説,昌爲人吃,又盛怒曰:'臣口不能言,然臣期……期……知其不可!陛下雖欲廢太子,臣期……期……不奉詔!'上欣然而笑。既罷,吕后側耳於東廂聽,見周昌,爲跪謝曰:'微君,太子幾廢!'是後戚姬子如意爲趙王,年十歲,高祖憂即萬歲之後不全也。趙堯年少,爲符璽御

史。趙人方與公謂御史大夫周昌曰：‘君之史趙堯，年雖少，然奇才也！君必異之，是且代君之位。’周昌笑曰：‘堯年少，刀筆吏耳！何能至是乎？’居頃之，趙堯侍高祖，高祖獨心不樂，悲歌，群臣不知上之所以然。趙堯進請問曰：‘陛下所爲不樂，非爲趙王年少而戚夫人與呂后有郤邪？備萬歲之後而趙王不能自全乎？’高祖曰：‘然。吾私憂之，不知所出。’堯曰：‘陛下獨宜爲趙王置貴强相，及呂后、太子、群臣素所敬憚乃可。’高祖曰：‘然。吾念之欲如是，而群臣誰可者？’堯曰：‘御史大夫周昌，其人有堅忍質直，且自呂后、太子及大臣皆素敬憚之，獨昌可。’高祖曰：‘善！’於是乃召周昌，謂曰：‘吾欲固煩公，公强爲我相趙王。’周昌泣曰：‘臣初起從陛下，陛下獨奈何中道而棄之於諸侯乎？’高祖曰：‘吾極知其左遷，然吾私憂趙王，念非公無可者，公不得已强行！’於是徙御史大夫周昌爲趙相。既行久之，高祖持御史大夫印弄之曰：‘誰可以爲御史大夫者？’孰視趙堯曰：‘無以易堯！’遂拜趙堯爲御史大夫。堯亦前有軍功食邑，及以御史大夫從擊陳豨有功，封爲江邑侯。高祖崩，呂太后使使召趙王，其相周昌令王稱疾不行，使者三反，周昌固爲不遣趙王。於是高后患之，乃使使召周昌。周昌至，謁高后，高后怒而罵周昌曰：‘爾不知我之怨戚氏乎？而不遣趙王，何？’昌既徵，高后使使召趙王，趙王果來。至長安月餘，飲藥而死。周昌因謝病不朝見，三歲而死。後五歲，高后聞御史大夫江邑侯趙堯高祖時定趙王如意之畫，乃抵堯罪，以廣阿侯任敖爲御史大夫。”

遺風：前代或前人遺留下來的風教。《楚辭·九章·哀郢》：“哀州土之平樂兮，悲江介之遺風。”《史記·貨殖列傳》：“故其民猶有先王之遺風。”　泯：消滅，消失，消除。《詩·大雅·桑柔》：“亂生不夷，靡國不泯。”孔穎達《春秋正義序》：“漢德既興，儒風不泯。”　官業：爲官的業績。元稹《韓皋吏部尚書趙宗儒太常卿制》：“更用舊老，以均勞逸。至於官業，非予敢知。”《舊唐書·憲宗紀》：“諸州府五品以上官替後，委本道長官量其才行、官業、資歷，每年冬季一度聞焉！”　具存：猶具在。《漢書·揚雄傳贊》:"自雄之没至今四十餘年,其《法言》大行,而《玄》終不顯,然篇籍具存。"《後漢書·王允傳》:"又集漢朝舊事所當施用者,一皆奏之。經籍具存,允有力焉!"

[編年]

《年譜》、《編年箋注》、《年譜新編》據《舊唐書·穆宗紀》元和十五年十一月的記載,分别編年本文於"元和十五年十一月辛亥"、"元和十五年(八二〇)十一月"與"元和十五年"。不過《年譜新編》誤筆文題"授衛中行陝州觀察使制"爲"授韋中行陝州觀察使制"。

據《舊唐書·穆宗紀》"元和十五年十一月辛亥"的記載,本文確實不難編年:《舊唐書·穆宗紀》記載元和十五年"十一月乙亥朔",但據同書"十月庚午朔"與"十二月己巳朔"推算,"乙亥"是十月初六,同時也與十二月"己巳朔"不相連接,肯定有誤。如果以"十一月乙亥朔"推算,"辛亥"應該是第三十七天,《年譜》、《編年箋注》、《年譜新編》都没有發現這一點,因此也無法框定"辛亥"的具體時日。我們據歷史史籍記載推算,"十一月乙亥朔"應該是"十一月己亥朔"之誤,"辛亥"應該是十一月十三日。但本文撰寫的具體時間不是"十五年"、"十五年十一月",也不如《年譜》那樣想當然就定在"辛亥",因爲"辛亥"僅僅是李唐朝廷早朝時正式發佈衛中行接替裴向爲"陝州觀察使"的任命,而元稹撰寫本文應該在前一二天,得到唐穆宗過目與首肯之後才能發佈。據此,我們以爲本文應該與《授裴向左散騎常侍制》作於同時,亦即撰成於元和十五年十一月十一二日之間,地點在長安,元稹時任祠部郎中知制誥臣。

◎ 李拭可宗正卿韋乾度可殿中監制^{(一)①}

敕:殿中監李拭、左庶子韋乾度等^(二):明皇而下,其屬未遠。諸王在閣,朕得時序其寒溫^{(三)②}。睿祖而上五十餘族^(四),長幼秩序盡委之於大宗正。苟非能賢,不敢輕授^③。以爾拭踐履中外,論倫古今^(五),主宗之盟,綽有餘譽^{(六)④}。

而執事者又曰:殿中監總六尚以供名物,當進圭進爵之時,不可虛位^{(七)⑤}。僉以乾度文學儒素,旁通政經。執憲南臺,挺直不撓。以之代拭,允謂其良^⑥。仍假左貂之冠^(八),加於宗正之首^(九),朕不敢無私於吾屬也。拭可檢校左散騎常侍兼宗正卿,乾度可守殿中監。餘如故^⑦。

錄自《元氏長慶集》卷四五

[校記]

(一) 李拭可宗正卿韋乾度可殿中監制:楊本、宋浙本、叢刊本作"李拭授宗正卿等",盧校作"李拭授宗正卿等制",《英華》作"授李拭等宗正卿殿中監制",《全文》作"授李拭宗正卿韋虔度殿中監制",各備一説,不改。

(二) 殿中監李拭、左庶子韋虔度等:原本作"李拭、韋虔度等",楊本、叢刊本、《全文》同,據《英華》補改。

(三) 朕得時序其寒溫:《英華》、《全文》同,楊本、叢刊本作"朕得其寒溫",各備一説,不改。

(四) 睿祖而上五十餘族:原本作"睿宗而上五十餘族",楊本、叢刊本、《全文》同,據《英華》改。

（五）論倫古今：楊本、叢刊本同，《英華》《全文》作"論備古今"，各備一説，不改。

（六）綽有餘譽：楊本、叢刊本同，《英華》《全文》作"綽有餘裕"，各備一説，不改。

（七）不可虛位：楊本、《英華》同，叢刊本、《全文》作"不敢虛位"，各備一説，不改。

（八）仍假左貂之冠：楊本、叢刊本、《全文》同，《英華》作"仍假右貂之冠"，各備一説，不改。

（九）加於宗正之首：楊本、叢刊本、《全文》同，《英華》作"加之宗正之首"，各備一説，不改。

［箋注］

① 李拭：《新唐書·李廊傳》："（李廊）子拭，仕歷宗正卿、京兆尹、河東、鳳翔節度使，以秘書監卒。"元和四年在是否可以讓宦官頭目吐突承璀爲統帥征討王承宗的問題上，朝臣曾激烈反對，但李拭却阿逢憲宗之意，《資治通鑑》有一段令人捧腹的記載："左軍中尉吐突承璀欲希上意，奪裴垍權，自請將兵討之。宗正少卿李拭奏稱：'承宗不可不討，承璀親近信臣，宜委以禁兵，使統諸軍，誰敢不服？'上以拭狀示諸學士曰：'此奸臣也！知朕欲將承璀，故上此奏。卿曹記之，自今勿令得進用！'"另據其他史籍記載，李拭還曾歷職中外：《新唐書·劉沔傳》："會昌二年，又掠太原、振武，天子使兵部郎中李拭調兵食，因視諸將能否，拭獨稱沔……"《新唐書·回鶻傳》："以右散騎常侍李拭使黠戛斯，册君長爲宗英雄武誠明可汗。"《舊唐書·宣宗紀》："（大中四年）九月，以朝請大夫、檢校禮部尚書、孟州刺史、河陽三城節度使李拭爲太原尹、北都留守、河東節度等使……（大中五年）五月，以太原尹、河東節度使李拭爲鳳翔節度使。"《新唐書·宣宗紀》："（大中四年）十二月，鳳翔節度使李安業、河東節度使李拭爲招討党項使。"

宗正卿：正三品，《舊唐書·職官志》：“卿之職，掌九族六親之屬籍，以別昭穆之序，并領崇玄署。少卿爲之貳。九廟之子孫，繼統爲宗，餘曰族。凡大祭祀及册命朝會之禮，皇親諸親應陪位預會者，則爲之簿書，以申司封。若皇親爲三公子孫應襲封者，亦如之。”賈至《授李煜宗正卿制》：“咸推公議，多負卿才。官惟其人，用必有適。宜欽爾職，以弼予教。可守宗正卿。”楊衡《廣州石門寺重送李尚赴朝時兼宗正卿》：“象闕趨雲陛，龍宮憩石門。清鐃猶啓路，黄髮重攀轅。”　韋乾度：《唐語林·德行》：“（高崇文）入成都日，有若閑暇。命節級將吏，凡軍府事無巨細，一取韋皋故事。一應爲闘脅從者，但自首，並不問。韋皋參佐房式、韋乾度、獨孤密、符載、郊士美，皆即論薦館驛。”元和中，時爲“吏部郎中”的韋乾度《駁左散騎常侍房式謚議》自述其中的一段經歷：“永貞元年八月……時乾度任殿中侍御史，前使度支判官劉闢自攝行軍司馬、節度留後。九月初，乾度被逐，攝簡州刺史，名雖守郡，其實囚之。明年四月追回，勒攝成都縣令……”據《册府元龜》記載，韋乾度“元和十二年爲御史中丞”。《太平廣記·韋乾度》：“韋乾度爲殿中侍御史，分司東都。牛僧孺以制科刺首，除伊闕尉。臺參，乾度不知僧孺授官之本，問：‘何色出身？’僧孺對曰：‘進士。’又曰：‘安得入畿？’僧孺對曰：‘某制策連捷，忝爲刺頭。’僧孺心甚有所訝，歸以告韓愈。愈曰：‘公誠小生，韋殿中固當不知。愈及第十有餘年，猖狂之名已滿天下，韋殿中尚不知之，子何怪焉？’”　殿中監：殿中省主官，從三品。《舊唐書·職官志》：“殿中監掌天子服御，總領尚食、尚藥、尚衣、尚舍、尚乘、尚輦六局之官屬，備其禮物，供其職事。少監爲之貳。凡聽朝，則率其屬執繳扇以列於左右。凡大祭祀，則進大珪、鎮珪於壇門之外。既事，受而藏之。凡行幸，則侍奉於仗内，驂乘以從。若元正、冬至大朝會，則有進爵之禮。丞掌副監事，兼勾檢稽失，省署抄目，主事掌印及知受事發辰。”張九齡《故許州長史趙公墓誌銘并序》：“祖某，金紫光禄大夫、殿中監、贈工部尚書武强公。”蘇頌《代郭令公謝男尚公主表》："臣某言：伏奉某月日恩制，授臣男曖試殿中監、駙馬都尉，尚昇平公主。"

②庶子：周代司馬的屬官，掌諸侯、卿大夫之庶子的教養等事。秦因之，置中庶子、庶子員，漢以後爲太子屬官，兩晉、南北朝稱中庶子、庶子，隋、唐改稱左右庶子。《禮記·燕義》："古者，周天子之官有庶子官。"鄭玄注："庶子，猶諸子也。《周禮》諸子之官，司馬之屬也。"《漢書·百官公卿表》："太子太傅、少傅，古官，屬官有太子門大夫、庶子、先馬、舍人。"　明皇：唐玄宗謚至道大聖大明孝皇帝，後世詩文多稱爲明皇。韋應物《送褚校書歸舊山歌》："握珠不返泉，匣玉不歸山。明皇重士亦如此，忽怪褚生何得還？"薛逢《金城宮》："憶昔明皇初御天，玉輿頻此駐神仙。"　諸王：衆王。常袞《百官賀佛放光表》："今日董秀奉宣，文成殿御功德佛放光明，六宮及諸王、公主並近侍等並觀，其光從三更四點直至四更猶在。"韓愈《順宗實錄》："還至別殿，諸王親屬進賀。"　出閣：亦作"出閤"，皇子出就封國。《南齊書·江謐傳》："諸皇子出閣用文武主帥，皆以委謐。"《宋史·職官志》："太平興國八年，諸王出閣，楚王府置諮議參軍二員，翊善一員。""在閣"則與此相對而言。　閣：宮中便殿。《後漢書·馮豹傳》："〔豹〕每奏事未報，常俯伏省閣，或從昏至明。"趙彥衛《雲麓漫抄》卷三："參諸衆説，則閣者，殿後之便室無疑矣！"　序：通"豫"，安定，安撫。《左傳·隱公十一年》："禮，經國家，定社稷，序民人。"俞樾《群經平議·左傳》："序當讀爲豫，序與豫古通用。"　寒温：冷暖。《晏子春秋·諫》："故魯工不知寒温之節，輕重之量，以害正生，其罪一也。"元稹《祭翰林白學士太夫人文》："〔太夫人〕減旨甘之直，續鹽酪之資，寒温必服，藥餌必時。"

③睿祖：即唐睿宗李旦，唐高宗李治第八子，唐中宗之同母弟，唐玄宗李隆基之父，公元六八四年與公元七一〇年至公元七一二年兩次在位。崔龜從《東都廟主議》："謹按元皇帝是追王，高宗、中宗、

睿宗是祧廟之主,其神主合藏於太廟從西第一夾室。"李愭《大漢英武皇帝新建天龍寺千佛樓碑銘》:"昔睿宗皇帝再加添設,功用宛然。次東有池水甚潔,澄湛凝碧。"　長幼:指輩份的高低。《論語·微子》:"長幼之節,不可廢也;君臣之義,如之何其廢之?"《禮記·大傳》:"服術有六:一曰親親,二曰尊尊,三曰名,四曰出入,五曰長幼,六曰從服。"孫希旦集解:"長,謂旁親屬尊者之服。幼,謂旁親屬卑者之服也。"　能賢:有才能而又有道德者。《左傳·隱公三年》:"先君以寡人爲賢,使主社稷,若棄德不讓,是廢先君之舉也,豈曰能賢?"錢珝《爲徐相公讓加食邑表》:"臣某伏惟尊號皇帝陛下文武應天,憂勤厚國,旁求翊贊,慎擇能賢。如臣之才,焉可執政?"　授:任用,任命。《三國志·賀邵傳》:"〔高宗〕遠覽前代任賢之功,近寤今日謬授之失,清澄朝位,旌叙俊乂,放退佞邪,抑奪奸勢。"《三國志·諸葛亮傳》:"至有街亭違命之闕,箕谷不戒之失,咎皆在臣授任無方。"

④ 踐履:任職。《舊唐書·杜審權傳》:"今明公捨築入夢,投竿爲師,踐履中臺,制臨外閫,不究興亡之理,罕聞沉斷之機。"王安石《上蔣侍郎書》:"是以出入臺閣,踐履中外,朝廷百執事,天下之人,孰不憚執事之威名,服執事之德望?"　中外:朝廷內外,中央和地方。李百藥《贊道賦》:"將交發於中外,乃先之以禮樂,樂以移風易俗,禮以安上化人。"袁守一《彈魏元忠表》:"宸座驚逼,兆庶憂懼。一日之間,中外隔絕。禍交之首,實階元忠。"　論倫:論說倫理。《禮記·樂記》:"論倫無患,樂之情也。"孫希旦集解:"愚謂論倫無患者,言其心之和順足以論說樂之倫理。"　古今:古代和現今。蘇安恒《請復位皇太子疏》:"人或揖讓而昇,或干戈以定,二途一也,古今共之。"王昌齡《灞橋賦》:"故可取於古今,豈徒閱千乘與萬騎?"　主:主宰,主持,掌管。《顏氏家訓·治家》:"婦主中饋,惟事酒食衣服之禮耳!"李紳《贈韋金吾》:"自報金吾主禁兵,腰間寶劍重橫行。"　宗盟:同宗,同姓。駱賓王《代徐敬業傳檄天下文》:"君之愛子,幽之於別宮;賊之宗盟,

委之以重任。"《舊唐書·李密傳》:"宗盟之長,屬籍見容;復封於唐,斯榮足矣!" 譽:名譽,聲譽。《孟子·告子》:"令聞廣譽施於身,所以不願人之文繡也。"柳宗元《祭姊夫崔使君簡文》:"譽動京邑,施于方隅。密勿書奏,元侯是俞。"

⑤ 執事:有職守之人,官員。獨孤及《唐故吏部郎中贈給事中韋公墓誌銘并序》:"初執事者議三府高選,欲以給事黃門待公,既而弗及,僉以爲恨。"權德輿《尚書司門員外郎仲君墓誌》:"其初典校,有詔百執事詳定冕服,炳然上奏,得禮之中。" 六尚:掌宮廷供奉之官的總稱,秦始置六尚,曰尚冠、尚衣、尚食、尚沐、尚席、尚書,掌諸供奉。隋之六尚屬殿内省,曰尚食、尚藥、尚衣、尚舍、尚乘、尚輦。唐改殿内省爲殿中省,所屬六尚與隋同。陳子昂《爲武奉御謝官表》:"臣聞瑤庭任切,攸稱六尚之榮;玉食禮尊,實總八珍之貴。"白居易《韓萇授尚輦奉御制》:"局分六尚,職奉七輦;兹惟優秩,列在通班。" 名物:事物的名稱、特徵等。《周禮·天官·庖人》:"掌共六畜、六獸、六禽,辨其名物。"賈公彦疏:"此禽獸等皆有名號物色,故云'辨其名物'。"蔡邕《彭城姜伯淮碑》:"有名物定事之能,獨見先覩之效。" 圭:古代帝王諸侯朝聘、祭祀、喪葬等舉行隆重儀式時所用的玉製禮器,長條形,上尖下方,其名稱、大小因爵位及用途不同而異。《儀禮·聘禮》:"所以朝天子,圭與繅皆九寸,剡上寸半,厚半寸,博三寸。"鄭玄注:"圭,所執以爲瑞節也,剡上象天圜地方也……九寸,上公之圭也。"賈公彦疏:"凡圭,天子鎮圭,公桓圭,侯信圭,皆博三寸,厚半寸,剡上左右各寸半,唯長短依命數不同。"段成式《酉陽雜俎·禮異》:"古者安平用璧,興事用圭,成功用璋,邊戎用珩。" 爵:古代一種盛酒禮器,像雀形,比尊彝小,受一升,亦用爲飲酒器。《左傳·莊公二十一年》:"鄭伯之享王也,王以後之鞶鑑予之。虢公請器,王予之爵。"孔穎達疏:"爵,飲酒器,玉爵也。"《禮記·禮器》:"宗廟之器,貴者獻以爵。"鄭玄注:"凡觴,一升曰爵。" 虛位:空著的職位。《南史·茹法亮傳》:"文

度爲外監，專制兵權，領軍將軍守虛位而已。"韓愈《天星送楊凝郎中賀正》："侍從近臣有虛位，公今此去歸何時？"

⑥　僉：都，皆。蔡邕《郭有道碑文》："僉以爲先民既没，而德音猶存者，亦賴之於見述也。"《新唐書·辛秘傳》："僉謂秘材任將帥，會河東范希朝出討王承宗，召秘爲希朝司馬，主留務。"　儒素：儒者的素質，謂符合儒家思想的品格德行。《三國志·袁涣傳》："霸弟徽，以儒素稱。"王讜《唐語林·德行》："柳應規以儒素進身，始入省，便造新宅，殊不若且稅居之爲善也！"　政經：政治的常法，語出《左傳·宣公十二年》："今兹入鄭，民不罷勞，君無怨讟，政有經矣！"杜預注："經，常也。"元稹《柏耆授尚書兵部員外郎制》："朕聞亟遷則彝倫斁，滯賞則勞臣怠，兼用兩者，謂之政經。"　執憲：司法，執行法令。《漢書·丙吉傳》："廷尉於定國執憲詳平，天下自以不冤。"李嘉祐《送崔侍御入朝》："十年猶執憲，萬里獨歸春。"　南臺：御史臺，以在宮闕西南，故稱。蕭繹《薦鮑幾表》："前宰東邑，實有二魯之風；近處南臺，欲尊兩鮑之則。"《通典·職官》："後漢以來謂之御史臺，亦謂之蘭臺寺。梁及後魏、北齊，或謂之南臺。"　挺直：正直，剛直。元稹《授崔倰尚書户部侍郎制》："挺直廉厚，真爲吏師。試可甄明，歲滿當陟。"奚敬元《唐左羽林軍大將軍史公神道碑》："沈勇英決，挺直將才；制勝出奇，合於兵法。"　不撓：亦作"不橈"，不彎曲，形容剛正不屈。《荀子·榮辱》："義之所在，不傾於權，不顧其利，舉國而與之不爲改視，重死持義而不橈，是士君子之勇也。"《漢書·蕭望之傳贊》："望之堂堂，折而不橈。身爲儒宗，有輔佐之能：近古社稷臣也。"顏師古注："橈，曲也。"　良：善良的人，賢良的人。《左傳·僖公七年》："鄭有叔詹、堵叔、師叔三良爲政，未可間也。"《文心雕龍·哀悼》："昔三良殉秦，百夫莫贖。"

⑦　左貂：武冠的冠飾，以貂尾飾于冠左。《後漢書·宦者傳序》："漢興，仍襲秦制，置中常侍官。然亦引用士人，以參其選，皆銀璫左

貌,給事殿省。"《新唐書·百官志》:"左散騎與侍中爲左貂,右散騎與中書令爲右貂,謂之八貂。"本文"左貂"與李拭的"檢校左散騎常侍"相應。 　吾屬:我等。《史記·項羽本紀》:"唉!豎子不足與謀,奪項王天下者,必沛公也!吾屬今爲之虜矣!"李頎《欲之新鄉答崔顥綦毋潛》:"吾屬交歡此何夕?南家擣衣動歸客。"

[編年]

《年譜》編年:"《舊唐書·穆宗紀》:'(元和十五年十一月辛亥)以宗正卿李翱(翶)爲華州刺史、潼關防禦、鎮國軍使。'李拭或接替李翶爲宗正卿,此《制》當撰於元和十五年十一月辛亥。"《編年箋注》編年理由與《年譜》同,結論則是:"姑定此《制》撰於元和十五年(八二○)十一月。"《年譜新編》編年理由同《年譜》,編年於"元和十五年"。

我們以爲,《編年箋注》、《年譜新編》"元和十五年(八二○)十一月"、"元和十五年"的結論過於粗疏,而《年譜》"元和十五年十一月辛亥"的結論則基本可取,但還應該進一步細化:根據《舊唐書·穆宗紀》:"(元和十五年)十一月己亥朔……辛亥……以宗正卿李翱(翶)爲華州刺史、潼關防禦、鎮國軍使。"按干支推算,辛亥應該是十一月十三日,但本文應該撰成於元和十五年十一月十三日之前一二天之內,"十一月十三日"衹是朝廷正式發佈李翶與李拭新任命的日子而已。元稹時任祠部郎中知制誥臣,地點在長安。

◎ 李從易可守宗正丞制(一)①

敕:朝議郎、京兆府士曹參軍李從易:昔劉氏子孫,在屬籍者十餘萬。我唐光有天下二百餘年,伯仲叔季、幼子童孫可勝道哉②!第其賢能,以次序昭穆,皆吾宗寺之職也③。

凡在選任，每難其人。以爾天屬謹良，修明吏理，檢身好學，有儒者法儀④。宗長以聞，朕不敢議。承上莅下，無忘敬恭。可守宗正寺丞⑤。

録自《元氏長慶集》卷四七

［校記］

（一）李從易可守宗正丞制：楊本、叢刊本作"李從易宗正丞"，盧校作"李從易宗正寺丞"，《全文》作"授李從易宗正寺丞制"，各備一説，不改。《編年箋注》："全文作'授李從易宗正丞制'。"脱一"寺"字，誤。

［箋注］

①　李從易：兩《唐書》無傳，《舊唐書·文宗紀》："（大和七年六月）丁丑，以左金吾衛將軍李從易爲桂管觀察使……（大和九年四月）丙戌，以桂管觀察使李從易爲廣州刺史、嶺南節度使……（開成元年十二月）己酉，嶺南節度使李從易卒。"《唐會要》卷一八："（大中）四年五月，宗正少卿李從易奏……"《册府元龜》卷六六二："李從易爲宗正少卿，文宗太和四年兼御史中丞、賜紫金魚袋，充入吐蕃答賀正使。"宗正丞：宗正寺屬員，從六品上，《舊唐書·職官志》："丞掌判寺事。"孫逖《授殷承業太子左諭德王利涉國子監丞制》："朝議大夫、宗正少卿殷承業、行宗正丞王利涉等……"權德輿《使持節郴州諸軍事權知郴州刺史賜緋魚袋李公墓誌銘》"父愔，皇朝議大夫、宗正丞，贈濮州刺史。"

②　劉氏：指漢代的劉姓皇族。杜甫《寄韓諫議》："似聞昨者赤松子，恐是漢代韓張良。昔隨劉氏定長安，帷幄未改神慘傷。"白居易《和答詩十首·答四皓廟》："心不畫一計，口不吐一詞。暗定天下本，

遂安劉氏危。" 屬籍：指宗室譜籍。《史記・魏其武安侯列傳》："舉適諸竇宗室毋節行者，除其屬籍。"《後漢書・伏隆傳》："梁王劉永，幸以宗室屬籍，爵爲侯王，不知厭足。" 光有：廣有。《左傳・昭公二十八年》："昔武王克商，光有天下。"杜預注："光，大也。"《後漢書・光武帝紀》："高祖聖德，光有天下。" 伯仲叔季：兄弟行輩中長幼排行的次序，伯是老大，仲是第二，叔是第三，季最小。《儀禮・士冠禮》："曰：伯某甫，仲、叔、季，唯其所當。"鄭玄注："伯仲叔季，長幼之稱。"陳齊之《故右内率府兵曹鄭君墓誌銘》："嗟乎！伯仲叔季，於執喪之禮，皆得順變。即以其年秋八月廿五日，權葬於義興縣洞庭鄉震澤里下朱村原，從宜也。" 童孫：幼小的孫子。《書・吕刑》："伯父、伯兄、仲叔、季弟、幼子、童孫，皆聽朕言。"范成大《四時田園雜興六十首》三一："童孫未解供耕織，也傍桑陰學種瓜。"

③ 第：編次，編排。《隋書・經籍志》："至劉向考校經籍，檢得一百三十篇，向因第而叙之。"梅堯臣《新秋普明院竹林小飲詩序》："頃刻，衆詩皆就，乃索大白，盡醉而去，明日第其篇，請余爲叙云。" 賢能：有德行有才能。《韓非子・人主》："賢能之士進，則私門之請止矣！"《史記・太史公自序》："且士賢能而不用，有國者之恥。" 次序：先後順序。《荀子・禮論》："於是其中焉！方皇周挾，曲得其次序，是聖人也。"《史記・樂書》："大小相次，不失其次序。" 昭穆：古代宗法制度，宗廟或宗廟中神主的排列次序，始祖居中，以下父子(祖、父)遞爲昭穆，左爲昭，右爲穆。《周禮・春官・小宗伯》："辨廟祧之昭穆。"鄭玄注："父曰昭，子曰穆。"古代祭祀時，子孫按宗法制度的規定排列行禮。《禮記・祭統》："夫祭有昭穆，昭穆者，所以别父子、遠近、長幼、親疏之序而無亂也。" 宗寺之職：據《舊唐書・職官志》，宗正寺的主官"掌九族六親之屬籍，以别昭穆之序"。白居易《答李扞謝許遊宴表》："卿等榮崇宗寺，恩重本枝。省所謝陳，彌嘉誠懇。"李枞《黜邠王震敕》："震就列朝行，守官宗寺，俄從私便，久去上京。"

④ 選任：主銓選之職，指吏部。陸贄《請許臺省長官舉薦屬吏狀》：“是將使人無所措其手足，豈獨選任之道失其端而已乎？”裴度《請罷知政事疏》：“所以比來選任宰相，縱道不周物，才不濟時，公望所歸，皆有可取。”　天屬：天性相連。《莊子·山木》：“或曰：‘棄千金之璧，負赤子而趨，何也？’林回曰：‘彼以利合，此以天屬也。’”後因稱父子、兄弟、姊妹等有血緣關係之親屬爲“天屬”。蔡琰《悲憤詩》：“天屬綴人心，念別無會期。”杜甫《行次昭陵》：“天屬尊堯典，神功協禹謨。”　謹良：謹慎善良。《史記·呂太后本紀》：“太后家薄氏謹良，且立長故順，以仁孝聞於天下，便。”司馬光《涑水記聞》卷五：“問之曰：‘都虞候某甲者何如人？’懷德曰：‘在軍職中最爲謹良。’”　修明：發揚光大。元稹《批宰臣請上尊號第二表》：“卿宜爲我提振大法，修明政經。”闡明。《漢書·律曆志》：“今廣延群儒，博謀講道，修明舊典……立於五則，備數和聲，以利兆民。”權德輿《送別沅汎》：“經術既修明，藝文亦葳蕤。”　吏理：指爲政之道。韓愈《順宗實錄》：“經術精深，可爲師法者；達於吏理，可使從政者：宜委常參官各舉各知。”《舊唐書·裴垍傳》：“及作相之後，懇請旌別淑慝，杜絕蹊徑，齊整法度，考課吏理，皆蒙垂意聽納。”　檢身：檢點自身。杜甫《毒熱寄簡崔評事十六弟》：“蘊藉異時輩，檢身非苟求。”《舊唐書·賈耽傳》：“雖不能以安危大計啓沃於人主，而常以檢身屬行以律人。”　好學：喜愛學習。《論語·公冶長》：“敏而好學，不恥下問，是以謂之文也。”《顏氏家訓·勉學》：“初爲閹寺，便知好學，懷袖握書，曉夕諷誦。”　儒者：尊崇儒學、通習儒家經書的人，漢以後泛指一般讀書人。《墨子·非儒》：“儒者曰：‘親親有術，尊賢有等。’”《史記·淮陰侯列傳》：“成安君，儒者也，常稱義兵不用詐謀奇計。”　法儀：法度禮儀。《墨子·法儀》：“天下從事者，不可以無法儀。無法儀而其事能成者，無有。”元稹《授杜元穎户部侍郎依前翰林學士制》：“是夜而六宮承式，厥明而百吏受遺，草定法儀，茲實賴汝。”

⑤ 宗長：宗族的首領。《隋書·經籍志》："及周太祖入關，諸姓子孫有功者，並令爲其宗長。仍撰譜録，紀其所承。"長孫儉《漢故丞相翟公重建碑表》："其宗長翟瑀及宗人等，以儉嘗忝在李公之遊，固請爲記。" 議：選擇。《儀禮·有司徹》："乃議侑於賓，以異姓。"鄭玄注："議，猶擇也。擇賓之賢者，可以侑尸。"評論。《左傳·襄公三十一年》："鄭人游於鄉校，以論執政……子産曰：'何爲？夫人朝夕退而遊焉！以議執政之善否。其所善者，吾則行之。其所惡者，吾則改之。是吾師也，若之何毀之？'"韓愈《辛卯年雪》："生平未曾見，何暇議是非！" 承：繼承，接續。《詩·秦風·權輿》："吁嗟乎！不承權輿。"毛傳："承，繼也。"韓愈《祭十二郎文》："承先人後者，在孫惟汝，在子惟吾。" 莅：臨視，治理。《漢書·刑法志》："臨之以敬，莅之以強。"《北齊書·蕭祗傳》："于時江左承平，政寬人慢，祗獨莅以嚴切，梁武悦之。" 敬恭：恭敬奉事，敬慎處事。《詩·大雅·雲漢》："敬恭明神，宜無悔怒。"元稹《于季友授右羽林將軍制》："爾其敬恭，無替朕命。"

［編年］

《年譜》編年本文於"庚子至辛丑所作其他制誥"欄內，理由是："我唐光有天下，二百餘年，伯仲叔季、幼子童孫可勝道哉！第其賢能，以次序昭穆，皆吾宗寺之職也。凡在選任，每難其人。以爾天屬謹良……可守宗正寺丞"。《編年箋注》没有明確本文列編何時，但安插在"元和十五年"書眉之中，估摸算是編年元和十五年，並有説明："時在元稹任祠部員外郎、試知制誥或已正拜之年。"《年譜新編》編年本文於"庚子至辛丑所作其他文章"欄內，没有説明理由。

我們以爲，一、《年譜》引用本文作爲編年理由，但反復琢磨，似乎難以成爲編年的理由。而《編年箋注》所示元稹的官職是錯誤的，元稹一生，並没有擔任"祠部員外郎、試知制誥"之職。二、本文爲元稹所作的制誥,而元稹任職知制誥臣起元和十五年二月五日,終於長慶元和十月十九日,本文即應該撰作於這一時期。三、元稹有《李拭可宗正卿韋乾度可殿中監制》,根據《舊唐書·穆宗紀》"元和十五年十一月辛亥"條:"以宗正卿李翱(翶)爲華州刺史、潼關防禦、鎮國軍使。""李拭制"撰成於元和十五年十一月十三日之前一二天之內,疑李從易的任命即因新任宗正卿李拭的關係,本文即撰成於其後不久,元稹時任祠部郎中、知制誥臣,地點在長安。當然,本文"元和十五年十三月後一二日"的編年結論祇是推測,有待證之他日。

◎ 齊煦等可縣令制(一)①

　　敕:前橫海軍節度判官、監察御史裏行齊煦,前衢州須江縣令崔諷等(二):今一邑之長,古一國之君也。刑罰綱紀(三),約略受制於朝廷。大抵休戚與奪之間,蓋一專於令長矣(四)②! 然而天下至大,百吏至衆,吾安能以一耳一目觀聽其短長③?

　　煦等皆奉詔條(五),爲人求瘼,慰薦於爾(六),豈某等皆欺予(七)④? 各勉厥誠,以臻于理。煦可華州鄭縣令,諷可越州剡縣令(八)⑤。

錄自《元氏長慶集》卷四八

[校記]

　　(一) 齊煦等可縣令制:《英華》作"授齊煦崔諷等鄭縣剡縣令制",《全文》作"授齊煦等縣令制",各備一說,不改。楊本、宋浙本、盧校、叢刊本作"齊煦華州定縣令",查《舊唐書》、《新唐書》以及《元和郡縣志》,李唐版圖內均未見有"定縣"之記載,華州境內更沒有"定縣"

之編制，《元和郡縣志・華州》：“管縣三：鄭、華陰、下邽。”楊本、宋浙本、盧校、叢刊本之“定縣”説誤，不取。

（二）前橫海軍節度判官、監察御史裏行齊煦，前衢州須江縣令崔諷等：原本作“齊煦等”，楊本、叢刊本、《全文》同，據《英華》補改。

（三）刑罰綱紀：楊本、叢刊本、《全文》同，《全文》作“刑罰紀綱”，各備一説，不改。

（四）蓋一專於令長矣：楊本、叢刊本、《全文》同，《英華》作“盡專之於令長矣”，各備一説，不改。

（五）煦等皆奉詔條：楊本、叢刊本、《全文》同，《英華》作“翿等皆奉詔條”，各備一説，不改。

（六）慰薦於爾：楊本、叢刊本、《全文》同，《英華》作“剟薦於爾”，各備一説，不改。

（七）豈某等皆欺予：楊本、叢刊本、《全文》同，《英華》作“豈其欺予”，各備一説，不改。

（八）煦可華州鄭縣令，諷可越州剡縣令：《英華》同，《全文》作“煦可鄭縣令，諷可越州剡縣令”，各備一説，不改。楊本、叢刊本作“煦可”，語義不順，不從不改。

［箋注］

① 齊煦：兩《唐書》無傳，僅《唐詩紀事・李紳》提及：“紳初以古風求知於吕温，温見齊煦誦其《憫農詩》曰：‘春種一粒粟，秋收萬顆子。四海無閑田，農夫猶餓死。’‘鋤禾日當午，汗滴禾下土。誰知盤中飱，粒粒皆辛苦。’又曰：‘此人必爲卿相！’果如其言。” 可：謂批准任命。元稹《授王承迪等刺史王府司馬制》：“承迪可守普州刺史，承慶可莒王府司馬兼侍御史。”《舊唐書・德宗紀》：“伊西北庭節度觀察使李元忠可北庭大都護，四鎮節度留後郭昕可安西大都護、四鎮節度觀察使。” 縣令：一縣之行政長官，唐時縣置令，縣有赤、畿、望、緊、

上、中、下七等，不分令長。元稹《論浙西觀察使封杖決殺縣令事》：
"浙西觀察使、潤州刺史韓皋，去年七月封杖決湖州安吉縣令孫澥，四
日致死。"白居易《禱仇王神文》："朝議大夫、使持節杭州諸軍事、守杭
州刺史、上柱國白居易，謹遣朝議郎、行餘杭縣令常師儒，以清酌之
奠，敬祭于仇王神。"

　　② 橫海軍節度：即橫海軍節度使府，又名義昌軍節度使府，府治
滄州，地當今河北滄州之東南。《舊唐書·地理志》："義昌軍節度使，
治滄州，管滄、景、德三州。"陸贄《嘉王橫海軍節度使制》："開府儀同
三司嘉王運……可橫海軍節度使、滄景等州觀察處置等使。"李翱《唐
故橫海軍節度齊棣滄景等州觀察處置等使傅公神道碑》："公諱良弼，
字安道，清河人也。"　判官：古代官名，唐代節度使、觀察使、防禦使
均置判官，爲地方長官之僚屬，輔理政事。皎然《送羅判官還壽州
幕》："君章才五色，知爾得家風。故里旋歸駕，壽春思奉戎。"齊己《寄
懷歸州馬判官》："三年爲倅興何長？歸計應多事少忙。又見秋風霜
裹樹，滿山椒熟水雲香。"　裹行：官名，唐置，有監察御史裹行、殿中
裹行等，皆非正官，也不規定員額，亦如今日"不在編制內"所謂。劉
禹錫《舉崔監察群自代狀》："宣歙池等州都團練判官、監察御史裹行
崔群……號爲國器，縶維外府，人咸惜之。臣既深知，敢舉自代。"《新
唐書·百官志》："開元七年……又置御史裹行使、殿中裹行使、監察
裹行使，以未爲正官，無員數。"　衢州：州郡名，州治今浙江衢州。
《元和郡縣志·衢州》："本舊婺州信安縣也，武德四年平李子通，於信
安縣置衢州，以州有三衢山，因取爲名。六年陷輔公祏，廢州，垂拱二
年復置……管縣四：信安、常山、龍丘、須江。"白居易《秦中吟十首·
輕肥》："食飽心自若，酒酣氣益振。是歲江南旱，衢州人食人。"朱慶
餘《送祝秀才歸衢州》："舊隱穀溪上，憶歸年已深。學徒花下別，鄉路
雪邊尋。"　崔諷：兩《唐書》無傳，僅《氏族大全·通家婚》提及："韋丹
初娶清河崔諷之女，再娶蘭陵中書令蕭華之孫，殿中侍御史恒之女

也。” 邑：舊時縣的別稱。《淮南子·時則訓》：“命司空，時雨將降，下水上騰，循行國邑，周視原野。”柳宗元《封建論》：“秦有天下，裂都會而爲之郡邑，廢侯衛而爲之守宰。” 長：君長，領袖，首領。司馬相如《喻巴蜀檄》：“南夷之君，西僰之長，常效貢職，不敢憧怠。”指長官。王安石《上皇帝萬言書》：“其德厚而才高者以爲之長，德薄而才下者以爲之佐屬。” 國：古代王、侯的封地。《易·師》：“開國承家，小人勿用。”孔穎達疏：“若其功大，使之開國爲諸侯；若其功小，使之承家爲卿大夫。”《戰國策·齊策》：“孟嘗君就國於薛。” 君：本文稱諸侯。《詩·大雅·假樂》：“宜君宜王。”孔穎達疏：“君則諸侯也。”《國語·周語》：“夫事君者，險而不懟。”韋昭注：“君，諸侯也。” 刑罰：刑指肉刑、死刑，罰指以金錢贖罪，後泛指依照法律對違法者實行的強制處分。《史記·呂太后本紀》：“刑罰罕用，罪人是希。”《舊唐書·韋湊傳》：“善善者，懸爵賞以勸之也；惡惡者，設刑罰以懲之也。” 綱紀：法度，綱常。《韓詩外傳》卷四：“說皆不足合大道，美風俗，治綱紀。”《漢書·禮樂志》：“夫立君臣，等上下，使綱紀有序，六親和睦，此非天之所爲，人之所設也。” 約略：大致，大體上。李端《寄暢當》：“顔子方敦行，支郎久住禪。中林輕暫別，約略已經年。”白居易《答客問杭州》：“爲我踟躕停酒盞，與君約略説杭州。” 受制：受他人轄制。《後漢書·呂布傳》：“君擁十萬之衆，當四戰之地，撫劍顧眄，亦足以爲人豪，而反受制，不以鄙乎？”《三國志·諸葛亮傳》：“權勃然曰：‘我不能舉全吳之地，十萬之衆，受制於人！’” 休戚：喜樂和憂慮，亦泛指有利的和不利的遭遇。《後漢書·靈帝紀》：“備託臭味，庶同休戚。”《晉書·王導傳》：“導曰：‘吾與元規休戚是同，悠悠之談，宜絕智者之口。’” 與奪：賜予和剝奪，獎勵和懲罰。《荀子·王制》：“貴賤殺生與奪，一也。”韓愈《孟東野失子》：“失子將何尤？吾將上尤天。女實主下人，與奪一何偏？” 專：專斷，擅自行事。《禮記·中庸》：“愚而好自用，賤而好自專。”《舊唐書·石雄傳》：“我輩捍邊，但能除患，專之可也。" 令長:秦漢時治萬户以上縣者爲令,不足萬户者爲長,後因以"令長"泛指縣令。《史記·滑稽列傳》:"於是乃朝諸縣令長七十二人,賞一人,誅一人,奮兵而出。"葛洪《抱朴子·百里》:"牧守雖賢而令長不堪,則國事不舉,萬機有闕,其損敗豈徒止乎一境而已哉!"

③ 天下:全國。徐九皋《送部四鎮人往單于别知故》:"天下今無事,雲中獨未寧。忝驅更成卒,方遠送邊庭。"高適《詠史》:"尚有綈袍贈,應憐范叔寒。不知天下士,猶作布衣看。" 百吏:指公卿以下衆官。白居易《和除夜作》:"我統十郎官,君領百吏胥。我掌四曹局,君管十鄉閭。"元稹《崔元略等加階制》:"階之設二十有九,有庸有事,有叙有加。用是四者,以詔百吏。" 觀聽:看和聽。揚雄《太玄·釋》:"次二,動于響景。測曰:動于響景,不足觀聽也。"張説《遊滍湖上寺》:"静言觀聽裏,萬法自成輪。" 短長:優劣,是非,短處和長處。《鬼谷子·捭闔》:"度權量能,校其伎巧短長。"陶弘景注:"必量度其謀能之優劣,校考其伎巧之長短,然後因材而用。"劉義慶《世説新語·文學》:"〔服虔〕聞崔烈集門生講傳……每當至講時,輒竊聽户壁間,既知不能踰己,稍共諸生叙其短長。"

④ 詔條:皇帝頒發的考察官吏的條令。劉禹錫《和竇中丞晚入容江作》:"漢郡三十六,鬱林東南遥。人倫選清臣,天外頒詔條。"元晦《越亭二十韵》:"乏才叨八使,徇禄非三顧。南服頒詔條,東林證迷誤。" 求瘼:謂訪求民間疾苦。陸贄《請依京兆所請折納事狀》:"求瘼救灾,國之令典。"劉丹《西郭橋記》:"予名竊佐州,承牒觀風,兼以求瘼,睹奇迹而不刊不立,孤爲寮而徒飲徒啄。" 慰薦:猶推薦。劉禹錫《故荆南節度推官董府君墓誌》:"弱歲嗜屬詩,工弈棋,用是索合於貴遊,多所慰薦。"王禹偁《監察御史朱府君墓誌銘》:"有郭令之慰薦,受太宗之殊遇,而不及顯位,命使然也。"

⑤ 勉:盡力,努力。王充《論衡·禍虚》:"惰窳之人,不力農勉商以積穀貨,遭歲飢饉,腹餓不飽。"王安石《上仁宗皇帝言事書》:"不患

人之不能,而患己之不勉。" 誠:誠實,真誠,忠誠。《禮記・學記》:"進而不顧其安,使人不由其誠,教人不盡其材。"孔穎達疏:"誠,忠誠。"韓愈《爲裴相公讓官表》:"陛下知其孤立,賞其微誠,獨斷不謀,獎待踰量。" 臻:到,達到。葛洪《抱朴子・審舉》:"唐虞所以能臻巍巍之功者,實賴股肱之良也。"歐陽詹《太原旅懷》:"眼見寒序臻,坐送秋光除。" 理:謂治理得好,秩序安定,與"亂"相對。《後漢書・劉平傳》:"其後每屬縣有劇賊,輒令平守之,所至皆理。"王讜《唐語林・政事》:"數年之間,漁商闐湊,州境大理。" 華州:州郡名,州治今陝西華縣。《元和郡縣志・華州》:"武德元年復爲華州,垂拱元年改爲太州,避武太后祖諱也。神龍元年復舊……管縣三:鄭、華陰、下邽。"李白《贈華州王司士》:"淮水不絶濤瀾高,盛德未泯生英髦。知君先負廟堂器,今日還須贈寶刀。"皇甫冉《送榮別駕赴華州》:"直到群峰下,應無累日程。高車入郡舍,流水出關城。" 越州:州郡名,浙東觀察使府理所,州治今浙江紹興。《元和郡縣志・越州》:"《禹貢》:揚州之域,春秋時爲越……自晉至陳,又於此置東揚州。隋平陳,改東揚州爲吳州。大業元年,改爲越州。武德四年討平李子通,置越州總管。六年陷輔公祏,七年平定公祏,改總管爲都督……管縣七:會稽、山陰、諸暨、餘姚、蕭山、上虞、剡。"沈佺期《夜泊越州逢北使》:"天地降雷雨,放逐還國都。重以風潮事,年月戒回艫。"孫逖《送越州裴參軍充使入京》:"日落川徑寒,離心苦未安。客愁西向盡,鄉夢北歸難。"

[編年]

《年譜》、《年譜新編》編年本文於"庚子至辛丑所作其他制誥"、"庚子至辛丑所作其他文章"欄內,《編年箋注》編年:"權定此《制》撰於元和十五年(八二〇)至長慶元年(八二一)作者知制誥期間。"都沒有説明理由。

我們以爲,一、本文是元稹諸多制誥之一,據元稹知制誥臣的起止時間,本文毫無疑問應該撰成於元和十五年二月五日至長慶元年十月十九日之間。二、本文對齊煦等人有"慰薦於爾"的説法,那末這個舉薦的人應該是誰呢?《舊唐書·憲宗紀》:"(元和十四年三月)乙未,以中書舍人衛中行爲華州刺史、潼關防禦、鎮國軍等使。"《舊唐書·穆宗紀》:"(元和十五年十一月)辛亥……以華州刺史衛中行爲陝州長史,充陝虢觀察使。"元稹《授衛中行陝州觀察使制》:"朝請大夫、守華州刺史兼御史中丞衛中行……可守陝州大都督府長史兼御史大夫,充陝虢等州都防禦觀察處置等使。"我們以爲齊煦拜職鄭縣令,即是衛中行新任陝虢觀察使時的舉薦,時在元和十五年十一月"辛亥",亦即十一月十三日之後數日,撰文地點在長安,元稹時任祠部郎中、知制誥之職。

◎ 授杜元穎户部侍郎依前翰林學士制(一)①

敕:朝散大夫、守中書舍人、充翰林學士、護軍、賜紫金魚袋杜元穎(二):昔我憲宗章武皇帝,熏灼威名(三),兵定八極。大索俊乂,以徵謀猷(四)。其在禁林,尤集賢彥②。

越正月夕庚子,將棄倦勤,付朕眇末(五)。乃詔元穎,佐予沖人,以導揚丕訓。爾亦祗奉顧命,咨援舊章(六)。輔釐哀憂,俾克依據③。是夜而六宮承式,厥明而百吏受遺。草定法儀,茲實賴汝。官不稱事,予懷慊然④。而又詞源奧深,機用周敏。申之以疊委之詔而益辨(七),扣之以疑似之問而益明(八)⑤。

慎獨以修身,推誠以事朕。職勞可舉,德懋宜升。不俟踰時,寧拘滿歲⑥? 綸誥清秩,版圖劇曹。例無兼榮,特以甄寵（九）⑦。予以國士待汝（一○），汝以忠臣報予。效乃肺肝（一一），司朕耳目。可守尚書戶部侍郎、知制誥，依充前翰林學士（一二），散官、勳、賜如故（一三）⑧。

録自《元氏長慶集》卷四五

［校記］

（一）授杜元穎戶部侍郎依前翰林學士制：楊本、叢刊本、《全文》同，《英華》作"授學士杜元穎加侍郎制"，各備一說，不改。

（二）朝散大夫、守中書舍人、充翰林學士、護軍、賜紫金魚袋杜元穎：原本作"元穎"，楊本、叢刊本同，據《英華》、《全文》補。

（三）熏灼威名：楊本、叢刊本同，《英華》、《全文》作"熏灼威明"，各備一說，不改。

（四）以徵謀猷：楊本、《全文》同，《英華》作"以徵謨猷"，各備一說，不改。

（五）付朕眇末：原本作"付朕渺末"，據楊本、叢刊本、《英華》、《全文》改。

（六）咨援舊章：原本作"咨授舊章"，楊本、叢刊本、《全文》同，語義不佳，據宋浙本、《英華》改。

（七）申之以疊委之詔而益辨：原本作"授之以詔而益辨"，楊本、叢刊本、《全文》同，據《英華》改。

（八）扣之以疑似之問而益明：原本作"扣之以疑而益明"，楊本、叢刊本、《全文》同，據《英華》改。

（九）特以甄寵：楊本、叢刊本同，《英華》、《全文》作"特示甄寵"，各備一說，不改。

（一○）予以國士待汝：楊本、叢刊本、《全文》同，《英華》作"予以國士遇汝"，各備一說，不改。

（一一）效乃肺肝：楊本、叢刊本、《全文》同，《英華》作"效而肺肝"，各備一説，不改。

（一二）依前充翰林學士：原本作"依前翰林學士"，楊本、叢刊本、《全文》同，據《英華》補。

（一三）散官、勳、賜如故：原本作"散官、勳如故"，楊本、叢刊本、《全文》同，據《英華》補。

［箋注］

① 杜元穎：主要生平見《舊唐書·杜元穎傳》："杜元穎，萊公如晦裔孫也。父佐，官卑。元穎，貞元末進士登第，再辟使府。元和中爲左拾遺、右補闕，召入翰林，充學士。手筆敏速，憲宗稱之。吳元濟平，以書詔之勤，賜緋魚袋，轉司勳員外郎、知制誥。穆宗即位，召對思政殿，賜金紫，超拜中書舍人。其年冬，拜戶部侍郎承旨。長慶元年三月，以本官同平章事，加上柱國、建安男。元穎自穆宗登極，自補闕至侍郎，不周歲居輔相之地，辭臣速達，未有如元穎之比也。三年冬，帶平章事出鎮蜀州，穆宗御安福門臨餞。昭愍即位，童心多僻，務爲奢侈，而元穎求蜀中珍異玩好之具，貢奉相繼，以固恩寵。以故箕斂刻削，工作無虚日，軍民嗟怨，流聞于朝。太和三年，南詔蠻攻陷戎、雟等州，徑犯成都。兵及城下，一無備擬，方率左右固牙城而已。蠻兵大掠蜀城玉帛、子女、工巧之具而去。是時蠻三道而来，東道攻梓州，郭釗御之而退。時元穎幾陷，賴郭釗擊敗其衆，方還。蠻驅蜀人至大渡河，謂之曰：'此南吾境，放爾哭別鄉國。'數萬士女，一時慟哭，風日爲之慘悽。哭已，赴水而死者千餘，怨毒之聲，累年不息。蠻首領箋顛遣人上表曰：'蠻軍比修職貢，遽敢侵邊？但杜元穎不恤三軍，令入蠻疆作賊，移文報彼，都不見信，故蜀部軍人繼爲鄉導，蓋蜀人怨苦之深，祈我此行，誅虐帥也。誅之不遂，無以慰蜀士之心，願陛下誅之。'監軍小使張士謙至，備言元穎之咎，坐貶循州司馬，判官崔

璜連州司馬,紇干衆郢州長史,盧并唐州司馬,皆以佐元穎無狀也。六年,卒于貶所。臨終,上表乞贈官,贈湖州刺史。"元稹《送杜元穎》:"江上五年同送客,與君長羨北歸人。今朝又送君先去,千里洛陽城裏塵。"王建《上杜元穎相公》:"學士金鑾殿後居,天中行坐侍龍輿。承恩不許離床謝,密詔長教倚案書。" 户部侍郎:職官名。《舊唐書·職官志》:"户部尚書一員(正三品。隋爲民部尚書,貞觀二十三年改爲户部。明慶元年改爲度支,龍朔二年改爲司元太常伯,光宅元年改爲地官尚書,神龍復爲户部)。侍郎二員(正四品下。因隋已來改易名位,皆隨尚書也)。尚書、侍郎之職,掌天下田户、均輸、錢穀之政令,其屬有四:一曰户部、二曰度支、三曰金部、四曰倉部。總其職務,而行其制命。凡中外百司之事,由於所屬,皆質正焉。"劉禹錫《奉送李户部侍郎自河南尹再除本官歸闕》:"昔年内署振雄詞,今日東都結去思。宫女猶傳洞簫賦,國人先詠袞衣詩。"姚合《和户部侍郎省中晚歸》:"寒日南宫晚,閑吟半醉歸。位高行路静,詩好和人稀。" 翰林學士:官名,唐玄宗開元初以張九齡、張説、陸堅等掌四方表疏批答、應和文章,號"翰林供奉",與集賢院學士分司起草詔書及應承皇帝的各種文字。德宗以後,翰林學士成爲皇帝的親近顧問兼秘書官,常值宿内廷,承命撰擬有關任免將相和册後立太子等事的文告,有"内相"之稱。唐代後期,往往即以翰林學士升任宰相。元稹《爲樂天自勘詩集因思頃年城南醉歸馬上遞唱艷曲十餘里不絶長慶初俱以制誥侍宿南郊齋宫夜後偶吟數十篇兩掖諸公泊翰林學士三十餘人驚起就聽逮至卒吏莫不衆觀群公直至侍從行禮之時不復聚寐予與樂天吟哦竟亦不絶因書於樂天卷後越中冬夜風雨不覺將曉諸門互啓關鎖即事成篇》:"春野醉吟十里程,齋宫潛詠萬人驚。今宵不寐到明讀,風雨曉聞開鎖聲。"白居易《曲江感秋二首序》:"元和二年、三年、四年。予每歲有'曲江感秋詩',凡三篇,編在第七集卷,是時予爲左拾遺、翰林學士。無何,貶江州司馬、忠州刺史。前年,遷主客郎中、知制誥。

未周歲,授中書舍人。今遊曲江,又值秋日,風物不改,人事屢變。況予中否後遇,昔壯今衰,慨然感懷,復有此作。噫!人生多故,不知明年秋,又何許也?時二年七月十日云耳。"

② 熏灼:亦作"燻灼",喻聲威氣勢。《漢書·叙傳》:"建始、河平之際,許班之貴,傾動前朝,熏灼四方。"劉孝標《廣絶交論》:"九域聳其風塵,四海疊其燻灼。"　威名:威望,名聲。《周書·賀拔勝傳》:"(韓)婁素聞勝威名,竟不敢南寇。"黃庭堅《送范德孺知慶州》:"乃翁知國如知兵,塞垣草木識威名。"　八極:八方極遠之地。《淮南子·原道訓》:"夫道者,覆天載地,廓四方,柝八極,高不可際,深不可測。"高誘注:"八極,八方之極也,言其遠。"李白《大鵬賦》:"余昔於江陵見天台司馬子微,謂余有仙風道骨,可與神遊八極之表。"　俊乂:亦作"俊艾",才德出衆的人。《書·皋陶謨》:"翕受敷施,九德咸事,俊乂在官。"孔傳:"謂天子如此,則俊德治能之士並在官。"孔穎達疏:"乂,訓爲'治',故云'治能'。馬、王、鄭皆云,才德過千人爲俊,百人爲乂。"《漢書·王褒傳》:"故世平主聖,俊艾將自至,若堯、舜、禹、湯、文、武之君,獲稷、契、皋陶、伊尹、吕望。"　謀猷:計謀,謀略。《書·文侯之命》:"亦惟先正克左右昭事厥辟,越小大謀猷,罔不率從,肆先祖懷在位。"《宋書·劉穆之傳》:"故尚書左僕射、前將軍臣穆之,爰自布衣,協佐義始,内端謀猷,外勤庶政。"　禁林:翰林院的别稱。元稹《寄浙西李大夫》:"禁林同直話交情,無夜無曾不到明。"《舊唐書·鄭畋傳》:"禁林素號清嚴,承旨尤稱峻重。"　賢彦:德才俱佳的人。李白《獻從叔當塗宰陽冰》:"弱冠燕趙來,賢彦多逢迎。"《舊唐書·高駢傳》:"且唐虞之世,未必盡是忠良;今巖野之間,安得不遺賢彦?"

③ "越正月夕庚子"三句:指唐憲宗暴崩之事。《舊唐書·憲宗紀》:"十五年春正月甲戌朔……庚子……是夕,上崩於大明宮之中和殿,享年四十三。時以暴崩,皆言内官陳弘志弑逆,史氏諱而不書。辛丑宣遺詔。"《舊唐書·穆宗紀》:"十五年正月庚子,憲宗崩。丙午,

即皇帝位於太極殿東序。"《唐大詔令集·穆宗即位册文》:"維元和十五年歲次庚子,閏正月甲辰朔,三日丙午,皇帝若曰:於戲! 上天降鑒,保佑於我國家。十聖丕承,光宅四海。鴻休大業,以逮予一人。嚴恭祇畏,懼弗克荷。賴宗社垂慶,生靈乂安。今朕寢疾彌留,弗興弗瘳。神器所付,屬之元良。咨爾皇太子恒,孝友聰明,温文睿哲,自主七鬯,日新厥德。必能纘予勤志,綏靖萬邦。是用命爾,陟於元后。宜令中書門下侍郎平章事令狐楚奉册,即皇帝位。懋建皇極,無忝我祖宗之休烈。" 倦勤:謂帝王厭倦于政事的辛勞,語出《書·大禹謨》:"朕宅帝位,三十有三載,耄期倦於勤。"孔傳:"言已年老,厭倦萬機。"周密《齊東野語·黄德潤先見》:"上將内禪,一日朝退,留二府賜坐,從容諭及倦勤之意。" 眇末:微末,古代帝王自謙之詞。《後漢書·和帝紀》:"〔永元六年三月〕丙寅,詔曰:'朕以眇末,承奉鴻烈。'"顔延之《庭誥》:"雖爾眇末,猶扁庸保之上。事思反己,動類念物,則其情得而人心塞矣!" 冲人:年幼的人,多爲古代帝王自稱的謙辭。《書·盤庚》:"肆予冲人,非廢厥謀。"孔傳:"冲,童。"孔穎達疏:"冲、童聲相近,皆是幼小之名。自稱童人,言己幼小無知,故爲謙也。"張弘靖《應乾聖壽太上皇册文》:"付神器於冲人,想汾想之高蹈。體堯之德,與神同符。其動也天,其静也地。" 導揚:啓發引導。《晉書·鄭冲傳》:"朕昧於政道,庶事未康,挹仰耆訓,導揚厥蒙,庶賴顯德,緝熙有成。"柳宗元《楊評事文集後序》:"導揚諷諭,本乎比興者也。"丕訓:重大的訓導。《書·君陳》:"爾惟弘周公丕訓。"孔傳:"當闡大周公之大訓。"元稹《授李絳檢校右僕射兼兵部尚書制》:"予小子銘鏤丕訓,夙夜求思。" 祇奉:敬奉。《北齊書·祖珽傳》:"遂深自結納,曲相祇奉。"李公佐《南柯太守傳》:"生降階祇奉。" 顧命:《書·顧命》:"成王將崩,命召公、畢公率諸侯相康王,作《顧命》。"孔傳:"臨終之命曰顧命。"孔穎達疏:"顧是將去之意,此言臨終之命曰顧命,言臨將死去迴顧而爲語也。"後因以"顧命"謂臨終遺命,多用以稱帝王遺詔。《後漢書·陰興傳》：“帝風眩疾甚，後以興領侍中，受顧命於雲臺廣室。”《南史·褚彥回傳》：“明帝崩，遺詔以爲中書令、護軍將軍，與尚書令袁粲受顧命，輔幼主。”　援：引用，引證。《禮記·緇衣》：“臣儀行不重辭，不援其所不及。”鄭玄注：“援，猶引也。”《後漢書·馮衍傳》：“援前聖以制中兮，矯二主之驕奢。”　舊章：昔日的典章。《書·蔡仲之命》：“無作聰明亂舊章。”孔傳：“無敢爲小聰明，作異辯以變亂舊典文章。”元稹《批王播謝官表》：“況高祖太宗之法令具存，德宗憲考之舊章猶在。”　輔釐：輔助釐正。徐自明《宋宰輔編年録·熙寧九年》：“絳參知政事，制曰：總萬事之微，並登邦輔釐百工之廣。”　哀憂：指居喪中的悲傷，指居喪之禮儀。《韓詩外傳》卷四：“愁悴哀憂，衰絰之色也。”梅堯臣《十月二十一日得許昌晏相公書》：“哀憂向二年，朋戚誰與書？敢意大丞相，尺題傳義廬。”　依據：把某種事物作爲依託或根據。《南史·齊豫章文獻王嶷傳》：“攸之起事，群從下郢，於路先叛，結柴於三溪，依據深險。”司馬光《祔廟議》：“事不經見，難可依據。”

④　六宮：古代皇后的寢宮，正寢一，燕寢五，合爲六宮。《禮記·昏義》：“古者，天子后立六宮，三夫人、九嬪、二十七世婦、八十一御妻，以聽天下之内治，以明章婦順，故天下内和而家理。”鄭玄注：“天子六寢，而六宮在後，六官在前，所以承副施外内之政也。”因用以稱后妃或其所居之地。白居易《長恨歌》：“回眸一笑百媚生，六宮粉黛無顏色。”王建《宮詞一百首》三九：“往來舊院不堪修，近敕宣徽別起樓。聞有美人新進入，六宮未見一時愁。”　承式：效法。元稹《賀降誕日德音狀》“況百寮承式，萬歲傳聲，永爲利見之規，彌荷無窮之澤。”白居易《答薛萃謝授浙東觀察使表》：“及居藩鎮，尤見忠勤。訓導而群黎向方，廉察而列郡承式。實嘉乃績，每簡予心。”　百吏：指公卿以下衆官。《國語·周語》：“王乃使司徒咸戒公卿、百吏、庶民。”《荀子·强國》：“及都邑官府，其百吏肅然，莫不恭儉敦敬忠信而不

楷，古之吏也。” 受遺：古代謂大臣接受皇帝的遺命以輔政。《漢書·公孫弘卜式兒寬傳贊》：“將率則衛青、霍去病，受遺則霍光、金石碑，其餘不可勝紀。”杜甫《夔府書懷四十韵》：“先帝嚴靈寢，宗臣切受遺。” 法儀：法度禮儀。《周禮·夏官·小臣》：“小臣，掌王之小命，詔相王之小法儀。”鄭玄注：“小法儀，趨行拱揖之容。”《墨子·法儀》：“天下從事者，不可以無法儀。無法儀而其事能成者，無有。” 稱事：與事功相當。《禮記·中庸》：“日省月試，既廩稱事，所以勸百工也。”《資治通鑑·梁武帝天監五年》：“竊惟古之善治民者，必污隆隨時，豐儉稱事，役養消息以成其性命。” 慊然：不滿足貌。《舊唐書·吳通玄傳》：“凡中旨撰述，非通玄之筆，無不慊然。”蘇洵《幾策·審敵》：“是以虜日益驕而賄日益增，迨今凡數十百萬，而猶慊然未滿其欲。”

　　⑤ 詞源：喻滔滔不絕的文詞。沈約《爲齊竟陵王發講疏》：“而詞源海廣，理塗靈奧。”杜甫《醉歌行》：“詞源倒流三峽水，筆陣獨掃千人軍。” 奧深：深奧。李綱《與秦相公第十一書別幅》：“吳全本係水軍，本路重湖奧深，盜賊多藏，泊其間出没作過，如楊幺之徒是也。”崔融《報三原李少府書》：“撤函敷紙，恬神靜諷。龍文陽發，居然異氣射人；鳳律雄鳴，自有奇音震物。是何詞裁清雅，興旨奧深！” 周敏：謂文詞博贍，才思敏捷。元稹《李玚監察御史制》：“以爾玚文學周敏，操行端方，執喪有聞，俯以就制。”通達聰明。令狐楚《爲鄭儋謝河東節度表》：“監使李輔光器能周敏，智識通明。”周密敏捷。蘇軾《乞擢用程遵彦狀》：“〔遵彦〕吏事周敏，學問該洽，文詞典麗，三者皆有可觀。” 疊：連續，接連。方干《寄台州孫從事百篇》：“相思莫訝音書晚，鳥去猶須疊日飛。”岳飛《奉詔移僞齊檄》：“今王師已盡壓淮泗，東過海沂，驛騎交馳，羽檄疊至。” 委：付託。《左傳·成公二年》：“王使委於三吏。”杜預注：“委，屬也。”李公佐《謝小娥傳》：“金帛出入之數，無不委娥。” 疑似：謂似是而非或是非不明。《呂氏春秋·疑似》：“疑似之迹，不可不察。”《三國志·杜恕傳》：“衆怨難積，疑似難分，故累載不

爲明主所察。”

　　⑥ 愼獨：在獨處中謹愼不苟，語出《禮記·大學》：“此謂誠於中，形於外，故君子必愼其獨也。”曹植《卞太后誄》：“祇畏神明，敬惟愼獨。”彭乘《續墨客揮犀·陶穀使江南》：“熙載使歌姬秦蒻蘭衣弊衣爲驛卒女，穀見之而喜，遂犯愼獨之戒。”　修身：陶冶身心，涵養德性，儒家以修身爲教育八條目之一。獨孤及《酬常郿縣見贈》：“愛君修政若修身，鰥寡來歸乳雉馴。堂上五弦銷暇日，邑中千室有陽春。”耿湋《冬夜尋李永因書事贈之》：“栖遑偏降志，疵賤倍修身。近覺多衰鬢，深知獨故人。”　推誠：以誠心相待。《淮南子·主術訓》：“塊然保眞，抱德推誠，天下從之，如響之應聲，景之象形。”《魏書·高祖紀》：“凡爲人君，患於不均，不能推誠御物。”　職勞：指履行職務的勞績。蕭至忠《陳時政疏》：“《詩》云：‘東人之子，職勞不來。西人之子，粲粲衣服。’”元稹《授韓皋尚書左僕射制》：“罷去職勞，正名端揆。俾絶積薪之嘆，且明尚齒之心。”　德懋：謂在德行上勉力。《書·仲虺之誥》：“德懋懋官，功懋懋賞。”孔傳：“勉於德者則勉之以官，勉於功者則勉之以賞。”白居易《除任迪簡撿挍右僕射制》：“《書》曰：‘德懋懋官，功懋懋賞。’此先王所以匡飾天下也。”　滿歲：一年，整年。杜甫《樹間》：“岑寂雙柑樹，婆娑一院香……滿歲如松碧，同時待菊黃。”李翱《疏改稅法》：“一年水旱，百姓菜色，家無滿歲之食，況有三年之蓄乎？”任職期滿。《漢書·尹翁歸傳》：“以高等入守右扶風，滿歲爲眞。”《續資治通鑒·宋理宗寶祐三年》：“朝士遷除，各守滿歲之法。如先朝臣僚奏請遷轉格式，可討論以聞。”

　　⑦ 綸誥：亦作“綸告”，皇帝的詔令文告。沈約《齊故安陸昭王碑文》：“始以文學遊梁，俄而入掌綸誥。”韓愈《論淮西事宜狀》：“臣謬承恩寵，獲掌綸誥。”這裏借指杜元穎擔任的翰林學士之職。　清秩：清貴的官職。高彥休《唐闕史·李可及戲三教》：“時有左拾遺竇洵直上疏，以爲樂官受賞，不如多予之金，無令浼污清秩。”梅堯臣《送何濟川

學士知漢州》：“丞相初得君，有志重儒術。乃言天下士，徒此占清秩。” 版圖：户籍和地域圖册。《周禮·天官·小宰》：“聽閭里以版圖。”鄭玄注引鄭司農曰：“版，户籍；圖，地圖也。聽人訟地者，以版圖決之。”賈公彦疏：“閭里之中有争訟，則以户籍之版、土地之圖聽決之。”王應麟《困學紀聞·考史》：“三代之君，開井田，畫溝洫，講步畝，嚴版圖，因口之衆寡以授田，因田之厚薄以制賦。”這裏借指杜元穎擔任的户部侍郎之職。 劇曹：泛指政務繁劇的郎官曹吏。孫逖《送趙大夫護邊》：“欲傳清廟略，先取劇曹郎。”陸游《賀禮部曾侍郎啓》：“刑名錢穀，獨號劇曹。” 兼榮：同時兼得的榮耀。韋建《黔州刺史薛舒神道碑》：“汝實專征，嘗受元戎之鉞；我惟共理，兼榮副相之印。”元稹《授楊元卿涇原節度使制》：“勉竭乃誠，以敷朕意。珥貂持簡，用示兼榮。” 甄：彰明，表彰。《後漢書·爰延傳》：“故王者賞人必酬其功，爵人必甄其德。”李賢注：“甄，明也。”《晉書·宗室傳贊》：“表義甄節，效績艱危。” 寵：恩寵，寵愛。《東觀漢記·和帝紀》：“望長陵東門，見二臣之墓，生既有節，終不遠身，誼臣受寵，古今所同。”韓愈《爲韋相公讓官表》：“伏奉今日制命，以臣爲尚書右丞、同中書門下平章事。非常之寵，忽降於上天；不次之恩，遽屬於庸品。”

⑧ 國士：一國中才能最優秀的人物。《戰國策·趙策》：“知伯以國士遇臣，臣故國士報之。”黄庭堅《書幽芳亭》：“士之才德蓋一國則曰國士。” 忠臣：忠於君主的官吏。《國語·越語》：“〔吴王〕信讒喜優，憎輔遠弼，聖人不出，忠臣解骨。”杜甫《秦州見敕目薛畢遷官》：“忠臣詞憤激，烈士涕飄零。” 肺肝：比喻内心。《新唐書·袁滋傳》：“性寬易，與之接者，皆謂可見肺肝。”比喻心腹。杜牧《與浙西盧大夫書》：“員外七官以某嘗獲知於郎中，惠然不疑，推置於肺肝間。” 耳目：比喻輔佐或親信之人。元稹《獻事表》：“故曰：聾瞽之君，非無耳目也。蓋左右前後者遮罩之，不使視聽爾！此而不亂，其可得哉！”白居易《哀二良文并序》：“識者以爲異時登天子股肱耳目之任，必能經

德秉哲，紹復隴西、南陽之事業，以藩輔王家。"

[編年]

　　《年譜》編年本文於元和十五年，理由是："《翰苑群書》上元稹《承旨學士院記》附題名：'杜元穎：元和十五年……十一月十七日，拜戶部侍郎、知制誥。'"《編年箋注》、《年譜新編》據同樣的理由，都認爲本文"撰於元和十五年(八二〇)十一月十七日"。

　　我們以爲，根據洪遵《翰苑群書‧丁居晦重修承旨學士壁記》："相杜元穎：元和十二年閏月十三日自太常博士充，二十日改右補闕，閏月十八日賜緋，十四年三月二十一日加司勛員外郎，十五年閏正月一日賜紫，二十一日遷中書舍人，十一月十七日遷戶部侍郎、知制誥，長慶元年二月十五日以本官拜平章事。"據此，確定杜元穎遷職"遷戶部侍郎、知制誥"的時間應該沒有任何問題，亦即元和十五年十一月十七日，而本文不可能撰成於發佈杜元穎任命的當日，而應該撰成於此前一二日之內，地點在長安，元稹時任祠部郎中、知制誥之職。

● 授王師魯等嶺南判官制①

　　敕：王師魯等：古稱南海爲難理，蓋蠻蜑獠俚之雜俗，有珠璣瑇瑁之奇貨②。爲吏者不能潔身，無以格物。是以非吳處黙之清德，不可以耀遠人；非孫子荆之長才，不可以參密畫③。

　　爾等皆當茂選(一)，取重元戎。更職命官，各如來奏。可依前件④。

錄自《元氏長慶集》補遺卷五

［校記］

（一）爾等皆當茂選：《英華》同，《全文》作“爾等皆當茂遷”，各備一説，不改。

［箋注］

① 授王師魯等嶺南判官制：本文不見於現存《元氏長慶集》，但馬本《元氏長慶集》補遺卷五、《英華》、《全文》採録，歸名元稹，故據此補入。 王師魯：兩《唐書》無傳。元稹江陵時期《去杭州（送王師範）》：“房杜王魏之子孫，雖及百代爲清門……君名師範欲何範？君之烈祖遺範存。永寧昔在掄鑒表，沙汰沉濁澄浚源……昔公令子尚貴主，公執舅禮婦執箒。返拜之儀自此絶，關雎之化皎不昏。”《舊唐書·王珪傳》：“王珪，字叔玠，太原祁人也……珪每推誠納忠，多所獻替，太宗顧待益厚，賜爵永寧縣男，遷黄門侍郎兼太子右庶子，二年，代高士廉爲侍中……後進爵爲郡公，七年，坐漏泄禁中語，左遷同州刺史……珪子敬直尚南平公主，禮有婦見舅姑之儀，自近代公主出降，此禮皆廢。珪曰：‘今主上欽明，動循法制。吾受公主謁見，豈爲身榮？所以成國家之美耳！’遂與其妻就席而坐，令公主親執笲行盥饋之道，禮成而退。是後，公主下降有舅姑者，皆備婦禮，自珪始也。”劉禹錫《送王師魯協律赴湖南使幕（即永穆公之孫）》：“翩翩馬上郎，驅傳渡三湘。橘樹沙洲暗，松醪酒肆香。素風傳竹帛，高價騁琳琅。楚水多蘭若，何人事搴芳？”劉禹錫詩中之“永穆公”或是“永寧公”之誤，或是“永寧公”之兄弟輩，王師範、王師魯應該都是唐初名臣王珪之後，兩人也應該是兄弟行。 嶺南：即嶺南節度使府。據《舊唐書·地理志》，唐初嶺南爲十道節度使府之一，“理廣州”。開元二十一年，分天下爲十五道，嶺南爲“嶺南五府經略使”。安史之亂，中原用兵，嶺南分爲嶺南東道節度使府和嶺南西道節度使府，本文的“嶺

南"是指嶺南東道節度使府,"治廣州,管廣、韶、循、崗、恩、春、賀、朝、端、藤、康、封、瀧、高、義、新、勤、竇等州。"王建《寄分司張郎中》:"一別京華年歲久,卷中多見嶺南詩。聲名已壓衆人上,愁思未平雙鬢知。"韓愈《晚次宣溪辱韶州張端公使君惠書叙別酬以絶句二章》二:"兼金那足比清文!百首相隨愧使君。俱是嶺南巡管内,莫欺荒僻斷知聞!" 判官:唐代節度使、觀察使、防禦使均置判官,爲節度使的僚屬,職責是輔理政事。楊巨源《答振武李逢吉判官》:"近來時輩都無興,把酒皆言肺病同。唯有單于李評事,不將華髮負春風。"劉禹錫《送湘陽熊判官孺登府罷歸鍾陵因寄呈江西裴中丞二十三兄》:"射策志未就,從事歲云除。篋留馬卿賦,袖有劉弘書。"

② 南海:古代指極南地區。《左傳·襄公十三年》:"赫赫楚國,而君臨之,撫有蠻夷,奄征南海,以屬諸夏。"《禮記·祭義》:"推而放諸南海而準,推而放諸北海而準。"本文指嶺南節度使府所管轄的地區。 理:治理,整理。《易·繫辭》:"理財正辭,禁民爲非曰義。"《淮南子·原道訓》:"夫能理三苗、朝羽民……其惟心行者乎!"高誘注:"理,治也。" 蠻蜑:南方少數民族名,多船居,稱蜑户,也稱蛋户。《陳書·徐世譜傳》:"世居荆州爲主帥,征伐蠻蜑。"王讜《唐語林·補遺》:"諸葛武侯相蜀,制蠻蜑侵漢界。自吐蕃西至東,接夷陵境,七百餘年不復侵軼。" 獠:即僚,中國古族名,從三國至清,史籍屢見不鮮,分佈在今廣東、廣西、湖南、四川、雲南、貴州等地區,近代壯侗語族各族及仡佬族與其有淵源關係,亦以泛指南方各少數民族。《晉書·李勢載記》:"初,蜀土無獠,至此,始從山而出,北至犍爲、梓潼,布在山谷,十餘萬落。"《周書·異域傳》:"獠者,蓋南蠻之別種,自漢中達於邛笮,川洞之間,在所皆有之。" 俚:古代南方族名。《隋書·何稠傳》:"開皇末,桂州俚李光仕聚衆爲亂,詔稠召募討之。"《新唐書·裴矩傳》:"是時,俚帥王仲宣逼廣州,遣別將圍東衡州,矩與將軍鹿願赴之。" 雜俗:各種習俗。劉孝綽《和湘東王理訟》:"淮海封畿

地,雜俗良在茲。"周朴《福州開元寺塔》:"雜俗人看離世界,孤高僧坐覺天低。" 珠璣:珠寶,珠玉。《墨子·節葬》:"諸侯死者,虛車府,然後金玉珠璣比乎身。"《文選·揚雄〈長楊賦〉》:"後宮賤瑇瑁而疏珠璣。"李善注:"字書曰'……璣,小珠也。'" 瑇瑁:亦作"玳瑁",爬行動物,形似龜。甲殼黃褐色,有黑斑和光澤,可做裝飾品。李白《去婦詞》:"常嫌玳瑁孤,猶羨鴛鴦偶。"亦指用其甲殼製成的裝飾品。《漢書·東方朔傳》:"宮人簪瑇瑁,垂珠璣。"施肩吾《代征婦怨》:"畫裙多泪鴛鴦濕,雲鬢慵梳玳瑁垂。" 奇貨:珍奇少見的物品或貨物。劉禹錫《賈客詞》:"高貲比封君,奇貨通倖卿。趨時鷙鳥思,藏鏹盤龍形。"李復言《續幽怪錄·盧僕射從史》:"湘到輦下,以奇貨求助,助者數人。"

③ 潔身:保持自身清白。《晏子春秋·問》:"聖人伏匿隱處,不干長上,潔身守道,不與世陷乎邪!"李紳《趨翰苑遭誣構四十六韵》:"潔身酬雨露,利口扇讒諛。" 格物:猶正人,糾正人的行爲。《三國志·和洽傳》:"儉素過中,自以處身則可,以此節格物,所失或多。"劉禹錫《天平軍節度使廳壁記》:"示菲約以裕人,信賞罰以格物。" "是以非吳處默之清德"兩句:事見《晉書·吳隱之傳》:"吳隱之,字處默,濮陽鄄城人……廣州包帶山海,珍異所出。一篋之寶,可資數世。然多瘴疫,人情憚焉!唯貧窶不能自立者,求補長史,故前後刺史皆多黷貨,朝廷欲革嶺南之弊。隆安中,以隱之爲龍驤將軍、廣州刺史,假節領平越中郎將。未至州二十里,地名石門,有水曰貪泉,飲者懷無厭之欲。隱之既至,語其親人曰:'不見可欲,使心不亂。越嶺喪清,吾知之矣!'乃至泉所,酌而飲之,因賦詩曰:'古人云此水,一歃懷千金。試使夷齊飲,終當不易心。'及在州,清操踰厲,常食不過菜及乾魚而已,帷帳器服皆付外庫。時人頗謂其矯然,亦始終不易。帳下人進魚,每剖去骨存肉,隱之覺其用意,罰而黜焉……歸舟之日,裝無餘資。" 清德:高潔的品德。《後漢書·皇甫規妻》:"妾之先人,清德奕世。"《新唐書·李石傳》:"毛玠以清德爲魏尚書,而人不敢鮮衣美食,

況天子獨不可爲法乎?" 遠人:遠方的人。《周禮・春官・大司樂》:
"以安賓客,以説遠人。"《論語・季氏》:"故遠人不服,則修文德以來
之。" "非孫子荊之長才"兩句:事見《晉書・孫楚傳》:"孫楚,字子
荊,太原中都人也……楚才藻卓絶,爽邁不群,多所陵傲,缺鄉曲之
譽。年四十餘,始參鎮東軍事……" 長才:優異的才能。孫逖《送蔣
冑曹充隴右營田判官序》:"長才博聞,克荷《詩》、《禮》之訓,聿修清白
之業。"白居易《答杜兼謝上河南少尹知府事表文》:"亞理以明慎選,
專領以展長才。" 密畫:機密的謀劃。柳宗元《送邠甯獨孤書記赴辟
命序》:"吾子歷覽古今之變,而通其得失,是將植密畫於借箸之宴,發
群謀於章奏之筆。"元稹《翰林承旨學士記》:"大凡大詔令、大廢置、丞
相之密畫、内外之密奏、上之所甚注意者,莫不專對,他人無得而參。"

④ 茂選:擇優選取。鄭綱《册皇太子赦詔》:"古之所以教太子,
必茂選師友,以輔翼之。"崔群《元和七年册皇太子赦》:"自非學究宗
源,行可師範,則無以應兹茂選,式是儀型。" 元戎:主將,統帥。徐
陵《移齊王》:"我之元戎上將,協力同心,承稟朝謨,致行明罰。"柳宗
元《故連州員外司馬淩君權厝志》:"以謀畫佐元戎,常有大功。" 更
職:改變原有的官職。柳宗元《唐故試大理司直兼貴州刺史鄧君墓誌
銘》:"初以試太常寺奉禮郎,更職于劍南、湖南、江西。"李磎《授吳承
贊朝散大夫内侍省内寺伯判内給事制》:"吳承贊早負器能,累更職
任。清貞自立,正直不回。" 命官:任命官吏。陸機《演連珠五十首》
二七:"聖人隨世以擢佐,明主因時而命官。"王融《永明十一年策秀才
文五首》二:"惟王建國,惟典命官。"

[编年]

《年譜》、《年譜新編》編年本文於"庚子至辛丑所作其他制誥"、
"庚子至辛丑所作其他文章"欄内,《編年箋注》編年:"權定此《制》撰
於元和十五年(八二〇)至長慶元年(八二一)元稹知制誥期間。"都没

有説明理由。

我們以爲，一、本文是元稹諸多制誥之一，據元稹知制誥臣的起止時間，本文毫無疑問應該撰成於元和十五年二月五日至長慶元年十月十九日之間。二、據我們在《授王陟監察御史充西川節度判官等制》中引錄的《唐會要》、《册府元龜》記載長慶二年正月御史中丞牛僧孺奏請"諸道節度觀察等使，請在臺御史充判官……不許更有奏請"之内容，本文的王師魯與"王陟制"的王陟所拜之職都是"判官"，兩文都應該發生在長慶二年正月之前。三、《舊唐書·穆宗紀》："（元和十五年）九月庚子朔……丙寅……以將作監崔能爲廣州刺史，充嶺南節度使……戊辰，以前嶺南節度使孔戣爲吏部侍郎。"據干支推算，發佈崔能爲嶺南節度使任命的"丙寅"應該是元和十五年九月十七日。四、本文："爾等皆當茂選，取重元戎。更職命官，各如來奏。"應該是崔能到任之後的奏請，據《舊唐書·地理志》：廣州"在京師東南五千四百四十七里"，以《新唐書·百官志》"乘傳者日四驛，乘驛者六驛"，一驛三十里計，崔能到達廣州應該在一月以上，到達之後向朝廷提出奏請，又需一月。計其時日，王師魯等人的拜命最快也應該在元和十五年十一月十七日之後，撰文地點在長安，元稹時任祠部郎中、知制誥臣。

◎ 裴温等兼監察御史裏行 充清海軍節度參謀制 (一)①

敕：前洛陽縣尉裴温等：南極北向戶，北至于桂林，旁帶邕容，分置征鎮②。而南海尤居劇地，舊制輒得臨蒞諸管，參酌庶務③。

兹惟郡僚温等，受知於人，爲報不易。勤盡檢白，可以無瑕。可依前件④。

録自《元氏長慶集》卷四八

［校記］

（一）裴温等兼監察御史裏行充清海軍節度參謀制:《全文》同，楊本、宋浙本、叢刊本作"裴温兼監察御史裏行充清海軍節度參謀"，各備一説，不改。

［箋注］

① 裴温:兩《唐書》無傳，除本文外，也未見其他文獻記載。　監察御史裏行:御史臺屬員，監察御史共十員，監察御史裏行屬編外，不受編制所限。《舊唐書·職官志》:"監察御史:正八品上，貞觀初馬周以布衣進用，太宗令於監察御史裏行，自此因置裏行之名。龍朔元年，以王本立爲監察裏行也……監察掌分察巡按郡縣、屯田、鑄錢、嶺南選補、知太府、司農出納、監決囚徒。監祭祀則閱牲牢，省器服，不敬則劾祭官。尚書省有會議，亦監其過謬。凡百官宴會、習射，亦如之。"本文僅表示官員品級，非職事官。張説《常州刺史平君神道碑》:"休議登聞，擢監察御史裏行，奉使黔中監選。"于邵《唐檢校右散騎常侍容州刺史李公去思頌》:"嶺南經略使判官、權知容州留後事、監察御史裏行、同郡李牢，始以文學居辟選之首，遂參帷席。復以謀能當器任之重，留總軍府。"　清海軍:據《舊唐書·地理志》，嶺南節度使統經略、清海二軍，管轄四府，本文代稱嶺南東道節度使府。《舊唐書·昭宗紀》:"(乾寧)三年春正月癸丑朔，制以特進、户部尚書兼京兆尹、嗣薛王知柔檢校司徒，兼廣州刺史、御史大夫，充清海軍節度、嶺南東道觀察處置等使。"《舊唐書·劉崇望傳》:"大順中……改户部侍郎、檢校户部尚書，出爲廣州刺史、清海軍節度、嶺南東道觀察處置

等使。” 參謀:官名,主官節度使的僚屬之一。竇庠《敕目至家兄蒙淮南僕射杜公奏授秘校兼節度參謀同書寄上》:“朝市三千里,園廬二十春。步兵終日飲,原憲四時貧。”韓愈《送侯參謀赴河中幕(侯繼時從王諤辟)》:“憶昔初及第,各以少年稱。君頤始生鬚,我齒清如冰。”

② 洛陽:縣名,河南府二十六縣之一。《元和郡縣志·河南府》:“管縣二十六:洛陽、河南、偃師、緱氏、鞏、伊闕、密、王屋、長水、伊陽、河陰、陽翟、潁陽、告成、登封、福昌、壽安、澠池、永寧、新安、陸渾、河陽、溫、濟源、河清、汜水……洛陽縣,本秦舊縣,歷代相因。貞觀六年,自金墉城移入郭內毓德坊,今理是也。神龍初,改爲永昌,尋復舊號。”孫逖《授陸操太原少尹制》:“守洛陽縣令陸操,才膺利用,官歷清資,當斷不疑,在公必濟。”李兼《題洛陽縣壁》:“猾吏畏服,縣妖破膽。好錄政聲,聞於御覽。” 縣尉:官名,秦漢縣令、縣長下置尉,掌一縣治安,歷代因之。韓愈《崔十六少府攝伊陽以詩及書見授因酬三十韻》:“崔君初來時,相識頗未慣。但聞赤縣尉,不比博士漫。”姚合《寄陸渾縣尉李景先》:“微俸應同請,唯君獨自閑。地偏無驛路,藥賤管仙山。” 南極:南方極遠之地。《呂氏春秋·本味》:“南極之崖,有菜,其名曰嘉樹,其色若碧。”曹丕《連珠三首》一:“節士抗行則榮名至,是以申胥流音於南極,蘇武揚聲於朔裔。” 北向:亦作“北鄉”、“北嚮”,朝北,向北。《呂氏春秋·季秋紀》:“司徒搢撲,北嚮以誓之。”《史記·項羽本紀》:“項王即日因留沛公與飲……沛公北嚮坐,張良西嚮侍。”《三國志·公孫度傳》:“淵遣使南通孫權。”裴松之注引魚豢《魏略》:“權親叉手,北向稽顙。” 户:單扇門,亦泛指門户。《詩·唐風·綢繆》:“綢繆束楚,三星在户。”朱熹集傳:“户,室户也。户必南出,昏見之星至此,則夜分矣!”《論語·雍也》:“誰能出不由户?”劉寶楠正義引《一切經音義》:“一扇曰户,兩扇曰門。” 桂林:地名,在廣西境內。王昌齡《送任五之桂林》:“楚客醉孤舟,越水將引棹。山爲兩鄉別,月帶千里貌。”劉長卿《送裴二十端公使嶺南》:“桂林無

葉落，梅嶺自花開。陸賈千年後，誰看朝漢臺？”本文指桂管經略使。
邕容：即容管、邕管二經略使，原先都由嶺南節度使統轄。吳武陵《陽
朔縣廳壁題名》：“東制邕容、交廣之冲，南挹賓巒、巖象之隘。”朱晃
《禁使臣逗留敕》：“自今後，兩浙、福建、廣州、安南、邕容等道使到發
許住一月，湖南、洪、鄂、黔、桂許住二十日，荆、襄同雍、鎮、定、青、滄
許住十日，其餘側近不過三五日。”　征鎮：魏晉以來，將軍、大將軍的
稱號，有征東、鎮東、征西、鎮西之類，監臨軍事，守衛地方，總稱征鎮。
《三國志·高貴鄉公髦傳》：“今群公卿士，股肱之輔，四方征鎮宣力之
佐，皆積德累功，忠勤帝室。”後因以稱地方長官。《晉書·懷帝紀》：
“帝謂使者曰：‘爲我語諸征鎮，若今日尚可救，後則無逮矣！’時莫有
至者。”

　　③ 南海：本文指嶺南節度使府之轄境。張説《時樂鳥篇》：“舊傳
南海出靈禽，時樂名聞不可尋。形貌乍同鸚鵡類，精神別稟鳳凰心。”
沈佺期《敕到不得歸題江上石》：“家住東京裏，身投南海西。風烟萬
里隔，朝夕幾行啼？”　劇地：繁雜難治之地。權德輿《送建州趙使君
序》：“是邦爲東閩劇地，故相安平穆公嘗理焉！”蘇舜欽《答范資政
書》：“況某性疏且拙……苟致之劇地，責其功績，徒自勞困，而無補於
時也。”　舊制：原先的規章制度。韓愈《豐陵行》：“臣聞神道尚清净，
三代舊制存諸書。墓藏廟祭不可亂，欲言非職知何如？”齊己《寄曹
松》：“舊制新題削復刊，工夫過甚琢琅玕。藥中求見黃芽易，詩裏思
聞白雪難。”　臨涖：亦作“臨蒞”，來到，來臨。《莊子·在宥》：“故君
子不得已而臨涖天下，莫若無爲。”葉適《平江縣王文正公祠堂記》：
“不然，則彼嘗所臨涖非不多，而獲祠於民何其少也？”　諸管：即桂
管、容管、安南、邕管四經略使以及經略、清海二軍，安史之亂之前，由
嶺南節度使統轄。《舊唐書·地理志》：“嶺南五府經略使，綏静夷獠，
統經略、清海二軍，桂管、容管、安南、邕管四經略使。五府經略使治
在廣州，管兵萬五千四百人，輕税本鎮以自給。經略軍，在廣州城內，

管兵五千四百人。清海軍，在恩州城內，管兵二千人。桂管經略使，治桂州，管兵千人。容管經略使，治容州，管兵千一百人。安南經略使，治安南都護府，即交州，管兵四千二百人。邕管經略使，管兵七百人。" 參酌：猶言參考，酌定。《後漢書·曹褒傳論》："漢初天下創定，朝制無文，叔孫通頗採經禮，參酌秦法。"《資治通鑑·唐僖宗乾符四年》："〔宋威〕迹狀如此，不應復典兵權，願與內大臣參酌，早行罷黜。" 庶務：各種政務，各種事務。裴耀卿《請緣河置倉納運疏》："伏惟陛下仁聖至深，憂勤庶務。小有饑乏，降詔哀矜。躬親支計，救其危急。"陸贄《奉天遣使宣慰諸道詔》："還定流亡，與之休息，猶懼思慮未周於庶務，誠感未達于遐方。"

④郡：古代地方行政區劃名，周制縣大郡小，戰國時逐漸變爲郡大於縣。秦滅六國，正式建立郡縣制，以郡統縣，漢因之，隋唐及以後，州郡互稱。《左傳·哀公二年》："克敵者，上大夫受縣，下大夫受郡。"杜預注："《周書·作雒篇》：千里百縣，縣有四郡。"陸德明釋文："千里百縣，縣方百里；縣有四郡，郡方五十里。"徐安貞《送丹陽採訪》："郡縣分南國，皇華出聖朝。爲憐鄉櫂近，不道使車遙。" 受知：受人知遇。司空圖《書屏記》："因題記唱和，乃以書受知於裴公休。"吳曾《能改齋漫録·事始》："唐盧光啟策名後，揚歷臺省，受知於租庸張濬。" 報：報效，報答。《逸周書·命訓》："極罰則民多詐，多詐則不忠，不忠則無報。"韓愈《縣齋有懷》："祗緣恩未報，豈謂生足藉！" 勤：盡力多做，不斷地做。姚崇《請褒賞劉子元吳兢奏》："子元等始末修撰，誠亦勤勞。"權德輿《李公神道碑銘》："投艱難，服勤勞，有猷有守，以至歿代。" 檢：品行，操行。《三國志·向朗傳》："朗少時雖涉獵文學，然不治素檢，以吏能見稱。"《晉書·孝湣帝紀論》："學者以老莊爲宗而黜'六經'，談者以虛蕩爲辨而賤名檢。" 無瑕：指玉上沒有斑點，比喻沒有缺點或毛病。《左傳·閔公元年》："心苟無瑕，何恤乎無家！"歐陽詹《秋月賦》："臨照者足以儆有德之君，潔白焉宜將匹無瑕之士。"

[編年]

　　未見《年譜》編年本文。《編年箋注》編年：“權定此《制》撰於元和十五年(八二〇)至長慶元年(八二一)元稹知制誥期間。”没有説明理由。《年譜新編》編年本文於“庚子至辛丑所作其他文章”欄内，也没有説明理由。

　　我們以爲，一、本文是元稹諸多制誥之一，據元稹知制誥臣的起止時間，本文毫無疑問應該撰成於元和十五年二月五日至長慶元年十月十九日之間。二、據我們在《授王陟監察御史充西川節度判官等制》中引録的《唐會要》、《册府元龜》記載長慶二年正月御史中丞牛僧孺奏請“諸道節度觀察等使，請在臺御史充判官……不許更有奏請”之内容，本文的裴溫任職“節度參謀”與“王陟制”中王陟拜職“判官”都屬於節度使的幕僚，都應該發生在長慶二年正月之前。三、《舊唐書·穆宗紀》：“(元和十五年)九月庚子朔……丙寅……以將作監崔能爲廣州刺史，充嶺南節度使。”據干支推算，發佈崔能爲嶺南節度使任命的“丙寅”應該是元和十五年九月十七日。四、本文“受知於人，爲報不易”云云，應該是崔能到任之後對裴溫等人任職嶺南幕僚的奏請，五、本文又與《授王師魯等嶺南判官制》都拜職嶺南節度使府的僚屬，兩文也應該是同時之作，計其時日，裴溫等人的拜命最快也應該在元和十五年十一月十七日之後，撰文地點在長安，元稹時任祠部郎中、知制誥臣。

◎ 兩省供奉官諫駕幸溫湯狀[①]

　　今月二十一日，車駕欲幸溫湯。

　　右，臣等伏以駕幸溫湯，始自玄宗皇帝[②]。乘開元致理之後，當天寶盈羨之秋。葺殿宇於驪山，置官曹於昭應。警躍於繚垣之內，周行於馳道之中。萬乘齊驅，有司盡去。無妨朝會，不廢戒嚴③。

而猶物議喧囂，財力耗頓。數年之外，天下蕭然。累聖已來，深懲覆轍④。驪宮圮毀，永絶修營。官曹盡復於田萊(一)，殿宇半堙於巖谷。深林有逸才之獸，環山無匡衛之廬⑤。

陛下若騎從輕馳，則道途無拱辰之備；若乘輿稍具，則邑縣有駕肩之憂；若帳殿宿張，則原野非徼巡之所；若鑾車夕入，則門禁失啓閉之時⑥。六軍守衛於空宮，百吏宴安於私室。忝爲臣子，誰不惕然⑦！況陛下新御寶圖，將行大典。郊天之儀方設，謁陵之禮未遑。遽有溫泉之行，恐失人神之望⑧。

臣等謬居榮近，冒死上言。伏乞特罷宸游，曲回天眷(二)⑨。稍待昇平之後，別卜游幸之期。則云亭之禪可登，崆峒之駕非遠⑩。豈必驅馳一往，竦駭群情。勝境未周，聖躬徒倦⑪。臣等無任懇迫忘軀之至，謹詣東上閤門奏狀以聞，伏候敕旨。元和十五年十一月二十日兩省三十人同狀(三)⑫。

錄自《元氏長慶集》卷三四

[校記]

（一）官曹盡復於田萊：原本作“官曹盡復於田菜”，楊本、叢刊本同，據蘭雪堂本、盧校、《全文》改。

（二）曲回天眷：《全文》同，楊本、叢刊本誤作“曲面天眷”，不改。

（三）元和十五年十一月二十日兩省三十人同狀：原本作“元和十五年十二月二十日兩省三十人同狀”，楊本、叢刊本同，據《舊唐書·穆宗紀》記載以及我們的考證,其中"十二月"應該是"十一月"之誤,徑改。蘭雪堂本、《全文》無此注文。

[箋注]

① 兩省:中書省和門下省的合稱,爲唐代最高國務機構。《新唐書·權德輿傳》:"始,德輿知制誥,而徐岱給事中,高郢爲舍人。居數歲,岱卒,郢知禮部,德輿獨直兩省,數旬一還舍。"王建《賀楊巨源博士拜虞部員外》:"兩省郎官開道路,九州山澤屬曹司。諸生拜別收書卷,舊客看来讀制詞。"　供奉:特指爲帝王驅使的官員。杜甫《至日遣興奉寄北省舊閣老兩院故人二首》二:"憶昨逍遙供奉班,去年今日侍龍顏。麒麟不動鑪烟上,孔雀徐開扇影還。"錢起《送陳供奉恩敕放歸覲省》:"得意今如此,清光不可攀。臣心堯日下,鄉思楚雲間。"　諫:諫諍,規勸。《論語·里仁》:"事父母幾諫,見志不從,又敬不違,勞而不怨。"劉向《説苑·臣術》:"有能盡言於君,用則留之,不用則去之,謂之諫;用則可生,不用則死,謂之諍。"　駕:指帝王乘坐的車馬輿轎,借指帝王。《後漢書·郭憲傳》:"建武七年,代張堪爲光禄勋,從駕南郊。"《舊唐書·王希夷傳》:"及玄宗東巡,敕州縣以禮徵,召至駕前,年已九十六。"　幸:封建時代稱帝王親臨。《史記·孝文本紀》:"五月匈奴入北地,居河南爲寇,帝初幸甘泉。"韓愈《順宗實錄》:"德宗之幸奉天,倉卒間,上常親執弓矢,率軍後先導衛,備嘗辛苦。"　溫湯:溫泉。酈道元《水經注·漯水》:"山屋東有溫湯水口……其山在縣西二十里,右出溫湯,療治萬病。"《新唐書·李峴傳》:"玄宗歲幸溫湯,甸内巧供以媚上。"　狀:文體名,向上級陳述意見或事實的文書,如奏狀,訴狀,供狀。《漢書·趙充國傳》:"充國上狀曰:'……臣謹條不出兵留田便宜十二事。'"韓愈《論今年權停舉選狀》:"謹詣光順門奉狀以聞,伏聽聖旨。"

② 車駕:帝王所乘的車,亦用爲帝王的代稱。《漢書·高帝紀》:

"車駕西都長安。"顏師古注:"凡言車駕者,謂天子乘車而行,不敢指斥也。"陸游《老學庵筆記》卷四:"趙正夫丞相薨,車駕臨幸。" 玄宗皇帝:即唐玄宗李隆基,亦稱唐明皇,公元七一二年至公元七五六年在位。李隆基與楊貴妃曾經多次駕幸驪山溫湯,留下美麗的傳說,白居易有《長恨歌》、陳鴻有《長恨歌傳》述事抒情。韋應物《送褚校書歸舊山歌》:"握珠不返泉,匣玉不歸山。明皇重士亦如此,忽怪褚生何得還?"鄭丹《明皇帝挽歌》:"地慘新強理,城摧舊戰功。山河萬古壯,今夕盡歸空。"

③ 開元:唐玄宗在位時的年號,起公元七一三年,止公元七四一年,這是李唐,同時也是整個封建社會的全盛時期。杜甫《憶昔二首》二:"憶昔開元全盛日,小邑猶藏萬家室。稻米流脂粟米白,公私倉廩俱豐實。"韓愈《和李司勳過連昌宮》:"夾道疏槐出老根,高甍巨桷壓山原。宮前遺老來相問,今是開元幾葉孫?" 致理:猶致治。《資治通鑑·唐文宗開成五年》:"致理之要,在於辨群臣之邪正。"路貫《和元常侍除浙東留題》:"謝安致理逾三載,黃霸清聲徹九重。" 天寶:唐玄宗在位時的另一個年號,起公元七四二年,止公元七五六年。天寶是李唐由盛轉衰的時期,無論是百姓,還是官僚與皇族,都經歷了流離失所的苦難。韋應物《經函谷關》:"聖朝及天寶,豺虎起東北。下沈戰死魂,上結窮冤色。"杜甫《無家別》:"寂莫天寶後,園廬但蒿藜。我里百餘家,世亂各東西。" 盈羨:義近"餘羨",盈餘。《晉書·齊王攸傳》:"計今地有餘羨,而不農者衆,加附業之人復有虛假,通天下謀之。"張世南《游宦紀聞》卷三:"薪米不至匱乏,且有餘羨。" 殿宇:宮殿。《舊唐書·魏少遊傳》:"肅宗至靈武,殿宇御幄,皆象宮闈;諸王、公主各設本院,飲食進御,窮其水陸。"蘇頌《奏乞增修南京大內》:"候工畢日,漸次經營,崇建殿宇等,二三年間便可就緒,庶幾興王舊都,稍爲壯麗。" 驪山:在陝西省臨潼縣東南,因古驪戎居此得名。《漢書·劉向傳》:"秦始皇葬於驪山之阿,下錮三泉,上崇山墳,

其高五十餘丈,周回五里有餘。"張説《奉和聖製初入秦川路寒食應制》:"漢家行樹直新豐,秦地驪山抱溫谷。"山上有華清宮,《元和郡縣志·京兆府》:"華清宮在驪山上,開元十一年初置溫泉宮,天寶六年改爲華清宮,又造長生殿及集靈臺以祀神。"　官曹:官吏辦事機關,官吏辦事處所。《東觀漢記·光武紀》:"(公孫)述伏誅之後,而事少閑,官曹文書減舊過半。"白居易《司馬廳獨宿》:"官曹冷似冰,誰肯來同宿?"　昭應:縣名,在當時的京兆府。《元和郡縣志·京兆府》:"管縣二十三:萬年、長安、昭應、三原、醴泉、奉天、奉先、富平、雲陽、咸陽、渭南、藍田、興平、高陵、櫟陽、涇陽、美原、華原、同官、鄠、盩厔、武功、好時。"顧況《宿昭應》:"武帝祈靈太乙壇,新豐樹色繞千官。那知今夜長生殿,獨閉山門月影寒?"白居易《權攝昭應早秋書事寄元拾遺兼呈李録》:"夏閏秋候早,七月風騷騷。渭川烟景晚,驪山宮殿高。"　警蹕:古代帝王出入時,於所經路途侍衛警戒,清道止行,謂之"警蹕"。《史記·淮南衡山列傳》:"屬王以此歸國益驕恣,不用漢法,出入稱警蹕,稱制,自爲法令,擬於天子。"崔豹《古今注·輿服》:"警蹕,所以戒行徒也。周禮蹕而不警,秦制出警入蹕,謂出軍者皆警戒,入國者皆蹕止也,故云出警入蹕也,至漢朝梁孝王,王出稱警,入稱蹕,降天子一等焉! 一曰蹕,路也,謂行者皆警於塗路也。"　繚垣:圍墻。張衡《西京賦》:"繚垣緜聯,四百餘里。"錢易《南部新書》:"驪山華清宮,毀廢已久,今所存者唯繚垣耳!"　周行:巡行,繞行。趙曄《吳越春秋·越王無餘外傳》:"〔禹〕即天子之位,三載考功,五年改定,周行天下,歸還大越。"王延壽《魯靈光殿賦》:"周行數里,仰不見日。"　馳道:古代供君王行駛車馬的道路,泛指供車馬馳行的大道。《禮記·曲禮》:"歲凶,年穀不登,君膳不祭肺,馬不食穀,馳道不除,祭事不縣。"孔穎達疏:"馳道,正道,如今之御路也,是君馳走車馬之處,故曰馳道也。"《史記·秦始皇本紀》:"二十七年……治馳道。"裴駰集解引應劭曰:"馳道,天子道也,道若今之中道然。"　萬乘:萬輛兵車,古時一車四馬爲一乘。《韓非子·五蠹》:"萬乘之國莫敢自頓於堅城之下,而使强敵裁其弊也。"謝靈運《撰征賦序》:"靈檣千艘,飌輜萬乘。" 齊驅:驅馬並進。元稹《和李校書新題樂府十二首·縛戎人》:"緣邊飽餒十萬衆,何不齊驅一時發?"章碣《寄江東道友》:"夜潮分卷三江月,曉騎齊驅九陌塵。" 有司:官吏,古代設官分職,各有專司,故稱。韓愈《赴江陵途中寄贈王二十補闕李十一拾遺李二十六員外翰林三學士》:"上憐民無食,征賦半已休。有司恤經費,未免煩徵求。"元稹《酬翰林白學士代書一百韻》:"昔歲俱充賦,同年遇有司。八人稱迥拔,兩郡濫相知。" 有:助詞,無義,作名詞詞頭。陳子昂《率府録事孫君墓誌銘》:"嗚呼!君諱虔禮,字過庭,有唐之人也。"張九齡《故河南少尹竇府君墓碑銘并序》:"遇暴疾而卒,悲夫!是歲有唐開元之九載,春秋五十有六。" 朝會:謂諸侯、臣屬及外國使者朝見天子。《史記·殷本紀》:"湯乃改正朔,易服色,上白,朝會以畫。"《南史·褚裕之傳》:"每朝會,百僚國使,莫不延首目送。" 戒嚴:在戰時或其他非常情況下,所採取的嚴密防備措施。《三國志·賈逵傳》:"太祖心善逵。"裴松之注引魚豢《魏略》:"太祖欲征吳而大霖雨,三軍多不願行。太祖知其然,恐外有諫者,教曰:'今孤戒嚴,未知所之,有諫者死。'"王禹偁《授節度使左金吾衛上將軍制》:"爾其戒嚴黄道,警肅紫垣,致高枕于宸居,是予緊賴。"

④ 物議:衆人的議論。《宋書·蔡興宗傳》:"及興宗被徙,論者並云由師伯……師伯又欲止息物議,由此停行。"孔平仲《續世説·方正》:"子一知異不爲物議所歸,未嘗造門,其高潔如此。" 喧囂:吵鬧,喧嘩。《南史·武帝紀》:"時以宗廟去牲,則爲不復血食,雖公卿異議,朝野喧囂,竟不從。"司空圖《雜題九首》三:"不須頻悵望,且喜脱喧囂。亦有終焉意,陂南看稻苗。" 耗顇:疲竭憔悴。《荀子·王霸》:"大有天下,小有一國,必自爲之然後可,則勞苦耗顇莫甚焉!"楊倞注:"耗,謂精神竭,顇,顦顇也。"元稹《和李校書新題樂府十二首·

蠻子朝》：“戎王養馬漸多年，南人耗頓西人恐。”　蕭然：空寂，蕭條。陶潛《五柳先生傳》：“環堵蕭然，不蔽風日。”《新唐書·程元振傳》：“虜扣便橋，帝倉黄出居陝，京師陷。賊剽府庫，焚閭衖，蕭然爲空。”累聖：稱歷代君主。王安石《本朝百年無事札子》：“蓋累聖相繼，仰畏天，俯畏人，寬仁恭儉，忠恕誠愨，此其所以獲天助也。”王讜《唐語林·補遺》：“累聖知之而不能遠，惡之而不能去，睿旨如此，天下幸甚！”　覆轍：翻車的軌跡，比喻招致失敗的教訓。語出《後漢書·范升傳》：“今動與時戾，事與道反，馳鶩覆車之轍，探湯敗事之後，後出益可怪，晚發愈可懼耳！”葉適《葉嶺書房記》：“當是時，子重專治軍事，晝夜不得休息，而余聽訟斷獄，從容如平常，不然則建康之人未見敵先遁，墮建紹覆轍矣！”

⑤ 驪宫：指華清宫，因其建在驪山之上，故稱。王勃《乾元殿頌序》：“兼山配極，照鸑闕於霞標；薦水涵元，湛驪宫於霧壑。”白居易《長恨歌》：“驪宫高處入青雲，仙樂風飄處處聞。”　圮毀：坍塌毀壞。玄奘《大唐西域記·健馱邏國》：“重閣累樹，層臺洞户。旌召高僧，式昭景福；然雖圮毀，尚曰奇工。”柳宗元《重修孔子廟垣疏》：“視其垣墉圮毀，階廡狼藉。”　修營：修建。虞羲《詠霍將軍北伐》：“玉門罷斥候，甲第始修營。”《隋書·經籍志》：“聖人體道成性，清虛自守，爲而不恃，長而不宰，故能不勞聰明而人自化，不假修營而功自成。”　田萊：正在耕種和休耕的田地，亦泛指田地。《周禮·縣師》：“縣師掌邦國都鄙稍甸郊里之地域，而辨其夫家人民田萊之數。”鄭玄注：“萊，休不耕者。”《魏書·李孝伯傳》：“田萊之數，制之以限。蓋欲使土不曠功，民罔遊力。”　巖谷：猶山谷。《素問·六元正紀大論》：“土鬱之發，巖谷震驚。”張喬《題玄哲禪師影堂》：“巖谷藏虛塔，江湖散學人。”逸才：指出衆的才能。荀悅《漢紀·宣帝紀》：“益州刺史因奏王褒有逸才，能爲文。”劉子翬《晚飲》：“醉裏揮犀妙，方知有逸才。”　匡衛：扶持護衛，環繞護衛。劉義慶《世說新語·言語》：“身不能以道匡衛，

思患預防,愧嘆之深,言何能喻!"劉義慶《世說新語·政事》:"遂斬超雅。"劉孝標注:"蘇峻逼主上幸石頭,雅與劉超並侍帝側匡衛。"

⑥ 騎從:騎馬跟從。《史記·項羽本紀》:"麾下壯士騎從者八百餘人,直夜潰圍南出,馳走。"《晉書·王導傳》:"帝親觀禊,乘肩輿具威儀,敦、導及諸名勝皆騎從。"　馳:車馬疾行,泛指疾走,賓士。《左傳·昭公十七年》:"嗇夫馳,庶人走。"杜預注:"車馬曰馳,步曰走。"韓愈《潮州刺史謝上表》:"臣以正月十四日,蒙恩除潮州刺史,即日奔馳上道。"　拱辰:拱衛北極星。語本《論語·爲政》:"爲政以德,譬如北辰,居其所,而衆星共(拱)之。"後因以喻拱衛君王或四裔歸附。《宋史·高麗傳》:"載推柔遠之恩,式獎拱辰之志。"　乘輿:古代特指天子和諸侯所乘坐的車子。賈誼《新書·等齊》:"天子車曰乘輿,諸侯車曰乘輿,乘輿等也。"杜甫《朝獻太清宮賦》:"營室主夫宗廟,乘輿備乎冕裘。"　駕肩:車駕和肩輿。陳子昂《漢州雒縣令張君吏人頌德碑并序》:"府君嘗因公事至成都,成都之民駕肩相矚。"蘇鶚《杜陽雜編》卷下:"京師耆老元和迎真體者,悉賜銀椀錦綵,長安豪家競飾車服,駕肩彌路。"　帳殿:古代帝王出行,休息時以帳幕爲行宫,稱帳殿。庾信《三月三日華林園馬射賦序》:"止立行宫,裁舒帳殿。"倪璠注:"帳殿,天子行幸所在以帳爲殿也。"杜甫《得家書》:"二毛趨帳殿,一命侍鸞輿。"仇兆鰲注引《唐六典》:"尚舍奉御,凡大駕行幸,預設三部帳幕,皆烏氈爲表,朱綾爲覆,下有紫帷方坐、金銅行床,覆以簾,其行置排城以爲蔽捍。"　徼巡:巡查。荀悦《漢紀·惠帝紀》:"中尉掌徼巡京師,位秩與卿同。"柳宗元《古東門行》:"赤丸夜話飛電光,徼巡司隸眠如羊。"　鑾:皇帝的車駕。《南齊書·樂志》:"躍動端庭,鑾回嚴殿。"李白《飛龍引二首》一:"登鑾車,侍軒轅,遨遊青天中,其樂不可言。"　門禁:門口的戒備防範。酈道元《水經注·穀水》:"曹子建嘗行御街,犯門禁,以此見薄。"吳自牧《夢粱録·大内》:"門禁嚴甚,守把鈐束,人無敢輒入仰視。"

⑦ 六軍：指唐之禁軍六軍。《新唐書·百官志》："左右龍武、左右神武、左右神策，號六軍。"按《舊唐書·職官志》說六軍與此不同：王鳴盛《十七史商榷·新舊唐書》："六軍，據《新志》以龍武、神武、神策各左右當之，而《舊志》說六軍則數左右羽林，而不數左右神策。《通典》說六軍與《舊志》同……要之，六軍之名乃取舊制書之，至中晚唐神策軍權最重，故《新志》以後定者言之歟，今未能詳考。"　空宮：深宮，冷宮，意猶皇帝不在的宮殿。《漢書·五行志》："典門户奉宿衛之臣執干戈守空宮，公卿百寮不知陛下所在，積數年矣！"王維《菩提寺禁裴迪來相看私成口號誦示裴迪》："秋槐葉落空宮裏，凝碧池頭奏管絃。"　百吏：指公卿以下衆官。《國語·周語》："王乃使司徒咸戒公卿、百吏、庶民。"《荀子·強國》："及都邑官府，其百吏肅然，莫不恭儉敦敬忠信而不楛，古之吏也。"　私室：指私人之家。《宋書·竟陵王誕傳》："天府禁器，歷代所珍。誕密加購賞，頓藏私室。"韓愈《祭裴太常文》："襜石之儲，常空於私室；方丈之食，每盛於賓筵。"　忝：有愧於。韓愈《順宗實錄》："懋建皇極，以熙庶功，無忝我高祖、太宗之休命。"常用作謙詞。《後漢書·楊賜傳》："臣受恩偏特，忝任師傅，不敢自同凡臣，括囊避咎。"　惕然：憂慮貌。陸游《歲暮感懷》："長老日零落，念之心惕然。"警覺省悟貌。《史記·龜策列傳》："元王惕然而悟。"

⑧ 御：指帝王之在位。賈誼《過秦論》："振長策而御宇內，吞二周而亡諸侯。"《北齊書·後主紀論》："武平在御，彌見淪胥。罕接朝士，不親政事。一日萬機，委諸凶族。"　寶圖：皇位，帝業。《周書·武帝紀》："朕祇承寶圖，宜遵故實。"柳宗元《禮部爲文武百僚請聽政表三首》二："陛下以聰明睿聖，嗣守寶圖。"　大典：盛大隆重的典禮。《南齊書·王儉傳》："時大典將行，儉爲佐命，禮儀詔策皆出於儉。"徐鉉《南昌王制》："夫陟明賞善，有國大典，苟得其所，雖親何嫌！"這裏指即將舉行的次年改元長慶的慶典。　郊天：祭天。《禮記·郊特

牲》："周之始郊日以至。"鄭玄注："郊天之月而日至,魯禮也……魯以無冬至,祭天於圓丘之事,是以建子之月郊天,示先有事也。"李邕《賀加天寶尊號表》："加號所以發祥,郊天所以昭報。"這裏指爲改元大典而舉行的郊天儀式。《舊唐書·穆宗紀》："長慶元年正月己亥朔,上親薦獻太清宮、太廟。是日,法駕赴南郊……辛丑,祀昊天上帝於圓丘。即日還宮,御丹鳳樓,大赦天下,改元長慶。" 謁陵:拜謁陵墓。《東觀漢記·樂成王萇傳》："樂成王居諒暗,衰服在身,彈棋爲戲,不肯謁陵。"《文心雕龍·章表》："觀伯始謁陵之章,足見其典文之美焉!" 未遑:没有時間顧及。揚雄《羽獵賦》："立君臣之節,崇賢聖之業。未遑苑囿之麗、遊獵之靡也。"《文心雕龍·時序》："爰至有漢,運接燔書,高祖尚武,戲儒簡學,雖禮律草創,詩書未遑。"當時唐憲宗安葬景陵剛剛半年,作爲子輩與繼位之人,理應時常拜謁景陵,而不應該急於遊樂之事。《舊唐書·憲宗紀》："五(四)月丁酉,群臣上謚曰聖神章武孝皇帝,廟號憲宗。(五月)庚申,葬于景陵。" 温泉:温度超過當地年平均氣温的泉水,因泉源靠近火山或泉中礦物放出熱量而成,這裏指驪山的温湯。韋應物《燕李録事》："與君十五侍皇闈,曉拂爐烟上赤墀。花開漢苑經過處,雪下驪山沐浴時。"岑參《送祁樂歸河東》："祁樂後來秀,挺身出河東。往年詣驪山,獻賦温泉宮。" 人神:先祖的神靈。《後漢書·隗囂傳》："宜急立高廟,稱臣奉祠,所謂'神道設教',求助人神者也。"人與神。班固《東都賦》："人神之和允洽,群臣之序既肅。"曹植《洛神賦》："恨人神之道殊兮,怨盛年之莫當。"

⑨ 謬:用爲謙詞。庾信《哀江南賦》："謬掌衛於中軍,濫尸丞於御史。"杜甫《題省中院壁》："腐儒衰晚謬通籍,退食遲迴違寸心。"榮近:榮耀親近,指顯官近臣之位。陸贄《論兩河及淮西利害狀》："是以循循默默,尸居榮近,日日以愧。"元稹《邵常政内侍省内謁者監制》："行是三者,可以長守其禄位,而不離於榮近矣!" 伏乞:向皇上

或尊者懇求，伏，敬詞。張説《幽州論戎事表》：“伏乞聖慈，深以垂意，博詢舊將，預爲籌畫。”王維《責躬薦弟表》：“伏乞盡削臣官，放歸田裏，賜弟散職，令在朝廷。”　宸遊：帝王之巡遊。蘇頲《奉和初春幸太平公主南莊應制》：“主第山門起灞川，宸遊風景入初年。”蔡襄《上元進詩》：“宸遊不爲三元夜，樂事全歸萬衆心。”　天眷：指帝王對臣下的恩寵。《晉書·庾冰傳》：“非天眷之隆，將何以至此？”元稹《爲蕭相讓官表》：“伏望再移天眷，重選時英。”

⑩ 昇平：太平無事。袁宏《後漢紀·靈帝紀》：“今宜改葬蕃武，選其家屬諸被禁錮，一宜蠲除，則灾變可消，昇平可致也。”王昌齡《放歌行》：“昇平貴論道，文墨將何求？”　遊幸：指帝王或后妃出遊。《北史·雀光傳》：“〔陛下〕專薦郊廟，止決大政，輔神養和，簡息遊幸，則率土屬賴，含生仰悦矣！”蘇轍《乞製制集叙狀》：“而復屬精庶政，親決萬機，故其遊幸無益之文，見存無幾。”　雲亭：雲雲山和亭亭山的合稱。《史記·封禪書》：“昔無懷氏封泰山，禪雲雲……黃帝封泰山，禪亭亭。”《隋書·虞世基傳》：“〔陳主〕令世基作《講武賦》，於坐奏之曰……望雲亭而載蹕，禮升中而告成。”　崆峒：山名，在今甘肅平涼市西，相傳是黃帝問道於廣成子之所，也稱空同、空桐。《莊子·在宥》：“黃帝立爲天子，十九年，令行天下，聞廣成子在於空同之上，故往見之。”曹唐《仙都即景》：“旌節暗迎歸碧落，笙歌遙聽隔崆峒。”一説黃帝問道於廣成子之山，在今河南臨汝縣西南。舒元輿《橋山懷古》：“襄城迷路問童子，帝鄉歸去無人留。崆峒求道失遺迹，荆山鑄鼎餘荒丘。”

⑪ 驅馳：策馬快跑。《詩·陳風·株林序》：“株林，刺靈公也，淫乎夏姬，驅馳而往，朝夕不休息焉！”《史記·絳侯周勃世家》：“壁門士吏謂從屬車騎曰：‘將軍約，軍中不得驅馳。’於是天子乃按轡徐行。”竦駭：驚擾，震驚。顏真卿《晉紫虛元君領上真司命南嶽夫人魏夫人仙壇碑銘》：“怪異昭彰，不可殫論。二聖竦駭，屢崇明禋。”白居易《爲宰相謝官表（爲微之作）》：“殊常之命，非望之恩，出自宸衷，加於凡

陋,竦駭震越,不知所爲。" 群情:民意。《北史·齊諸王傳論》:"事迫群情,理至淪亡。"司馬光《言御臣上殿札子》:"群情未洽,績效未著。" 勝境:佳境,風景優美的地方。《南史·蕭暎傳》:"勝境名山,多所尋履。"康騈《劇談錄·曲江》:"曲江池,本秦世隑洲,開元中疏鑿,遂爲勝境。" 聖躬:猶聖體,臣下稱皇帝的身體,亦代指皇帝。《後漢書·班固傳》:"俯仰乎乾坤,參象乎聖躬。"李賢注:"聖躬,謂天子也。"杜甫《往在》:"前春禮郊廟,祀事親聖躬。"

⑫ 奏狀:猶奏章。元積《白氏長慶集序》:"大凡人之文各有所長,樂天之長可以爲多矣……啓表、奏狀長於直,書檄、詞策、剖判長於盡。"孔平仲《孔氏談苑·熙河之師》:"高若訥作中丞,與小黄門同監修祭器,遂同書奏狀,議者非之。" 敕旨:帝王的詔旨。蕭統《謝敕賚制旨大涅槃經講疏啓》:"後閤應敕,木佛子奉宣敕旨。"《新唐書·百官志》:"五日敕旨,百官奏請施行則用之。"

[編年]

本文原本最後署明的日期是"元和十五年十二月二十日",似乎"今月"應該是"十二月",而"二十日"應該是本文撰寫的具體時日。《年譜》據《資治通鑑·元和十五年十一月》的記載,已經指出"十二月"應該是"十一月"之誤,"十一月乙亥朔"應該是"十一月己亥朔"之誤。《編年箋注》編年:"此《狀》撰於元和十五年(八二〇)十一月二十日。"《年譜新編》的編年意見及理由同《年譜》、《編年箋注》,但三人編年的理由都沒有能夠説清。

我們以爲,一、《舊唐書·穆宗紀》所述:"(元和十五年)十一月乙(己)亥朔……戊午,詔曰:'朕來日暫往華清宮,至暮却還。'御史大夫李絳、常侍崔元略已下伏延英門切諫。上曰:'朕已成行,不煩章疏!'諫官再三論列……己未,上由複道出城幸華清宮,左右中尉摼仗,六軍諸使、諸王、駙馬千餘人從,至晚還宮。"《舊唐書·穆宗紀》的記載與本文所述完全一致。二、《舊唐書·穆宗紀》云元和十五年“十一月乙亥朔”，但十一月之內涉及紀事的“癸卯”、“丁未”、“辛亥”、“乙卯”、“戊午”、“己未”、“癸亥”七個干支紀日都不與“乙亥”相連，同時又與前面的“冬十月庚午朔”、後面的“十二月己巳朔”不相連接。而以上“癸卯”等七個干支紀日都應該在起於“己亥”終於“戊辰”的干支紀日之內，故《舊唐書·穆宗紀》的“十一月乙亥朔”應該是“十一月己亥朔”之誤。這樣，也正好與十月、十二月的“朔日”相一致。根據以上論證，本文最後的“元和十五年十二月”，應該是“十一月”之誤。三、由於《舊唐書·穆宗紀》所示戊午詔曰：“朕來日暫往華清宮，至暮却還。”故本文不可能撰作於元和十五年十一月“戊午”之前，亦即十一月二十日詔書下達之前。《舊唐書·穆宗紀》又云：“己未，上由複道出城幸華清宮，左右中尉擗仗，六軍諸使、諸王、駙馬千餘人從，至晚還宮。”唐穆宗遊幸溫湯之事，發生在元和十五年十一月二十一日，同時又“至晚還宮”，故本文也不可能撰作于遊幸事情發生之日，更不可能撰作於遊幸事情已經發生之後，而祇能撰作於元和十五年十一月二十一日遊幸事件發生之前的十一月二十日，亦即“戊午詔”公佈之後的“十一月二十日”，地點在長安，元稹時任祠部郎中知制誥之職。四、此文爲元稹親手所撰寫，但却不是以元稹一個人的名義，而是以包括元稹在內的兩省三十名官員的共同名義。從元稹被推舉爲本文的執筆人來看，可見元稹在當時兩省官員中留有的良好印象，顯露了“元才子”超乎常人的駕馭文字能力，同時也更可見元稹在諫阻唐穆宗遊幸事件中的積極態度。

◎ 授李絳檢校右僕射兼兵部尚書制①

敕:中大夫、守御史大夫、賜紫金魚袋李絳:昔先皇帝誨予小子曰:"堯時有神羊在廷,屈軼指佞,汝知之乎? 夫邪正在人,焉有異物? 朕有臣李絳,猶漢臣之汲黯也。我百歲後,爾其用之爲神羊屈軼,斯可矣!"②

予小子銘鏤盂訓,夙夜求思。是用致理之初,付授邦憲。且欲吾丞相以降,皆卑下之,以示優遇(一)③。朕亦嘗命安其步武(二),無爲屑屑之儀。而絳屢以疾辭,不寧其職。又焉敢以勞倦之故,煩先帝舊臣④!

昔晉僕射何季玄病足求免(三),猶命坐家視事;張子孺拜大司馬(四),仍令兼録尚書(五)。則卧理不獨專于郡符,端右可以旁綏戎政,由古道也⑤。爾其處議持平,勉居喉舌,慎所觀聽,爲人司南。可檢校尚書右僕射兼兵部尚書,散官、勛、封如故⑥。

録自《元氏長慶集》卷四四

[校記]

（一）是用致理之初,付授邦憲。且欲吾丞相以降,皆卑下之,以示優遇:楊本同,《英華》《全文》作"是用致理之初(闕),付授邦憲,且欲丞相以降皆卑下之,以示優遇",叢刊本作"是用致理之初,付授邦憲,且欲吾丞相以降皆俾下之,以示優□",錢校作"且欲爲吾丞相,以示優遇",各備一説。唯"俾下",據《英華》《全文》改爲"卑下"。

（二）朕亦嘗命安其步武:楊本同,叢刊本作"□□嘗命安其步

武”，叢刊本本篇書之下端共闕十二字，經校勘，與原本、楊本一一對
應，爲避繁複，不再出校。

（三）昔晉僕射何季玄病足求免：宋浙本、錢校同，《英華》、《全
文》作“昔晉僕射何季元病足求免”，各備一説，不改。楊本作“昔晉僕
射何季玄病足未免”，語義不通，不從。

（四）張子孺拜大司馬：楊本、叢刊本同，《英華》、《全文》作“張子
儒拜大司馬”，各備一説，不改。

（五）仍令兼錄尚書：楊本、叢刊本、《英華》、《全文》同，《英華》
注：“一作‘仍令兼領尚書’。”兩字義項可通，不改。

[箋注]

① 李絳：元稹的政治盟友之一，元稹元和五年遭受宦官打擊，含
冤出貶江陵之時，李絳、崔群、白居易曾前後三次救護，不果。李絳是
李唐歷史上著名的賢相之一，更是中唐反對宦官專權的著名大臣。
《舊唐書·李絳傳》：“李絳，字深之，趙郡贊皇人也……穆宗即位，改
御史大夫。穆宗惑於畋遊行幸，絳于延英切諫，帝不能用。絳以疾
辭，復爲兵部尚書。長慶元年，轉吏部尚書……文宗即位，徵爲太常
卿。二年，檢校司空，出爲興元尹、山南西道節度使。三年冬，南蠻寇
西蜀，詔徵赴援。絳於本道募兵千人赴蜀，及中路，蠻軍已退，所募皆
還。興元兵額素定，募卒悉令罷歸。四年二月十日，絳晨興視事，召
募卒，以詔旨喻而遣之，仍給以廩麥，皆怏怏而退。監軍使楊叔元貪
財怙寵，怨絳不奉己，乃因募卒賞薄，衆辭之際，以言激之，欲其爲亂，
以逞私憾。募卒因監軍之言，怒氣益甚，乃噪聚趨府，劫庫兵以入使
衙。絳方與賓僚會宴，不及設備，聞亂北走登陴，衙將王景延力戰以
禦之。兵折矢窮，景延死，絳乃爲亂兵所害，時年六十七。絳初登陴，
左右請絳縋城，可以避免，絳不從，乃並從事趙存約、薛齊俱死焉！”
《新唐書·元稹傳》：“會河南尹房式坐罪，稹舉劾，按故事追攝，移書

停務。詔薄式罪，召積還，次敷水驛，中人仇士良夜至，積不讓，中人怒，擊積敗面，宰相以積年少輕樹威，失憲臣體，貶江陵士曹參軍，而李絳、崔群、白居易皆論其枉。”莊楷《歐陽書室重建記》：“當在諸生時，袖文見常袞，爲主客禮，而相國器之。舉貞元八年進士第二人，爲閩人先，而閩人榮之。與韓愈、李觀、李絳、崔群、王涯、馮宿、庾承宣聯第龍虎榜，皆天下選而天下重之。” 僕射：官名，秦始置，漢以後因之，漢成帝建始四年，初置尚書五人，一人爲僕射，位僅次尚書令，職權漸重。漢獻帝建安四年，置左右僕射，唐宋時左右僕射爲宰相之職。《漢書·百官公卿表》：“僕射，秦官，自侍中、尚書、博士、郎皆有。古者重武官，有主射以督課之。”韓愈《答魏博田僕射書》：“季冬極寒，伏惟僕射尊體動止萬福。” 尚書：官名，始置於戰國時，或稱掌書，尚即執掌之義。秦爲少府屬官，漢武帝提高皇權，因尚書在皇帝左右辦事，掌管文書奏章，地位逐漸重要。漢成帝時設尚書五人，開始分曹辦事。東漢時正式成爲協助皇帝處理政務的官員，從此三公權力大大削弱。魏晉以後，尚書事務益繁，隋代始分六部，唐代更確定六部爲吏、戶、禮、兵、刑、工。從隋唐開始，中央首要機關分爲三省，尚書省即其中之一，職權益重。孫逖《故陳州刺史贈兵部尚書韋公挽詞》：“奕葉金章貴，連枝鼎位尊。台庭爲鳳穴，相府是鴒原。”杜牧《兵部尚書席上作》：“華堂今日綺筵開，誰喚分司御史來？偶發狂言驚滿座，三重粉面一時回。”

②先皇帝：即“先皇”，前代帝王。《晉書·鄭冲傳》：“翼亮先皇，光濟帝業。”杜甫《憶昔二首》一：“憶昔先皇巡朔方，千乘萬騎入咸陽。” 神羊：獬豸的別稱，傳說是一種能以其獨角辨別邪佞的神獸，亦指獬豸冠。《後漢書·輿服志》：“獬豸神羊，能別曲直。楚王嘗獲之，故以爲冠。”權德輿《祭故薛殿中文》：“今則繆盭，天心茫茫。追維明靈，夙播馨芳。解巾秘府，累冠神羊。” 小子：舊時自稱謙詞，包括皇帝在內。《書·湯誓》：張說《府君墓誌》：“初議葬，小子夢度景於萬

安山南孤堆東峰之下,時淮南弘公相地,曰:'是山爲華蓋,岡爲蟠龍,龍者大人之德,孤者王侯之稱,卜夢協兆,何善如之?'斂定墳塋,創宅茲所,小子銜恤,志之幽礎。"元稹《授韓皋吏部尚書趙宗儒太常卿制》:"而皋等精義不渝,物務尤勁。事朕小子,猶吾祖宗。肆予沖人,庭實彪炳。"　屈軼:亦稱"屈佚草""屈草",古代傳說中一種草,謂能指識佞人,故又名"指佞草"。張華《博物志》卷三:"堯時有屈佚草,生於庭,佞人入朝,則屈而指之。"李咸用《讀修睦上人歌篇》:"才似烟霞生則媚,直如屈軼佞則指。"比喻能識別奸佞的賢臣。《舊唐書·袁高薛存誠等傳贊》:"唯袁與薛,人中屈軼。"　邪正:邪惡與正直。《漢書·劉向傳》:"今賢不肖渾殽,白黑不分,邪正雜糅,忠讒並進。"蘇軾《學士院試春秋定天下之邪正論》:"爲《穀梁》者曰:'成天下之事業,定天下之邪正,莫善於《春秋》。'"　異物:珍奇的東西。《書·旅獒》:"不貴異物賤用物,民乃足。"元稹《馴犀》:"貞元之歲貢馴犀,上林置圈官司養……行地無疆費傳驛,通天異物罷幽枉。"指人類以外的生物。《文選·賈誼〈鵩鳥賦〉》:"異物來萃兮,私怪其故。"張銑注:"異物,則鵩也。"韓愈《雜說四首》三:"然吾觀於人,其能盡其性而不類於禽獸異物者希矣!"　汲黯:漢武帝時大臣,屢次犯顏直諫,爲時所稱。《漢書·汲黯傳》:"汲黯,字長孺,濮陽人也……遷爲滎陽令,黯恥爲令,稱疾歸田里。上聞,乃召爲中大夫,以數切諫,不得久留內,遷爲東海太守……淮南王謀反,憚黯曰:'黯好直諫,守節死義。'……後數月,黯坐小法,會赦免官,於是黯隱於田園者數年。會更立五銖錢,民多盜鑄錢者,楚地尤甚,上以爲淮陽楚地之郊也,召黯拜爲淮陽太守,黯伏謝不受印綬,詔數強予,然後奉詔……黯以諸侯相,秩居淮陽,居淮陽十歲而卒。"王維《上張令公》:"賈生非不遇,汲黯自堪疏。學易思求我,言詩或起予。"杜甫《奉和嚴中丞西城晚眺十韵》:"汲黯匡君切,廉頗出將頻。直詞才不世,雄略動如神。"　百歲:死的諱稱。《史記·呂不韋列傳》:"夫百歲之後,所子者爲王,終不失勢。"白居易《讀張籍古樂府詩》："恐君百歲後，滅沒人不聞。"

③銘鏤：比喻感受極深，永志不忘。《太平廣記》卷一六六引牛肅《紀聞·吳保安》："是吾子丘山之恩，即保安銘鏤之日。"宋祁《丁承旨書》："夫何衰朽，坐獲嘉惠？藏秘巾衍，銘鏤心志。" 丕訓：重大的訓導。韓愈《順宗實錄》："朕奉若丕訓，憲章前式。"宋祁《代楊鄆州謝上表》："臣敢不内循丕訓，上體寬慈？" 夙夜：朝夕，日夜。桓寬《鹽鐵論·刺復》："是以夙夜思念國家之用，寢而忘寐，饑而忘食。"柳宗元《爲劉同州謝上表》："庶當刻精運力，夙夜祇勤，上奉雍熙，旁流愷悌。" 求思：追求，思，助詞，一般用於語末。《詩·周南·漢廣》："漢有遊女，不可求思。"張九齡《感遇》："漢上有遊女，求思安可得？" 是用：因此。《左傳·襄公八年》："如匪行邁謀，是用不得於道。"張衡《東京賦》："百姓弗能忍，是用息肩于大漢，而欣戴高祖。" 致理：猶致治。《資治通鑑·唐文宗開成五年》："致理之要，在於辨群臣之邪正。"路貫《和元常侍除浙東留題》："謝安致理逾三載，黄霸清聲徹九重。" 邦憲：《詩·小雅·六月》："文武吉甫，萬邦爲憲。"毛傳："憲，法也。"後因以"邦憲"指國家大法。韓愈《順宗實錄》："宜加貶黜，用申邦憲。"曾鞏《張頡知均州制》："内不能統齊士吏，外不能綏靖華夷，致兹繹騷，自干邦憲。"借指執法官，如御史大夫，刑部尚書、侍郎等。韓愈《祭馬僕射文》："公兼邦憲，以副經紀。"舊注："十二年，以總兼御史大夫，充淮西行營諸軍宣慰使。" 以降：猶言以下，表示等第或位置、時間在下。吕元泰《陳時政疏》："秦皇以降，罷侯置守，焚書坑儒，頭會箕斂，嚴刑峻法。驪山之徒未息，閭左之兵已起。"于邵《中書門下請上尊號第一表》："臣聞自古帝王，配天受命，必建徽號，傳之無窮。號者功之表也，三五以降，皆約所著之功，以彰厥德。" 卑下：謙敬，退讓。《史記·魏其武安侯列傳》："武安侯新欲用事爲相，卑下賓客，進名士家居者貴之，欲以傾魏其諸將相。"王伯祥注："卑下賓客：謙恭自下，延攬賓客。"劉禹錫《唐故尚書主客員外郎盧公集記》："名

盛氣高,少所卑下,爲飛語所中,左遷齊、汾、鄭三郡司馬。" 優遇:優待。李忱《平楊師立宣示中外詔》:"師立之愛君體國,未見一毫,唯朕之優遇寵私,實爲異等。"錢珝《爲集賢崔相公讓大學士表第三表》:"伏以皇帝陛下恢張天覆,優遇宰衡。流澤而唯恐不深,錫爵而唯恐不重。"

④ 步武:脚步。陸游《道室雜詠三首》一:"豈但烟霄隨步武,故應冰雪換形容。"跟著前人的脚步走,比喻模仿、效法。柳宗元《爲韋京兆作祭杜河中文》:"分命邦畿,步武獲陪。" 屑屑:勞瘁匆迫貌。元稹《曉將別》:"屑屑命僮御,晨裝儼已齊。"特意、著意貌。《三國志·宗預傳》:"吾等年踰七十,所竊已過,但少一死耳!何求於年少輩而屑屑造門邪?"介意貌。張世南《遊宦紀聞》卷一○:"其家雖號寒啼飢,而凝式不屑屑也。" "而絳屢以疾辭"兩句:據上引《舊唐書·李絳傳》,李絳因勸諫唐穆宗畋遊不被採納,因而以有病爲藉口請求辭職。 不寧:不安定,不安寧。《禮記·月令》:"〔季秋之月〕行冬令,則國多盜賊,邊竟不寧,土地分裂。"杜甫《橋陵詩三十韻因呈縣内諸官》:"中使日夜繼,惟王心不寧。" 勞倦:疲勞。《史記·東越列傳》:"是時樓船將軍楊僕使使上書,願便引兵擊東越。上曰士卒勞倦,不許。"劉滄《送友人遊蜀》:"日出空江分遠浪,鳥歸高木認孤城。心期萬里無勞倦,古石蒼苔峽路清。" 先帝:前代已故的帝王。諸葛亮《前出師表》:"先帝創業未半,而中道崩殂。"韓愈《進順宗皇帝實錄表狀》:"監修李吉甫授臣以前史官韋處厚所撰先帝實錄三卷。" 舊臣:老臣。《漢書·劉向傳》:"上以我先帝舊臣,每進見常加優禮。"《陳書·王沖傳》:"初,高祖以沖前代舊臣,特申長幼之敬。"

⑤ 何季玄:即何澄。《晉書·何澄傳》:"澄字季玄,起家秘書郎,轉丞,清正有器望,累遷秘書監。太常中,護軍孝武帝深愛之,以爲冠軍將軍,吳國内史。太元末,琅琊王出居外第,妙選師傅,徵拜尚書,領琅琊王師。安帝即位,遷尚書左僕射,典選王師如故。時澄脚疾,

固讓,特聽不朝,坐家視事。又領本州大中正,及桓玄執政,以疾奏免,卒於家。" **病足**:足有疾病。賈島《顝月》:"久立雙足凍,時向股脛淹。立久病足折,兀然黐膠粘。"宋庠《登大明寺塔》:"病足攀危梯,寸晷或三歇。" **免**:辭職,解職。《莊子·天道》:"由聞周之徵藏史有老聃者,免而歸居。"陸德明釋文:"言老子見周之末不復可匡,所以辭去也。"韓愈《唐故監察御史衛府君墓誌銘》:"帥遷于桂,從之。帥坐事免,君攝其治,歷三時。" **坐家**:住在家中。姚合《送王求》:"六月南風多,苦旱土色赤。坐家心尚焦,況乃遠作客。"胡曾《流沙》:"七雄戈戟亂如麻,四海無人得坐家。老氏却思天竺住,便將徐甲去流沙。" **視事**:辦理公務。王維《贈房盧氏琯》:"秋山一何淨!蒼翠臨寒城。視事兼偃卧,對書不簪繻。"劉禹錫《湖州崔郎中曹長寄三癖詩故爲四韵以謝之》:"視事畫屏中,自稱三癖翁。管弦泛春渚,旌旆拂晴虹。" **張子孺**:即張安世,《漢書·張安世傳》:"安世字子孺……安世深辭,弗能得,後數日,竟拜爲大司馬、車騎將軍,領尚書事。"《後漢書·朱穆傳》:"吾欲汝曹聞人之過如聞父母之名!耳可得聞,口不得言,斯言要矣!遠則聖賢履之上世,近則邴吉、張子孺行之漢廷。" **大司馬**:官名。《周禮·夏官》有大司馬,掌邦政。漢承秦制,置丞相、御史大夫、太尉,漢武帝罷太尉置大司馬。西漢一朝,常以授掌權的外戚,多與大將軍、驃騎將軍、車騎將軍等聯稱,也有不兼將軍號的。東漢初爲三公之一,旋改太尉,末年又別置大司馬。魏晉爲上公之一,位在三公之上。南北朝或置或不置,陳但爲贈官。杜甫《諸將五首》三:"殊錫曾爲大司馬,總戎皆插侍中貂。"徐凝《浙東故孟尚書種柳》:"孟家種柳東城去,臨水逶迤思故人。不似當時大司馬,重來得見漢南春。" **錄**:統領,管領。《漢書·于定國傳》:"萬方之事,大錄於君。"《資治通鑑·晉穆帝升平四年》:"以太原王恪爲太宰,專錄朝政。" **卧理**:猶卧治。《南史·劉善明傳》:"淮南近畿,國之形勝,非親賢不居,卿與我卧理之。"范仲淹《祭韓少傅文》:"偃息近藩,旨酒盈樽,可以臥理,不廢清言。"　郡符:郡太守的符璽,亦借指郡太守。韓愈《祭馬僕射文》:"于泉於虔,始執郡符,遂殿交州,抗節番禺。"白居易《東南行一百韵》:"翻身落霄漢,失脚到泥塗。博望移門籍,潯陽佐郡符。"自注:"予自太子贊善大夫,出爲江州司馬。"　端右:指宰輔重臣,亦特指尚書令。《隋書·趙煚趙芬等傳論》:"二趙明習故事,當世所推;及居端右,無聞殊績。"《資治通鑑·晉簡文帝咸安二年》:"元相之重,儲傅之尊,端右事繁,京牧任大。"胡三省注:"端右,尚書令也。"綏:安,安撫。陸機《吊魏武帝文》:"指八極以遠略,必翦焉而後綏。"韓愈《順宗實録》:"奉若成憲,永綏四方。"　戎政:軍政,軍旅之事。潘岳《西征賦》:"掩細柳而撫劍,快孝文之命帥,周受命以忘身,明戎政之果毅。"王儉《褚淵碑文》:"兼授衛軍,戎政輯睦。"　古道:古代之道,泛指古代的制度、學術、思想、風尚等。桓寬《鹽鐵論·殊路》:"夫重懷古道,枕籍《詩》《書》,危不能安,亂不能治。"韓愈《師説》:"余嘉其能行古道,作《師説》以貽之。"

⑥ 處議:決策,決斷。《漢書·黃霸傳》:"霸爲人明察内敏,又習文法……爲丞,處議當於法,合人心。"《後漢書·陽球傳》:"初舉孝廉,補尚書侍郎,閑達故事,其章奏處議,常爲臺閣所崇信。"李賢注:"處,斷也。"　持平:持守公平。董仲舒《春秋繁露·山川頌》:"水則……盈科後行,既似持平者。"《南齊書·王延之傳》:"宋德既衰,太祖輔政,朝野之情,人懷彼此。延之與尚書令王僧虔中立無所去就,時人爲之語曰:'二王持平,不送不迎。'"　喉舌:比喻掌握機要、出納王命的重臣,後亦以指尚書等重要官員。《詩·大雅·烝民》:"出納王命,王之喉舌。"《後漢書·李固傳》:"尚書亦爲陛下喉舌。"　觀聽:看和聽。揚雄《太玄·釋》:"次二,動于響景。測曰:動于響景,不足觀聽也。"引申爲輿論。《後漢書·陰識傳》:"富貴有極,人當知足,誇奢益爲觀聽所譏。"蘇軾《賀楊龍圖啓》:"伏審新改直職,擢司諫垣,傳聞邇遐,竦動觀聽。"　司南:我國古代辨别方向用的一種儀器,用天

然磁鐵礦石琢成一個杓形的東西,放在一個光滑的盤上,盤上刻著方位,利用磁鐵指南的作用,可以辨別方向,是現在所用指南針的始祖。《韓非子·有度》:"夫人臣之侵其主也,如地形焉!即漸以往,使人主失端,東西易面而不自知。故先王立司南以端朝夕。"陳奇猷集釋:"司南其制蓋如今羅盤針,故可以正朝夕也。朝夕猶言東西,日朝出自東,夕入於西,故以朝夕爲東西也。"王充《論衡·是應》:"司南之杓,投之於地,其柢指南。"比喻行事的準則,正確的指導。《鬼谷子·謀篇》:"夫度材量能揣情者亦事之司南也。"李商隱《會昌一品集序》:"爲九流之華蓋,作百度之司南。"

[編年]

《年譜》編年本文:"此《制》撰於元和十五年十一月戊午後,長慶元年前。"根據是我們在前面已經引錄的《舊唐書·李絳傳》"穆宗即位"的一段話,以及提及《舊唐書·穆宗紀》"元和十五年十一月戊午"李絳等人勸諫唐穆宗畋遊的記載。《編年箋注》、《年譜新編》編年理由與《年譜》同,結論都是:"制當作於元和十五年十一月戊午稍後。"

我們以爲,《年譜》"此《制》撰於元和十五年十一月戊午後,長慶元年前"的結論值得商榷,因爲本文與"長慶元年"扯不上,而且"長慶元年"長達三百六十天,究竟是長慶元年何時,沒有指明,更沒有論證;《編年箋注》、《年譜新編》"制當作於元和十五年十一月戊午稍後"的結論大致可以接受,但道理沒有説清。

我們以爲,本文"朕亦嘗命安其步武,無爲屑屑之儀。而絳屢以疾辭,不寧其職。又焉敢以勞倦之故,煩先帝舊臣",所謂的"屑屑之儀",即是李絳勸諫唐穆宗多次游畋之事。《舊唐書·穆宗紀》:"(元和十五年)十一月己亥朔……戊午,詔曰:'朕來日暫往華清宮,至暮却還。'御史大夫李絳、常侍崔元略已下伏延英門切諫,上曰:'朕已成行,不煩章疏。'諫官再三論列。"推其干支,"戊午"應該是十一月二十日。而元稹《兩省供奉官諫駕幸溫湯狀》即是代爲三十名同僚上奏勸阻，與李絳對唐穆宗的切諫相呼應："今月二十一日車駕欲幸溫湯……元和十五年十一月二十日兩省三十人同狀。"此事最後以唐穆宗不聽勸告，自行其是告終，僵局的形成導致了李絳的辭職。《新唐書·李絳傳》："復以兵部召還御史大夫，穆宗數游畋，絳率其屬叩延英切諫，不納，以疾辭。"據此，我們以爲李絳的辭職應該在元和十五年十一月二十一日當日或之後一二天之内，而惱火李絳一再勸諫的唐穆宗隨即批准了李絳的辭呈，作出"授李絳檢校右僕射兼兵部尚書制"的安排，命令元稹撰寫本文，地點在長安，元稹時任祠部郎中、知制誥之職。

◎ 授入朝奚大首領梅落悟孤等二十五人官階制(一)①

敕：某等各以貴寶，會於明庭。既飲食以勞之，又爵秩以遣之。式所以示，懷柔於遠人也②。爾宜將我皇風，慰彼黎獻。可依前件③。

録自《元氏長慶集》卷五〇

[校記]

(一) 授入朝奚大首領梅落悟孤等二十五人官階制：《全文》同，楊本、叢刊本作"入朝奚大首領梅落悟孤等二十五人授官階制"，各備一説，不改。

[箋注]

① 入朝：指屬國、外國使臣或地方官員謁見天子。《國語·吳

語》："越滅吳，上征上國，宋、鄭、魯、衛、陳、蔡執玉之君皆入朝。"荀悅《漢紀·文帝紀》："時梁王來朝，與太子共載，入朝不下司馬門。釋之禁止，不得入朝。"　奚：李唐時東北邊境的"國家"之一，時朝獻，時入侵，變化不定。《新唐書·奚國傳》："奚亦東胡種，爲匈奴所破，保烏丸山。漢曹操斬其帥蹋頓，蓋其後也。元魏時自號庫真奚，居鮮卑故地，直京師東北四千里。其地東北接契丹，西突厥，南白狼河，北霫。與突厥同俗，逐水草畜牧，居氈廬，環車爲營……至隋始去'庫真'，但曰奚。武德中，高開道借其兵再寇幽州，長史王詵擊破之。太宗貞觀三年始來朝，閱十七歲，凡四朝貢。帝伐高麗，大酋蘇支從戰有功。不數年，其長可度者內附，帝爲置饒樂都督府，拜可度者使持節六州諸軍事、饒樂都督封，樓煩縣公，賜李氏……德宗時，兩朝獻。元和元年，君梅落身入朝，拜檢校司空、歸誠郡王，以部酋索氏爲左威衛將軍、檀薊州遊弈兵馬使，没辱孤平州遊弈兵馬使，皆賜李氏。然陰結回鶻、室韋，兵犯西城、振武。大抵憲宗世，四朝獻。"　大首領：奚國頭領下屬各部的重要頭目。《舊唐書·奚國傳》："元和元年，其王饒樂府都督、襲歸誠王梅落來朝，加檢校司空，放還蕃。三年，以奚首領索低爲右武威衛將軍同正，充檀薊兩州遊弈兵馬使，仍賜姓李氏。八年遣使來朝。十一年，遣使獻名馬。爾後每歲朝貢不絶，或歲中二三至。故事，常以范陽節度使爲押奚、契丹兩蕃使……其每歲朝賀，常各遣數百人至幽州，則選其酋渠三五十人赴闕，引見於麟德殿，錫以金帛遣還，餘皆駐而館之，率爲常也。"《新唐書·奚國傳》："奚亦東胡種……太和四年……後五年，大首領匿舍朗來朝。"　梅落、悟孤：奚國入朝頭目之名，參閱上面所引《舊唐書·奚國傳》、《新唐書·奚國傳》。　官階：官員的等級。沈約《論譜籍疏》："凡此奸巧，並出愚下，不辨年號，不識官階。"白居易《妻初授邑號告身》："我轉官階常自愧，君加邑號有何功？"

②貴寶：貴重的寶物。《周禮·秋官·大行人》："九州之外，謂

之蕃國,世壹見,各以其所貴寶爲摯。"鄭玄注:"所貴寶見傳者,若
犬戎獻白狼白鹿是也,其餘則《周書·王會》備焉!"元稹《出門行》:
"楚有望氣人,王前忽長跪:賀王得貴寶,不遠王所蒞。"　明庭:聖
明的朝廷。白居易《賀雨》:"冠珮何鏘鏘!將相及王公。蹈舞呼萬
歲,列賀明庭中。"劉禹錫《和李相公初歸平泉過龍門南嶺遙望山居即
事》:"暫別明庭去,初隨優詔還。曾爲鵩鳥賦,喜過鑿龍山。"　飲食:
指飲料和食品。《詩·小雅·楚茨》:"苾芬孝祀,神嗜飲食。"鄭玄箋:
"苾苾芬芬有馨香矣!女之以孝敬享祀也,神乃歆嘗女之飲食。"蘇軾
《和王鞏六首並次韵》一:"況子三年囚,苦霧變飲食。"　爵秩:猶爵
禄。張九齡《敕松漠都督涅禮書》:"朕所懸爵秩,惟賞有功。"《新唐
書·食貨志》:"乃詔能賑貧乏者,寵以爵袟。"　懷柔:語本《禮記·中
庸》:"送往迎來,嘉善而矜不能,所以柔遠人也。繼絶世,舉廢國,
治亂持危,朝聘以時,厚往以薄來,所以懷諸侯也。"後因以稱籠絡
安撫外國或國内少數民族等爲"懷柔"。賈誼《新書·無蓄》:"懷柔
附遠,何招而不至?"《三國志·吳主傳》:"宣導休風,懷柔百越。"
遠人:遠方的人,關係疏遠的人,指外族人或外國人。《周禮·春官·
大司樂》:"以安賓客,以説遠人。"《論語·季氏》:"故遠人不服,則修
文德以來之。"

　　③皇風:皇帝的教化。班固《東都賦》:"覲明堂,臨辟雍;揚緝
熙,宣皇風。"王昌齡《放歌行》:"清樂動千門,皇風被九州。"　黎獻:
黎民中的賢者。《書·益稷》:"萬邦黎獻,共惟帝臣。"蔡沈集傳:"黎
民之賢者也。"白居易《洛川晴望賦》:"是用步閭里,詢黎獻。"　前件:
前已述及的人或事物。《舊唐書·日本國傳》:"元和元年日本國使判
官高階真士上言:'前件學生,藝業稍成,願歸本國,便請與臣同歸。'
從之。"蘇軾《喬執中兩浙運副張安上提刑制》:"其謹視貪吏以無害我
成法,可依前件。"本文是指對文題中提及的梅落悟孤等二十五人分
別賜予的官階,事先應該另有一份類似今天報請審閱名單及初步擬

定賜予官階的未定稿,類似今天的報請件,而本文則是批覆件。

[編年]

《年譜》編年本文於元和十五年,理由是:"《制》云:'各以貴寶,會於明庭。'"另在別處提及《册府元龜·外臣部·褒異》:"(元和十五年)十一月辛酉,對……奚、契丹等使於麟德殿,賜以銀器錦綵。"進一步指出本文應該撰作於元和十五年十一月"辛酉"。《編年箋注》據同樣的理由,亦認爲:"此《制》撰於元和十五年(八二〇)十一月。"《年譜新編》編年本文於元和十五年,没有説明理由。

據《舊唐書·奚國傳》、《新唐書·奚國傳》記載,奚國曾經多次晉謁李唐,不能斷然肯定就是元和十五年十一月"辛酉",還應該結合元稹的情況來考察:元稹任職知制誥臣的任期起元和十五年二月五日,終於長慶元年十月十九日,而《册府元龜·褒異》有關提升外族頭目官階以及賜宴外族首領的全部記載如下:"穆宗以元和十五年即位,二月庚寅,對新羅、渤海朝貢使于麟德殿,宴賜有差。二月癸卯朔,對歸國回鶻合達干等于麟德殿,兼許和親,賜錦綵銀器有差。七月壬戌詔,盛飾安國、慈恩、千福、開業、章敬等寺,縱吐蕃使者以觀焉!乙丑,對吐蕃吊祭使于麟德殿,宴賜有差。九月戊辰,對吐蕃使於麟德殿,宴賜有差。十一月辛酉,對南詔、奚、契丹等使於麟德殿,賜以銀器錦綵。十二月壬辰,對新羅、渤海、南詔、牂牁、昆明等使于麟德殿、宴賜有差。長慶元年二月辛卯,以九姓回鶻毗伽保義可汗薨,輟朝三日,仍令諸司三品以上官就鴻臚寺吊其使者。四月庚辰,命宰臣等於侍中廳宴吐蕃使。"其中提及奚國的祇有元和十五年十一月"辛酉"。再結合上文所引《舊唐書·奚國傳》、《新唐書·奚國傳》所述,我們大致可以認定,本文應該撰作於元和十五年十一月"辛酉",據文獻記載,元和十五年十一月己亥朔,辛酉應該是十一月二十三日,本文即撰成於其時前一二日,地點在長安,元稹時任祠部郎中知制誥臣。

◎ 授入朝契丹首領達于只枕等二十九人果毅別將制⁽一⁾①

敕：朕聞德教加于四海，則遠人斯屆②。余德不類，而爾等寔來，良用愧于厥衷③。是以置野廬以勞其勤，委舌人以通其意。始於郊迓，還以禮成④。寵秩仍加，厚意斯在。被服冠冕，無忘敬恭。可各授⁽二⁾⑤。

録自《元氏長慶集》卷五〇

[校記]

（一）授入朝契丹首領達于只枕等二十九人果毅別將制：《全文》同，楊本、叢刊本作"授入朝契丹首領達于只枕等二十九人果毅別將"，各備一說，不改。

（二）可各授：楊本、叢刊本同，《全文》無此句，録以備考。

[箋注]

① 契丹：李唐北方之民族，地當今天中國東北地區。與李唐的關係，時好時壞，較爲複雜。《舊唐書‧契丹傳》："契丹，居黃水之南、黃龍之北鮮卑之故地，在京城東北五千三百里，東與高麗鄰，西與奚國接，南至營州，北至室韋。冷陘山在其國南，與奚西山相崎，地方二千里。逐獵往來，居無常處。其君長姓大賀氏，勝兵四萬三千人，分爲八部，若有徵發，諸部皆須議合，不得獨舉。獵則別部，戰則同行。本臣突厥，好與奚鬪，不利則遁保青山及鮮卑山。其俗死者不得作塚墓，以馬駕車送入大山，置之樹上，亦無服紀。子孫死，父母晨夕哭之；父母死，子孫不哭。其餘風俗，與突厥同……貞元四年，與奚衆同

寇我振武，大掠人畜而去。九年、十年，復遣使來朝，大首領悔落拽何以下各授官放還。十一年，大首領熱蘇等二十五人來朝。自後至元和、長慶、寶曆、太和、開成、時遣使來朝貢。會昌二年九月，制：'契丹新立王屈戍，可雲麾將軍，守右武衛將軍，員外置同正員。'幽州節度使張仲武上言：'屈戍等雲，契丹舊用迴紇印，今懇請聞奏，乞國家賜印。'許之，以'奉國契丹之印'爲文。"張說《并州論邊事表》："臣聞小忿延起大患，小罪不寬迫成大禍。契丹奚背恩，誠負天地不容之責。然原其狀，本是夷狄君臣不和自相誅戮耳！"唐無名氏《幽州謠》："舊來誇戴竿，今日不堪看。但看五月裏，清水河邊見契丹。" 首領：某些部落頭目，爲首的人。《北史·任城王雲傳》："帝從之，命敕勒首領，執手勞遣之。"岳飛《奏河北諸捷狀》："興等差人招誘王屋縣百姓首領王璋等五十餘人。"本文指契丹國頭領下屬各部的重要頭目。達于只枕：契丹國來李唐晉謁授予果毅別將的首領名字，與奚國的入朝頭目梅落、悟孤相類。 果毅：隋唐時武官名，隋時統驍果之兵，唐時統府兵。《隋書·煬帝紀》："〔大業九年〕辛卯，置折衝、果毅、武勇、雄武等郎將官，以領驍果。"《舊唐書·楊朝晟傳》："初，在朔方爲部軍前鋒，常有功，授甘泉果毅。" 別將：武官名。唐諸衛折冲都尉府屬官。《新唐書·百官志》："衛折衝都尉府：每府折衝都尉一人……左右果毅都尉各一人……別將各一人……"岑參《送李別將攝伊吾令充使赴武威便寄崔員外》："詞賦滿書囊，胡爲在戰場？行間脫寶劍，邑里挂銅章。"高適《送裴別將之安西》："絕域眇難躋，悠然信馬蹄……地出流沙外，天長甲子西。"

②德教：道德教化。《孟子·離婁》："巨室之所慕，一國慕之；一國之所慕，天下慕之：故沛然德教溢乎四海。"劉卲《人物志·材能》："夫人材不同，能各有異……有德教師人之能。" 四海：猶言天下，全國各處。王建《上李吉甫相公》："兩河開地山川正，四海休兵造化仁。曾向山東爲散吏，當今竇憲是賢臣。"李約《過華清宮》："君王遊樂萬

機輕,一曲霓裳四海兵。玉輦升天人已盡,故宮猶有樹長生。"　遠
人:指遠方來人。《論語・季氏》:"故遠人不服,則修文德以來之。"
《晉書・陶侃傳》:"爽察侃爲孝廉,至洛陽,數詣張華。華初以遠人,
不甚接遇。"　斯:副詞,皆,盡。《書・金縢》:"周公居東二年,則罪人
斯得。"孔穎達疏:"罪人於此皆得,謂獲三叔及諸叛逆者。"《吕氏春
秋・報更》:"宣孟曰:'斯食之,吾更與女。'乃復賜之脯二束與錢百。"
高誘注:"斯,猶盡也。"　屆:至,到。《書・大禹謨》:"惟德動天,無遠
弗屆。"孔傳:"屆,至也。"寒山《詩三百三首》九:"人問寒山道,寒山路
不通……似我何由屆? 與君心不同。"

③ 德:善行,仁愛,仁政。《論語・爲政》:"爲政以德,譬如北辰,
居其所而衆星共之。"《史記・劉敬叔孫通列傳》:"今天下初定,死者
未葬,傷者未起,又欲起禮樂。禮樂所由起,積德百年而後可興也。"
不類:作自謙之詞,猶不肖。《書・太甲》:"予小子不明於德,自底不
類。"蔡沈集傳:"不類猶不肖也。"不善。《詩・大雅・瞻卬》:"不吊不
祥,威儀不類。"毛傳:"類,善。"孔穎達疏:"威儀有不善。"　厥:代詞,
其,表示領屬關係。《書・伊訓》:"古有夏先後方懋厥德,罔有天災。"
韓愈《祭柳子厚文》:"遍告諸友,以寄厥子,不鄙謂余,亦托以死。"
衷:内心。《左傳・僖公二十八年》:"今天誘其衷,使皆降心以相從
也。"駱賓王《上吏部裴侍郎書》:"情蓄於衷,事符則感;形潛於内,迹
應斯通。"

④ 野廬:指野廬氏,周代官名,掌管交通、廬舍、道禁等。《周
禮・秋官・野廬氏》:"野廬氏,掌達國道路,至於四畿。比國郊及野
之道路、宿息、井樹……掌凡道禁。"潘岳《藉田賦》:"於是乃使甸帥清
畿,野廬掃路。"　舌人:古代的翻譯官。《國語・周語》:"故坐諸門
外,而使舌人體委與之。"韋昭注:"舌人,能達異方之志,象胥之官
也。"衛湜《禮記集説・表記》:"以駟不及舌人之失,尤在於言故也。"
郊迓:郊迎。《新唐書・百官志》:"軍出,則受命勞遣……凱還,則郊

迓。”文瑩《玉壺清話》卷五：“彦卿聞其來，魂膽俱喪，韃橐郊迓。” 禮成：儀式終結。《管子·大匡》：“寡君畏君之威，不敢寧居，來修舊好。禮成而不反，無所歸死，請以彭生除之。”惲敬《駁朱錫鬯書楊太真外傳後》：“蓋新書據下詔之日，舊書據禮成之日耳！”

⑤ 寵秩：寵愛而授以官秩。《左傳·昭公八年》：“子旗曰：‘子胡然，彼孺子也。吾誨之，猶懼其不濟，吾又寵秩之，其若先人何？’”《資治通鑑·晉簡文帝咸安元年》：“彼慕容評者，蔽君專政，忌賢疾功，愚暗貪虐以喪其國，國亡不死，逃遁見禽。秦王堅不以爲誅首，又從而寵秩之，是愛一人而不愛一國之人也。”胡三省注：“寵秩，謂寵而序其官，使不失次也。” 厚意：深厚的情意。《詩·小雅·鹿鳴序》：“既飲食之，又實幣帛筐篚，以將其厚意。”干寶《搜神記》卷五：“翁之厚意，出葦相渡，深有漸感，當有以相謝者。” 被服：感化，蒙受。陸賈《新語·無爲》：“民不罰而畏罪，不賞而歡悅，漸漬於道德，被服於中和之所致也。”《漢書·禮樂志》：“是以海内遍知上德，被服其風，光輝日新，化上遷善，而不知所以然。”顔師古注：“言蒙其風化，若被而服之。”《三國志·公孫淵傳》：“淵亦恐權遠不可恃，且貪貨物，誘致其使，悉斬送彌晏等首。”裴松之注引魚豢《魏略》：“臣被服光榮，恩情未報，而以罪釁，自招譴怒，分當即戮，爲衆社戒。” 冠冕：特指中原漢人服飾。《後漢書·明帝紀》：“宗祀光武皇帝於明堂，帝及公卿列侯始服冠冕、衣裳、玉佩、絇履以行事。”《隋書·東夷傳論》：“今遼東諸國，或衣服參冠冕之容，或飲食有俎豆之器，好尚經術，愛樂文史。” 敬恭：恭敬奉事，敬慎处事。《詩·大雅·雲漢》：“敬恭明神，宜無悔怒。”元稹《于季友授右羽林將军制》：“爾其敬恭，無替朕命。” 可各授：義近“可依前件”，本文是指對文題中提及的達于只枕等二十九人分別賜予果毅、別將的事先名單，類似今天的報請件，而本文則是批覆件。元稹《處分幽州德音》：“劉總已極上台，仍移重鎮，兄弟子侄各授官榮，大將賓寮亦皆超擢。”白居易《與元九書》：“況詩人多蹇，如陳

子昂、杜甫各授一拾遺,而迍剝至死;李白、孟浩然輩不及一命,窮悴終身。”

[編年]

《年譜》編年本文於元和十五年,理由是:“《制》云:‘始於郊迓,還以禮成。’”又“《册府元龜》卷九七六《外臣部·褒異》三云:‘(元和十五年)十一月辛酉,對……奚、契丹等使於麟德殿,賜以銀器錦綵。’以上兩《制》即此時撰。”指出本文應該撰作於元和十五年十一月“辛酉”。《編年箋注》認爲:“其背景與授入朝奚大首領官階同。”《年譜新編》編年本文於元和十五年,根據是《年譜》列舉的《册府元龜》,但在匆忙之中,誤將“卷九七六”誤爲“卷九六七”。

我們以爲,據《册府元龜·褒異》,有關提升外族頭目官階以及賜宴外族首領的全部記載如下:“穆宗以元和十五年即位,二月庚寅,對新羅、渤海朝貢使于麟德殿,宴賜有差。二月癸卯朔,對歸國回鶻合達干等于麟德殿,兼許和親,賜錦綵銀器有差。七月壬戌詔,盛飾安國、慈恩、千福、開業、章敬等寺,縱吐蕃使者以觀焉!乙丑,對吐蕃吊祭使于麟德殿,宴賜有差。九月戊辰,對吐蕃使於麟德殿,宴賜有差。十一月辛酉,對南詔、奚、契丹等使於麟德殿,賜以銀器錦綵。十二月壬辰,對新羅、渤海、南詔、牂牁、昆明等使于麟德殿、宴賜有差。長慶元年二月辛卯,以九姓回鶻毗伽保義可汗薨,輟朝三日,仍令諸司三品以上官就鴻臚寺吊其使者。四月庚辰,命宰臣等於侍中廳宴吐蕃使。”其中提及契丹的祇有元和十五年十一月“辛酉”故本文撰作時間及理由應該與《授入朝奚大首領梅落悟孤等二十五人官階制》基本相同,亦即元和十五年十一月二十三日之前一二日,地點在長安,元稹時任祠部郎中知制誥臣。

◎ 贈鄭餘慶太保制^{(一)①}

敕：朕聞仲尼歿而魯公誄之，柳莊死而衛靈請往。夫以區區魯、衛，而猶念賢臣顧德也如是②。況朕小子，獲承祖宗，實賴一二元老朝夕教誨，以儀刑于四方^(二)。天胡不仁，遽爾殲奪？而今而後，誰其屏余③？

故金紫光禄大夫、檢校司徒兼太子少師、上柱國、滎陽郡開國公、食邑二千户鄭餘慶^(三)，始以衣冠禮樂，行於山東。餘力文章，遂成儒學④。出入清近，盈五十年。再任台衡（貞元十四年拜中書侍郎同平章事，元和元年復以尚書左丞同平章事），屢分戎律（歷爲山南西道、鳳翔節度使）⑤。凡所劇職，無不踐更。貴而能謙^(四)，卑以自牧。謇直行於臺閣，柔睦用於閨門⑥。受命有考父之恭，待士有公孫之廣。焚書逸禮，盡所口傳；古史舊章，如因心匠⑦。

朕方咨稟，庶罔昏逾。神將祝予，痛悼何及⑧！乞言既阻，贈典宜加。追書保養之榮^(五)，用彰明允之德。可依前件⑨。

録自《元氏長慶集》卷五〇

［校記］

（一）贈鄭餘慶太保制：《全文》同，楊本、叢刊本作“贈鄭餘慶太保”，各備一説，不改。

（二）以儀刑于四方：《全文》同，楊本、叢刊本誤作“以儀形于四方”，各備一説，不改。

（三）故金紫光禄大夫、檢校司徒兼太子少師、上柱國、滎陽郡開國公、食邑二千户鄭餘慶：原本作"故金紫光禄大夫、檢校司徒兼太子少師鄭餘慶"，楊本、叢刊本同，據《全文》補。

（四）**貴而能謙**：楊本、叢刊本同，《全文》作"貴而能貧"，各備一說，不改。

（五）**追書保養之榮**：楊本、叢刊本、《全文》同，盧校作"追書保養之名"，各備一說，不改。

［箋注］

① **贈**：賜死者以爵位或榮譽稱號。《後漢書·鄧騭傳》："悝闔相繼並卒，皆遺言薄葬，不受爵贈。"趙昇《朝野類要·入仕》："生曰封，死曰贈。" **鄭餘慶**：事迹見兩《唐書》本傳，詳略各異。《舊唐書·鄭餘慶傳》節引本文部份内容，可參閲："鄭餘慶始以衣冠禮樂，行於山東。餘力文章，遂成志學。出入清近，盈五十年。再秉台衡，屢分戎律。凡所要職，無不踐更。貴而能貧，卑以自牧。謇諤聞於臺閣，柔睦化於閨門。受命有考父之恭，待士比公孫之廣。焚書逸禮，盡可口傳。古史舊章，如因心匠。朕方咨禀，庶罔昏踰。神將祝予，痛悼何及！乞言既阻，賵禮宜優，可贈太保。"《新唐書·鄭餘慶傳》："鄭餘慶，字居業，鄭州滎陽人……貞元十四年，拜中書侍郎、同中書門下平章事……貶郴州司馬，順宗以尚書左丞召，會憲宗立，即其官，復拜同中書門下平章事……未幾，罷爲太子賓客……出爲山南西道節度使，入拜太子少師，請老，不許。時數赦，官多汎階。又帝親郊陪祠者，授三品、五品不計考，使府賓吏以軍功借賜朱紫率十八。近臣謝、郎官出使，多所賜與。每朝會，朱紫滿廷而少衣緑者，品服大濫，人不以爲貴，帝亦惡之，始詔餘慶條奏懲革。遷尚書左僕射，僕射比非其人。及餘慶以宿德進，公論浩然歸重。帝患典制不倫，謂餘慶淹該前載，乃詔爲詳定使，俾參裁訂正。餘慶引韓愈、李程爲副，崔郾、陳佩、楊嗣復、庾敬休爲判官，凡損增儀矩，號稱詳衷。俄拜鳳翔尹，節度鳳

翔，復爲太子少師，封滎陽郡公，兼判國子祭酒事。建言：'兵興以來，學校廢，諸生離散。今天下承平，臣願率文吏月俸百取一，以資完葺。'詔可。穆宗立，加檢校司徒。卒年七十五，贈太保，諡曰貞。帝以其貧，特給一月奉料爲賵襚。" 太保：古三公之一，位次太傅。周置，爲輔弼國君之官。春秋後廢，漢復置。後代沿置，多爲重臣加銜，以示恩寵，並無實職。陸羽《論徐顏二家書》："徐吏部不授右軍筆法，而體裁似右軍；顏太保授右軍筆法，而點畫不似。"劉禹錫《東都留守令狐楚家廟碑》："凡以子貴承澤降命書告第者，始贈尚書祠部郎中，再贈禮部尚書，三加右僕射，四進太保，五爲上公。" 制：指帝王的命令。《史記·秦始皇本紀》："臣等昧死上尊號，王爲'泰皇'，命爲'制'，令爲'詔'。"裴駰集解引蔡邕曰："制書，帝者制度之命也。其文曰'制'。"張九齡《上張燕公書》："今登封沛澤，千載一時。而清流高品，不沾殊恩。胥吏末班，先加章黻。但恐制出之日，四方失望。"

② 仲尼：孔子的字，孔子名丘，春秋魯國人。《史記·孔子世家》："紇與顏氏女野合而生孔子，禱於尼丘得孔子。魯襄公二十二年而孔子生，生而首上圩頂，故因名曰丘云，字仲尼。"張説《大唐祀封禪頌》："仲尼叙帝王之書。" 歿：死，去世。《史記·屈原賈生列傳》："伯樂既歿兮，驥將焉程兮？"《周書·鄭孝穆傳》："父叔四人並早歿。"魯公誄之：事見《左傳·哀公十六年》："夏四月己丑，孔丘卒，公誄之曰：'旻天不弔，不憖遺一老。俾屏余一人以在位，煢煢余在疚。嗚呼哀哉！尼父無自律。'" 魯公：魯國的國君。胡曾《詠史詩·魯城》："魯公城闕已丘墟，荒草無由認玉除。因笑臧孫才智少，東門鐘鼓祀鸕鷀。"本文指魯哀公。《春秋左傳要義·吳越本末》："魯哀公二十二年，勾踐滅吳。" 誄：古代列述死者德行，表示哀悼並以之定諡，多用於上對下。《禮記·曾子問》："賤不誄貴，幼不誄長，禮也。"鄭玄注："誄，累也，累列生時行迹，讀之以作諡，諡當由尊者成。"《新唐書·張巡傳》："巡亡三日而鎬至，十日而廣平王收東京，鎬命中書舍人蕭昕

誄其行。"悼念死者的文章。《周禮・春官・大祝》："作六辭以通上下
親疏遠近,一曰祠,二曰命,三曰誥,四曰會,五曰禱,六曰誄。"韓愈
《祭虞部張員外文》："酒食備設,靈其降止。論德敍情,以視諸誄。"
柳莊死而衛靈請往:事見《禮記・檀弓》："衛有大史曰柳莊,寢疾,公
曰:'若疾革,雖當祭,必告。公再拜稽首,請於尸曰:'有臣柳莊也者,
非寡人之臣,社稷之臣也。聞之死,請往。不釋服而往,遂以襚之。"
衛靈:即衛國國君衛靈公。《春秋左傳》:"(二年)冬十月,葬衛靈公。"
周曇《春秋戰國門・衛靈公》:"子魚無隱欲源清,死不忘忠感衛靈。
伯玉既親知德潤,殘桃休喫悟蘭馨。"　　區區:小,少,形容微不足道。
曹植《與司馬仲達書》:"今賊徒欲保江表之城,守區區之吳爾! 無有
爭雄於宇内、角勝於中原之志也。"《舊唐書・張鎬傳》:"臣聞天子修
福,要在安養含生,靖一風化,未聞區區僧教,以致太平!"　　賢臣:賢
明的臣子。張説《唐陳州龍興寺碑》:"刺史南陽韓府君名琦,其爲邦
也,勝殘去殺,聖主之得賢臣;別駕彭城郡王名隆業,其從政也,能肅
而恭,高陽之有才子。"楊相如《陳便宜疏》:"賢臣正直,安得不忤心
乎? 邪臣諂詐,安得不順已乎?"　　顧:顧惜,眷念。《管子・明法》:
"明主者,使下盡力而守法分,故群臣務尊主而不管顧其家。"《舊唐
書・楊貴妃傳》:"然貴妃久承恩顧,何惜宮中一席之地,使其就戮,安
忍取辱於外哉!"

　　③ 小子:舊時自稱謙詞,包括帝皇在内。李嶠《與雍州崔録事司
馬録事書》:"大夫攄思,空擬於登高;小子裁章,顧羞於調下。"李隆基
《爲元元皇帝設像詔》:"惟小子多於前功,夙夜敬止,上承祖宗之餘
慶,下膺侯王之樂推,惕然深居,凛若馭朽。"　　祖宗:特指帝王的祖
先。語本《禮記・祭法》:"(殷人)祖契而宗湯,(周人)祖文王而宗武
王。"李世民《册晉王爲皇太子文》:"睦九族而禮庶僚,懷萬邦而憂遐
裔。兢兢業業,無怠無荒,克念爾祖宗,以甯我宗社,可不慎歟!"　　元
老:天子的老臣。《詩・小雅・采芑》:"方叔元老,克壯其猶。"毛傳:

"元,大也,五官之長,出於諸侯,曰天子之老。"後稱年輩、資望皆高的大臣或政界人物。《後漢書·章帝紀》:"行太尉事節鄉侯熹三世在位,爲國元老。"唐時宰相相呼爲元老。李肇《唐國史補》卷下:"宰相相呼爲元老,或曰堂老。"據《舊唐書·鄭餘慶傳》,鄭餘慶曾兩度任職宰相,故言。　教誨:教導,訓誨。《書·無逸》:"古之人,猶胥訓告,胥保惠,胥教誨。"劉長卿《別李氏女子》:"臨歧方教誨,所貴和六姻。"儀刑:楷模,典範。《詩·大雅·文王》:"儀刑文王,萬邦作孚。"朱熹集傳:"儀,象。刑,法。"《北齊書·陳元康傳》:"王教訓世子,自有禮法,儀刑式瞻,豈宜至是?"　四方:天下,各處。《淮南子·原道訓》:"泰古二皇,得道之柄,立於中央,神與化遊,以撫四方。"高誘注:"撫,安也。四方,謂之天下也。"《新唐書·吐蕃傳》:"陛下平定四方,日月所照,並臣治之。"　不仁:無仁厚之德,殘暴。《老子》:"聖人不仁,以百姓爲芻狗。"《漢書·翟方進傳》:"不仁而多材,國之患也。"　殲奪:使喪亡。杜牧《令狐定贈禮部尚書制》:"朕有表臣,作鎮南服,天不助我,遽此殲奪,用崇飾終之典,以舒痛悼之誠。"楊凝式《大唐故天下兵馬都元帥尚父吳越國王謚武肅神道碑銘》:"何國不幸,而殄瘁於此辰? 謂天無私,乃殲奪於兹晝?"　屏:捍蔽,保護。《漢書·王莽傳》:"成王幼少,周公屏成王而居攝,以成周道。"顏師古注:"屏,猶擁也。"蔡絛《鐵圍山叢談》卷五:"屏皇城,增貯水器。"

④ 金紫光祿大夫:文散官,正三品。李嶠《神龍曆序》:"金紫光祿大夫、行秘書監、駙馬都尉、上柱國楊慎交,鍾鼎貴游,山河寶氣。赤泉疏社,軒裳接於五公;朱輪贈言,翰墨連於七子。"孔璋《黔州刺史薛舒神道碑》:"尋加金紫光祿大夫、御史大夫、河東郡開國伯,賞茂勛也。"　司徒:官名,相傳少昊始置,唐虞因之,周時爲六卿之一,曰地官大司徒,掌管國家的土地和人民的教化。漢哀帝元壽二年,改丞相爲大司徒,與大司馬、大司空並列三公。東漢時改稱司徒,歷代因之。杜甫《洗兵馬》:"司徒清鑒懸明鏡,尚書氣與秋天杳。二三豪俊爲時

出,整頓乾坤濟時了。"錢起《郭司徒廳夜宴》:"秋堂復夜闌,舉目盡悲端。霜堞烏聲苦,更樓月色寒。" 太子少師:東宮官屬,正二品,與少傅、少保并爲"三少師",三少師之職掌教諭太子。蘇頲《授唐休璟太子少師制》:"營於百工,孰過元老?宜紆几杖,俾作鹽梅。可行太子少師、同中書門下三品。散官、勛如故。"張孚《金紫光禄大夫左金吾衛將軍贈揚州大都督臧府君神道碑銘》:"祖善德,銀青光禄大夫、銀州刺史,贈太子少師。" 上柱國:官名,戰國楚制,凡立覆軍斬將之功者,官封上柱國,位極尊寵。北魏置柱國大將軍,北周增置上柱國大將軍,唐宋也以上柱國爲武官勛爵中的最高級,柱國次之,歷代沿用。賈彦璇《大唐故忠武將軍行薛王府典軍上柱國平棘縣開國男李府君墓誌銘并序》:"君諱無慮,字忠眷,隴西人也。"白居易《馬上作》:"處世非不遇,榮身頗有餘。勛爲上柱國,爵乃朝大夫。" 國公:封爵名,隋始置,自唐至明皆因之。《隋書·百官志》:"國王、郡王、國公、郡公、縣公、侯、伯、子、男,凡九等。"元稹《故金紫光禄大夫檢校司徒兼太子少傅贈太保鄭國公食邑三千户嚴公行狀》:"階崇金紫,爵極國公。" 食邑:唐宋時亦作爲一種賜予宗室和高級官員的榮譽性加銜。張九齡《大唐故光禄大夫右散騎常侍集賢院學士贈太子少保東海徐文公神道碑銘》:"進封縣伯,食邑五百户,兼昭文館學士。"權德輿《唐故右神策護軍中尉孫公神道碑銘》:"進驃騎大將軍,益封樂安縣公,食邑一千五百户。" 衣冠:代稱縉紳、士大夫。《漢書·杜欽傳》:"茂陵杜鄴與欽同姓字,俱以材能稱京師,故衣冠謂欽爲'盲杜子夏'以相别。"顏師古注:"衣冠謂士大夫也。"李白《登金陵鳳凰臺》:"吴宮花草埋幽徑,晉代衣冠成古丘。" 禮樂:禮節和音樂,古代帝王常用興禮樂爲手段以求達到尊卑有序遠近和合的統治目的。張説《府君墓誌》:"府君縗裸衰麻,鞠育舅氏,而炳太和之純嘏,爍遠慶之洪胤。庇身禮樂,發言忠信,小無不戒,大無不慎。"邢巨《應文辭雅麗科對策》:"若乃敷皇極以作則,弘禮樂以垂訓,彝倫攸序,群德畢舉,斯太宗之盛事也。" 山東:戰國、秦、漢時稱崤山或華山以東地區,又稱關東,亦指戰國時秦以外的六國。《戰國策·趙策》:"六國從親以擯秦,秦必不敢出兵於函谷關以害山東矣!"章碣《焚書坑》:"坑灰未冷山東亂,劉項元來不讀書。" 文章:文辭或獨立城篇的文字。《後漢書·延篤傳》:"能著文章,有名京師。"杜甫《偶題》:"文章千古事,得失寸心知。" 儒學:儒家學說,儒家經學。《史記·老子韓非列傳》:"世之學老子者絀儒學,儒學亦絀老子。"韓愈《唐故河南令張君墓誌銘》:"皇考諱郁,以儒學進,官至侍御史。"

⑤ 清近:謂居官清貴,接近皇帝。元稹《王仲舒等加階制》:"朝議郎守中書舍人王仲舒等,或歷職清近,代予格言。"歐陽修《辭侍讀學士札子》:"臣伏見侍讀之職,最爲清近,自祖宗以來,尤所慎選。"盈:超過。鮑照《苦熱行》:"丹蛇踰百尺,玄蜂盈十圍。"韓愈《合江亭》:"樹蘭盈九畹,栽竹逾萬個。" 台衡:喻宰輔大臣。台,三台星;衡,玉衡,北斗杓三星,皆位於紫微宮帝座前。陸機《贈弟士龍十章》一:"奕世台衡,扶帝紫極。"楊炯《爲劉少傅等謝敕書慰勞表》:"臣等竊循愚蔽,謬荷恩私,或位聯輔弼,職在台衡。" 戎律:軍機,軍務。《隋書·梁睿傳》:"公既上才,若管戎律,一舉大定,固在不疑。"岑參《入劍門作寄杜楊二郎中》:"良籌佐戎律,精理皆碩畫。"

⑥ 劇職:指重要職務。《新唐書·柳渾傳》:"白志貞除浙西觀察使,渾奏:'志貞興小史,縱嘉其才,不當超劇職。'"蘇舜欽《朝奉大夫王公行狀》:"公兄雍,時亦爲三司判官,公曰:'是皆劇職,吾兄弟並命,妨寒士之進。'" 踐更:交替任職,先後任職。《舊唐書·楊於陵傳》:"居朝三十餘年,踐更中外,始終不失其正。"柳宗元《爲崔中丞請朝覲表》:"中外踐更,出入迭用。" 貴:地位顯要。《論語·里仁》:"子曰:富與貴,是人之所欲也。不以其道得之,不處也。"《漢書·金日磾傳》:"日磾兩子貴,及孫則衰矣!" 謙:謙虛,謙讓。《書·大禹謨》:"滿招損,謙受益。"韓愈《苦寒》:"太昊弛維綱,畏避但守謙。"

卑：謙恭，謙卑。《漢書·張耳陳餘傳》：“高祖從平城過趙，趙王旦暮
自上食，體甚卑，有子婿禮。”韓愈《唐故江西觀察使韋公墓誌銘》：
“〔韋丹〕與賓客處，如布衣時，自持卑，一不易。”　自牧：自我修養。
《後漢書·劉虞公孫瓚傳論》：“劉虞守道慕名，以忠厚自牧。”獨孤及
《吳季子札論》：“全身不顧其業，專讓不奪其志，所去者忠，所存者節，
善自牧矣！”　謇直：正直。《後漢書·胡廣傳》：“雖無謇直之風，屢有
補闕之益。”白居易《辛邱度可工部員外郎李石可左補闕李仍叔可右
補闕三人同制》：“朕詔丞相求方略忠讜之士置於左右，而播等以石暨
仍叔應詔，言其爲人厚實謇直。”　臺閣：漢時指尚書臺，後亦泛指中
央政府機構。《後漢書·仲長統傳》：“光武皇帝愠數世之失權，忿強
臣之竊命，矯枉過直，政不任下，雖置三公，事歸臺閣。”李賢注：“臺
閣，謂尚書也。”王安石《送李宣叔倅漳州》：“朝廷尚賢俊，磊砢充臺
閣。”　柔睦：猶和睦。李華《唐故東光縣主神道碑銘》：“養先姑如甯
膝下，奉君子如見大賓。以徽柔睦娣姒，以莊敬端幼賤。”李石《袁氏
墓誌銘》：“淑靜柔睦，夫死繼亡。”　閨門：婦女所居之處。《北齊書·
尉瑾傳》：“瑾外雖通顯，內闕風訓，閨門穢雜，爲世所鄙。”蘇軾《教戰
守》：“今者治平之日久，天下之人，驕惰脆弱，如婦人孺子不出於閨
門。論戰鬥之事，則縮頸而股慄；聞盜賊之名，則掩耳而不願聽。”

　⑦ 受命有考父之恭：典見《左傳·昭公七年》：“及正考父，佐戴、
武、宣，三命茲益共，故其鼎銘云：‘一命而僂，再命而傴，三命而俯，循
墙而走，亦莫余敢侮。饘於是，鬻於是，以餬余口。’其共也如是。臧
孫紇有言曰：‘聖人有明德者，若不當世，其後必有達人。’”　受命：特
指受君主之命。《左傳·襄公二十七年》：“石惡將會宋之盟，受命而
出。”《史記·項羽本紀》：“吾與項羽俱北面受命懷王，曰‘約爲兄
弟’。”　待士有公孫之廣：典見《漢書·公孫弘傳》：“封丞相弘爲平津
侯，其後以爲故事。至丞相封，自弘始也。時上方興功業，婁舉賢良。
弘自見爲舉，首起徒步，數年至宰相封侯。於是起客館，開東閣以延

賢人,與參謀議。弘身食一肉,脫粟飯,故人賓客仰衣食,奉禄皆以給之,家無所餘。" "焚書逸禮"四句:事見《舊唐書·鄭餘慶傳》:"(元和)十三年,拜尚書左僕射。自兵興以來,處左右端揆之位者,多非其人。及餘慶以名臣居之,人情美洽。憲宗以餘慶諳練典章,朝廷禮樂制度有乖故事,專委餘慶參酌施行,遂用爲詳定使。餘慶復奏刑部侍郎韓愈、禮部侍郎李程爲副使,左司郎中崔郾、吏部郎中陳珮、刑部員外郎楊嗣復、禮部員外郎庚敬休並充詳定判官。朝廷儀制吉凶五禮,咸有損益焉!" 焚書:指"焚書坑儒"中被焚毀的書籍。秦始皇三十四年(公元前二一三年),博士淳于越根據古制,建議分封子弟。丞相李斯反對儒生以古非今,以私學誹謗朝政,建議除秦記、醫藥、卜筮、種樹書外,民間所藏《詩》《書》和諸子百家書一律焚毀,談論《詩》《書》者處死,以古非今者族誅,學習法令者以吏爲師。始皇採納這一建議,次年,方士、儒生求仙藥不得,盧生等又逃亡,始皇怒,在咸陽坑殺諸生四百六十餘人。這一事件史稱"焚書坑儒",亦省作"焚坑"。元稹《獻滎陽公詩五十韻》:"篆垂朝露滴,詩綴夜珠聯。逸禮多心匠,焚書舊口傳。"李商隱《贈送前劉五經映三十四韻》:"屋壁餘無幾,焚坑逮可傷。" 逸禮:指《儀禮》十七篇以外的古文《禮經》,相傳有三十九篇,今佚。古文經學家認爲漢武帝時與古文《尚書》同發現於孔子住宅的壁中,今文經學家則否認《逸禮》的發現。《漢書·劉歆傳》:"及魯恭王壞孔子宅,欲以爲宮,而得古文於壞壁之中,《逸禮》有三十九,《書》十六篇。"洪邁《容齋四筆·諸家經學興廢》:"《古禮經》五十六篇,後蒼傳十七篇曰《後氏曲臺記》,所餘三十九篇名爲《逸禮》。" 口傳:口頭傳授,口頭傳達。《淮南子·氾論訓》:"此皆不著於法令,而聖人之所不口傳也。"韓愈《進順宗皇帝實録表狀》:"今之所以知古,後之所以知今,不可口傳,必憑諸史。" 古史:古代的歷史。韓愈《雜詩》:"古史散左右,詩書置後前。豈殊蠹書蟲,生死文字間。"無可《李常侍書堂》:"已應窮古史,師律孰齊名!" 舊章:昔日的典章。《史記·秦始皇本紀》：“秦聖臨國，始定刑名，顯陳舊章。”元稹《批王播謝官表》：“況高祖、太宗之法令具存，德宗、憲考之舊章猶在。”　心匠：指獨特的構思設計。白居易《白蘋洲五亭記》：“大凡地有勝境，得人而後發；人有心匠，得物而後開。”沈括《夢溪筆談·書畫》：“益之佈置尚能如此，其心匠可知。”

　⑧ 咨稟：請教，稟告。元稹《授韓皋尚書左僕射制》：“凡百庶僚，無忘咨稟。”沈作喆《寓簡》卷一：“予頃見石林，欲以所見咨稟，遲疑不敢妄發。”　庶：副詞，希望，但願。許冲《說文解字後序》：“庶有達者，理而董之。”段玉裁注：“庶，冀也。”諸葛亮《前出師表》：“庶竭駑鈍，攘除奸凶，興復漢室，還於舊都。”　罔：搜括，牟取。《孟子·公孫丑》：“有賤丈夫焉！必求龍斷而登之，以左右望而罔市利。”朱熹集注：“罔，謂罔羅取之也。”《商君書·賞刑》：“雖曰里智、巧佞、厚樸，則不能嘆非功，罔上利。”　昏逾：亦作“昏踰”，昏亂而越軌。《書·顧命》：“嗣守文武大訓，無敢昏逾。”張衡《上陳事疏》：“懼群臣奢侈，昏踰典式。”　祝予：《公羊傳·哀公十四年》：“子路死，孔子曰：‘噫，天祝予！’”何休注：“祝，斷也。天生顏淵、子路爲夫子輔佐，皆死者，天將亡夫子之證。”後人用典，以“祝予”爲悲悼生徒後輩死亡之詞。劉義慶《世說新語·傷逝》：“羊孚年三十一卒，桓玄與羊欣書曰：‘賢從情所信寄，暴疾而殞，祝予之嘆，如何可言！’”　痛悼：沉痛哀悼。《晉書·溫嶠傳》：“方賴大猷以拯區夏，天不愸遺，早世薨殂，朕用痛悼於厥心。”杜牧《唐故銀青光禄大夫贈吏部尚書崔公行狀》：“開成元年十月二十日，薨於治所……主上痛悼，輟朝一日。”

　⑨ 乞言：古代帝王及其嫡長子養一些德高望重的老人，以便向他們求教，叫乞言。《禮記·文王世子》：“凡祭與養老乞言合語之禮，皆小樂正詔之於東序。”鄭玄注：“養老乞言，養老人之賢者，因從乞善言可行者也。”《晉書·王祥傳》：“天子幸太學，命祥爲三老。祥南面几杖，以師道自居。天子北面乞言，祥陳明王聖帝君臣政化之要以訓

之。" 贈典：古代朝廷推恩重臣，把官爵授給官員已死父母及祖先的典禮。封(存者稱封)贈之制，起於晉宋，至唐始備。所贈官爵品位以及受贈的輩份歷代不同，漸後漸優。元稹《贈田弘正母鄭氏等》："迺詔有司，深惟贈典。"馮宿《天平軍節度使殷公家廟碑》："於戲！三君皆位不充量，道屯於時，贈典累錫，覃恩逮及。" 追書：追述。《左傳·襄公元年》："元年春己亥，圍宋彭城。非宋地，追書也。"杜預注："成十八年，楚取彭城以封魚石，故曰非宋地。夫子治《春秋》，追書繫之宋。"孫逖《唐故幽州都督河北節度使燕國文貞張公遺愛頌》："薊縣父老某乙等，感之所致，久而益思，遠訴不才，追書盛德。" 保養：保護養育，保護培育。《漢書·丙吉傳》："吉擇謹厚女徒，令保養曾孫，置閑燥處。"《後漢書·楊震傳》："安帝乳母王聖，因保養之勤，緣恩放恣。" 彰：顯揚，表彰。《孟子·告子》："尊賢育才，以彰有德。"《舊唐書·郭子儀傳》："聖旨微婉，慰諭綢繆，彰微臣一時之功，成子孫萬代之寶。" 明允：明察而誠信。《左傳·文公十八年》："昔高陽氏有才子八人……齊聖廣淵，明允篤誠，天下之民謂之八愷。"曾鞏《左僕射門下侍郎王珪追封三代並妻制·祖贊追封魏國公》："具官某，明允純篤，德業惟茂。"

[編年]

《年譜》編年："《舊唐書·鄭餘慶傳》云：'元和十五年十一月卒，詔曰……'《舊唐書》所載之'詔'，即元稹所撰之《贈鄭餘慶太保制》，文字稍有不同。"《編年箋注》根據《年譜》所引《舊唐書·鄭餘慶傳》，編年："此《制》撰於餘慶辭世之際，即元和十五年(八二〇)十一月。"《年譜新編》所據理由與編年結論同。

我們以爲，一、編年本文於元和十五年十一月尚顯籠統，何況十一月二十五日之前，鄭餘慶尚在人間。二、《編年箋注》"撰於餘慶辭世之際"的說法是不妥當的，應該商榷。據《漢語大詞典》，"之"在這裏充作助詞,用在定語"辭世"和中心詞"際"之間,相當於現代漢語的助詞"的"。《書·盤庚》"紹復先王之大業",韓愈《師説》"古之學者必有師"就是其中的書證。而"際"祇有"縫隙,合縫之處"、"靠邊緣的地方"、"事物的分界,區分"、"中間,裏邊"、"泛指處所"、"會合,交會"、"彼此之間"、"互相接觸,交往"、"指人與人之間的關係"、"指先後交接的時期"、"指某種局勢形成的時機"、"交界,連接"、"靠近,接近"、"適逢,恰遇"、"積、委積"、"助詞"等十六個含義,"之"與"際"無論如何搭配,也不會産生"以後"的含義。而本文必須撰成於鄭餘慶"辭世"之後,這是不言而喻的常識。三、據《舊唐書·穆宗紀》:"十一月己亥朔……癸亥,檢校司徒兼太子少師鄭餘慶卒。"推其干支,"癸亥"應該是十一月二十五日,故本文應該撰成於元和十五年十一月二十五日當日或其次日,因爲鄭餘慶肯定病故在長安,而元稹當時也在長安任職祠部郎中、知制誥臣,立即前往吊念鄭餘慶應該在情理之中,而奉命撰制本文,以表達唐穆宗與朝廷的哀悼之意,也應該是刻不容緩的事情。

◎ 齊覢可饒州刺史王堪可澧州刺史制^{(一)①}

敕:尚書刑部郎中齊覢、岳州刺史王堪等:隸江之西,饒爲沃野,澧亦旁荆之劇郡②。而鄱陽有鎔銀擷茗之利,俗用僄輕^(二)。政無刑威,盜賊多有③。沅湘間沉怨抑激,有屈原遺風。吏無廉平,人用愁苦④。

惟爾覢洎堪等,皆踐臺閣,亟歷名部,號爲良能⑤。俾分兩地之憂,佇聽二天之謡。覢可使持節饒州刺史,堪可使持節澧州刺史,餘如故⑥。

録自《元氏長慶集》卷四八

[校記]

（一）齊暎可饒州刺史王堪可澧州刺史制：原本作"齊暎可饒州刺史王堪可澧州刺史制"，楊本、宋浙本、叢刊本作"齊暎饒州刺史王堪澧州刺史"，《全文》作"授齊暎饒州刺史王堪澧州刺史制"，各備一説，不改。"澧州"原本誤作"灃州"，據正文"旁荆之劇郡"的提示以及楊本、叢刊本、盧校、《全文》改，下同。

（二）俗用僄輕：楊本、叢刊本同，《全文》作"俗用剽輕"，各備一説，不改。

[箋注]

① 齊暎：兩《唐書》無傳，據齊暎曾任職刑部郎中，白居易有《兵部郎中知制誥馮宿侍御史裴注義武軍行軍司馬御史中丞蕭籍饒州刺史齊照（暎）鄧州刺史渾鐬並可朝散大夫同制》："敕：某官馮宿等：凡品秩之制有九，自五而上謂之貴階，而宿司吾言，注持吾憲，籍、照（暎）以降，皆著勤，由朝議郎一進而及此此。之所以爲貴者，蔭及子，命及妻，豈唯腰白金，服赤芾從大夫之後而已？寵數既重，思有以稱之，並可朝散大夫。"朱金城先生《白居易集箋校·兵部郎中知制誥馮宿侍御史裴注義武軍行軍司馬御史中丞蕭籍饒州刺史齊照鄧州刺史渾鐬並可朝散大夫同制》後面箋："'齊照'：《郎官考》卷十八《倉外》：'案：《倉中》補有齊照，疑即齊暎之誤。城案：元稹有《齊暎可饒州刺史王堪可澧州刺史制》。又光緒《江西通志》卷八："齊照，饒州刺史，元和中任。"蓋據《白集》。岑仲勉《元和姓纂四校記》謂"暎"字罕用，諸書多訛爲"照"，當正作"暎"。'"知其在饒州刺史任時加文散官"朝散大夫"，可資參考。　饒州：州郡名，府治地當今江西鄱陽。《元和郡縣志·饒州》："本秦鄱陽縣也，屬九江郡……隋開皇九年平陳，改鄱陽爲饒州……管縣四：鄱陽、餘干、樂平、浮梁。"劉長卿《奉送盧員

外之饒州》:"天書萬里至,旌旆上江飛。日向鄱陽近,應看吳岫微。"
李嘉祐《送盧員外往饒州》:"爲郎復典郡,錦帳映朱輪。露冕隨龍節,
停橈得水人。"　王堪:韓愈《黃陵廟碑》:"元和十四年春⋯⋯明年九
月,拜國子祭酒,使以私錢十萬抵岳州,願易廟之圮桷腐瓦於刺史王
堪。"《舊唐書・韋溫傳》:"太和五年,太廟第四、第六室缺漏。上怒,
罰宗正卿李銳、將作王堪,乃詔中使鳩工補葺之。"《舊唐書・李固言
傳》:"(大和)五年⋯⋯將作監王堪修奉太廟弛慢,罰俸,仍改官爲太
子賓客。制出。固言封還。曰:'東宮調護之地,不可令弛慢被罰之
人處之。'改爲均王傅⋯⋯(開成)二年⋯⋯固言曰:'人言鄧州王堪衰
老,隋州鄭襄無政。'帝曰:'堪是貞元時御史,秖有此一人。'"據上述
資料,王堪曾歷職岳州刺史、澧州刺史、將作監、均王傅、鄧州刺史等
職。　澧州:州郡名,州治地當今湖南澧縣之南。《舊唐書・地理
志》:"澧州:隋澧陽郡,武德四年平蕭銑,置澧州,領澧陵、安鄉、澧陽、
石門、慈利、崇義六縣。"李白《洞庭醉後送絳州呂使君果流澧州》:"昔
別若夢中,天涯忽相逢。洞庭破秋月,縱酒開愁容。"張謂《寄崔澧
州》:"五馬來何晚? 雙魚贈已遲。江頭望鄉月,無夜不相思。"

②　刑部郎中:從五品上,《舊唐書・職官志》:"郎中、員外郎之
職,掌貳尚書、侍郎,舉其典憲,而辨其輕重。"梁肅《鄭州原武縣丞崔
君夫人源氏墓誌銘》:"原武之伯父冲,嘗爲刑部郎中。"柳宗元《道州
毀鼻亭神記》:"元和九年,河東薛公由刑部郎中刺道州。"　岳州:州
郡名,州治地當今湖南岳陽。《元和郡縣志・岳州》:"隋開皇九年改
爲岳州,大業三年爲羅州,武德六年復爲岳州⋯⋯管縣五:巴陵、華
容、湘陰、沅江、昌江。"張說《岳州別子均》:"離筵非燕喜,別酒正銷
魂。念汝猶童孺,嗟予隔遠藩。"王熊《奉別張岳州說二首》一:"長沙
辭舊國,洞庭逢故人。薰蘭敦久要,披霧轉相親。"　隸:附屬,隸屬。
《後漢書・馮異傳》:"及破邯鄲,乃更部分諸將,各有配隸。"李賢注:
"隸,屬也。"韓愈《論淮西事宜狀》:"或被分割隊伍,隸屬諸頭。"　江

之西：即江南西道。《舊唐書·地理志》：“開元二十一年分天下爲十五道……京畿採訪使（理京師城内）、都畿（理東都城内）、關内（以京官遙領）、河南（理汴州）、河東（理蒲州）、河北（理魏州）、隴右（理鄯州）、山南東道（理襄州）、山南西道（理梁州）、劍南（理益州）淮南（理揚州）、江南東道（理蘇州）、江南西道（理洪州）、黔中（理黔州）嶺南（理廣州）。”其中江南西道治洪州，領宣、歙、池、洪、饒、吉、江、袁、信、虔、撫、潭、澧、衡、柳、連、道、永、邵等州。至德之後，江南西道又一分爲三：江南西道觀察使、湖南觀察使、宣州觀察使。本文引用的是傳統的説法，故將至德之後的江南西道觀察使的饒州與湖南觀察使的澧州都包括在内。　沃野：肥沃的田野。《戰國策·秦策》：“沃野千里，蓄積饒多，地勢形便。”《漢書·張良傳》：“夫關中，左殽函，右隴蜀，沃野千里。”顔師古注：“沃者，溉灌也，言其土地皆有灌溉之利，故云沃野。”　旁荆：緊靠荆州，兩地相連。　旁：近側，旁邊。韓愈《李花二首》一：“旁有一株李，顔色慘慘似含嗟。”《宋史·職官志》：“中丞黃履言，所奏或干機密，難令旁立。”　荆：即荆州，古“九州”之一，在荆山、衡山之間，漢爲十三刺史部之一，轄境約相當於今湘、鄂二省及豫、桂、黔、粵的一部分；漢末以後轄境漸小，東晉定治江陵（現屬湖北），爲當時及南朝長江中游重鎮。王維《寄荆州張丞相》：“所思竟何在？悵望深荆門。舉世無相識，終身思舊恩。”崔顥《贈盧八象》：“青山滿蜀道，綠水向荆州。不作書相問，誰能慰別愁？”　劇郡：大郡，政務繁劇的州郡，地位重要的州郡。《漢書·朱邑傳》：“〔張敞〕與邑書曰：‘……直敞遠守劇郡，馭於繩墨。’”蘇軾《送錢藻出守婺州》：“老手便劇郡，高懷厭承明。”

③ 鄱陽：地名，春秋楚番邑，秦置番縣，漢改鄱陽縣，在江西省東北部。《史記·楚世家》：“吳復伐楚，取番。”張守節正義引李泰《括地志》：“饒州鄱陽縣，春秋時爲楚東境，秦爲番縣，屬九江郡，漢爲鄱陽縣也。”《元和郡縣志·饒州》：“秦置，孫權分豫章置鄱陽郡，理於此。

晉武帝改爲廣晉，隋開皇九年改廣晉爲鄱陽。以在鄱水之北，故曰鄱陽。”　鎔銀：即熔化銀銅製造錢幣。《元和郡縣志・饒州》：“鄱陽縣……永平監置在郭下，每歲鑄錢七千。”劉禹錫《洞庭秋月行》：“洞庭秋月生湖心，層波萬頃如鎔金。”蘇軾《中秋月三首寄子由》二：“鎔銀百頃湖，挂鏡千尋闊。三更歌吹罷，人影亂清樾。”　擷：摘取，採摘。《西京雜記》卷五：“〔顧翱〕母好食雕胡飯，常帥子女躬自採擷。”王安石《上邵學士書》：“譬之擷奇花之英，積而玩之。”　茗：茶芽。《爾雅・釋木》“檟，苦茶”郭璞注：“今呼早采者爲茶，晚取者爲茗。”陸羽《茶經・源》：“茶者，南方之嘉木也……其名一曰茶，二曰檟，三曰蔎，四曰茗，五曰荈。”泛指茶。皎然《山居示靈澈上人》：“晴明路出山初暖，行踏春蕪看茗歸。”　儦輕：敏捷輕浮。《漢書・谷永傳》：“崇聚儦輕無義小人以爲私客。”顔師古注：“儦，疾也。”劉待價《獨孤府君碑銘》：“改授宣州溧陽縣丞，南服水鄉，北斗星分。吳越錯雜，士吏儦輕。”　刑威：謂嚴厲執法，使民畏懼。《荀子・議兵》：“刑威者強，刑侮者弱。”王先謙集解：“刑當罪使民可畏則強。”李純《授高崇文劍南西川節度使制》：“慶賞刑威，所以爲國。既用鉞以誅有罪，則建侯以報有功。”　盜賊：劫奪和偷竊財物的人。李白《登高丘而望遠》：“盜賊劫寶玉，精靈竟何能？窮兵黷武今如此，鼎湖飛龍安可乘！”杜甫《茅屋爲秋風所破歌》：“南邨群童欺我老無力，忍能對面爲盜賊。公然抱茅入竹去，脣焦口燥呼不得。”

　　④ 沅湘：沅水和湘水的並稱，戰國楚詩人屈原遭放逐後，曾長期流浪沅湘間。《楚辭・離騷》：“濟沅湘以南征兮，就重華而陳詞。”戴叔倫《過三閭廟》：“沅湘流不盡，屈子怨何深！”　沉怨：亦作“沈怨”，深積的怨恨。李益《古瑟怨》：“破瑟悲秋已減弦，湘靈沈怨不知年。感君拂拭遺音在，更奏新聲明月天。”　抑激：義近“憤激”，憤怒激動。荀悅《漢紀・高祖紀》：“士卒皆有憤激之氣，救敗赴亡之急，以決一旦之命。”《資治通鑑・晉安帝義熙七年》：“〔劉毅〕及敗於桑落，知物情

已去,彌復憤激。」 屈原:名平,字原,楚國貴族,曾任楚國三閭大夫之職,主張東聯齊國,西抗强秦,不爲楚王所採納,憤而去職,流落沅湘之間。楚國都被秦兵攻陷之後,屈原自感無力回天,投汨羅江而死。有《離騷》、《九章》、《天問》等傳世,爲我國古代著名的愛國詩人之一。韓愈《感春四首》二:「近憐李杜無檢束,爛漫長醉多文辭。屈原離騷二十五,不肯餔啜糟與醨。」白居易《聽蘆管》:「雲水巴南客,風沙隴上兒。屈原收淚夜,蘇武斷腸時。」 遺風:前代或前人遺留下來的風教。《楚辭·九章·哀郢》:「哀州土之平樂兮,悲江介之遺風。」《史記·貨殖列傳》:「故其民猶有先王之遺風。」 廉平:清廉公平。《史記·孝文本紀》:「妾父爲吏,齊中皆稱其廉平。」蘇轍《三論分別邪正札子》:「諸葛亮治蜀,行法廉平,則廖立、李嚴雖流徙邊郡,終身無怨。」 愁苦:憂愁苦惱。《楚辭·九章·涉江》:「吾不能變心而從俗兮,固將愁苦而終窮。」杜甫《發閬中》:「別家三月一書來,避地何時免愁苦?」

⑤ 臺閣:泛指中央政府機構。崔泰之《哭李嶠詩》:「臺閣神仙地,衣冠君子鄉。昨朝猶對坐,今日忽云亡。」徐鉉《送黃梅江明府》:「封疆多難正經綸,臺閣如何不用君? 江上又勞爲小邑,篋中徒自有雄文。」 名部:重要而有名的官署,指齊煚此前所任的刑部郎中與王堪此前所任的岳州刺史而言。李商隱《爲懷州刺史上後上門下狀》:「豈意相公上引睿旨,下念勛家。既假寵於中司,又頒條於名部。」唐無名氏《達摩多羅禪經序》:「若斯人者,復不可以名部分,既非名部之所分,亦不出於其外,別有宗明矣!」 良能:賢能,指賢良而有才能之人。元稹《贈裴行立左散騎常侍制》:「累更事任,益見良能。」白居易《除裴向同州刺史制》:「久試吏治,頗著良能。」

⑥ 兩地:兩處,兩個地方。何遜《與胡興安夜別詩》:「念此一筵笑,分爲兩地愁。」張說《代書答姜七崔九》:「婀娜金閨樹,離披野田草。雖殊兩地榮,幸共三春好。」 分憂:典見《漢書·循吏傳序》,後

因以"分憂"代指郡守之職。李隆基《授陸象先益州大都督府長史制》："人而弼政,雖佇忠賢;出則分憂,更資循理。"李純《令刺史言事詔》："列位選能,切於守土;分憂求瘼,諒在親人。"本文之"兩地",即是代指饒州與澧州而言。　　佇聽:謂凝神傾聽。馬戴《送呂郎中牧東海郡》："海鶴空庭下,夷人遠岸居。山鄉足遺老,佇聽薦賢書。"陳陶《賀容府韋中丞大府賢兄新除黔南經略》："耿家符節朝中美,袁氏芝蘭閫外香。烽戍悠悠限巴越,佇聽歌詠兩甘棠。"　　二天:典見《後漢書·蘇章傳》："順帝時,〔蘇章〕遷冀州刺史。故人爲清河太守,章行部案其奸臧。乃請太守,爲設酒肴,陳平生之好甚歡,太守喜曰:'人皆有一天,我獨有二天。'章曰:'今夕蘇孺文與故人飲者,私恩也;明日冀州刺史案事者,公法也。'遂舉正其罪。州境知章無私,望風威肅。"後來指正直賢明的官守。陸機《晉平西將軍孝侯周處碑》："陝北留棠,遂有二天之詠;荆南渡虎,猶標十部之書。"王十朋《送吳憲知叔》："出郊聞好語,盡道憲車賢。郡不留三宿,人皆仰二天。"　　諺:諺語。《孟子·梁惠王》："夏諺曰:'吾王不遊,吾何以休。'"焦循正義:"《廣雅·釋詁》云:'諺,傳也。'然則夏諺謂夏也相傳之語。《國語》:'諺有之。'韋昭注云:'諺,俗之善謠也。'俗所傳聞,故云民之諺語,而其辭如歌詩,則謠之類也。"干寶《晉紀總論》："故於時有'天下無窮人'之諺。"

[編年]

《年譜》編年本文於"庚子至辛丑所作其他制誥"欄內,《編年箋注》編年:"韓愈《黃陵廟碑》:元和十五年九月,'拜國子祭酒,使以私錢十萬抵岳州,願易廟之圮桷腐瓦於刺史王堪'。可知王堪元和十五年九月尚在岳州刺史任,其改刺澧州在元和十五年(八二〇)九月以後。"《年譜新編》編年理由同《編年箋注》,并補充《高陽齊氏墓誌銘》,得出結論:王堪"爲澧州刺史當在元和十五年冬"。

我們以爲，尚可補充更多的證據：一、白居易有《兵部郎中知制誥馮宿侍御史裴注義武軍行軍司馬御史中丞蕭籍饒州刺史齊照（暇）鄧州刺史渾鐬並可朝散大夫同制》文，據拙稿對元稹《裴注等可侍御史制》的編年，裴注長慶元年正月上旬已經拜命侍御史之職，故文題中提及的“齊暇”任職“饒州刺史”也應該在長慶元年正月之前。二、本文云：“尚書刑部郎中齊暇……可使持節饒州刺史。”據《千唐志·唐故京兆韋府君夫人高陽齊氏墓誌銘并序》：“烈考暇，皇朝朝議大夫、衛尉少卿……洎先君由刑部郎中出刺鄱陽郡，召孤甥而遵□旨焉……嫠居將四十年。”墓主卒于大中十四年（860）八月，上推“將四十年”，結合元稹元和十五年二月五日至長慶元年十月十九日在知制誥任的事實，無疑應當是元和十五年（820）。又據拙稿編年元稹《元冀等可餘杭等州刺史制》在元和十五年二月五日至三月三十日之間，而饒州刺史元冀應該是饒州刺史齊暇的前任，兩人拜職饒州刺史，均在元和十五年，一在年初，一在年尾。《唐刺史考》斷言齊暇“長慶元年”出任饒州刺史，王堪“長慶元年”拜職澧州刺史均有誤差，應該修正。三、據我們“箋注”所引韓愈《黃陵廟碑》：知王堪元和十五年九月尚在岳州刺史任，其改刺澧州在元和十五年（820）九月以後。據此，齊暇拜職饒州刺史、王堪拜職澧州刺史都應該在元和十五年九月之後、長慶元年之前，撰文地點在長安，元稹時任祠部郎中、知制誥之職。

◎ 論倚可忻州刺史制 (一)①

敕：前使持節守忻州刺史、賜紫金魚袋論倚：日者議鎮之勞，例皆甄獎。有吏姚泌，早聞其勤，因以泌爲忻州刺史。會泌隱惡彰敗，不終其任 (二)②。

司空度上言：前刺史倚，忻人懷之。復換他守，人用不協③。遂仍命爾⁽三⁾，以復於忻⁽四⁾。勉居舊邦，勿替前效。可使持節忻州刺史④。

録自《元氏長慶集》卷四八

[校記]

（一）論倚可忻州刺史制：楊本、宋浙本、盧校、叢刊本作"論倚忻州刺史"，《全文》作"授論倚忻州刺史制"，各備一説，不改。

（二）不終其任：叢刊本、《全文》同，楊本、盧校、宋浙本作"不終其功"，各備一説，不改。

（三）遂仍命爾：《全文》同，楊本、宋浙本、盧校作"遂仍其故"，叢刊本作"遂仍□□"，各備一説，不改。

（四）以復於忻：叢刊本同，楊本、宋浙本、盧校、《全文》作"以便於忻"，各備一説，不改。

[箋注]

① 論倚：兩《唐書》無傳，除本文外，也未見其他文獻記載。據本文，元和、長慶年間，論倚曾先後兩任忻州刺史，其餘不詳。　可：謂批准任命。《舊唐書·德宗紀》："伊西北庭節度觀察使李元忠可北庭大都護，四鎮節度留後郭昕可安西大都護、四鎮節度觀察使。"元稹《加裴度幽鎮兩道招撫使制》："可依前守司空，兼門下侍郎同中書門下平章事、河東節度使，充幽鎮兩道招撫使，餘如故。"　忻州：州郡名，州治地當今山西忻縣。《元和郡縣志·河東道》："忻州，古并州之域，春秋時爲晉地，戰國爲趙地，秦爲太原郡地，今州即漢太原郡之陽曲縣也……隋開皇十八年改置忻州，因州界忻川口爲名也。大業二年省忻州，義旗初又置新興郡，武德元年廢郡復置忻州，二

年陷劉武周,四年武周平,依舊置忻州……管縣二:秀容、定襄。"令狐楚《進異馬駒表》:"忻州定襄縣王進封村界,去五月十二日夜,孳化馬群內異駒一匹,白騧文馬,畫圖送到者。"

② 甄獎:嘉獎。白居易《除盧仕玫劉從周等官制》:"〔盧仕玫、劉從周等〕時所稱論,並宜甄獎。"《舊唐書·憲宗紀》:"詔毀家徇國故徐州刺史李洧等十一家子孫,並宜甄獎。" 姚泌:兩《唐書》無傳,除本文外,也未見其他文獻記載。據本文,元和、長慶年間,姚泌曾出任忻州刺史,爲時極短,因"隱惡彰敗,不終其任",其餘不詳。 隱惡:隱瞞惡事。徐幹《中論·譴交》:"故民不得有遺善,亦不得有隱惡。"秦觀《韓愈論》:"考同異,次舊聞,不虛美,不隱惡,人以爲實錄,此敘事之文,如司馬遷、班固之作是也。" 彰敗:揭破,敗露。歐陽修《再乞根究蔣之奇彈疏札子》:"之奇所言,是臣閨門內事。之奇所得,必有從來。因何彰敗?必有蹤迹。"何薳《春渚紀聞·點銅成庚》:"出家兒豈當更學此,若一有彰敗,則所喪多矣!" 終任:義近"終局",結局,了局,比喻人事的一切局勢結束。崔塗《樵者》:"莫看棋終局,溪風晚待歸。"馬戴《期王煉師不至》:"昨日圍棋未終局,多乘白鶴下山來。"

③ 司空度:即裴度,《舊唐書·穆宗紀》:"(元和十五年九月)戊午,加河東節度使、金紫光祿大夫、檢校尚書右僕射兼門下侍郎、同平章事、太原尹、北都留守、上柱國、晉國公、食邑三千戶裴度守司空、門下侍郎、同平韋事。" 司空:官名,相傳少昊時所置,周爲六卿之一,即冬官大司空,掌管工程。漢改御史大夫爲大司空,與大司馬、大司徒並列爲三公,後去大字爲司空,歷代因之,在唐代,一般均是對地方官員的贈銜,並非職事官。武元衡《酬嚴司空荆南見寄》:"金貂再領三公府,玉帳連封萬戶侯。簾捲青山巫峽曉,烟開碧樹渚宫秋。"楊巨源《薛司空自青州歸朝》:"天眷君陳久在東,歸朝人看大司空。黄河岸畔長無事,滄海東邊獨有功。" 上言:進呈言辭。《韓非子·外儲說》:"王登爲中牟令,上言於襄主曰:'中牟有士曰中章、胥己者,其身

甚修,其學甚博,君何不舉之?'"韓愈《薦士》:"上言愧無路,日夜惟心
禱。"　不協:不一致,不和。《左傳‧成公十二年》:"道路無壅,謀其
不協,而討不庭。"《南史‧何尚之傳》:"義真與司徒徐羨之、尚書令傅
亮等不協。"

④　復:又,更,再。《左傳‧僖公五年》:"晉侯復假道於虞以伐
虢。"《古詩十九首‧行行重行行》:"棄捐勿復道,努力加餐飯。"　勉:
勸勉,鼓勵。《詩‧周南‧汝墳序》:"文王之化行乎汝墳之國,婦人能
閔其君子,猶勉之以正也。"韓愈《祭潹文》:"思母之恩,連呼以絕。執
兄之手,勉以無悲。"　舊邦:原來的州郡。賈至《自蜀奉册命往朔方
途中呈韋左相文部房尚書門下崔侍郎》:"太皇時內禪,神器付嗣君。
新命集舊邦,至德被遠人。"許渾《思歸》:"疊嶂平蕪外,依依識舊邦。
氣高詩易怨,愁極酒難降。"　替:鬆弛,怠惰。《漢書‧五行志》:"高
仰,驕也;卑俯,替也。"顏師古注:"替,廢惰也。"白居易《孔戣授尚書
左丞制》:"進無矜滿之色,居無憧替之容。"　效:貢獻,進獻。《史
記‧樗裏子甘茂列傳》:"因效金三百斤,曰:'秦兵苟退,請必言子於
衞君,使子爲南面。'"蘇軾《代張方平諫用兵書》:"既而薛向爲橫出之
謀,韓絳效深入之計。"

[編年]

　　《年譜》編年:"《制》有'司空度上言,前刺史倚,忻人懷之……遂
仍命爾,以便於忻'等語。"結論:"《制》當撰於元和十五年九月戊午以
後。"《年譜新編》同,《編年箋注》引用《舊唐書‧穆宗紀》"元和十五年
九月戊午"條,得出:"則此《制》撰於元和十五年(八二〇)九月戊午
以後。"

　　我們以爲,以裴度"司空"之榮銜來判斷本文撰作的時日,應該可
取也應該相信。但本文"日者議鎮之勞,例皆甄獎。有吏姚泌,早聞
其勤,因以泌爲忻州刺史"的一段話應該引起大家足夠的重視。何謂

"鎮之勞"？在穆宗朝初期，應該指元和十五年十月因王承宗病故、王承元"上表請朝廷命帥"之事，最後田弘正移任成德軍節度使，而王承元改任義成軍節度使，同時調動的還有李愬、劉悟、田布，長期"自說自話"的鎮州終於接受李唐朝廷的管轄。據《舊唐書·穆宗紀》記載，時在元和十五年十月十六日前後。在這個過程中，想來姚泌有奔走之勢，因而最後得到"忻州刺史"的"甄獎"。但姚泌上任伊始，"隱惡彰敗，不終其任"，不得不匆匆離開忻州刺史的寶座。而經過當時的司空、河東節度使裴度的推薦，原來的忻州刺史論倚再次回到"舊邦"擔任刺史。計其前後耗費的時日，拜命論倚之時，應該在元和十五年的冬季，亦即十月之後、年底之前，撰文地點在長安，元積時任祠部郎中、知制誥臣。

◎ 崔薿等可檢校都官員外郎兼侍御史制(一)①

　　敕：崔薿等：自元和以來，有大勛烈於天下，先帝資予以保衡者，唯司空度②。度亦齊慄祗畏，不自滿大。慎簡其屬，毗于厥政③。

　　惟薿及洙(二)，咸在茲選。是用輯我糾察(三)，副其勤求④。惟爾敬玄舊佐(四)，藩服效誠(五)，予長議以序遷(六)⑤。㦲㦲鐵冠，晶晶銀印，受之以任(七)，其樂所從。可依前件(八)⑥。

錄自《元氏長慶集》卷四八

[校記]

　　(一) 崔薿等可檢校都官員外郎兼侍御史制：楊本、叢刊本作"崔薿檢校都官員外郎兼侍御史"，《英華》作"授崔薿檢校都官員外郎兼侍御史充河東判官制"，《全文》作"授崔薿等檢校都官員外郎兼侍御史制”，各備一説，不改。

（二）惟薿及洙：楊本、叢刊本、《全文》同，《英華》作“惟薿及銖”，各備一説，不改。

（三）是用輟我糾察：叢刊本、《全文》同，《英華》作“是用輟我紀察”，各備一説，不改。楊本作“是用輟我扎察”，語義不通，不從不取。

（四）惟爾敬玄舊佐：楊本、叢刊本、《全文》同，《英華》作“惟爾敬玄舊由”，各備一説，不改。

（五）藩服效誠：楊本、《全文》同，《英華》作“蕃服效誠”，各備一説，不改。

（六）予長議以序遷：原本作“于長議以序遷”，《英華》、《全文》同，據楊本改。

（七）受之以任：楊本、叢刊本、《全文》同，《英華》作“授之以往”，語義不佳，不從不改。

（八）可依前件：原本無，《全文》同，據楊本、盧校、叢刊本、《英華》補。

[箋注]

① 崔薿：兩《唐書》無傳，除本文所示“檢校都官員外郎兼侍御史”外，知其還任職華陰縣令、蘇州刺史等職。《金石萃編·華岳崔微等題名》：“前開州刺史崔微、男薿，前緱氏縣令康之合，前鄉貢進士侯季文，大曆七年三月廿四日西上。”《協律郎李□等題名》：“華陰縣令崔薿，元和十年五月十二日。”《至元嘉禾志·六里山石刻》：“六里山石刻，在縣西南二十五里金粟山上，刻云：‘天册元年，旃蒙協洽之歲，孟冬陽月，日維壬寅朔，石簀神遺，忽自開發，拾得青玉璽，蔣文吳直皇宫。’共三十八字。唐太和四年閏十二月蘇州刺史崔薿帖(海鹽)縣取此(六里山)石，攝令程予差人送州，今不復存。”　都官員外郎：刑部屬員，從六品上。《舊唐書·職官志》：“(都官)郎中、員外郎之職，

掌配役隸,簿錄俘囚,以給衣糧藥療,以理訴競雪冤。"常袞《授苗發都官員外郎制》:"朝散大夫、前守秘書丞、龍門縣開國男苗發……可行尚書都官員外郎。"李翱《唐故福建等州都團練觀察處置等使兼御史中丞贈右散騎常侍獨孤公墓誌銘》:"遷殿中,尋加史館修撰,入省爲都官員外郎,修史如前。" **侍御史**:唐代稱殿中侍御史、監察御史爲侍御。李白《贈韋侍御黃裳二首》二:"見君乘驄馬,知上太山道。此地果摧輪,全身以爲寶。"王琦注引《因話錄》:"御史臺三院,一曰臺院,其僚曰侍御史,衆呼爲端公;二曰殿院,其僚曰殿中侍御史,衆呼爲侍御;三曰察院,其僚曰監察御史,衆呼亦曰侍御。"孫逖《和左司張員外自洛使入京中路先赴長安逢立春日贈韋侍御等諸公》:"拜郎登省闥,奉使馳車乘。遙瞻使者星,便是郎官應。"

② **元和**:唐憲宗在位時的年號,起自公元八〇六年,終於公元八二〇年,共十五年。竇臮《陝府賓堂覽房杜二公仁壽年中題紀手迹》:"仁壽元和二百年,濛籠水墨淡如烟。當時憔悴題名日,漢祖龍潛未上天。"武元衡《元和癸巳余領蜀之七年奉詔徵還二月二十八日清明途經百牢關因題石門洞》:"昔佩兵符去,今持相印還。天光臨井絡,春物度巴山。" **勳烈**:功業,功勳。《後漢書·呂强傳》:"歷事二主,勳烈獨昭。"高適《三君詠·狄梁公》:"梁公乃貞固,勳烈垂竹帛。昌言太后朝,潛運儲君策。" **先帝**:前代已故的帝王。張說《五君詠五首·魏齊公元忠》:"見深呂祿憂,舉後陳平計。甘心除君惡,足以報先帝。"韋應物《酬鄭戶曹驪山感懷》:"蒼山何鬱盤!飛閣凌上清。先帝昔好道,下元朝百靈。" **賚**:賞賜,賜予。《詩·商頌·烈祖》:"既載清酤,賚我思成。"毛傳:"賚,賜也。"朱熹集傳:"賚,與也。"《魏書·食貨志》:"靈太后曾令公卿已下任力負物而取之,又數賚禁內左右,所費無貲,而不能一丐百姓也。" **保衡**:商代伊尹的尊號,又稱"阿衡"。《書·說命》:"昔先正保衡,作我先王。"孔傳:"保衡,伊尹也。"孔穎達疏:"保衡、阿衡,俱伊尹也。《君奭》傳曰:'伊尹爲保衡。'言天

下所取安所取平也。"《南齊書·高帝紀》："昔保衡翼殷,博陸匡漢,方
斯蔑如也。"　司空度:即裴度,據《舊唐書·穆宗紀》,裴度元和十五
年九月戊午,自河東節度使改官門下侍郎、同平章事,加榮銜司空。
司空:唐宋沿東漢之制,以太尉、司徒、司空爲三公,但已非實職。張
賈《和裴司空答張秘書贈馬詩》："閣下從容舊客卿,寄來駿馬賞高情。
任追烟景騎仍醉,知有文章倚便成。"張籍《和裴司空即事通簡舊僚》:
"蕭蕭上臺坐,四方皆仰風。當朝奉明政,早日立元功。"

　　③ 齊慄:猶齋慄。李适《上睿文孝武皇帝册文》："承順元宗也,
齊慄之容著;奉養肅宗也,愛敬之禮深。"劉元鼎《與吐蕃使盟文》:"兢
業齊慄,懼其隕顛。纘武紹文,疊慶重光。"　祗畏:敬畏。《書·金
縢》："用能定爾子孫於下地,四方之民,罔不祗畏。"《漢書·匡衡傳》:
"陛下祗畏天戒,哀閔元元,大自減損。"　滿大:自滿自大。《管子·
宙合》："此言尊高滿大,而好矜人以麗,主盛處賢而自予雄也。"猶"自
大",自尊大,自負。曹操《讓縣自明本志令》："今孤言此,若爲自大,
欲人言盡,故無諱耳!"李上交《近事會元》卷二:"元和長慶中,中丞行
李不過半坊,今乃遠至兩坊,謂之籠街喝道,但以崇高自大,不思僭擬
之嫌。"　慎簡:謹慎簡選。《書·冏命》："慎簡乃僚,無以巧言令色。"
孔傳:"當謹慎簡選汝僚屬侍臣。"李邕《桂府長史程府君神道碑》:"皆
代工開化,順時布和,慎簡裏胥,周省條薄。"　毗:輔佐,説明。《後漢
書·安帝紀》："朕以不明,統理失中,亦未獲忠良以毗闕政。"《晉書·
齊王攸傳》:"古者九命作伯,或入毗朝政,或出御方嶽。"　厥:助詞,
無義。《書·多士》:"誕淫厥泆。"韓愈《贈張童子序》:"能在是選者,
厥惟艱哉!"

　　④ 洙:人名,姓氏無考,與崔薿同時爲裴度所舉薦,同時前往河
東節度使府擔任裴度的幕僚,其餘不詳。　糾察:舉發督察。《後漢
書·竇憲傳》:"昔永平中,常令陰黨、陰博、鄧疊三人更相糾察,故諸
豪戚莫敢犯法者。"《後漢書·清河孝王慶傳》:"臣愚唯知言從事聽,

不甚有所糾察。"疑崔蒇及洙,原來擔任糾察責任的屬吏,故言"輟"。副:交付,付與。劉禹錫《和僕射牛相公寓言二首》二:"只恐重重世緣在,事須三度副蒼生。"岳珂《桯史・大散論賞書》:"興元一軍,支撥過錢引二十八萬道、銀絹二千匹兩,而糗糧草料與犒設、賞錢之類不與焉! 亦不爲不應副矣!"

⑤ 舊佐:舊部僚屬。王禹偁《送同年劉司諫通判西都》:"元老留司卧雒陽,諫官通理輟駕行。仲宣舊佐紅蓮幕,裴度新開綠野堂。"義近"舊臣",《漢書・劉向傳》:"上以我先帝舊臣,每進見常加優禮。"藩服:古九服之一,後用以指藩國或藩臣。《後漢書・西羌傳》:"夏后氏末及商周之際,或從侯伯征伐有功,天子爵之,以爲藩服。"蘇軾《司馬溫公行狀》:"願陛下擇宗室賢者,使攝儲貳,以待皇嗣之生,退居藩服。" 效誠:表示誠意。《淮南子・主術訓》:"抱質效誠,感動天地。"嵇康《答難養生論》:"猶九土述職,各貢方物,以效誠耳!" 序遷:按等級次第升遷。常衮《授杜寂職方郎中制》:"掌我方志,宜從序遷,可守尚書職方郎中。"崔縱《停減吏員奏議》:"伏以兵戎未息,仕進頗多。在官者既合序遷,有功者又頒褒賞。"

⑥ 峩峩:高貌。司馬相如《上林賦》:"九嵕嶻嶭,南山峩峩。"韋應物《擬古詩十二首》三:"峩峩高山巔,浼浼青川流。" 鐵冠:古代御史所戴的法冠,以鐵爲柱卷,故名。《後漢書・高獲傳》:"獲冠鐵冠,帶鈇鑕,詣闕請歙。"岑參《送魏升卿擢第歸東都》:"將軍金印鞞紫綬,御史鐵冠重繡衣。" 皛皛:潔白明亮貌。陶潛《辛丑歲七月赴假還江陵夜行塗口》:"昭昭天宇闊,皛皛川上平。"唐無名氏《白受采》:"皛皛金方色,遷移妙不窮。" 銀印:銀質的官印。《史記・南越列傳》:"於是天子許之,賜其丞相吕嘉銀印。"杜甫《酬薛判官見贈》:"我嘆黑頭白,君看銀印青。" 受任:授任,任命。張衡《應間》:"人各有能,因藝受任。"《宋書・垣護之傳》:"若空棄滑臺,坐喪成業,豈是朝廷受任之旨?" 樂從:樂於跟從,樂於從命。《史記・李將軍列傳》:"然匈奴畏

李廣之略,士卒亦多樂從李廣而苦程不識。"《宋書·柳元景傳》:"季明率高明、宜陽義兵當南門而陣,趙難領盧氏樂從少年,與季明爲犄角。"

[編年]

　　《年譜》根據"《制》稱裴度爲'司空'"以及《舊唐書·穆宗紀》"元和十五年九月戊午"條,編年本文:"當撰於元和十五年九月戊午以後。"《編年箋注》根據《舊唐書·穆宗紀》"元和十五年九月戊午"條,同樣編年:"此《制》撰於戊午以後。"《年譜新編》僅僅根據本文:"……唯司空度……慎簡其屬,毗于厥政。惟蒇及洙,咸在兹選。"編年:"制作於元和十五年九月戊午以後。"《年譜》列舉的兩條理由是緊密相連的,不可缺一。《編年箋注》與《年譜新編》各舉其一是不合適的。

　　我們以爲,一、裴度當時的頭銜非常之多,如河東節度使、金紫光禄大夫、檢校尚書右僕射、門下侍郎、同平章事、太原尹、北都留守、上柱國、晉國公、食邑三千户……而本文祇獨獨舉出"司空"一個,説明這是一個既受朝廷也受裴度重視的新頭銜,故本文的撰作應該在裴度拜職"司空"之後不久。二、本文與《論倚可忻州刺史制》都強調"司空度",説明兩文爲同時之作。據此,本文應該撰作於元和十五年十月之後、同年年底之前,撰文地點自然在長安,元稹時任祠部郎中、知制誥之職。

◎ 王永可守太常博士制^{(一)①}

　　敕:前東都留守推官、將仕郎兼監察御史王永:朕明年有事于南郊,謁清宫,朝太廟,繁文縟禮^(二),予心懍然②。

　　雖舊章具存,而每事思問,求可以教諸生習儀於朝廷者,有司以永來上。永其勉慎所職，無令觀聽者有云。可守太常博士③。

錄自《元氏長慶集》卷四七

［校記］

（一）王永可守太常博士制：楊本、叢刊本作“王永太常博士”，《全文》作“授王永太常博士制”，各備一説，不改。

（二）繁文縟禮：叢刊本、《全文》同，楊本誤作“繁文編禮”，不從不改。

［箋注］

① 王永：兩《唐書》無傳，其餘情況不詳，僅劉商有《送王永二首》，其一：“君去春山誰共遊？鳥啼花落水空流。如今送別臨溪水，他日相思來水頭。”其二：“綿衣似熱裌衣寒，時景雖和春已闌。誠知暫別那惆悵，明日籐花獨自看。”劉商病故於元和二年，距本文撰作僅約十四年，與王永應該是同時代之人，都有可能互相交往，《送王永二首(一作合溪送王永歸東郭)》應該是劉商贈送王永之作。　博士：古代學官名，六國時有博士，秦因之，諸子、詩賦、術數、方伎皆立博士。漢文帝置“一經”博士，武帝時置“五經”博士，職責是教授、課試，或奉使、議政，晉置國子博士。唐有太學博士、太常博士、太醫博士、律學博士、書學博士、算學博士等，皆教授官。《史記·循吏列傳》：“公儀休者，魯博士也，以高第爲魯相。”蘇軾《乞醫療病囚狀》：“若醫博士助教有闕，則比較累歲等第最優者補充。”

② 將仕郎：官名。《通典·職官》：“將仕郎，隋置，散官，大唐因之。”唐代自開府至將仕郎，爲文散官，共二十九階，唐宋從九品下爲將仕郎。韓愈《與于襄陽書》：“將仕郎守國子四門博士韓愈，謹奉書

尚書閣下。”白居易《祭楊夫人文》：“維元和二年歲次戊子，八月辛亥朔，十九日己巳，將仕郎、守左拾遺、翰林學士太原白居易，謹以清酌庶羞之奠，敬祭於陳氏楊夫人之靈。”　南郊：古代天子在京都南面的郊外築圜丘以祭天的地方。《禮記·月令》：“〔孟夏之月〕立夏之日，天子親帥三公、九卿、大夫，以迎夏於南郊。”《穀梁傳·僖公三十一年》：“免牲者爲之緇衣熏裳，有司玄端奉送，至於南郊。”　清宮：清理宮室，古代帝王行幸所至，必先令人檢查起居宮室，使其清靜安全，以防發生意外。《史記·孝文本紀》：“乃使太僕嬰與東牟侯興居清宮，奉天子法駕，迎于代邸。”裴駰《集解》引應劭曰：“舊典，天子行幸所至，必遣靜宮令先案行清靜殿中，以虞非常。”司馬貞《索隱》引《漢儀》：“皇帝起居，索室清宮而後行。”　太廟：帝王的祖廟。儲光羲《尚書省受誓誡貽太廟裴丞》：“皇家有恆憲，齋祭崇明祀。嚴車伊洛間，受誓文昌裏。”方干《送弟子五秀才赴舉》：“天遣相門延積慶，今同太廟薦嘉賓。柳條此日同誰拆？桂樹明年爲爾春。”　繁文縟禮：謂繁瑣的儀式或禮節。余靖《堯舜非謚論》：“禹之保邦，莫非堯舜之制，而加以繁文縟禮，烏有捨勸誡而就質略哉！”李德裕《讓太尉第三表》：“所以再陳懇款，上瀆皇明，竭至敬而不敢繁文，陳至誠而不爲飾讓。”懵然：不明貌。白居易《與元九書》：“然僕又自思，關東一男子耳！除讀書屬文外，其他懵然無知。”司馬光《戲呈堯夫》：“近來朝野客，無坐不談禪。顧我何爲者，逢人獨懵然？”

③ 舊章：昔日的典章。《史記·秦始皇本紀》：“秦聖臨國，始定刑名，顯陳舊章。”元稹《批王播謝官表》：“況高祖太宗之法令具存，德宗憲考之舊章猶在。”　儀：儀式，禮節。崔致遠《請巡幸江淮表》：“振盛儀於歸闕，告休績於登封。”《宋史·儀衛志》：“文謂之儀，武謂之衛。一以明制度，示等威；一以慎出入，遠危疑也。”　上：上報，呈報。《後漢書·和帝紀》：“去年秋麥入少，恐民食不足，其上尤貧不能自給者戶口人數。”韓愈《謝自然》：“里胥上其事，郡守驚且嘆。”　觀聽：看

和聽。揚雄《太玄·釋》：“次二，動于響景。測曰：動于響景，不足觀聽也。”引申爲輿論。《後漢書·陰識傳》：“富貴有極，人當知足，誇奢益爲觀聽所譏。”蘇軾《賀楊龍圖啓》：“伏審新改直職，擢司諫垣，傳聞逼邇，竦動觀聽。”

［編年］

　　《年譜》編年本文於“元和十五年”，理由是：一、“《制》有‘朕明年有事于南郊，謁清宮，朝太廟’等語。”二、“據《舊唐書·穆宗紀》：‘長慶元年正月己亥朔，上親薦獻太清宮、太廟。是日，法駕赴南郊……辛丑，祀昊天上帝於圓丘。’”《編年箋注》、《年譜新編》據與《年譜》同樣的理由，作出同樣的結論。

　　我們以爲，據以上理由，編年“元和十五年”過於籠統，“祀昊天上帝於圓丘”是長慶元年正月三日之禮儀活動，既然已經從人事方面著手準備，應該離開正月三日不遠，而“明年”又明示我們本文應該撰成於元和十五年。兩相比照，本文應該撰成於元和十五年十二月中下旬，地點在長安，元稹時任祠部郎中知制誥之職。

◎ 盧均等三人授通事舍人制(一)①

　　敕：守門下省符寶郎、賜緋魚袋盧均等：辨色而朝百辟，輯瑞以會萬方。正錯立族談之儀，宣注意登庸之命②。鏘鏘濟濟，進退以時。名爲侍臣，以贊導吾左右者，通事舍人之任也③。

　　今郊丘有日，事務方殷。爾等各茂聲光，副朕茲選，宜膺寵命，無廢國容。可依前件④。

録自《元氏長慶集》卷四七

5826

[校記]

（一）盧均等三人授通事舍人制：楊本、叢刊本同，《全文》作"授盧均等通事舍人制"，各備一説，不改。

[箋注]

① 盧均：兩《唐書》無傳，但《册府元龜》、《淵鑑類函》等還有盧均在廣州節度使任的數條材料，可供參考：《册府元龜·廉儉》："盧均，文宗開成中爲廣州節度。先是蕃船到府，節度使已下爭以賤估其珍貨。均悉不問，時人服其潔廉。"《册府元龜·義第》："盧均爲廣州節度使，管内多流竄者，子孫貧困未歸。均減俸俾營大事者數百家婚嫁，孤弱矜惠困窮。"《册府元龜·威嚴》："盧均爲廣州節度使，奏請禁土人與外蕃婚姻，及禁蕃人置田宅，可之。夷人與華人雜居婚娶，歲月滋久，至均方能立法以禁之。"《册府元龜·命使》："開成元年二月庚寅，中書門下奏准赦文，諸道黜陟使以給事中盧均、司農卿李玘、吏部郎中薛廷光、太常少卿盧貞、刑部郎中房直温分命之。"《册府元龜·睦親》："(開成四年)六月甲寅，故越王貞玄孫女道士玄貞進狀：曾祖名珍，是越王第六男，先天年得罪，流配嶺南，祖父皆亡歿嶺外，雖累蒙洗雪，未還京師去。開成三年十二月内，嶺南節度使盧均出俸錢，接借哀妾三代旅櫬暴露，各在一方，特與發遣，歸就大塋合祔。今護四喪已到長安旅店，權下未委故越王墳所在，伏乞天恩允妾所奏，許歸大塋。妾年已六十三，孤露家貧，更無所依。詔曰……"《異魚圖贊箋·蚶子》："《嶺表録異》：蚶子，蓋蛤蚌之類，南人名空慈子。頃盧均尚書移鎮嶺南，改名瓦屋子，以其殼上有稜如瓦壠子，故名。殼中有肉，紫色而滿腹，廣人尤重之，多燒以薦酒，俗呼天臠炙，食多即壅氣背膊煩疼，未測其性也。"《六藝之一録·唐刻》："唐會昌二年，節度使盧均復理粲舊井，別作新石欄而記之，前武功縣尉李掖書((《集古録

目》)。” 通事舍人：官名，掌詔命及呈奏案章等事。《舊唐書·職官志》：“通事舍人十六人（從六品上。通事舍人，秦謁者之官也。掌賓贊，贊受事，隸光禄勛。晉置舍人、通事各一人。隸中書。東晉曰通事舍人，隋因晉制，置十六人，從六品上，又爲通事謁者。武德初廢謁者臺，改通事謁者爲通事舍人，隸四方館，屬中書省也）。通事舍人掌朝見引納及辭謝者，於殿廷通奏。凡近臣入侍，文武就列，引以進退，而告其拜起出入之節。凡四方通表，華夷納貢，皆受而進之。凡軍旅之出，則命受慰勞而遣之。既行，則每月存問將士之家，以視其疾苦。凱旋，則郊迓之，皆復命。凡致仕之臣，與邦之耆老，時巡問亦如之。”張九齡《酬通事舍人寓直見示篇中兼起居陸舍人景獻》：“軒掖殊清秘，才華固在斯。興因膏澤灑，情與惠風吹。”高適《酬秘書弟兼寄幕下諸公序》：“乙亥歲，適徵詣長安，時侍御楊公任通事舍人，詩書起予蓋終日矣！”

　　② 符寶郎：屬門下省，贊儀之官。《舊唐書·職官志》：“符寶郎四員（從六品上，周有典瑞之職，秦有符璽令，漢曰符璽郎。兩漢得秦六璽及傳國璽，後代傳之。隋置符璽郎二員，從六品。天后惡璽字，改爲寶。其受命傳國符八璽文，並改雕寶字。神龍初復爲符璽郎，開元初又改爲符寶，從璽文也）。” 辨色：猶黎明，謂天色將明，能辨清東西的時候。《禮記·玉藻》：“朝，辨色始入。”鄭玄注：“辨猶正也，別也。”王定保《唐摭言·惡得及第》：“選内人美少者十餘輩，執燭跨乘列於長興西門。既而將入，辨色，有朱衣吏馳報曰：‘鬚子郎君未及第。’諸炬應聲擲之於地。” 百辟：百官。《宋書·孔琳之傳》：“（徐）羨之内居朝右，外司輦轂，位任隆重，百辟所瞻。”白居易《醉後走筆酬劉五主簿長句之贈》：“閶闔晨開朝百辟，冕旒不動香烟碧。” 輯瑞：《書·舜典》：“輯五瑞，既月乃日，覲四嶽群牧，班瑞於群後。”後遂以“輯瑞”指會見屬下的典禮。王禹偁《右衛上將軍贈侍中宋公神道碑奉敕撰》：“公既荷寵章，乃修覲禮，輯瑞有光于文陛，建牙復命於名

藩。”　萬方：萬邦，各方諸侯。《書·湯誥》：“王歸自克夏，至於亳，誕告萬方。”王安石《皇帝還大次憩安之曲樂章》：“有奕明堂，萬方時會。”　錯立族談：離開本位，聚集在一起議論，立，通“位”。《周禮·秋官·朝士》：“禁慢朝，錯立族談者。”鄭玄注：“錯立族談，違其位傳語也。”賈公彥疏：“云‘違其位’，解‘錯立’。”司馬光《請不受尊號札子》：“入則拜手稽首，請加鴻名；出則錯立族談，腹非竊笑。”　注意：重視，關注。《史記·酈生陸賈列傳》：“天下安，注意相；天下危，注意將。”白居易《與希朝詔》：“自首領已下，卿宜等第給付，其部落家口等遠經跋涉，宜稍安存，以勸歸心，用副注意。”　登庸：指登帝位。《宋書·傅亮傳》：“高祖登庸之始，文筆皆是記室參軍滕演。”《北史·高隆之傳》：“又帝未登庸日，隆之意常侮帝。”

③鏘鏘：象聲詞，形容金石撞擊發出的洪亮清越的聲音。《詩·大雅·烝民》：“四牡彭彭，八鸞鏘鏘。”鄭玄箋：“鏘鏘，鳴聲。”秦嘉《留郡贈婦詩三首》二：“肅肅僕夫征，鏘鏘揚和鈴。”　濟濟：整齊美好貌。《詩·齊風·載驅》：“四驪濟濟，垂轡濔濔。”《隋書·音樂志》：“昭昭車服，濟濟衣簪。”　進退：應進而進，應退而退，泛指言語行動恰如其分。《後漢書·陳蕃傳》：“人君者，攝天地之政，秉四海之維，舉動不可以違聖法，進退不可以離道規。”王安石《雨過偶書》：“誰似浮雲知進退？才成霖雨便歸山。”　侍臣：侍奉帝王的廷臣。李商隱《漢宮詞》：“侍臣最有相如渴，不賜金莖露一杯。”曾鞏《上歐陽舍人書》：“朝夕出入左右，侍臣之任也。”　贊導：舉行典禮時依照儀式贊唱引導。《後漢書·百官志》：“其郊廟行禮，贊導，請行事，既可，以命群司。”《舊唐書·李漢傳》：“大夫中丞到班後，朝堂所由引僕射就位，傳呼贊導，如大夫就列之儀。班退，贊導亦如之。”

④郊丘：古天子郊祭天地於圓丘，亦指祭天。《南史·何尚之傳》：“南郊祠五帝靈威仰之類，圓丘祠天皇大帝、北極大星是也。往代合之郊丘，先儒之巨失。”沈遘《代進南郊禮成》：“宋德承天序，郊丘

必以時。” 有日：有期，不久。《史記·樗里子甘茂列傳》：“行有日，甘羅謂文信侯曰：‘借臣車五乘，請爲張唐先報趙。’”韓愈《答李翊書》：“道德之歸也有日矣！況其外之文乎？” 事務：要做的或所做的事情。《管子·正世》：“古之欲正世調天下者，必先觀國政，料事務，察民俗。”應璩《與滿公琰書》：“適有事務，須自經營，不獲侍坐，良增邑邑。” 方殷：謂正當劇盛之時。李邕《駁韋巨源謚昭議》：“巨源此際，用事方殷，且於阿韋何親，而結爲昆季？於國家何力，而累忝大官？”《新唐書·陸贄傳》：“今師旅方殷，瘡痛呻吟之聲未息，遽以珍貢私別庫，恐群下有所觖望，請悉出以賜有功。” 聲光：聲譽風光。韓愈《答侯繼書》：“行自念方當遠去，潛深伏隩，與時世不相聞；雖足下之思我，無所窺尋其聲光，故不得不有書爲別，非復有所感發也。”李翱《感知己賦序》：“每歲試於禮部，連以文章罷黜，聲光晦昧於時俗，人皆謂之固宜。” 副：相稱，符合。《漢書·禮樂志》：“哀有哭踊之節，樂有歌舞之容，正人足以副其誠，邪人足以防其失。”《後漢書·黃瓊傳》：“盛名之下，其實難副。” 膺：承當，擔當。《隋書·煬帝紀》：“學行優敏，堪膺時務。”《舊唐書·吉頊傳》：“嘗以經緯之才，允膺匡佐之委。” 寵命：加恩特賜的任命，封建社會中對上司任命的敬辭。李密《陳情事表》：“今臣亡國賤俘，至微至陋，過蒙拔擢，寵命優渥。”韓愈《送石處士序》：“無味於諂言，惟先生是聽，以能有成功，保天子之寵命。” 廢：敗壞，衰敗。《易·繫辭》：“其道甚大，百物不廢。”孔穎達疏：“言《易》道功用甚大，百種之物賴之，不有休廢也。”《孟子·離婁》：“國之所以廢興存亡者，亦然。” 國容：國家的禮制儀節。《司馬法·天子之義》：“古者國容不入軍，軍容不入國。軍容入國則民德廢，國容入軍則民德弱。”蘇軾《除苗授特授武泰軍節度使》：“出總元戎，作先聲於士氣；入爲環尹，寓軍政於國容。”

［編年］

《年譜》編年本文於元和十五年，理由是：“《制》有‘今郊丘有日，事務方殷’等語。據《舊唐書‧穆宗紀》：‘長慶元年正月己亥朔，上親薦獻太清宮、太廟。是日，法駕赴南郊……辛丑，祀昊天上帝於圓丘。’”《編年箋注》據以同樣的理由，編年：“推知此《制》撰於元和十五年(八二〇)至長慶元年(八二一)間，元稹時任祠部郎中知制誥。”《年譜新編》據本文“今郊丘有日，事務方殷”之語，編年本文：“元和十五年歲末作。”

我們同意《年譜》所列舉的證據，却不敢苟同《年譜》的結論。《年譜》將本文編年於元和十五年，不僅過於籠統，而且元和十五年二月五日之前元稹尚没有從事知制誥的工作。本文明言“郊丘有日，事務方殷”，必然離開祭祀昊天上帝的日期不遠。至於《編年箋注》編年：“撰於元和十五年(八二〇)至長慶元年(八二一)間，元稹時任祠部郎中知制誥。”更不可取。不僅籠統，而且還無緣無故包含了元和十五年年頭與長慶元年末尾元稹並没有從事知制誥之職的四個多月，將長慶元年一月至十月十九日這麼長的時間無緣無故涵括進去，更屬不妥。《年譜新編》的結論比較接近史實，可取。據此，我們認爲本文應該與《王永可守太常博士制》作於同時，必定作於元和十五年十二月的中下旬，離開長慶元年正月三日祭祀之典的日期一定不是太遠，地點在長安，元稹時任祠部郎中知制誥之職。

◎ 高允恭授侍御史知雜事制^{(一)①}

敕：御史府不以一職名官，蓋總察群司，典掌衆政。副其丞者，是選尤難^②。

而御史丞僧孺(時牛僧孺爲御史中丞，例得奏除御史)，首以朝議郎、守尚書戶部郎中、判度支案、飛騎尉高允恭聞於予曰："允恭始以儒家子，能文入官③。在監察御史時，分務東臺，無所顧慮。爲刑部郎中，能守訓典④。復以人曹郎佐掌邦計，懸石允厘，撓而不煩(二)，簡而不傲，靜專動直(三)，志行修明⑤。乞以臺郎，兼授憲簡，雜錯之務，一以咨之。"⑥

朕俞其言，爾其自勉(四)，無俾僧孺狹於知人(五)。可以本官兼侍御史、知雜事(六)，餘如故⑦。

録自《元氏長慶集》卷四六

[校記]

（一）高允恭授侍御史知雜事制：楊本、叢刊本同，《英華》作"授高允恭兼侍御史知雜事制"，《全文》作"授高允恭侍御史知雜事制"，各備一説，不改。

（二）撓而不煩：楊本、叢刊本、《全文》同，《英華》作"撓之不煩"，各備一説，不改。

（三）靜專動直：《英華》、《全文》同，楊本、叢刊本作"靜專勤直"，各備一説，不改。

（四）爾其自勉：楊本、叢刊本、《全文》同，《英華》作"爾其自勵"，各備一説，不改。

（五）無俾僧孺狹於知人：叢刊本、《全文》同，《英華》作"無俾僧孺昧於知人"，楊本作"無他僧孺狹於知人"，語義不順，不從不改。

（六）可以本官兼侍御史、知雜事：楊本、叢刊本、《全文》同，《英華》作"可守本官兼侍御史知雜事"，各備一説，不改。

[箋注]

① 高允恭：史籍記載不多，僅《舊唐書·敬宗紀》："（長慶四年二

月)二月辛巳朔……戊子,河北告哀使、諫議大夫高允恭卒於東都。"
元和十五年上半年,元稹另有《高允恭授尚書戶部郎中判度支案制》,
可以與本文並讀。　　知雜事:御史臺侍御史之兼職,總攬臺內雜務,
實爲御史中丞之副手,亦即本文所云"副其丞者"之意。御史臺主官
缺任,往往由其替補任職御史中丞。《歷代職官志》卷一八:"《因話
錄》:御史臺三院,一曰臺院,其僚曰侍御史,衆呼爲端公。見宰相及
臺長,則曰某姓侍御。知雜事謂之雜端,見臺長則曰知雜侍御。"元稹
《陪張湖南宴望岳樓積爲監察御史張中丞知雜事》:"觀象樓前奉末
班,絳峰只似殿庭間。今日高樓重陪宴,雨籠衡岳是南山。"王讜《唐
語林·補遺》:"知雜事,謂之雜端……每公堂食會,雜事不至,則無所
檢轄,唯相揖而已;雜事至,則盡用憲府之禮。"

②　御史府:即"御史臺",官署名,專司彈劾之職。西漢時稱御史
府,東漢初改稱御史臺,隋及唐皆稱御史臺。元稹《范傳式可河南府
壽安縣令制》:"御史府多以法律見徵,苟覆視之不明,於薄責而何
逭?"白居易《贈吳丹》:"愛君無巧智,終歲閑悠悠。嘗登御史府,亦佐
東諸侯。"　　群司:百官。《楚辭·王逸〈九思·怨上〉》:"令尹兮警警,
群司兮讘讘。"舊注:"群司,衆僚。"《後漢書·明帝紀》:"群司勉修職
事,極言無諱。"　　典掌:主管,掌管。《顏氏家訓·涉務》:"故江南冠
帶,有才幹者,擢爲令僕已下尚書郎中書舍人已上,典掌機要。"《新唐
書·韋述傳》:"述典掌圖書,餘四十年,任史官二十年,澹榮利,爲人
純厚長者,當世宗之。"　　副:居第二位的,輔助的。《漢書·陳湯傳》:
"康居副王抱闐將數千騎,寇赤谷城東。"劉餗《隋唐嘉話》卷上:"寡人
持弓箭,公把長槍相副,雖百萬衆亦無奈我何!"　　尤:尤其,格外。
《史記·樗里子甘茂列傳論》:"方秦之強時,天下尤趨謀詐哉。"歐陽
修《醉翁亭記》:"其西南諸峰,林壑尤美。"

③　御史丞僧孺:事見《新唐書·牛僧孺傳》:"穆宗初,以庫部郎
中知制誥,徙御史中丞。"《舊唐書·穆宗紀》:"(元和十五年)十二月

己巳朔……己丑，以庫部郎中、知制誥牛僧孺爲御史中丞。" 朝議郎：據《舊唐書·職官志》，朝議郎非職事官，爲文散官，正六品上。韓休《授杜暹等侍御史制》："朝議郎、行殿中侍御史杜暹，禮樂之器，直方效節……"韓愈《復仇狀》："朝議郎、行尚書職方員外郎、上騎都尉韓愈議曰……" 儒家：指讀書人家。李翰《通典序》："儒家者流，博而寡要，勞而少功，何哉？其患在於習之不精，知之不明；入而不得其門，行而不由其道。"羅燁《醉翁談録·金陵真氏有詩才》："元祐中，有真氏者，本金陵儒家也，美貌又有詩才。" 入官：從政，做官。《書·周官》："學古入官，議事以制，政乃不迷。"《孔子家語·入官》："子張問入官於孔子。"王肅注："入官，謂當官治民之職也。"

④ 分務：即"分司"，唐制，中央官員在陪都（洛陽）任職者，稱爲分司。白居易《達哉樂天行》："達哉達哉白樂天，分司東都十三年。"劉禹錫《自左馮歸洛下酬樂天兼呈裴令公》："新恩通籍在龍樓，分務神都近舊丘。自有園公紫芝侶，仍追少傅赤松遊。" 東臺：唐時東都御史臺的省稱。趙璘《因話録·徵》："武后朝，御史臺有左右肅政之號，當時亦謂之左臺、右臺，則憲府未曾有東西臺之稱。惟俗間呼在京爲西臺，東都爲東臺。"趙璘之言失察，白居易《代書一百韵寄微之》："南國人無怨，東臺吏不欺。"自注："微之使東川，奏冤八十餘家，詔從而平之，因分司東都。"趙嘏《代人贈杜牧侍御》："郎作東臺御史時，妾長西望斂雙眉。一從詔下人皆羨，豈料恩衰不自知！" 無所：沒有地方，沒有處所。枚乘《七發》："今夫貴人之子，必宮居而閨處，内有保母，外有傅父，欲交無所。"韓愈《祭張給事文》："上不負汝，爲此不祥，將死無所。" 顧慮：思前顧後，有所疑慮。元稹《授裴注等侍御史制》："當僧孺慎揀之初，遇朝廷渴用之日，又安可回惑顧慮於豪黠，而姑以揖讓步趨之際爲塞責乎？"李德裕《賜王宰詔意》："況卿已得天井，尋扼咽喉，遊刃其間，更何顧慮？" 訓典：指先王典制之書，後泛指奉爲典則的書籍。沈約《内典序》："且中外群聖，咸載訓典。

雖教有殊門,而理無異趣。"權德輿《秘書郎壁記》:"然則先王之法志,官師之訓典,九流百代,如貫珠然。"

　⑤　人曹郎:指戶部郎中,本稱"民曹郎",唐代因避太宗之諱,改稱"人曹郎"。元稹《授韋審規等左司戶部郎中等制》:"登生齒以比董九賦,人曹郎之任非輕。"韓雍《送戶部祁主事致和奉使便道還東莞省母復還京師》:"人曹郎佐非常士,十載聲華海內欽。奉使久持清白操,寧親今遂孝思心。"本句針對高允恭前任"尚書戶部郎中"而言。邦計:國家大計。《舊唐書·崔彥昭傳》:"入司邦計,開張用經緯之文;出統藩維,撫馭得韜鈐之術。"曾鞏《代宋敏求知絳州謝到任表》:"進聞邦計,出假使符。"　懸石:"懸石程書"之省稱,《史記·秦始皇本紀》:"天下之事無小大皆決於上,上至以衡石量書,日夜有呈,不中呈,不得休息。"《漢書·刑法志》:"至於秦始皇……專任刑罰,躬操文墨,晝斷獄,夜理書,自程決事,日縣石之一。"顏師古注引服虔曰:"縣,稱也。石,百二十斤。始皇省讀文書,日以百二十斤爲程。"言秦始皇每日處理一石重的公文,後以"懸石程書"形容勤於政事。亦省作"懸石"。《舊唐書·刑法志》:"庶使吏曹簡肅,無取懸石之多;奏讞平允,靡競錐刀之末。"　允釐:謂治理得當。《書·堯典》:"允釐百工,庶績咸熙。"孔傳:"允,信;釐,治。"白居易《君子不器賦》:"既居家而必達,亦在邦而允釐。"　撓:阻撓。《逸周書·史記》:"外內相間,下撓其民,民無所附,三苗以亡。"《舊唐書·段秀實傳》:"將紓國難,詭收寇兵。撓其凶謀,果集吾事。"　不煩:不煩冗。《淮南子·主術訓》:"法省而不煩。"高誘注:"煩,多也。"龔鼎臣《東原錄》:"然(劉)秩書太略,(宋)白書太煩。不煩不略,最爲適中者,(杜)佑書也。"　簡:簡省,簡易,簡單。《文心雕龍·物色》:"物色雖繁,而析辭尚簡。"韓愈《送張道士序》:"其言簡且要,陛下幸聽之。"　傲:輕慢,輕視。《左傳·文公九年》:"傲其先君,神弗福也。"曹植《責躬詩》:"傲我皇使,犯我朝儀。國有典刑,我削我黜。"　靜專:貞靜專一。語出《易·繫

辭》：“其靜也專，其動也直，是以大生焉！”韓康伯注：“專，專一也。
直，剛正也。”曾鞏《左僕射門下侍郎王珪追封三代並妻制·曾祖母尹
氏追封燕國太夫人》：“具官某，曾祖母某氏，幽閑靜專，躬蹈純德。”
志行：志向和操行。《漢書·傅喜傳》：“少好學問，有志行。”李華《三
賢論》：“元之志行當以道紀天下，劉之志行當以‘六經’諧人心，蕭之
志行當以中古易今世。” 修明：整飭昭明。《後漢書·滕撫傳》：“風
政修明，流愛於人，在事七年，道不拾遺。”謹飭清明。《漢書·匡衡
傳》：“君以道德修明，位在三公，先帝委政，遂及朕躬。”

⑥ 臺郎：指尚書郎。《文選·孔融〈薦禰衡表〉》：“近日路粹、嚴
象，亦用異才，擢拜臺郎。衡宜與爲比。”呂延濟注：“皆以高才擢拜尚
書郎。”李頎《寄綦毋三》：“共道進賢蒙上賞，看君幾歲作臺郎？”又作
“尚書郎”，東漢之制，取孝廉中之有才能者入尚書臺，在皇帝左右處
理政務，初入臺稱守尚書郎中，滿一年稱尚書郎，三年稱侍郎。魏晉
以後尚書各曹有侍郎、郎中等官，綜理職務，通稱爲尚書郎。《樂府詩
集·橫吹曲辭五·木蘭詩》：“可汗問所欲，‘木蘭不用尚書郎，願借明
駝千里足，送兒還故鄉。’” 憲簡：指御史彈奏所用的白簡。顏真卿
《喜皇甫曾侍御見過南樓翫月七言重聯句》：“頃持憲簡推高步，獨占
詩流橫素波。”又作“白簡”，即古時彈劾官員的奏章。《晉書·傅玄
傳》：“玄天性峻急，不能有所容；每有奏劾，或值日暮，捧白簡，整簪
帶，竦踦不寐，坐而待旦。”陸游《送杜起莘殿院出守遂寧》：“白簡萬言
幾慟哭，青編一傳可前知？” 雜錯：間雜，混雜。《漢書·地理志》：
“是故五方雜厝，風俗不純。”張九齡《大唐涇州刺史牛公碑銘并序》：
“六郡自古五方雜錯，負力怙利，尚氣好武，人庶相放，風俗不純。”
咨：徵詢，商議。劉義慶《世説新語·政事》：“賈充初定律令，與羊祜
共咨太傅鄭沖。”《新唐書·韋武傳》：“執事者時時咨武。”

⑦ 俞：表示應答和首肯，猶是、對。《漢書·揚雄傳》：“揚子曰：
‘俞。若夫閎言崇議，幽微之塗，蓋難與覽者同也。’”顏師古注：“俞，

然也。"韓愈《魏博節度觀察使沂國公先廟碑銘》:"帝曰:'俞哉! 維汝忠孝。'"　爾:代詞,你們,你。《詩·小雅·無羊》:"誰謂爾無羊? 三百維羣!"鄭玄箋:"爾,女也。"鮑照《代陳思王京洛篇》:"寶帳三千所,爲爾一朝容。"　其:助詞,用於句中,無義。《詩·邶風·北風》:"北風其涼,雨雪其雱。"《詩·邶風·擊鼓》:"擊鼓其鏜,踴躍用兵。"　自勉:自己勉勵自己。《莊子·天運》:"此皆自勉,以役其德者也。"《北史·辛昂傳》:"若不事斯語,何以成名? 各宜自勉,克成令譽。"　無俾:不使。《詩·大雅·民勞》:"式遏寇虐,無俾民憂。"鄭玄箋:"俾,使也。"白居易《除郎官分牧諸州制》:"朕高懸爵賞,佇期酬效。咨爾夙夜,其念之哉! 無俾龔黃,專美前代。"　狹:小看,輕視。《文選·張衡〈東京賦〉》:"狹三王之趦趄,軼五帝之長驅。"薛綜注:"狹,謂陋也。"《晉書·元帝紀》:"願陛下存舜禹至公之情,狹由巢抗矯之節;以社稷爲務,不以小行爲先。"　知人:謂能鑒察人的品行、才能。《史記·宋微子世家》:"宋宣公可謂知人矣! 立其弟以成義,然卒其子復享之。"曾鞏《贈黎安二生序》:"二生固可謂魁奇特起之士,而蘇君固可謂善知人者也。"

[編年]

　　《年譜》編年本文於"長慶元年初",理由是:"《制》云:'……而御史丞僧孺,首以朝議郎、守尚書户部郎中、判度支案、飛騎尉高允恭聞於予曰'云云。《舊唐書·穆宗紀》云:'(元和十五年十二月)己丑,以庫部郎中、知制誥牛僧孺爲御史中丞。'"《編年箋注》所引理由與《年譜》相同,結論是:"推知高允恭遷侍御史知雜事在牛僧孺遷御史中丞後不久,此《制》當撰於長慶元年(八二一)初。元稹時任祠部郎中知制誥,或已改爲中書舍人翰林承旨學士。"《年譜新編》編年理由與《年譜》、《編年箋注》相同,結論是:"制當作於長慶元年。"

　　我們不敢苟同《年譜》、《編年箋注》、《年譜新編》的結論,不僅因爲他們“長慶元年”或者“長慶元年初”結論過於籠統，而且與我們之間的意見存在著明顯的差異:《舊唐書·穆宗紀》:“(元和十五年十二月)己丑，以庫部郎中、知制誥牛僧孺爲御史中丞。”據干支推算，此“己丑”是元和十五年十二月二十一日，本文:“而御史丞僧孺，首以朝議郎、守尚書户部郎中、判度支案、飛騎尉高允恭聞於予曰……”既然是“首以”，自然是牛僧孺履任御史中丞之後的第一等要務，而高允恭以侍御史知雜事的身份也是牛僧孺履行職務不可或缺的人手，絶不可能拖延至“長慶元年”或者“長慶元年初”，甚至延誤至元稹拜職“中書舍人翰林承旨學士”之後的長慶元年二月十六日之時。而應該在牛僧孺履任御史中丞之後的數日之内，亦即元和十五年十二月二十一日之後數日之内，至多遲至十二月三十日之前，地點在長安，元稹時任祠部郎中知制誥任。

◎ 奉制試樂爲御賦（以“和樂行道之本”爲韵，依次用）^{(一)①}

臣伏奉庚寅之詔曰:“天子以樂爲御，其義則那?”臣以爲引重任者無御不可，播盛德者非樂而何②? 蟠乎地而際乎天^(二)，周流既超於馬力;發乎邇而應乎遠，馳聲亦倍於鑾和③。

喻之爲至，此實居多。大道既移^(三)，則舞行象成於倒載^(四);小戎或駕，則琴音決勝於驪歌^{(五)④}。故聖王取彼歡然，宣諸沃若^(六);制其節奏，戒乎行作⑤。聽《祈招》之什，冀絶迹於覆車^(七);賦盤遊之詞，俾慮危於朽索⑥。是以“南薰”馳而虞德盛，“北里”騁而殷道惡⑦。控海内，當並騖於勳華;執人柄，豈争功於良樂⑧?

斯御也，動無險阻，發自和平。周旋罔害，歡愛則行。止

之而優游靈府,推之而浹洽寰瀛⑨。非勞轅軏,但布《莖》
《英》。陋乎足迹,運以精誠⑩。爾或馳驅,難期於無災無害;
我之步驟,乃在於大鳴小鳴⑪。

故曰得禽而詭遇,不如率獸以仁聲。且跋涉者疲於山
川,條暢者格乎穹昊(八)。慕六律而百蠻麕至(九),錫有功而諸
侯軌道⑫。豈出戶庭,非專擊考。乘六氣之辨(一〇),哂六巒之
徒施;鼓八風而行,知八駿之非寶⑬。於是屏造父,命后夔,或
無聲而至矣! 或先進以道之⑭。豈獨周域中而利其銜策,亦
將肥天下而淪乎髓肌(一一)⑮。

若此,則宇宙蓋由乎一馬,牽制盡在於四維⑯。雖質文
更變,而公共操持,莫不得之者昌,失之者損⑰。俗化清而鞭
朴廢,和順積而車書混⑱。故臣積前此而言曰(一二):"引重任
者御爲之先,播盛德者樂爲之本。"伏惟皇帝陛下推是心而居
其奧,臣徒欲貢所聞而安敢窺其閫⑲!

　　　　　　　　　　　　錄自《元氏長慶集》卷二七

[校記]

(一) 奉制試樂爲御賦(以"和樂行道之本"爲韵,依次用):楊本、
叢刊本、《全文》同,《英華》、《歷代賦彙》作"奉制試樂爲御賦(以"和樂
行道之本"爲韵)",各備一説,不改。

(二) 蟠乎地而際乎天:叢刊本、《英華》、《全文》同,叢刊本、《歷
代賦彙》作"蟠乎地而極乎天",楊本作"蟠乎地而際乎天",各備一説,
不改。

(三) 大道既移:楊本、叢刊本、《歷代賦彙》、《全文》同,《英華》作
"大道既夷",各備一説,不改。

（四）則舞行象成於倒載：原本作"則舞行象成於周載"，《全文》作"則舞行象成於覆載"，據楊本、叢刊本、《英華》、《歷代賦彙》改。

（五）則琴音决勝於驪歌：楊本、叢刊本、《歷代賦彙》、《全文》同，《英華》作"則琴音决勝於驟歌"，各備一説，不改。

（六）宣諸沃若：楊本、叢刊本、《英華》、《歷代賦彙》作"方諸沃若"，《全文》作"喻諸沃若"，各備一説，不改。

（七）冀絶迹於覆車：原本作"冀絶迹於奔車"，《全文》同，據楊本、叢刊本、《英華》、《歷代賦彙》改。

（八）條暢者格乎穹昊：楊本、叢刊本、《歷代賦彙》、《全文》同，《英華》作"滌蕩者格乎穹昊"，各備一説，不改。

（九）慕六律而百蠻麏至：原本作"慕入律而百蠻麏至"，楊本、叢刊本、《全文》同，《英華》作"慕六律而百蠻群至"，據《歷代賦彙》改。

（一〇）乘六氣之辨：楊本、叢刊本、《全文》同，《英華》作"乘六氣之變"，《歷代賦彙》作"乘四時之變"，各備一説，不改。

（一一）亦將肥天下而淪乎髓肌：楊本、叢刊本作"亦將肥天下而淪乎骨肌"，《全文》作"亦將肥天下而淪乎膚肌"，《英華》、《歷代賦彙》作"亦將肥天下而狹乎骨肌"，各備一説，不改。

（一二）故臣稹前此而言曰：楊本、叢刊本同，《英華》、《歷代賦彙》、《全文》作"故臣稹前跪而言曰"，各備一説，不改。

［箋注］

① 奉制：接受天子的命令。王充《論衡·率性》："〔趙佗〕蹶然起坐，心覺改悔，奉制稱藩。"《新唐書·王世充傳》："（李）密稱臣奉制，引兵從化及黎陽，戰勝來告，衆大悦。" 試：嘗試。《易·無妄》："無妄之藥，不可試也。"杜甫《去矣行》："未試囊中餐玉法，明朝且入藍田山。" 樂：音樂。《漢書·禮樂志》："夫樂本情性，浹肌膚而臧骨髓，雖經乎千載，其遺風餘烈尚猶不絶。"《宋史·律曆志》："古之聖人推

律以制器,因器以宣聲,和聲以成音,比音而爲樂。然則律吕之用,其
樂之本歟!"　御:統治,治理。《書・大禹謨》:"臨下以簡,御衆以
寬。"賈誼《過秦論》:"振長策而御宇内,吞二周而亡諸侯。"　和樂:和
諧的音樂。《禮記・樂記》:"正聲感人而順氣應之,順氣成象而和樂
興焉!"范仲淹《陽禮教讓賦》:"三賓之象不踰,和樂興焉!"和調音樂。
《吕氏春秋・音初》:"正德以出樂,和樂以成順。"高誘注:"樂以和爲
成順。"　行道:實踐自己的主張或所學。《孝經・開宗明義》:"立身
行道,揚名於後世,以顯父母,孝之終也。"《史記・韓昭侯世家》:"申
不害相韓,修術行道,國内以治,諸侯不來侵伐。"

　　② 庚寅之詔:皇帝在庚寅之日發佈的命令。過去皇帝發佈命
令,常常以其日之干支稱之,便於記憶。以穆宗朝爲例,即有多不枚
舉的例子。《舊唐書・穆宗紀》:"(元和十五年)秋七月辛丑朔……乙
巳詔:'皇太后就安長樂,朝夕承顏,慈訓所加,慶感兼極。今月六日
是朕載誕之辰,奉迎皇太后於宮中上壽。'"《舊唐書・穆宗紀》:"(長
慶元年)夏四月丙寅朔……丁丑詔:'國家設文學之科,本求才
實……'"《編年箋注》註釋:"庚寅:用以指年,即元和五年(八一〇)。"
誤,不可取。　那:"奈何"的合音。《左傳・宣公二年》:"牛則有皮,
犀兕尚多,棄甲則那?"杜預注:"那,猶何也。"楊伯峻注:"那,奈何之
合音。顧炎武《日知録》三十二云:'直言之曰"那",長言之曰"奈何",
一也。'"李白《長干行二首》二:"那作商人婦,愁水復愁風。"　重任:
猶言擔當重任,或委以重任。《左傳・襄公十年》:"余羸老也,可重任
乎?"杜預注:"不任受女此責。"袁宏《後漢紀・順帝紀》:"中郎將周舉
清高忠正,可重任也。"　盛德:品德高尚,高尚的品德。《史記・老子
韓非列傳》:"良賈深藏若虛,君子盛德,容貌若愚。"岑參《故僕射裴公
挽歌三首》一:"盛德資邦傑,嘉謨作世程。"

　　③ 蟠乎地而際乎天:亦即"蟠天際地",謂從天到地無所不在,亦
用以形容氣勢博大。語本《莊子・刻意》:"精神四達並流,無所不極,

上際於天,下蟠於地。"成玄英疏:"下蟠薄於厚地,上際逮於玄天。"蟠:即遍及,充滿。《孔子家語·致思》:"旌旗繽紛,下蟠於地。"蘇軾《策斷》:"夫天子之勢,蟠於天下而結於民心者甚厚,故其亡也,必有大隙焉!而日潰之。"　馬力:馬的力量。《荀子·哀公》:"歷險致遠,馬力盡矣!"梅堯臣《疲馬》:"當須量馬力,始得君馬全。"　邇:近。《詩·鄭風·東門之墠》:"其室則邇,其人甚遠。"《新唐書·張九齡傳》:"乖政之氣,發爲水旱。天道雖遠,其應甚邇。"　遠:高遠,遠大。徐幹《中論·爵祿》:"功大者,禄厚。德遠者,爵尊。功小者,其禄薄。德近者,其爵卑。"殷璠《河嶽英靈集·劉眘虛》:"劉眘虛詩情幽興遠,思苦語奇。忽有所得,便驚衆聽。"　馳聲:謂聲譽遠播。孔稚珪《北山移文》:"希蹤三輔豪,馳聲九州牧。"李端《送吉中孚拜官歸楚州》:"出詔升高士,馳聲在少年。"　鑾和:亦即"和鑾",古代車上的鈴鐺,挂在車前橫木上稱"和",挂在軛首或車架上稱"鑾"。《詩·小雅·蓼蕭》:"和鑾雝雝,萬福攸同。"毛傳:"在軾曰和,在鑣曰鑾。"《漢書·五行志》:"故行步有佩玉之度,登車有和鑾之節。"

④ 大道:正道,常理,指最高的治世原則,包括倫理綱常等。《禮記·禮運》:"孔子曰:'大道之行也,與三代之英,丘未之逮也,而有志焉!'"柳宗元《箕子碑》:"當紂之時,大道悖亂,天威之動不能戒,聖人之言無所用。"　象成:語見《禮記·樂記》:"子曰:居,吾語女:夫樂者,象成者也。總干而山立,武王之事也。發揚蹈厲,大公之志也。武亂,皆坐周召之治也。"　象:古代舞蹈名。《禮記·内則》:"十有三年學樂、誦詩、舞《勺》;成童舞《象》,學射御。"孔穎達疏:"舞《象》謂《武舞》也。熊氏云:'謂用干戈之小舞也。'"《史記·禮書》:"和鑾之聲,步中《武》《象》,驟中《韶》《濩》,所以養耳也。"裴駰集解引鄭玄曰:"《象》,《武舞》也。"古樂名。《墨子·三辯》:"武王勝殷殺紂,環天下自立以爲王,事成功立,無大後患,因先王之樂,又自作樂,命曰《象》。"《文選·司馬相如〈上林賦〉》:"荆、吳、鄭、衛之聲,《韶》、《濩》、

《武》、《象》之樂。"李善注引張揖曰:"《象》,周公樂也。"　倒載:亦即"倒載干戈"、"倒置干戈"、"倒戢干戈",倒著藏放兵器,表示不再打仗。《禮記・樂記》:"倒載干戈,包之以虎皮,將帥之士,使爲諸侯,名之曰建櫜,然後天下知武王之不復用兵也。"《史記・留侯世家》:"殷事已畢,偃革爲軒,倒置干戈,覆以虎皮,以示天下不復用兵。"　小戎:周代兵車的一種。《詩・秦風・小戎》:"小戎俴收。"鄭玄箋:"此群臣之兵車,故曰小戎。"孔穎達疏:"先啓行之車謂之大戎,從後者謂之小戎。"《國語・齊語》:"十軌爲里,故五十人爲小戎,里有司帥之。"韋昭注:"小戎,兵車也。此有司之所乘,故曰小戎……古者戎車一乘,步卒七十二人,今齊五十人。"　琴音:琴的樂聲。《史記・田敬仲完世家》:"故曰琴音調而天下治。"何薳《春渚紀聞・古聲遺制》:"余謂古聲之存於器者,唯琴音中時有一二。"　決勝:謂取得勝算,取得勝利。《吳子・圖國》:"不和於戰,不可以決勝。"賀朝《從軍行》:"騎射先鳴推任俠,龍韜決勝佇時英。"　騶歌:亦即指《騶虞》,古樂曲名。《墨子・三辯》:"周成王因先王之樂,又自作樂命曰《騶虞》。"張衡《東京賦》:"禮事展,樂物具,《王夏》闋,《騶虞》奏。"

⑤ 聖王:古指德才超群達於至境之帝王。《禮記・冠義》:"冠者,禮之始也,是故古者聖王重冠。"柳宗元《封建論》:"彼封建者,更古聖王堯、舜、禹、湯、文、武而莫能去之;蓋非不欲去之也,勢不可也。"　歡然:歡樂貌。《列子・黃帝》:"使天下丈夫女子,莫不歡然皆欲愛利之。"元稹《才識兼茂明於體用策》:"上獲其益,下輸其情。君臣之間,歡然相與。"　沃若:馴順貌。《詩・小雅・皇皇者華》:"我馬維駱,六轡沃若。"《文選・謝朓〈拜中軍記室辭隋王箋〉》:"潢污之水,願朝宗而每竭;駑蹇之乘,希沃若而中疲。"李善注:"《詩》曰:'我馬維駱,六轡沃若。'沃若,調柔也。"　節奏:音樂中交替出現的有規律的強弱、長短的現象。《禮記・樂記》:"樂者,心之動也;聲者,樂之象也;文采節奏,聲之飾也。"曹丕《典論・論文》:"譬諸音樂,曲度雖均,

節奏同檢，至於引氣不齊，巧拙有素，雖在父兄，不能以移子弟。” 行作：勞作，作爲。《商君書·墾令》：“聲服無通於百縣，則民行作不顧，休居不聽。休居不聽，則氣不淫；行作不顧，則意必壹。”王維《燕子龕禪師》：“救世多慈悲，即心無行作。”

⑥ 祈招：逸詩名，事見《左傳·昭公十二年》：“臣嘗問焉！昔穆王欲肆其心，周行天下，將皆必有車轍馬迹焉！祭公謀父作《祈招》之詩，以止王心。”又見《後漢書·陳蕃傳》：“周穆王欲肆車轍馬迹，祭公謀父爲誦《祈招》之詩以止其心，誠惡逸遊之害人也。” 絶迹：不見蹤迹。《莊子·人間世》：“絶迹易，無行地難。”郭象注：“不行則易，欲行而不踐地，不可能也。”《南史·梁吳平侯景傳》：“州内清静，抄盗絶迹。” 覆車：比喻失敗的教訓。《後漢書·翟酺傳》：“禄去公室，政移私門，覆車重尋，寧無摧折。”司馬光《三月晦日登豐州故城》：“滿川戰骨知誰罪？深屬來人戒覆車。” 盤遊：遊樂。《書·五子之歌》：“〔太康〕乃盤遊無度，畋於有洛之表，十旬弗反。”孔傳：“盤樂遊逸無法度。”楊炯《晦日藥園詩序》：“衣冠雜遝，出城闕而盤遊；車馬駢闐，俯河濱而帳飲。” 俾：通“比”。《書·君奭》：“海隅出日，罔不率俾。”《禮記·樂記》：“王此大邦，克順克俾。”鄭玄注：“俾當爲比，聲之誤也，擇善從之曰比。” 慮：憂慮，擔心。趙至《與嵇茂齊書》：“懸𡼏陋宇，則有後慮之戒。”韓愈《順宗實錄》：“大行皇帝知陛下仁孝，慮陛下悲哀。” 危：危險，危急。《易·繫辭》：“君子安而不忘危，存而不忘亡，治而不忘亂。”王昌齡《詠史》：“位重任亦重，時危志彌敦。” 朽索：朽腐的繩索。《書·五子之歌》：“予臨兆民，懍乎若朽索之馭六馬。”後因以爲典，比喻臨事慮危，時存戒懼。李山甫《酬劉書記見贈》：“獨在西峰末，憐君和氣多。勞生同朽索，急景似傾波。”王周《百丈》：“長繩豈能繫？朽索何足擬！苟非總之爲，胡可力行此！”

⑦ 南薰：亦作“南熏”，指《南風》歌，相傳爲虞舜所作，歌中有“南風之薰兮，可以解吾民之愠兮”等句。王維《大同殿賜宴樂敢書即

事》：“陌上堯樽傾北斗，樓前舜樂動南薰。”陸龜蒙《雜諷九首》五：“永播南熏音，垂之萬年耳。”　虞德：虞舜之德。李嶠《自叙表》：“虞德茂而皋繇作歌，魯道興而奚斯有述：然後功業顯乎代，德音昭乎聲。”崔立之《南至郊壇有司書雲物賦》：“時謂唐時，歌卿雲之五色；德稱虞德，詠南風之再薰。”　北里：稱委靡粗俗的曲樂。曹植《七啓》：“亦將有才人妙妓，遺世越俗，揚北里之流聲，紹陽阿之妙曲。”葛洪《抱朴子·崇教》：“濮上北里，迭奏迭起。”　殷道：謂殷代的政治與禮制。《禮記·禮運》：“我欲觀殷道，是故之宋，而不足徵也。”《史記·殷本紀》：“武丁修政行德，天下咸歡，殷道復興。”

⑧ 海内：國境之内，全國。劉長卿《送王員外歸朝》：“往來無盡目，離別要逢春。海内罷多事，天涯見近臣。”韋應物《寄大梁諸友》：“雲樹悄重疊，烟波念還期。相敦在勤事，海内方勞師。”　並鶩：並馳。《文選·班固〈西都賦〉》：“撫鴻罿，御繒繳，方舟並鶩，俛仰極樂。”吕延濟注：“言持網繳射，並舟而鶩。”《文選·韋昭〈博弈論〉》：“百行兼苞，文武並鶩；博選良才，旌簡髦俊。”張銑注：“鶩，馳也。”勳華：堯與舜的並稱。勳，放勳，堯名；華，重華，舜名。馬融《忠經序》：“皇上含庖軒之姿，韞勳華之德。”范成大《東宫壽詩》：“並世勳華照古今，朱明綵服侍尊臨。”　人柄：治理民衆的權柄。張九齡《侍中兼吏部尚書裴公畫像贊并序》：“至於執人柄，振天綱，丹青帝圖，金玉王度，雖古之作合，謂之有開，未始聞也。”司空圖《與臺丞書》：“當俟閣下操人柄，救時艱。”　爭功：爭奪功利或功勞。《史記·蕭相國世家》：“漢五年，既殺項羽，定天下，論功行封，群臣爭功，歲餘功不決。”王讜《唐語林·言語》：“將謂天下已定，不籍其力，復以萬乘至尊，與臣下爭功。”　良樂：春秋時晉王良和秦伯樂的並稱，王良善御馬，伯樂善相馬。班固《答賓戲》：“良樂軼能於相馭，烏獲抗力於千鈞。”賈島《寄令狐綯相公》：“良樂知驥驥，張雷驗鏌鋣。”

⑨ 御：駕馭車馬，周時爲六藝之一。《周禮·地官·大司徒》：

"三曰六藝：'禮、樂、射、御、書、數。'"《集韵·去御》："《説文》：'使馬也。'徐鍇曰：'卸解車馬也。或彳，或卸，皆御者之職。古作馭。'"險阻：險要阻塞之地。《左傳·成公十三年》："文公躬擐甲胄，跋履山川，踰越險阻，征東之諸侯。"韓愈《送鄭尚書序》："依險阻，結黨仇，機毒矢以待將吏。" 和平：政局安定，沒有戰亂。《易·咸》："聖人感人心，而天下和平。"《漢書·王商傳》："今政治和平，世無兵革。" 周旋：古代行禮時進退揖讓的動作。《禮記·樂記》："升降上下，周還裼襲，禮之文也。"陸德明釋文："還，音旋。"孔穎達疏："周謂行禮周曲迴旋也。"《孟子·盡心》："動容周旋中禮者，盛德之至也。" 罔：無，沒有。《書·湯誓》："爾不從誓言，予則孥戮汝，罔有攸赦。"《史記·秦始皇本紀》："二十有六年，初並天下，罔不賓服。" 歡愛：歡悦喜愛。《禮記·樂記》："欣喜歡愛，樂之官也。"李白《白頭吟》："茂陵姝子皆見求，文君歡愛從此畢。" 優遊：悠閑自得。《詩·大雅·卷阿》："伴奐爾遊矣！優遊爾休矣！"嵇康《贈秀才入軍十九首》一："俛仰慷慨，優游容與。" 靈府：指心。《莊子·德充符》："故不足以滑和，不可入於靈府。"成玄英疏："靈府者，精神之宅，所謂心也。"元稹《去杭州》："與君言語見君性，靈府坦蕩消塵煩。" 浹洽：遍及。《文選·司馬相如〈封禪文〉》："休列浹洽，符瑞衆變。"劉良注："浹，及；洽，遍。"常衮《謝內宴賜錦彩器物等表》："廣乾坤而行慶，俾下臣之受福。束帛加璧，申錫在於王庭；珍器黃柑，浹洽至於歸第。" 寰瀛：天下。崔梲《晉朝饗樂章·三舉酒》："朝野無事，寰瀛大康。"劉禹錫《八月十五日夜翫月》："天將今夜月，一遍洗寰瀛。"

⑩ 轅軛：車前駕牲口的直木和套在牲口脖子上的曲木，借指車子。李白《草創大還贈柳官迪》："姹女乘河車，黃金充轅軛。"王琦注："軛，轅端橫木，駕馬領者也。"王讜《唐語林·補遺》："棧有青牛，素服轅軛。主之薨也，踣地哀鳴。仰天屑泪，三日不秣。" 《莖》《英》：《五莖》與《六英》的並稱，皆古樂名。《周禮·春官·大司樂》："以樂舞教

國子。"賈公彥疏引《樂緯》:"顓頊之樂曰《五莖》,帝嚳之樂曰《六
英》。"李覯《夜》:"擧杯期混沌,開卷賞莖英。"　足迹:脚印,行蹤。桓
寬《鹽鐵論‧誅秦》:"舟車所通,足迹所及,靡不畢至。"韓愈《送李
翱》:"雖云有追送,足迹絶自兹。"　精誠:真誠。《後漢書‧廣陵思王
荆傳》:"精誠所加,金石爲開。"楊炯《和劉長史答十九兄》:"精誠動天
地,忠義感明神。"

⑪　馳驅:策馬疾馳。杜甫《哀王孫》:"金鞭斷折九馬死,骨肉不
待同馳驅。"奔走,效力。蘇轍《代張公祭蔡子正資政文》:"聲聞於朝,
遂付兵樞。剔朽鉏荒,許之馳驅。"　期:預知,料想。曹植《洛神賦》:
"動無常則,若危若安;進止難期,若往若還。"盧延讓《八月十六夜
月》:"難期一年事,到曉泥詩章。"　灾害:天灾人禍造成的損害。《左
傳‧成公十六年》:"是以神降之福,時無灾害。"梅堯臣《送張推官洞
赴晏相公辟》:"往者邊事繁,秦民被灾害。"　步驟:事情進行的程式、
次第。《後漢書‧崔寔傳》:"故聖人執權,遭時定制。步驟之差,各有
云設。"薛道衡《老氏碑》:"皇王有步驟之殊,民俗有淳醨之變。"　鳴:
猶震驚,驚動。劉向《説苑‧立節》:"雍門子狄曰:'今越甲至,其鳴吾
君也。'"王維《老將行》:"願得燕弓射大將,恥令越甲鳴吾君。"

⑫　詭遇:謂違背禮法,驅車橫射禽獸。《孟子‧滕文公》:"吾爲
之範我馳驅,終日不獲一;爲之詭遇,一朝而獲十。"趙岐注:"橫而射
之,曰詭遇,非禮之射,則能獲十。"朱熹集注:"詭遇,不正而與禽遇
也。"劉向《説苑‧修文》:"不失其馳,不抵禽,不詭遇,逐不出防,此苗
獮搜狩之義也。"比喻用不正當的手段去追求、取得某種東西。白居
易《適意二首》二:"直道速我尤,詭遇非吾志。"　仁聲:指具有教化作
用,能使風俗變得淳厚的音樂或樂聲。《孟子‧盡心》:"仁言不如仁
聲之入人深也。"趙岐注:"仁聲,樂聲《雅》《頌》也。"王褒《洞簫賦》:
"其仁聲,則若飄風紛披,容與而施惠。"　跋涉:登山涉水,謂旅途艱
苦。《詩‧鄘風‧載馳》:"大夫跋涉,我心則憂。"毛傳:"草行曰跋,水

行曰涉。"高適《送裴別將之安西》："絕域眇難躋,悠然信馬蹄。風塵
經跋涉,搖落怨暌携。"　山川:山嶽、江河。《易·坎》："天險,不可升
也;地險,山川丘陵也,王公設險以守其國。"沈佺期《興慶池侍宴應
制》："漢家城闕疑天上,秦地山川似鏡中。"　條暢:急促不順貌。條,
通"滌"。《禮記·樂記》："世亂則禮慝而樂淫……感條暢之氣,而滅
平和之德,是以君子賤之也。"王引之《經義述聞·禮記》"感條暢之
氣":"家大人曰:條暢,讀爲'滌蕩'。滌蕩之氣,謂逆氣也……滌蕩、
條暢、惉蕩聲相近,故字相通。"　穹昊:猶穹蒼。謝靈運《宋武帝誄》:
"如何一旦,緬邈穹昊?"《周書·宣帝紀》："穹昊在上,聰明自下。"
六律:古代樂音標準名,相傳黃帝時伶倫截竹爲管,以管之長短分別
聲音的高低清濁,樂器的音調皆以此爲准。樂律有十二,陰陽各六,
陽爲律,陰爲呂。六律即黃鍾、大蔟、姑洗、蕤賓、夷則、無射。《史
記·律書》："王者制事立法,物度軌則,壹禀於六律,六律爲萬事根本
焉!"司馬貞索隱:"古律用竹,又用玉,漢末以銅爲之。"司馬光《答景
仁論養生及樂書》："調六律、五聲、八音、七始,以形容其心。"　百蠻:
古代南方少數民族的總稱,後也泛稱其他少數民族。李嶠《爲某官等
請預陪告廟獻捷表》："萬辟同趨,百蠻在列。有識搖心而竊抃,含靈
廓背而延頸。"劉彤《論鹽鐵表》:"然後下寬大之令,蠲窮獨之徭。可
以惠群生,可以柔荒服。討百蠻不憂千金之費,懷萬國自有三錫之
饒。"　麇至:亦作"麕至"、"麌至",群集而來。《左傳·昭公五年》:
"求諸侯而麇至。"顏延之《皇太子釋奠會作》:"懷仁憬集,抱智麕至。"
錫:賜予。盧粲《復奏駙馬墓無稱陵之典疏》:"又安樂公主承兩儀之
澤,履福祿之基,指南山以錫年,仰北辰而永庇。"陸贄《貞元九年冬至
大禮大赦制》:"佐運之臣,納忠之輔,功既存於社稷,慶宜及於子孫。
故周錫土田,漢傳帶礪,疇其爵邑,與國始終。"　有功:有功之人。
《戰國策·秦策》:"明主則不然,賞必加於有功,刑必斷於有罪。"東方
朔《非有先生論》:"於是正明堂之朝,齊君臣之位,舉賢才,布德惠,施

仁義,賞有功。" 諸侯:古代帝王所分封的各國君主,在其統轄區域內,世代掌握軍政大權,但按禮要服從王命,定期向帝王朝貢述職,並有出軍賦和服役的義務。《易·比》:"先王以建萬國,親諸侯。"喻指掌握軍政大權的地方長官。諸葛亮《前出師表》:"臣本布衣,躬耕於南陽,苟全性命於亂世,不求聞達於諸侯。"《南史·循吏傳序》:"前史亦云,今之郡守,古之諸侯也。" 軌道:遵循法制。《漢書·賈誼傳》:"樂與今同,而加之諸侯軌道,兵革不動,民保首領,匈奴賓服。"顏師古注:"軌道,言遵法制也。"宋祁《宋景文筆記·考古》:"然而天下太和,兵革不興,南越順德,諸侯軌道。"

⑬ 户庭:户外庭院,亦泛指門庭、家門。鮑照《潯陽還都道中》:"未嘗違户庭,安能千里遊?"李頻《府試老人星見》:"良宵出户庭,極目向青冥。" 擊考:敲擊。謝良輔《洪鐘賦》:"不誇乎窮髮之墟,實美乎亭臺之宮;儻擊考之無厭,敢昭宣於國風。"白居易《敢諫鼓賦》:"不寞不撅,由巧者之作爲;大鳴小鳴,隨直臣之擊考。" 六氣:自然氣候變化的六種現象,指陰、陽、風、雨、晦、明。《左傳·昭公元年》:"天有六氣,降生五味……六氣曰陰、陽、風、雨、晦、明也。"《莊子·在宥》:"天氣不和,地氣鬱結,六氣不調,四時不節。"成玄英疏:"陰、陽、風、雨、晦、明,此六氣也。" 六轡:轡,韁繩,古一車四馬,馬各二轡,其兩邊驂馬之内轡繫於軾前,謂之納,御者衹執六轡。《詩·秦風·小戎》:"四牡孔阜,六轡在手。"孔穎達疏:"四馬八轡,而經傳皆言六轡,明有二轡當繫之。"後以指稱車馬或駕馭車馬。孔穎達《大唐宗聖觀記》:"六轡齊驤,百辟咸從。親幸觀所,謁拜尊儀。"敬括《季秋朝宴觀内人馬伎賦》:"旋中規而六轡沃若,動合節而萬人鼓噪。" 八風:八方之風。《吕氏春秋·有始》:"何謂八風?東北曰炎風,東方曰滔風,東南曰熏風,南方曰巨風,西南曰淒風,西方曰飂風,西北曰厲風,北方曰寒風。"《左傳·隱公五年》:"夫舞所以節八音,而行八風。"陸德明釋文:"八方之風,謂東方谷風,東南清明風,南方凱風,西南涼風。

西方閶闔風，西北不周風，北方廣莫風，東北方融風。" 八駿：相傳爲周穆王的八匹名馬，八駿之名，説法不一。《穆天子傳》卷一："天子之駿，赤驥、盜驪、白義、踰輪、山子、渠黄、華騮、綠耳。"郭璞注："八駿，皆因其毛色以爲名號耳！"王嘉《拾遺記·周穆王》："王馭八龍之駿：一名絶地，足不踐土；二名翻羽，行越飛禽；三名奔霄，夜行萬里；四名越影，逐日而行；五名踰輝，毛色炳耀；六名超光，一形十影；七名騰霧，乘雲而奔；八名挾翼，身有肉翅。"後亦用以泛指駿馬。杜甫《驄馬行》："豈有四蹄疾於鳥，不與八駿俱先鳴？"

⑭ 造父：古之善御者，趙之先祖，因獻八駿幸於周穆王，穆王使之御，西巡狩，見西王母，樂而忘歸。時徐偃王反，穆王日馳千里馬，大破之，因賜造父以趙城，由此爲趙氏。耿湋《送太僕寺李丞赴都往桃林塞》："造父爲周御，詹嘉守晉軍。應多懷古思，落葉又紛紛。"韓愈《駑驥》："惟昔穆天子，乘之極遐遊。王良執其彎，造父挾其輈。"后夔：人名，相傳爲舜掌樂之官。《文選·張衡〈東京賦〉》："伯夷起而相儀，后夔坐而爲工。"薛綜注："后夔，舜臣，掌樂之官。"潘存實《賦得玉聲如樂》："后夔如爲聽，從此振琮琤。" 無聲：没有聲音。《莊子·知北遊》："視之無形，聽之無聲。"曹植《七啓八首》一："畫形於無象，造響於無聲。" 先進：猶先行。蕭穎士《送族弟旭帖經下第東歸序》："而雄雖先進，嘆甚後時，何哉？論者以爲人之望也。"陸贄《請許臺省長官舉薦屬吏狀》："遂使先進者漸益凋訛，後來者不相接續。"

⑮ 豈獨：難道祇是，何止。《莊子·胠篋》："然而田成子一旦殺齊君而盜其國，所盜者豈獨其國邪？並與其聖知之法而盜之。"杜甫《有感五首》四："終依古封建，豈獨聽簫韶？" 域中：寰宇間，國中。孫綽《游天台山賦》："釋域中之常戀，暢超然之高情。"駱賓王《代李敬業以武后臨朝移諸郡縣檄》："請看今日之域中，竟是誰家之天下？"銜策：馬嚼子和馬鞭，亦喻指準繩、準則。《漢書·張敞傳》："馭黠馬者，利其銜策。"孔穎達《禮記正義序》："泛駕之馬，設銜策以驅之。"

天下：全國。王績《詠懷》："故鄉行雲是，虛室坐間同。日落西山暮，方知天下空。"賀遂亮《贈韓思彥》："意氣百年內，平生一寸心。欲交天下士，未面已虛襟。"　髓肌：義近"骨肌"、"膚肌"、"骨髓"，指內心深處。《史記·秦本紀》："文公夫人，秦女也，爲秦三囚將請曰：'繆公之怨此三人入於骨髓，願令此三人歸，令我君得自快烹之。'"張鷟《遊仙窟》："所恨別易會難，去留乖隔。王事有限，不敢稽停。每一尋思，痛深骨髓。"

⑯　宇宙：猶言天下，國家。沈約《游沈道士館》："秦皇御宇宙，漢帝恢武功。"《隋書·煬帝紀》："方今宇宙平一，文軌攸同。十步之內，必有芳草。四海之中，豈無奇秀！"　牽制：約束，控制。《三國志·鄧艾傳》："自單于在外，莫能牽制長卑。"韓愈《唐故朝散大夫越州刺史薛公墓誌銘》："部刺史得自爲治，無所牽制。"　四維：指四方邊境。《南齊書·褚淵傳》："世惟多難，事屬雕弊，四維恇擾，邊氓未安。"范仲淹《明堂賦》："懼四維之有艱，尚瘖痍而百辛。"

⑰　質文：謂其資質具有文德。《國語·周語》："文王質文，故天祚之以天下。"韋昭注："質文，其質性有文德也。"《太平御覽》卷四七六引《晉中興書》："〔應詹〕弱冠知名，太宰何邵見而稱之曰：'質文之士也。'"　操持：握持，掌握。《漢書·蘇武傳》："〔蘇武〕杖漢節牧羊，臥起操持，節旄盡落。"裴鉶《傳奇·曾季衡》："季衡曰：'此物雖非珍異，但貴其名如意，願長在玉手操持耳！'"　昌：興盛，昌盛。《穆天子傳》卷二："犬馬牛羊之所昌。"郭璞注："昌，猶盛也。"《新唐書·李晟傳》："熒惑退，國家之利，速用兵者昌。"　損：喪失，損失。《商君書·慎法》："君人者不察也，以戰必損其將，以守必賣其城。"曹丕《與鍾大理書》："猥以蒙鄙之姿，得覿希世之寶，不煩一介之使，不損連城之價。"

⑱　俗化：習俗教化。《漢書·董仲舒傳》："子大夫明先聖之業，習俗化之變，終始之序，講聞高誼之日久矣！其明以諭朕。"《南史·

儒林傳論》:“自梁迄陳,年且數十,雖時經屯詖,郊生戎馬,而風流不替,豈俗化之移人乎?” **鞭朴**:亦作“鞭撲”,用作刑具的鞭子和棍棒,亦指用鞭子或棍棒抽打。《國語·魯語》:“大刑用甲兵,其次用斧鉞,中刑用刀鋸,其次用鑽笮,薄刑用鞭撲,以威民也。”韋昭注:“鞭,官刑也,撲,教刑也。”《漢書·刑法志》:“薄刑用鞭撲。”顏師古注:“撲,杖也。” **和順**:調和順適。董仲舒《春秋繁露·王道》:“王者,人之始也。王正則元氣和順,風雨時,景星見,黃龍下。”元稹《才識兼茂明於體用策》:“爭奪之患銷,則和順之心作。” **車書**:《禮記·中庸》:“今天下車同軌,書同文。”謂車乘的軌轍相同,書牘的文字相同,表示文物制度劃一,天下一統。後因以“車書”泛指國家的文物制度。《後漢書·光武帝紀贊》:“金湯失險,車書共道。”杜甫《題桃樹》:“寡妻群盜非今日,天下車書已一家。”

⑲ **伏惟**:亦作“伏維”,下對上的敬詞,多用於奏疏或信函,謂念及,想到。李密《陳情事表》:“伏惟聖朝以孝治天下,凡在故老,猶蒙矜育。”表示希望,原望。韓愈《賀皇帝即位表》:“臣聞昔者堯、舜以籲嗟,君臣相戒,以致至治……伏惟皇帝陛下儀而象之,以永多福。”**奧**:室內西南隅,古時祭祀設神主或尊長居坐之處。《儀禮·少牢饋食禮》:“司宮筵于奧,祝設几於筵上,右之。”鄭玄注:“室中西南隅謂之奧。”《韓非子·說林》:“衛將軍文子見曾子,曾子不起而延於坐席,正身於奧。”王先慎集解:“謂藏室之尊處也。” **閾**:門檻。《文選·揚雄〈甘泉賦〉》:“天閽決兮地垠開,八荒協兮萬國諧。”李善注引鄭玄《禮記注》:“閾,門限也。”《梁書·沈顗傳》:“顗從叔勃,貴顯齊世,每還吳興,賓客填咽,顗不至其門。勃就見,顗送迎不越於閾。”

[編年]

未見《年譜》編年本文。《編年箋注》編年:“此《賦》首云‘臣伏奉庚寅之詔’,若以庚寅指年,當爲憲宗元和五年。但干支亦可指月日,於是其作時難以確知矣。兹權繫於元和五年(八一○),元稹時任監察御史,分司東臺。"《年譜新編》編年:"賦云:'臣伏奉庚寅之詔曰……'元和五年洛陽作。"

我們以爲,一、以某年之干支稱是年發佈之詔令,不敢説絶對没有,但可以説極爲少見。我們翻閲了《舊唐書》諸多帝紀,就没有發現以"年"定名某一詔令。何況,皇帝一年發佈的詔令絶對不止一道,如何可以以"年"之干支來命名?諸多詔令必然相互混淆,又如何區分?與此相反,以日之干支命名詔書的倒屢見不鮮:如元稹《郊天日五色祥雲賦》就有"臣奉某日詔書曰",《舊唐書·穆宗紀》元和十五年七月的"今月六日是朕載誕"之詔書,命名爲"乙巳詔",長慶元年四月的"國家設文學之科,本求才實"之詔書,命名爲"丁丑詔"……希望《編年箋注》能够舉出有力的證據,讓讀者口服心服。二、元和五年及其後九年之内,對元稹來説是多事之秋,倒霉的事情一件跟著一件。首先是因爲元稹在東臺分務之時追攝河南尹房式的違法亂紀問題,反而受到朝廷的嚴厲處分,罰俸一季,責令西歸。三月六日已經在西歸途中,元稹《元和五年予官不了罰俸西歸三月六日至陝府與吴十一兄端公崔二十二院長思愴曩游因投五十韵》就是最好的證據,則元稹離開洛陽應該在二月底。在西歸途中的敷水驛,元稹又遭到宦官馬士元等人的毒打。回到西京之後,被打的元稹又被出貶爲江陵士曹參軍,一直到元和十年才被召回京。不到三個月,又出貶通州司馬,直到元和十四年才回到京城任職,有元稹《同州刺史謝上表》"憲宗皇帝開釋有罪,始授臣膳部員外郎"爲證。一名正在受到朝廷嚴厲罰俸并令其西歸的官員,一個被朝廷連連貶斥的下層官員,豈能在這樣倒霉的時刻接"奉詔"亦即奉皇帝的詔書,令其對"天子以樂爲御"發表意見?三、通閲本文,元稹時時處處圍繞著"引重任者無御不可,播盛德者非樂而何"這一中心展開,而"聽《祈招》之什,冀絶迹於覆車;賦盤遊之詞,俾慮危於朽索。是以'南薰'馳而虞德盛,'北里'騁而殷道惡"、"若此,則宇宙蓋由乎一馬,牽制盡在於四維。雖質文更變,而公共操持,莫不得之者昌,失之者損。俗化清而鞭朴廢,和順積而車書混"云云,則是在具體論說"盤遊"的諸多害處,無益於國政。此文應該是有感而發,而非泛泛而論。四、元和十五年十一月二十日,曾經發生唐穆宗執意要遊玩華清宮,而諸多官員一再勸阻的事情。最後唐穆宗不顧諸多大臣的勸阻,還是在第二天前往華清宮遊玩。《舊唐書·穆宗紀》:"(元和十五年)十一月己亥朔……戊午,詔曰:'朕來日暫往華清宮,至暮却還。'御史大夫李絳、常侍崔元略已下伏延英門切諫。上曰:'朕已成行,不煩章疏!'諫官再三論列……己未,上由複道出城幸華清宮,左右中尉擗仗,六軍諸使、諸王、駙馬千餘人從,至晚還宮。"據干支推算,"戊午"是十一月二十日,元稹的《兩省供奉官諫駕幸溫湯狀》就是撰作於這一天。對李絳、元稹等三十人的奏請,唐穆宗斷然不聽,最後招致李絳辭職,元稹《授李絳檢校右僕射兼兵部尚書制》就是唐穆宗對辭職之後李絳的安慰性質的人事安排。唐穆宗的驪山之遊雖然成行,但他匆匆而去,又匆匆而回,内心仍然不快。據《舊唐書·穆宗紀》"(元和十五年)十二月己巳朔……"推算,發佈"庚寅之詔"的時間應該是十二月二十二日。也就是說,一個月之後,唐穆宗以"天子以樂爲御,其義則那"的名義,要《兩省供奉官諫駕幸溫湯狀》的執筆人元稹,也許還包括其他一些大臣在内回答這一問題,希望能够找到自己出遊華清宮的依據。當然,元稹這篇賦文,并没有能够滿足唐穆宗的原意,反而再一次重申了《兩省供奉官諫駕幸溫湯狀》的觀點。本文奉"庚寅之詔"而撰,即在其時。據此,本文應該撰成於元和十五年十二月二十二日或其後一二天之内,地點在長安,元稹時任祠部郎中、知制誥臣之職。

◎ 崔方實可試太子詹事制^{(一)①}

　　敕：容州兵馬使、試殿中侍御史崔方實：蠻蜑之間有黃賊者，跧竄窟穴，代爲侵攘。南人患之，爲日固久^②。

　　而公素(容管經略使嚴公素)破其首長，大獲俘囚。檄奏以聞，朕實嘉尚^③。是用錫其使者金幣器服，而又試爲崇班。俾耀遠人，以勸來效^(二)。可試太子詹事，餘如故^④。

錄自《元氏長慶集》卷四八

［校記］

　　（一）崔方實可試太子詹事制：楊本、宋浙本、叢刊本作“崔方實試太子詹事”，《全文》作“授崔方實試太子詹事制”，各備一説，不改。

　　（二）以勸來效：宋浙本、叢刊本、《全文》同，楊本誤作“以勸來敕”，不從不改。

［箋注］

　　① 崔方實：不見史籍記載，僅《明一統志》等有零星記載，《粵西文載·名宦傳》：“崔方實：元和十年容州兵馬使，破蠻賊黃探，平其黨與，獻俘以聞，憲宗嘉之。” 試：唐制，擔任某一官職，但無正式任命書，稱爲“試”。常袞《授辛德謙丹延團練使制》：“可試太子詹事兼御史大夫、持節都督延州諸軍事兼延州刺史，充丹延兩州都團練使、守捉使，散官、勛封如故。”韓愈《試大理評事王君墓誌銘》：“君隨往，改試大理評事，攝監察御史觀察判官。” 太子詹事：東宮主官，正三品。《舊唐書·職官志》：“太子詹事：統東宮三寺十率府之政令，少詹爲之貳。凡天子六官之典制，皆視其事而承受之。”本文是榮銜，非職事

官。李白《張相公出鎮荆州尋除太子詹事余時流夜郎行至江夏與張公去千里公因太府丞王昔使車寄羅衣二事及五月五日贈余詩余答以此詩》：“張衡殊不樂，應有四愁詩。慚君錦繡段，贈我慰相思。”常袞《授郭曜太子詹事制》：“銀青光禄大夫、守太子賓客、上柱國、太原郡開國公郭曜……可守太子詹事，散官、勛封如故。”

②　容州：州郡名，地當今廣西北流市。《舊唐書·地理志》：“容州：下都督府，隋合浦郡之北流縣。武德四年平蕭銑，置銅州，領北流、豪石、宕昌、渭龍、南流、陵城、普寧、新安八縣。貞觀元年改爲容州，以容山爲名。十一年省新安縣，開元中升爲都督府，天寶元年改爲普寧郡，乾元元年復爲容州都督府，仍舊置防禦經略招討等使，以刺史領之，刺史充經略軍使……天寶後領縣五：北流、普寧、陵城、渭龍、欣道。至京師五千九百一十里，至東都五千四百八十五里。”郎士元《送崔侍御往容州宣慰》：“秦原獨立望湘川，擊隼南飛向楚天。奉詔不言空問俗，清時因得訪遺賢。”竇群《容州》：“何事到容州？臨池照白頭。興隨年已往，愁與水長流。”　兵馬使：武職官員，有前軍兵馬使、中軍兵馬使、後軍兵馬使等名稱，節度使的屬吏之一。歐陽詹《贈山南嚴兵馬使》：“爲雁爲鴻弟與兄，如雕如鶚傑連英。天旋地轉烟雲黑，共鼓長風六合清。”白居易《贈李兵馬使》：“身得貳師餘氣概，家藏都尉舊詩章。江南別有樓船將，燕頷虬鬚不姓楊。”　殿中侍御史：御史臺屬員，從七品下，《舊唐書·職官志》：“掌殿廷供奉之儀式，凡冬至、元正大朝會，則具服升殿。若郊祀、巡幸，則於鹵簿中糾察非違，具服從於旌門，視文物有所虧闕，則糾之。凡兩京城内，則分知左右巡，各察其所巡之内有不法之事。”本文是榮銜，非職事官。顔真卿《鮮于氏離堆記》：“其齋壁間有詩焉！皆君舅著作郎嚴從、君甥殿中侍御史嚴銑之等美君考槃之所作也。”崔祐甫《廣喪朋友議》：“殿中侍御史安定皇甫政，字公理，故尚書左丞之子。文行兼茂，不忝前烈。雅度精識，其儔蓋寡。”　“蠻蜑之間有黃賊者”五句：事見《新唐書·

南蠻傳》："西原蠻，居廣、容之南，邕、桂之西。有寗氏者，相承爲豪。
又有黃氏，居黃橙洞，其隸也。其地西接南詔。天寶初，黃氏强，與韋
氏、周氏、儂氏相脣齒，爲寇害，據十餘州。韋氏、周氏恥不肯附，黃氏
攻之，逐於海濱。至德初，首領黃乾曜、真崇鬱與陸州、武陽、朱蘭洞
蠻皆叛，推武承斐、韋敬簡爲帥，僞號中越王，廖殿爲桂南王，莫淳爲
拓南王，相支爲南越王，梁奉爲鎮南王，羅誠爲戎城王，莫潯爲南海
王，合衆二十萬，綿地數千里，署置官吏，攻桂管十八州。所至焚廬
舍，掠士女，更四歲不能平。乾元初，遣中使慰曉諸首領，賜詔書赦其
罪，約降。於是西原、環、古等州首領方子彈、甘令暉、羅承寀、張九
解、宋原五百餘人請出兵討承斐等，歲中戰二百，斬黃乾曜、真鬱崇、
廖殿、莫淳、梁奉、羅誠、莫潯七人，承斐等以餘衆面縛詣桂州降，盡釋
其縛，差賜布帛縱之。其種落張侯、夏永與夷獠梁崇牽、覃問及西原
酋長吳功曹復合兵内寇，陷道州，據城五十餘日。桂管經略使邢濟擊
平之，執吳功曹等，餘衆復圍道州，刺史元結固守不能下，進攻永州，
陷邵州，留數日而去。湖南團練使辛京杲遣將王國良戍武崗，嫉京杲
貪暴，亦叛，有衆千人，侵掠州縣，發使招之，且服且叛。建中元年，城
潋州以斷西原，國良乃降。貞元十年，黃洞首領黃少卿者，攻邕管，圍
經略使孫公器，請發嶺南兵窮討之。德宗不許，命中人招諭，不從，俄
陷欽、橫、潯、貴四州。少卿子昌沔趫勇，前後陷十三州，氣益振。乃
以唐州刺史陽旻爲容管招討經略使，引師掩賊，一日六七戰，皆破之，
侵地悉復。元和初，邕州擒其別帥黃承慶。明年，少卿等歸款，拜歸
順州刺史。弟少高爲有州刺史，未幾復叛。又有黃少度、黃昌歡二
部，陷賓、巒二州，據之。十一年，攻欽、橫二州，邕管經略使韋悦破走
之，取賓巒二州。是歲，復屠巖州，桂管觀察使裴行立輕其軍弱，首請
發兵盡誅叛者，徼幸有功，憲宗許之。行立兵出擊，彌更二歲，妄奏斬
獲二萬，罔天子爲解。自是，邕、容兩道，殺傷疾疫死者十八以上。調
費鬥亡，繇行立、陽旻二人，當時莫不咎之。及安南兵亂，殺都護李象

古,擢唐州刺史桂仲武爲都護,逗留不敢進,貶安州刺史,以行立代之。尋召還,卒。長慶初,以容管經略使留後嚴公素爲經略使,復上表請討黄氏。兵部侍郎韓愈建言:'……'不納。" 蠻蜑:南方少數民族名,多船居,稱蜑户,也稱蛋户。劉恂《嶺表録異》卷中:"邕州舊以刺竹爲墙,蠻蜑來侵,竟不能入。"王讜《唐語林·補遺》:"諸葛武侯相蜀,制蠻蜑侵漢界。自吐蕃西至東,接夷陵境,七百餘年不復侵軼。" 跧竄:伏匿。元稹《班蕭授尚書司封員外郎制》:"聞爾爲祠部員外郎,值吾黜奸之日。遊其門者,莫不跧竄奔进,懼罹其身。"元稹《故金紫光禄大夫贈太保嚴公行狀》:"緣溪諸蠻,狐鼠跧竄。" 窟穴:指壞人、匪類盤踞的地方。《後漢書·南匈奴傳》:"設奇數,異道同會,究掩其窟穴,躡北追奔三千餘里。"蘇軾《乞將合轉一官與李直方酬奬狀》:"有汝陰縣尉李直方,素有才幹,自出家財,募人告缉,知得逐賊窟穴去處。" 代:世代。《新唐書·狄仁傑傳》:"今阿史那斛瑟羅,皆陰山貴種。代雄沙漠,若委之四鎮,以統諸蕃,建爲可汗,遣禦寇患,則國家有繼絶之美,無轉輸之苦。"韓愈《順宗實録》卷三:"薦字孝舉,代居深州之陸澤。" 侵攘:侵擾。杜牧《姜閲貶岳州司馬等制》:"盗逆無狀,輒犯陵寢。侵攘法物,聞之震驚。"蘇洵《幾策·審勢》:"然方其成康在上,諸侯無小大,莫不臣伏,弱之勢未見於外。及其後世失德,而諸侯禽奔獸遁,各固其國以相侵攘。" 南人:南方人。《論語·子路》:"南人有言曰:'人而無恒,不可以作巫醫。'"何晏集解引孔安國曰:"南人,南國之人。"劉禹錫《竹枝詞九首》一:"南人上來歌一曲,北人莫上動鄉情。" 固:副詞,已經。《國語·晉語》:"臣固聞之。"韋昭注:"固,久也。"《孟子·滕文公》:"滕固行之矣!"

③ 公素:即嚴公素,事見《新唐書·穆宗紀》:"(元和十五)八月乙酉,容管經略留後嚴公素及黄洞蠻,戰於神步,敗之。"《舊唐書·穆宗紀》:"(元和十五年)十二月甲子朔,丙寅,以前容州經略使留後嚴公素爲容州刺史、容管經略使。" 酋長:盗賊的首領。《漢書·張敞

傳》：“求問長安父老，偷盜酋長數人。”顏師古注引應劭曰：“酋長，帥。”部落的首領。劉知幾《史通·稱謂》：“至如(元魏)元氏起於邊朔，其君乃一部之酋長耳！”　俘囚：在戰爭中被擄獲的人。《南史·檀道濟傳》：“議者謂所獲俘囚，應悉戮以爲京觀。”劉知幾《史通·雜説》：“江左皇族，水鄉庶姓，若司馬、劉、蕭、韓、王，或出於亡命，或起自俘囚，一詣桑乾，皆成禁臠。”　檄：泛指信函。劉知幾《史通·疑古》：“陳琳爲袁檄魏。”王安石《寄丁中允》：“使君子所善，來檄自可求。何時有來意？待子南山頭。”　嘉尚：稱讚，崇尚。《三國志·滿寵傳》：“知識邪正，欲避禍就順，去暴歸道，甚相嘉尚。”費袞《梁溪漫志·大觀廷策士》：“今名儒鉅公，嘉尚清節，題跋盈軸。”

④ 是用：因此。崔璵《授崔龜從平章事制》：“况乎國楨，宜在人傑。是用命汝，同心弼予。升於鼎司，執此政柄。”李商隱《太尉衛公會昌一品集序》：“我祖宗並建豪英，範圍古昔，史卜宵夢，震嗟不寧。是用能文，惟睿掌武，以永大業。”　錫：賜予。朱寶積《彌勒尊佛碑》：“自三天錫福，十聖揚猷。道俗薰修，階資積習。”韓愈《上宰相書》：“《洪範》曰：‘曰予攸好德，汝則錫之福。’”　金幣：古代泛指金屬貨幣。《管子·輕重戊》：“金幣者，人之所重也。”張説《和戎篇送桓侍郎序》：“遇非常之時，決希代之策，金幣以將命，歌鍾以報勛。”尹洙《用屬國》：“爰詔有司撫納其使，特假將鉞之重，委以專征之任。金幣溢於穹居，官爵延于渠帥：此誠得乎漢唐用兵之意矣！”　器服：器物和衣服。《詩·衛風·木瓜序》：“齊桓公救而封之，遺之車馬器服焉！”孔穎達疏：“器服謂門材與祭服。”《後漢書·劉玄傳》：“宮女數千，備列後庭，自鐘鼓、帷帳、輿輦、器服、太倉、武庫、官府、市里，不改於舊。”　崇班：猶高位。盧懷慎《奉和九日幸臨渭亭登高應制得還字》：“無因酬大德，空此愧崇班。”宋璟《奉和御製璟與張説源乾曜同日上官命宴都堂賜詩應制》：“厚秩先爲忝，崇班復此除。太常陳禮樂，中掖降簪裾。”　耀：照射，放光。江淹《別賦》：“日出天而耀景，露下地

而騰文。"韓愈《幽懷》:"凝粧耀洲渚,繁吹蕩人心。" 遠人:遠方的人,指外族人或外國人。《論語·季氏》:"故遠人不服,則修文德以來之。"元稹《授入朝契丹首領達于只枕等二十九人果毅別將》:"朕聞德教加於四海,則遠人斯屆。" 來效:前來效勞。李嶠《爲百寮賀恩制表》:"臣等伏見今月九日恩制,緣逆人親屬,有能公勤清白者,自當隨材擢用,不以爲瑕,宜各坦懷,佇收來效。"韓愈《爲宰相賀白龜狀》:"斯皆陛下聖德所施,靈物來效。太平之運,其在於今。"

[編年]

　　《年譜》編年理由:一、"《制》云:'敕容州兵馬使、試殿中侍御史崔方實:蠻蜑之間有黃賊者……而(嚴)公素破其酋長,大獲俘囚,檄奏以聞。'"二、《新唐書·穆宗紀》"(元和十五年)八月乙酉,容管經略留後嚴公素及黃洞蠻,戰于神步,敗之";三、《資治通鑑》:"(元和十五年十二月)癸未,容管奏破黃少卿萬餘衆,拔營柵三十六。"四、《舊唐書·穆宗紀》云:"(長慶元年十二月)丙寅,以前容州經略使留後嚴公素爲容州刺史、容管經略使。"編年結論:"當撰於長慶元年。"《編年箋注》編年:"《舊唐書·穆宗紀》:長慶元年十二月,'辛未,以前容州經略使留後嚴公素爲容州刺史容管經略使'。則其長慶元年十二月以前爲容管經略使留後。《資治通鑑·憲宗元和十五年》載:元和十五年十二月'癸未,容管奏破黃少卿萬餘衆,拔營柵三十六'。據文中'是用錫其使者金幣器服,而又試爲崇班',則崔方實改官,乃因報捷之勞。後文《蔡少卿兼監察御史》,事情相仿。推知此《制》撰於元和十五年(八二〇)十二月。"《年譜新編》編年:"制云:'容州兵馬使、試殿中侍御史崔方實:蠻蜑之間有黃賊者……而公素破其酋長,大獲俘囚,檄奏以聞,朕實嘉尚。'制當元和十五年十二月作。"

　　我們以爲,一、《年譜》編年本文於長慶元年肯定不妥,而《編年箋注》、《年譜新編》僅僅編年"十二月"不僅過於含糊,而且"十二月二十一日”之前的時日也不應該包含在内。二、據《資治通鑑·憲宗元和十五年》所載，“容管奏破黄少卿萬餘衆，拔營栅三十六”在元和十五年十二月“癸未”，亦即十二月二十一日，這是李唐朝廷得知破賊的具體日期。計容州與長安之間“五千九百一十里”的距離，其破賊應該在此前。三、對久久期待的勝利，李唐朝廷自然喜出望外，因此“是用錫其使者金幣器服，而又試爲崇班”，這裏的“使者”應該指崔方寶等人，而所謂的“試”，正與崔方寶的“試太子詹事”的身份切合。從“從七品下”提拔爲“正三品”，確實越出正常提拔的範圍，故言“崇班”。據此，我們以爲本文應該撰成元和十五年十二月二十一日之後一二天之内，地點在長安，元稹時任祠部郎中、知制誥臣之職。

◎ 蔡少卿兼監察御史制^{(一)①}

敕：容管經略左押衙兵馬使蔡少卿：蠻之有黄賊者，東南人之虺蜮也。經略臣公素驟詟妖巢，收復故地②。

俾爾以如和縣等捷書來上，道路悠遠，其勤可嘉。寵以憲官，用光戎秩。可^{(二)③}。

録自《元氏長慶集》卷四八

[校記]

（一）蔡少卿兼監察御史制：《全文》同，楊本、宋浙本、叢刊本作“蔡少卿兼監察御史”，各備一説，不改。

（二）可：原本無，《全文》同，據楊本、宋浙本、叢刊本補。

[箋注]

① 蔡少卿：未見史籍記載，文獻僅有零星材料。《廣西通志·秩

官》：“容州兵馬使：蔡少卿，元和間任。”《明一統志·名宦》：“蔡少卿：容管經略在押衙兵馬使，破黃賊，隳折妖巢，收復故地。” 監察御史：御史臺屬員，正八品。《舊唐書·職官志》：“掌分察巡按郡縣、屯田、鑄錢、嶺南選補、知太府、司農出納，監決囚徒。監祭祀則閱牲牢，省器服，不敬則劾祭官。尚書省有會議，亦監其過謬。凡百官宴會、習射，亦如之。”元稹《陪張湖南宴望岳樓積爲監察御史張中丞知雜事》：“觀象樓前奉末班，絳峰只似殿庭間。今日高樓重陪宴，雨籠衡岳是南山。”詹琲《癸卯閩亂從弟監察御史敬凝迎仕別作》：“一別幾經春？栖遲晉水濱。鶺鴒長在念，鴻雁忽來賓。”

② 容管：即容管經略使，府治容州，地當今廣西北流市。《舊唐書·地理志》：“容管經略使：治容州，管容、辯、白、牢、欽、巖、禺、湯、瀼、古等州。”于邵《宴餞崔十二弟校書之容州序》：“既而容管經略處置使隴西李公，從而請焉！”韓愈《順宗實錄》：“初，啓善於叔文之党，因相推致，遂獲寵于叔文。求進用，叔文以爲容管經略使。” 經略：官名，南北朝時曾設經略之職，唐初邊州置經略使。張九齡《敕北庭經略使蓋嘉運書》：“安西去年，屢有攻戰。醜虜肆惡，懸軍可憂。”《舊唐書·裴矩傳》：“矩盛言西域多珍寶及吐谷渾可並之狀，帝信之，仍委以經略。” 押衙：亦稱“押牙”，唐宋官名，管領儀仗侍衛。牙，後訛變爲“衙”。李匡乂《資暇集》卷中：“武職令有押衙之名，衙宜作‘牙’，此職名，非押其衙府也，蓋押牙旗者。”《舊唐書·崔愼由傳》：“既離泗口，彥曾令押牙田厚簡慰諭，又令都虞候元密伏兵任山館。” 兵馬使：武職官員，節度使的屬吏之一。杜甫《荆南兵馬使太常卿趙公大食刀歌》：“太常樓船聲嗷嘈，問兵刮寇趨下牢。牧出令奔飛百艘，猛蛟突獸紛騰逃。”曹唐《哭陷邊許兵馬使》：“北風裂地黯邊霜，戰敗桑乾日色黃。故國暗迴殘士卒，新墳空葬舊衣裳。” “蠻之有黃賊者”兩句：事見《新唐書·南蠻傳》，貞元、元和年間，盤踞在“廣、容之南，邕、桂之西”的首領黃乾曜、黃少卿、黃少度、黃昌歡等叛亂部落，時而

歸順,時而叛亂,對李唐西南邊境構成一定的麻煩。　虺蜮:螫人的毒蛇和含沙射影的蜮,亦比喻陰險惡毒的害人者。鮑照《蕪城賦》:"壇羅虺蜮,階鬥麏鼯。"柳宗元《武岡銘序》:"我老泊幼,由公之仁。小不爲虺蜮,大不爲鯨鯢。恩重事特,不邇而遠,莫可追已。"　公素:即嚴公素,據《新唐書·穆宗紀》、《舊唐書·穆宗紀》:元和十五年八月,容管經略留後嚴公素與黃洞蠻戰於神步,大敗之。元和十五年十二月,容州經略使留後嚴公素因功升爲容州刺史、容管經略使。　隳若:搗毀。　隳:毀壞,廢棄。《老子》:"故物或行或隨,或歔或吹,或強或羸,或載或隳。"陸德明釋文:"隳,毀也。"葉適《華文閣待制知廬州錢公墓誌銘》:"清河溢,隳城千丈。"　若:毀,搗毀。柳宗元《安南都護張公志》:"摩霄之阻,若爲高岸。"陸龜蒙《孤雁》:"若蔟書尚存,寧容恣妖幻。"　收復:謂奪回已失去的東西,多指奪回失地。李竦《偃武修文論》:"況高祖端拱無爲,太宗大功繼統,高宗致位於元默,中宗御俗以康寧,睿宗之恭膚大寶,元宗之克清海內,肅宗之收復二都,皇帝之光有六合。"李德裕《次柳氏舊聞》:"及收復,賊黨就擒,幡綽被拘至行在。"　故地:舊地,舊時所有之地。《戰國策·齊策》:"王收而與之百萬之衆,使收三晉之故地,即臨晉之關可入矣!"《史記·穰侯列傳》:"齊人攻衛,拔故國,殺子良;衛人不割,而故地復反。"

③ 如和縣:縣名,地當今廣西邕寧縣。《元和郡縣志·邕州》"如和縣:本漢合浦縣之地,武德五年析欽州南賓、安京二縣地,置如和縣,因縣西南四十里如和山爲名,屬欽州,景雲二年割屬邕州。"《太平寰宇記·嶺南道》:"如和水在府西南五十里,源出如和縣,並架爲陂。"　捷書:軍事捷報。《梁書·蔡道恭傳》:"寇賊憑陵,竭誠守禦。奇謀間出,捷書日至。"杜甫《洗兵行》:"中興諸將收山東,捷書夜報清晝同。"　悠遠:指空間距離的遙遠。《詩·小雅·漸漸之石》:"山川悠遠,維其勞矣!"鄭玄箋:"其道路長遠。"《後漢書·南蠻傳序》:"道

路悠遠，山川岨深。音使不通，故重譯而朝。" 可嘉：值得贊許。司馬相如《封禪文》："白質黑章，其儀可嘉。"元稹《芳樹》："芳樹已寥落，孤英尤可嘉。" 憲官：御史臺或都察院所屬的官員，因掌持刑憲典章，故稱。《舊唐書·德宗紀》："建中元年春正月丁卯朔……己巳，福建觀察使鮑防、湖南觀察使蕭復讓憲官，從之……自是諸道非節度而兼憲官者皆讓。"蘇洵《與吳殿院書》："誠恐憲官職重，是以不敢數數自通。" 戎秩：武職。《文選·沈約〈齊故安陸昭王碑文〉》："還居近侍，兼饗戎秩。"呂延濟注："戎秩，謂武職也。"《舊唐書·田承嗣傳》："田承嗣出自行間，策名邊戍，早參戎秩，效用無聞。"

［編年］

《年譜》編年理由：一、《制》云："敕容管經略左押衙兵馬使蔡少卿：蠻之有黃賊者……經略臣公素隳若妖巢，收復故地。"其餘編年理由同《崔方實可試太子詹事制》二、三、四條。編年結論："當撰於長慶元年。"《編年箋注》編年理由與結論也與《崔方實可試太子詹事制》相同。《年譜新編》編年："制云：'容管經略左押衙兵馬使蔡少卿：蠻之有黃賊者，東南人之虺蜮也。經略臣公素隳若妖巢，收復故地，俾爾以如和縣等捷書來上，道路悠遠，其勤可嘉。'《資治通鑑》卷二四一：'（元和十五年十二月）癸未，容管奏破黃少卿萬餘眾，拔營柵三十六。'元和十五年十二月歲末作。"

我們以爲，一、根據本文與《崔方實可試太子詹事制》所述，都提及"蠻之有黃賊者"、"蠻蜑之間有黃賊者"、"經略臣公素"、"公素破其酋長"云云，兩者應該是同時之作。二、《年譜》編年本文於長慶元年肯定不妥，而《編年箋注》、《年譜新編》編年元和十五年"十二月"、"元和十五年十二月歲末"不僅過於含糊，而且"十二月二十一日"之前的時日也不應該包含在內。三、本文："俾爾以如和縣等捷書來上，道路悠遠，其勤可嘉。"而據《資治通鑑》所載，"容管奏破黃少卿萬餘眾，拔營柵三十六"在元和十五年十二月"癸未",亦即十二月二十一日,這是李唐朝廷得知破賊情狀的具體日期。計容州與長安之間"五千九百一十里"的距離,其破賊應該在此前。據此,我們以爲正式撰成與發佈蔡少卿的任命也應該在元和十五年十二月二十一日之後一二天之內,地點在長安,元稹時任祠部郎中、知制誥臣之職。

◎ 盧士玫權知京兆尹制^{(一)①}

敕:朕日出而御便殿,召丞相已下計事,而大京兆得在其中,非常吏也。誠以爲海內法式,自京師始②。輦轂之下,盜賊爲尤^(二)。尹正非人,則賢不肖阿枉。奏覆隔塞,則上下不通。假之恩威,用礱豪右③。

朝散大夫、守京兆尹知府事盧士玫^(三),自居郎署,執政者言其溫重不回,守法專固。副內史行事^(四),物議歸之④。日者景陵(憲宗陵)將建,龜筮有時。予心怛然,懼不克濟⑤。爾嘗倅職,應其供求。和而不同,儉而不隘^(五)。竣於已事^(六),朕甚嘉焉! 試命元僚,亦既不撓^{(七)⑥}。

今圜丘甫及^(八),慶澤將施。攘剽椎埋^(九),必有幸生之者。案牘卒吏,亦當因緣爲奸。公費則多,而利不下究⑦。惟是數者,爾司其憂。爲爾正名,無容操剸。可權知京兆尹,餘如故⑧。

録自《元氏長慶集》卷四六

[校記]

(一)盧士玫權知京兆尹制:楊本、叢刊本同,《文章辨體彙選》、

《陝西通志》、《全文》作"授盧士玫權知京兆尹制",各備一說,不改。《英華》誤作"授盧士玫權知京兆尹制",不從不改。

（二）盜賊爲尤：原本作"盜賊爲先",楊本、叢刊本、《陝西通志》、《全文》同,據《英華》、《文章辨體彙選》改。

（三）朝散大夫、守京兆尹知府事：原本作"具官",楊本、叢刊本、《陝西通志》、《全文》同,據《英華》、《文章辨體彙選》補改。

（四）副内史行事：原本作"副内史事",楊本、叢刊本、《陝西通志》、《全文》同,據《英華》、《文章辨體彙選》改。

（五）儉而不隘：原本作"撿而不溢",楊本、叢刊本同,據《英華》、《文章辨體彙選》、《陝西通志》、《全文》改。

（六）竣於已事：《英華》、《文章辨體彙選》、《陝西通志》、《全文》同,楊本、宋浙本、叢刊本作"端於已事",各備一說,不改。

（七）亦既不撓：楊本、叢刊本、《英華》、《文章辨體彙選》、《陝西通志》、《全文》同,盧校作"亦極不撓",各備一說,不改。

（八）今圜丘甫及：《全文》同,楊本、叢刊本、《英華》、《文章辨體彙選》、《陝西通志》作"今圓丘甫及",各備一說,不改。

（九）攘剽椎埋：楊本、叢刊本、《全文》同,《英華》、《文章辨體彙選》作"抄剽椎埋",《陝西通志》作"摽攘椎埋",各備一說,不改。

[箋注]

① 盧士玫：事迹見《舊唐書·盧士玫傳》："盧士玫,山東右族,以文儒進。性端厚,與物無競,雅有令聞。始爲吏部員外郎,稱職,轉郎中、京兆少尹。奉憲宗園寢,刑簡事集,時論推其有才,權知京兆尹事。會幽州劉總願釋兵柄入朝,請用張弘靖代己,復請析瀛、莫兩州,用士玫爲帥,朝廷一皆從之。士玫遂授檢校右常侍,充瀛莫兩州都防禦觀察使。無何,幽州亂,害賓佐,縶弘靖,取裨將朱克融領軍務,遣兵襲瀛、莫。朝廷慮防禦之名不足抗凶逆,即日除士玫檢校工部尚

書,充瀛莫節度使。士玫亦罄家財助軍用,堅拒叛徒者累月。竟以官軍救之不至,又瀛莫之卒親愛多在幽州,遂爲其下陰導克融之兵以潰。士玫及從事皆被拘執,送幽州,囚於賓舘。及朝廷宥克融之罪,士玫方得歸東洛。尋拜太子賓客,留司洛中。旋除虢州刺史,復爲賓客。寶曆元年七月卒,贈工部尚書。"《新唐書·盧士玫傳》:"盧士玫者,山東人,以文儒進,端厚無競,爲吏部員外郎,善於職,再遷知京兆尹。劉總入朝,與士玫故內姻,乃請析瀛鄭兩州,用士玫爲觀察使,詔可。俄而幽州亂,朱克融襲之,朝廷欲重其任,就加節度使。士玫空家貲助軍,然部卒多家幽州,陰導克融入故土,玫闔府皆見囚幽州。天子赦克融,得還,以太子賓客分司東都,除虢州刺史,復爲賓客。卒,贈工部尚書。"元稹《盧頭陀詩并序》:"道泉頭陀,字源一,姓盧氏,本名士衍。弟曰起郎士玫,則官閥可知也(玫曾爲節度使)。"元稹詩序中提及的"起郎士玫"亦即盧士玫,應該是本文《盧士玫權知京兆尹制》中的"盧士玫",或者是與"盧士玫"爲兄弟行,存疑,待考。　權知:謂代掌某官職。許孟容《停齊總爲衢州刺史敕命表》:"又齊總是浙東判官,今詔敕稱權知浙東觀察留後攝都團練副使。向前未有敕命,今便用此下詔,猶恐不可。"劉禹錫《爲淮南杜相公請赴行營表》:"其揚州留務,請令行軍司馬路應權知。伏乞聖慈,俯賜昭鑒。"　京兆尹:官名,漢代管轄京兆地區的行政長官,職權相當於郡太守,後因以稱京都地區的行政長官。《漢書·百官公卿表》:"內史,周官,秦因之,掌治京師。景帝二年分置左〔右〕內史。右內史武帝太初元年更名京兆尹。"韓愈《司徒許國公神道碑銘》:"其葬物,有司官給之,京兆尹監護。"亦省稱"京兆"。《漢書·張敞傳》:"敞爲京兆,朝廷每有大議,引古今,處便宜,公卿皆服,天子數從之。"韓愈《與祠部陸員外書》:"有韋群玉者,京兆之從子,其文有可取者,其進而未止者也。"

②　朕:我。《楚辭·離騷》:"帝高陽之苗裔兮,朕皇考曰伯庸。"蔡邕《獨斷》卷上:"朕,我也。古代尊卑共之,貴賤不嫌,則可同號之

義也。"秦始皇二十六年起定爲帝王自稱之詞，沿用至清。《史記·秦始皇本紀》："臣等昧死上尊號，王爲'泰皇'，命爲'制'，令爲'詔'，天子自稱曰'朕'。"周行先《爲陝州盧中丞請朝覲第二表》："君臣之情，不厭相見，朕與卿心無二。" 便殿：正殿以外的別殿，古時帝王休息消閑之處。《漢書·武帝紀》："夏四月壬子，高園便殿火。"顏師古注："凡言便殿、便室、便坐者，皆非正大之處，所以就便安也。園者，於陵上作之，既有正寢以象平生正殿，又立便殿爲休息閑宴之處耳！"陸游《監丞周公墓誌銘》："孝宗皇帝召對便殿，論奏合上指。" 丞相：古代輔佐君主的最高行政長官，戰國秦悼武王二年始置左右丞相，秦以後各朝，時廢時設，至明代廢。《商君書·定分》："御史置一法官及吏，丞相置一法官。"杜甫《蜀相》："丞相祠堂何處尋？錦官城外柏森森。"海內：國境之內，全國，古謂我國疆土四面臨海，故稱。宋之問《過函谷關》："二百四十載，海內何紛紛！六國兵同合，七雄勢未分。"王勃《杜少府之任蜀州》："海內存知己，天涯若比鄰。無爲在岐路，兒女共霑巾。" 法式：法度，制度。《管子·明法解》："案法式而驗得失，非法度不留意焉！"《舊唐書·突厥傳》："卿早歸闕庭，久參宿衛，深感恩義，甚知法式，所以册立卿等各爲一部可汗。" 京師：國都。《公羊傳·桓公九年》："京師者何？天子之居也。"《史記·儒林列傳》："教化之行也，建首善自京師始，由內及外。"

③ 輦轂：皇帝的車輿，也代指京城。《三國志·楊俊傳》："今境守清靜，無所展其智能，宜還本朝，宣力輦轂，熙帝之載。"陶穀《清異錄·白雪姑》："余在輦轂，至大街，見揭小榜曰：虞大博宅失去貓兒，色白，小名'白雪姑'。" 盜賊：劫奪和偷竊財物的人，今俗稱强取曰盜，私偷曰賊。《周禮·天官·小宰》："五曰刑職，以詰邦國，以糾萬民，以除盜賊。"《荀子·君道》："禁盜賊，除奸邪。"楊倞注："盜賊通名，分而言之，則私竊謂之盜，劫殺謂之賊。" 非人：謂不够格、不稱職的人。《舊唐書·魏玄同傳》："又以比居此任，時有非人。豈直愧

彼清通,昧於甄察;亦將竭其庸妄,糅彼棼絲。"曾鞏《寄歐陽舍人書》:
"後之作銘者,常觀其人。苟託之非人,則書之非公與是,則不足以行
世而傳後。"　尹:古代官的通稱。《書·益稷》:"百獸率舞,庶尹允
諧。"孔傳:"尹,正也,衆正官之長信皆和諧。"《左傳·文公元年》:"使
爲大師,且掌環列之尹。"杜預注:"環列之尹,宮衛之官。"　正:泛指
官長。《禮記·王制》:"成獄辭,史以獄成告於正。"《資治通鑑·陳宣
帝太建九年》:"周初行《刑書要制》:群盜贓一匹,及正、長隱五丁若地
頃以上,皆死。"胡三省注:"隋因周制,制人五家爲保,保有長;保五爲
閭,閭四爲族,皆有正。"　賢:指有德行或有才能的人。賈誼《過秦
論》:"皆明智而忠信,寬厚而愛人,尊賢而重士。"包何《相里使君第七
男生日》:"誰道衆賢能繼體?須知箇箇出於藍。"　不肖:不成材,不
正派。《禮記·射義》:"發而不失正鵠者,其唯賢者乎?若夫不肖之
人,則彼將安能以中?"孔穎達疏:"不肖,謂小人也。"蘇軾《上富丞相
書》:"翰林歐陽公不知其不肖,使與於制舉之末,而發其倡狂之論。"
阿枉:偏私不公正。《後漢書·第五倫傳》:"倫平銓衡,正斗斛,市無
阿枉,百姓悦服。"《周書·蘇綽傳》:"唯當率至公之心,去阿枉之志,
務求曲直,念盡平當。"　奏覆:回答帝王的問話。李昂《令刑官立限
決囚詔》:"其緣制獄未決遣者,委刑部大理寺速立限奏覆。"丁謂《丁
晉公談録》:"晉公嘗云:'居帝王左右,奏覆公事,慎不可觸。'"　隔
塞:阻塞。《漢書·五行志》:"言上偏聽不聰,下情隔塞。"《三國志·
公孫瓚傳》:"徵虞爲太傅,道路隔塞,信命不得至。"　恩威:恩惠與威
力,多指仁政與刑治。《魏書·宣武靈皇后胡氏傳》:"自是朝政疏緩,
恩威不立,天下牧守,所在貪惏。"崔璞《蒙恩除替將還京洛偶叙所
懷》:"務繁多簿籍,才短乏恩威。"　讋:震懾。《後漢書·東夷傳序》:
"時遼東太守祭肜威讋北方,聲行海表。"柳宗元《晉問》:"南瞰諸華,
北讋群夷。"　豪右:封建社會的富豪家族、世家大户。《後漢書·明
帝紀》:"濱渠下田,賦與貧人,無令豪右得固其利。"李賢注:"豪右,大

家也。"劉禹錫《訊甿》:"其佐嘗宰京邑也,能誅鉏豪右。"

④守:猶攝,暫時署理職務,多指官階低而署理較高的官職。《戰國策·秦策》:"文信侯出走,與司空馬之趙,趙以爲守相。"高誘注:"守相,假也。"高承《事物紀原·守官》:"漢有守令守郡尉,以秩未當得而越授之,故曰守,猶今權也。則官之有守,自漢始也……《通典》曰:試,未正命也,階高官卑稱行,階卑官高稱守。" 郎署:漢唐時宿衛侍從官的公署。《漢書·爰盎傳》:"上幸上林,皇后、慎夫人從。其在禁中,常同坐。及坐,郎署長布席,盎引却慎夫人坐。"顏師古注:"蘇林曰:'郎署,上林中直衛之署也。'如淳曰:'盎時爲中郎將,天子幸署,豫設供帳待之。'"顏師古《匡謬正俗》卷五:"郎者,當時宿衛之官,非謂趣衣小吏;署者,部署之所……郎署,並是郎官之曹局耳!"楊炯《渾天賦》:"馮唐入於郎署也,兩君而未識;揚雄在於天禄也,三代而不遷。" 執政:掌握國家大權的人。《左傳·襄公十年》:"晨攻執政於西宮之朝。"王安石《内翰沈公墓誌銘》:"平居閉門,雖執政,非公事不輒見也。" 溫重:溫和而莊重。韓雲卿《故中書令贈太子太師崔公廟碑》:"系於齊,著於漢,荷先少師之教。純孝溫重,禀受元和,緯武經文,爲國梁柱。"元稹《唐故越州刺史薛公神道碑文銘》:"性誠厚溫重,然而歡愛親戚,及爲大官,遠近多歸之。" 不回:正直,不行邪僻。《後漢書·侯霸傳》:"〔霸〕在位明察守正,奉公不回。"《新唐書·郗士美傳》:"〔士美〕自拾遺七遷至中書舍人,處事不回,爲宰相元載所忌。" 守法:掌守法令,遵循法規。《管子·任法》:"故曰:有生法,有守法,有法於法。生法者,君也;守法者,臣也;法於法者,民也。"韓愈《唐故河南令張君墓誌銘》:"〔張署〕歲餘遷尚書刑部員外郎,守法爭議,棘棘不阿。" 專固:堅定,專一。《周書·黎景熙傳》:"又勤於所職,著述不息。然性尤專固,不合於時。是以一爲史官,遂十年不調。"溫憲《程修己墓誌》:"公幼而專固,通《左氏春秋》。" 副:相稱,符合。《漢書·禮樂志》:"哀有哭踊之節,樂有歌舞之容,正人足以副

其誠,邪人足以防其失。"《後漢書·黃瓊傳》:"盛名之下,其實難副。"
内史:官名,秦官,掌治理京師,漢景帝分置左右内史,漢武帝太初元
年改右内史爲京兆尹,左内史爲左馮翊。《史記·蒙恬列傳》:"始皇
二十六年,蒙恬因家世得爲秦將,攻齊,大破之,拜爲内史。"《史記·
袁盎晁錯列傳》:"景帝即位,以錯爲内史……法令多所更定。"　行
事:辦事,從事。《易·乾》:"終日乾乾,行事也。"韓愈《順宗實錄》:
"迨行事之時,天氣清朗。"　物議:衆人的議論。《宋書·蔡興宗傳》:
"及興宗被徙,論者並雲由師伯……師伯又欲止息物議,由此停行。"
孔平仲《續世説·方正》:"子一知異不爲物議所歸,未嘗造門,其高潔
如此。"　歸:稱許。《論語·顏淵》:"一日克己復禮,天下歸仁焉!"朱
熹集注:"歸猶與也。"韓愈《祭薛中丞文》:"宗族稱其孝慈,友朋歸其
信義。"

　　⑤ 日者:往日,從前。李覯《咸陽獲寶符賦》:"日者凶師犯順,賊
臣附進,隨黃鉞以外遷,與翠華而西幸。"柳宗元《代廣南節度使舉裴
中丞自代表》:"日者安南夷獠反叛,害其連帥,毒痛黎人。"　景陵:陵
墓名,唐憲宗墓,在今陝西省乾縣。元稹《有唐贈太子少保崔公墓誌
銘》:"不累月,會上新即位,頓掌内外,修奉景陵,一日下詔移五
鎮……"李商隱《過景陵》:"武皇精魄久仙昇,帳殿淒涼烟霧凝。俱是
蒼生留不得,鼎湖何異魏西陵!"　龜筮:占卦,古時占卜用龜,筮用
蓍,視其象與數以定吉凶。《書·大禹謨》:"鬼神其依,龜筮協從。"蔡
沈集傳:"龜,卜;筮,蓍。"陳琳《大荒賦》:"假龜筮以貞吉,問神諭以休
詳。"　有時:有規定的時間。張九齡《開元正勸握乾符頌》:"由是觀
之,當其來運,唐虞之屋可封;非其有時,孔邱之徒不遇:此千載之會
也,萬物豈知其謝生於天乎?"敬括《玉斗賦》:"是以在天成象,在物可
師;立身而温潤無匹,應用而盈虛有時。"　怛然:驚懼貌。《漢書·杜
鄴傳》:"臣聞野雞著怪,高宗深動;大風暴過,成王怛然。"韓愈《石鼎
聯句序》:"道士倚牆睡,鼻息如雷鳴。二子怛然失色,不敢喘。"　克

濟:謂能成就。《後漢書·杜詩傳》:"陛下亮成天工,克濟大業。"《周書·蘇綽傳》:"昔民殷事廣,尚能克濟;況今户口減耗,依員而置,猶以爲少?"

⑥ 倅職:副職。《舊五代史·蘇禹珪傳》:"禹珪性謙和,虛襟接物,克構父業。以五經中第,辟遼州倅職,歷青鄆從事。"《歷代名臣奏議·用人》:"嘗分教郴陽,兼攝倅職。"本文指盧士玫曾經歷職"守京兆尹"而言。　供求:供給與需求。陸贄《奉天遣使宣慰諸道詔》:"以財力之有限,供求取之無涯。暴吏肆威,鞭笞督責。嗷嗷黔首,控告何依?"元稹《爲河南府百姓訴車狀》:"萬一尚稽天討,不知何以供求?"　和同:指春秋時代兩個互爲對應的常用語,和謂可否相濟,相輔相成;同謂單一不二,無所差異。和能生物,同無所成。《國語·周語》:"和同可觀。"韋昭注:"以可去否曰和,一心不二曰同。和同之道行,則德義可觀也。"《論語·子路》:"君子和而不同,小人同而不和。"何晏集解:"君子心和,然其所見各異,故曰不同;小人所嗜好者同,然各爭利,故曰不和。"朱熹集注引尹毅曰:"君子尚義,故有不同;小人尚利,安得而和?"　儉:節儉,節省。《易·小過》:"君子以行過乎恭,喪過乎哀,用過乎儉。"韓愈《唐故朝散大夫越州刺史薛公墓誌銘》:"儉出薄入,以致和富。"　隘:狹窄,狹小。《左傳·昭公三年》:"初,景公欲更晏子之宅,曰:'子之宅近市,湫隘囂塵,不可以居,請更諸爽塏者。'"杜預注:"隘,小。"楊伯峻注:"隘,狹小。"韓愈《岳陽樓別竇司直》:"軒然大波起,宇宙隘而妨。"本文指景陵的修建既節儉,而規模又並不狹小。因爲盧士玫當時爲"權知京兆尹",景陵在京兆府管轄範圍之内,故其必然參與唐憲宗景陵的修建工作。　竣:竣工,完成。《宋史·理宗紀》:"嘉熙元年春正月……甲子詔……江陰、鎮江、建寧、太平、池江、興國、鄂岳、江陵境内流民,其計口給米,期十日竣事以聞。"周密《齊東野語·楊府水渠》:"三晝夜即竣事。"　已事:往事。《漢書·賈誼傳》:"夫三代之所以長久者,其已事可知也。"顏師古注:

"已事,已往之事。"顏真卿《與蔡明遠帖二首》:"今既已事方旋,指期斯復。江路悠緬,風濤浩然,行李之間,深宜尚慎。"　嘉:嘉許,表彰。于邵《內侍省內常侍孫常楷神道碑》:"特上封章,請割衣食之費……建立伽藍,上報皇慈覆燾之恩,次展天屬怙恃之功。優詔嘉許,錫名曰寶應。"李昉《濟州刺史任公屏盜碑》:"郡將官吏,唱言僉同,乃詣闕上陳,願塞群望。帝用嘉許,綸言式敷。"　元僚:賢佐,重臣。《南史·庾杲之傳》:"盛府元僚,實難其選。"岳珂《桯史·周益公降官》:"惟光宗興念於元僚,亦屢分於閫寄。"　不撓:亦作"不橈"不彎曲,形容剛正不屈。《荀子·榮辱》:"義之所在,不傾於權,不顧其利,舉國而與之不爲改視,重死持義而不橈,是士君子之勇也。"《漢書·蕭望之傳贊》:"望之堂堂,折而不橈。身爲儒宗,有輔佐之能,近古社稷臣也。"顏師古注:"橈,曲也。"

　⑦　圜丘:古代帝王冬至祭天的地方,後亦用以祭天地。《周禮·春官·大司樂》:"冬日至,於地上之圜丘奏之。"賈公彥疏:"土之高者曰丘,取自然之丘。圜者,象天圜也。"《續資治通鑒·宋理宗紹定元年》:"辛巳,日南至,祀天地於圜丘。"　慶澤:指皇帝的恩澤。元稹《處分幽州德音制》:"又念八州之內,九賦用殷。慶澤旁流,所宜霑貸。"《宋史·樂志》:"躬承寶訓表欽崇,慶澤布寰中。"　攘剽:猶攘奪。《舊唐書·李遜傳》:"先是,濠州之都將楊騰削刻士卒,州兵三千人謀殺騰,騰覺之,走揚州,家屬皆死。濠兵不自戢,因行攘剽。"《宋史·桑懌傳》:"群盜保青灰山,時出攘剽。有宿盜王伯者,尤爲民害。"　椎埋:劫殺人而埋之,亦泛指殺人。《史記·酷吏列傳》:"王溫舒者,陽陵人也。少時椎埋爲奸。"裴駰集解引徐廣曰:"椎殺人而埋之。"《新唐書·竇建德傳》:"我聞高雞泊廣袤數千里,葭薍阻奧,可以違難;承間竊出,椎埋掠奪,足以自資。"　幸生:謂僥倖偷生。《管子·七法》:"朝無政,則賞罰不明。賞罰不明,則民幸生;賞罰明,則人不幸。"尹知章注:"僥倖以偷生也。"《吳子·治兵》:"凡兵戰之場,

立屍之地，必死則生，幸生則死。" 案牘：官府文書。元稹《中書省議舉縣令狀》："若此則案牘之吏，得肆奸欺。書判雖工，何關政術？"符載《江州錄事參軍廳壁記》："縣是官府有程準，案牘無留閑。游我宇下，清風凛然。" 因緣：勾結。《漢書·王莽傳》："奸虐之人，因緣爲利，至略賣人妻子，逆天心，誖人倫。"羅織罪名，加以構陷。《魏書·李沖傳》："初，沖兄佐與河南太守來崇同自涼州入國，素有微嫌。佐因緣成崇罪，餓死獄中。" 下究：猶下達。《淮南子·主術訓》："是故號令能下究，而臣情得上聞。"《漢書·燕刺王劉旦》："惡吏廢法立威，主恩不及下究。"顏師古注："究，竟也，言不終竟於下。"

⑧ 正名：辨正名稱、名分，使名實相符。《管子·正第》："守慎正名，僞詐自止。"《舊唐書·韋湊傳》："師古之道，必也正名，名之與實，故當相副。" 操劀：操刀細割，比喻認真處理政事。元稹《授王播中書侍郎平章事兼鹽鐵使制》："重委操劀，鋩刃益精。"王定保《唐摭言·主司失意》："如臣孤微，豈合操劀？徒以副陛下振用，明時至公。是以不聽囑論，堅收沈滯。"

[編年]

《年譜》編年本文於長慶元年，理由是："《舊唐書》卷一六二《盧士玫傳》云：'……轉郎中、京兆少尹。奉憲宗園寢，刑簡事集，時論推其才，權知京兆尹事。'《制》云：'今圓丘甫及，慶澤將施。'"結論是："當撰于長慶元年正月辛丑。"《編年箋注》編年："則士玫權知京兆在景陵竣工以後，穆宗以時論推其有才，委以京兆尹重任，時在元和十五年（八二〇）五月庚申以後不久。"《年譜新編》編年："《舊唐書》卷一六二《盧士玫傳》云：'奉憲宗園寢，刑簡事集，時論推其才，權知京兆尹事。'是其權知京兆尹事在元和十五年下半年。"

就《年譜》提到的材料，我們認爲《年譜》的結論值得商榷。一、本文："今圓丘甫及，慶澤將施。""甫"在這裏是"開始"。《周禮·春官·

小宗伯》:"卜葬兆,甫竁,亦如之。"鄭玄注:"甫,始也。"《漢書·孝成許皇后傳》:"今吏甫受詔讀記,直豫言使後知之,非可復若私府有所取也。"顏師古注:"甫,始也。"也有"方才"、"剛剛"的意思。《漢書·翼奉傳》:"天下甫二世耳!然周公猶作詩書深戒成王,以恐失天下。"顏師古注:"甫,始也。""及"在這裏是"追上"、"趕上"的意思。《論語·顏淵》:"子貢曰:'惜乎!夫子之説君子也,駟不及舌。'"《後漢書·虞詡傳》:"虜衆多,吾兵少,徐行則易爲所及,速進則彼所不測。""將"在這裏是副詞,是"將近"的意思。《孟子·滕文公》:"今滕絶長補短,將五十里也。"也作"乃"、"方",仍然是副詞。《左傳·宣公六年》:"中行桓子曰:'使疾其民,以盈其貫,將可殪也。'"《墨子·尚賢》:"然後國之善射御之士,將可得而衆也。"明言本文的寫作時間不是長慶元年正月三日(辛丑),而是距此日期不遠的元和十五年十二月的下旬。二、而據《舊唐書·穆宗紀》,長慶元年開頭幾天,唐穆宗也好,元稹也罷,可謂忙得腳打後腦勺,根本不可能顧及任命京兆尹之類是事情:"長慶元年正月己亥朔,上親薦獻太清宮、太廟。是日,法駕赴南郊。日抱珥,宰臣賀於前。辛丑,祀昊天上帝於圓丘,即日還宫。御丹鳳樓,大赦天下,改元長慶。"元稹有一首詩題很長是詩篇,真實記録了當時的情景:《爲樂天自勘詩集因思頃年城南醉歸馬上遞唱艷曲十餘里不絶長慶初俱以制誥侍宿南郊齋宫夜後偶吟數十篇兩掖諸公泊翰林學士三十餘人驚起就聽逮至卒吏莫不衆觀群公直至侍從行禮之時不復聚寐予與樂天吟哦竟亦不絶因書於樂天卷後越中冬夜風雨不覺將曉諸門互啓關鎖即事成篇》:"春野醉吟十里程,齋宫潛詠萬人驚。今宵不寐到明讀,風雨曉聞開鎖聲。"而任命盧士玫的本意是爲圓丘祭祀作前期的準備,絶不可能到了祭祀之時才匆匆忙忙任命。三、至於《編年箋注》、《年譜新編》所編年"元和十五年(八二〇)五月庚申以後不久"、"元和十五年下半年"的結論,更是無法認同。因爲改元長慶,屬於國家的重大慶典,並非半年前就能够確定,元稹更不可能早早地就就在制誥中宣佈"甫及"、"將施"這樣非常敏感的字眼。據此,我們以爲本文應該撰作於元和十五年十二月下旬,地點自然在長安,元稹時任祠部郎中知制誥之職。

◎ 内狀詩寄楊白二員外(時知制誥)①

天門暗闢玉琤鎬(聲相雜),畫送中樞曉禁清②。彤管内人書細膩,金盦御印篆分明③。衝街不避將軍令,跋敕兼題宰相名④。南省郎官誰待詔(一)?與君將向世間行⑤。

錄自《元氏長慶集》卷二一

[校記]

(一)南省郎官誰待詔:楊本、叢刊本、《全詩》同,《唐詩紀事》、《全詩》注作"南省郎中誰待詔",語義不同,各備一説,不改。

[箋注]

① 内狀:内廷文書。《太平廣記》卷一二一引張鷟《朝野僉載·周興》:"唐秋官侍郎周興,與來俊臣對推事,俊臣別奉進止鞫興,興不之知也。及同食,謂興曰:'囚多不肯承,若爲作法?'興曰:'甚易也!取大瓮,以炭四面炙之,令囚人處之其中,何事不吐!'即索大瓮,以火圍之,起謂興曰:'有内狀勘老兄,請兄入此瓮。'興惶恐叩頭,咸即款伏。"《册府元龜·宰輔部》:"銖爲中書小胥,其所掌謂之孔目房。宰相遇休假,有内狀出,即召銖至延英門付之,然後送知印宰相,銖此稍以機權自張,廣納財賄。" 寄:托人遞送。杜甫《述懷》:"自寄一封書,今已十月後。"陸游《南窗睡起》:"閑情賦罷憑誰寄?悵望壺天白玉京。"雖然元稹與楊巨源、白居易當時都在長安,但元稹當時官拜要

職,繁忙異常,故元積不可能將自己賦詠的詩篇親手送達楊巨源與白居易,定然委託下屬送達,故曰"寄"。　　楊:楊巨源,時任虞部員外郎,元積的忘年之交。據傅璇琮先生主編的《唐才子傳校箋》考定,楊巨源由太常博士拜虞部員外郎在元和十三年。　　白:白居易,時任尚書司門員外郎。白居易自忠州刺史入京拜司門員外郎在元和十五年夏天,白居易《商山路有感序》:"前年夏,予自忠州刺史除書歸闕……長慶二年七月三十日題於內鄉縣南亭云爾。"　　員外:即員外郎,官名,本指正員以外的郎官。晉武帝始設員外散騎常侍、員外散騎侍郎,簡稱員外郎。隋代開皇時,尚書省二十四司各設員外郎一人,爲各司的次官。唐代以後,直至明清,各部都有員外郎,位在郎中之次。孟浩然《陪獨孤使君同與蕭員外證登萬山亭》:"萬山青嶂曲,千騎使君遊。神女鳴環佩,仙郎接獻酬。"韓愈《送殷員外序》:"由是殷侯侑自太常博士遷尚書虞部員外郎,兼侍御史。"當時楊巨源、白居易的職務都是員外郎。楊巨源是虞部員外郎,白居易是司門員外郎,故詩題作"楊白二員外"。　　知制誥:掌管起草誥命之意,後用作官名。唐初以中書舍人爲之,掌外制,其後亦有以他官代行其職者,則稱某官知制誥。開元末,改翰林供奉爲學士院,翰林入院一歲,則遷知制誥,專掌內命,典司詔誥。韓愈《唐故相權公墓碑》:"〔權德輿〕轉起居舍人,遂知制誥,凡撰命詞九年,以類集爲五十卷,天下稱其能。"《舊唐書·韋郊傳》:"郊文學尤高,累歷清顯,自禮部員外郎知制誥,正拜中書舍人。"這裏的"知制誥"是指元積自己,據拙稿《元積考論》、《元積評傳》考定,元積以膳部員外郎試知制誥在元和十五年二月五日,以祠部郎中知制誥在元和十五年五月九日。

　　② 天門:指皇宮之門。李白《贈別從甥高五》:"賢甥即明月,聲價動天門。"杜甫《宣政殿退朝晚出左掖》:"天門日射黃金榜,春殿晴曛赤羽旗。"　　玉玎:玉相擊聲,喻清越的聲音。陸龜蒙《江南秋懷寄華陽山人》:"懶檜推嵐影,飛泉撼玉玎。"陳造《聽雨賦》:"非琴非築,

金撞而玉琤。” 鎗：象聲詞，形容鐘、鼓等發出的大聲。王洙《東陽夜怪錄》：“忽聞遠寺撞鐘，則比膊鎗然聲盡矣！”唐代無名氏《紀遊東觀山》：“仙佛肖彷彿，鐘鼓鎗擊撞。” 中樞：朝内，中央政府。劉禹錫《和令狐相公初歸京國賦詩言懷》：“凌雲羽翮掞天才，揚歷中樞與外臺。”秦觀《代何提舉賀范樞密啓》：“光膺睿命，進貳中樞。” 曉禁：拂曉之前的宫廷之禁。楊巨源《酬令狐舍人》：“曉禁蒼蒼換直還，暫低鸞翼向人間。亦知受業公門事，數仞丘墙不見山。”元稹《生春二十首》五：“何處生春早？春生曉禁中。殿階龍旆日，漏閣寶筝風。”

③ 彤管：杆身漆朱的筆，古代女史記事用。《詩·邶風·静女》：“静女其孌，貽我彤管。”毛傳：“古者后夫人必有女史彤管之法，史不記過，其罪殺之。”鄭玄箋：“彤管，筆赤管也。”陳奐傳疏引董仲舒曰：“彤者，赤漆耳！”《後漢書·皇后紀序》：“女史彤管，記功書過。”李賢注：“彤管，赤管筆也。”《編年箋注》：“彤管：赤管之筆。古代女史所執以記宫中政令及後妃之事。”“後妃”顯然是“后妃”之筆誤。 内人：宫中女官，亦指宫女。《周禮·天官·寺人》：“掌王之内人及女宫之戒令。”鄭玄注：“内人，女御也。”《後漢書·和熹鄧皇后紀》：“康以太后久臨朝政，心懷畏懼，託病不朝，太后使内人問之。” 細膩：細密，精細。元稹《見人詠韓舍人新律詩因有戲贈》：“玉磬聲聲徹，金鈴箇箇圓。高疏明月下，細膩早春前。”皮日休《揚州看辛夷花》：“臘前千朵亞芳叢，細膩偏勝素柰功。蠶首不言披曉雪，麝臍無主任春風。”金奩：金匣。張説《道家四首奉敕撰》二：“金奩調上藥，寶案讀仙經。”何夢桂《芸窗集畫圖》：“楊君畫眼空四海，剩把金奩貯奇詭。” 御印：皇帝的玉璽，象徵皇帝權力之物。王建《宫詞一百首》一二：“集賢殿裏圖書滿，點勘頭邊御印同。真迹進來依數字，别收鎖在玉函中。”白居易《和春深二十首》七：“御印提隨仗，香箋把下車。宋家宫樣髻，一片緑雲斜。” 篆：用篆體字書寫銘刻。韓愈孟郊《贈劍客李園聯句》：“太一裝以寶，列仙篆其文。”曾敏行《獨醒雜誌》卷三：“時有詔太學篆

石經,廷臣復薦之,伯益不得已遂至闕下。篆畢,除將作監簿,伯益固辭。" 分明:明確,清楚。《韓非子·守道》:"法分明則賢不得奪不肖,强不得侵弱,衆不得暴寡。"董仲舒《春秋繁露·保位權》:"黑白分明,然後民知所去就;民知所去就,然後可以致治。"

④ 衝街:謂穿街而行。除本詩書證之外,暫無其他合適的書證。衝:謂直朝某一方向而去。蔡琰《胡笳十八拍》:"殺氣朝朝衝塞門,胡風夜夜吹邊月。"劉延世《孫公談圃》卷中:"隋開汴河,其勢正衝今南京,至城外,迂其勢以避之。"多指不顧危險或惡劣環境而向前行進。韓愈《廣宣上人頻見過》:"三百六旬長擾擾,不衝風雨即塵埃。"朱敦儒《好事近·漁父》:"生計綠簑青笠,慣披霜衝雪。" 街:四通道,指城市的大道。《管子·桓公問》:"湯有總街之庭,以觀人誹也。"薛昭蘊《浣溪沙》五:"簾下三間出寺墻,滿街垂柳綠陰長。" 將軍:官名。《墨子·非攻》:"昔者晉有六將軍。"孫詒讓間詁:"六將軍,即六卿爲軍將者也。春秋時通稱軍將爲將軍。"戰國時始爲武將名,漢代皇帝左右的大臣稱大將軍、車騎將軍、前將軍、後將軍、左將軍、右將軍等;臨時出征的統帥有別加稱號者,如樓船將軍、材官將軍等。魏晉南北朝時,將軍有各種不同的職權和地位,如中軍將軍、龍驤將軍等,多爲臨時設置而有實權;如驍騎將軍、遊擊將軍等,則僅爲稱號。唐代十六衛、羽林、龍武、神武、神策等軍,均於大將軍下設將軍之官。李白《贈郭將軍》:"將軍少年出武威,入掌銀臺護紫微。平明拂劍朝天去,薄暮垂鞭醉酒歸。"張謂《送皇甫齡宰交河》:"將軍帳下來從客,小邑彈琴不易逢。樓上胡笳傳別怨,尊中臘酒爲誰濃?" 跋敕:亦作"跋勅",謂撰寫詔敕,亦泛指起草官文書。王仁裕《賀王溥入相》:"跋敕案前人到少,築沙堤上馬歸遲。"王柏《跋敕額代明招作》:"臣聞人臣之事君,功在社稷,德在生民。" 宰相:《韓非子·顯學》:"明主之吏,宰相必起於州部,猛將必起於卒伍。"本爲掌握政權的大官的泛稱,後來用以指歷代輔助皇帝、統領群僚、總攬政務的最高行政長官。如秦

漢之丞相、相國、三公，唐宋之中書、門下、尚書三省長官及同平章事。《漢書・王陵傳》："宰相者，上佐天子理陰陽，順四時，下遂萬物之宜，外填撫四夷諸侯，内親附百姓，使卿大夫各得任其職也。"《顔氏家訓・省事》："或有劫持宰相瑕疵，而獲酬謝，或有誼眊時人視聽，求見發遣。"

　　⑤　南省：尚書省的別稱，唐代中書、門下、尚書三省均在大内之南，而尚書省更在中書、門下二省之南，故稱南省。韓愈《論孫戣致仕狀》："右臣與孔戣，同在南省爲官，數得相見。"陸游《老學庵筆記》卷六："唐人本以尚書省在大明宫之南，故謂之南省。"當時楊巨源任職虞部員外郎，而虞部員外郎隸屬尚書省的工部；當時白居易任職司門員外郎，而司門員外郎隸屬尚書省的刑部，工部與刑部都是隸屬于"南省"，故有"南省郎官"之稱。　待詔：官名，漢代徵士未有正官者，均待詔公車，其特異者待詔金馬門，備顧問，後遂以待詔爲官名。《漢書・王莽傳》："莽誅滅待詔，而封告者。"唐有翰林待詔，負責四方表疏批答、應和文章等事，後改爲翰林供奉。王績《晚年叙志示翟處士》："望氣登重閣，占星上小樓。明經思待詔，學劍覓封侯。"王維《苑舍人能書梵字兼達梵音皆曲盡其妙戲爲之贈》："名儒待詔滿公車，才子爲郎典石渠。蓮花法藏心懸悟，貝葉經文手自書。"也待命供奉内廷的人，唐代不僅文詞經學之士，即醫卜技術之流，亦供直於内廷别院，以待詔命，因有醫待詔、畫待詔等名稱。　世間：人世間，世界上。裴鉶《昆崙奴》："其警如神，其猛如虎，即曹州孟海之犬也，世間非老奴不能斃此犬耳！"陸游《高枕》："高枕閑看古篆香，世間萬事本茫茫。"

[編年]

　　《年譜》編年本詩於元和十五年，理由是："題下注：'時知制誥。'作於長慶元年前。"又云："據李商隱《白居易碑》云：'穆宗用爲司門員外郎。四月，知制誥，加秩主客。'(《舊唐書·白居易傳》云:'元和十四年……其年冬，召還京師，拜司門員外郎。明年，轉主客郎中、知制誥。'誤以元和十五年冬爲十四年冬。)'四月'指白居易做了四個月的司門員外郎。"《編年箋注》編年:"此詩作于元和十五年。見下《譜》。"《年譜新編》亦編年本詩於元和十五年"秋、冬作"，理由是:"白居易元和十五年夏自忠州召還，爲尚書司門員外郎，十二月二十八日，遷主客郎中、知制誥。"

　　我們以爲，元稹詩題下所云的"時知制誥"，是指元稹在知制誥任上。元稹知制誥任起自元和十五年五月九日(不包括起自同年二月五日的以膳部員外郎試知制誥的職務)，終於長慶元年二月十六日，因此《年譜》所云"作於長慶元年前"的"元和十五年"的編年結論是不確切的，因爲它既無故涵括了元和十五年五月九日之前的時日，又無故丟棄了長慶元年二月十六日之前的時日。

　　爲了確切編年，我們還應再從白居易方面考察，白居易歸朝爲司門員外郎在元和十五年的夏天，有白居易長慶二年所作《商山路有感詩序》爲證:"前年夏予自忠州刺史除書歸闕。"他在司門員外郎任上大約有半年多的時間，《舊唐書·穆宗紀》:"(元和十五年)十二月己巳朔……丙申，以司門員外郎白居易爲主客郎中知制誥。"又白居易《洛中偶作》:"一年巴郡守，半年南宮郎。"從"夏"天至年底，時間起碼在半年以上，而並非《年譜》解釋李商隱《白居易碑》"四月"的含義是:"'四月'指白居易做了四個月的司門員外郎"，李商隱《白居易碑》叙述有誤。讓我們還是相信白居易自己"半年南宮郎"的解釋吧! 詩題中的"楊員外"即元稹白居易的朋友楊巨源，據白居易元和十三年江州司馬任上所作《聞楊十二新拜省郎遙以詩賀》，知其拜職員外郎在元和十三年。據元稹白居易的生平，元和十五年夏天白居易除書歸闕，是本詩寫作時間的上限，而《舊唐書·穆宗紀》所云元和十五年十二月二十八日白居易拜職主客郎中知制誥，應是本詩寫作時間的下限。本詩寫作時間的上下限與元稹知制誥任的起止時間基本吻合，沒有抵捂。《年譜》、《編年箋注》編年本詩爲元和十五年，未免過於籠統。

而《年譜新編》編年本詩於元和十五年"秋冬"的意見確實與我們的意見比較一致，但我們的上述意見發表於二〇〇二年第四期《固原師專學報》上，所有理由已經在上文作了明確無誤的過錄，沒有文字上的隨意增減。出版于二〇〇四年十一月的《年譜新編》顯然看到了我們的編年結論，大約是爲了節省篇幅，沒有作出應有的説明吧！

最後，我們還想在《固原師專學報》發表的拙稿基礎上作進一步的修正：根據本詩最後兩句的口吻，我們以爲身在皇帝身邊供職的元稹顯然已經知道了白居易即將到來的新任命："主客郎中知制誥。"故在本詩中不露痕迹地透露："南省郎官誰待詔？與君將向世間行。"而《舊唐書·穆宗紀》："（元和十五年）十二月己巳朔……己丑，以庫部郎中、知制誥牛僧孺爲御史中丞……丙申，以司門員外郎白居易爲主客郎中、知制誥。"推其干支，"己丑"是十二月二十日，"丙申"是十二月二十八日。據此，本詩應該作於牛僧孺解職庫部郎中知制誥臣、任職御史中丞之後，元稹《白居易授尚書主客郎中知制誥制》的前夜，亦即元和十五年的十二月二十八日之前一二日或前夜，地點在長安，元稹當時任職祠部郎中、知制誥之職。

◎ 白居易授尚書主客郎中知制誥制⁽一⁾①

敕：先帝付朕四海九州之重，尚賴威靈②。天下甫定，思獲論議文章之臣，以自左右⁽二⁾，俾之詳考今古，周知物情③。

而朝議郎、行尚書司門員外郎白居易，州里舉進士，有司升甲科④。元和初對詔稱旨，翱翔翰林。謇然直聲，留在人口⑤。朕嘗視其詞賦,甚喜與相如並處一時。由是召自南賓,序補郎位⑥。會牛僧孺以御史丞解制誥職,嗣掌書命,人推爾先⑦。予亦飽其風猷,爾宜副玆超異。可守尚書主客郎中、知制誥,餘如故⑧。

錄自《元氏長慶集》卷四五

[校記]

（一）白居易授尚書主客郎中知制誥制:楊本、浙本作"白居易授尚書主客郎中知制誥",《全文》作"授白居易授尚書主客郎中知制誥制",體例不同,不改。

（二）以自左右:楊本同,《全文》作"以在左右",語義相類,原本不誤,不改。

[箋注]

①　尚書:原來是官名,始置於戰國時,或稱掌書,尚即執掌之義。秦爲少府屬官,漢武帝提高皇權,因尚書在皇帝左右辦事,掌管文書奏章,地位逐漸重要。漢成帝時設尚書五人,開始分曹辦事。東漢時正式成爲協助皇帝處理政務的官員,從此三公權力大大削弱。魏、晉以後,尚書事務益繁。隋代始分六部,唐代更確定六部爲吏、户、禮、兵、刑、工。從隋、唐開始,中央首要機關分爲三省,尚書省即其中之一,職權益重。宋以後三省分立之制漸成空名,行政全歸尚書省。元代存中書省之名,而以尚書省各官隸屬其中。明初猶沿此制,其後廢去中書省,徑以六部尚書分掌政務,六部尚書遂等於國務大臣,清代相沿不改。因主客郎中歸屬尚書省,故名。祖詠《尚書省門吟(開元中,進士唱第尚書省,落第者至省門散去詠吟云云)》:"落去他,兩兩三三戴帽子。日暮祖侯吟一聲,長安竹柏皆枯死。"唐無名氏《尚書郎

5883

上直聞春漏》：“地即尚書省，人惟駕鷺行。審時傳玉漏，直夜遞星郎。” 主客郎中：禮部屬官之一。《舊唐書·職官志》：“主客郎中一員（從五品上，隋曰司蕃郎，武德改主客郎中，龍朔爲司蕃大夫，咸亨復）……郎中、員外郎之職，掌二王後及諸蕃朝聘之事。二王之後。酅公、介公，凡四蕃之國經朝貢之後，自相誅絕及有罪滅者，蓋三百餘國。今所存者七十餘蕃，其朝貢之儀、享宴之數、高下之等、往來之命，皆載於鴻臚之職焉！”按照李唐的慣例，白居易的主職是知制誥，並不需要到禮部理事，“主客郎中”僅僅表明白居易擔任知制誥臣時的品級而已。白居易《曲江感秋二首序》：“元和二年、三年、四年……是時予爲左拾遺、翰林學士，無何貶江州司馬、忠州刺史，前年遷主客郎中、知制誥，未周歲，授中書舍人。”劉禹錫《再遊玄都觀引》“余貞元二十一年……出牧連州，尋貶朗州司馬，居十年，召至京師……旋又出牧，今十有四年，復爲主客郎中……” 知制誥：掌管起草誥命之意，後用作官名。白居易《初除主客郎中知制誥與王十一李七元九三舍人中書同宿話舊感懷》：“閑宵靜話喜還悲，聚散窮通不自知。已分雲泥行異路，忽驚鷄鶴宿同枝。”李頻《賀同年翰林從叔舍人知制誥》：“仙禁何人躡近踪？孔門先選得真龍。別居雲路拋三省，專掌天書在九重。” 制：指帝王的命令。《史記·秦始皇本紀》：“臣等昧死上尊號，王爲‘泰皇’，命爲‘制’，令爲‘詔’。”裴駰集解引蔡邕曰：“制書，帝者制度之命也。其文曰‘制’。”張九齡《上張燕公書》：“今登封沛澤，千載一時，而清流高品，不沾殊恩，胥吏末班，先加章黻，但恐制出之日，四方失望。”

　　② 敕：古時自上告下之詞，漢時凡尊長告誡後輩或下屬皆稱敕，南北朝以後特指皇帝的詔書。《三國志·呂蒙傳》：“蒙未死時，所得金寶諸賜盡付府藏，敕主者命絕之日皆上還，喪事務約。”《新唐書·百官志》：“凡上之逮下，其制有六：一曰制，二曰敕，三曰冊，天子用之。” 先帝：前代已故的帝王。諸葛亮《前出師表》：“先帝創業未半，

而中道崩殂。"韓愈《進順宗皇帝實錄表狀》："監修李吉甫授臣以前史官韋處厚所撰先帝實錄三卷。"　朕：秦始皇二十六年起定爲帝王自稱之詞，沿用至清。《史記·秦始皇本紀》："臣等昧死上尊號，王爲'泰皇'，命爲'制'，令爲'詔'，天子自稱曰'朕'。"李隆基《孝經序》："朕聞上古，其風樸略。"　四海：古以中國四境有海環繞，各按方位爲"東海"、"南海"、"西海"和"北海"，但亦因時而異，說法不一，本文猶言天下，全國各處。《書·大禹謨》："文命敷於四海，祗承於帝。"《史記·高祖本紀》："大王起微細，誅暴逆，平定四海，有功者輒裂地而封王侯。"　九州：古代分中國爲九州，說法不一。《書·禹貢》作冀、兗、青、徐、揚、荊、豫、梁、雍；《爾雅·釋地》有幽、營州而無青、梁州；《周禮·夏官·職方》有幽、并州而無徐、梁州，後以"九州"泛指天下，全中國。盧照鄰《登封大酺歌四首》一："明君封禪日重光，天子垂衣曆數長。九州四海常無事，萬歲千秋樂未央。"杜審言《大酺》："毗陵震澤九州通，士女歡娛萬國同。伐鼓撞鐘驚海上，新妝袨服照江東。"威靈：指神靈的威力。劉禹錫《君山懷古》："千載威靈盡，赭山寒水中。"曾鞏《薤山謝雨文》："維神之威靈，大顯於此土，澤施大及於斯民。"謂顯赫的聲威。《漢書·敘傳》："柔遠能邇，燀耀威靈。"《三國志·呂布傳》："布自稱徐州刺史。"裴松之注引《英雄記》："術憑將軍威靈，得以破備。"

③　天下：古時多指中國範圍内的全部土地。楊炯《廣溪峽》："漢氏昔云季，中原爭逐鹿。天下有英雄，襄陽有龍伏。"張說《東都酺宴》："堯舜傳天下，同心致太平。吾君内舉聖，遠合至公情。"　論議：議論。《後漢書·孔融傳》："所著詩、頌、碑文、論議、六言、策文、表、檄、教令、書記凡二十五篇。"韓愈《與李翱書》："持僕所守，驅而使奔走伺候公卿間，開口論議，其安能有以合乎？"　文章：文辭或獨立成篇的文字。孟浩然《與崔二十一遊鏡湖寄包賀二公》："府掾有包子，文章推賀生。滄浪醉後唱，因此寄同聲。"李白《代別情人》："我悅子

容艷，子傾我文章。風吹綠琴去，曲度紫鴛鴦。” 自：介詞，在，於。《易·小畜》：“密雲不雨，自我西郊。”《詩·小雅·正月》：“不自我先，不自我後。” 左右：身邊。《詩·大雅·文王》：“文王陟降，在帝左右。”韓愈《唐故贈絳州刺史馬府君行狀》：“方書、《本草》，恒置左右。”古今：謂古往今來，從古到今。《北史·薛辯傳》：“汝既未來，便成今古，緬然永別，爲恨何言！”王昌齡《同從弟銷南齋玩月》：“冉冉幾盈虛，澄澄變今古。” 周知：遍知。《周禮·地官·大司徒》：“以天下土地之圖，周知九州之地域廣輪之數。”鄭玄注：“周，猶遍也。”王安石《本朝百年無事札子》：“太祖躬上智獨見之明，而周知人物之情僞，指揮付託，必盡其材。” 物情：物理人情，世情。稽康《釋私論》：“情不繫於所欲，故能審貴賤而通物情。”孟浩然《上張吏部》：“物情多貴遠，賢俊豈遙今？”衆情，民心。《北齊書·段榮傳》：“除山東大行臺、大都督，甚得物情。”周密《癸辛雜識別集·彭晉叟》：“胡穎爲浙西憲，政尚猛厲，物情不安。”

④ 司門員外郎：尚書省刑部官屬之一。《舊唐書·職官志》：“司門郎中一員（從五品上，龍朔曰司門大夫）員外郎一員（從六品上）……郎中、員外郎之職，掌天下諸門及關出入往來之籍賦，而審其政。凡關二十有六，爲上中下之差。京城四面關有驛道者，爲上關。餘關有驛道及四面無驛道者，爲中關。他皆爲下關。關所以限中外，隔華夷，設險作，固閑邪，正禁者也。凡關呵而不征，司貨賄之出入。其犯禁者，舉其貨罰其人。凡度關者，先經本部本司請過所在。在京則省給之，在外則州給之。而雖非所部，有來文者，所在亦給。”權德輿《司門員外郎壁記》：“《周官》司門爲司徒之屬，今爲司寇之屬。員外郎於周爲上士，後數更其名，至隋爲承務郎，武德初方定爲今制，秩從六品上。”韓愈《唐故昭武校尉守左金吾衛將軍李公墓誌銘》：“憲宗即位，選擇宗室，遷尚書司門員外郎。” “州里舉進士”兩句：《舊唐書·白居易傳》：“貞元十四（六）年，始以進士就試，禮

部侍郎高郢擢昇甲科。"其中"貞元十四年"是"貞元十六年"之誤。
舉:推薦,選用。《左傳·襄公三年》:"祁奚於是能舉善矣! 稱其讎,
不爲諂;立其子,不爲比;舉其偏,不爲黨。"《孟子·告子》:"傅説舉於
版築之間,膠鬲舉於魚鹽之中。"　有司:官吏,古代設官分職,各有專
司,故稱。桓寬《鹽鐵論·疾貪》:"今一二則責之有司,有司豈能縛其
手足而使之無爲非哉?"柳宗元《與太學諸生喜詣闕留陽城司業書》:
"〔太學生〕有凌傲長上而誶罵有司者。"　甲科:唐初明經有甲、乙、
丙、丁四科,唐宋進士分甲、乙科。王建《送薛蔓應舉》:"一士登甲科,
九族光彩新。"蘇軾《司馬温公神道碑》:"公始以進士甲科事仁宗
皇帝。"

　　⑤"元和初對詔稱旨"四句:《舊唐書·白居易傳》:"元和元年四
月,憲宗策試制舉人應才識兼茂明於體用科,策入第四等,授盩厔縣
尉、集賢校理。居易文辭富艷,尤精於詩筆,自讎校至結綬幾旬,所著
歌詩數十百篇,皆意存諷賦,箴時之病,補政之缺,而士君子多之,而
往往流聞禁中。章武皇帝納諫思理,渴聞讜言,二年十一月召入翰林
爲學士,三年五月拜左拾遺。居易自以逢好文之主,非次拔擢,欲以
生平所貯,仰酬恩造……"　對詔:猶對策。元稹《授王播中書侍郎同
平章事使職如故制》:"……王播在德宗時以對詔入仕,踐更臺閣,由
御史中丞大京兆尹掌縣官鹽鐵,爲春官尚書。"《新唐書·員半千傳》:
"客晉州,州舉童子,房玄齡異之,對詔高第,已能講《易》、《老子》。"
稱旨:符合上意。《漢書·孔光傳》:"奉使稱旨,由是知名。"《陳書·
趙知禮傳》:"知禮爲文贍速,每占授軍書,下筆便就,率皆稱旨。"　翱
翔:迴旋飛翔。《楚辭·離騷》:"鳳凰翼其承旂兮,高翱翔之翼翼。"谷
神子《博異志·陰隱客》:"五色鳥大如鶴,翱翔乎樹杪。"請參閱元稹
《酬樂天餘思不盡加爲六韻之作》:"次韵千言曾報答(樂天曾寄予千
字律詩數首,予皆次用本韵酬和,後來遂以成風耳),直詞三道共經
綸。元詩駁雜眞難辨(後輩好僞作予詩,傳流諸處。自到會稽,已有

人寫宮詞百篇及雜詩兩卷,皆云是予所撰。及手勘驗,無一篇是者),白樸流傳用轉新(樂天於翰林中書取書詔批答詞等撰爲程式,禁中號曰'白樸',每有新入學士求訪,寶重過於六典也)。" 翰林:亦即"翰林院",官署名,唐初置,本爲各種文藝技術内廷供奉之處,這裏指專以文字供奉,隨時代皇帝草詔。宋之問《上陽宮侍宴應制得林字》:"舊渥驂宸御,慈恩忝翰林。微臣一何幸,再得聽瑤琴!"李白《翰林讀書言懷呈集賢諸學士》:"晨趨紫禁中,夕待金門詔。觀書散遺帙,探古窮至妙。" 藹然:温和、和善貌。《管子·侈靡》:"藹然若夏之静雲,乃及人之體。"施彦執《北窗炙輠》卷上:"伯淳既見,和氣藹然見眉宇間。" 直聲:正直的名聲。孫逖《授韋斌中書舍人制》:"國子司業韋斌,貞規不雜,敏識惟精,標麗則以工文,秉直聲而濟美。"雍維良《對賢良方正能直言極諫策(問陸贄作)》:"今朝廷之不聞直聲久矣!伏惟陛下采唐堯師錫之義,降禹湯罪己之詞;詳延直臣,博求失政。"人口:人的口,指言談、議論。《孔叢子·抗志》:"夫其親敬,非心見吾所可親敬也,則亦以人口而疏慢吾矣!"元積《代杭人作使君一朝去二首》一:"使君一朝去,遺愛在人口。惠化境内春,才名天下首。"

⑥ 詞賦:漢朝人集屈原等所作的賦稱爲楚辭,因此後人稱賦體文學爲"詞賦",後亦指詞和賦。《文心雕龍·辨騷》:"然其文辭麗雅,爲詞賦之宗。"劉知幾《史通·載文》:"且漢代詞賦,雖云虚矯,自餘它文,大抵猶實。" 甚喜與相如並處一時:元積《酬樂天餘思不盡加爲六韻之作》:"衆推賈誼爲才子,帝喜相如作侍臣(樂天先有《秦中吟》及《百節判》),皆爲書肆市賈題其卷云:'白才子文章。'又樂天《知制誥》詞云:'覽其詞賦,喜與相如並處一時。'"《史記·司馬相如傳》:"司馬相如者,蜀郡成都人也,字長卿,少時好讀書……居數歲,乃著《子虚》之賦……上讀《子虚賦》而善之,曰:'朕獨不得與此人同時哉!'得意曰:'臣邑人司馬相如自言爲此賦。'上驚,乃召問相如,相如曰:'有是! 然此乃諸侯之事,未足觀也,請爲天子游獵賦,賦成奏之,

上許,令尚書給筆札……"司馬相如除《子虛賦》之外,還有《上林賦》、《大人賦》等賦作傳流後世,爲歷代所褒揚所仿效。　南賓:即忠州之舊名,地當今重慶市忠縣之地。《舊唐書·地理志》:"忠州:隋巴東郡之臨江縣……貞觀八年改臨州爲忠州,天寶元年改爲南賓郡,乾元元年復爲忠州。"白居易元和末年曾經任職忠州刺史。戴叔倫《南賓送蔡侍御遊蜀》:"巴江秋欲盡,遠別更淒然。月照高唐峽,人隨賈客船。"白居易《南賓郡齋即事寄楊萬州》:"山上巴子城,山下巴江水。中有窮獨人,强名爲刺史。"　序:同"叙",次序。《易·文言》:"與四時合其序。"《莊子·天道》:"春夏先,秋冬後,四時之序也。"　郎位:星座名,南宮(太微宮)五帝座後相聚的十五顆星,爲一星座,稱"郎位"。《史記·天官書》:"〔五帝座〕後聚一十五星,蔚然,曰郎位。"張守節正義:"郎位十五星,在太微中帝坐東北。"《資治通鑑·漢桓帝延熹七年》:"帝在南陽,左右並通奸利,詔書多除人爲郎,太尉楊秉上疏曰:'太微積星,名爲郎位,入奉宿衛,出牧百姓,宜割不忍之恩,以斷求欲之路。'"後來指職居樞要的郎官之位。蘇頲《授李元紘度支員外郎制》:"朝議郎守潤州司馬李元紘……宜遷郎位,以寵相門,可行尚書度支員外郎,散官如故。"賈至《授韋少游祠部員外郎等制》:"南宮郎位,是登題柱之才;左禁諫臣,方求折檻之直。"

　⑦ 牛僧孺以御史丞解制誥職:元稹《中書省議舉縣令狀》:"元和十五年八月日,中書舍人臣武儒衡等奏,駕部郎中知制誥臣李宗閔,中書舍人臣王起,庫部郎中知制誥臣牛僧孺,祠部郎中知制誥臣元稹。"《舊唐書·牛僧孺傳》:"牛僧孺,字思黯……元和中,改都官知臺雜,尋換考功員外郎,充集賢直學士。穆宗即位,以庫部郎中知制誥,其年十一月改御史中丞。"而《舊唐書·穆宗紀》:"(元和十五年)十二月己巳朔……己丑,以庫部郎中、知制誥牛僧孺爲御史中丞。"兩相比較,《舊唐書·牛僧孺傳》的"十一月",應該是"十二月"之誤。　書命:書寫詔書、命令。劉禹錫《代郡開國公王氏先廟碑》:"厥後三典書

命,再參內廷。"王禹偁《寓直偶題》:"兩朝書命愧無才,漫逐詞臣侍玉階。" 人推爾先:此詔命之前,元積有《内狀詩寄楊白二員外》詩,事先作了含而不露的暗示:"南省郎官誰待詔? 與君將向世間行。"估計推薦白居易的人中,定然有當時已拜命祠部郎中知制誥之職的元積。而白居易得此詔命,也有《初除主客郎中知制誥與王十一李七元九三舍人中書同宿話舊感懷》表示自己的喜悦之情:"閑宵靜話喜還悲,聚散窮通不自知。已分雲泥行異路,忽驚鷄鶴宿同枝。紫垣曹署榮華地,白髮郎官老醜時。莫怪不如君氣味,此中來校十年遲。"而且,白居易這份授尚書主客郎中知制誥的任命由元積起草,而元積的翰林學士的任命正巧由白居易起草,白居易《元積除中書舍人翰林學士賜紫金魚袋制》:"敕:仲尼曰:'志有之,言以足志,文以足言,言之無文,行而不遠。'故吾精求雄文達識之士,掌密命,立内廷,甚難其人,爾中吾選。尚書祠部郎中知制誥賜緋魚袋元積:去年夏拔自祠曹員外試知制誥,而能芟繁詞劃弊句,使吾文章言語與三代同風,引之而成綸紼,垂之而爲典訓,凡秉筆者莫敢與汝爭能,是用命爾爲中書舍人以司詔令。嘗因暇日,前席與語,語及時政,甚開朕心,是用命爾爲翰林學士以備訪問。仍以章綬寵榮其身,一日之中三加新命。爾宜率素履思永圖,敬終如初,足以報我。可中書舍人、翰林學士、賜紫金魚袋。"故白居易《餘思未盡加爲六韻重寄微之》:"除官遞互掌絲綸(予除中書舍人,微之撰制詞;微之除翰林學士,予撰制詞)。"算來也算是文壇一段趣聞軼事。讀者如有興趣,可以將本文與白居易的《元積除中書舍人翰林學士賜紫金魚袋制》對照起來讀,可見兩人文章不同他人的風範。但讀者必須注意,白居易所説的"予除中書舍人,微之撰制詞"一句的真正意義,不是元積撰寫白居易晉職中書舍人的制書,因爲白居易晉職中書舍人在長慶元年十月十九日,而同一天,元積因裴度的三次彈劾,被免去了中書舍人、翰林承旨學士的職務,降職爲工部侍郎,當時的元積已經不可能撰寫關於白居易中書舍人的制書。

但白居易所説的"予除中書舍人，微之撰制詞"一句的真正含義，就是指元稹爲白居易所撰寫的《白居易授尚書主客郎中知制誥制》，亦即本文。元稹有《中書省議賦税及鑄錢等狀》、《中書省議舉縣令狀》兩文，在《中書省議賦税及鑄錢等狀》文末有"元和十五年八月日，中書舍人臣武儒衡等奏。駕部郎中知制誥臣李宗閔、中書舍人臣王起、庫部郎中知制誥臣牛僧孺、祠部郎中知制誥臣元稹"落款，而在《中書省議舉縣令狀》最後，却衹是"同前五舍人同署"七個字。可見"駕部郎中知制誥臣"、"庫部郎中知制誥臣"、"祠部郎中知制誥臣"與"中書舍人臣""中書舍人臣"一樣，均可稱爲"舍人"。而《年譜》顯然不明白在唐代，以某部郎中的資格知制誥，即可稱爲"舍人"，根據白居易"予除中書舍人，微之撰制詞"一句，認爲元稹定然撰寫了白居易晉升"中書舍人"的制書，特地在長慶元年的"佚文"欄内杜撰一篇元稹《授白居易中書舍人制》的佚文。而這，顯然是《年譜》的誤讀錯判，因而鬧出不必要的笑話。

⑧ 風猷：指人的風采品格。謝朓《奉和隨王殿下十六首》七："風猷冠淄鄴，衽席愧唐牧。"趙彦衛《雲麓漫抄》卷八："異時獲賜，今日先知；瞻望風猷，常在魂夢。"　超異：謂特殊看待，起用異才。劉向《説苑·復恩》："如主有超異之恩，則臣必死以復之。"李翱《薦士于中書舍人書》："在上者無超異之心，因循而不用，則馮唐白首，董生不遇，何足怪哉！"

［編年］

《年譜》編年本文於元和十五年，理由是："（元和十五年十二月）丙申，以司門員外郎白居易爲主客郎中、知制誥。"《編年箋注》編年："《舊唐書·穆宗紀》載：元和十五年十二月'丙申，以司門員外郎白居易爲主客郎中、知制誥'。十二月己巳朔，丙申爲二十八日。定此《制》撰於元和十五年（八二〇）十二月，元稹時任祠部郎中知制誥。"

《年譜新編》引用《舊唐書・穆宗紀》，編年本文于元和十五年，没有舉證其他編年理由。

　　《舊唐書・穆宗紀》：（元和十五年）“十二月己巳朔……丙申，以司門員外郎白居易爲主客郎中、知制誥。”史書提供的記載彌足珍貴，應該是本文編年的重要證據，也是本文編年的下限。而本文又云：“會牛僧孺以御史丞解制誥職。”《舊唐書・穆宗紀》：（元和十五年）“十二月己巳朔……己丑，以庫部郎中知制誥牛僧孺爲御史中丞。”“己丑”是十二月二十日，應該是編年本文的上限。因此，《年譜》、《年譜新編》編年本文於元和十五年是籠統的，而《編年箋注》編年本文於元和十五年十二月仍然是有問題的，它無緣無故包含了十二月二十日之前的時日，又毫無道理囊括了十二月二十八日以及其後兩天的時間。

　　在本文可以明確撰寫時限的八天之内，根據元稹、白居易都在京城長安的史實，根據“會牛僧孺以御史丞解制誥職”的史實，因而朝廷急需補充知制誥臣的事實，我們可以進一步推測，白居易是遞補牛僧孺提拔之後留出來“知制誥臣”的空缺，因此元稹撰寫本文之時日，大約應該在朝廷正式任命、史官正式記載白居易任職主客郎中、知制誥日期的前一二日，亦即元和十五年十二月二十六日或二十七日，元稹時任祠部郎中知制誥，地點自然在長安。

　　順便在這裏多說一句，《年譜》根據元稹撰寫的本文，亦即白居易拜命“主客郎中、知制誥”之職，又在長慶元年的“佚文”欄内杜撰一篇元稹《授白居易中書舍人制》的佚文。而這顯然是《年譜》的誤讀，不知唐代以某某郎中的資格知制誥，也可以稱爲“中書舍人”的常識，因而鬧出不必要的笑話。

■ 酬樂天初除主客郎中知制
誥中書同宿話舊感懷⁽一⁾①

據白居易《初除主客郎中知制誥與王十一
李七元九三舍人中書同宿話舊感懷》

[校記]

（一）酬樂天初除主客郎中知制誥中書同宿話舊感懷：元稹本佚
失詩所據白居易《初除主客郎中知制誥與王十一李七元九三舍人中
書同宿話舊感懷》，見《白氏長慶集》、《英華》、《白香山詩集》、《唐宋詩
醇》、《全詩》，詩文基本相同。

[箋注]

① 酬樂天初除主客郎中知制誥中書同宿話舊感懷：白居易《初
除主客郎中知制誥與王十一李七元九三舍人中書同宿話舊感懷》：
"閑宵静語喜還悲，聚散窮通不自知。已分雲泥行異路，忽驚雞鶴宿
同枝。紫垣曹署榮華地，白髮郎官老醜時。莫怪不如君氣味，此中來
校十年遲。"四人都是朋友，都是詩人，同宿中書省，白居易因初除主
客郎中知制誥與朋友同宿中書省喜而感懷，元稹、王起、李宗閔三人
在旁，豈有一言不發之情理？ 一夜之中，起而酬和在所必然，合情合
理，否則倒有悖情理。巧合的是，王起、李宗閔兩人的詩作散失幾盡，
王起僅存六首，李宗閔僅存一首。以元稹白居易的交情，元稹絕對不
可能不酬和白居易的詩篇，但今存元稹詩文集未見，唯一合理的解釋
祇有元稹酬詩的佚失，據補。　　除：拜官，授職。孟浩然《送韓使君除
洪州都曹》："述職撫荆衡，分符襲寵榮。往來看擁傳，前後賴專城。"

崔峒《初除拾遺酬丘二十二見寄》："江海久垂綸，朝衣忽挂身。丹墀初謁帝，白髮免羞人。" 　主客：官名，戰國時已有此官，秦及漢初稱典客，爲九卿之一。武帝時稱大鴻臚，漢成帝尚書置客曹，主管外交及處理民族間的事務。東漢光武分爲南北主客二曹，晉分左右南北四主客，南朝單有主客，唐代因之，主客郎中是部門的主官，主客員外郎是副職。白居易《曲江感秋二首序》："無何，貶江州司馬、忠州刺史。前年遷主客郎中、知制誥。未周歲，授中書舍人。"劉禹錫《再遊玄都觀引》："旋又出牧，今十有四年，復爲主客郎中，重遊玄都觀。" 　知制誥：掌管起草誥命之意，後用作官名。唐初以中書舍人爲之，掌外制。其後亦有以他官代行其職者，則稱某官知制誥。開元末，改翰林供奉爲學士院，翰林入院一歲，則遷知制誥，專掌内命，典司詔誥，爲清要之職。李頻《賀同年翰林從叔舍人知制誥》："仙禁何人躡近蹤？孔門先選得真龍。別居雲路抛三省，專掌天書在九重。"《舊唐書・韋郊傳》："郊文學尤高，累歷清顯。自禮部員外郎知制誥，正拜中書舍人。" 　中書：官署名，這裏即唐代的中書省。張文琮《和楊舍人詠中書省花樹》："花萼映芳叢，參差間早紅。因風時落砌，雜雨乍浮空。"儲光羲《奉和中書徐侍郎中書省玩白雲寄潁陽趙大》："青闕朝初退，白雲遙在天。非關取雷雨，故欲伴神仙。" 　話舊：叙談往事、舊誼。李益《下樓》："話舊全應老，逢春喜又悲。看花行拭淚，倍覺下樓遲。"韋應物《話舊》："存亡三十載，事過悉成空。不惜霑衣泪，併話一宵中。" 　感懷：有感於懷，有所感觸。《東觀漢記・馮衍傳》："殃咎之毒，痛入骨髓，匹夫僮婦，感懷怨怒。"孟郊《感懷》："秋氣悲萬物，驚風振長道。登高有所思，寒雨傷百草。"

［編年］

《元稹集》没有採録，《年譜》、《編年箋注》、《年譜新編》既没有採録，更没有編年。

我們以爲，白居易詩是其元和十五年夏天從忠州奉詔回京，同年十二月二十八日拜職主客郎中、知制誥。《舊唐書·穆宗紀》就是明證："（元和十五年）十二月己巳朔……丙申，以司門員外郎白居易爲主客郎中、知制誥。"白居易第一次與元稹、王起、李宗閔在中書省值勤，應該就在元和十五年年末，幾天之後，李唐朝廷就要舉行改元盛典，事情很多，也比較複雜，故有四人一起值勤之必要。元稹的佚失詩，即賦作於當時，地點在長安之中書省，元稹時任祠部郎中、知制誥之職。

◎ 更賜于頔謚制(一)①

昔羽父爲無駭請謚於魯侯，而衞君亦自稱公叔文子之迹，則考行必在於有司，賜謚或行於君命，久矣②！

故致仕太子賓客、燕國公于頔(二)，祇奉三朝（順、憲、穆）(三)，橫鎮襄漢。雖便宜從事，難以法繩（頔爲山南東道節度使，慢上持下，有專漢南意）。而武毅立名，實爲威克③。來朝而後（憲宗立，始入朝），亦既降心。敬以事君，明能知子④。

朕以禮存錫命，恩在展親（憲宗女惠康公主，下嫁頔次子季友）。考以慮深通敏之文，參用追悔前過之義。深詔執事，宜謚曰思（始太常謚頔曰"厲"，後季友從穆宗獵苑中，求改父謚，會李愬亦爲之請，改賜今謚）⑤。

録自《元氏長慶集》卷五〇

[校記]

（一）更賜于頔謚制：《全文》同，楊本、叢刊本作"贈于頔謚"，各備一説,不改。

　　(二)故致仕太子賓客、燕國公于頔:《全文》同,楊本、叢刊本作"某官",各備一説,不改。

　　(三)祗奉三朝:原本誤作"衹奉三朝",據楊本、叢刊本、《全文》改。

[箋注]

　　① 更:改正,改變。《論語·子張》:"君子之過也,如日月之食焉:過也,人皆見之;更也,人皆仰之。"何晏集解引孔安國曰:"更,改也。"劉餗《隋唐嘉話》卷中:"此先朝時事,朕安敢追更先朝之事?"于頔先賜曰"厲",後改賜"思",本文即是對于頔的改賜制文,故言。賜:賞賜,給予。《禮記·少儀》:"其以乘壺酒、束修、一犬賜人。"鄭玄注:"於卑者曰賜。"《漢書·蘇武傳》:"陵惡自賜武,使其妻賜武牛羊數十頭。"　于頔:事見《舊唐書·于頔傳》:"于頔,字允先,河南人也……歷長安縣令、駕部郎中,出爲湖州刺史,因行縣至長城方山,其下有水曰西湖,南朝疏鑿,溉田三千頃,久埋廢。頔命設堤塘以復之,歲獲秔稻蒲魚之利,人賴以濟。州境陸地褊狹,其送終者往往不掩其棺槨,頔葬朽骨凡十餘所。改蘇州刺史,濬溝瀆,整街衢,至今賴之。吳俗事鬼,頔疾其淫祀廢生業,神宇皆撤去,唯吳太伯、伍員等三數廟存焉!雖爲政有績,然橫暴已甚,追憾湖州舊尉,封杖以計强決之。觀察使王緯奏其事,德宗不省。及後頔累遷,乃與緯書曰:'一蒙惡奏,三度改官。'由大理卿遷陝虢觀察使,自以爲得志,益恣威虐。官吏日加科罰,其憚恐重足一迹。掾姚峴不勝其虐,與其弟汎舟於河,遂自投而死。貞元十四年,爲襄州刺史,充山南東道節度觀察。地與蔡州鄰,吳少誠之叛,頔率兵赴唐州,收吳房、朗山縣,又破賊於濯神溝。於是廣軍籍,募戰士,器甲犀利,倜然專有漢南之地。小失意者,皆以軍法從事,因請升襄州爲大都督府,府比鄆、魏。時德宗方姑息

方鎮，聞頔事狀，亦無可奈何，但允順而已。頔奏請無不從，於是公然聚斂，恣意虐殺，專以凌上威下爲務。鄧州刺史元洪，頔誣以贓罪奏聞，朝旨不得已爲流端州，命中使監焉！至隋州棗陽縣，頔命部將領士卒數百人劫洪至襄州，拘留之。中使奔歸京師，德宗怒，笞之數十。頔又表洪其責太重，復降中使景忠信宣旨慰諭，遂除洪吉州長史，然後洪獲赴謫所。又怒判官薛正倫，奏貶峽州長史。及敕下，頔怒已解，復奏請爲判官，德宗皆從之。正倫卒，未殯，頔以兵圍其宅，令孽男逼娶其嫡女。頔累遷至左僕射、平章事、燕國公。俄而不奉詔旨，擅總兵據南陽，朝廷幾爲之旰食。及憲宗即位，威肅四方，頔稍戒懼。以第四子季友求尚主，憲宗以長女永昌公主降焉！其第二子方屢諷其父歸朝，入覲，冊拜司空、平章事。元和中，内官梁守謙掌樞密，頗招權利。有梁正言者，勇於射利，自言與守謙宗盟情厚，頔子敏與之遊處。正言取頔財賄，言賂守謙，以求出鎮。久之無效，敏責其貨於正言，乃誘正言之僮，支解棄於溷中。八年春，敏奴王再榮詣銀臺門告其事，即日捕頔孔目官沈璧、家僮十餘人於内侍獄鞫問。尋出付臺獄，詔御史中丞薛存誠、刑部侍郎王播、大理卿武少儀爲三司使按問，乃搜死奴於其第，獲之。頔率其男贊善大夫正、駙馬都尉季友，素服單騎，將赴闕下，待罪於建福門。門司不納，退於街南，負牆而立，遣人進表。閣門使以無引不受，日没方歸。明日復待罪於建福門，宰相喻令還第，貶爲恩王傅。敏長流雷州，鉗身發遣。殿中少監、駙馬都尉季友追奪兩任官階，令其家循省。左贊善大夫正、秘書丞方並停見任。孔目官沈璧決四十，配流封州。奴犀牛與劉幹同手殺人，宜付京兆府決殺。敏行至商山，賜死。梁正言、僧鑒虚並付京兆府決殺。頔，其年十月改授太子賓客。十年，王師討淮蔡，諸侯貢財助軍，頔進銀七千兩、金五百兩、玉帶二，詔不納，復還之。十三年，頔表求致仕，宰臣擬授太子少保，御筆改爲太子賓客。其年八月卒，贈太保，諡曰‘厲’。其子季友從獵苑中，訴於穆宗，賜諡曰思。右丞張正甫封敕請還本謚,右補闕高鈘上疏論之曰:'……臣風聞此事是徐泗節度使李愬奏請,李愬勛臣節將,陛下寵其勛勞,賜其爵祿、車服、第宅則可,若亂朝廷典法,將何以沮勸……'太常博士王彥威又疏曰:'……議乎謚名,則以優迹,春秋之義也。況援其功不足以補過,契其美不足以掩瑕。其馭下也,任威少恩;其事上也,失忠與敬。謚之爲'厲',不亦宜乎?'疏奏不報,竟謚爲'思'。長慶中,以戚里勛家諸貴引用,于方復至和王傅,家富於財,方交結遊俠,務於速進。元稹作相,欲以其策平河朔群盜,方以策畫干稹。而李逢吉之黨欲傾裴度,乃令人告稹欲結客刺度。事下法司,按鞫無狀,而方竟坐誅。"長慶中于方的"務於速進"之舉,誘使"欲有所立以報上"的元稹參與,結果被政敵李逢吉利用,招致元稹罷相,出貶同州刺史。　謚:古代帝王、貴族、大臣、士大夫或其他有地位的人死後,據其生前業迹評定的帶有褒貶意義的稱號,亦指按上述情況評定這種稱號。《晉書·禮志》:"《五經通義》以爲有德則謚善,無德則謚惡,故雖君臣可同。"權德輿《贈梁國惠康公主挽歌詞二首》一:"鳳度簫聲遠,河低婺彩沈。夜臺留冊謚,悽愴即徽音。"

②　昔羽父爲無駭請謚於魯侯:事見《春秋左傳讞·隱公》:"(八年)冬十有二月,無駭卒。"葉夢得:"無駭卒,羽父請謚,與族,公問族於衆仲,衆仲對曰:'天子建德,因生以賜姓,胙之土而命之氏,諸侯以字爲謚,因以爲族官,有世功則有官族,邑亦如之,公命以字爲展氏。"羽父:王十朋《詠史詩·桓公》:"莬裘有意身將老,社圃無端釁已萌。篡魯由來因羽父,過齊爭奈遇彭生!"胡寅《左氏傳故事》:"隱公四年,宋公、陳侯、蔡人、衛人伐鄭。秋,翬帥師會宋公、陳侯、蔡人、衛人伐鄭。左氏曰:'諸侯伐鄭,宋公使來乞師,公辭之。羽父請以師會之,公弗許,固請而行,故書曰,翬帥師疾之也。"　無駭:柳宗元《故叔父殿中侍御史府君墓版文》:"柳氏之先,自黃帝歷周魯,其著者無駭,以字爲展氏、禽氏,以食采爲柳姓,厥後昌大,世家河東。"《五百家註柳

先生集·柳先生年譜》：“柳氏之先，自黄帝歷周，魯孝公子夷伯，展孫無駭，生禽，爲魯士師，謚曰惠，食采於柳下，遂姓柳氏。楚滅魯，仕楚，秦并天下，柳氏遷於河東。”　魯侯：吳筠《覽古十四首》七：“魯侯祈政術，尼父從棄捐。漢主思英才，賈生被排遷。”吳筠《高士詠·周豐》：“周豐貴隱耀，静默尊無名。魯侯詢政體，喻以治道精。”　衞君亦自稱公叔文子之迹：事見《禮記·檀弓》：“公叔文子卒，其子戍請謚於君，曰：‘日月有時，將葬矣！請所以易其名者。’君曰：‘昔者衞國凶饑，夫子爲粥與國之餓者，是不亦惠乎？昔者衞國有難，夫子以其死衞寡人，不亦貞乎？夫子聽衞國之政，修其班制，以與四鄰交，衞國之社稷不辱，不亦文乎？’故謂夫子貞惠文子。”　自稱：自我稱揚。《國語·周語》：“君子不自稱也，非以讓也，惡其蓋人也。”杜甫《飲中八仙歌》：“李白一斗詩百篇，長安市上酒家眠。天子呼來不上船，自稱臣是酒中仙。”　公叔文子：蔡邕《朱公叔謚議》：“按古之以子配謚者，魯之季文子、孟懿子，衞之孫文子、公叔文子，皆諸侯之臣也。”獨孤及《故左武衞大將軍持節隴右節度經略大使兼鴻臚卿御史中丞贈涼州都督太原郡開國公郭知運謚議》：“昔衞公叔文子卒將葬，其子戍請謚於君，曰：‘日月有時，將葬矣！請易其名者，蓋時不可踰也。’”迹：業績，事迹。《荀子·非十二子》：“聖王之迹著矣！”韓愈《潮州刺史謝上表》：“鋪張對天之閎休，揚厲無前之偉迹。”　考行：考察行爲事迹。張説《貞節君碑》：“神功元年十月乙丑，陽鴻卒於雩都縣。友人沛國朱敬則、清河孟乾祚、范陽盧禹等，哀鴻抱德没地，繼體未識，考行定謚，葬於舊域。”杜黄裳《東都留守顧公神道碑》：“乃命有司，葬日給鹵簿簫鼓，追贈尚書右僕射，飾終之義備矣！太常考行，謚曰敬。”　有司：官吏，古代設官分職，各有專司，故稱。魏徵《理獄聽諫疏》：“有司以此情疑之群吏，人主以此情疑之有司，是君臣上下，通相疑也，欲其盡忠立節難矣！”王志愔《應正論》：“《慎子》曰：‘以力役法者，百姓也；以死守法者，有司也；以道變法者，君上也。'" 賜謚：大臣死後，天子依其生前事迹評定褒貶給予稱號。《史記·秦本紀》："四十八年，文公太子卒，賜謚竫公。"《宋史·司馬光傳》："夏竦賜謚文正，光言：'此謚之至美者，竦何人，可以當之？'改文莊。" 君命：君王的命令，君王的使命。《孫子·九變》："城有所不攻，地有所不爭，君命有所不受。"梅堯臣《送李密學赴亳州》："譙郡君命重，苦縣祖風殊。"

③ "故致仕太子賓客"兩句：據《舊唐書·于頔傳》，于頔累遷，有"燕國公"的名號，"頔表求致仕，宰臣擬授太子少保，御筆改爲太子賓客"，故言。 致仕：辭去官職。《公羊傳·宣公元年》："退而致仕。"何休注："致仕，還禄位於君。"白居易《秦中吟十首·不致仕》："七十而致仕，禮法有明文。何乃貪榮者，斯言如不聞。" 太子賓客：《舊唐書·職官志》："太子賓客四員(正三品，古無此官，皇家顯慶元年春始置四員也)：掌侍從規諫，贊相禮儀。"李白《對酒憶賀監二首并序》："太子賓客賀公於長安紫極宮一見余，呼余爲謫仙人，因解金龜換酒爲樂。歿後對酒悵然有懷而作是詩。"其一："四明有狂客，風流賀季真。長安一相見，呼我謫仙人。"白居易《授太子賓客歸洛》："南省去拂衣，東都来掩扉。病將老齊至，心與身同歸。" 祗奉：敬奉。元稹《授杜元穎户部侍郎依前翰林學士制》："爾亦祗奉顧命，咨授舊章。輔厘哀憂，俾克依據。"李公佐《南柯太守傳》："生降階祗奉。" 三朝：指前後三代君主統治的時期。李德裕《離平泉馬上作》："十年紫殿掌洪鈞，出入三朝一品身。"李遠《贈寫御容李長史》："三朝供奉無人敵，始覺僧繇浪得名。" 横：横暴，放縱。《史記·吳王濞列傳》："鼂錯爲太子家令，得幸太子，數從容言吳過可削。數上書說孝文帝，文帝寬，不忍罰，以此吳日益横。"韓愈《鄆州溪堂詩序》："以武則忿以憾，以恩則横以肆。" 鎮：唐初所設鎮，爲方鎮之始，所置戍邊兵力較少，鎮將祗掌防戍守禦，品秩與縣令相等。中唐起，鎮之地位上升，權力增大，而内地亦相繼設

置,其長官爲節度使,掌一方軍政大權。白居易《和春深二十首》
四:"何處春深好?春深方鎮家……戎裝拜春設,左握寶刀斜。"羅
隱《亂後逢友人》:"生靈寇盜盡,方鎮改更貧。夢裏舊行處,眼前新
貴人。"　襄漢:即山南東道。張潮《襄陽行》:"昨見襄陽客,剩説襄
陽好。無盡襄漢水,峴山垂漢水。"項斯《漢南遇友人》:"此身西復
東,何計此相逢?夢盡吳越水,恨深襄漢鐘。"　便宜從事:謂可斟
酌情勢,不拘規制條文,不須請示,自行處理。《漢書·龔遂傳》:
"臣願丞相御史且無拘臣以文法,得一切便宜從事。"劉餗《隋唐嘉
話》卷上:"征遼之役,梁公留守西京,敕以'便宜從事,不請'。"　法
繩:以法律制裁。寶静《論顏利部眾不便處南河封事》:"臣聞夷狄
者,同夫禽獸,窮則搏噬,群則聚麀,不可以刑法繩,不可以仁義
教。"沈詢《授李景讓襄州節度使制》:"況荆衡舊服,江漢上游。天
作城池,地連襟帶。昔曹王以法繩封部,歲久則弊除;于頔以共束
征徭,人流而賦在。"　武毅:勇武剛毅。陸機《辯亡論》:"丁奉、離
斐以武毅稱。"韓愈《送汴州監軍俱文珍序》:"奮其武毅,張我皇
威。"　威克:威懾對方。吕温《三不欺先後論》:"西門豹當戰國之
際,而克修茂績,身爲紀律,言有典章,剛包其柔,威克厥愛,權之以
法制,董之以刑罰,火烈人望,霜清物心,是則責人不欺,而人固不
敢欺矣!"徐鉉《大唐故中散大夫檢校司徒使持節泰州諸軍事兼泰
州刺史御史大夫洛陽縣開國子賈宣公墓誌銘》:"修辭立誠,以匡王
國。言以文行,兵由威克。"

　　④　來朝:前來朝覲。《左傳·僖公十四年》:"夏,遇於防,而使來
朝。"張循之《送泉州李使君之任》:"執玉來朝遠,還珠入貢頻。"　降
心:平抑心氣。《左傳·僖公二十五年》:"天子降心以逆公,不亦可
乎?"《魏書·刑罰志》:"而長吏咸降心以待之,苟免而不耻,貪暴猶自
若也。"　"敬以事君"兩句:請參閲上面所引《舊唐書·于頔傳》"及憲
宗即位,威肅四方,頔稍戒懼……疏奏不報,竟謚爲'思'"一段歸朝以

後種種表現的史實。　事君：敬奉君王。張嘉貞《奉和早登太行山中言志應制》：“徯后逢今聖，登台謝曩賢。唯餘事君節，不讓古人先。”李白《贈孟浩然》：“醉月頻中聖，迷花不事君。高山安可仰？徒此揖清芬。”

　　⑤ 錫命：天子有所賜予的詔命。《易·師》：“王三錫命。”孔穎達疏：“三錫命者，以其有功，故王三加錫命。”張九齡《恩賜樂遊園宴應制》：“寶筵延錫命，供帳序群公。”　展親：謂重視親族的情分。《書·旅獒》：“分寶王于伯叔之國，時庸展親。”孔穎達疏：“言用寶以表誠心，使彼知王親愛之也。”《國語·魯語》：“古者分同姓以珍玉，展親也。”韋昭注：“展，重也。”　通敏：通達聰慧。《漢書·趙廣漢傳》：“趙廣漢字子都……以廉絜通敏下士爲名。”《南史·劉孝孫傳》：“博學通敏，而仕多不遂。”　追悔：猶後悔。《逸周書·諡法》：“追悔前過曰思。”如此看來，對于頓改諡爲“思”，也尚在合理的範圍之內。柳永《慢卷紬》：“到得如今，萬般追悔。”　過：過失，錯誤。《書·大禹謨》：“宥過無大，刑故無小。”《顏氏家訓·治家》：“笞怒廢於家，則豎子之過立見。”　執事：有職守之人，官員。張九齡《東封赦書》：“以故凡百執事，亟言大封，顧惟不德，初欲勿議。”蕭穎士《爲邵翼作上張兵部書》：“嗚呼！苟或拒之，士亦未易知也，試爲執事言之。”

［編年］

　　《年譜》編年：“《舊唐書·于頔傳》：‘（元和十三年）八月卒，贈太保，諡曰厲’。其子季友從獵苑中，訴於穆宗，賜諡曰思。右丞張正甫封敕請還本諡，右補闕高鉷上疏論之曰……臣風聞此事是徐泗節度使李愬奏請……太常博士王彥威又疏曰：……疏奏不報，竟諡爲思。’李愬於元和十五年九月戊午改昭義節度使，《制》當撰於九月戊午以前。”《編年箋注》、《年譜新編》的編年理由與編年意見與《年譜》同。

　　我們以爲，《年譜》、《編年箋注》、《年譜新編》的編年理由是站不住脚的。一、按照常理,謚議不會拖到兩個整年以後。故于頔的第一次謚議應該在憲宗朝,"謚曰厲"。《舊唐書·于頔傳》:"(于頔)十三年……八月卒,贈太保,謚曰厲。"二、確實,"李愬於元和十五年九月戊午改昭義節度使",也就是在其時離開,不再是"徐泗節度使"了,但其任職爲"徐泗節度使"却在元和十三年七月癸未之時,亦即十三年七月初一。《舊唐書·憲宗紀》:"(元和十三年)秋七月癸未,以新除鳳翔節度使李愬爲徐州刺史、武寧軍節度使。"因此以"李愬於元和十五年九月戊午改昭義節度使"這個理由來編年本文是靠不住的。而李愬赴任"徐州刺史、武寧軍節度使"之時,正是于頔病故的前一月。李愬對于頔謚議的建議,估計正在其時提出。但那是對于頔第一次議謚,與本文無關。文內注文"始太常謚頔曰'厲',後季友從穆宗獵苑中,求改父謚,會李愬亦爲之請,改賜今謚"云云,不符歷史的史實,應該不是元稹的原注文,而應該是馬元調所爲。三、《舊唐書·于頔傳》:"右補闕高鈇上疏論之曰:'……臣風聞此事是徐泗節度使李愬奏請。'"這不是指李愬對于頔改謚提出的"奏請",而是李愬對于頔第一次議謚提出的建議。《舊唐書·高鈇傳》就是明證:"高鈇,字翹之……元和初,進士及第,判入等,補秘書省校書郎,累遷至右補闕,充史館修撰。十四年上疏,請不以內官爲京西北和糴使。十五年,轉起居郎,依前充職。"請讀者注意,高鈇任職"右補闕"在元和十四年及以前,至"十五年",高鈇已經是"起居郎"了。《舊唐書·于頔傳》、《新唐書·于頔傳》顯然是將憲宗朝對于頔的第一次謚議與穆宗朝對于頔的改謚混爲一談,《年譜》、《編年箋注》、《年譜新編》不加辨別,誤導讀者,很不應該。至於李愬的奏請內容,今天已經不得而知,但肯定不是"厲",也不是"思",《英華》卷八四一王彥威《贈太保于頔謚議》末尾有注文"敕賜謚曰忠"五字,疑即是李愬奏請的內容。建議于頔謚爲"忠",確實很不適合,故高鈇提出強烈的反對意見,也就不難想像。四、據《舊唐書·于頔傳》,于頔"第四子季友求尚主,憲宗以長女永昌公主降焉",據此,于季友應該是唐穆宗的姐夫或妹夫,故他能够與唐穆宗"從獵苑中,訴於穆宗,賜謐曰思"。而一般"獵狩"都在冬季進行,如《晏子春秋·諫》:"春夏起役且遊獵,奪民農時,國家空虛,不可。"《史記·鄭世家》:"冬十月辛卯,渠彌與昭公出獵,射殺昭公於野。"司馬相如《上林賦》:"於是乎背秋涉冬,天子校獵。"《漢書·揚雄傳》:"其十二月羽獵,雄從。"杜甫《冬狩行》:"君不見東川節度兵馬雄,校獵亦似觀成功。"《新唐書·突厥傳》:"是歲大雪,羊馬多凍死,人飢,懼王師乘其弊,即引兵入朔州地,聲言會獵。"估計于季友請求改諡應該就在元和十五年的冬天。而元稹在禁中起草制誥之事起元和十五年二月五日,至長慶元年十月十九日。據此,本文無疑應該作於元和十五年的冬天,地點在長安,元稹時任祠部郎中知制誥之職。

◎ 唐慶可守萬年縣令制^{(一)①}

　　敕:朝議郎、守尚書比部郎中、賜緋魚袋唐慶:輦轂之下,豪黠僄輕。擾之則獄市不容,緩之則囊橐相聚②。是以前代惟京令,得與御史丞分進道路,以其捕逐之急也③。

　　執事言爾慶頃榷束池鹵^(二),生息倍稱。布露飴散於籬落之間^(三),而盜賊終不敢近^{(四)④}。推是爲理,真吾所求之劇令也。無或畏避,以艱悍螯。可守萬年縣令,餘如故⑤。

録自《元氏長慶集》卷四七

[校記]

　　(一)唐慶可守萬年縣令制:楊本、叢刊本作"唐慶萬年縣令",盧校作"唐慶授萬年縣令",《英華》、《文章辨體彙選》、《陝西通志》、《全文》作"授唐慶萬年縣令制",各備一説,不改。

（二）執事言爾慶頃椎束池鹵：原本作"執事言爾慶椎束池鹵"，楊本、叢刊本、《全文》同，據《英華》、《文章辨體彙選》、《陝西通志》補。

（三）布露飴散於籬落之間：楊本、叢刊本作"布露飴散於羅落之間"，《英華》、《文章辨體彙選》、《陝西通志》、《全文》作"布露飴散於羅落之間"，各備一説，不改。

（四）而盜賊終不敢近：楊本、叢刊本、《陝西通志》、《全文》同，《英華》、《文章辨體彙選》作"而盜賊終不敢進"，各備一説，不改。

［箋注］

① 唐慶：兩《唐書》無傳，但在《新唐書·蔣乂傳》中曾提及："（蔣）乂……初名武，憲宗時因進見，請曰：'陛下今日偃武修文，群臣當順承上意，請改名乂！'帝悦。時討王承宗兵方罷，乂恐天子鋭於武，亦因以諷。它日，帝見侍御史唐武，曰：'命名固多，何必曰武？乂既改之矣！更曰慶！'群臣乃知帝且厭兵云。"又李桓《流唐慶崖州敕》："唐慶入己贓盈五千貫，據罪定刑，實難全宥。但以惟新之日，政務從寬。要示含容，俾從流竄。宜除名，長流崖州。"據此，唐慶初名唐武，曾任職侍御史，移任萬年縣令不久，即因贓罪"長流崖州"。唐慶另有《重修唐太宗廟碑銘》傳世。　　可：謂批准任命。元稹《册文武孝德皇帝赦文》："於戲！溢美之名，既不克讓；及物之澤，又何愛焉！可大赦天下。"元稹《授劉總守司徒兼侍中天平軍節度使制》："可守司徒，兼侍中，使持節鄆州諸軍事，守鄆州刺史，充天平軍節度、鄆曹濮等州觀察處置等使，散官、勛、封如故，主者施行。"　　守：猶攝，暫時署理職務，多指官階低而署理較高的官職。《後漢書·王允傳》："初平元年，代楊彪爲司徒，守尚書令如故。"高承《事物紀原·守官》："漢有守令守郡尉，以秩未當得而越授之，故曰守，猶今權也。則官之有守，自漢始也……《通典》曰：試，未正命也，階高官卑稱行，階卑官高稱守。"　　萬年縣：京兆府二十三屬縣之一，縣治在長安城内。《元和郡

縣志·京兆府》："萬年縣,本漢舊縣,屬馮翊,在今櫟陽縣東北三十五里。周明帝二年分長安霸城山北等三縣,始于長安城中置萬年縣。隋開皇三年遷都,改爲大興縣,理宣陽坊。武德元年復爲萬年,乾封元年分置明堂縣,理永樂坊。長安三年廢,天寶七年改爲咸寧,乾元元年復名萬年縣。"王維《故右豹韜衛長史賜丹州刺史任君神道碑》："君諱某,字某……後有官於京兆者,子孫因家焉!今爲萬年縣人也。"姚合《萬年縣中雨夜會宿寄皇甫甸》："縣齋還寂寞,夕雨洗蒼苔。清氣燈微潤,寒聲竹共來。"

　　② 輦轂:皇帝的車輿,代指京城。《三國志·楊俊傳》："今境守清靜,無所展其智能,宜還本朝,宣力輦轂,熙帝之載。"陶穀《清異録·白雪姑》："余在輦轂,至大街,見揭小榜曰:虞大博宅失去猫兒,色白,小名'白雪姑'。"　豪黠:指强暴狡猾的人。元稹《授裴注等侍御史制》："當僧孺慎揀之初,遇朝廷渴用之日,又安可回惑顧慮於豪黠,而姑以揖讓步趨之際爲塞責乎?"《新唐書·韓滉傳》："此輩皆鄉縣豪黠,不如殺之。"　儇輕:敏捷輕浮。《漢書·谷永傳》："崇聚儇輕無義小人,以爲私客。"顔師古注:"儇,疾也。"元稹《齊昗饒州刺史王堪澧州刺史制》："而鄱陽有鎔銀摘茗之利,俗用儇輕,政無刑威,盜賊多有。"　獄市:指獄訟以及市集交易。《史記·曹相國世家》："惠帝二年,蕭何卒……使者果召參。參去,屬其後相曰:'以齊獄市爲寄,慎勿擾也!'後相曰:'治無大於此者乎?'參曰:'不然。夫獄市者,所以並容也,今君擾之,奸人安所容也?吾是以先之。'"朱翌《猗覺寮雜記》卷下:"獄也,市也,二事也。獄如教唆詞訟,資給盜賊;市如用私斗秤欺謾變易之類,皆奸人圖利之所。若窮治則事必枝蔓,此等無所容,必爲亂,非省事之術也。"　囊橐:猶勾結。陸贄《平朱泚後車駕還京大赦制》："貪吏猾胥,誘爲囊橐。啓奸隳業,爲害尤深。"權德輿《金紫光禄大夫司農卿邠州長史李公墓誌銘》："盜有陳莊、陳五奢者,是焉囊橐,攻剽相因。"　相聚:集合,彼此聚會。《史記·李斯列傳》："今怠而不急就,諸侯復强,相聚約從,雖有黃

帝之賢，不能並也。"蘇軾《夜泊牛口》："居民偶相聚，三四依古柳。"

③ 是以：連詞，因此，所以。鄭絪《册皇太子赦詔》："古之所以教太子，必茂選師友以輔翼之，俾法於訓詞，而行其典禮，左右前後罔非正人，是以教諭而成德也。"柳宗元《衡山中院大律師塔銘》："是以建功之始，則震雷大風示其兆；滅迹之際，則隕星黑告其期。"　前代：以前的朝代。張衡《西京賦》："有憑虛公子者，心奓體忲，雅好博古，學乎舊史氏，是以多識前代之載。"《宋書·樂志》："秦、漢闕采詩之官，哥詠多因前代，與時事既不相應，且無以垂示後昆。"　京令：京畿之縣令。崔融《對京令問喘牛判》："徵洛陽之故事，行馬先知；採漢相之遺塵，停車有問。"康廷芝《對京令問喘牛判》："材非玉鉉，顧牛喘而多懷；任縉銅章，睹人亡而不問；既昧爲邦之術，徒興體國之心。"　得與御史丞分進道路：古代官吏相逢於道，官卑者必須向位尊者施禮讓道，祇有擔負捕捉任務的京畿令可以例外，逕自分道直行。　御史丞：亦即"御史中丞"，官名，漢以御史中丞爲御史大夫的助理，外督部刺史，内領侍御史，受公卿章奏，糾察百僚，其權頗重。東漢以後不設御史大夫時，即以御史中丞爲御史之長。北魏一度改稱御史中尉。唐宋雖復置御史大夫，亦往往缺位，即以中丞代行其職。蘇頲《同餞陽將軍兼源州都督御史中丞》："右地接龜沙，中朝任虎牙。然明方改俗，去病不爲家。"盧虔《御史中丞晉州刺史高公神道碑》："公諱武光，字叔良，其先渤海人也。"　捕逐：義近"捕治"，逮捕治罪。《史記·酷吏列傳》："後爲執金吾，逐盜，捕治桑弘羊、衛皇后昆弟子刻深，天子以爲盡力無私，遷爲御史大夫。"義近"捕捉"，緝捕，捉拿。《隋書·厙狄士文傳》："士文聞之，令人捕捉，搤捶盈前，而哭者彌甚。"

④ 執事：有職守之人，官員。《書·盤庚》："嗚呼！邦伯師長百執事之人，尚有隱哉！"孔穎達疏："其百執事謂大夫以下，諸有職事之官皆是也。"元稹《范季睦授尚書倉部員外郎制》："新熟之時，豈宜無備？乃詔執事，聿求其才。乘我有秋，大實倉廩。"　榷束：專管，專

賣。杜牧《李鄠除檢校刑部員外郎充鹽鐵嶺南留後制》:"而鹽鐵榷束之籍,延袤萬里,若當其才,非唯山澤之饒歸於公上,亦得以遠人利病聞於朝廷。" 鹵:鹽鹹地。《漢書・溝洫志》:"木皆立枯,鹵不生穀。"杜甫《鹽井》:"鹵中草木白,青者官鹽烟。" 生息:生殖蕃息。許孟容《裴公神道碑銘》:"地配天而萬有生息,賢合聖而百常順序。"韓愈《潮州刺史謝上表》:"天戈所麾,莫不寧順。大宇之下,生息理極。" 布露:公佈,揭示,揭露。《三國志・先主甘后傳》:"臣請太尉告宗廟,布露天下,具禮儀別奏。"柳宗元《時令論》:"今子發而揚之,使前人之奧秘布露顯明,則後之人而又何憚耶!" 飴散:飴鹽和散鹽,亦泛指鹽。劉禹錫《唐故朝散大夫崔公神道碑》:"抵京師,授檢校户部郎中兼侍御史,斡池鹽于蒲,修牢盆,謹衡石,煎和既精,飴散乃盈。"飴鹽是一種帶甜味的岩鹽。《周禮・天官・鹽人》:"王之膳羞共飴鹽。"鄭玄注:"飴鹽:鹽之恬者,今戎鹽有焉!"賈公彥疏:"即石鹽是也。"孫詒讓正義:"鹽味甘者,亦謂之飴鹽……恬即甜字。"《隋書・食貨志》:"掌鹽掌四鹽之政令。一曰散鹽,煮海以成之;二曰鹽鹽,引池以化之;三曰形鹽,物地以出之;四曰飴鹽,於戎以取之。"散鹽是末鹽,一種用海水煮成的粉狀鹽。《周禮・天官・鹽人》:"祭祀,共其苦鹽、散鹽。"鄭玄注:"散鹽,煮水爲鹽。"賈公彥疏:"散鹽,煮水爲之,出於東海。"《宋史・食貨志》:"鹽之類有二:引池而成者,曰顆鹽,《周官》所謂鹽鹽也;煮海、煮井、煮鹹而成者,曰末鹽,《周官》所謂散鹽也。" 籬落:即籬笆。葛洪《抱朴子自叙》:"貧無僮僕,籬落頓決。荆棘叢於庭宇,蓬莠塞乎階霤。"柳宗元《田家三首》二:"籬落隔烟火,農談四鄰夕。"盜賊:劫奪和偷竊財物的人。《周禮・天官・小宰》:"五曰刑職,以詰邦國,以糾萬民,以除盜賊。"《荀子・君道》:"禁盜賊,除奸邪。"楊倞注:"盜賊通名,分而言之,則私竊謂之盜,劫殺謂之賊。"

⑤ 劇令:政務繁重的縣份的縣令。《後漢書・伏恭傳》:"建武四年,除劇令,視事十三年,以惠政公廉聞。"《通志・任峻傳》:"自渙卒

後,連詔三公特選洛陽令,皆不稱職。永和中,以劇令渤海任峻補之。""劇"即"劇地"。權德輿《送建州趙使君序》:"是邦爲東閩劇地,故相安平穆公嘗理焉!"蘇舜欽《答范資政書》:"況某性疏且拙……苟致之劇地,責其功績,徒自勞困,而無補於時也。"　畏避:因畏懼而躲避。《漢書·嚴延年傳》:"大姓西高氏、東高氏,自郡吏以下皆畏避之,莫敢與忤。"《舊唐書·王求禮傳》:"〔求禮〕性忠謇敢言,每上封彈事,無所畏避。"　惸嫠:無兄弟與無丈夫的人,亦泛指孤苦無依的人。岑參《過梁州奉贈張尚書大夫公》:"百堵創里閭,千家恤惸嫠。"王禹偁《謫居感事》:"萬家呼父母,百里撫惸嫠。"

［編年］

　　《年譜》編年本文於"庚子至辛丑所作其他制誥"欄內,《編年箋注》引録《流唐慶崖州敕》之後認爲:"此《制》宜撰於元和十五年(八二〇)。"《年譜新編》也引録《流唐慶崖州敕》之後認爲:"既曰'維新',當指穆宗即位不久,故敕當作於元和十五年,制作於敕之前。"

　　我們的編年意見與此不同,理由是:一、所謂"維新",謂乃始更新。《诗·大雅·文王》:"周雖舊邦,其命維新。"毛传:"乃新在文王也。"陳奐傳疏:"維,猶乃也;維新,乃新也……言周至文王而始新之。"後因稱改變舊法推行新政爲維新。《後漢書·楊彪傳》:"耄年被病,豈可贊維新之朝?"《舊五代史·蘇循傳》:"彼專賣國以取利,不可立維新之朝。"黃遵憲《流求歌》:"一旦維新時勢異,二百餘蕃齊改制。"李桓《流唐慶崖州敕》中的"維新",應該指唐穆宗長慶元年的改元慶典,故有"但以惟新之日,政務從寬"之言,說明唐慶"流竄"、"除名"、"長流崖州"應該在長慶元年初,而唐慶任職萬年縣令應該在元和十五年。二、本文:"慶頃榷束池鹵。"而所言的"池鹵",究竟在何處? 據《元和郡縣志》,安邑縣境內有銀谷與鹽池,爲李唐重要的經濟地區之一。正因爲如此,唐慶才能有"入己贓盈五千貫"之可能,釀成了後來的"長流崖州"。三、元稹有《王沂可河南府永寧縣令范傳規可陝州安邑縣令制》文,我們編年范傳規任職陝州安邑縣令在元和十五年三月四月間,唐慶任職萬年縣令應該是范傳規的後任,此前曾從安邑縣令轉任"守尚書比部郎中",大約於年底再轉任萬年縣令,與本文對唐慶前後任的稱謂相合。四、唐慶任職安邑縣令,給當局的印象非常不錯:"頃榷束池鹵,生息倍稱。布露飴散於籬落之間,而盜賊終不敢近。"故而能够轉任"朝議郎、守尚書比部郎中、賜緋魚袋"。但爲時不久,安邑縣令任內貪贓事發,唐慶安邑縣令的"政績"成了名副其實的肥皂泡,萬年縣令自然無法再任,最終唐慶於長慶元年年初"長流崖州"。據此,本文應該撰作於元和十五年之暮冬,撰文地點在長安,元稹時任祠部郎中、知制誥臣。

◎ 高端等授官制^{(一)①}

敕:高端等:《周官》:"歲終則稽其醫事,以制其食。"斯亦賞勞之意也^{(二)②}。

爾等皆執藝術,待詔公車,和六飲六膳以會其時^(三),察五色五聲以知其變^{(四)③}。朕嘗因苦口,必念沃心。每思藥石之臣,咸聽肺肝之語^{(五)④}。凡百多士,無以美疢愛予。因爾厥官,用警有位^⑤。

録自《元氏長慶集》卷四九

[校記]

(一) 高端等授官制:《全文》同,楊本、盧校、叢刊本作"高端婺州長史",各備一説,不改。

(二) 斯亦賞勞之意也:《全文》作"斯亦賞勞之典也",楊本、叢刊本作“斯亦賞勞之□也”，各備一説，不改。

（三）和六飲六膳以會其時：楊本、叢刊本、《全文》同，盧校作“和六飲六膳以會其宜”，各備一説，不改。

（四）察五色五聲以知其變：叢刊本、《全文》同，楊本作“察五□五聲以知其變”，各備一説，不改。

（五）咸聽肺肝之語：叢刊本、《全文》同，楊本作“咸□肺肝之語”，各備一説，不改。

［箋注］

① 高端：兩《唐書》無傳，也不見其他史籍記載，除本文外，僅《湖廣通志·職官志》有“高端，鄂岳觀察使”的記載，不見《唐方鎮年表》、《唐刺史考》採録，不知是否確實，本文之“高端”是否與大和、開成年間任職武昌軍節度使的高重、高鍇相混淆，僅録以備考。　授官：授予官職。岑參《初授官題高冠草堂》：“三十始一命，宦情多欲闌。自憐無舊業，不敢恥微官。”白居易《和元少尹新授官》：“官穩身應泰，春風信馬行。縱忙無苦事，雖病有心情。”

② 周官：書名，又稱《周官經》、《周禮》，《四庫全書·三禮義疏序》：“漢唐以來箋疏訓釋，無慮數十家。”如王安石《周官新義》、易袚《周官總義》、毛應龍《周官集傳》、方苞《周官集注》、沈彤《周官禄田考》等，後人疑其僞託。　“歲終則稽其醫事”兩句：此爲《周禮·天官·醫師》中的兩句，賈公彦疏：“釋曰：言歲終者，謂至周歲之終云。則稽其醫事者，謂疾醫等歲始已來治病，有愈有不愈，並有案記。今歲終總考計之，故言稽其醫事云。以制其食者，據所治愈不愈之狀，而制其食禄爲五等之差云。十全爲上者，謂治十還得十，制之上等之食……”　歲終：一年到頭，年終。盧綸《送陳明府赴萍縣》：“祠掩荒山下，田開野荻中。歲終書善績，應與古碑同。”杜甫《登舟將適漢陽》：“中原戎馬盛，遠道素書稀。塞雁與時集，檣烏終歲飛。”稽：考

核,查考。《易·繫辭》:"於稽其類。"孔穎達疏:"稽,考也。"《漢書·司馬遷傳》:"網羅天下放失舊聞,考之行事,稽其成敗興衰之理。"

醫事:醫務事宜。蘇頌《翰林醫官守少府監主簿陳易簡翰林醫官守勤州富林縣主簿秦宗古可並守殿中省尚藥奉御依前充翰林醫官》:"敕:具官某:《周官》:醫師有上士、中士之秩,每歲稽其醫事,而制其祿食,所以校能否而疇勤勞也。"沈遘《尚藥奉御直醫官院柏仲宣可醫官副使》:"敕:某:《周禮》:醫師掌醫之政令,歲終則稽其醫事,以制其食。"

賞勞:獎賞犒勞。《後漢書·丁鴻傳》:"世祖略地潁陽,潁陽城守不下,綝說其宰,遂與俱降,世祖大喜,厚加賞勞。"沈亞之《賢良方正能直言極諫策》:"陛下見西制戎,北制虜,壁壘之勢,盤連交錯,兵甲之多,賞勞之厚,以爲戎虜知畏,此而不敢犯塞。"

③藝術:亦作"蓺術",泛指六藝以及術數方技等各種技術技能。《後漢書·伏湛傳》:"永和元年,詔無忌與議郎黃景校定中書五經、諸子百家、蓺術。"李賢注:"蓺謂書、數、射、御,術謂醫、方、卜、筮。"孫奕《履齋示兒編·史體因革》:"後漢爲方術,魏爲方伎,晉藝術焉!" 待詔:等待詔命。《文選·揚雄〈甘泉賦〉序》:"孝成帝時,客有薦雄文似相如者……召雄待詔承明之庭。"張銑注:"待詔,待天子命也。"王績《晚年敘志示翟處士》:"明經思待詔,學劍覓封侯。" 公車:官車。《周禮·春官·巾車》:"巾車掌公車之政令。"鄭玄注:"公,猶官也。"《後漢書·霍諝傳》:"服闋,公車徵,再遷北海相,入爲尚書僕射。"元結《忝官引》:"公車詣魏闕,天子垂清問。" 六飲:古天子的六種飲料。《周禮·天官·漿人》:"掌共王之六飲:水、漿、醴、涼、醫、酏,入於酒府。"沈約《介雅三曲》三:"百味既含馨,六飲莫能尚。" 六膳:六種肉類膳食品。《周禮·天宮·食醫》:"掌和王之六食、六飲、六膳、百羞、百醬、八珍之齊……凡會膳食之宜,牛宜稌,羊宜黍,豕宜稷,犬宜粱、雁宜麥、魚宜苽。"據此,"六膳"乃牛、羊、豕、犬、雁、魚。又,《周禮·天官·膳夫》:"凡王之饋,食用六穀,膳用六牲。"鄭玄注:"六牲,

馬、牛、羊、豕、犬、雞也。"說與《周禮》稍異。沈佺期《嵩山石淙侍宴應
制》:"仙人六膳調神鼎,玉女三漿捧帝壺。"常袞《謝賜鹿狀》:"將備御
庖,獻兹鮮獸。宜供六膳,以副八珍。"　五色:中醫指五臟反映在面
部的五種氣色,據以診斷疾病。《史記·扁鵲倉公列傳》:"〔公乘陽
慶〕更悉以禁方予之(倉公),傳黃帝、扁鵲之脈書,五色診病,知人死
生,決嫌疑,定可治。"張守節正義引《八十一難》:"五藏有色,皆見於
面,亦當與寸口尺內相應也。"《醫宗金鑒·察色》:"欲識小兒百病原,
先從面部色詳觀,五部五色應五臟,誠中形外理昭然。"注:"五色者:
青爲肝色,赤爲心色,黃爲脾色,白爲肺色,黑爲腎色也。"　五聲:病
人的五種聲音,中醫藉以診察病情,即呼、笑、歌、哭(或爲悲)和呻。
《周禮·天官·疾醫》:"以五氣、五聲、五色眡其死生。"孫詒讓正義:
"《素問·陰陽應象大論》云:'木藏爲肝,在音爲角,在聲爲呼。火在
藏爲心,在音爲徵,在聲爲笑。土在藏爲脾,在音爲宮,在聲爲歌。金
在藏爲肺,在音爲商,在聲爲哭。水在藏爲腎,在音爲羽,在聲爲呻。'
彼五音即此經五聲也。"《醫宗金鑒·四診總括》:"診兒之法聽五
聲……心病聲急多言笑,肺病聲悲音不清,肝病聲呼多狂叫,脾病聲
歌音顫輕,腎病聲呻長且細。"

　　④ 苦口:味苦難嘗。《史記·留侯世家》:"忠言逆耳利於行,毒
藥苦口利於病。"元稹《爲令狐相國謝賜金石淩紅雪狀》:"念臣有丹赤
之愚,故賜臣以洗心之物;察臣有木訥之性,故賜臣以苦口之滋。"
沃心:謂使內心受啓發,舊多指以治國之道開導帝王。語出《書·説
命》:"啓乃心,沃朕心。"孔穎達疏:"當開汝心所有,以灌沃我心,欲令
以彼所見教己未知故也。"《梁書·武帝紀》:"治道不明,政用多僻,百
辟無沃心之言,四聰闕飛耳之聽。"　藥石:藥劑和砭石,泛指藥物。
《列子·楊朱》:"及其病也,無藥石之儲;及其死也,無瘞埋之資。"曹
髦《傷魂賦》:"岐鵲騁技而弗救,豈藥石之能追。"　肺肝:比喻內心。
《禮記·大學》:"人之視己如見其肺肝然。"《新唐書·袁滋傳》:"性寬

易,與之接者,皆謂可見肺肝。"

⑤ 多士:古指衆多的賢士,也指百官。盧照鄰《同崔少監作雙槿樹賦》:"雖云聖朝多士,而公實居之;草澤有人,亦國家之美事也。"張説《洛州張司馬集序》:"公增繁榮葉,桂林之一枝;彌廣源流,荆江之九派:宗門多士,斯爲盛與!" 美疢:《左傳·襄公二十三年》:"季孫之愛我,疾疢也;孟孫之惡我,藥石也。美疢不如惡石,夫石,猶生我;疢之美,其毒滋多。"後把溺愛、姑息稱爲"美疢",疢,即病。王褒《皇太子箴》:"美疢甘言,鮮不爲累。" 厥:代詞,其,表示領屬關係。《書·伊訓》:"古有夏先後方懋厥德,罔有天災。"韓愈《祭柳子厚文》:"遍告諸友,以寄厥子。不鄙謂余,亦托以死。" 警:警告,告誡。《左傳·莊公三十一年》:"凡諸侯有四夷之功,則獻于王,王以警於夷。"杜預注:"以警懼夷狄。"陸德明釋文:"警,戒懼也。"韓愈《圬者王承福傳》:"又其言有可以警余者,故余爲之傳而自鑒焉!" 有位:居官。《書·微子》:"乃罔畏畏,咈其耇長,舊有位人。"孔穎達疏:"違戾其耇老之長與舊有爵位致仕之賢人。"蘇舜欽《應制科上省使葉道卿書》:"然有位之德望重輕,亦因收士多少而後定。"

[編年]

《年譜》、《年譜新編》編年:"《制》有'《周官》"歲終則稽其醫事,以制其食,斯亦賞勞之典也"'等語,元和十五年歲末撰。"《編年箋注》編年:"此《制》引《周官》'歲終則稽其醫事,以制其食'之語,疑此《制》撰於元和十五年(八二〇)歲末。"

我們以爲,《年譜》、《編年箋注》、《年譜新編》的編年意見可以採納,但編年理由没有説清:一、元稹擔任膳部員外郎試知制誥、祠部郎中知制誥與中書舍人翰林承旨學士之職,亦即參與知制誥工作,起自元和十五年二月五日,止於長慶元年十月十九日。二、而本文有"歲終則稽其醫事,以制其食"之語。三、結合兩條資料,元稹撰寫制誥之

"歲終",祇能是元和十五年之"歲終",地點自然在長安,元稹時任祠部郎中、知制誥之職。

◎ 王迪貶永州司馬制^{(一)①}

敕:王迪爲吏不廉,受賄六十餘萬^(二)。據其贓罪,合寘重條^②。言事者以爲伐蔡之時^(三),陷其家屬。適遭蜂蠆,並爲鯨鯢^③。

尚念爾于兹^(四),當從末減。議遷郡佐^(五),無忘悛心^④。可守永州司馬,員外置同正員,仍所在驛發遣^⑤。

録自《元氏長慶集》卷四九

[校記]

(一)王迪貶永州司馬制:《全文》同,楊本、盧校、叢刊本作"王迪貶永州司馬",各備一説,不改。

(二)受賄六十餘萬:楊本、叢刊本同,《全文》作"受賄六千餘萬",各備一説,不改。

(三)言事者以爲伐蔡之時:原本作"言者以爲伐蔡之時",叢刊本作"言□□以爲伐蔡之時",據楊本、盧校、《全文》改。

(四)尚念爾于兹:叢刊本、《全文》同,楊本作"尚念爾□兹",不從不改。

(五)議遷郡佐:楊本、叢刊本、《全文》同,盧校作"儀同郡佐",各備一説,不改。

[箋注]

① 王迪:錢起《題秘書王迪城北池亭》:"子喬來魏闕,明主賜衣

簪。從宦辭人事，同塵即道心。還追大隱迹，寄此鳳城陰。昨夜新烟雨，池臺清且深。伏泉通粉壁，迸笋出花林。晚沐常多暇，春醪時獨斟。西南漢宮月，復對綠窗吟。”《北夢瑣言·王迪車轢事》：“王迪舍人早負才業，未卜騫翔。一日，謁宰相杜太尉於宅門。十字通衢，街路稍狹，有二牛車東西交至，迪馬夾在其間。馬驚仆而卧，爲車轍轢，靴鼻蹁寸而不傷脚指。三日後入拜翰林，雖幸而免，亦神助也。”《太平廣記·王迪》“唐貞元十四年春三月，壽州隨軍王迪家井忽然沸溢，十日又竭見井底，有聲如嬰兒之聲。至四月。兄弟二人盲，又一人死，家事狼狽之應驗（出《祥異雜驗》）。”以上三條資料，是否與本文之王迪爲同一人，待考，今僅録以備考。　永州：州郡名，州治地當今湖南零陵。《元和郡縣志·永州》：“秦屬長沙郡，漢爲長沙國，武帝分置零陵郡，領縣十。至宋，封晉恭帝爲零陵王。隋文帝開皇九年平陳，置永州，因水爲名。大業三年，復爲零陵郡。四年，又置永州。《史記》‘舜葬九疑’，即此地也……管縣四：零陵、祁陽、湘源、灌陽。”盧綸《送從叔牧永州》：“五侯軒盖行何疾？零陵太守登車日。零陵太守泪盈巾，此日長安方欲春。”鄭史《永州送侄歸宜春》：“宋玉正秋悲，那堪更别離？從來襟上泪，盡作鬢邊絲。”　司馬：唐制，節度使屬僚有行軍司馬，又於每州置司馬，以安排貶謫或閑散的人。賈島《送陝府王建司馬》：“司馬雖然聽曉鐘，尚猶高枕恣疏慵。請詩僧過三門水，賣藥人歸五老峰。”貫休《送薛侍郎貶峽州司馬》：“得罪唯驚恩未酬，夷陵山水稱閑遊。人如八凱須當國，猨到三聲不用愁。”

②不廉：不廉潔，貪得。《史記·樗里子甘茂列傳》：“〔史舉〕以苟賤不廉聞於世，甘茂事之順焉！”獨孤及《唐故睢陽太守贈秘書監李公神道碑銘》：“吏或不廉不恪，不惠不迪，糾之詰之，必誠必信。”　受賕：接受賄賂。陸贄《請許臺省長官舉薦屬吏狀》：“臣請陛下當使所言之人，詳陳所犯之狀，某人受賕，某舉有情，陛下然後以事質於臣，

臣復以事質於舉主。"王□《誡節論》:"或受賄賣主,奉越以事吳;或首鼠兩端,觀成而望敗。"　臟罪:指貪污受賄罪。《南齊書·蕭惠基傳》:"典籤何益孫臟罪百萬,棄市,惠朗坐免官。"元稹《西州院》:"文案牀席滿,卷舒臟罪名。"　重條:指重罪的律條。魏徵《理獄聽諫疏》:"今乃曲求小節,或重其罪,使人攻擊,惟恨不深。事無重條,求之法外,所加十有六七。"范延光《請捕盜用重法奏》:"今後捕盜,權行重條,俾其知懼,易爲禁止。"

③ 言事:古代專指向君王進諫或議論政事。《荀子·大略》:"孟子三見宣王,不言事。"韓愈《送王秀才序》:"建中初,天子嗣位,有意貞觀、開元之丕績,在廷之臣爭言事。"　伐蔡:指元和後期李唐朝廷平定淮西叛亂之事。韓愈《平淮西碑》:"始議伐蔡,卿士莫隨。既伐四年,小大並疑。"柳宗元《故試大理評事裴君墓誌》:"當伐蔡及鄆州,嘗爲軍首,贊佐有勞。"　家屬:户主本人以外的家庭成員。《南史·王懿傳》:"及兄叡同起義兵,與慕容垂戰敗,仲德被重創走,與家屬相失。"蘇軾《天石硯銘跋》:"元豐二年秋七月,予得罪下獄,家屬流離,書籍散亂。"　蜂蠆:比喻惡人或敵人。《文心雕龍·檄移》:"摧壓鯨鯢,抵落蜂蠆。"元稹《授李愿檢校司空宣武軍節度使制》:"一戰而蜂蠆盡殲,不時而梟獍就戮。"　鯨鯢:比喻無辜被殺之人。李陵《答蘇武書》:"妻子無辜,並爲鯨鯢。"白居易《贈僕射蘇兆男三人妻兄一人並被蔡州誅戮各贈太子贊善大夫等制》:"故某官男等:淮寇之起,爾陷其中。能守父訓,不失臣節。竟遇蜂蠆,並爲鯨鯢。"

④ 末減:謂從輕論罪或減刑。《左傳·昭公十四年》:"〔叔向〕三數叔魚之惡,不爲末減。"杜預注:"末,薄也;減,輕也。"陸游《南唐書·後主紀》:"論決死刑,多從末減。"　遷:貶謫,降職。《漢書·王尊傳》:"有詔左遷尊爲高陵令,數月,以病免。"柳宗元《哭連州凌員外司馬》:"出守烏江滸,老遷湟水湄。"舊注:"準由和州降連州司馬。湟

水,連州也。" 郡佐:郡丞,郡守的佐貳。常建《潭州留別》:"賢達不相識,偶然交已深。宿帆謁郡佐,悵別依禪林。"王叔邕《彈崔位狀》:"別駕崔位,緣自憲官,除此郡佐,心懷怨望。" 悛心:悔改之心。《書·泰誓》:"惟受罔有悛心,乃夷居弗事上帝神祇,遺厥先宗廟弗祀。"孔穎達疏:"言紂縱惡無悔改之心。"《宋書·王僧達傳》:"僧達屢經狂逆,上以其終無悛心,因高闍事陷之。"

⑤ 守:多指官階低而署理較高的官職。李嶠《授於惟謙給事中制》:"文昌右司郎中于惟謙……可朝請大夫守給事中。"高承《事物紀原·守官》:"《通典》曰:……階卑官高稱守。" 員外:官名,正員編制以外的郎官,唐以後,各部都有員外郎位在郎中之次。盧象《贈張均員外》:"公門世緒昌,才子冠裴王。出自平津邸,還爲吏部郎。"王維《同崔員外秋宵寓直》:"建禮高秋夜,承明候曉過。九門寒漏徹,萬井曙鐘多。" 正員:正式編制内的人員。張鷟《朝野僉載》卷一:"選司考練,總是假手冒名。勢家囑請手不把筆,即送東司;眼不識文,被舉南舘;正員不足,權補試攝。"《新五代史·豆盧革傳》:"責授革費州司户參軍,(韋)説夷州司户參軍,皆員外置同正員。" 發遣:打發,使離去。《東觀漢記·張歆傳》:"有報父仇賊自出,歆召囚詣閣,曰:'欲自受其辭。'既入,解械飲食之,便發遣,遂棄官亡命。"《後漢書·蔡邕傳》:"桓帝時,中常侍徐璜、左悺等五侯擅恣,聞邕善鼓琴,遂白天子,敕陳留太守督促發遣。"

[編年]

《年譜》《年譜新編》編年本文於"庚子至辛丑所作其他制誥"、"庚子至辛丑所作其他文章"欄内,《編年箋注》編年:"權定此《制》撰於元和十五年(八二○)至長慶元年(八二一)元稹知制誥期間。"均没有説明編年的理由。

我們以爲,王迪何時貪贓? 何時貶官? 今天確實已經無從考查。

但本文是元稹諸多制誥之一,據元稹知制誥臣的起止時間,本文毫無疑問應該撰成於元和十五年二月五日至長慶元年十月十九日之間。今暫時編年於二十個月之中期,亦即元和十五年之十二月,撰文地點在長安。

● 授蕭睦鳳州周載渝州刺史制^①

　　敕:前劍南三川榷鹽判官、殿中侍御史、內供奉蕭睦,前知鹽鐵轉運、山南東道院事、殿中侍御史周載等:由文學古,施於有政。三驗所至,莫匪良能^②。

　　河池近藩,南平東險。綏戎阜俗^(一),必藉長才。副我虛求^(二),牧茲凋瘵^{(三)③}。事時農勸,用節人安。三年有成,惟乃之效。睦可鳳州刺史,載可渝州刺史^④。

錄自《元氏長慶集》補遺卷五

[校記]

　　(一)綏戎阜俗:原本誤作"綏戉阜俗",據《英華》、《全文》改。

　　(二)副我虛求:《英華》、《全文》同,原本、《英華》、《全文》在"求"下注:"一作懷",各備一説,不改。

　　(三)牧茲凋瘵:原本作"牧茲凋廢",《英華》同,據《全文》改。

[箋注]

　　① 授蕭睦鳳州周載渝州刺史制:本文不見於現存《元氏長慶集》,但馬本《元氏長慶集》補遺卷五、《英華》、《全文》採録,歸名元稹,故據此補入。　　蕭睦:兩《唐書》無傳,元和三年達於吏理、可使從政科及第,元和末長慶初拜職鳳州刺史,寶曆中任職袁州刺史。

《唐會要·進士》:"(元和)三年四月,賢良方正能直言極諫科牛僧孺、皇甫湜、李宗閔、李正封、吉弘宗、徐晦、賈餗、王起、郭球、姚衮、庾威及第,博通墳典達于教化科高苞、陸旦及第,軍謀宏達材任將帥科樊宗師及第,達於吏理可使從政科蕭睦及第。"李虞仲《授蕭睦祠部員外郎制》:"敕:朝散大夫、使持節袁州諸軍事、守袁州刺史、上柱國蕭睦,中臺總天下之務,分以郎吏,各有司存。前代用人,率爲愼選。以爾克茂才實,嘗擢科名。操尚端貞,職業修舉。累登使局,頃綰郡章。去常見思,居不自伐。是宜陟以郎署,竚其彌綸;能稽舊章,則無敗事。可行尚書祠部員外郎,散官、勛如故。" 鳳州:州郡名,州治地當今陝西鳳縣東。《元和郡縣志·鳳州》:"廢帝三年改南岐州爲鳳州,因州境有鸑鷟山爲名……隋大業三年改爲河池郡,武德元年復爲鳳州……管縣三:梁泉、兩當、河池。"王勃《晚留鳳州》:"寶雞辭舊役,仙鳳歷遺墟。去此近城闕,青山明月初。"白居易《感逝寄遠(寄通州元侍御果州崔員外澧州李舍人鳳州李郎中)》:"平生知心者,屈指能有幾?通果澧鳳州,眇然四君子。" 周載:兩《唐書》無傳,據本文,周載任職刺史年月應該在元和十五年二月五日之後、長慶元年十月十九日之前。劉禹錫《送周使君罷渝州歸郢州別墅》:"君思郢上吟歸去,故自渝南擲郡章。野戍岸邊留畫舸,綠蘿陰下到山莊。池荷雨後衣香起,庭草春深綬帶長。只恐鳴騶催上道,不容待得晚菘嘗。"知周載是郢州人,罷職渝州刺史時在暮春,但罷刺史職之年無考。 渝州:州郡名,州治地當今重慶市。《舊唐書·地理志》:"渝州,隋之巴郡,武德元年置渝州。"《元和郡縣志·渝州》:"領縣五:巴、江津、萬壽、南平、壁山。"李白《峨眉山月歌》:"峨眉山月半輪秋,影入平羌江水流。夜發清溪向三峽,思君不見下渝州。"杜甫《三絶句》一:"前年渝州殺刺史,今年開州殺刺史。群盜相隨劇虎狼,食人更肯留妻子?"

② 劍南三川:《資治通鑑·順宗永貞元年》:"劉闢以劍南支度副

使將韋皋之意于叔文,求都領劍南三川。"胡三省注:"劍南東川、西川
及山南西道爲三川。"《新唐書·僖宗紀》:"(中和元年)己卯,敕劍南
三川太子少師王鐸爲司徒兼門下侍郎、同中書門下平章事。"韓愈《順
宗實録(起六月盡七月)》四:"先時,劉闢以劍南節度副使將韋皋之意
于叔文,求都領劍南三川,謂叔文曰:'太尉使某致微誠於公,若與其
三川,當以死相助;若不用,某亦當有以相酬。"岑參《送郭僕射節制劍
南》:"鐵馬擐紅纓,幡旗出禁城。明王親授鉞,丞相欲專征。"　權鹽:
原指漢武帝時官府壟斷食鹽産銷的政策,後世亦指把鹽税併入鹽價
來徵收的措施。陸贄《議减鹽價詔》:"應江淮並峽内權鹽,宜令中書
門下及度支商議,裁减估價,兼厘革利害,速具條件聞奏。"韓愈《論變
鹽法事宜狀》:"國家權鹽,糶與商人,商人納權,糶與百姓,則是天下
百姓無貧富貴賤皆已輸錢於官矣!"　内供奉:唐代職官名,唐設殿中
侍御史九人,其中三人爲内供奉,掌殿廷供奉之儀,糾察百官之失儀
者。獨孤及《唐故秘書監贈禮部尚書姚公墓誌銘并序》:"授右拾遺、
内供奉,歷左補闕。"韓愈《董公行狀》:"天子識之,拜殿中侍御史内供
奉。"　鹽鐵:鹽和鐵,亦指煮鹽、冶鐵之事。《管子·山國軌》:"鹽鐵
之筴,足以立軌官。"《史記·平準書》:"於是以東郭咸陽、孔僅爲大農
丞,領鹽鐵事。"在古代,鹽與鐵由官府直接控制,不准私人經營,有鹽
鐵使專門管理食鹽的運輸與專賣,兼掌銀銅鐵錫的采冶。　學古:學
習研究古代典籍。《書·周官》:"學古入官。"孔傳:"言當先學古訓,
然後入官治政。"陳陶《續古二十六首》二五:"學古三十載,猶依白雲
居。"　有政:政事,政治,有是助詞,無義。《書·君陳》:"惟孝,友于
兄弟,克施有政。"《論語·子路》:"冉子退朝,子曰:'何晏也?'對曰:
'有政。'子曰:'其事也,如有政,雖不吾以,吾其與聞之。'"　三驗:即
三考,古代官吏考績之制,指經三次考核決定升降賞罰。《書·舜
典》:"三載考績,三考,黜陟幽明。"孔穎達疏:"言帝命群官之後,經三
載,乃考其功績;經三考則九載,黜陟幽明,明者升之,暗者退之。"白

居易《代書詩一百韵寄微之》："兩衙多請假，三考欲成資。" 良能：指賢良而有才能。吳保安《與郭仲翔書》："吾子國相猶子，幕府碩才，果以良能，而受委寄。"邵説《代郭子儀謝兼河工節度使表》："望特矜臣不逮，察臣愚誠，更選良能，付以旄鉞。"

③ 河池：鳳州舊名河池郡，故言。《舊唐書·地理志》："鳳州：隋河池郡，武德元年改爲鳳州，天寶元年復爲河池郡，乾元元年復爲鳳州。舊領縣四：梁泉、兩當、河池、黄花。"朱子奢《諫將殺櫟陽尉魏禮臣表》："臣伏見櫟陽縣尉魏禮臣，爲斷河池縣令崔文康事失情，奉敕解任。禮臣不伏，詣堂上表，稱御史阿曲，請更推問。"劉得仁《送河池李明府之任》："河池安所理？種柳與彈琴。自合清時化。仍資白首吟。" 藩：界域，領域。《莊子·大宗師》："意而子曰：'雖然，吾願遊其藩。'"葉適《覆瓿集序》："其有益於世固多矣！又曹陸以下不能擬其藩也。" 南平：渝州舊名南平郡，又南平縣是渝州屬縣之一，故言。《舊唐書·地理志》："天寶元年改爲南平郡，乾元初復爲渝州。"《新唐書·地理志》："渝州，南平郡，本巴郡，天寶元年更名。"李白《贈從弟南平太守之遙二首》一："少年不得意，落魄無安居。願隨任公子，欲釣吞舟魚。"殷文圭《貽李南平（文圭爲内翰時，草司空李德誠麻，潤筆久不至，爲詩督之）》："紫殿西頭月欲斜，曾草臨淮上相麻。潤筆已曾經奏謝，更飛章句問張華。" 險：險阻，阻塞。陸機《辨亡論》："其郊境之接，重山積險。"韓愈《元和聖德詩》："疆外之險，莫過蜀土。"意謂渝州，亦即重慶之東，是包括長江三峽在内的崇山峻嶺，故言。 綏：安撫。陸機《弔魏武帝文》："指八極以遠略，必翦焉而後綏。"韓愈《順宗實録》："奉若成憲，永綏四方。" 戎：古代典籍泛指我國西部的少數民族。《禮記·王制》："西方曰戎。"《三國志·諸葛亮傳》："西和諸戎，南撫夷越。" 阜：謂使之豐厚與富有。《國語·周語》："行善而備敗，所以阜其財用、衣食者也。"韋昭注："阜，厚也。"曾鞏《諸廟春祈文》："神之於人，能康歲時而阜庶物。" 俗：百姓，民衆。《商君書·

更法》：“郭偃之法曰：‘論至德者不和於俗，成大功者不謀於衆。’”《新唐書·戴叔倫傳》：“民歲爭漑灌，爲作均水法，俗便利之。”　長才：優異的才能。杜甫《述古三首》三：“豈惟高祖聖，功自蕭曹來。經綸中興業，何代無長才？”白居易《答杜兼謝上河南少尹知府事表文》：“亞理以明慎選，專領以展長才。”　虚：道教語，指無欲無爲的思想境界。《老子》：“致虚極。”魏源本義：“虚者無欲也。”《韓非子·解老》：“所以貴無爲無思爲虚者，謂其意無所制也。”　凋瘵：指困窮之民或衰敗之象。白居易《忠州刺史謝上表》：“下安凋瘵，上副憂勤。未死之間，斯展微效。”蘇軾《賀提刑馬宣德啓》：“匪惟凋瘵之獲蘇，抑亦庸虚之知勉。”

④　農勸：即“勸農”，鼓勵農耕。《史記·孝文本紀》：“農，天下之本，務莫大焉！今勤身從事而有租稅之賦，是爲本末者毋以異，其於勸農之道未備。”《三國志·高堂隆傳》：“是以帝耕以勸農，后桑以成服，所以昭事上帝，告虔報施也。”　人安：即“安人”，使人民安寧。《北史·元暉傳》：“安人寧邊，觀時而動。”李訥《授盧宏正韋讓等徐滑節度使制》：“經武著安人之略，事君堅許國之心。”　三年：本文指對官員三年一次的考績。劉祥道《陳銓選六事疏》：“唐虞三載考績，黜陟幽明。”張文成《考功郎中吕訥奏……》：“三載考績，芳塵振於有虞；六府孔修，懿範光於大禹。”　有成：成功，有成效，有成就。《詩·小雅·黍苗》：“召伯有成，王心則寧。”《論語·子路》：“苟有用我者，期月而已可也，三年有成。”　效：證明，驗證。《淮南子·修務訓》：“夫歌者，樂之徵也；哭者，悲之效也。”高誘注：“效，驗也。”《漢書·楚元王傳》：“世之長短，以德爲效。”顏師古注：“效謂徵驗也。”

［編年］

　　《年譜》、《年譜新編》編年本文於“庚子至辛丑所作其他制誥”、

"庚子至辛丑所作其他文章"欄內,《編年箋注》編年:"權定此《制》撰
於元和十五年(八二〇)至長慶元年(八二一)元稹知制誥期間。"都没
有説明理由。

　　我們以爲,本文是元稹諸多制誥之一,據元稹知制誥臣的起止時
間,本文毫無疑問應該撰成於元和十五年二月五日至長慶元年十月
十九日之間。今暫時編年於二十個月之中期,亦即元和十五年之十
二月,撰文地點自然在長安。